Crimson Lake Road

라스베이거스 연쇄 살인의 비밀 2 크림슨
레이크
로드

Crimson Lake Road

라스베이거스 연쇄 살인의 비밀

빅터 메토스 지음 | 최호정 옮김

2 크림슨
레이크
로드

1 키멜리움

1

FBI 특별 요원 케이슨 볼드윈은 총을 빼 들고 통나무집 외벽에 몸을 기대었다. 그는 마음을 진정시키느라 깊은숨을 여러 차례 쉬었지만 그럼에도 여전히 신경이 바짝 죄어들면서 온몸에 아드레날린이 흘러내렸다. 그는 어둠 속 뒤쪽에 그림자로 보이는 보안관보들에게 눈짓을 하고는 고개를 끄덕였다.

그는 손가락 세 개를 세워 들었다. 그런 다음 둘… 그리고 하나.

루카스 개릿 형사가 문 부수는 망치를 높이 들어 현관문을 내리찍고는 옆으로 펄쩍 뛰었다. 나머지 사람들이 모두 통나무집 안으로 밀려들어 갔다. 방치된 그 건물에는 전기가 없었고 창문을 통해 들어온 달빛만이 희미하게 비칠 뿐이었다. 볼드윈은 권총을 들지 않은 손으로 손전등을 들어올렸다.

방마다 수색이 이루어지면서 통나무집 안에는 "이상 없음!" 외침 소리가 메아리처럼 울려 퍼졌다.

"뭔가 있습니다!" 주방에서 외치는 소리가 들렸다. 볼드윈은 그쪽으로 걸음을 옮겼다.

주방 테이블 위에 여자가 누워 있었고 제복을 입은 젊은 보안관보가 여자 옆에 서 있었다. 그는 굳어버린 모습이었다. 지역 경찰들이, 아니 심지어 FBI라고 해도 이처럼 기괴한 장면을 마주치는 것은 일상적인 일이 아니었으므로 볼드윈으로서는 충분히 이해되는 일이었다.

개릿이 볼드윈 뒤에 와서 말했다. "다른 곳은 다 비어 있네. 놈의 흔적은 없어." 그가 사체를 거의 쳐다보지 않는 것은 놀랍지 않았다. 볼드윈은 개릿과 오래전부터 알던 사이였는데, 그는 전직 군사 훈련 교관이었고 지금은 클라크 카운티 보안관실의 살인 사건 담당 형사로 잔뼈가 굵은 만큼 잔인한 범죄 현장에 무덤덤한 것이었다.

"우리한테 투광 조명등이 있나?" 볼드윈은 손전등으로 사체를 훑어 내리면서 물었다. 피해자는 목에서 허벅지 윗부분까지 내려오는 짧은 검정 원피스를 입고 있었다. 그녀의 머리는 흰색 붕대로 완전히 감겨 있었고 붕대의 얼굴 부분은 피에 젖어 있었다. 양팔에는 섬세한 문신이 위부터 아래까지 아름답게 수 놓여 있었다.

"보안관보한테 가져오라고 했네."

손전등 불빛으로는 알기가 어려웠으나 볼드윈은 그녀가 사망 전에 구타당했을지도 모른다고 생각했다. 첫 번째 피해자인 캐시 파르가 죽기 전에 구타당했다는 것이 병리학자의 추정이었다.

4주 전에 발견된 캐시 파르의 경우, 살인자는 두꺼운 흰색 붕대가 피로 완전히 물들 정도로 미간을 넓게 면도칼로 베어 놓았다. 한 번의 절삭으로 피부가 완전히 열린 까닭에 그 부분이 마치 세 번째 눈같이 보였었다.

개릿은 한숨을 내쉬었다. "난 이제 이 짓에 신물이 나네, 케이슨. 너무 오래 했나 봐."

볼드윈은 피해자의 맨발 위로 불빛을 비추었다. "우리 둘 다 그렇지, 친구."

"그만둘 생각이라고 말하진 않을 거지? 자네는 뼛속들이 FBI 요원그 자체였잖아."

볼드윈은 문 쪽으로 눈길을 보냈다. 보안관보 몇몇이 모여서 숨죽인 목소리지만 흥분하여 말을 나누고 있었다. 빌어먹을 투광 조명등은 어디 있는 거지? "내 생각은 나도 모르겠네. 하지만 남은 생에 이런 걸" — 그는 몸짓으로 사체를 가리켰다 — "매일같이 보면서 황금 같은 시간을 보내고 싶지는 않아."

개릿이 고개를 끄덕였다. "저승길이 참 지랄맞기도 하네." 그는 얼굴을 덮은 붕대 가까이 몸을 숙였다. "이봐요, 금방 숨이 끊어졌길 바라."

사체가 살아나 격렬하게 요동쳤다.

붕대 밑에서 소리 없는 비명을 내지르면서 사체는 몸부림치며 숨을 들이마시다가 테이블에서 거의 떨어질 뻔했다. 개릿은 뒤로 훌쩍 뛰다가 의자에 발이 걸려 넘어지면서 벽에 쿵 하고 부딪쳤다. 젊은 보안관보가 총을 들어올려 손가락을 방아쇠에 얹었다. 볼드윈은 손을 올리며 외쳤다. "총 내려, 제기랄!"

보안관보는 두 눈을 크게 뜨고 손을 떨면서 총을 내렸고 개릿은 욕을 다발로 뇌까리면서 일어섰다.

"제가 지금 당신 어깨를 만질 겁니다." 볼드윈이 그 여자에게 말했다. 그는 손톱으로 그의 얼굴을 할퀴려고 하면서 그에게 저항하는 여자를 테이블에 똑바로 눕혔다. "양팔을 잡아."

보안관보는 한순간 멈춰 서 있었다. 그러자 볼드윈이 말했다. "보안관보, 정신 차리게. 이 여자의 양팔을 잡으란 말이야."

그는 총을 권총집에 넣고 그녀의 양팔을 테이블에 눌렀다. 볼드윈은 한 손을 개릿에게 내밀며 말했다. "칼을 줘." 개릿은 벨트에 꽂혀 있던 칼을 건넸다. 볼드윈은 최대한 부드럽게 붕대의 옆을 갈랐다. 그들은 피에 젖어 미끈거리는 얼굴에서 붕대를 벗겨냈다. 볼드윈이 "괜찮아요… 괜찮아. 당신은 이제 안전해요."라고 말하자 여자가 눈을 떴다. 휘둥그레진 두 눈은 정신이 나간 것 같았다.

볼드윈이 "의료진 불러. 지금 바로!"라고 소리쳤을 때 그녀는 여전히 그를 치려고 손을 휘두르며 주체할 수 없이 흐느끼고 있었다.

2

레기스는 라스베이거스 경찰이 주로 이용하는 지역 선술집으로서 전직 고속도로 순찰대원 두 사람이 운영하는 곳이다. 그곳은 항상 붐볐고 술과 담배 냄새에 찌들어 있었다. 그리고 음식은 기름졌다. 연방 검사 제시카 야들리는 그곳에 딱 한 번 간 적이 있었는데 마약-도박-매춘 담당 형사들 몇몇이 테이블에서 코카인을 흡입하고 있는 것을 보았고 — 그들이 있는 쪽으로는 아무도 눈길조차 주지 않았다 — 그 후 다시는 그곳에 가지 않았다.

초로의 노숙자 여인이 레기스 입구에 서서 구걸을 하고 있었다. 이른 오후 시간이었음에도 여자 둘을 옆에 끼고 이미 얼큰하게 취한 모습이 역력한 어떤 남자가 그 노숙자 여인에게 20달러짜리 지폐를 내밀었다. 여인은 얼굴에 화색이 돌았고 주름이 옅어질 정도로 함빡 웃음을 지었다.

그녀의 손이 지폐에 닿으려던 마지막 찰나에 그 남자는 지폐를 도로 거둬들였다. 그러고서 셋이 박장대소하면서 안으로 들어갔다. 도대체 왜 아무런 이유도 없이 사람이 이리 잔인한 건지 이해하지 못하겠다는 표정으로 그들을 바라보는 여인을 남겨두고서.

야들리는 가방에서 20달러를 꺼내 그녀에게 건네주었다.

볼드윈은 칸막이 자리에 혼자 앉아 있었다. 조명이 너무 어두워서 야들리는 내부를 두 번 둘러보고서야 그를 발견했다. 그의 앞에는 스테이크와 맥주가 놓여 있었다. 재킷을 벗고 있는 그의 티셔츠 소매에 이두박근이 불거져 보였고 근력 운동을 시작해서 지난 1년간 만들어 온 튼튼한 푸른 혈관이 드러나 보였다. 그는 한동안 진통제 복용으로 문제를 겪었기 때문에 야들리는 건강해 보이는 그의 모습이 반가웠다. 그를 볼 때면 그녀는 한 번씩 자신들 둘 사이에 놓쳐버린 무언가가 있다는 게 상기되면서 후회스러운 감정이 강하게 솟구치곤 했다. 있어야 했지만 그렇지 못했던 그 무언가. 그가 그녀를 보고 미소를 짓자 그녀는 이제 그게 뭔지를 알았다.

그녀는 칸막이 자리 맞은편에 앉았다.

"정말 그런 거야?" 그가 말했다. "정말 두 손 들고 떠나는 거야?"

웨이트리스가 왔기에 야들리는 맥주를 주문하고 쿠션에 등을 기대었다. TV에서 중계되던 농구 경기의 한 장면에 카운터에 있던 사람들이 함성을 질러댔다. 그녀는 소음이 잠잠해질 때까지 기다렸다. "나라면 그런 식으로 말하지는 않을 거야."

"어떻게 말할 건데?"

"난 그냥 지쳤어, 케이슨. 제정신이 아닌 자들을 상대하는 건 그들의 광기에 서서히 잠식되기 전까지만 가능해."

"아까 어떤 형사하고 똑같은 얘기를 나누고 왔어." 그는 스테이크를 한 조각 썹었다. "실은, 나도 그럴 생각을 하고 있었거든. 경찰이나 검찰 일을 너무 오래 하다 보면 모든 걸 흑과 백, 나쁜 인간과 좋은 인간으로 대하게 돼. 그런데 법 쪽에도 그 양극 사이의 모호한 회색 영역들이 있지. 아마 당신은 이직해서 그런 쪽 일을 좀 더 할 필요가 있을지도 몰라. 모든 게 흑과 백은 아니라는 걸 알게 되면 놀라게 되겠지."

맥주가 나왔고 그녀는 한 모금 마셨다. 미적지근하고 거품이 그득했다.

"곧 재판이 하나 있어. 어떤 남자가 의붓아들을 죽였는데 죽인 이유가 서랍장을 옮기다가 벽에 구멍을 냈다는 거야. 그는 망치로 의붓아들을 쳐서 두개골을 박살 냈어. 사람들이 얼마나 어리석은 이유로 살인을 하는지를 제외하면 나는 더는 놀랄 일 같은 게 없어."

그는 그녀에게서 눈을 떼지 않은 채 맥주를 마셨다. "2주 남았다고, 맞아?"

그녀는 고개를 끄덕였다.

그는 은색 USB를 하나 꺼내서 테이블 위 그녀 앞에 놓았다. "그만두기 전에 나를 위해 이걸 한번 봐줄래? 당신 후임자가 아마도 이 일을 하게 되겠지. 그러니까 당신이 그 사람과 함께 이걸 검토해 줄 수 있으면 정말 좋겠어."

"이게 뭐야?"

"살인, 그리고 살인 미수. 성폭행이 있었다고 생각하고 있어. 그러니까 우리가 원한다면 FBI가 이 사건을 맡을 수 있어. 지금으로선 보안관실 소관이긴 하지만 말이야. 두 사건은 서로 연관되어 있어. 내가 진술한 내용을 다 훑어보면 왜 그런지 알게 될 거야."

"쓸데없는 짓이야, 케이슨. 난 무조건 그만둘 거야."

"알아. 당신을 잡아 두려고 술수를 쓰는 게 아니야. 난 단지 이게 당신이 꼭 봐야 할 어떤 거라고 생각하는 것뿐이야. 그나저나, 누가 당신 후임자지?"

"카일 잭스. 와이오밍 검찰청에서 오는 친구야. 나보다 어린데, 아마 스물여덟 살일 거야. 지금까지 특수 사건은 맡은 적이 없어."

볼드원은 맥주를 끝까지 쭉 다 마시고 나서 말했다. "흠, 그럼 이게 그가 처음 맡는 엿 같은 사건이 되겠군그래."

야들리는 네바다주 화이트 샌즈에 있는 집을 향해 먼 길을 운전했다. 2주다. 그녀가 볼드윈에게 한 말은 사실이었다 — 연방 검사직, 혹은 지금의 집, 혹은 이 지역을 떠나는 것은 그녀에게 재고의 여지가 없었다. 이곳에서 너무 많은 힘든 일을 겪었다. 하지만 앞으로 살면서 늘 간직하게 될 소중한 추억과 놀랍고 멋진 일들 또한 있었기에 그녀는 자신의 마지막 기억이 그런 것들로 채워질 수 있도록 애쓰고 있었다.

그 놀라움 중 하나는 열일곱 살짜리 천재, 그녀의 딸이었다. 야들리가 집에 오자 타라는 일하러 갔다. 타라는 기계 학습 알고리즘을 개발하는 로보틱스 회사에서 인턴으로 일하고 있었다. 야들리는 타라의 설명을 들어도 딸이 정확히 무슨 일을 하는지 항상 이해되는 건 아니었다. 하지만 타라는 그 일이 언젠가 세상을 뒤바꿔 놓을 것이라고 장담했다. 야들리는 그 말을 믿었고, 그런 이유 때문에도 그녀는 지금이야말로 떠날 수 있는 적기라고 느꼈다. 타라가 자기 인생의 발판을 찾았으니까 말이다.

야들리는 혼자 있게 되자 뜨거운 물로 오래도록 샤워를 했다. 그러고는 편한 옷을 입고 화이트 와인 한 잔을 따랐다. 그녀는 서재 컴퓨터 앞에 앉아서 볼드윈이 준 USB를 응시하면서 그 매끈한 플라스틱을 손가락으로 문질렀다.

깊은 한숨이 새어 나왔다. 그녀는 의자에 등을 기대고 천장에 시선을 고정했다. 산타 보니타라는 작은 도시에 사려고 하는 새집을 생각했다. 나무 한 그루가 집 앞 정원에 있었는데 어찌나 크고 우람한지 집 정면으로 햇빛이 들지 않았다. 그녀는 지금의 집주인이 왜 그 나무를 자를 생각을 하지 않았던 건지 의아했지만, 자신은 제일 먼저 그 일을 할 생각이었다. 그녀는 흑과 백이 아닌, 회색 지대도 아닌 자신의 새 인생에 햇빛이 내리비치기를 바랐다.

2주다.

그녀는 USB를 컴퓨터에 꽂았다. 보고서는 읽어 볼 테지만 그 이상은 하지 않을 것이었다. 그녀는 그럴 의지도, 에너지도 없었다.

보고서는 간명했다. 피해자는 두 사람이었다. 캐시 파르는 사망했고 안젤라 리버는 캐시 파르의 사체가 발견된 곳에서 1마일도 채 떨어지지 않은 곳에서 살아 발견되었다. 두 여성은 짧은 검정 원피스를 입은 상태였고 머리가 흰색 붕대로 감겨 있었다. 범인은 병리학자가 면도칼로 추정한 물체로 그들의 미간을 베어서 열어 놓았고 붕대는 피로 흠뻑 젖어 있었다. 성폭행 검사 키트에서, 그리고 여러 검사 결과 성폭행의 몇몇 증거들이 발견되었다. 질 확대경으로 몇 군데 상처가 확인되고 캐시 파르의 질관에서 정액이 검출되었던 것이다. 두 피해자 모두 구타를 당했다.

안젤라 리버가 기억하는 것은 쇼핑몰 주차장에서 차에서 내린 순간 단단한 어떤 물체가 머리를 내려쳐서 극심한 고통을 느꼈다는 것과 그다음에 깨어 보니 테이블 위에 있었다는 것이 전부였다. 그녀는 숨을 쉴 수가 없었고 볼드윈이 붕대를 잘라 벗겨낼 때까지 자신의 눈이 멀었다고 생각했다. 두 여성 모두 피부에서 표백제의 흔적이 검출되었다. 손톱이 깎이고 머리카락은 다듬어져 있었다. 살인자, 혹은 살인자들은 그 여성들이 죽음을 맞기 전에 원초적인 상태가 되기를 원했던 것이다.

캐시 파르는 텅 빈 통나무집 안에서 나무 의자에 앉은 채 발견되었다. 그녀의 몸은 상표를 확인할 수 없는 의료용 접착제에 의해 의자에 붙어 있었다. 부검 결과 사망 원인은 장기 부전이었지만 장기 부전을 일으킨 원인은 아직 규명되지 않은 상태였다. 혈액 검사에서 캐시 파르에게서는 우울증 및 불안감 해소를 위한 처방 약과 알코올이 검출되었고 안젤라 리버에게서는 아무것도 나오지 않았다.

두 범죄 모두 크림슨 레이크 로드라는 라스베이거스 외곽 지역에서 일어났는데 이 지역은 지자체에 편입되지 않은 곳이었다.

야들리는 과학수사대가 찍은 사진과 동영상이 들어 있는 폴더를 열었다.

첫 번째 사진은 의자에 있는 캐시 파르였다. 야들리는 심장이 요동쳐서 후아 하고 탄식 같은 숨을 내쉬었다. 그녀는 재빨리 안젤라 리버의 모습을 그린 스케치들로 넘어갔다. 한참 동안 그 스케치들을 응시하고 있다가 그녀는 볼드윈에게 문자 메시지를 보냈다.

지금 바로 만나야겠어.

3

로우 데저트 플레인스 교도소는 핵폭풍을 견뎌낼 수 있도록 설계된 벙커 같은 모습이었다. 타라 야들리는 청량음료와 감자튀김을 다 먹을 때까지 주차장에서 그 건물을 쳐다보고 있었다.

그녀는 건물로 들어가면서 다 마신 컵과 봉투를 쓰레기통에 던졌다. 그녀는 면회 시간의 제일 마지막에 오는 것을 좋아했다. 그때쯤이면 경비대원들이 그냥 하는 시늉만 하면서, 신분증을 자세히 들여다보거나 질문을 많이 하거나 하는 일이 결코 없었던 것이다.

그녀의 어머니는 그녀가 인턴 일을 하고 있다고 생각했다. 그래서 그녀는 이곳에 올 때면 항상 죄책감에 마음이 불편했다. 거짓말을 해야 했기 때문이다. 하지만 그녀가 이렇게 하는 것은 어머니를 위해서였고, 어머니는 진저리를 칠 테지만 장기적으로 보면 자신들 두 사람 모두에게 좋은 일이라는 것을 그녀는 알고 있었다.

정문 직원에게 출입 수속을 하고 소지품 검사를 받고 나서 그녀는 금속 탐지기를 통과했다. 그녀는 스물두 살로 기입된 잘 위조된 신분증과 역시 위조된 『라스베이거스 선』지 기자증을 제시했다. 사실 잠깐이긴 하지만 언론인이 될 생각을 한 적도 있었다. 기사거리를 조사하며 위험 속에서 전 세계를 누비고 다니면 재미있을 것 같았던 것이다. 그러나 결국 그녀는 그 직업이 자신과는 아무 상관 없는 일이 될 것임을 알았다. 가까운 미래에 옛날부터 있던 직업들은 어떤 것도 남지 않게 될 것이었다. 인류는 기계와 기계 학습으로 그런 직업들을 대체할 시대의 문턱에 와 있는 것이었다. 더 나아가, 사회의 모든 기능을 기계가 대체하게 될 것이었다. 그녀로서는 반가운 일이었다. 기계는 마음이 없었다. 기계는 악마가 되는 길을 선택할 수 없었다.

사형수 사동은 조용한 적이 거의 없었다. 하지만 오늘은 완전히 적막한 것 같았다. 아마도 날씨 탓일 것이다. 그녀는 사형수들의 기분이 날씨에 크게 영향을 받는다는 기사를 읽은 적이 있었다. 그래서 그녀는 그들이 범행을 했던 날은 날씨가 어땠을까 궁금하기도 했다. 어둡고 잔뜩 흐린 날이었겠지, 그녀는 추측했다.

면회실은 차가웠다. 또한 그녀가 앉아 있는 철제 의자는 불편했다. 그런 건 아무 상관도 없었다. 이 시설에는 편안한 것이 아무것도 없었다. 아니면 애초부터 편안하지 않도록 만들어졌거나.

얼마 안 있어 에디 칼이 들어왔다. 그는 플라스틱 커버를 씌운 유리 칸막이 건너편에 앉았다. 그녀는 그의 회색 머리와 창백한 팔뚝을 응시했다. 팔뚝은 작년보다 가늘어지고 근육도 줄어들어 보였다. 나이가 서서히 그를 잠식하고 있었다. 그녀의 아버지, 여러 사람을 죽인 저주받은 살인자로서 3년 동안 라스베이거스를 공포에 떨게 했던 어둠의 카사노바는 여느 사람과 마찬가지로 세월을 따라 초라해져 가고 있었다.

타라는 경비대원이 방에서 나갈 때까지 기다렸다가 가방 속 히든 포켓에서 작은 기기를 꺼내어 무릎 위에 올려놓았다. 그녀가 직접 고안한 것이었다. 기기에서는 고주파의 잡음이 흘러나왔다. 경비대원들이 듣기에는 아무것도 아닌 소리지만 이 방의 녹음 장치에는 쉭쉭 하는 거친 소리만이 녹음될 것이었다.

"그를 찾았나?" 칼이 말했다.

"네. 제가 보낸 음식 받았나요?"

"그래, 고맙다. 어떤 음식이든 나한테 전달되기 전에 경비대원들이 못해도 반은 먹는단다. 그래도 나는 상자 안에 든 깜짝 선물을 보는 재미를 톡톡히 누리고 있단다. 사는 동안 더는 놀랄 일이 거의 없거든."

그는 그녀에게 미소를 지었다. 많은 사람들은 그의 시선을 받으면 겁부터 나지만 타라는 그렇지 않았다. 그녀는 그가 왜 그녀를 응시하는지 정확히 알고 있었다. 그들이 만나서 2년이라는 시간이 흐르는 동안 그는 그녀가 자신을 얼마나 많이 닮았는지 매일같이 놀라워했기 때문이었다. 그로서는 짜릿할지 모르지만, 그녀로서는 역겨운 그 무엇이었다.

지난 2년간 그녀는 이곳에 여덟 차례 왔었다. 단 한 번도 즐거운 적은 없었지만 필요해서 한 일이었다. 어머니가 더는 돈 걱정을 하지 않아도 되는 안전한 미래를 위해 그녀에게 필요한 어떤 것이 칼에게 있었다.

그녀는 자기 아버지가 자신들에게 갚을 것이 최소한 그 정도는 된다고 생각했다.

"어머니는 어떠시니?"

"잘 지내세요. 엄마는 연방 검사 일을 그만둘 거예요."

"무엇 때문에?"

그녀는 어깨를 으쓱했다. "피나 공포와 별 관계 없는 일이 하고 싶어서겠죠. 우리는 라스베이거스에서 두세 시간 거리에 있는 산타 보니타로 이사할 예정이에요. 제가 라스베이거스 대학에 다니고 있어서 좀 골치가 아프기는 하지만 어떻게든 맞춰지겠죠. 어쨌거나 저는 내년에는 집에서 나올 거고요."

"그건 왜?"

"엄마가 저 때문에 하고 싶은 걸 못 하고 있다고 생각하니까요. 저는 엄마가 누군가를 만나서 사랑하게 됐으면 좋겠어요. 그런데 제 생각에, 엄마는 제 주위에 사람을 끌어들이는 걸 두려워하기 때문에 그러지 않을 테니까요. 엄마한테는 친구도 없어요. 제가 떠나면 교류할 다른 사람들을 찾지 않을 수 없을 거예요. 그리고 그렇게 돼서 어떤 일에서 벗어나면 좋을 거고요."

"나한테서 벗어난다는 뜻이니?"

"당신만이 아니라 그것과 연관된 모든 일에서죠. 제가 여태껏 견뎌 온 모든 일 말이에요."

그는 고개를 끄덕였다. "넌 네가 나 같은 사람인 게 두렵구나. 그래서 도망친다면, 어쩌면 이름과 얼굴을 바꾼다면 달라질 거라고 생각하겠지. 그런 일은 없을 거야. 네가 가진 문제가 무엇이든 그 문제들은 어디든 너를 따라다닌단다. 너는 나 같은 사람이고, 언젠가는 그걸 직면해야 할 거야."

"난 전혀 당신 같지 않아요."

그는 천천히 눈을 깜박거렸다. 그런 다음 말했다. "그리스 로마 신화 알아?"

"미안하지만, 난 옛날이야기는 안 읽어요."

"옛날이야기에 모든 게 다 들어 있단다, 타라. 네가 살면서 배워야 할 교훈이 죄다 옛날이야기 속에 있어. 이른바 과학적 지식이라고 하는 건 결국에는 오류로 밝혀지고 마는 하나의 사고 체계가 다른 걸로 끝없이 대체되는 것에 불과해. 하지만 옛날이야기는, 그건 말이야, 애초부터 우리와 함께 있어 왔고 종말에도 우리와 함께 할 것이란다."

그녀는 팔짱을 꼈다. "이 이야기를 하는 이유가 있을 텐데요, 에디?"

그는 씩 웃었다. "신들이 인간의 본성을 두고 논쟁을 하고 있었어.

인간의 본성은 바뀔 수 있는 것인가? 인간은 자신이 되고 싶은 사람을 선택할 수 있는가? 제우스는 그렇다고 했지만 아프로디테는 아니라고 했어. 그녀의 말이 틀렸다는 걸 보여주려고 제우스는 길고양이 한 마리를 공주로 변신시켰지. 그 공주에게 예의와 예절을 가르치고 우아한 옷과 멋진 칭호를 붙여 줬어. 공주는 흠잡을 데 없이 행동했고 왕자와 결혼을 했단다. 결혼식에 온 하객들은 모두 매력적인 새 신부를 보고 감탄했지.

제우스는 '봐, 고양이가 공주로 변신할 수 있다면 인간의 본성도 바뀔 수 있는 거라고.'라고 말했어. 아프로디테는 그저 '잘 봐 둬.'라고 말하며 쥐 한 마리를 풀었지. 공주는 쥐가 허둥지둥 바닥을 가로질러 가는 것을 보자마자 네 다리로 쫓아가서 쥐를 덮쳤단다. 그녀는 하객들이 다 보는 앞에서 쥐를 잡아서 이빨로 갈가리 찢어버렸어. 아프로디테는 미와 사랑의 여신이어서 사람들의 마음속에 무엇이 있는지를 알았던 거지. 사람들이 마음속에 있는 척하는 게 아니라 진짜 있는 것 말이야."

타라는 아버지를 쳐다보면서 마른침을 삼켰다. 그녀는 그에게서, 특히 그 깊고 파란 두 눈에서 자신의 모습이 보이는 것이 싫었다. 그 독특한 색감에 대해 그녀가 생각할 수 있는 유일한 것은 유전자 돌연변이뿐이었다. 다른 어떤 것에서도 그런 색은 본 적이 없었기 때문이다.

"내 작은 공주님, 신들은 우리에게 우리의 본성은 바꿀 수 없다는 걸 가르치고 있었단다. 우리가 잠깐은 숨길 수 있지만 반드시 나오게 되어 있다는 거지. 너에게 필요한 건 오로지 너의 쥐를 보게 되는 거야. 그때 너는 네가 상상할 수 있던 것보다 우리가 훨씬 더 닮았다는 걸 알게 될 거야."

4

"사프롱의 작품이야." 야들리는 컴퓨터 화면을 볼드윈 쪽으로 돌리면서 말했다. 그는 그녀의 책상에서 물건이 가득 든 이삿짐 박스를 바닥으로 내려서 그 위에 걸터앉아야 했다.

그림 한 점이 화면에 떠 있었다. 머리가 흰색 붕대로 감긴 검은 옷을 입은 형상이었다. 얼굴이 있어야 할 곳에 검붉은 피로 물든 붕대가 있었다. 형상의 팔과 다리는 인간이었으나 목의 각도와 머리 모양이 어딘지 이상해 보였다. 그렇지만, 붕대와 짧은 원피스는 알아보지 못할 수가 없었다. 캐시 파르와 안젤라 리버가 발견될 당시 입고 있던 것과 똑같은 차림새였던 것이다.

"사프롱이 누구야?" 그가 물었다.

"케냐 출신 1960년대 화가야. 『밤의 사물들』이라는 연작 그림을 그렸어." 야들리가 마우스를 클릭하자 다음 그림이 나왔다. 똑같은 형상과 똑같은 원피스에 붕대였고, 이번에는 나무 의자에 똑바로 등을 대고 앉아 있는 모습이었다. "이게 첫 번째 그림이야." 그녀는 마우스를 다시 한번 클릭했다. 같은 형상이 테이블 위에 누워 있었다. 팔은 밖으로 뻗어 있고 두 발은 테이블 끝에서 아래로 떨어져 있었다. "이게 두 번째고."

마치 누군가 안젤라 리버 앞에 서서 그 장면을 그린 것 같은 그림이었다. 볼드윈은 자리에서 일어나서 그림을 좀 더 가까이 보려고 야들리 뒤쪽으로 갔다.

"이게 세 번째야." 그녀가 말했다.

다음 그림에는 매끄러운 어떤 물체로 목이 매달린 형상이 집 내부에 있었다. 바닥에는 내장이 적출되어 널려 있었다.

네 번째 그림은 최악이었다. 온몸이 상처로 뒤덮여 비틀어진 형상이었다. 눈과 입은 꿰매어져 있었고 갈비뼈가 활짝 열려 있었다. 사람이라고 보기 힘든 모습이었다.

"이 그림들을 어떻게 알게 된 거야?" 그가 말했다.

야들리는 그에게 눈길을 보내고는 다시 화면을 보았다. "에디가 한동안 이 그림들에 사로잡혀 있었거든. 주야장천 이 그림들 얘기만 했었지. 사실 그는 자기 작업실에서 그것들을 직접 다시 그렸어. 그걸 다 끝낸 다음에는 그림들을 내다 버렸고 다시는 입에 담지 않았어. 그는 그림이 네 개라는 사실에 중요한 의미가 있다고 생각했지만 왠지는 파악하지 못했어. 그는 사프롱이 네 개의 그림에서 그냥 중단한 거라고 생각하지 않았어. 그 숫자를 선택한 데는 이유가 있었다는 거지. 그는 평생 아내도 넷이었고 자식도 넷이었거든. 그래서 에디는 그 숫자가 그에게 중요하다고 생각했던 거야."

"그 이유를 알아냈어?"

그녀는 고개를 내저었다. "아닐 거야. 그는 오랫동안 완전히 그 일에 매달려 있었어. 하지만 그러다가 그만둬 버렸거든."

"왜?"

"모르겠어."

바로 그때 볼드윈에게 문자 메시지가 왔다. 그가 사귀고 있던 젊은 여성인 스칼렛 체임버에게서 온 것이었다. 그녀는 지난 며칠 동안 자기가 건 전화를 못 받고도 그가 다시 전화하지 않은 이유를 물었다. 그는 아릿한 죄책감을 느꼈다. 스칼렛은 나무랄 데 없이 상냥하고 지적이며 그를 돌봐주는 사람 같았고, 그들은 정치부터 우주에 이르기까지 온갖 얘기를 하며 대부분의 시간을 보냈다…. 하지만 그 **뭔가가** 있었다. 언제나 그런 게 있었다.

그녀는 그가 목격했던 장면들을 본 적이 없었다. 그래서 그 장면들로부터 분리될 벽을 쌓아 올리지 못했다. 그 장면들로부터 자신의 인간다움이랄까, 온전한 정신이랄까, 아니면 뭐라고 부르건 간에 그런 것을 지켜낼 수 있는 싸늘한 유머라는 벽 말이다. 그들이 세 번째인가 네 번째 만났던 날 스칼렛은 그에게 하루가 어땠냐고 물었다. 그는 수사 중이던 사건을 설명해 주었다. 자기 아이들을 독살한 젊은 어머니 건이었다. 스칼렛의 눈에 눈물이 고였다. 볼드윈은 그 이유를 이해할 수가 없었으나 이제는 알게 되었다. 그녀에게는 그 **뭔가가** 없는 것이다. 경찰에서 일하는 많은 사람들이 같은 경찰직에 있는 사람들하고만 연애하고 결혼하게 되는 이유가 바로 그 때문인 것이다.

그는 나중에 전화하겠다고 답했다.

볼드윈은 팔짱을 꼈다. "이 화가 아직 살아 있어?"

그녀는 의자에 등을 기댔다. "아니. 헤로인 과다 복용으로 죽었어. 이 연작 그림이 그가 유일하게 남긴 유작이야. 6년 동안 네 개의 그림을 그린 게 다야."

볼드윈은 천장에 매달린 형상이 그려진 세 번째 그림을 가만히 들여다보다가 그 형상이 자신의 내장에 묶여 매달려 있다는 것을 깨달았다. "이 그림들은 뭘 의미하는 거지?"

"그건," 그녀가 그림들을 나란히 열어 보이며 말했다. "두 개의 사건이 더 당신을 기다리고 있다는 거지."

5

볼드윈은 그녀와 사건 파일을 두루 살피면서 이야기를 나누느라 밤 늦게까지 있다가 갔다. 하지만 오늘은 토요일이었기에 야들리는 외식을 하고 싶었다. 타라는 집에 늦게 와서 인턴 일에 좀 더 시간을 쏟고 싶다며 거의 밤을 새웠다. 그래서 야들리는 라스베이거스 스트립에서 브런치를 먹기로 마음먹었다.

그녀는 베네치아 호텔의 부숑 레스토랑으로 갔다. 수로가 보이는 자리에 앉을 수 있었다. 관광객들이 이따금 곤돌라를 타고 흘러갔고 곤돌라지기가 이탈리아어로 노래를 부르자 구경꾼들은 그 모습을 휴대폰에 담았다.

타라는 집에 와서 엄마가 볼드윈과 함께 사건 파일에 머리를 조아리고 있는 것을 보고는 뭔지 알겠다는 표정을 지었었다. 볼드윈은 눈빛이 자상했고 그에게서는 항상 앰버그리스 콜론 향이 났다. 야들리는 그 향이 매력적이라고 생각했다. 부드러운 배를 떠올리게 하는 향이었다. 그녀는 그와 짧게 사귄 적이 있었기에 그와 오랜 시간 함께한다면 과연 어떨까 하고 이따금 생각하곤 했다.

그러나 그녀의 마지막 남자친구는 감방에 있었다. 그녀의 전남편은 사형수 사동에 있다. 설령 볼드윈이 연쇄 살인범으로 밝혀진다 해도 그녀는 놀라 넘어가지는 않을 것이었다.

야들리는 자신이 누군가와 사랑하게 될 것이라는 희망을 딸이 버리지 않고 있는 것에 마음이 찡했다. 하지만 그녀와 볼드윈은 이미 한번 사귄 바 있었고 친구로 지내는 것이 훨씬 좋았다. 그녀와 에디가 함께 알고 지내던 친구들은 그의 범죄가 드러난 후 다 없어져 버렸다. 전 남자친구와도 같은 상황이 되풀이되었다. 그래서 그녀는 학교와 일, 그리고 딸을 키우는 데 전념했었다. 그녀에게는 브런치를 하자고 부를 가까운 친구가 전혀 없었다. 그러나 이사를 하고 나서 새롭게 삶을 시작하면 이런 상황은 아마도 달라질 것이었다. 오늘은 근처에 사람들이 북적거리는 것만으로 위안이 되었다.

그녀는 티스푼으로 커피에 감미료를 넣어 저으며 캐시 파르와 안젤라 리버를 생각했다. 캐시 파르는 마흔이었다. 리버는 서른셋으로 훨씬 더 젊었다. 볼드윈은 그들이 살아오면서 공유한 지점을 발견하지 못했다. 연쇄 살인범일지도 모를 어떤 자가 처음 그 여성들에게 관심을 보인 곳을 알려주는 그 어떤 것도 없었다. 하지만 리버는 아직 병원에서 퇴원하지 않은 상태였으므로 그녀와 파르 사이의 공통분모를 찾으려면 좀 더 시간이 걸릴 것이었다.

야들리는 휴대폰으로 시간을 확인했다. 세인트 빈센트 병원의 면회 시간이 곧 시작될 것이었다. 그녀는 커피값을 테이블에 현금으로 두고 그곳을 나섰다.

안젤라 리버의 병실은 4층에 있었다. 열린 문 앞에서 야들리는 안을 들여다보았다. 리버는 마치 기도하는 것처럼 두 손을 가지런히 모아 누른 채 병상에 누워 있었다. 입에서는 나지막하게 찬송가가 흘러

나오고 눈은 감겨 있었다. 야들리는 다음에 다시 와야겠다고 생각했다. 하지만 다음 순간 그녀가 눈을 떴다.

"미안해요. 방해할 생각은 없었어요." 야들리가 말했다.

"아니에요. 거의 다 했어요."

"저는 제시카 야들리라고 해요. 연방 검찰청 검사입니다. 들어가도 될까요?"

"네, 그럼요."

그녀의 뒤를 따라 간호사 한 사람이 방으로 들어와서 새 물병을 놓으면서 리버에게 현기증이 다시 나면 호출 버튼을 누르라고 알려주었다. 그 말을 듣자 야들리는 그녀를 납치한 자가 그녀를 죽이려고 사용한 물질이 무엇인지 경찰이 아직 모른다는 사실이 생각났다.

그 사이에 야들리는 그녀의 문신을 살펴보았다. 양팔 아래쪽으로 꽃이 수놓아져 있었고 다리에는 자연 풍경이 그려져 있었다. 오른쪽 어깨를 장식하고 있는 건 커다란 청백의 연화 문양이었다. 그녀는 코에 코걸이를 하고 푸른 두 눈은 젊음의 기운으로 밝게 빛나고 있어 나이에 비해 훨씬 어려 보였다. 손목에는 깁스를 대고 있었다. 볼드윈은 그녀가 차 트렁크에 실려 크림슨 레이크 로드로 옮겨졌을 것이라고 말했었다. 그러므로 그녀를 납치한 자가 서두르며 트렁크를 닫으면서 실수로 그녀의 손을 내리친 것 같았다.

간호사가 나가자 야들리는 병상 옆에 앉으며 — 하지만 너무 가까이 앉지는 않았다 — 말했다. "문신이 멋지네요."

"진짜 그렇죠." 리버가 말했다. "뭐, 소박한 취미 같은 거예요. 우표를 수집하는 사람들이 있는 것처럼 전 이것들을 수집하죠." 그녀가 온전한 손목의 둘레를 감싸고 있는 국화처럼 보이는 것을 가리켰다. "이건 인도에서 한 거예요." 그녀는 다음으로 허벅지 위의 난초를 가리켰다. "이건 일본에서, 그리고 종아리에 이 학은 상하이에서 한 거고…. 가는 곳마다 하나씩 하고 있어요. 그 장소를 한 조각씩 갖고 오는 것 같은 거죠, 아시겠나요? 여행 자주 다니시나요?"

"아뇨, 안타깝지만요. 사실 저는 외국에 나가 본 적이 없답니다. 그 연꽃은 뭔가요?"

"아, 어깨에 그건 그냥 태어날 때부터 있던 모반인데 흉측해요. 엄청나게 크죠. 애들이 항상 그걸로 절 놀렸어요. 그래서 열여섯 살 때 문신을 했던 거예요. 그때부터 주야장천 민소매를 입었죠."

"아름다워요."

리버는 몸을 일으켜 세워서 다리를 꼬고 앉았다. 야들리는 그녀의 눈썹을 보지 않으려 하고 있었지만, 이제는 그것을 바라보았다. 한쪽 눈썹에서 다른 쪽 눈썹까지 굵은 선이 지나가고 있었다. 면도칼이 지나간 흔적이었다. 야들리는 그녀가 정신을 차렸을 때 얼마나 고통스러웠을지 상상했다. 최소한 열 바늘은 꿰매었을 것 같았다. 그녀의 얼굴은 심하게 멍들어 있었다. 한쪽 눈은 퉁퉁 부어서 닫혀 있었고 아랫입술은 갈라져 있었다. 야들리는 그녀가 교통사고를 심하게 당한 것 같은 모습이라고 생각했다.

"여행을 해 보지 않으면 진정한 자기 자신을 알 수 없어요." 리버가 말했다. "편하고 익숙한 곳이 아닌 데서 자신이 어떤 식으로 반응하는지를 알아야 해요. 사람들을 어떻게 대하는지, 뭐 그런 것 말이에요. 저는 방콕에서 갖고 있던 걸 전부 도둑맞고서 제가 사람들을 너무 빨리 믿는다는 걸 알게 됐답니다."

"끔찍한 일을 겪었네요. 그래서 어떻게 했어요?"

그녀는 어깨를 으쓱했다. "며칠 동안 어떻게 살아남아야 할지 머리를 쥐어짜야 했어요. 진짜 마음씨 좋은 어떤 과부가 저를 불쌍히 여겨서 먹여 주었고 그 뒤엔 차를 얻어 타고 미국 대사관으로 가야 했죠. 재미있는 경험이었던 것 같아요. 모든 걸 다 잃어버리는 게 그리 나쁜 일은 아니라는 걸 내게 가르쳐주려는 우주의 기운이 작용한 건지도 모르죠."

야들리는 리버가 몸을 움직여서 환자복이 한쪽으로 기울어지자 다른 쪽 어깨의 문신에 힐끗 눈을 주었다.

"다른 어깨에 있는 그건 뭔가요?"

"이건 룬 문자* 예요. 자신의 운명을 스스로 개척하는 사람을 의미하죠." 그녀는 한순간 슬퍼 보였으나 이내 미소를 지었다. "미안해요. 어쩌다 여행과 문신 얘기를 하게 됐네요. 근데 이건 제가 끝없이 할 수 있는 얘기랍니다. 당신이 여기 온 건, 물론 이유가 있어서겠죠."

정신적 외상을 입은 피해자들은 저마다 다른 방식으로 대응한다. 어떤 이들은 안으로 침잠하여 며칠, 혹은 몇 주씩 말을 하지 않으며 외상이 심각하다면 다시는 입을 열지 않는 경우도 있다. 또 어떤 이들은 즐거운 얼굴을 하고 아무 일도 일어나지 않은 척한다. 그 둘 사이 어떤 지점에 해당되는 사람들도 있다. 야들리는 안젤라 리버가 자신에게 일어난 모든 일을 하나씩 다 곱씹는 단계를 지나지는 못했다고, 그 사건 속으로 들어가서 분석할 만한 심적 상태는 아니라고 생각했다. 지금 그 일을 거론하면 그녀가 무너질 수도 있었다.

"그냥 당신의 상태를 확인하고 싶었어요." 그녀는 말했다. "당신에게 필요한 게 있는지도 알아보고요."

"어머, 정말 친절하시군요. 하지만, 전 괜찮아요. 정말이에요. 간호

---

* 나무나 돌에 새겨진 형태로 발견된 고대 북유럽 문자

사들 생각은 또 다를 것 같지만요. 제가 지금 그 사람들을 좀 힘들게 하고 있거든요. 원래는 남자 간호사가 한 사람 있었는데, 제가 좀… 모르겠어요, 얼어붙게 되더라고요. 그래서 여자 간호사와 의사만 보고 싶다고 했어요. 근데 지금은 여자 직원이 딱 두 사람밖에 없더군요.”

“당신이 겪은 일을 생각해 보면 그렇게 요구하는 게 당연해요.”

그녀는 어깨를 으쓱하더니 말했다. “그런 것 같네요.” 그녀는 손목에서 묵주 팔찌를 빼서 구슬들을 문지르기 시작했다. “검사라고 하셨나요?”

“네.”

“그렇다면 경찰과 같이 일하시겠군요?”

“그래요. 당신의 상황을 확인하고 제가 할 수 있는 일이 있는지 봐 달라는 요청이 있었답니다.”

“상황이라고요? 그러니까 제가 납치당해 살해당할 뻔한 일 말인가요?”

야들리는 아무 말도 하지 않았다.

“죄송해요.” 리버가 말했다. “사람들은 항상 제가 너무 직설적이라고 해요. 저는 어떤 일을 그렇지 않은 것인 양 가장할 수 있다고 생각하지 않거든요. 진실이 항상 더 낫죠.” 그녀는 묵주를 내려다보았다. “저한테 무슨 일이 일어났는지 알고 있어요. 원하신다면 그 얘기를 해도 괜찮아요.”

“정말 괜찮아요?”

그녀는 고개를 들어 야들리를 보고는 슬프게 미소를 띠었다. “이봐요, 전 살아남았어요. 경찰이 제게 해준 얘기로는 그렇지 못한 다른 여자가 있었다고 하더군요. 거기 대해 기분이 엿 같다고 느낄 권리가 제게 있다고는 생각지 않아요.”

"당신은 어떤 기분이건 원하는 대로 느낄 권리가 있다고 생각해요."

리버는 빙그레 웃으며 말했다. "허락해 주셨으면 싶은 일이 있는데요. 당신의 기운을 읽고 싶어요."

"제 기운이라고요?"

그녀는 고개를 끄덕였다. "네. 대화를 할 거라면 내가 얘기를 나누는 상대가 누군지 알아야 하잖아요. 그렇죠? 자, 손을 한번 줘 보세요."

야들리는 주저하다가 양손을 내밀었다. 리버는 그녀의 얼굴을 빤히 보면서 손을 잡았다. 그런 다음, 마치 야들리가 그녀의 시선 끝자락에 보이는 것처럼 살짝 옆쪽을 보았다.

"모든 것에는 기운이 있어요." 리버가 말했다. "식물이든, 동물이든, 땅이든… 모든 것에 말이에요. 기운은 말보다 더 많은 것을 말해 줘요." 그녀는 숨을 깊게 들이쉬며 눈을 감았다. 눈을 다시 뜬 그녀는 야들리를 똑바로 응시했다. 아주 오랜 시간이 지나가는 것 같았다.

"정말 미안하군요." 그녀는 조용하게 말했다.

"뭐가요?"

"당신은 가슴 주위가 강렬하게 붉어요. 거의 붉은 담요 같아요."

"그게 무슨 뜻이죠?"

리버는 그녀의 양손을 더 세게 움켜잡았다. "가슴이 산산조각 났다는 뜻이에요." 그녀는 손의 힘을 풀더니 야들리를 위로하는 것처럼 엄지손가락들로 그녀의 손을 가볍게 문질렀다. "고통이 너무 많아요. 당신이 어떻게 이 모든 고통을 감내하고 계속 살아가는지 모르겠군요."

야들리는 마른침을 삼키고 천천히 손을 미끄러져 나오게 했다. "당신을 쉬게 해야겠군. 벌써 당신의 시간을 많이 빼앗았어요."

"제 말에 기분이 상했다면 미안해요."

"그렇지 않아요."

"우리는 모두 이따금 부서져요. 하지만 우리가 스스로 온전하게 회복되는 방법을 안다면 그 모든 상황에서 우리는 더 강해질 거예요."

야들리는 일어섰다. "가봐야겠어요."

"저는 내일 퇴원할 거예요. 혹시 요가 하시나요? 제 요가 스튜디오가 있거든요. 그냥 조그맣게, 제가 만든 브랜드인 기쁨의 요가를 가르치는 곳이에요. 해 본 적 있으세요?"

"아뇨."

"제 생각엔 그걸 해 보면 당신 마음에 도움이 될 거예요. 언제 한번 오세요."

야들리는 살며시 웃어 보였다. "만나서 반가웠어요, 안젤라."

"앤지예요. 만나서 반가웠어요."

엘리베이터에 타자 야들리는 벽에 등을 기대었다. 가슴이 무겁게 내려앉았다. 리버는 **산산조각 난** 가슴이라고 했었다. 부서진 가슴이 아니라.

산산조각 난 가슴.

너무나 정확해서 야들리의 마음을 꿰뚫어 놓은 말이었다. 그녀는 안젤라 리버를 위로해야 한다고 생각하며 이곳에 왔는데, 오히려 리버의 위로를 받고 나온 것이었다.

6

연방 검찰청 건물은 강철과 유리로 이루어진 육중한 정육면체였다. 야들리는 지하에 주차를 하고 두 개의 다른 문에 신분증을 대서 통과한 후 자신의 사무실에 도착했다. 형사부 부장인 로이 리우가 복도에서 그녀에게 고개를 까딱이며 인사를 했다. 그는 방금 워싱턴의 법무부 차관보 직위를 수락한 터였다. 야들리는 그의 보직에 지원하겠냐는 제안조차 받지 못했다. 사형수 사동에 있는 연쇄 살인범의 전처를 세계에서 가장 막강한 권력을 지닌 검찰의 지도부에 앉히는 일은 결코 없을 것이었다.

그녀는 자신의 컴퓨터에 로그인을 하고서 읽지 않은 47개의 이메일을 제치고 곧 있을 재판을 위한 전자 파일을 열었다. 스무 살 난 의붓아들의 머리를 망치로 부순 혐의로 기소된 남자였다. 사건이 연방 법원 관할이 된 것은 오로지 그 일이 일어난 집이 아메리카 원주민 보호 구역에 있기 때문이었다.

몇 분 뒤에 그녀는 자신이 부검 보고서의 같은 단락을 세 번째 읽고 있다는 것을 깨달았다. 그리고 더 이상 일을 진전시킬 수 없을 것임을 알았다. 그녀는 인터넷 창을 열고 안젤라 리버 납치를 검색했다.

오늘 아침 발행된 『라스베이거스 선』지에 사건의 전말이 길게 나와 있었다. 주드 챈스는 여러 신문에 정기적으로 기사를 파는 프리랜서 범죄 전문 기자로서 그의 팟캐스트는 네바다와 캘리포니아에서 제일 인기 있는 팟캐스트 중 하나였다. 야들리는 공개해야 할 필요가 있는 사건의 상세한 사항을 흘리기 위해 여러 차례 그를 이용했고 반대급부로 다른 사건에서 그가 원하는 정보가 있으면 조금 주곤 했었다.

챈스는 그 살인자에게 **크림슨 레이크의 처형인**이라는 이름을 붙여 놓았는데, 야들리는 그 이름이 붙어 다닐 것임을 알았다.

여러분은 어떤지 모르겠지만 본 기자는 그에게서 어둠의 심장을 보았다. 6년간 범죄 전문 기자로 일하면서 나는 사람이 할 수 있는 일에 대해 잘 알게 되었다고 느낀다. "거기 있었노라, 그것을 했노라." 나라면 마음 속으로 이렇게 생각할 것이다.

그렇다, 크림슨 레이크의 처형인은 범죄 지식의 서열에서 내 위치를 다시 생각하게 만들었다. 그는 서두르지 않고 피해자들을 데리고 천천히 시간을 보낸다. 수사 관계자와 가까운 정보원이 말해 준 바에 의하면 그는 먼저 피해자들의 몸을 씻긴다. 비누로 그들을 씻기고 표백제를 써서 몸을 문지른다. 그는 피해자들의 머리카락을 정돈하고 손톱에 매니큐어를 바른다. 어린 여자아이가 제일 좋아하고 아끼는 인형들을 데리고 놀듯이. 그리고 그가 범행을 저지른 것은 오직 한 곳에서다. 크림슨 레이크 로드. 동네 전체가 더러운 타락에 휩싸인 역사가 있어 해안을 따라 텅 빈 통나무집들을 제외하고는 아무것도 남아 있지 않은 곳이 그곳이다. 사람보다 유령이 많은 곳, 그곳이 그 처형인이 집이라고 부르는 곳이다.

두 여성이 발견된, 방치된 통나무집들은 서로 1마일도 떨어지지 않은 거리에 있었다. 집주인들은 집값을 상회하는 체납 세금 때문에 그 집들을 버려두었다. 그 통나무집들은 처형인이 찾아낼 때까지 오랜 세월 먼지와 거미줄에 뒤덮인 채 거기 있었다. 그는 제일 가까운 경찰서가 한 시간 거리이고 밤의 암흑에 덮여 사람이 전혀 없는 곳을 찾아냈다. 두려움을 모르는 여러분의 기자가 한밤중에 그곳을 찾았을 때 하나의, 단 하나의 불빛만이 어떤 집에서 흘러나오고 있었다. 하지만 이 유일한 거주자를 인터뷰하기 위해 문을 두드렸을 때 사람은 나오지 않았다. 동네 전체가, 그곳을 동네라고 부를 수 있다면 말이다, 어둠과 녹 덩어리일 뿐이었다.

챈스는 이어서 두 여성이 발견되었을 때 얼굴에는 붕대가 감겨 있고 미간이 베여 붕대가 피로 젖어 있었으며 상체를 가리는 짧은 검정 원피스를 입고 있었다는 세부적인 사실을 설명했다. 사프롱의 그림에 관한 언급은 없었다.

야들리는 컴퓨터에 다른 창을 열고 네 개의 그림을 띄웠다. 그림들은 어두웠다. 주제만이 아니라 명암도 어두웠다. 각각의 형상 뒤, 창문 밖, 불에 탄 도시가 다 어두웠다. 불길은 거의 하늘에까지 미쳐 있었다. 하늘 자체가 밝은 주황색으로 빛났다. 마치 하늘 역시도 불길에 휩싸인 것처럼.

그자가 이 그림들을 보며 본 것은 무엇일까?

FBI가 인정한 연쇄 살인범의 범주는 네 가지로서, 성적 욕구 충족을 위해 타인에게 완력을 쓰는 지배형, 목소리나 환영으로 인해 행동이 강제되었던 환각형, 창녀와 같은 특정 부류의 사람들이나 인종적 소수 집단을 박멸하려는 사명을 가진 목표 지향형, 그리고 성과 폭력을 동일시했던 욕망형 등이 그것이다.

지배형이 개입된 것은 아니었다. 상호작용 과정 전반에 걸쳐 피해자들은 의식이 없었기 때문이었다. 게다가 지배형 살인자들에게는 피해자가 자신이 지배당하고 있음을 아는 것이 필요했다. 파르와 리버는 민족적, 인종적, 혹은 종교적 소수 집단 출신이 아니었다.

그자가 환각에 지배당한 결과 살인을 지시받았다고 믿었을 가능성은 있었다. 비록 성폭행의 증거는 희박하지만 욕망형 살인자였을 가능성도 있었다. 혹은 이 건은 전혀 연쇄 살인이 아니고 돈이나 복수를 위한 살인이거나 청부 살인일 가능성도 있었다. 그렇다면 사프롱을 끌어들인 것은 경찰을 속이기 위해서일 수도 있는 것이다. 아니면 FBI의 행동과학 부서가 아직 규명하지 못한 완전히 특이한 유형의 연쇄 살인범인지도 모른다.

그자가 욕망형이거나 환각형 살인자라면 죽거나 감옥에 갇힐 때까지는 멈추지 않을 것이다. 그렇게 되기 전까지 그가 할 수 있는 일은 계속 앞으로 나아가는 것뿐이다. 그에게 그것은 살인인 셈이다. 헤엄을 멈추면 익사하기 때문에 멈출 수가 없는 상어와 같은 것이다.

야들리는 다시 챈스의 기사로 돌아가서 안젤라 리버에게 할애된 몇 단락을 읽었다. 그 부분에는 리버가 남자친구와 함께 찍은 사진이 실려 있었다. 그녀는 마이클 재커리라는 남자와 사귀고 있었다. 그는 응급실 담당 내과 의사였는데 그녀는 최근에 그의 집으로 이사를 했다. 볼드윈이 그를 인터뷰했을 때 그는 리버가 납치되던 날 밤에 일찍 잠이 들었다고 말했다. 그가 집에 있었다는 것을 확인해 줄 수 있는 사람은 아무도 없을 것이다. 캐시 파르가 납치되던 날 밤에 그는 다른 주에서 열린 의학 학회에 참석했다고 주장했다.

사진 속에서 리버는 머리 위에 선글라스를 밀어 올리고 그의 목을 양팔로 감싸 안은 채 환한 미소를 짓고 있었다.

산산조각 난 가슴.

야들리는 로이 리우에게 이메일을 보내어 성폭행 가능성으로 인해 연방 관할로 넘어갈 '처형인 사건'으로 불리는 건이 있다는 것을 알렸다. 그리고 그녀가 그 사건의 수사를 맡고 싶다고, 그래서 떠나기 전에 카일 잭스에게 유사한 사건들을 어떻게 다루어야 하는지 알려주고 싶다고 했다. 그런 다음 그녀는 잭스와 만날 약속을 잡았다.

7

볼드윈은 새 지부장 보좌가 온 뒤로 정·재계 비리와 부정부패 사건을 점점 더 많이 맡게 되면서 살인 사건을 맡는 일이 점점 줄어들었다. 그는 야들리가 연관성을 제시한 사프롱이라는 이 화가에 관해 더 많은 것을 알아내기 위해 문의할 수 있는 정보원에 대한 몇 가지 생각이 있었다. 하지만 그날까지 기한이 정해진 몇몇 서류 작업을 먼저 끝마쳐야 했다.

오후에 그의 새 상관이 볼드윈의 사무실에 들어와 문 앞에 섰다. 지부장 보좌 데이나 영은 사람들이 FBI 요원을 생각하면 흔히 떠올리는 그런 모습이었다. 검은 양복, 흰 셔츠, 그리고 어두운 넥타이 같은 것 말이다. 두꺼운 안경알과 완벽한 비율로 한쪽 옆으로 깔끔하게 빗어 넘긴 머리도 포함된다. 그는 볼드윈이 싫어하는 관료, 사건의 실제 피해자들에 대해서는 전혀 관심을 두지 않는 출세주의자의 모습 그 자체였다.

"그러니까 내 생각에는 그 '처형인 사건'은 아주 금방 해결될 수 있을 것 같은데." 구두에 난 흠집을 보며 영이 말했다. 볼드윈은 처음으로 그의 발이 몸집에 비해 아주 작다는 것을 알게 되었다. "그렇게 되면 우리 인력이 좀 더 확보될 거니까 좋은 일이야."

"어째서 그렇죠?"

"행동과학 부서에서 그 인원들을 옮길 거거든. 이건 그냥 내 소박한 견해이긴 하지만 행동과학 부서는 자원 낭비였어. 살인이란 게 다 비슷비슷한데 거기에 부서 하나를, 특히 범죄유형 분석 같은 마술을 담당하는 부서를 통째로 둘 필요가 없지. 나는 라스베이거스 지부장에게 관련 직위를 해소하고 그냥 일반적인 일을 할 요원 두 사람을 우리한테 달라고 조르는 중이야. '처형인 사건'이 해결되면 그걸로 우리는 일보 전진할 수가 있고 그렇게 되면 모든 유형의 사건들을 훨씬 더 빠르게 종결시킬 수 있을 거야."

볼드윈은 FBI에 예산 삭감이 있으면 어느 때고 행동과학 부서가 구조 조정을 받는 것에 익숙해져 있었다. 행동과학 부서는 지역 경찰에서 연쇄 살인 수사에 도움이 필요할 때 그들과 연계하는 활동에 특히 초점을 맞추고 있었다. 문제는 현재 그 부서에 할당된 요원이 여덟 명에 불과하다는 것이었다. 게다가 그들은 미국만이 아니라 전 세계를 담당하고 있다. 여덟 명의 요원이 매달 수십 건의 협조 요청을 처리해야 하는 것이고 그중 한 명이 볼드윈이었다. 그런데 영은 그마저도 더 감축하고 싶은 듯했다.

"이건 그냥 궁금해서 묻는 겁니다만," 볼드윈이 말했다. "'처형인 사건'이 빨리 해결될 거라고 생각하는 이유가 뭐죠?"

영은 어깨를 으쓱했다. "나는 수많은 살인 사건 수사를 지휘했어. 그런데 항상 목격자가 나타난단 말이지. 어쨌거나, 결국엔 나타나. 살인범이 자기가 저지른 일들 중 하나에 대해 누군가에게 떠벌리겠지. 그러면 그 누군가가 전화기를 들고 우리한테 전화를 할 거고 그걸로 놈은 끝나게 되는 거지."

볼드윈은 웃음이 터져 나오려는 것을 참았다. 대신에 그는 영의 눈을 가만히 응시했다. "데이나, 난 여기 들어와서 줄곧 **이런** 유형의 범죄자들을 다뤘어요. 당신 말이 맞아요. 대부분의 살인은, 심지어 연쇄 살인도 말이죠, 목격자로 인해 해결되곤 하죠. 하지만 이런 유형의 살인자는 그렇지 않아요. 때때로, 이런 자들은 자신이 뭘 하는지 **알지도** 못한답니다. 자신들이 무슨 짓을 하는지 인지하지도 못한다면 어떻게 누군가에게 그걸 정확하게 떠벌릴까요?"

순간적으로 영의 얼굴에 성난 기색이 어렸으나 다음 순간 금세 사라졌다. "이봐, 난 논쟁을 하려고 온 게 아니야. 그 '처형인 사건'을 가능한 한 빨리 종결했으면 한다는 말을 자네한테 하려고 온 거야. 지금 우리는 다 자네를 주목하고 있단 말이지."

"그 사건을 언론에서 떠들고 있으니까요. 그렇죠? 아무도 모른다면 그 사건에 눈길조차 주지 않을 텐데 말이죠."

영은 넥타이를 바로 고치고는 말했다. "말조심하게, 볼드윈 요원. 행동과학 부서를 구조 조정하게 되면 자네한테 새 부서를 찾아줘야 할 텐데 그건 내가 결정하게 되는 거야." 그는 손목시계로 시간을 확인했다. "빠르게 처리하게, 볼드윈 요원. 이해된 거지?"

"그럼요, 알겠습니다."

영이 나가자 볼드윈은 볼펜을 책상 위로 던지고 얼굴을 문질렀다. 최근에 그의 친구 한 명은 FBI를 떠나서 버뮤다에서 다이빙숍을 인수했다.

볼드윈은 컴퓨터에 버뮤다 사진들을 띄웠다. 그리고 한참 동안 그 사진들을 응시한 후 재킷을 입고 사무실을 나섰다. 밤이었다. 그가 그곳에 남아 있던 마지막 사람이었다.

8

야들리는 연방 검찰청 근처의 카페에서 조용히 점심을 먹으면서 지나가는 사람들을 보고 있었다. 아이들 몇이 들어왔다. 열세 살이 되지 않았을 것 같은 아이들이었다. 더러운 옷을 입고 있었다. 그 아이들은 주인에게 무언가를 부탁했고 주인이 고개를 흔들며 "미안해."라고 하자 밖으로 나갔다. 라스베이거스에서는 지난 10년간 청소년 노숙 인구가 계속해서 증가하고 있는데, 십 대의 취약한 아이들은 가장 악랄한 범죄자들이 노리는 먹잇감이었다.

모든 유형의 연쇄 살인범들은 저항하지 않을 피해자를 선호했다. 그리고 어린 매춘부들은 선뜻 그들을 따라 인적이 드문 장소로 가는 집단이었다. 평온하고 일상적인 삶을 살아 온 사람을 피해자로 고르는 '처형인' 같은 자는 흔치 않았다.

금발의 젊은 남자가 카페 앞에 대형 트럭을 주차했다. 그는 카페로 들어와서 사방을 둘러보았다. 그녀를 발견하고는 다가왔다.

"제시카죠?"

"네."

"카일입니다." 그는 묻지도 않고 그녀의 맞은편에 앉았고 악수도 하지 않았다. 그는 주머니에서 사탕을 꺼내 껍질을 벗겼다.

야들리는 리우가 한동안 잭스를 주시하고 있으면서 그녀가 그만두기를 기다리고 있었던 것은 아닐까 궁금했다.

그녀는 그의 무례한 행동에도 개의치 않고 그에게 따뜻한 미소를 보냈다. "만나서 반가워요."

잭스는 카페를 한차례 휙 둘러보았다. "왜 여기서 만나자고 한 거죠?"

"그냥 격의 없는 곳이 기분 전환을 위해서 좋을 것 같아서요."

그는 실내를 한 바퀴 돌아본 뒤 사탕을 입 안에 넣었다.

"지내보니까 라스베이거스가 어때요?"

그는 어깨를 으쓱했다. "전에 많이 와 봤어요. 오게 될 거란 걸 알았죠."

"사실 그게 궁금했어요. 왜 여기로 온 건가요?" 야들리가 물었다.

"무슨 뜻이죠?"

"특수 사건과는 검찰에서 매우… 특별한 분야라는 거죠. 검사들은 대부분 이 부서를 필요악이라고 보고 있어요. 살인 사건과와 중범죄과를 거쳐 판사가 되기를 원할 때 몇 년 시간을 보내야 하는 데라고 할까요. 아무도 여기로 발령을 내달라고 특별히 요청하지는 않아요. 그렇지만 당신은 그랬죠. 난 그냥 이유가 궁금한 거예요."

그는 어깨를 으쓱했다. "좋은 기회인 것 같아서요. 게다가 와이오밍은 넌더리가 났거든요." 그는 그녀를 한번 쳐다보고는 말했다. "나보다 한참 나이가 많을 거라고 생각했어요. 당신이 퇴직한다고 들었거든요."

"맞아요. 적어도 여기서는 퇴직해요."

"뭘 하시려고요?"

"아마도 개인 사무실을 열게 되겠죠. 유언장이나 계약서 같은 평온한 일을 하는 거죠." **피비린내 나지 않는 어떤 일 말이야,** 그녀는 생각했다.

"당신한테 보여주고 싶은 게 있어요." 그녀가 말했다.

그녀는 가방에서 노트북을 꺼내서 '처형인' 파일을 불러왔다.

"이게 앞으로 2주 동안 우리가 다룰 사건이에요. 『라스베이거스
선』지 기자가 이자에게 '크림슨 레이크의 처형인'이라는 이름을 붙였
는데 내 생각에는 그 이름으로 남게 될 것 같군요." 그녀는 파일 목
록을 가리켰다. "보고서들은 보다시피 잘 정렬되어 있지만, 클라크 카
운티 부분과 FBI 보고서 중 하나에 몇 가지 실수가 있는 걸 발견했어
요. 부검 결과 중 현미경 검사 보고서가 두 번째 피해자 건의 행방불
명자 명단 속에 파묻혀 있고 혈청 분석 요약이 보충 설명문 위에 얹
혀 있었어요. 그리고 목격자 진술서는 증거 분석팀이 보낸 30페이지
의 기록문 안에 들어가 있었고 말이죠. 그 모든 건 내가 아주 간단히
바로잡았지만, 이런 것들이 중요한 걸로 판명 나게 되면 이 같은 실수
를 잡아내는 게 필수적이죠.

많은 형사들이 자신이 맡은 사건을 저돌적으로 밀어붙인다는 걸
알게 될 거예요. 그리고 차를 이용한 총격이나 편의점 강도처럼 범인
이 명확하거나 목격자들이 있는 대다수의 살인 사건에서는 그게 통
할 수 있어요. 하지만 동기가 불분명하고 범인이 발각되지 않으려고
최선을 다한 연쇄 살인 사건에서는 모든 걸 천천히, 그리고 체계적으
로 해야 해요. 나는 맨 밑바닥부터 시작하는 걸 좋아해요. 그래서 당
신도 똑같이 했으면 좋겠어요."

야들리는 스프레드시트를 열었다. 열두 개의 칸이 '제거 절차와 지
형적 분석, 그리고 과학수사(증거, 일시적 및 실재적)' 등과 같은 제목
으로 채워져 있었다.

"이것들이 당신이 직접 조사해야 할 주요한 일차적 부분이에요. 경

찰과 FBI는 당신을 위해 증거를 수집해줄 수는 있지만 그걸 정리할수는 없어요. 그러니까 배심원단이 쉽게 이해할 수 있는 방식으로—"

그는 입에서 사탕을 꺼내고서 그녀의 말을 가로막았다. "네네… 근데 저기, 기분 나쁘게 생각하지는 마세요. 하지만 나는 이런 식으로 일하지 않아요. 나는 오랫동안 마약 단속국에서 일했고 기소한 살인사건이 한 트럭이에요. 우리는 모두 저마다의 일하는 방식이 있잖아요. 그런데 솔직히, 이건 나한테 그리 큰 도움이 될 것 같지 않네요."

"이 사건들은 썩어빠진 마약 단속이 아니에요, 카일. 고도의 지능을 가진 살인범인 경우가 보통이죠. 당신은 당신이 가진 증거들을 가지고 그들의 사고를 재구성해야 해요. 그게 이런 사건들을 다루는 유일한 방법이에요."

잭스는 앞으로 몸을 기울였다. "나는 스물한 살에 로스쿨을 졸업했어요. 그리고 그때부터 내가 무슨 일을 하는지 안다는 걸 증명하기 위한 싸움을 계속해 왔죠. 말다툼 같은 건 하고 싶지 않아요. 당신은 그만두려는 중이니까 당신이 배웠다고 생각하는 걸 새로 오는 사람에게 말해주고 싶은 마음이 굴뚝같은 건 충분히 이해—"

"내가 배웠다고 **생각하는** 거라고?"

그는 한숨을 내쉬었다. "알겠어요, 진정하시고요. 나는 그저 내가 일하는 방식이 있고 그게 항상 나한테는 맞았다는 걸 말하는 것뿐이랍니다. 그런데 그게 스프레드시트를 채우는 건 아니라는 거죠." 그는 사탕을 깨서 씹었다. 그러더니 일어나서 사탕 막대를 냅킨 위에 놓았다. "그 파일을 볼게요. 그리고 내 생각을 말해 주죠."

잭스는 문밖으로 으스대며 걸어 나갔다. 그의 손목에 찬 롤렉스 시계를 보며 야들리는 그가 번드르한 것을 좋아한다는 것을 알았다.

그녀는 이제 떠나면 된다. 새집이 그녀를 기다리고 있었다. 지금 계류 중인 사건들은 인계하고 가면 된다. 잭스나 리우는 그녀가 그렇게 한다고 해도 전혀 개의치 않을 것 같았다.

그녀는 손가락으로 마우스를 움직였다. 볼드윈이 입력한 안젤라 리버의 개인 신상을 클릭했다.

별로 많은 내용은 없었다. 그녀가 태어난 곳은 캘리포니아주 산타모니카였다. 야들리가 태어난 곳과 같았다. 그녀는 데이비스 포트 고등학교를 자퇴했고 나중에 검정고시를 거쳐 대학에 들어갔다. 친인척 명단은 없었다. 재커리는 그녀보다 한 살 연상으로 전과는 없었다. 리버는 체포 불응으로 유죄 판결을 받은 적이 있었다. 야들리는 그 사건의 원본을 불러왔다. 경찰이 야외 콘서트장에서 대마초를 피운 혐의로 리버를 체포하려 했는데 그들이 수갑을 채우려 하자 그녀는 그들에게 엉덩이를 드러내 보이고는 달아났던 것이다. 야들리는 웃음이 났다.

야들리는 인스타그램에 들어가서 리버의 프로필을 찾아냈다. 그녀가 암벽 등반을 하는 사진들과 바다에서 수영하는 사진, 산악자전거를 타고, 요가를 하고, 불교 승려로 보이는 사람이 목에 뭔가를 둘러주는 사진들이 있었다. 그녀의 프로필 사진 밑에는 **"세상이 변하는 것을 보고 싶다면 스스로 변하라."**는 인용구가 적혀 있었다.

그녀는 프로필 사진을 물끄러미 바라보았다. 이글거리는 태양을 뒤로 하고 리버가 절벽 끝에서 요가 자세를 취하고 있는 사진이었다. **당신을 보면서 그자는 뭘 봤던 걸까?**

9

야들리는 적어도 일주일에 몇 번은 가족이 저녁을 먹어야 한다고 줄곧 고집해 왔다. 오늘 밤에 타라는 작년에 같이 어울려 지냈던 이웃이자 친구인 스테이시와 함께 집에 왔다. 타라는 친구를 쉽게 사귀지 못했다. 그것은 비단 악명 높은 살인자의 자식이라는 사정 때문만이 아니라 지나치게 뛰어난 지적 능력 때문이기도 했다. 그녀는 아이들이 아빠가 누군지 알게 된 후 여러 번 전학해야 했고 한동안은 나쁜 친구들에게 휩쓸리기도 했다.

두 친구는 냉장고에서 탄산음료를 꺼내면서 뭔가를 얘기하며 크게 웃고 있었다.

"맛있는 냄새가 나네요." 스테이시가 말했다.

"거의 다 됐단다. 자리에 앉으렴."

그녀는 세 사람분의 음식을 그릇에 담아서 아이들과 함께 자리에 앉았다.

"오늘은 어땠어?" 야들리가 물었다.

타라는 포크 가득 스파게티를 말아서 입에 넣고는 말했다. "인턴일 때문에 죽을 지경이죠. 전부 시간 잡아먹는 일밖에 없어요. 하나하나 미친 듯이 시간이 걸린다고요."

"넌 언제나 시간을 줄일 수 있잖아."

그녀는 머리를 내저었다. "졸업하면 분명 여기 채용될 거예요. 전이 일을 하고 싶어요."

"진짜 근사하죠?" 스테이시가 말했다. "타라는 졸업할 때 겨우 스무 살일 텐데 돈을 **그렇게** 많이 벌게 되니 말이에요."

"난 타라가 정말 자랑스럽단다." 야들리가 딸을 쳐다보며 말했다. 타라는 얼굴이 빨개졌다.

저녁을 다 먹고 나서 아이들은 스테이시의 집으로 달려가고 야들리는 혼자 남았다. 그녀는 벽이 사방에서 자신을 향해 조여드는 것 같은 생각이 들었다. 그래서 오늘은 이미 운동을 했음에도 반바지와 티셔츠를 입고 헬스클럽으로 갔다. 러닝머신 위에서 너무 속력을 높여 달린 탓인지 다리가 무너질 것만 같아서 그녀는 음료 코너에 앉아 쉬지 않을 수 없었다. 그러고 나서야 차로 갈 수 있을 만큼 기력을 회복했다.

야들리는 다시 운전을 하면서 허리를 한 번씩 양옆으로 비틀고 목을 스트레칭 했다. 아직 젊은 나이임에도 그녀는 관절이 노화되어 가는 게 느껴졌다. 운동한 후나 앓고 난 뒤에 예전에 그랬던 것처럼 빨리 회복되지 않는 것이었다. 허리 통증을 느끼며 그녀는 요가 스튜디오에 오라고 했던 안젤라 리버의 말이 생각났다.

야들리는 잠깐 고민하다가 주소를 찾아보았다.

요가 스튜디오는 라스베이거스 외곽에 있는 자그마한 공간이었다. 열 명 남짓한 사람들이 요가 매트 위에서 자세를 취하고 있는 모습이 유리창을 통해 보였다. 리버는 그들 사이를 느긋하게 돌면서 한 번씩 그들이 몸을 쭉 뻗도록 돕거나 짤막하게 말을 건네곤 했다. 야들리는 주차장을 쓱 둘러보았다. 경찰 마크를 달지 않은 차 안에서 보안관보가 대기하고 있지 않을까 예상했던 것이다. 하지만 아무도 없었다. 리버는 최소한 며칠간은 경찰의 신변 보호 대상이어야 했다. 그 '처형인'

은 그녀가 자신을 알아볼 수 있다고 생각한다면 시작한 일을 끝내려고 다시 올지도 모르기 때문이다.

그녀는 수업이 끝나기를 기다렸다가 안으로 들어갔다. 리버는 제자한 사람과 말을 나누고 있다가 야들리를 보고는 손을 흔들었다. 대화를 마치고 그녀가 다가왔다.

"이렇게 와 줘서 정말 반가워요. 그런데 어쩌죠? 마지막 수업이 막 끝났네요."

"나는 그냥 당신이 어떤지 보고 싶었어요. 견딜 만하세요?"

그녀는 어깨를 으쓱했다. "걷고, 숨 쉬고, 움직일 때 아파요. 그리고 한쪽 눈만 보여요. 하지만 그것 빼고는 괜찮아요." 그녀는 말을 멈추고 바닥을 내려다보았다. "음, 제 남자친구 재커리 말로는 제가 어젯밤에 자면서 흐느껴 울었대요." 그녀는 억지로 어색한 미소를 지었다. "하지만 있잖아요, 훨씬 더 나쁜 일을 겪을 수도 있었잖아요. 맞죠?"

야들리는 그녀의 이마에 난 깊은 상처를 바라보았다. 어떤 종류인지 모를 크림이 발린 상처가 반짝거리고 있었다. 그녀는 지난번에 만났을 때보다 자신감이 없어 보였고 에너지도 넘치지 않았다. 정신적 외상이 커지기 시작한 것 같았다.

"안젤라—"

"앤지요. 제 친구들은 앤지라고 부르거든요."

"앤지, 내가 아는 아주 뛰어난 외상 심리 치료사가 한 사람 있어요. 내가 맡은 사건 피해자들을 많이 소개해 주고 있는데 그들에게 도움이 되어 왔어요."

"저는 그런 식으로 저 자신을 생각하고 싶지 않아요. 피해자라고 말이에요. 게다가, 저한테는 요가와 명상이 있답니다. 정신과 의사를 만나는 게 스스로 할 수 있는 것보다 더 도움이 될 건지 잘 모르겠네요.” 그녀는 한숨을 내쉬고는 누군가 남기고 간 요가 매트를 집어 들었다. “뭐 좀 마실래요? 콤부차가 있거든요. 알코올같이 기분 좋은 쾌감을 주는 진짜 진한 거예요.”

“아뇨, 고맙지만 괜찮아요. 딸을 데리러 가야 해서요. 그냥 당신이 어떤지 정말 확인하고 싶었어요.” 야들리는 커다란 액자 속 가운을 입은 도인의 사진을 바라보았다. 노란색 어깨띠를 두르고 따뜻한 미소를 띠고 있는 아시아 남자였다. “보안관실에서 신변 보호 세부 사항을 전달해 줬나요? 당분간은 보안관보가 당신 옆에 있어야 하거든요.”

“아뇨, 아무도 말 안 해줬어요.”

야들리는 고개를 끄덕였다. “내가 경찰에 전화해서 당신 옆에 사람을 붙여 놓을게요.”

리버는 눈이 휘둥그레졌고 야들리는 자신이 말을 잘못 했다는 것을 알았다. “당신 생각에는… 당신은 그가 다시 나를 찾아올 거라고 생각하시는 건가요?”

“이건 그냥 예방책이에요. 당신과 같은 상황에서는 누구라도, 그러니까 습격에서 살아남았는데 범인이 체포되지 않았다면요, 한동안 신변 보호를 받는답니다.”

리버는 팔짱을 꼈다. “음, 재커리는 밤새 야간 근무를 해요. 저는 뭐랄까… 지금 혼자 있고 싶지 않아요. 같이 나가서 진짜로 한잔하지 않을래요? 제발?”

그 ‘제발’이라는 말이 너무 심각해서 야들리는 도저히 거절할 수가 없었다.

와인 바 블랙 도어는 요가 스튜디오에서 멀지 않은 곳이었다. 리버는 주인과 포옹을 하고 그녀의 귀에 대고 조용히 귓속말을 했다. 그녀는 그들에게 창문 옆 자리를 내주었다.

"제 제자 중 한 명이에요." 자리에 앉았을 때 리버가 말했다. "음주 운전자에게 남편을 잃었답니다. 그래서 지옥 같은 시간을 보냈죠." 그녀는 테이블에 놓인 올리브 오일에 빵을 적셨다.

가게 주인이 레드 와인 두 잔과 치즈, 포도를 가져왔다. 오크 향이 나는 부드러운 와인으로 비싸고 희귀한 것 같았다.

"혹시 결혼하셨나요?" 리버가 물었다.

"아뇨."

"이혼한 거예요?"

야들리는 고개를 끄덕였다. "이제 17년 됐네요."

"오래전이네요. 재혼할 생각은요?"

그녀는 고개를 내저었다. "없어요."

"전 결혼한 적은 없어요. 재커리가 사실상 두 번째로 진지한 관계인 셈이에요. 남자와 동거하는 것 역시 두 번째고요. 솔직히, 어떤 때는 동거라는 게 일하는 거나 다름없다는 느낌이 들어요." 그녀는 말을 멈추고 와인을 한 모금 마셨다. "그 사람 바람 피우고 있는 게 분명해요. 그냥 그를 떠나야만 하는 건데 혼자 되고 싶지 않아요. 정말 나약하죠?"

"나약한 거라고 전혀 생각하지 않아요."

리버는 눈물을 참고 있었다. 시선을 돌리는 그녀의 두 눈이 일렁거렸다. "미안해요. 이런 너저분한 얘기를 모르는 사람한테 하고 있으니."

"괜찮아요, 앤지. 그런 얘기가 듣고 싶지 않다면 여기 있지도 않을 거예요."

그녀는 고개를 내저었다. "혼자 되는 게 두려워서 누군가와 함께 지내는 건…. 그런 걸 나약함이라고 하지 않는다면 뭐라고 할지 모르겠네요. 난 그냥 지독하게 멍청한 것 같아요." 그녀는 더는 눈물을 참지 못했다. "너무나 당황스럽네요. 당신은 그냥 가셔야겠어요. 저처럼 엉망진창인 사람 옆에 있을 필요가 없어요."

"앤지, 그건—"

"아뇨, 제발 가세요. 저는 재앙 덩어리예요."

야들리는 한순간 머뭇거렸다. "난 연쇄 살인범과 결혼했던 사람이에요."

리버는 말없이 그녀를 쳐다보았다. 뺨에는 여전히 눈물이 흘러내리고 있었다. 다음 순간 그녀는 웃음을 터트렸다. 야들리는 아무 말도 하지 않았다. 그녀는 그런 말을 할 생각이 아니었지만 어쩌다 보니 그렇게 된 것이었다. 그런 말을 큰소리로 입 밖에 내다니, 정말 난감한 느낌이었다. 그녀는 누구에게도 그런 얘기를 한 적이 없었던 것이다.

리버는 웃음을 멈추고 그녀를 관찰했다. 얼굴에서 서서히 웃음기가 사라져 갔다.

"진담이에요?"

야들리는 고개를 끄덕이며 와인을 한 모금 더 마셨다. "누구의 인생이 더 재앙 덩어리인지 비교하고 싶다면 내가 이기겠죠."

"그게 누구였어요?"

"에디 칼이요. 지금 사형수 사동에 있어요."

"와. 손 들게요. 제가 졌어요."

"아, 그럴 생각이면 당신에게 말해야겠군요. 에디 이후에 내가 누구와 동거했는지 말이죠. '최악의 인생' 대회가 있다면 1, 2등은 아마 내 차지일걸요." 야들리는 와인 잔에 비치는 불빛을 가만히 바라보았다. "난 남자를 보는 눈이 없었어요."

"동아리 하나 만들죠. 재커리 전에 저는 지옥의 천사와 사귀었거든요."

"어땠는데요?"

리버는 어깨를 으쓱했다. "처음엔 진짜 재미있었어요. 검사한테 이런 얘기는 하면 안 되겠지만, 그는 멕시코 갱단과 마약 거래를 하는 곳에 저를 데려간 적도 있어요. 그러니까 마약 범죄 집단 말이에요. 영화 같았다니까요. 총을 든 남자 열 명이 사막 한가운데 빙 둘러서서 여행용 트렁크를 확인했죠."

"정말이에요?"

그녀는 고개를 끄덕였다. "인정해야 할 건, 정말 그렇게 무서우면서 동시에 신이 났던 적은 한 번도 없었다는 거예요." 그녀는 주위를 둘러보고는 소곤소곤 말했다. "사람들이 다 떠나고 나서 바로 거기서 그 사람 오토바이 위에서 섹스를 했답니다."

그녀는 킬킬 웃었고 야들리는 미소를 지었다. "오토바이 위에서요?"

"네. 밑으로 떨어지는 바람에 저는 분위기를 망쳤다고 생각했지만, 그는 바로 제 위로 뛰어내렸어요. 그렇게 짐승 같았다니까요."

"그 사람은 어떻게 됐죠?"

"감옥에 갔죠, 당연히요." 그녀는 한숨을 쉬며 말했다. "그런 이야기가 어떻게 달리 끝날 수 있었겠어요?" 그녀는 와인 잔을 들어 올리며 건배를 했다. "거지 같은 남자들과 사귀기 위하여. 사귀는 동안은 즐겨라."

야들리는 와인 잔을 맞부딪치며 빙그레 웃었고 리버는 가게 주인에게 손짓으로 와인을 더 갖다 달라고 했다.

10

"보안관실 실종계에 캐시 파르의 남편이 전화를 했어. 아마 믿기지 않을 거야."

볼드윈이 빠르게 말했다. 야들리는 책상 모퉁이에 있던 볼펜과 메모지를 손에 쥐었다. 그의 음성 뒤쪽으로 차량 소리가 들리는 것으로 보아 그는 고속도로 위에 있는 모양이었다.

"그의 열네 살 된 딸이 사라진 지 하루가 지났대. 하모니 파르. 휴대폰으로 전화해도 받지를 않아. 그 애는 한 번도 가출한 적이 없고 이건 분명 정상적이지는 않아."

야들리의 심장 박동이 빨라졌다. "내가 같이 갈게."

"그건 별로 좋은 생각 같지 않아, 제시카. 지금은 아냐. 이 작자가 자기 아내를 죽이고 이제 딸도 죽였다면 어떻겠어? 내가 자기 말을 믿지 않는다고 그가 생각한다면 일이 이상하게 돌아갈지도 몰라."

"두 번째 피해자가 있는 상황에서 그건 좀 터무니없는 것 같아. 게다가—"

"절대 그렇지 않아. 이 일에 대해 난 유연할 수가 없어."

그녀는 한숨을 내쉬었다. "그 애는 엄마의 죽음에 충격이 커서 반항하고 있는 것 같아. 그래서 가출한 거야."

"그럴지도 모르지. 하지만 유비무환이잖아."

"어찌 되건, 그와 얘기가 끝나는 대로 바로 나한테 전화해 줘."

야들리는 전화를 끊고 파르의 파일을 열어서 그 딸이 가출한 적이 있는지 알아보려고 캐시의 가족에 관한 내용을 보기 시작했다. 그때 그녀의 휴대폰 진동음이 들렸다. 리버였다. 필요할 때가 있을까 봐 야들리가 그녀에게 자신의 휴대폰 번호를 알려준 것이었다. 그것은 그녀가 사건을 맡을 때마다 피해자에게 했던 일이기도 했다.

"제시카입니다."

"안녕, 저 앤지예요. 휴대폰으로 전화해서 미안해요. 일하고 있는데 귀찮게 하는 건 아니겠죠?"

"전혀요. 무슨 일 있어요?"

"그냥 어떤 게 기억이 났어요⋯. 그날 일이요. 간밤에 꿈을 꿨어요. 하지만 깨어나서 전 그게 꿈이 아니었다는 걸 알았어요."

"볼드윈 요원을 보낼—"

"아뇨. 제 말은, 아, 오해는 하지 마세요. 그분은 더할 수 없이 정중했어요. 끝내주는 남자라는 건 말할 필요도 없고요. 그렇지만 저는 편하지 않아서⋯. 그러니까 전 여자에게 좀 더 편안함을 느낀다는 말이에요. 남자들은 저를 약간 정신 나간 여자처럼 대하거든요. 너무 감성적이라는 거죠. 그거야말로 진짜 남자들이 여자가 해야 할 말이 있을 때 그걸 무시하는 방법인걸요."

"이해해요." 야들리는 사무실을 한 바퀴 둘러보았다. 그녀는 몇몇 파일들은 보관하고 또 다른 것들은 잭스에게 인계할 준비를 하면서 짐을 싸는 중이었다. 앉을 만한 공간이 별로 없었다. 그렇지만 직접 만나서 얘기를 하는 게 나을 것이었다. "우리 스트립에서 볼까요?"

한낮에는 라스베이거스 스트립에 관광객들이 미어터지지는 않았다. 하지만 내리쬐는 강한 열기가 거리에 반사되어 야들리는 오븐 속에 들어앉아 있는 것만 같았다.

"멋있네요." 건널목을 건너려고 기다리는 동안 리버가 말했다. "저도 정장을 입을 구실이 있으면 좋겠어요."

"나는 당신처럼 레깅스와 탱크 탑을 입는 게 훨씬 좋은데요. 진짜예요."

"그렇죠. 그렇지만 장담하는데요, 그렇게 입고 있을 때 사람들이 당신을 훨씬 신중하게 대할걸요. 이렇게 입고 다니면 항상 저질스러운 소리를 듣는답니다."

야들리는 피식 웃으며 말했다. "나도 그런 소리를 듣는걸요. 그런 남자들은 우리가 옷을 어떻게 입든 그럴 거라고 생각해요."

그들은 길을 건넜다. 카지노 앞에 서 있던 어떤 남자가 공짜 음료를 줄 테니 안으로 들어오라고 열심히 호객했다. 그들이 정중하게 거절하자 그는 몇 걸음 더 그들의 뒤를 따라오다가 다른 사람에게로 향했다.

"여기는 햇빛이 정말 멋져요." 리버가 말했다. "다섯 살 때 부모님이 우리를 데리고 알래스카의 작은 동네로 이사를 했어요. 거기는 겨울이 열 달씩 계속됐죠. 그래서 저한테는 햇빛과 모래가 있는 곳이면 어디든 천국 같아요."

"여기로는 언제 이사 왔어요?"

"열일곱 살 때요. 가출한 거였는데 다시는 뒤돌아보지 않았어요. 차를 얻어 타고 캐나다를 거쳐 샌프란시스코까지 와서 어떤 시인이랑 작디작은 아파트에서 살게 됐어요. 저는 공과금을 내느라 웨이트리스 일을 하며 부업도 했는데 그 사람은 빈둥거리며 정말, **정말** 엿

크림슨 레이크 로드

53

같은 시를 썼죠."

그녀는 낄낄 웃었다. 그 모습에 야들리는 미소가 떠올랐다. 그러자 리버가 말했다. "당신 전남편을 찾아봤어요. 화가였더군요. 맞죠?"

야들리는 마른침을 삼켜야만 했다. 갑자기 입이 바짝 말랐던 것이다. 그녀는 땅바닥을 내려다보았다.

"미안해요." 리버가 말했다. "저라는 사람과 수다스러운 제 입이요."

"아뇨, 괜찮아요. 그냥 그 사람 얘기를 하는 게 익숙지 않은 것뿐이에요. 당신의 시인처럼 그는 화가였죠. 하지만 굉장히 성공한 화가였어요." 그녀는 한 쌍의 젊은이들이 손을 잡고 서둘러 어디론가 가는 모습을 지켜보았다. 그들에게서 알코올 냄새가 풍겨왔다. "그를 만났을 때 저는 사진작가였어요. 그는 항상 저를 격려해 줬죠. 훌륭한 예술 작품이 나오려면 자신을 온전히 쏟아 부어야 하므로 다른 곳에서는 일하지 말라고 했어요. 뭔가 특별한 예술을 하고 싶다면 예술을 위해 자신을 희생해야 한다고 말이에요."

"와, 심오한 말인데요."

야들리는 고개를 끄덕였고 그들은 시저스 팰리스 호텔 근처의 교차로에 멈춰 섰다. 분수에서 나온 시원한 물안개가 그들 위로 흩어져 내리고 있었다. "그는 인생을 꿰뚫어 보는 직관이 있었어요. 그런 직관을 나는 어디서든 두 번 다시는 보지 못했죠. 그가 사람들과 그들의 내적 동인을 이해하는 방식을 보면 내가 만나 본 최고의 정신과 의사들이라도 부러워할 거예요. 그게 바로 그가 그토록 공포스러운 이유예요. 그는 우리가 누군지 정확히 알아요. 그렇기 때문에 자기가 원하는 그 무엇이라도 될 수 있었을 거예요. 그런데도 그는 지금의 자신을 선택한 거죠. 끔찍한 어린 시절도 없었고, 학대당하지도 않았고, 정신 질환도 없었어요. 그는 자신의 의지로 괴물이 되는 걸 선택했던 거예요."

"정말 그렇다고 믿으세요? 그가 선택했다고? 당신은 우리가 그냥 그런 식으로 태어난다고는 생각하지 않아요? 무슨 말이냐면요, 우리는 어쩌면 우주가 바라는 대로 만들어져 그냥 태어나는 건지도 모르잖아요?"

야들리는 고개를 내저었다. "그는 우주가 시켜서가 아니라 자신이 즐겼기 때문에 살인을 했어요." 그녀는 아우구스투스의 동상을 쳐다보며 말했다. "괜찮다면 뭔가 다른 얘기를 하고 싶네요."

"언니, 캐물을 생각은 아니었어요. 정말이에요. 미안해요."

"괜찮아요. 단지… 그 얘기를 하는 게 좀 더 힘든 날이 있을 뿐이에요."

그녀는 걸음을 멈추고 머리를 문지르면서 나지막하게 신음했다."어디 좀 앉을까요? 한 번씩 이렇게 두통이 생기곤 해요."

그들은 식당가 근처 벤치에 앉아 한동안 아무 말도 하지 않았다. 마침내 리버가 말했다. "그럼, 다른 얘기로, 아이들은 있으세요?"

"딸이 하나예요. 열일곱 살이죠."

"따님은 어떤 아이예요?"

"라스베이거스 대학 박사 과정에 있어요. 서번트 증후군*이라고 말하는 그런 아이예요. 아주 뛰어난 서번트죠." 야들리는 빙긋 웃었다. "제 생각에 우리 딸은 저를 돌보는 걸 자기 일로 아는 것 같아요."

리버는 잠시 침묵했다. 눈은 바닥으로 내리깔려 있었다. "저는 과연

---

* 지적 장애나 자폐증 같은 뇌 기능 장애가 있는 사람들 가운데 특정 분야에서 천재성을 보이는 증상

아이가 생길지 자신이 없어요." 그녀는 캐딜락을 몰며 지나가는 사람들에게 고함을 질러대는 젊은 남자들 쪽을 힐끗 보았다. "어떤 꿈을 꿨는지 알고 싶으세요?"

"당신이 말할 생각이 들면요."

그녀는 고개를 끄덕였다. "끔찍한 꿈이었어요. 깨어났을 때 셔츠가 몸에 달라붙어 있었어요. 땀에 흠뻑 젖어서 말이에요. 그런 적은 난생처음이었어요."

"어떤 꿈이었는데요?"

"제가 쇼핑몰에서 나와 주차장으로 가고 있었던 게, 그러니까, 밤 10시쯤이었어요. 맞죠? 그래서 정말 캄캄했어요. 그렇지만 저는 주차장에서 가로등 근처에 차를 세웠거든요. 그래서 차로 걸어가서 문 앞에서 차 열쇠를 눌러 문을 열었죠. 그때 머리 뒤쪽에 그 미친 통증을 느꼈던 거예요. 모든 게 제어 불능인 것 같았죠. 그런 다음 깨어났더니 얼굴이 붕대로 감긴 채 테이블 위에 있었어요. 하지만 그 통증을 느끼기 직전에 대해 계속 생각하고 있었는데 꿈속에서 진짜 선명하게 그게 보였던 거예요."

"뭘 본 거죠?"

"차 안으로 막 들어가려고 하면서 차 유리창을 봤어요…. 그런데 제 뒤로 어떤 형상이 보였어요."

야들리는 간이 철렁했다. 하지만 그녀는 겉으로는 침착하게 아무런 내색도 하지 않았다. "얼굴을 봤나요?"

그녀는 고개를 내저었다. "아뇨. 너무 순식간이었어요. 그냥 얼굴이 순간적으로 잠깐 번득였을 뿐이에요. 잠에서 깼을 때 그냥 악몽을 꾼 거라고, 꿈속에서 일어난 일이라고 생각했어요. 하지만 너무 생생했어요. 그건 그자였어요."

"어떤 옷을 입고 있었죠?"

"모르겠어요. 검은색 같다고 생각하지만, 가슴 윗부분만 볼 수 있었으니까요."

"머리 색깔은 보였나요? 아님, 피부색이라도?"

"아뇨. 팔이 움직이는 걸 봤어요. 그게 다예요. 그 사람을 묘사할 수 있는 건 아무것도 못 봤어요." 그녀는 잠깐 생각했다. "주차장에는 다른 사람들도 있었어요. 그는 그 사람들은 아예 쳐다보지도 않고 제 앞으로 왔어요. 저를 특정해서 선택했던 거예요."

그녀의 손이 떨리기 시작했다.

"빌어먹을." 그녀는 팔짱을 끼며 말했다.

"괜찮아요, 앤지."

그녀는 고개를 내저었다. "저는 제자들에게 평화와 조화를 가르치고 있어요. 그리고 우주의 기운을 이용해서 자신을 치유하라고 가르치죠. 그런데 이 얘기를 하면서도 온몸이 떨리네요."

"그건 당신이 어떻게 할 수 있는 게 아니에요. 우리의 뇌는 나름의 반응 방식이 있어요. 당신의 뇌는 아직 정신적 외상을 거치는 중이어서 당신이 지금 어떤 것을 겪든 지극히 정상이에요."

"전혀 정상인 것 같지 않아요." 그녀는 크게 숨을 내쉬었다. "그전에 그가 저를 지켜보고 있었다면요? 그건 제가 누군지 그가 안다는 뜻이고, 어디 사는지, 어디서 일하는지 안다는 거겠죠. 그는 저를 다시 찾아올 거예요. 그렇죠?"

야들리는 순간적으로 입을 다물었다. "모르겠어요. 하지만 내가 보안관 사무실에 얘기했으니까 오늘 당신에 대한 신변 보호 사항이 하달될 거예요. 경찰에 인력이 부족해서 지금까지 사람을 구할 수 없었던 거예요. 그러니까 이제는 하루 24시간 보안관보가 당신 옆에 있게 될 거예요.”

“그렇지만 당신 생각은요? 그가 다시 저를 찾아올까요?”

야들리는 아랫입술이 마르는 것 같아서 입술을 적셨다. “내가 다루었던 비슷한 많은 사건의 경우에는… 아니었어요. 정체불명의 용의자가 다시 온 적은 없어요. 그렇게 하는 건 너무 위험한 모험이죠. 하지만 어떤 유형의 범죄자는… 현실에서 괴리되어 있다고나 할까요. 그들은 때때로 자기가 무슨 일을 하고 있는지 모른답니다. 그런 걸 하고 있다는 것조차 인지하지 못하는 경우도 있어요. 그런 유형의 범죄자들은 이따금 다시 돌아오죠.” 야들리는 그 뒤에 **피해자**라는 말을 하려다가 마음을 고쳐먹었다. “자신들의 습격에서 살아남은 목격자를 찾아서요.”

“이 남자가 그런 유형의 사람인가요?”

“모르겠어요. 그는 한순간은 체계적인 사람 같다가 다음 순간에는 완전히 정신이 나간, 통제 불능의 사람으로 여겨져요. 정말 난 모르겠어요, 앤지.”

그녀는 고개를 끄덕였다. “그를 찾으면 당신은 무슨 일을 하게 되나요?”

“나는 수사를 옆에서 검토하기만 해요. 주된 업무는 그자를 찾으면 순조롭게 기소될 수 있도록 하는 거랍니다. 범인이 체포되기 전까지는 내 일은 시작조차 되지 않는다고도 할 수 있어요.”

리버는 미소를 지었다. “그럴 리가요. 저한테 일어난 일에 당신이 신경을 쓴 순간부터 당신은 일을 시작한 건데요.” 그녀는 지나가는 차들을 바라보았다. “그가 저를 다시 찾아오면 어떻게 하죠? 제가 어떻게 그런 사람에게서 저 자신을 보호하나요?”

야들리는 총을 사고, 개를 한 마리 두라고, 그리고 경보 장치를 설치하라고 말할 수도 있었다. 아니면 당분간은 신변 보호를 받을 테니까 아무 문제 없을 것이라고 말할 수도 있었다. 그러나 그것은 진실이 아니었다. 진실은 누군가 정말로 다른 사람을 해치고 싶다면, 그리고 그 결과에 대해 개의치 않는다면 그런 사람을 막을 뾰족한 방법은 없다는 것이었다.

"못 하죠." 야들리는 말했다. "그자를 막을 유일한 방법은 잡거나 죽이는 거예요."

11

볼드윈은 파르의 이동식 주택 앞에 차를 세웠다. 공원에는 최대한 많은 집이 들어설 수 있도록 각각의 집들이 바로 옆에 다닥다닥 붙어서 모여 있었다.

그는 차에서 내렸다. 현관 양쪽으로 여러 개의 화분이 줄지어 있었는데 그중 하나에는 담배꽁초들이 흙 속으로 삐죽삐죽 박혀 있었다. 그는 노크한 다음 한 박자 기다리고 나서 다시 노크를 했다.

민소매 차림의 남자가 나왔다. 세월의 풍파를 맞은 얼굴이었다. 팔뚝과 이두박근에는 감옥의 문신이 가득했다.

"벌써 다시 온 거요?"

"몇 가지 더 물어볼 게 있어서요, 파르 씨. 시간 있습니까?"

"하모니 때문에 온 거요?"

"네."

"그 애는 찾았소?"

"아직입니다. 라스베이거스 경찰청 리스 형사에게 사실 관계를 확인하고 당신이 신고한 실종자 기록을 막 읽었을 뿐입니다. 몇 가지 일을 알아봐야 하기에 당신이 시간을 좀 내줬으면 합니다."

"어떤 일 말이오?"

"그게, 우리가 제일 먼저 해야 할 일은 따님이 진짜 실종되었는지 확인하는 겁니다. 다른 어떤 일이 아니라는 걸 말이죠."

"다른 어떤 일이라니? 당신은 내 아내가 불과 얼마 전에 살해당했다는 걸 알잖아, 안 그래?"

"네, 그리고 아시다시피 저는 부인 사망 사건의 수사 책임자인 개릿 형사와 긴밀히 협력하고 있습니다. 저는 혹시 하모니가 친구와 함께 있다거나 친척 집에 있을 가능성은 없는지 의문을 가지는 것뿐입니다."

"아니, 그건 절대 아니오. 걔는 언제나 문자 메시지에 답을 해요. 언제나. 특히 내가 급한 일이라고, 바로 답을 보내라고 하면 더 그렇소."

"마지막으로 따님을 보신 게 언제죠?"

"이틀 전이오. 하모니는 무슨 옷을 가지러 오스카네로 간다고 했는데 돌아오지 않았소. 이틀 동안 걔 휴대폰으로 전화를 걸었소. 개릿 형사한테 전화해서 걔가 어디론가 그냥 달아나는 건 있을 수 없는 일이라고 했소. 그는 우리가 이런 곳에 살고 있다는 이유로 딸아이가 거친 친구들과 어울리고 약에 취했을 거라고 생각하더군. 그래서 내가 말했지. 하모니는 열네 살이고 마약에는 손을 댄 적이 없다고 말이오. 우리 같은 태생으로선 그건 대단한 일이지. 걔는 대마초도 피워 본 적이 없다고."

볼드윈은 잠깐 생각했다. 개릿은 왜 캐시 파르의 딸이 실종되었다고 말하지 않은 걸까? 그는 개릿을 마지막으로 본 게 언제였던지 떠올리고는 그때는 그가 이미 터커와 얘기를 나눈 뒤임을 파악했다. 왜 그는 말하지 않았을까?

"따님이 오스카네로 갔다고 하셨는데요. 그게 친구인가요, 아니면…?"

"아니, 저 밑 루스벨트 거리에 있는 가게요. 중고품 가게."

볼드윈은 고개를 끄덕였다. "안에 들어가서 얘기해도 될까요?"

터커는 문을 열어 그를 들어오게 하고는 말했다. "집이 지저분해서 미안하군."

바닥에는 옷들과 오래된 음식 포장지들이 나뒹굴고 있었다. 소파 테이블에는 재떨이 몇 개가 널브러져 있고 탁한 담배 연기 냄새가 공기를 뒤덮고 있었다. 터커는 연체료 고지서 같은 것으로 보이는 종이들을 소파에서 치웠다.

"이제는 하모니와 나밖에 없지." 그는 잠깐 말을 멈추더니 마주 대고 비비고 있던 손을 내려다보았다. "캐시가 죽었으니 집을 돌볼 사람이 아무도 없는 셈이오."

"상처하신 점은 안타깝습니다." 볼드윈이 말했다. 그는 터커가 주머니를 뒤적거리며 라이터를 찾는 동안 집 안을 둘러보았다. "근데, 넉 달 전에 출소하셨더군요?"

그는 담배 한 개비를 꺼내서 불을 붙였다. "그렇소, 저기 로우 데저트 플레인스에서 12년 있었지. 딸이 자라는 걸 창문 너머로 본 거요. 그게 어떤 기분인지 아시오? 엿 같지. 쓸모없는 놈이라는 생각이 들고. 재생은 개뿔. 내가 거기서 알고 지낸 사람들은 죄다 들어올 때는 착한 녀석들이었는데 범죄자가 돼서 나갔어. 그게 진실이야."

"열네 살짜리 여자아이를 칼로 위협해서 납치한 일로 복역하셨더군요. 맞습니까?" 볼드윈은 담담하게 말했다.

터커는 코로 담배 연기를 내뿜으며 그를 노려보았다. "그건 헛소리야. 우리는 어울려 놀았던 거야. 그때는 나도 젊었을 때였는데, 그 애가 그날 제 발로 내 차에 들어왔다고. 그 애 부모가 자기 딸이 나이 많은 남자와 있었다는 걸 알기 전까지는 아무도 납치 따위 얘기는 하지 않았어. 그런데 그 판사가," 그는 조롱하듯 웃었다. "그 판사가 아무 말도 들으려 하지 않고 선고를 내렸단 말이야. 나를 가두고는 사탕을 나눠주는 것처럼 열쇠를 밖으로 던졌어. 그걸 보면 이놈의 사법제도가 정의와는 아무 상관도 없다는 걸 알고도 남는 거지."

볼드윈은 사이드 테이블에 놓인 사진을 쳐다봤다. 활짝 웃고 있는 캐시와 하모니였다. 그 방에 있는 유일한 사진이었다. "이 사진은 언제 찍은 건가요?" 그는 사진을 집어 들며 말했다.

"몇 년 전인 것 같소. 하모니는 당신이 본 여자애들 중에 최고로 귀여운 애일 거요. 사람들이 그 애 엄마한테 모델을 시켜야 한다고 말하곤 했지만 나는 절대 안 된다고 했어. 그 모델이라는 건 험한 꼴을 보게 된단 말이지."

볼드윈은 사진을 도로 내려놓았다. "따님이 가출을 시도한 적이 없다는 건 확실한가요?"

그는 고개를 내저었다. "캐시는 그런 말을 한 번도 한 적이 없소. 학교 성적도 줄곧 A였소. 가출하는 그런 애가 아니란 말이지. 정말 머리가 좋은 애라고. 어디서 그런 머리가 나왔는지 모르겠어. 나나 개 엄마를 닮은 건 전혀 아니니까 말이오. 걔 엄마도 마약 때문에 거기서 몇 년 살다 나왔거든."

"하모니는 누구와 지냈나요?"

"할머니랑." 그는 고개를 내저었다. "빌어먹을, 집에 오니 거기 있었으면 아마 더 나았을 거야."

"당신이 교도소에서 적을 만든 건 아닌가요? 최근에 출옥해서 복수를 원할 만한 누군가가 있을까요?"

"아니, 그런 사람은 떠오르지 않소. 안에 있을 때 별로 나쁘지 않게 지낸 데다 나는 아동 범죄 혐의였기 때문에 일반 재소자와 분리돼 있었거든. 아동 범죄자는 일반 재소자들 사이에서 오래 견디지 못하니까 말이오.”

“그런 얘기는 들었습니다.”

그는 담배를 빨아들인 다음 연기를 내뱉었다. “그래서 누가 이런 짓을 한 건지 찾아내기 위해 당신들은 뭘 하고 있소?”

“진행 중인 수사에 관해서는 말씀드릴 수 없습니다, 파르 씨. 미안하군요.”

“뭐, 좋소. 그러면 다른 건 뭐요? 난 금방 일하러 가야 해.”

볼드윈은 주위를 다시 둘러보았다. “하모니의 지금 사진이 필요해요. 그리고 따님의 방을 한번 봐도 될까요?”

“으음, 방은 바로 저기요. 난 사진을 찾아보겠소.”

볼드윈은 일어나서 하모니의 방으로 갔다.

파란색 이불과 그 밑으로 흰색 시트가 삐져나와 있는 작은 침대가 공간의 대부분을 차지하고 있었다. 시트에는 만화에 나온 알록달록한 색깔의 조랑말들이 그려져 있었다. 아동용 시트였다. 서랍장 위에 걸린 거울에는 하모니가 친구들과, 그리고 남자아이들 여럿과 찍은 사진들이 있었다. 남자아이들 중 어떤 빨간 머리 아이의 사진에 빨간 펜으로 하트 모양이 그려져 있었다.

하모니의 방은 그 집의 나머지 부분들과는 달리 깨끗하고 정돈되어 있었다. 서랍장 위에는 학교 교재들이 있었는데 그중 일부는 월반 과정 교재였다. 그리고 작고 낡은 책상 앞에는 접이식 의자가 있었다. 볼드윈은 가여운 느낌에 가슴이 저렸다. 하모니는 똑똑하고 자기 주도적인 아이인데 단지 가난한 집에 태어났다는 이유로 살면서 이미 온갖 불이익을 겪었을 것이었다.

터커가 들어와서 칼라가 달린 교복을 입은 하모니의 사진을 건넸다.

“딸아이는 한 번씩 친구 집에서 자기도 해요. 친구들은 조사했소?

개릿은 했다고 하더군요."

"어떤 친구들이죠?" 볼드윈이 물었다.

"우마가 제일 친한 친구요. 여기서 그리 멀지 않은 곳에 살아요."

"우마의 성이 뭔지 알아야겠군요. 그리고 주소를 알고 계시면 주십시오."

"주소는 몰라요. 하지만 당신을 그리 데려갈 수는 있소. 별로 멀지 않은 곳이오."

"그래 주시면 고맙겠군요."

12

볼드윈은 터커를 뒷좌석에 태우고 차를 몰았다. "이런 구식 무스탕이 진짜 좋지. 옛날에 가게에서 줄곧 이런 차들을 다뤘답니다."

"가게를 했었나요?"

터커는 고개를 저었다. "할아버지 가게였소. 작은 가게요. 손님들도 별로 없었소. 나한테야 충분했지만 아내와 아이를 데리고 일하기엔 그렇지 않았겠지." 그는 창밖을 내다보았다. "그랬으면 아마 전혀 넉넉지 않았을 거요."

볼드윈은 그를 힐끗 보았다. "당신이 감옥에 갔을 때 하모니는 두 살이었군요?"

그는 고개를 끄덕였다. "그 애가 내 딸인지 확신이 없었다오. 솔직히 말하자면, 지금도 그래요. 그 애 엄마는 그 당시 이웃 사람하고 놀아나고 있었거든. 하지만 난 그런 것에 구애되지 않고 그녀를 아내로 대했소."

"캐시로선 힘들었겠군요. 남편을 감옥에 두고 혼자 아이를 키웠으니 말입니다."

그는 어깨를 으쓱했다. "그건 모르겠군. 장인이 형편 닿는 대로 돕긴 했소."

차가 신호에 멈췄다. "프루트 하이츠에서 자라셨더군요. 맞나요?"

터커는 고개를 끄덕였다. "그렇소. 거기 가 봤소? 작고 형편없는 동네지."

"아뇨, 가 본 적은 없습니다. 그래서 그곳을 떠났나요? 할 일이 별로 없는 동네라서?"

"뭐 그 비슷한 이유요." 터커가 손짓을 했다. "저기 저 집이오."

그 집은 다 죽어가는 누런 잔디밭이 있는 빨간 벽돌집이었다. 볼드윈이 먼저 현관으로 걸어가서 문을 두드렸다. 체크무늬 와이셔츠를 입은 남자가 나왔다.

"어이, 처크." 터커가 말했다. "하모니 여기 와 있나?"

그는 볼드윈을 빤히 쳐다보았다. ""아니, 난 못 봤는데. 이 사람은 누군가?"

볼드윈이 말했다. "저는 케이슨 볼드윈이라고 합니다. FBI에서 나왔습니다. 하모니를 마지막으로 본 게 언제죠?"

그는 방충망을 열고 한 손을 창틀 위에 얹었다. "제기랄. 며칠 전이었을 거요. 대체 무슨 일이오?"

"당신 딸은 여기 있나요?" 볼드윈이 물었다. "그 애와 얘기 좀 할 수 있을까요?"

"물론이오. 잠깐만요. 데리고 오죠."

그가 자리를 뜨자 터커가 말했다. "좋은 사람이오. 이라크 전쟁에서 6년간 싸웠죠. 돌아왔을 때 정상은 아니었어요. 하지만 여러 가지를 고려해 보면 좋은 사람이라오."

"저 사람은 우마와 단둘이 여기 사는 겁니까?"

그는 고개를 끄덕였다. "아내가 있었지. 몇 년 전에 도망갔소." 그는 담뱃갑을 꺼냈다. "피워도 되겠소?"

"그럼요."

크림슨 레이크 로드

분홍색 셔츠를 입은 어린 십대 아이가 문 쪽으로 왔다. 그 아이는 볼드윈이 불쑥 집으로 찾아갔을 때 어른들이 보이곤 하던 놀란 표정이나 두려운 기색은 보이지 않았다. 청소년들은 최악의 경우보다 최상의 경우를 항상 기대한다고 그는 생각했다.

"우마, 안녕. 나는 케이슨이라고 해. FBI에서 일해. FBI가 어떤 곳인지 아니?"

아이는 자기 아빠를 힐끗 보았다. "경찰 같은 거죠?"

"맞아. 경찰 비슷한 거지. 그래서 나는 네 친구인 하모니를 찾는 걸 도와주려 하고 있단다. 얘기를 좀 나눠도 괜찮겠니?"

"아마도요."

"그 애를 마지막으로 본 게 언제니?"

"수요일인 것 같아요."

"어디서 봤지?"

"우리는 가끔 오스카네 가게로 가거든요. 새 반바지랑 다른 옷 몇 가지를 사려고 거기 갔어요."

볼드윈은 고개를 끄덕였다. "그러니까 너희 둘이 수요일에 같이 거길 갔다고?"

"네, 그런 다음 걸어서 집에 왔어요."

"그 이후에 하모니에게서 무슨 소식은 없었어?"

아이는 고개를 저었다. "그저께 제가 문자 메시지를 보냈는데 답이 없었어요."

"그 애가 집까지 가는 걸 봤니?"

아이는 다시 고개를 저었다. "우리 집이 오는 길에 있어서요. 여기서 잘 가라고 인사를 했어요."

볼드윈은 아이의 아버지를 힐끗 보았다. "우마, 하모니가 자기한테 말을 걸어오는 남자가 있다는 얘기를 한 적이 있니? 그 애 주위를 맴돌면서 불쑥불쑥 나타났다든지? 어쩌면 그 사람이 진짜 좋은 사람이라고 그 애가 말했을 수도 있고 말이야. 그 애한테 여러 가지를 사주거나 여기저기 데리고 가주거나 했던 사람."

아이는 어깨를 으쓱했다. "아뇨, 그런 것 같지는 않아요."

"그 애가 누군가 무서운 사람이 있다는 얘기를 한 적은? 선생님이나 이웃 사람이라든지? 친척일 수도?"

볼드윈은 문득 자신의 실수를 깨달았다. 아버지나 터커가 듣지 못하는 곳에서 그 아이를 인터뷰했어야 했다.

"아뇨, 그런 것 같지 않아요."

"만약 그 애가 가출하려고 작정했다면 네 생각에 갈 만한 곳이 있을까? 내가 찾아봐야 할 곳이라도?"

우마는 잠깐 생각했다. "우리가 가끔 가는 나무 위 집이 있어요."

"그게 어디 있지?"

"하모니네 집 뒤쪽 들판에 있어요. 우리가 그걸 지었거나 뭐 그런 건 아니에요. 어렸을 때부터 이미 거기 있던 건데 가끔 거기 가서 놀곤 해요."

볼드윈은 터커를 보았다. 그는 고개를 끄덕이며 그 아이의 말이 맞았다고 알려 주었다. "좋아," 그는 우마 쪽을 다시 보며 말했다. "하모니한테서 연락이 오면 나한테 전화해 줄래?" 그는 그 아이에게 명함을 건네주었다. "밤이건 낮이건 상관없어. 알겠지?"

"그럴게요."

볼드윈은 나가려고 돌아섰다. 그러자 아이가 말했다. "저기요, 하모니가…. 저기 그게, 아저씨 생각에는 걔 엄마를 그렇게 만든 남자가…."

볼드윈은 터커를 힐끗 보았다. 그는 담배를 피우면서 그들을 쳐다보고 있었다. "아직은 모르겠다, 우마."

"그렇군요." 아이는 불안한 듯 그의 명함을 손바닥에 대고 튕기면서 자기 구두를 내려다보며 말했다. "어쨌든, 전 아저씨가 분명 하모니를 찾아낼 거라고 생각해요. 틀림없이 아무 일도 아닐 거예요. 맞죠?"

볼드윈은 잠시 침묵한 다음 말했다. "그랬으면 좋겠다."

13

야들리는 리버를 만나고 나서 집으로 갔다. 타라는 주방에서 헤드폰을 끼고 공부하는 중이었다. 야들리는 딸의 이마에 입을 맞추고는 냉장고로 갔다. 그녀는 너무 지쳐서 저녁을 만들 힘이 없었다. 남아 있는 냉동식품을 먹어야 할 것 같았다.

그녀가 음식을 꺼냈을 때 문자 메시지가 왔다. 팔찌 사진이 하나 있었다.

제가 인터넷에서 찾은 건데 한번 봐요, 리버의 말이었다.

예쁘네요, 야들리가 대답했다.

제 눈에도 그래요. 이거 살까요?

사요. 당신 피부에 아주 잘 어울릴 색상이예요.

대화는 거기서 한참 동안 중단되었다. 야들리는 기다리는 동안 냉동식품을 전자레인지에 넣었다.

이러는 건 제정신이 아니고 제가 당신 업무의 일부분이라는 건 알아요.

그러니까 이게 꺼림칙하면 바로 말해 주세요. 그건 그렇지만, 오늘 밤에 뭐 할 건가요?

왜요? 야들리가 답했다.

재커리가 출장 가서 내일 밤까지 없거든요.

오늘 밤에 누가 같이 있으면 좋겠어요. 여기 와서 와인 한잔하면서 쓰레기 같은 리얼리티 쇼 보지 않을래요?

야들리는 휴대폰에 손가락을 대고 잠시 머뭇거렸다. 그녀는 친구가 익숙하지 않았다. 게다가 리버에 대해 실제로 무엇을 안단 말인가? 그녀의 본능은 적절한 직업적 태도를 유지하라고 말했다. 하지만 다른 무언가가 그녀는 말을 나눌 누군가를 원한다고 말하고 있었다. 어쩌면 그것은 그녀에게 필요한 일이기도 하다고.

당신이 이리로 오는 건 어때요? 그녀가 말했다.

저녁을 다 먹고 나자 밤이 찾아왔다. 타라는 먹으면서 등식을 연구하느라 거의 말을 하지 않았다.

"오늘은 어땠어?" 야들리가 말했다.

"괜찮았어요."

이렇게 저녁 내내 한마디로 대답하는 식이었다. 그녀는 왜 그런지 이해했다. 타라는 등식을 푸는 것같이 눈앞에 목표가 있으면 다른 모든 것은 이처럼 뒷전이었다. 야들리도 그 나이 때는 마찬가지였다. 하지만 그녀는 자기가 극장에 데리고 다니고 공원에서 그네를 밀어주던 꼬맹이를 생각하지 않을 수가 없었다. 껌딱지처럼 온종일 엄마에게 붙어 있던 그 꼬맹이를. 그때 그들은 이 세상을 등지고 둘만 있었다. 야들리는 그때를 인생에서 가장 힘들었던 시간이면서 동시에 가장 행복했던 시간으로 기억하고 있었다.

"친구가 한 명 집에 올 거야." 야들리가 말했다.

타라는 보고 있던 종이에서 눈을 떼고 고개를 들었다. "누가요?"

"앤지라고 해. 네가 만난 적 없는 사람이야."

타라는 미소를 지었다. "그분을 어디서 만난 거예요?"

"일하다가."

"엄마가 원하면 저는 커피숍에 가서 공부해도 돼요."

야들리는 일어나서 식탁에서 그릇들을 치웠다. "아니야, 그럴 건 없어. 나는 그냥 너한테 알려주려고 한 거야. 놀라지 말라고."

"전 놀라운걸요. 엄마 친구를 만난 적은 한 번도 없는 것 같은데요. 몇 번 같이 점심을 먹으러 갔던 아주머니 한 분을 제외하면요. 좋은 분이었는데. 그분은 어떻게 된 거예요?"

"결혼해서 애들이 생겼어. 생활 반경이 달라지면 친구 관계를 유지하는 게 때로는 어렵단다."

"그럼 앤지라는 분도 검사예요?"

"아니."

"변호사?"

야들리는 개수대에 그릇들을 넣고 설거지를 시작했다. "아니… 내가 맡은 사건의 피해자야."

"진짜요?"

"전혀 문제 되지 않는 일이야. 네가 돕는 사람과 친구가 되지 말라는 법은 어디에도 없거든."

"그렇죠. 하지만 그냥 좀 이상한걸요. 엄마는 보통 그런 일에 굉장히 조심스럽잖아요."

그때 문에서 노크 소리가 났다. 타라가 나갔다.

"안녕, 네가 타라구나."

"맞아요. 앤지죠? 들어오세요."

"드디어 만나게 됐네. 반가워. 네 엄마는 줄곧 네 얘기를 한단다."

"좋은 얘기예요?"

"그럼, 물론이지."

리버는 한 손에 와인 한 병을 들고 다른 손에는 벤 앤 제리 아이스크림 한 통을 들고 있었다.

"미안해요. 와인이랑 아이스크림 중에서 결정을 못 했어요. 어떤게 더 별로일지 모르겠더라고요."

야들리가 말했다. "당연히 아이스크림이죠. 하지만 둘 다 먹으면 되죠."

"저도요." 타라가 말했다. 야들리는 눈썹을 치켜올렸다. 그러자 타라가 말했다. "농담이에요. 제가 있어도 괜찮으면 저는 제 방에 있을게요." 그녀는 자리를 뜨기 전에 잠깐 머뭇거리며 눈으로 리버의 얼굴에 있는 멍 자국과 이마의 깊은 상처를 재빨리 본 다음 어깨에 있는 룬 문자 문신을 보았다. "만나서 반가워요, 앤지."

"나도 반가워." 리버는 와인과 아이스크림을 주방 조리대에 놓았다. "타라 멋지네요. 정말 사랑스러워요."

"그렇죠." 야들리는 찬장에서 와인 잔을 내리며 말했다. "다행히도 십 대 초반에 비해 안정을 찾았어요. 나는 걔가 어린 시절에 생긴 여러 문제들을 극복해 내는 걸 계속 도와주고 있어요."

"어떻게요?"

그녀는 와인을 따르며 말했다. "인지 행동 요법이라는 게 있어요. 나는 심리 치료 교육을 받았거든요. 내 아이에게 그걸 적용할 거라고는 전혀 상상도 못 했지만 말이에요."

"미쳐 돌아가는 여행이 인생이에요. 안 그래요?" 그들은 잔을 부딪쳤다. "하지만 적어도 우리는 미친 가운데서도 즐길 수 있어요. 맞죠?"

와인 몇 잔과 아이스크림 절반을 먹고, 요구하는 모든 걸 — 가령 뱀이 우글대는 통 속으로 굴러 들어간다든지, 시궁창을 뒤져 반지를 찾는다든지 하는 것들 — 다 해 주는 사람과 결혼하겠다고 하는 어떤 여자에 관한 TV 쇼를 몇 편 본 다음, 야들리와 리버는 발코니로 나가 앉아 밤하늘을 바라보았다. 그들은 마지막 남은 와인을 마시고 부드러운 뉴에이지 음악을 들었다.

"여기 좋네요." 리버가 말했다. "시내에서는 이런 고요는 절대 맛볼 수 없어요. 항상 시끄럽죠. 심지어 새벽 두세 시에도요. 그런 것 때문에 사람들이 불행해질 수도 있을까요? 우리가 항상 소음 속에 살도록 태어나지는 않았으니까?"

"모르겠어요. 우리 사회는 전례 없는 불안과 우울을 겪고 있잖아요. 아마도 그런 것도 한 요인이겠죠."

리버는 한순간 그녀의 얼굴을 살펴봤다. "이젠 없네요."

"뭐가요?"

"당신은 항상 뭔가에 집중하고 있는 것처럼 미간에 작은 주름이 있거든요. 근육이나 뭐가 접힌 것처럼요. 지금은 안 그래요. 그게 없으니까 얼굴이 훨씬 더 빛나요."

야들리는 얼굴을 붉히면서 얼굴을 돌렸다.

"당신은 가면을 써야 하죠. 안 그래요?" 리버가 말했다. "삼촌이 경찰이었어요. 그게 어떤 건지 알아요. 남자 중의 남자죠. 항상 거칠어야 하고 감정을 보여서는 안 되고. 검사도 마찬가지죠?"

"어떤 검사들은 그렇죠. 남자 검사 중에는 여자는 너무 감정적이어서 훌륭한 검사가 될 수 없다고 믿는 사람들이 있어요. 마치 남자는 로봇처럼 감정을 무시하는 게 가능하다는 듯 말이죠."

"저는 그런 형편없는 이론은 수억 년에 걸친 전쟁의 역사를 보면 반박될 거로 생각해요." 그녀는 와인을 한 모금 마셨다. "저한테 말해 줄 필요는 없지만요, 제가 묻고 싶어 죽을 것 같아서… 그 사람은 어땠어요?"

야들리는 그녀가 누구 얘기를 하는지 알고 있었다.

처음에 그녀는 자신이 겪은 제일 고통스러운 일을 리버가 묻는 것에 기분이 상했다. 그들이 서로 알고 지낸 지 오래되지 않았다는 것을 고려하면 더욱 그랬다. 그러나 다음 순간 그녀는 어쩌면 그게 정상적인지도 모른다고 생각했다. 우정을 쌓는 것은 야들리가 많이 경험해 본, 어떻게 하는지를 잘 아는, 그런 일이 아니었다. 그러니까 어쩌면 우정이란 다른 누구와도 얘기하지 않던 일에 대해 말하는, 이런 것인지도 몰랐다.

"나한테 그는 자상하고 다정했어요. 일주일에 몇 번씩 주방 조리대나 침대 옆 탁자에 쪽지를 남겨두고 나가곤 했죠. 시 같은 건 아니고 그냥 자신이 나를 생각하고 있다는 걸 알려주는 그런 쪽지였어요."

리버는 고개를 내저었다. "당신이 사실을 알게 되었을 때 어떤 느낌이었을지 저는 상상도 못 하겠어요. 저는 당신이 다른 누군가를 돕는 것은 차치하고 서 있는 것조차 정말로 놀라운걸요."

야들리는 머리를 의자에 기대고 별들을 쳐다보았다. "이제 내가 뭘 좀 물어도 될까요?"

"그럼요."

"우리가 처음 만났을 때 내 가슴이 산산조각 났다고 했잖아요. 그게 무슨 뜻이었어요?"

리버는 와인을 물처럼 벌컥 들이켜 다 마셔 버렸다. "내가 그 말을 한 걸 기억하는 걸 보면 그게 당신한테 중요한 의미였던 게 분명하네요. 당신은 그게 무슨 뜻이라고 생각해요?"

야들리는 와인 잔에 달빛이 부딪쳐 반사되는 것을 물끄러미 바라보았다. "어떤 사람이 다시는 누군가를 사랑할 수 없다는 뜻이라고 생각해요. 가슴이 너무 부서져서 누군가에게 나눠 줄 부분이 없다는 거죠."

리버는 미소를 지었다. "산스크리트어에 그릇이나 컵에 시간이 지나면서 생기는 금을 뜻하는 단어가 있다는 거 알아요? 그 단어를 번역하면 '고유한 아름다움'이래요. 금은 때우는 대신 기념해야 한다는 뜻이죠. 왜냐하면 그 금으로 인해 그 그릇이 고유해지니까요. 산산조각이 난 가슴은 각각의 사람에게 고유한 어떤 건지도 몰라요. 그래서 그런 가슴을 안고 견뎌야만 나중에 우리가 치유된 가슴에 감사하게 되는 거죠."

야들리는 그녀를 쳐다보았다. "당신은 어떻게 그런 가슴을 그토록 잘 부여안고 있는 거죠? 지금 당신은 엄청난 정신적 외상을 겪는 중인데 전혀 굴하지 않는 것처럼 보여요. 그 외상을 튕겨낸 것처럼요."

리버는 이마의 실밥을 만지며 슬픈 듯 살짝 웃었다. 그런 다음 멀리 사막으로 눈길을 보냈다. "굴하지 않은 게 아니에요. 그 반대죠. 가끔씩은 제가 유리로 만들어진 것같이 느껴져요. 저한테 일어난 이… 일,

그걸 생각하지 않으려고 하죠. 머릿속에 그게 떠오르면 밀어내 버려요. 저는 15년 동안 명상과 요가를 하고 있어요. 그래서 마음을 비우는 법을 알거든요. 아무 생각도 하지 않고 그냥 제 몸에 집중하는 방법을요." 그녀는 와인 잔을 쳐다보지 않고 손가락으로 잔의 가장자리를 빙 둘렀다. "볼드윈 요원이 저를 발견한 그때부터 매일 매 순간 그렇게 해야만 했어요."

야들리는 한참 동안 잠자코 있었다. "미안해요."

리버는 고개를 끄덕였다. "재커리와 얘기를 해 봤는데… 뭔가 달라요. 말로 표현할 수는 없지만, 우리 둘 다 뭔가 느끼고 있다는 생각이 들어요. 분명 그런 게 있어요. 지금부터 어떻게 될지는 모르겠어요. 달라질 거라는 건 알지만 어떻게? 그는 저를 똑같이 보게 될까요? 자기가 보호할 수 없었다는 사실에 자신에게 화가 날까요?"

"우리는 때때로 정신적 외상의 피해자가 사랑하는 사람 역시 정신적 외상을 겪는다는 걸 잊곤 해요. 두 사람 모두 심리 치료사를 찾는 게 도움이 될지도 몰라요."

"왜 계속해서 심리 치료사에게 가야 한다고 말하는 거죠? 저한테 말도 안 되는 무슨 성격 장애나 그런 게 진행되리라고 생각하는 건가요?"

"정신적 외상은 사람마다 다르게 발현돼요."

리버는 깊은숨을 들이마시고는 말했다. "으음, 한 가지는 말할게요. 이 모든 일 때문에 거즈를 보는 눈이 완전히 달라졌답니다."

야들리는 킥킥 웃었다. 리버가 그녀를 가만히 살펴봤다. "당신은 좀 더 자주 웃어야 해요. 제 생각에 당신은 충분히 웃고 지내는 것 같지 않아요."

"때로는 별로 웃을 일이 많은 것 같지 않아요."

"웃을 일은 항상 있어요, 제스. 우리가 여기 있는 건 생을 마치고 묘지에 묻히기 전까지 즐겁게 살기 위해서지 빚을 갚기 위해서가 아니잖아요."

야들리는 대답하지 않았다. 에디 칼이 그녀에게 거의 똑같은 말을 했었다. 그 기억에 그녀는 등에 한 줄기 차가운 기운이 흐르는 것을 느꼈다.

"저기, 우리 집에 화이트 와인이 한 병 있을 거예요. 좀 더 여기 있고 싶다면요."

"그러고 싶어요." 리버가 주저하며 말했다. "전… 지금은 정말 혼자 있고 싶지 않아요."

"나도 그래요."

14

야들리는 풍겨오는 커피와 베이컨 냄새에 침대에서 몸을 뒤척였다. 타라가 아침을 준비하는 건가 의아했다. 그녀는 일어나서 가운을 걸쳤다.

리버가 가스레인지 앞에 서서 베이컨을 굽고 오믈렛을 만드는 중이었다. 조리대 위에는 버터를 바른 팬케이크가 쌓여 있고 그 옆에는 직접 만든 것처럼 보이는 휘핑크림이 놓여 있었다.

"어." 그녀가 야들리를 보고는 말했다. "일어났네요. 제가 무례한 짓을 한 게 아니었으면 좋겠어요. 그냥 아침 식사일 뿐이에요."

"냄새 좋은걸요." 그녀는 주방 가운데 있는 아일랜드 식탁의 의자에 앉으며 말했다. "잠자리는 괜찮았어요?"

"정말 좋았어요. 그 방 침대가 제 침대보다 훨씬 푹신하던걸요. 여기가 진짜 좋아요. 당신은 복이 많네요." 그녀는 야들리를 쳐다보았다. "서랍 속에 『그레이의 50가지 그림자』가 있던데요, 내숭쟁이 숙녀분."

야들리는 킥킥 웃었다. "연구용이에요."

"에이, 설마."

야들리는 베이컨 몇 점을 집어서 입에 넣었다. "오믈렛 근사해 보여요. 요리는 어디서 배웠어요?"

"그냥 필요하니까요. 우리 집은 '될 대로 되라.'는 식의 가족은 아니었어요. 그래서 배가 고프면 직접 만들어 먹어야 했죠."

타라가 나왔다. 샤워를 하고서 머리는 여전히 젖은 채 옷을 완전히 차려입고 있었다. "이렇게 일찍, 두 분 다 멋진데요." 그녀는 팬케이크 접시로 가서 하나를 집어 냅킨 위에 놓으며 말했다.

"우리랑 같이 아침 먹을래?" 리버가 말했다.

"그럴 수가 없네요. 이미 늦었거든요." 타라가 말했다. "그렇지만 고마워요. 엄마는 감미료 넣은 커피를 아침이라고 생각하시거든요." 그녀는 야들리의 뺨에 입을 맞추고는 집을 나갔다. "오늘 밤에는 연구실에서 늦게까지 있을 거예요. 기다리지 마세요."

리버는 그녀가 나가는 걸 지켜보더니 말했다. "오늘 아침에 둘이서 수다를 좀 떨었답니다. 잠을 좀 못 잤는데 타라도 그런 것 같더군요. 우리가 말을 나눈 게 괜찮았으면 좋겠네요."

"무슨 얘기를 했어요?"

"대부분은 학교 얘기요. 저도 대학원에 다녔었거든요. 뭐 타라 같은 급은 전혀 아니었지만요. 타라는 천재지만 전 제가 대학원에 다녔다는 게 자랑스러워요. 학업을 마쳤더라면 좋았겠지만요."

"무슨 공부를 했어요?"

"신화와 민속 문학이요. 물론, 제일 실용적인 학위였고요."

"그럼—"

조리대 위에 있던 야들리의 휴대폰 진동음이 울렸다. 그녀는 발신자를 보고 볼드윈임을 알았다.

"잠깐 실례할게요." 그녀는 이렇게 말하고 전화를 받았다. "케이슨, 좀 이른 시간인데, 안 그래?"

"귀찮게 해서 미안해."

"아니, 괜찮아. 무슨 일인데?"

"당신이 하모니의 집으로 와야 할 것 같아. 그 애의 휴대폰을 찾았어. 그리고 근처에서 혈흔도 발견했어, 제시카. 그자가 그 애 엄마를 해치고 이제 딸을 잡아갔다는 게 내 생각이야. 난 이 사건을 납치로 접수했고 숲을 정밀 수색할 보안관보 몇 사람이 여기 와 있ー"

"지금 바로 갈게."

순찰차 여러 대가 이미 파르의 집 앞에 와 있었고 볼드윈의 검정 무스탕 차량도 거기 있었다. 제복을 입은 보안관보들이 집의 안팎을 오가고 있었다. 그들 중 몇몇은 앞뜰과 주변 지역의 사진을 찍는 중이었다.

집 내부는 어수선하고 지저분했다. 터커 파르는 양손을 주머니에 꽂고 주방 조리대에 기대서 있었다. 야들리는 납치 혐의 사건 때 찍힌 그의 범인 식별 사진을 보았기에 그를 알아보았다.

볼드윈은 침실 문 앞에 서서 과학수사대원 몇 명에게 뭔가 지시를 하고 있었다.

"찾은 게 뭐지?" 그녀가 말했다.

그는 그녀를 흘깃 보고는 바깥쪽을 향해 고갯짓했다. 그들은 현관으로 걸어갔다. 그가 숨을 크게 내쉬었다. "저 뒤쪽 나무 위 집에서 그 애의 휴대폰을 찾았어. 과학수사대가 그 부근을 검색해서 목걸이를 발견했고. 그걸 그 애 아빠에게 보여줬더니 하모니의 것이라고 했어. 그의 말로는 그 애는 어디를 가든 그 목걸이를 하고 다녔다는군. 목걸이의 잠금장치는 풀린 게 아니라 부서져 있었어. 목에서 강제로 뜯어낸 것처럼 말이야."

"그리고 피는?"

"목걸이에 피가 좀 묻어 있는 걸 찾아냈어. 그게 그 애 피인지 아닌지 곧 알게 될 거야. 하지만 좋은 징조가 아니야, 제시카. 내 생각에는 그 '처형인'이 그 애를 잡아간 거야. 우리가 발견하게 될 건 그 애가 묶여서—"

"휴대폰에서 나온 건?" 그녀가 그의 말을 끊으며 말했다. 그녀는 사프롱의 세 번째 그림은 생각하고 싶지 않았다.

"특이한 문자 메시지는 없었어. 그자는 그런 식으로 그 애에게 연락하지는 않았어."

"그 나무 위 집에 대해선 어쨌든 알고 있어야 했던 거잖아."

"그자는 안젤라 리버를 뒤쫓았던 것처럼 그 애의 뒤를 쫓았을 수도 있지. 기회를 엿보다가 잡은 거야. 개릿에게 말했더니 그는 하모니가 가출한 거로 생각한다고 했어. 터커는 그 애에 대해 아는 게 거의 없었는데 아동 가족부 사건 기록에 그 애가 두 번 가출한 전력이 있대. 그렇지만 혈흔과 부서진 목걸이가 있는 이 시점에서는 그럴 가능성이 정말 없는 셈이지."

야들리는 앞뜰을 바라보았다. "우리가 그 애에 대해 자세한 사실들을 더 알아야 했어, 케이슨."

"우리가 뭔가를 '해야 했다'고 말할 수 있게 되는 건 늙고 나서야. 이런 일들은 예측할 수가 없다고. 우리는 이 일이 어떻게 전개될지 몰랐어." 그는 양손을 허리춤에 대고 기술진이 이미 검사를 끝낸 핏자국 분석을 살펴봤다. "어쨌건, 나는 어떤 고정 관념도 없어."

야들리는 주위를 둘러보았다. 파르의 집에서 멀지 않은 곳에 이동식 주택 단지의 놀이터가 있었다. 놀이기구들은 노후화되어 많은 부분이 녹으로 덮여 있었다. 놀이기구가 놓인 누런 잔디밭은 군데군데 맨땅이 드러나 있었다.

트럭 한 대가 와서 멈추더니 카일 잭슨이 차에서 내렸다. 이 사건은 공식적으로 곧 그가 맡을 것이었기에 볼드윈이 그에게도 알린 것 같았다. 그는 가죽 재킷을 입고 예의 그 사탕을 볼 안쪽으로 툭 튀어나오도록 물고 있었다. 그는 경관 몇 명에게 목례하고 현관에 있는 그들에게로 왔다.

"뒤쪽에 있는 나무 위 집인가요?"

볼드윈이 고개를 끄덕였다. "방금 제시카에게 그 근처에서 피 묻은 목걸이를 찾았다고 말하는 중이었어요. 아버지는 그 애가 그 목걸이를 뺀 적이 없다고 했습니다."

"이곳은 그다지 넓지 않네요. 누군가 뭐라도 봤겠죠. 계속 샅샅이 훑으세요. 그리고 그 아버지를 심문합시다. 그 사람이 자기 딸 나이의 여자아이를 납치한 혐의로 유죄 판결을 받았다는 게 마음에 걸리네요."

"아시겠지만, 난 이런 일을 두어 번 다룬 적이 있습니다." 볼드윈이 말했다.

"과민반응을 보일 필요는 없고 우리가 해야 할 일은 전부 한다는 것만 명심하면 됩니다." 잭스는 사탕을 입에서 꺼내고서 말했다. "아버지는 어디 있습니까?"

"왜요?"

"내가 먼저 그와 직접 얘기하고 싶어서요."

야들리가 말했다. "볼드윈 요원이 오전 내내 그와 얘기했어요. 그를 좀 놔두죠."

"금방 끝낼 거예요. 약속하죠." 그는 이렇게 말하고 윙크를 했다.

야들리는 팔짱을 꼈다. "카일, 그 아버지는 좀 놔둬요. 그는 아내를 잃었고 지금은 딸을 잃었어요."

"그는 딸 나이의 여자아이를 납치하기도 했죠. 당신한테는 그게 대단한 우연의 일치라고 여겨지지 않나 보죠?"

볼드윈이 말했다. "나는 어떤 것도 배제하지 않고 있습니다. 하지만 그는 초등학교만 마친 사람이에요. 당신 생각엔 그가 잘 알려지지도 않은 케냐 화가의 작품을 아주 잘 아는 그런 사람으로 보이나요?"

"그건 모르죠. 아직 그를 직접 대면하지 않았으니까요. 마약 단속국에서는 사람을 읽는 일에 모든 게 달려 있죠. 내가 직접 그를 읽어볼 겁니다. 당신들은 이게 불만인가 보군요. 그럼 리우 부장님과 얘기해 보세요." 그는 야들리에게 윙크를 했다. "걱정하지 마세요. 난 내가 뭘 하는지 안답니다."

그가 안으로 들어가자 볼드윈이 말했다. "저 친구와는 화합하기 어려울 것 같군그래."

"그게 참, 그와 사생결단 얘기를 나눠 보는 게 좋을 거야. 두 사람은 긴밀히 일하게 될 테니까 말이야."

볼드윈은 놀이터를 바라보았다. "확실한 거야?"

"뭐가?"

"그만두는 것 말이야. 바로 지금 뭔가 얼얼하게 흥분되지 않아? 그 애의 휴대폰과 목걸이 얘기를 들었을 때 그런 게 밀려오지 않았어? 우리가 살인자의 정체를 알아내고 하모니에게 무슨 일이 생겼는지 알게 될 순간 어떤 느낌이 들지 당신은 정확히 알고 있잖아. 아드레날린이 심장으로 곧장 흘러 들어오는 것 같은 느낌 말이야. 예전에 당신은 그런 걸 느꼈잖아. 그런 게 정말 그립지 않을까?"

"난 흥분되지 않아, 케이슨. 내가 느끼는 건 그냥… 슬프다는 거야. 그 애와 그 애의 가족이 안됐어." 그녀는 깊이 숨을 들이쉬고는 말했다. "새로운 소식이 있으면 전화해. 이 사건을 도울 수 있는 사람이 있다는 생각이 났어."

15

야들리는 자리가 없을까 봐 식당에 일찍 도착했다. 그곳은 화려하고 너무 비싼, 그녀가 싫어하는 그런 장소였다. 하지만 또한 그녀가 좋게 생각하는 사람을 만날 수 있는 장소이기도 했다. 다른 사람의 기억에 남을 만한 장소를 찾을 때 한번 가볼 만한 곳이랄까.

칸막이 자리에 앉을 수 있었고 따뜻한 빵과 올리브유가 나왔다. 그녀가 빵을 몇 입 먹었을 때 주드 챈스가 들어왔다.

그는 날렵한 몸매에 선글라스를 끼고 있었는데 나이에 어울리지 않게 대머리였다. 그는 식당 안을 한 바퀴 둘러보고 나서야 그녀를 발견했다.

"당신은 여전히 끝내주네요." 그가 자리에 앉으며 말했다.

"잘못하면 물벼락 맞을 수가 있어요."

그는 미소를 띠며 빵을 먹었다. "이래서 내가 당신을 항상 좋아했다니까요, J. 당신은 배짱이 두둑하거든요. 나한테서 뭔가 얻어낼 필요가 있는 사람들은 대부분 내가 하고 싶은 말은 무슨 말이든 다 하게 내버려 둬요. 하지만 당신은 내가 수틀리는 말을 하면 내 턱을 날려버리겠죠."

"아마도요. 나한테는 호신용 스프레이도 있는걸요."

그는 킬킬 웃었다. "와인 마실래요, 아님, 맥주?"

"맥주 마실게요, 고마워요."

그는 종업원을 불러서 버터와 양파를 곁들인 스테이크와 맥주 두 잔을 주문했다.

"그래, 무슨 일이죠?" 챈스는 입 안 가득 빵을 넣고 말했다.

"당신은 이미 하모니 파르 사건에 대해 알고 있을 것 같은데요."

"물론이죠. 이 동네에서 최근 십 년 안에 일어난 제일 큰 사건에 대해 내가 모른다면 범죄 전문 기자라는 말이 무색하겠죠. 사실, 여기 오기 직전에 그 사건에 관한 멍청한 기사를 하나 읽었어요. 조니 맥더모트라는 바보 천치가 쓴 건데요. 그는 범인이 두 명이라고 생각한대요."

"두 명이라고?"

"'처형인' 말이에요. 둘 중 하나는 잡히려고 기를 쓰고 있고 다른 하나는 아니라는 거죠. 바보 같은 말인데 그는 그냥 조회 수를 늘리려고 쓴 거예요. 하지만 얼마나 정신 나간 소리예요? 아, 아직 물어보질 않았네요. 그 이름 마음에 들어요? 그 '처형인'? '도살자'라고 할까 생각했었죠. 좀 더 야만스러운 느낌이 나니까요. 그런데 그렇게 피가 난무하지는 않았기 때문에 썩 잘 어울리지 않았어요. 그건 그렇고, 사프롱의 작품과 일치시킨 건 탁월하더군요. FBI와 보안관실에서 그걸 알아내려면 몇 달은 걸렸을 거라는 생각이 들더라고요."

이 사건이 그 그림들과 연관된 것을 아는 사람은 정말 몇 안 되었다. 야들리가 한 손에 꼽을 수 있을 정도였다.

"당신의 정보력은 정말 나를 끊임없이 놀라게 하는군요, 주드. 어떻게 그럴 수 있죠? 그 그림들에 관해 아는 사람들은 누구나 비밀을 준수하라는 경고를 받았어요. 사람들의 목숨이 걸린 일이니만큼 이렇게 일찍 세간에 새어 나가게 하는 사람이 있다면 상관이 목을 날릴 거라고 말이에요. 그런데도 당신은 알아냈군요."

그는 얼굴에 우쭐거리는 웃음을 띠고 어깨를 으쓱했다. "상관들은 그러지 않는다고 누가 그러던가요? 정보가 새어 나가지 않기를 원하면 그들에게 월급을 더 많이 줘서 내 돈이 필요하지 않도록 해야죠."

"그러니까 그 말은 나한테 말해 주지 않겠다는 뜻인가요? 내가 우리만 아는 걸로 할 거라고 약속해도?"

"죽어도 안 되죠."

종업원이 맥주 두 잔을 가져왔다. 챈스는 자기 잔을 벌컥벌컥 들이켜 비웠다. 야들리는 그녀의 잔을 그에게 밀어주며 말했다. "이것도 마셔요."

그는 그녀의 맥주를 홀짝홀짝 마시기 시작했다.

"자, J, 당신은 어쩔 수 없는 경우가 아니면 절대로 내게 전화하지 않죠. 내가 마음에 안 들어요?"

"난 당신을 아주 좋아해요. 단지 나는 조심해야 하는 입장이니까 그런 거죠. 우리가 정보를 교환한다는 게 알려지기라도 하면 내 상관이 그걸 문제 삼을지도 모르니까요."

"왜요? 피고인석에 앉은 나쁜 자식이 유죄를 받는 한 그가 괘념할 일이 뭐죠?"

그녀는 고개를 흔들며 팔짱을 낀 채 양팔을 테이블 위에 얹었다. "일이 그런 식으로 이루어지지는 않는답니다. 겉으로 보이는 게 제일 중요하죠. 나는 때때로 실제로 유죄를 얻어내는 것보다 대중에게 좋은 인식을 받는 걸 그들은 더 선호한다는 생각이 들곤 해요."

그는 맥주를 한 번 쭉 들이켰다. "젠장, 어디나 그런 식이죠. 그게 바로 관료주의인 거고, 복지부동해서 너 자신을 지켜라, 뭐 그런 거죠. 그래서 내가 신문사를 그만두고 프리랜서를 하게 된 거예요."

"정통 언론계로 돌아갈 생각은 없는 건가요?"

그는 킬킬 웃었다. "정통? 정통을 가진 뉴스 출처 같은 건 없어요. 누구나 자신들이 미는 의제가 있는 법이죠." 그의 휴대폰에서 문자 메시지 알림음이 울렸다. 그는 재빨리 답을 보내고 나서 말했다. "어쨌거나, 우리가 얘기를 나눈 지 꽤 오래됐네요. 어떻게 지냈어요?"

"실은, 나 퇴직해요."

그는 휴대폰을 테이블 위에 내려놓았다. "장난 아니고요? 법조계를 떠나는 거예요?"

"법조계를 떠날 건지는 모르겠어요. 하지만 검사는 그만둘 거예요. 산타 보니타로 이사 갈 예정이에요. 개인 사무실을 열어서 간단한 사건들 정도만 다룰 생각을 하고 있어요. 매달 몇 건 정도 유언장과 입양 건들을 다루고 싶어요."

그는 옆으로 지나가는 젊은 여성들 쪽을 흘깃 보며 말했다. "청하지 않은 충고 하나 할까요? 그건 당신이 아니에요. 당신하고 아예 비슷하지도 않아요. 당신은 이런 거지 같은 일이 그리울 거예요. 전에 몇몇 형사들과 연방 요원들 중에서 그런 사람들을 봤거든요. 때려치우기 전에 나라면 진짜 잘 생각해 볼 거예요." 그는 맥주잔을 비웠다. "경찰들은 항상 은퇴해서 명사들의 경호원으로 일하면 행복할 거로 생각하지만 절대 그렇지 않아요. 그냥 추적이 체질인 사람들이 있거든요, 그거 알아요?"

야들리는 뒤로 기대서 숨을 들이켰다. 그리고 식당 안을 둘러보았다. "하모니에 관해 당신이 가진 정보가 필요해요."

"네?" 그는 손에 쥔 빈 잔을 내려다보며 말했다. "당신이 갖지 못한 게 나한테 있다는 건 어떻게 알죠?"

그녀는 어깨를 으쓱했다. "모르죠. 하지만 당신이 나한테 말하지 않을 정보원이 있다는 건 알아요."

"반대급부로 내가 얻게 되는 건?"

"뭘 원해요?"

그의 눈에 불꽃이 튀었다. "블루밍턴 연쇄 강간범 얘기 들으셨죠? 집에 침입해 들어갔던?"

"네."

"그 사건을 당신이 존경하는 동료 검사인 브리트니 스미스가 맡고 있어요. 그녀는 항상 나를 싫어했죠. 나한테는 아무것도 주지 않을 거예요. 게다가 그녀는 성범죄 담당 경사에게 경찰이 만약 증거를 언론에 누설하면 그를 기소할 거라고 협박했다더군요. 그래서 경사가 아무것도 알려주지 않고 있어요. 당신이 그걸 나한테 제공했으면 해요."

"그건 카운티에서 담당하는 사건이에요. 난 그들에게 이래라저래라할 권한이 없어요."

"그렇죠. 하지만 당신과 브리트니는 사이가 좋잖아요. 맞죠? 특수 피해 여성들과 함께하는 자매애랄까 뭐 그런 거? 당신이 어떤 식으로 일을 처리하건 난 전혀 신경 쓰지 않아요. 내가 기사를 쓸 수 있도록 그들이 확보한 내용을 나한테 주기만 하면 돼요."

"수사 중인 사건에 대해서 내가 그런 걸 하지는 못해요. 하지만 당신을 위해서 브리트니와 얘기를 해 보죠. 그녀에게 당신이 좋은 사람이라고, 당신에게 호의를 베풀면 좋은 일이 있을 거라고 말해 둘게요. 그녀가 당신에게 뭔가 주겠죠."

그는 잠깐 생각했다. "좋아요, 아무것도 없는 것보단 낫겠죠. 거래 완료."

종업원이 맥주 두 잔을 새로 가져와서 빈 잔을 치웠다.

"당신이 아는 건 뭐죠?" 그녀가 물었다.

"그 아버지. 그는 딸과 같은 나이의 여자아이를 납치한 혐의로 한 번 유죄를 받았죠. 그 사건은 봤을 거로 짐작하는데요?"

"그래요. 또 그가 2002년에 같은 일로 기소된 건 무혐의 처분된 것도 알고 있어요."

"흠. 그렇게 오래전에 무혐의로 지워진 사건 파일을 보는 건 당신들도 어려울 텐데요. 어떻게 알게 된 거죠?"

"나도 정보원이 있으니까요." 그녀는 빙긋 웃으며 말했다. "그것보다 더 괜찮은 게 있어야 해요."

"이건 어떨까요. 아동 보호 센터에서 물리적, 혹은 성적 학대 신고를 받고 그 집을 몇 번 방문했는지 아나요?"

"알아요. 여덟 번."

"맞아요, 여덟 번. 여덟 번이라니 우라질. 그런데도 그 애를 그 집에서 데리고 나오지 않았어요. 캐시가 사귀던 이런 빌어먹을 자식들을 끌어들여서 그 자식들 중 어떤 놈들이 하모니를 학대한 거였죠. 그렇지만 그 와중에 제일 악질적인 남자친구가 하나 있었어요. 그 애를 두 번 응급실로 가게 했죠. 경찰청에 있는 내 정보원 말로는 하모니가 그의 재판 중 하나에서 반대 증언을 해서 그자가 그 한 번의 재판으로 15년 형을 받았어요. 아동 가족부 사건 파일들은 보호 대상이에요. 하지만 당신이 그걸 구해서 이름을 알아내면 나한테 빚이 생기는 겁니다. 그 쓰레기 같은 놈이 석방돼서 빚을 갚으러 왔다면 또 한 번 저녁을 사야 할 테니까요." 그는 식당 안을 둘러보았다. "음, 또 다른 것도 있어요."

"뭐죠?"

"뭐, 이건 그냥 작은 선물로 생각하죠. 당신이 관심을 가질 것 같은 사진이 하나 있어요."

16

야들리는 책상 앞에 앉은 볼드윈 뒤에 섰다. 그들은 아동 가족부에 하모니 파르 관련 사건 파일 일체에 대한 소환 신청을 해 두었고 답변을 기다리는 중이었다. 그동안 야들리는 터커 파르의 범죄 이력을 심층 조사하고 싶었다.

"터커 B. 파르." 볼드윈이 말했다. "1966년 6월생, 열여덟 차례 체포되어 여섯 차례 유죄 선고. 가장 심각한 건 납치 사건이었고, 그건으로 그는 로우 데저트 플레인스 교도소에서 12년간 복역한 뒤 넉 달 전에 나왔어. 또 납치범으로 체포된 다른 한 번의 사건이 있었지만 불기소되어 기록이 삭제되었어. 그렇게 오래전에 삭제된 사건 파일은 컴퓨터 시스템에 남아 있지 않을 거야." 그는 뒤로 기대며 그녀를 쳐다봤다. "그는 자신이 유죄를 선고받은 사건이 대단한 오해였을 뿐이라고 해. 당신 생각에 두 번이나 같은 오해가 발생할 공산은?"

"천문학적이지. 그의 삭제된 사건을 구체적으로 보고 싶어. 그가 열네 살짜리 여자아이들에게 집착한다는 것으로 드러나면 하모니 납치 용의자 명단은 정말 굉장히 협소해지는 거지."

"그럼, 경찰에 가서 실제 서류 파일을 구해봐야 해."

"내가 운전할게."

차를 타고 가면서 야들리와 볼드윈은 별로 말을 나누지 않았다. 하지만 볼드윈은 그녀를 몇 차례 곁눈질로 쳐다봤고 그녀는 그가 뭔가 물으려 한다는 것을 알았다. 아마도 그녀가 듣고 싶지 않은 어떤 물음일 것이다.

"그 그림들에 관해, 그것들이 무슨 의미를 갖는 건지 얘기해 봐야 하는 사람이 누군지 당신은 알잖아, 그렇지?"

그녀는 도로에서 눈을 떼지 않았다. "농담이겠지."

"난 그냥 말하는 것뿐이야. 그가 나한테 말을 해줄 가능성이 조금이라도 있다면 내가 갈 거야. 그렇지만 내 말이 맞지, 안 그래? 에디 칼은 그 그림들이 무슨 의미가 있는지 알 거야."

그녀는 그에게 눈길을 주었다. "나는 다시는 그를 보지 않을 거야, 케이슨. 솔직히 말해서, 당신이 그런 걸 제안하는 것 자체가 나로선 충격이야."

"제시카, 열네 살 된 여자아이가 실종됐어. 그리고 그 애가 얼마나 더 오래 살아 숨쉬게 될지 몰라. 최소한 우리한테 어떤 선택이 있는지는 자유롭게 말해야지."

"에디 칼은 선택 사항이 아니야."

그는 대답하기 전에 잠시 침묵했다. "그렇다면 뭐, 어쩔 수 없는 거지." 그는 그 뒤로 도착할 때까지 아무 말도 하지 않았다.

프루트 하이츠 경찰서의 근무자는 서장과 순찰 경관, 이렇게 두 사람이었다.

프루트 하이츠 건물은 화물운수업체 주변에 자리하고 있었다. 그곳의 몇 안 되는 식당과 주유소는 두 개의 고속도로 출구 옆에 있어서 사람들로 북적였고 옆에는 모텔이 세 군데 있었다. 하나 있는 카지노는 특별 할인 시간 동안 맥주를 1달러에 판다고 내걸고 있었는데, 정작 4,000명의 주민이 사는 주거 지역은 훨씬 더 먼 사막 안에 있었다. 너무 멀어서 보이지도 않을 정도였다.

경찰서는 시청 건물 안에 있었다. 야들리는 뒤쪽에 주차했다. 그녀가 차에서 내리는데 리버에게서 문자 메시지가 왔다. 마이클 재커리가 그녀를 만나고 싶어 한다는 것이었다. 지난번 저녁 대접을 갚을 겸해서 자기 집에서 오늘 저녁 식사를 하자고 했다.

"누구야?" 볼드윈이 물었다.

"왜?"

"당신 얼굴이 환해졌어."

"질투하는 거야?"

"살짝. 내가 당신한테 문자 메시지를 보내면 당신 얼굴이 이렇게 환해질 것 같지 않으니까 말이야."

"그냥 친구야." 그녀는 머뭇거렸다. "안젤라 리버."

"피해자와 친구라고, 응?"

"그래, 케이슨. 형사 사건 피해자라고 해도 실제로 친구가 될 수 있어. 그 사람들한테 갑자기 전염병이 생기는 건 아니잖아."

"워워, 진정해. 내 말은 그게 아니야. 단지 조심하라는 게 다야. 내가 전에 한 번 사건에 관련된 여자와 사귀었는데 그 일로 정말 상처받았거든. 알고 보니까 그 여자가 전 남자친구였던 피고인에게 덤터기를 씌우려고 나한테서 정보를 캐내고 있었던 거야. 사건이 먼저 끝날 때까지 기다렸어야 했는데 말이야."

경찰서는 오른쪽 끝에 있었다. 접수처에서 풍성한 빨간 머리의 나이 지긋한 여성이 그들을 맞았다. 볼드윈은 배지를 보여주고 윌슨 서장과 얘기할 수 있냐고 물었다. 콧수염이 덥수룩한 땅딸막한 남자가 뒤쪽 사무실에서 나왔다. 어깨에 금색 별들이 달린 경찰 제복을 입고 있었다.

"제가 빌리 윌슨입니다."

"FBI에서 나온 케이슨 볼드윈입니다. 그리고 이쪽은 연방 검찰청의 제시카 야들리 검사입니다. 시간을 잠깐 내주셨으면 하는데요, 서장님."

그는 두 사람을 차례로 쳐다보았다. "네, 그럼요. 저쪽으로 가시죠."

사무실에는 털이 북슬북슬한 70년대 카펫이 깔려 있었고 윌슨 서장이 라스베이거스 특별 기동대와 함께 찍은 사진 몇 장과 메달 몇 개를 제외하고는 장식이라고는 없었다.

"그러니까 서장님과 경관 한 명이 다군요, 흠?" 볼드윈이 말했다. "이게 좋은 건지 나쁜 건지 모르겠네요."

"아, 당연히 좋은 겁니다. 여기는 범죄가 거의 없었어요. 그래서 우리 두 사람으로도 모든 게 다 처리되는 거죠. 네바다 고속도로 순찰대가 교통 정체를 담당하고 나머지 모든 일은 우리가 하고 있습니다." 그는 잠시 말을 멈추고는 두 사람을 다시 쳐다보았다. "자 그럼, 무슨 일로 오신 거죠? 연방 경찰이 인사나 하려고 여기 들어오는 일은 흔치 않죠."

"이곳에 삭제된 옛날 사건이 하나 있습니다. 그 사건에 대한 원본 기록을 찾을 수 있기를 바라고 있습니다. 터커 파르, 생년월일은 66년 6월 20일입니다. 체포 당시 혐의는—"

"납치였죠. 네, 제가 아는 겁니다."

"18년 전 일인데 그걸 기억하시나요?"

윌슨은 의자에서 뒤로 몸을 기댔다. 거대한 배가 제복 안에서 들썩거렸다. "제가 책임자였고 그런 사건들이 많지 않으니까요. 사실, 제가 여기 있은 지가 22년인데 그게 유일한 사건이었던 걸로 생각됩니다."

"피해자는 누구였죠?" 야들리가 물었다.

"수 엘렌 존스라는 가여운 여자아이였죠. 열네 살이었어요. 학교 버스를 기다리던 중이었습니다. 버스 정거장은 그 애 집에서 300미터도 채 떨어지지 않은 곳이었어요. 우리는, 음, 우린 그 애한테 무슨 일이 일어났는지 모른답니다. 하지만 시체는 발견되지 않았어요."

"왜 터커였죠?" 볼드윈이 물었다.

"목격자가 그를 봤어요. 수 엘렌의 남동생, 보비였죠. 그 애는 버스 정거장으로 걸어가고 있었어요. 학교 갈 준비를 늦게 했기 때문이었죠." 그는 고개를 내저었다. "수 엘렌이 실종되고서 보비는 완전히 무너졌어요. 말도, 행동도 제대로 할 수가 없었죠. 학교를 때려치워서 졸업도 못 했어요…. 그 애한테 정말 큰 해를 입힌 거죠."

"부모는요?"

"아빠만 있었어요. 엄마는 그 애들이 어렸을 때 암으로 죽었습니다."

"아빠는 아직 이 근처에 사나요?"

"아뇨, 그는 술만 처먹다가 죽었어요. 개자식이었죠. 수 엘렌이 납치되고 나서 한 달 만에 간 부전으로 죽었어요. 보비는 위탁 가정에 맡겨졌습니다. 그 뒤에 그 애가 어떻게 됐는지는 모르겠네요."

야들리가 물었다. "그 애는 어떻게 터커가 누나를 납치한 사람이라고 알아본 거죠?"

"터커는 당시에 트럭을 한 대 갖고 있었는데 라디에이터 그릴 위에 작은 황소 머리를 붙이고 다녔어요. 그래서 보비가 그 트럭을 알아봤고 차 앞 유리로 터커를 본 겁니다. 그 애는 집으로 달려가서 아빠에게 말했지만, 그자는 아무것도 못 할 정도로 인사불성으로 취해 있었어요. 그래서 보비는 경찰서로 달려갔어요. 그 집에는 전화가 없었거든요. 그때는 이미 터커가 멀리 가버린 뒤였어요."

"왜 유죄가 아니었죠?" 야들리가 물었다.

"그놈의 빌어먹을 변호사 때문이었죠. 댄 리처즈라는 나쁜 새끼. 이 지역의 관선 변호사죠, 아니 관선 변호사였죠. 심장마비로 죽기 전까지 말입니다."

볼드윈이 말했다. "일이 어떻게 됐던 거죠?"

"우리는 터커를 식별하기 위해 보비를 데려왔어요. 댄은 우리가 식별 과정에서 강압을 행사했다는 데 판사가 동의하도록 만들었어요. 그래서 판사는 우리가 그의 집에서 발견한 모든 것과 그가 우리에게 말한 모든 것을 내던져 버렸죠."

"용의자 식별 대열도 만들지 않고 구금 중인 용의자를 식별하라고 그 유일한 증인을 데려왔다고요?" 볼드윈이 믿을 수 없다는 투로 말했다.

윌슨은 화가 나서 얼굴이 벌게졌다. 그래서 야들리가 재빨리 말했다. "그의 집에서 수 엘렌의 물건을 발견했던 건가요?"

윌슨은 볼드윈에게서 그녀에게로 시선을 돌리며 고개를 끄덕였다. "그 애의 학교 가방요. 집에서 찾은 건 아니지만요. 터커의 이동식 주택에서 두 블록 떨어져 있던 쓰레기통 속에 있었어요. 그 애의 교과서들을 같은 쓰레기통에서 찾았고 그의 트럭에서 그 애의 머리카락 몇 가닥을 찾았죠. 우리는 그 애의 머리카락이라고 생각했어요. 주 범죄 분석실에서는 확실히 일치한다는 걸 밝혀내지 못했습니다. 그는 좀 이상한 말들을 하기도 했어요. 무슨 말이었는지 지금은 기억이 안 나지만, 우리는 그가 수 엘렌을 데리고 갔다는 걸 그냥 알았습니다." 윌슨은 숨을 내쉬고는 의자에 등을 기댔다. "어쨌든, 터커는 아무 일도 없었다는 듯 법정에서 걸어 나왔어요. 2주 뒤에 짐을 싸서 이사를 했고요."

볼드윈은 야들리를 흘깃 보고는 말했다. "경찰 보고서와 다른 무슨 자료든지 갖고 계신 걸 좀 보고 싶군요."

윌슨은 어깨를 으쓱했다. "그러죠, 저는 아무래도 좋습니다. 친척들은 아무도 없지만, 만일 벼락이라도 쳐서 그 애의 시신을 찾는다면 제대로 묻어줄 수라도 있겠지요."

17

그들이 라스베이거스로 돌아왔을 때는 저녁이었다. 볼드윈이 차를 운전했다. 윌슨은 그들에게 시 외곽의 보관 창고에 보존 중인 파일들을 찾아와야 한다고, 터커 파르에 관해 그들이 보관한 모든 것을 비서에게 스캔하게 해서 이메일로 보내주겠다고 했다.

"이건 너무 쉽잖아." 야들리가 말했다. "터커가 하모니와 같은 나이의 여자아이들을 두 번 납치한 혐의를 받은 게 단순한 우연일까?"

"그는 그만두려고 애쓰는 걸지도 모르지. 그래서 우리한테 쉽게 드러나도록 하는 건지도. 그런 걸 전에 본 적이 있어."

볼드윈은 몇 년 전에 있었던 사건 하나를 기억하고 있었다. 젊은 아버지이자 중학교 교사였다. 그는 어린 남자아이들을 납치해서 자기집 지하실에서 목 졸라 죽였다. 그는 사체 근처에 작은 물건들이나 메모를 남긴 다음 수치스럽기라도 한 것처럼 사체에 덮개를 씌웠다. 그런 물건들 중 하나였던 작은 장난감 병정이 그가 사는 지역의 장난감 가게에서 수공으로 만든 제품이었다. 그리고 그는 쪽지에 실제 자신의 이름 첫 글자들로 서명을 했다. 체포되고 나서 그는 그만두고 싶었지만 그럴 수가 없어서 경찰이 체포해 주기를 바랐노라고 했다.

왜 제 발로 경찰서로 가서 자수하지 않았느냐는 물음에 그는 말을 하지 못했다. 그의 내면에 있던 어둡고 추악한 어떤 것이 그를 막았을 것이라고 할 수밖에 없을 것이다. 그가 할 수 있었던 최선은 자기 이름 첫 글자들을 남기는 것이었다고 그는 말했다.

"만일 그자가 터커라면, 왜 그 그림들이었지? 그 그림들은 어린 여자아이들과는 아무런 관계도 없는데 말이야." 그녀는 고개를 내저었다. "그자가 누구든, 그는 우리를 갖고 놀고 있어. 우리는 장단을 맞춰주는 것 말고는 달리 선택의 여지가 없고. 그자는 우리가 만에 하나를 생각해서 단서라는 단서는 죄다 쫓아가야만 하는 걸 알고 있어. 그자는 우리의 주의를 딴 데로 돌리고 있는 거야, 케이슨. 나는 그자가 이 세 번째 피해자에게 뭔가 엄청난 일을 벌일까 봐 조마조마해. 그자는 그걸 하기 위해 우리가 그림자를 쫓도록 할 필요가 있는 거야."

"나도 그런 느낌이 들어. 그런데 당신 말은 맞아. 우리는 온갖 걸 다 알아봐야 한다는 말 말이야. 경찰청이나 보안관실에 터커 건을 지원해 줄 수 있는 사람이 있는지 알아볼게. 그러면 우리는 피해자들에게 초점을 맞출 수 있으니까. 그는 생각이 있어서 그들을 고른 거야. 그러니까 우리가 그들 두 사람의 공통점을 알아낼 수 있다면 우리는 그자를 찾을 거야."

"두 사람?"

"하모니를 공식적으로 '처형인'의 피해자로 분류하는 건 아직은 아니라고 생각해. 터커는 그 애가 엄마의 죽음에 대해 말하거나 심한 반응을 보이지는 않았다고 했어. 내가 볼 때는 정신적 외상을 당했을 때 진심으로 나타나는 반응 같아. 어떤 이유에선지 자신이 그냥 떠나버리는 게 더 낫다고 생각했을지도 모른다는 거야. 나는 여전히 그 애가 가출했을 수도 있다고 생각해."

"우리 둘 다 그게 아니라는 걸 알아. 휴대폰과 목걸이를 남겨두다니 그건 아니지. 심한 반응을 보이지 않았다는 건 연민이 없다는 걸 의미할 수도 있어. 그 애의 엄마는 몇 년 동안 그 애가 학대당하는 걸 방치했어. 그 애는 엄마에게 분노가 쌓여 있어서 상실감을 느끼지 못하는 건지도 몰라."

"그럴지도 모르지. 하지만 확실하게 알기 전까지는 모든 걸 다 가정해 봐야 해."

"당신 말은, 그러니까 우리가 천장에 매달린 그 애를 발견하기 전까지 말이지."

두 사람 사이에 침묵이 흘렀다. 차가 빨간 불에 멈춰 서자 볼드윈이 마침내 목청을 가다듬었다.

"안젤라 리버가 지금으로서는 우리에게 있는 최고의 정보원이야. 그녀가 믿는 누군가라면 우리가 놓쳤을지도 모르는 어떤 걸 그녀에게서 알아내는 게 좀 더 쉽겠지."

야들리가 고개를 끄덕였다. "내가 얘기해 볼게."

볼드윈은 그녀를 내려주고 터커의 납치 사건에 관한 보고서를 이메일로 보내주겠다고, 그러면 그녀가 계속 수사의 중심에 있게 될 것이라고 했다.

"나는 카일 잭스에게도 그걸 보내야 할 거야."

"알아. 괜찮아."

"뭐라도 있으면 내가 전화할게." 그가 말했다.

야들리가 들어왔을 때 타라는 소파에 누워 텔레비전을 보고 있었다. 타라는 반바지에 티셔츠를 입고서 야들리 쪽은 쳐다보지도 않고 말했다. "저녁 만들어 놨어요. 오븐 안에 있어요."

"네가 저녁을 **만들었어?**"

"그냥 착한 딸이 되려고 생각한 것뿐이에요."

야들리는 타라에게 다가가서 이마에 입을 맞췄다. "고맙다, 우리 귀염둥이. 근데, 우리 오늘 저녁은 나가서 먹을 거야."

"아, 그래요? 어디서요?"

"앤지네 집."

야들리가 옷을 갈아입으러 침실로 가자 타라는 기지개를 켜고 텔레비전을 껐다. 야들리가 청바지와 블라우스를 입고 침대에 앉아 부츠의 지퍼를 올리고 있을 때 타라가 들어왔다. 타라는 양손으로 리모컨을 가볍게 주고받으며 그녀 옆에 앉았다.

"무슨 일일까?" 야들리가 말했다.

"뭐가요?"

"너는 내 마음을 읽을 수 있잖아. 그런데 그건 양쪽이 다 되는 거거든, 작은 숙녀분. 뭐가 문제야?"

"앤지가 걱정스러워요."

"왜?"

타라는 어깨를 으쓱했다. "『선』지에서 이 사건 기사를 읽었어요. 그녀가 살아남았다는 게 조금 기묘해요. 안 그래요? 제 말은, 그 '처형인'은 왜 그녀의 맥박을 짚어서 그녀가 죽었다는 걸 확인하지 않았을까요? 그냥 그러면 간편한 것 같은데 말이죠."

"간편한 것 같다고?" 야들리는 웃음 지으며 말했다. "내 생각에 넌 CSI 시리즈를 너무 많이 본 것 같구나."

타라는 뭔가를 어떻게 표현해야 하나 고민하는 듯 고개를 갸웃했다. "그녀 왼쪽 어깨에 그 문신 알죠? 그게 무슨 의미인지 엄마한테 말해줬어요?"

"그건 '스스로 운명을 개척하는 사람' 비슷한 의미를 가진 룬 문자라고 했어."

"그 문자라는 걸 알았거든요. 그래서 조금 찾아봤어요. 엄마가 말한 건 직역이 아니에요. 직역하면 '운명과 싸우는 사람'이에요. 문신으로 새길 만큼 그 문자가 그녀에게 왜 그렇게 중요한 걸까요?"

"그녀가 고등학교 때 미워했던 여자애 이름이 '운명' 아니었을까?"

"농담하는 거 아니에요, 엄마"

야들리는 부츠의 지퍼를 올리고 딸의 얼굴을 마주보았다. "네가 언제나 엄마를 노심초사 지켜주니 정말, 정말 고맙다, 우리 딸. 하지만 나도 내 자신을 지킬 수 있단다. 정말이야. 내가 너한테 바라는 단 한 가지는 네가 가진 잠재력을 최대로 끌어내는 데 네가 집중하는 거야. 내가 그 모든 일을 다 겪어낸 건 바로 그 때문이란다, 타라. 두 가지 일을 하며 잠도 못 자고 학교에 다녔던 것. 밥도 못 먹고 구멍 난 중고 옷을 입으며 살아온 것. 내가 그 모든 걸 했던 건 네게 인생을 성공적으로 살 수 있는 최고의 기회를 주기 위해서였어. 네가 정말 나를 돕고 싶으면 행복해지렴. 그리고 내가 볼 때 네가 할 수 있을 거로 생각되는 모든 걸 다 이루려무나."

타라는 마치 그 모든 걸 자신은 이미 알기라도 했다는 듯이 고개를 끄덕였다. "지난 번 사건에 대해서도 우리는 한 번도 제대로 얘기해 본 적이 없잖아요."

야들리는 딸의 얼굴을 들여다보았다. 불타는 지성을 내뿜고 있지만 동시에 위태로울 만큼 불안정한, 강한 외모였다. 그녀는 자신이 누군지, 혹은 이 세상에서 자신의 있을 곳이 어디인지 아직 모르고 있었다. 그러면서 그녀는 시속 100마일의 속도로 어른의 세계로 질주하고 있었다. 아버지라는 괴물과 그의 모방범에게 속아 넘어가서 그를 자신들의 삶에 들어오도록 한 어머니가 그녀를 그렇게 만든 것이다.

"그 얘기는 할 필요가 없단다. 끝난 일은 끝난 거니까. 그걸 되풀이하는 건 아무 의미가 없어. 하지만 타라… 그런 일은 다시는 없어, 절대로. 난 내 사건들에 대해 네가 아는 것조차 싫단다. 그러니까 그 사건들에 관한 기사를 읽는 건 그만둬. 학교와 일에 집중하렴."

타라는 리모컨을 뒤에 있는 침대에 던졌다. "알아요. 그렇지만… 저한테는 엄마가 전부란 말이에요."

그 말을 하도 슬프게 하는 바람에 야들리는 가슴이 찢어졌다. 그녀는 딸을 향해 손을 내밀었지만 타라는 이미 일어나서 침실 밖으로 나가고 있었다.

～～～～～

라스베이거스 스트립에서 별로 멀지 않은 시내 한가운데 있는 집이었다. 이층집에 넓은 잔디밭과 말발굽 모양으로 굽어진 진입로가 있었다. 집 앞에는 벤츠 자동차가 주차되어 있었다.

"멋진데요." 정문을 향해 가면서 타라가 말했다. "앞으로 친구를 사귀려면 부자 친구를 사귀세요, 엄마. 알겠죠?"

그들은 정면의 현관에 도착했다. 야들리가 말했다. "조심해서 행동해, 어린 숙녀분."

"무슨 말이에요, 엄마는 제가 술에 취해서 누구한테 주먹이라고 휘두를 거라고 생각하는 거예요?"

"너는 가끔 다른 사람들을 놀리는 걸 즐기잖아. 다른 사람들을 갖고 놀라고 네가 이 우주에서 좋은 머리를 타고난 게 아니란다. 그러니까 부탁인데, 여기서는 그러지 마."

"*우주*라고요? 와, 엄마는 앤지하고 엄청나게 친해졌나 봐요, 그런 거예요?"

"그냥 조심해서 행동해주렴, 부탁이야."

야들리는 벨을 눌렀다. 흰색 셔츠를 입은 남자가 나왔다. 갈색 곱슬머리에 늘씬한 그 남자는 약간은 보수적인 정치인 같은 느낌을 주었다. 야들리가 머릿속에 그렸던 리버의 연인과는 거리가 멀었다.

"제시카로군요." 그가 손을 내밀며 말했다. 야들리는 그와 악수를 했다. "그리고 타라, 맞지?"

"네." 타라가 할 수 있는 최고의 인위적인 미소를 띠고 말했다.

"마이클 재커리입니다. 두 분 다 만나서 정말 반가워요. 들어오세요."

집 안은 바깥만큼이나 세련된 모습이었다. 현관 안쪽으로 널찍한 홀이 있고 2층으로 올라가는 계단이 옆으로 빙 둘러 가며 있었고 벽에는 남아시아 그림이 진열되어 있었다. 흰색 기둥 위 문 옆에는 부처의 상반신이 놓여 있고 방을 가로질러 가면 황동으로 만들어진 또 다른 부처상이 있었다.

리버가 주방에서 나오며 말했다. "안녕!"

그녀는 야들리를 껴안고 다음으로 타라를 껴안았다.

"두 사람이 이렇게 와 줘서 정말 신나요."

야들리가 말했다. "집이 아름다워요, 앤지."

"엄밀히 말하면 재커리의 집이죠. 하지만 그런 걸 누가 따지겠어요?"

"여기 죽여주는데요." 타라가 말했다. 그녀는 못마땅한 눈빛으로 자신을 보는 엄마를 쳐다봤다. "제 말은, 집이 아주 좋다는 뜻이에요. 차도 그렇고요. 이 그림들도 정말 마음에 들어요. 사실, 여기 전체가

다 마음에 들어요. 최고예요."

"그건 너무 극찬인데. 그럼, 집을 구경시켜 줄게요."

리버가 그들을 집 안으로 데리고 가자 재커리는 서재에서 미처 마무리하지 못한 서류 작업이 있다며 양해를 구했다. 그들은 침실로 갔다. 어마어마하게 넓은 침실에 침대가 하나 놓여 있었다. 여덟 명은 거뜬히 잘 수 있을 것 같은 그 침대는 벽에 나사로 고정되어 마치 공중에 부양해 있는 것같이 보였다. 드레스룸은 작은 아파트 하나에 맞먹는 크기였고 화장실 역시 넓었다. 변기와 비데는 담청색 대리석으로 만들어진 것이었다.

"변기가 두 개예요?" 타라가 말했다.

"이건 비데야. 이런 것 본 적 없어?"

"들어보지도 못했어요."

리버는 손잡이를 당겼다. 그러자 물줄기가 거품처럼 솟아올랐다.

"와," 타라가 말했다. "대단해요."

그들은 뒷마당의 수영장으로 걸음을 옮겼다. 진청색 타일을 두른 직사각형의 큼직하고 하얀 수영장은 사면의 벽에 조명이 켜져 있었다. 수영장의 물은 사방에서 비추는 조명에 반사된 작은 물결을 아름답게 일렁이고 있었다. 얕은 끝부분에서 수영장 안으로 내려가는 계단 옆에는 조각상이 두 개 서 있었다.

"이 수영장 정말 마음에 들어요." 타라가 말했다.

"아, 우리는 거의 사용하지 않고 있어. 물을 식히려고 덮개를 치워놓았을 뿐이란다. 언제든지 와도 돼."

"정말요?"

"그럼. 친구들도 데리고 와."

야들리는 "그럴 필요 없어요, 앤지."라고 했다.

"아뇨, 제가 좋아서 그런걸요. 애들이 주변을 뛰어다니는 소리를 들으면 기분 좋을 거예요." 그녀는 목청을 가다듬고는 뒤돌아 집을 바라봤다. "저녁은 이미 준비해 뒀어요. 두 분이 배가 고프면 좋겠네요."

❧❧❧

저녁 식사는 기분 좋게 이루어졌다. 리버가 전 세계를 여행했던 이야기들 — 아마존에서 원주민과 교류했던 이야기며 거대한 백상어가 우글거리는 남아프리카 해변에서 서핑을 했던 일, 암스테르담의 공원에서 경찰과 대마초를 피웠던 일 등등이 끝없이 이어졌다. 야들리의 생각으로는 그 모든 일들이 마법… 같은 이야기였다.

그녀는 또한 리버와 재커리가 결혼 얘기를 계속해 왔는데 결혼한다면 재커리가 아닌 그녀의 성을 따르기로 했다는 것을 알게 되었다. 리버의 말로는, 가부장제에서 하라는 대로 성을 따른다면 기분이 엿같을 것이기 때문이었다.

야들리는 10시쯤 작별을 고했다. 리버는 그녀를 안아주며 내일 문자 메시지를 보내겠다고 했다. 그녀는 타라도 안아주며 언제든지 친구들을 데리고 와서 수영장에서 놀라는 말을 되풀이했다.

재커리는 악수를 한 다음 집 안으로 다시 모습을 감췄다. 저녁 식사를 하는 동안 그는 불편해 보였다. 야들리는 그의 여러 가지 강박적인 행동을 눈치챘다. 그는 접시에 대칭을 이루도록 음식을 담았고 냅킨은 정확하게 각을 맞춰 접었다. 포크는 항상 왼쪽에 칼은 오른쪽에 두었다. 그녀는 그런 것이 리버에게 일어난 일에 대해 재커리가 느끼는 불편을 호소했던 리버의 말과 어떤 관계가 있는 것은 아닐까 궁금해졌다.

집에 도착해서 야들리는 차를 집 앞에 세우고서 말했다. "엄마는 잠시 누구를 좀 만나고 와야 해. 집에 들어가는 대로 경보 장치를 켜."

"마음이 내키면 스테이시네 집에서 자게 될지도 몰라요. 거기서 실험실이 더 가깝기도 하고요."

"알아서 하렴. 단지 명심해야 할 건—"

"어디를 가게 되면 엄마한테 전화하라는 거죠. 잘 알고 있습니다, 수령님."

"타라, 별로 재미없는걸."

타라는 차에서 내리면서 웃었다. 야들리는 타라가 안으로 들어갈 때까지 지켜보고 있다가 휴대폰의 경보 앱을 주시했다. 타라가 경보 장치를 켜고 나서야 그녀는 차를 움직였다.

차를 몰고 나오면서 그녀는 불안감에 참담해졌다. 그녀는 가슴 깊은 곳에 묻어 놓았던 수많은 기억을 들추어낼 누군가를 찾아가려 하고 있었다. 그 기억을 헤집고 싶지 않았다. 하지만 그 '처형인'이 그녀에게 선택의 여지를 주지 않았던 것이다.

18

보고서는 길지 않았다. 볼드윈은 햄버거 가게 야외 테이블에 앉아서 휴대폰으로 보고서를 읽었다. 밤이 내려오면서 달이 모습을 드러냈다.

그는 아무 생각 없이 감자튀김을 케첩에 찍었고 필요 이상으로 오래오래 씹고 있었다. 자신이 아무 맛도 느끼지 못한다는 것을 그는 이미 잘 알고 있었다. 그의 마음은 다른 데 가 있었다. 파르의 집 안이었다. 하모니와 터커가 어떤 생활을 했는지 그려 보려 하면서 그가 정말수 엘렌 존스를 납치한 남자가 맞는지 생각했다.

볼드윈은 터커가 준 하모니의 사진을 꺼냈다. 사파이어같이 파란 눈에 굽슬거리는 머리를 한 그 아이는 활짝 웃고 있었다. 볼드윈은 그 사진을 보자마자 한 여자아이가 생각났다.

볼드윈은 샌프란시스코 경찰청의 최연소 형사였다. 그리고 그곳에서 원하는 부서인 강력계로 가기 위해 모든 사건을 차례차례 다 해결했다. 어머니가 남자친구의 손에 죽음을 당했지만 그 남자가 결코 기소되지 못했던 일을 겪은 후 볼드윈은 살인 전담반이 아닌 다른 곳에 있는 것을 상상할 수 없었다.

그가 처음 맡았던 사건들 중 하나는 앤 고던이라는 열세 살짜리 여자아이가 연루된 건이었다. 샌프란시스코 경찰청에는 아동 범죄를 담당하는 아동학대 부서가 따로 있었지만, 볼드윈은 그 아이와 같이 살던 이모가 피살된 사건의 일환으로서 아이의 실종 사건을 이어받게 되었다. 앤의 아버지가 술에 취해서 아이의 이모를 살해한 후 아이는 그에게서 도망치기 위해 거리로 뛰쳐나와 근처 공원으로 달려갔다. 그 후 그 아이는 영원히 사라져 버렸던 것이다.

볼드윈은 냄새를 쫓는 사냥개처럼 그 아이를 찾아다녔다. 낮에는 그 아이의 사진을 책상 위에 계속 세워 두었고, 밤이면 그 아이의 꿈을 꿨다. 꿈속에서 그는 그 아이가 다녀갔다고 해서 자신이 찾았던 식료품 가게와 극장, 쇼핑몰을 보았다. 심지어 한 번은 어떤 여자아이를 그 애라고 생각하여 팔을 잡기까지 했었다.

그 아이가 실종된 지 7주 만에 사건은 전환점을 맞았다. 마약단속반 형사가 어떤 이를 체포했는데 그가 "우유 통 위에 있던 예쁜 여자아이"에 관한 정보를 안다고 했던 것이다. 볼드윈은 그를 면담했다. 그는 그 아이가 해외로 팔려 갔다고 말했다. 그가 그 말을 처음 했을 때 볼드윈은 자신이 잘못 들었다고 생각했기 때문에 그에게 다시 말해 보라고 했다.

"팔렸다고요, 이 양반아. 자동차나 물건처럼 말이야. 그 애는 그냥 상품인 거지."

볼드윈은 그의 머리 뒤를 잡고 얼굴을 책상에 내리박았다. 방 안에 있던 다른 형사가 그를 옆으로 데리고 가지 않았더라면 상황은 더 나빠졌을 것이었다.

마약 혐의를 면해주는 조건으로 그 남자는 앤 고던을 마지막으로 보았던 장소를 그들에게 알려주었다. 피해자들을 멕시코나 중동으로 보내는 경로를 확보할 때까지 숨겨둘 곳이 필요한 매춘 알선업자나 인신 매매업자들에게 장소를 빌려주는 보관창고 업체였다. 볼드윈은 수색 영장을 기다리지 않고 그 창고의 문을 제일 먼저 열었다. 배설물과 오줌 냄새가 진동했지만 앤은 없었다. 인신 매매업자들이 창고를 비워 버린 것이었다. 볼드윈은 나중에 두 시간 차이로 그 아이를 놓쳤다는 것을 알게 되었다. 두 시간이라는 쥐꼬리만한 시간은 그 아이의 인생을 고문과 노예 생활에서 구해낼 수 있었던 간극이었다.

두 시간이라, 그는 하모니의 사진을 물끄러미 보면서 생각했다.

그는 사진을 내려놓았다. 마음속에서 과거를 떨쳐내고 현재에 집중해야 했던 것이다.

그는 수 엘렌 존스에 관한 보고서를 다시 보았다.

보고서는 겨우 5페이지였다. 경찰에게는 정황 증거밖에 없었던 데다 그 정황 증거조차도 약했다. 수 엘렌의 학교 가방은 터커 파르가 살던 곳에서 두 블록쯤 떨어져 있는 식료품 가게 뒤 쓰레기통에서 발견되었다. 그 아이의 옷가지 몇 개 역시 그곳에서 발견되었다. 하지만 같은 쓰레기통은 아니었다. 윌슨 서장은 터커가 근처에 산다는 것을 알고 납치 장면을 목격했던 남동생 보비를 즉각 터커의 이동식 주택으로 데려갔다. 수색 영장도 청구하지 않고 용의자 선별 대열도 만들지 않고 용의자 사진 정렬도 하지 않았다. 그냥 그 아이를 집으로 데려가서 터커를 가리키며 "이 사람이야?"라고 한 것이었다. 그때 터커는 이미 수갑이 채워진 상태였다. 수정 헌법 4조와 5조, 그리고 한 세기 동안의 판례법을 명백히 위반한 것이었다. 경찰은 누군가를 바로 지목하며 '이 사람이 그 사람이야?'라고 물어서는 안 되는 것이다. 신원 확인에 오류가 있을 가능성이 너무 크고 그렇게 되면 차후에 용의자 선별 대열로 신원을 다시 확인한다고 해도 목격자가 이미 누구를 골라야 하는지 보았기 때문에 그것은 오염된 것이 되기 때문이다.

서장은 관선 변호사에게 분노했지만, 증거가 배제된 것은 엉성한 경찰 업무 때문이었다.

서장과 인근 도시에서 온 형사 두 명이 터커의 트럭을 수색했을 때 바닥 깔개에서 금발의 긴 머리카락이 나왔다. DNA 분석으로는 그 머리카락이 사람의 것인지만 규명할 수 있을 뿐이었다. 성별이나 연령은 확정되지 않았다. 하지만 그것은 수 엘렌이 실종되었을 당시 그 아이의 머리카락과 길이가 같았다. 다른 증거는 발견되지 않았다.

볼드윈은 경찰이 터커의 이동식 주택과 트럭을 수색한 후 그를 조사했을 때 만든 터커의 진술서를 읽었다. "나는 안 했지만, 만약 내가 했다면 나는 아마도…." 이런 식의 이상한 말의 연속이었다. 그는 자신이 그녀를 죽이는 것이 가능했지만 그러지 않았다고 말하는 것 같았다. 왜냐하면 자신이 했다면 다른 식으로 했을 것이기 때문이라는 것이다. 터커의 말에 의하면 그는 대낮에 버스 정거장에서 여자아이를 납치하지는 않는다는 것이다. 그 아이가 밤에 나올 때까지 기다렸다가 부모가 어떤 사건에 휘말렸다는 구실을 대고 차에 태웠을 것이라고 했다. 가짜 배지를 보여주는 식으로 말이다.

그가 결백을 주장하는 방식은 터무니없었다. 그러나 볼드윈은 전에도 그런 경우를 수도 없이 봐 왔다. 터커는 당시에 약에 취해 있었을 가능성이 컸다. 그리고 아이가 취약한 상황에 놓일 때까지 충분히 기다리고 아이를 차에 태우기 위해 부모에게 곤란한 일이 생겼다는 구실을 댈 거라고 그가 설명한 시나리오는 아동 성애자들 사이에 돌아다니던 소책자에 나와 있는 것이었다. 이것은 일회성 일이 아니었다. 만약 터커가 그 책자를 읽었다면 그것은 그가 인터넷의 불법 아동 성애자 포럼을 들락거렸다는 뜻이었고 볼드윈은 두 여자아이만이 피해자가 아니었을 것이라는 느낌을 받았다.

그는 몇 가지 가능성을 살폈다. 터커 파르가 그 '처형인'이고 잡히고 싶어서 이것을 최상의 방법으로 생각했거나, 아니면 그는 그저 너무 멍청해서 아내와 딸을 죽이면 수사의 초점에 오롯이 자신에게 맞추어질 것이라는 점을 깨닫지 못한 것이 된다. 아니면, 하모니의 증언으로 투옥된 그 의심스러운 남자가 석방되어 파르 가족을 찾아오기로 마음먹었을 수도 있다. 그것으로는 안젤라 리버가 이 사건에 얽히게 된 이유가 설명되지는 않지만 말이다.

볼드윈은 한숨을 내쉬며 중얼거렸다. "정말 난 너네 사이코 새끼들한테 질렸다."

그는 좀 더 잘 집중하기 위해 휴대폰을 비행기 모드로 바꾸어 놓았었는데 이제 다시 원상태로 되돌렸다. 문자 메시지가 왔다는 신호음이 울렸다. 스칼렛이 보낸 것이었다.

"이런 망할." 그가 말했다. 그녀의 집에서 저녁을 먹기로 한 것을 잊고 있었다. 그는 문자 메시지를 읽으면서 서둘러서 쓰레기를 정리했다.

여기 오는 데 신경 쓸 상황이 아닌 것 같아서 그냥 문자로 말하려고 해.
나 임신했어.

볼드윈은 한 손을 휴지통 위에 둔 채 얼어붙었다. 그는 또다시 "이런 망할."을 내뱉었다.

19

야들리는 리틀 소호에 가지 않은 지 몇 년째였다. 뉴욕에 있는 보헤미아 성지의 이름을 딴 라스베이거스의 리틀 소호는 요가 스튜디오와 술집, 아틀리에, 미용실, 그리고 두세 군데의 성인용품 판매점을 자랑하는 곳이다.

그 아틀리에는 20년 전과 똑같은 곳에 있었다. 아틀리에가 옮겨왔을 때 이곳은 아직 황폐하고 마약이 난무하던 구역으로 거주민들이 서서히 빠져나가고 있던 곳이었다. 아틀리에의 주인 질 페리는 언젠가는 이 구역이 새롭게 활성화되리라는 것을 알았다. 그래서 그녀는 헐값에 그 건물을 구입했다. 그녀는 그 아틀리에를 자기 눈에 띈, 떠오르는 화가들의 작품을 공개하는 데 사용했다. 이제 이곳은 비어 있는 것 같았다. 야들리는 이곳이 스타벅스나 H&M에 팔릴 날이 얼마 남지 않았다는 생각이 들었다.

야들리가 이 건물에 마지막으로 들어왔을 때 그녀는 에디 칼의 손을 잡고 있었다. 그들은 안으로 들어가기 전에 키스를 했다.

야들리는 불안감에 휩싸였다. 그녀는 마른침을 삼킨 다음 눈을 감았다. 강둑에 늘어선 나무들 사이로 내리쬐는 햇살을 맞으며 잔잔히 흘러가는 물결과 그 물결 위를 유유히 떠내려가는 대나무 가지를 머릿속으로 그려 보았다. 그녀는 열까지 숫자를 헤아리고서 눈을 뜨고 안으로 들어갔다.

아틀리에에는 손님이 아무도 없었고 30분 전에 문을 닫은 상태였다. 문은 잠겨 있었다. 개방된 넓은 공간의 아틀리에에는 하얀 벽에다 바닥에는 마루가 깔려 있었다. 그림들이 동일한 간격으로 걸려 있고 중간에는 조각 작품들이 있었다. 그림 하나가 야들리의 눈을 사로잡았다. 태양을 향해 손을 뻗고 있는, 평온한 얼굴의 어린 여자아이였다. 하지만 아이의 다른 한 손은 땅에서 나온 어떤 것에 붙잡혀 태양에 손이 닿지 못하는 것이었다.

"강렬한 작품이지." 여자의 목소리가 말했다.

야들리는 뒤돌아서 사무실에서 나온 페리를 보았다. 그녀는 양손을 몸 앞에 포갠 채 야들리 옆에 섰다.

"이 화가는 조현병 환자였어. 그녀는 자신이 느끼는 게 이런 거라고 했지. 어떻게 행동해야 하는지 너무나 잘 알고 있고 자신이 아는 어떤 행동이 위험하고 그릇된 믿음에서 충동적으로 이루어진다는 것을 인정할 수 있지만 그걸 멈출 도리가 없다는 거야. 마치 뒤에서 뭔가가 자신을 붙잡고 있는 것처럼 말이지. 자기 마음속에 갇힌 죄수인 거지."

야들리는 그림을 향해 다시 돌아섰다. "아름다워… 그리고 비극적이네."

"당신이라면 인생이라는 게 다 그렇다고 말하지 않겠어?"

야들리는 이제 그녀의 얼굴을 정면으로 마주 보았다. "당신은 별로 변한 게 없네."

"남편이나 애들 때문에 스트레스받을 일이 없잖아. 당신은 딸이 하나 있다고 들었는데."

"맞아. 이제 열일곱 살이야."

페리는 고개를 끄덕였다. "이상한 일이야. 난 아버지가 어떻게 생겼는지 잊어버리기 시작했거든. 그냥 흐릿한 얼굴이 되어가고 있지. 그런데 당신을 마지막으로 봤던 때는 정확하게 기억이 나. 에드워드가 팔로 당신을 안고 있었고 당신은 그에게 그가 너무나 자랑스럽다고 말했지. 마음이 어떤 건 기억하고 어떤 건 잊는 쪽을 선택한다니, 이상한 일이야, 그렇지 않아?"

페리의 갤러리는 에디 칼이 체포되기 전까지 그의 그림과 조각 작품들을 자주 전시하곤 했다. 그녀는 언젠가 『라스베이거스 선』지에 쓴 비평에서 그를 독보적인 천재라고 하면서 그가 미국의 피카소로 역사에 남을 것이라고 했다. 페리와 칼은 점점 더 긴밀한 관계가 되어갔다. 그래서 야들리는 그들이 부적절한 관계를 맺고 있는 것은 아닐까 항상 불안했었다. 지금 와서 생각하니 그게 자신이 남편에 대해 갖고 있던 비밀이었다는 것이 우습기까지 했다.

"질, 당신 도움이 필요한 일이 있어." 야들리가 말했다.

페리는 팔짱을 꼈다. "뭔지 들어 볼게."

"사프롱. 그의 『밤의 사물들』 연작 말이야. 그 그림들에 대해 알아야 해. 위키피디아나 미술사 블로그에서 볼 수 있는 그런 것들 말고 말이야. 그 그림들이 뭘 의미하는지 알아야 해."

"왜?"

"난 지금 검사야. 누군가 피해자들을 대상으로 『밤의 사물들』을 모방하고 있는 사건의 수사를 돕고 있어."

페리의 눈썹이 올라갔다. "그 작품들은 분석이 쉽지 않을 텐데."

"당신 사무실에 가서 얘기해도 될까?"

그녀의 사무실은 작고 복잡했지만 우아했다. 벽은 하얀색이었고 파란색 그림 한 점만 유리 책상 너머에 걸려 있었다. 야들리는 휴대폰을 꺼냈다. 그녀는 캐시 파르의 범죄 현장을 찍은 사진을 열었다. 그리고 안젤라 리버가 발견된 상태가 어떻게 그 화가의 작품을 옮겨놓은 것인지를 보여주었다.

"두 번째 피해자는 살아남았어."

페리는 한참 동안 각각의 사진을 꼼꼼히 살펴보았다. 다 보고 나서 그녀는 조용히 말했다. "믿을 수가 없네."

그녀는 탄복을 했고 야들리는 그 모습이 역겨웠지만 아무렇지도 않은 표정을 유지했다.

"사프롱은 여성 혐오주의자였어." 야들리가 말했다. "거기까지는 분명해. 살인자가 한 짓은 그런 것일 수 있어. 그의 작품을 현실로 만들어서 동지와 자신을 동일시하는 거지. 그런데 그게 그자가 얻고자 하는 거라는 생각이 들지 않아. 그 그림들에 그자의 마음을 울린 뭔가가 있어. 그리고 난 그게 뭔지 파악하기 위해 도움이 필요해."

페리는 사진들과 그림을 한 번 더 찬찬히 보고 나서 등받이가 높은 가죽 의자 속에 몸을 묻었다. "사프롱은 어려운 화가야. 그는 인터뷰도 한 적이 없고 그의 아내 네 명도 다 마찬가지였어. 그의 애인들도 아무도 입을 열지 않았고 그에게는 가까운 친구도 거의 없었어. 우리가 그에 관해 아는 건 오직 당시 그의 경쟁자들이 썼던 글을 통해서지. 마치 사프롱이 역사를 향해 **'할 말 없음.'**이라고 하는 거나 다름없어. 그에 관해 인터넷에 있는 모든 건 순전히 추측인 거야. 우리는 그 작품이 무엇을 의미하는지 말할 수 있을 만큼 그의 삶에 관해 아는 게 없다고."

"당신은 미술사 박사 학위 소유자야. 그리고 내가 아는 화가 중에서 지식이 가장 풍부한 사람이고. 당신에겐 분명 떠오르는 생각이 있을 거야."

페리는 빙그레 웃으며 말했다. "당신이 아는 화가 중 지식이 가장 풍부한 사람은 내가 아니지.”

야들리는 갑자기 속이 울렁거렸다. 빠른 속도로 달리는 차 안에서 책을 읽으려고 할 때와 비슷한 느낌이었다. 거의 현기증에 가까운.

페리 말이 맞았다. 에디 칼은 야들리가 다른 사람에게서는 한 번도 본 적이 없는 방식으로 타인의 예술 작품을 직시하는 눈을 가졌다. 그에게 그림은 마치 화가의 마음속으로 들어가는 창문이라도 되는 것 같았다.

“그의 견해를 듣는다는 건 어림없는 일이야.”

페리는 코로 숨을 내쉬며 야들리는 잠시 지켜보았다. “얼굴에 빛이 나네. 당신이 내면에 고통을 안고 있는 건 분명하지만 그럴수록 매력만 더할 뿐이군그래. 언젠가는 당신을 조각하고 싶어.”

“그자를 잡도록 도와줘. 그러면 당신이 원하는 대로 나를 조각해도 좋아.”

그녀는 킬킬 웃었다. “내가 도와줄 수 있는 건 없을 것 같아. 사프롱의 그림들은 나한테는 아무런 말도 하지 않아. 그저 고문과 죽음만 보일 뿐이야. 피해자가 검은색 옷을 입고 있고 피로 물든 붕대가 감겨 있다는 것 말고는 범죄 현장의 어떤 것도 그림과 연결된 것으로 보이지 않아. 당신이 전문가로서의 내 의견을 구한다면 — 잡지에 실린 비평 같은 걸로 말이야 — 무서운 동시에 황홀한 수수께끼이고 어찌 보면 거의 편안할 정도로 친근한 어떤 것이어서 우리를 사로잡는 악몽을 훔쳐 내서 그 화가가 그런 형상을 만들었다고 쓸 거야. 자신의 악몽만이 아니라 우리가 종으로서 꾸는 집단적인 악몽을 표현하고 있다는 걸 암시하는 거지. 수많은 심리 치료사들이 이 그림들의 복사본을 갖고 있고 그걸 사무실에 걸어두고 있다는 사실이 그걸 증명하고 있어.”

"그렇다면 당신의 진짜 견해는?"

"진짜 견해는 그는 미친놈이고 이 그림들은 광란의 짓거리라는 거야. 이것들은 아무 의미도 없어. 미안해. 하지만 이 그림들 속에 숨은 주제를 밝혀내는 걸로 그 범죄를 저지른 남자를 찾지는 못할 거야. 그 남자가 이 그림들에서 본 주제가 무엇이든, 그건 그자가 스스로 거기 써 놓았다는 거지."

야들리는 휴대폰을 다시 가져왔다. "시간 내 줘서 고마워."

그녀가 일어나서 나가려 돌아서자 페리가 말했다. "해 볼만한 가치가 있을걸."

야들리는 그녀에게로 돌아섰다.

"그를 찾아가 볼 가치가 있을 거라고, 제시카."

"이미 그렇게 했어. 2년 전에 다른 어떤 일이 있었거든. 거의 죽을 것 같았어."

페리는 고개를 끄덕이며 책상 위로 발을 올렸다. 하얀 뒷굽이 유리에 부딪혀 찰칵 소리를 냈다. "우리가 불륜을 저질렀는지 묻고 싶지 않아? 그때 당신이 그걸 알고 싶었다는 걸 난 알아."

"지금은 그게 중요하다고 생각하지 않아."

그녀는 미소 지었다. "그래?"

그들은 한동안 말없이 있었다.

"아니었어. 나는 그러고 싶었지. 사실 어느 날 밤에 내가 시도하기는 했어. 그는 안 된다고 했어. 그만큼 그는 당신에게 충실했어. 가슴과 영혼이 자기와 그토록 연결된 누군가를 밀어낼 수 있는 남자는 정말 드물지. 영혼의 쌍둥이라는 거 알아? 우리에게는 모두 영혼의 쌍둥이, 그러니까 똑같은 영혼을 가진 사람이 있고, 준비가 되어 있으면 사는 동안 그 쌍둥이를 만나게 된다는 이론이야. 그 쌍둥이들은 육체적, 영적, 그리고 정신적 수준에서 너무나 깊이 연결되어 있어서 서로에게 빠지게 되지만, 성적인 관계는 아니야. 성은 날것이잖아. 원초적이지. 영혼의 쌍둥이는 훨씬 깊은 거야. 당신이 아는, 결혼 생활이 엉망진창이 된 사람들은 더 깊고 심오한 관계가 있다는 것을 깨닫지 못하고 자신들의 영혼의 쌍둥이와 남녀 관계를 맺으려고 애쓰는 사람들이야. 남녀 관계를 맺어야 하는 영혼의 동반자와 정신적인 관계를 맺어야 하는 영혼의 쌍둥이는 같은 게 아니란 말이지. 그런데 영혼의 쌍둥이를 만나게 되면 나머지 세상이 전부 사라지는 것과 같아. 그래서 그 사람과 함께 하는 것 말고는 원하는 게 없게 되는 거야." 그녀는 말을 멈추고는 한순간 생각에 빠진 듯했다. "나는 에드워드와 영혼의 쌍둥이였어. 그는 나와 사랑을 나누고 싶은 유혹조차 느끼지 않을 정도였으니 그야말로 그를 지배한 건 당신이었고."

"그와 영혼의 쌍둥이라는 걸 자랑스럽게 말하네. 아직도 그를 흠모하는 거야?"

페리는 눈썹을 치켜올렸다. "내가 무슨 말을 할 수 있겠어? 나는 정신병자인 화가에게 흠뻑 빠진 사람인걸. 카라바지오는 살인자였지. 셸리니는 많은 사람을 살해했는데 마을 사람들이 그의 작품을 너무나 흠모하는 바람에 처벌하지도 않았어. 뱅크시는 오늘날 엄청난 찬사를 받고 있지만 그는 정말 범죄자 이상이 아니었어."

"건물에 그라피티를 그리는 것과 여러 가족을 몰살하는 것 사이의 차이를 모른다면 당신은 내가 갈 수 없는 곳으로 넘어간 셈이야."

"나는 단지 엄청난 정신 이상이 가끔은 위대한 예술을 낳는다는 걸 말하는 거야. 에드워드가 벌인 일을 내가 용인하는 건 아니야. 나는 그가 자신을 통제할 수 있었을지 의문스러워. 그건 마치 우리가 숨 쉬는 걸 어찌할 수 없는 것 같은 거랄까."

그녀는 미소를 지었다. 야들리는 그 미소가 알면서도 상처를 주었던 일을 즐기는 데서 나온다는 걸 감지했다.

페리는 책상에서 발을 내렸다. "우리는 이 세상에서 에드워드와 제일 가까웠던 두 사람이었어. 그의 영혼의 동반자와 영혼의 쌍둥이. 그리고 당신과 나는 진실을 알고 있지. 그가 누구인지 우리는 알고 있었다는 것 말이야. 그가 잡히고 나서 깜짝 놀란 아내 역할을 하는 게 당신으로선 힘들었을 거야." 그녀는 혀를 쯧쯧 찼다. "부끄럽기 짝이 없네. 그는 넋이 나갈 정도로 완벽하게 멋졌어. 당신 생각에는, 부부가 아닌데도 부부의 자격으로 교도소를 방문하는 게 가능할 것 같아?"

야들리는 한순간 그녀를 바라보다가 빙긋이 웃었다. "알다시피, 난 당신을 질투했었어. 당신의 자신감, 그리고 일에서 거둔 성공을 말이야. 난 그저 분투하는 사진작가였으니까. 당신의 지성과 당신의 가문을 질투했지. 하지만 이제는 아무도 오지 않는 것 같은 당신의 갤러리와 해골 위에 플라스틱을 얹어놓은 듯 과하게 성형을 한 당신 얼굴을 보는 지금 내 눈에 보이는 건 뭘까? 이 세상에 겁먹고 있으면서 그렇지 않은 것처럼 여기 숨어 있는 한 여자야. 나는 당신을 가엾게 여겨야 했던 때 당신을 부러워했던 거야."

페리의 눈은 실눈처럼 가늘어졌다.

"잘 있어, 질. 사업이 잘되길 바라."

야들리가 문밖으로 나왔을 때 페리가 소리 높여 외쳤다. "그자를 잡고 싶으면 에드워드를 찾아가야 할 거야. 그에게 내 인사를 전해 줘."

야들리는 잠깐 가만히 서 있다가 차를 향해 어두운 밤 속으로 걸어갔다.

20

야들리는 잠을 잘 수 없었다.

기력이란 기력이 죄다 빠져나간 것만 같았다. 마치 누군가 몸속에 수도꼭지를 박아 넣고 그녀에게 있던 마지막 한 방울의 기력까지 짜 낸 것만 같았다.

그녀는 타라를 보러 갔다. 그리고 타라가 자기 방에서 자고 있는 것을 보았다. 무선 이어폰에서는 아직도 음악이 흘러나오고 있었다. 야들리는 이어폰을 살며시 귀에서 빼고 휴대폰을 꺼 주었다. 그녀는 최대한 가만히 몸을 굽혀서 딸의 이마에 살포시 입을 맞추고는 그 방을 나왔다.

야들리는 딸을 제외하고는 아무도 없는 생활에 익숙해져 있었다. 그녀가 이전 남자친구와 함께 산 시간은 그리 길지 않았고 그전에는 칼이 체포되고 나서 수년간을 혼자 지냈다. 그리고 열여덟 살 때 어머니가 돌아가신 후 에디 칼과 살기 전에는 거의 십 년 동안 홀로 지냈다. 그리고 지금 그녀는 혼자였다. 십중팔구 언제나 그럴 것이라는 생각이 들었다.

산산조각 난 가슴.

외로움은 적응될 수 있는 것이었다. 더는 외롭다는 것조차 알아채지 못하고 주변에 다른 사람들이 있으면 특별한 경우로 느껴지기도 하는 지경에 이를 수도 있었다. 그러나 이런 순간, 온 세상이 잠든 한밤중이야말로 하루 중 가장 외로운 시간이었다. 이 세상에 홀로 고립된 것 같은 느낌이 절절해지는 시간이었다.

그녀는 트레이닝 바지와 티셔츠로 갈아입고 냉장고로 갔다. 휴대폰의 진동음이 울렸다. 아직 안 자냐고 묻는 리버의 문자 메시지였다. 야들리는 그렇다고 했다. 잠시 뒤에 휴대폰이 울렸다.

"제시카입니다." 야들리가 말했다.

"항상 그런 식으로 전화를 받아요?"

"어떤 식으로?"

"이름을 말하는 것 말이에요. 내 전화라는 걸 알았잖아요? 왜 그냥 '안녕, 앤지.'라든지 뭐 그렇게 말하지 않는 거죠?"

야들리는 크림치즈와 빵을 꺼내고 찬장에서 접시를 내렸다. "안녕, 앤지."

그녀는 킥킥 웃었다. "좋아요, 똑똑이님. 그런데 진짜로 난 사람들에게 할 수 있는 한 반갑게 인사하는 걸 좋아하거든요. 이름을 안다면 '안녕, 딘.' 이런 식으로요. 그렇게 하는 데 돈이 드는 것도 아니고 그 사람들의 하루를 조금이라도 활기차게 만들어 주잖아요. 안 그래요?"

"사람들에게 반갑게 인사하는 방법을 한 번이라도 내가 생각해 본 적이 있는지 잘 모르겠어요."

"그렇게 해야 해요. 별것 아닌 거지만 다른 사람들의 기분을 좋게 만들 수 있잖아요. 마음에서 고민을 털어 버려요."

야들리는 빵을 토스터에 넣고 타이머를 돌렸다.

"뭘 만들고 있어요?" 리버가 물었다.

"토스트랑 크림치즈, 그리고 어제 먹다 남은 훈제 연어를 좀 얹어

먹으려고 해요.”

“웩. 그건 좀 도박인데요. 오래된 생선은 무서워요. 스무 살 때 같이 살던 룸메이트가 틸라피아를 요리해 준 적이 있어요. 살면서 그렇게 심하게 식중독에 걸린 건 처음이었어요, 정말이에요. 욕조에서 자야 했다면 무슨 말인지 알 만하죠.”

“윽, 앤지.”

“그러지 말고, 시리얼을 먹어요.”

“시리얼은 하나도 없는걸요.”

“그럼, 나랑 같이 와인 한잔해요. 난 피노 그리지오 한 잔 들고 현관 앞에 앉아 있어요. 집에 와인 있어요?”

“한번 볼게요···. 있네요.”

“한 잔 부어서 발코니에 앉아 봐요.”

야들리는 와인을 부어서 발코니로 나갔다. 하늘은 검고 깊었다. 그 속에 반짝이는 보석처럼 별들이 박혀 있었다 그녀는 달이 뜨지 않은 밤에 남서부의 이 사막 말고는 그 어디서도 이렇게 맑은 하늘을 본 적이 없었다.

“지금 뭐 하고 있어요?” 리버가 물었다.

“야외용 벤치에 누워서 하늘을 보고 있어요.”

“서쪽에 정말 밝게 빛나는 별 보여요? 그게 금성이에요.”

“잠깐만··· 그래요, 지금 보이는 게 그것 같네요.”

“그게 하늘에서 달 옆에 있는 제일 밝은 별이에요. 나는 아무렇게나 누워서 그 별을 바라보면서 언젠가는 내가 거기 도달하게 될 거라고 생각하곤 했어요. 엄청나게 집중할 수 있으면 그냥 내가 거기 나타날 것처럼 말이죠. 재커리는, 당연히 언제나 과학자이시죠, 그곳은 쇠도 녹일 만큼 표면이 뜨겁고 모든 게 주홍빛이라는 걸 내게 상기시켰죠. 그는 그곳이 우리가 지옥이라고, 아니면 L.A 협곡이라고 생각하는 것과 비슷하다고 했어요.”

야들리는 와인을 한 모금씩 마시면서 키득키득 웃었다. “창의적인 설명인데요.”

“지겨운 방식이죠. 나는 보석이 펼쳐진 바다와 밝은 보랏빛 하늘을 그렸어요. 내 생각이 훨씬 낫잖아요. 천국을 그릴 수 있는데 뭣 하러 지옥을 그려요?” 그녀는 한숨을 쉬었다. “그게 나와 재커리의 차이인 것 같아요. 그는 현실 세계에 사는 걸 좋아하고 나는 현실 세계는 지겹다고 생각하죠.” 야들리는 리버가 와인을 마시는 소리를 들었다. “당신은 어때요? 안젤라와 재커리의 스펙트럼에서 당신은 어디쯤 있어요?”

“현실 감각 없는 몽상가와 과학자 중간 정도에?”

“저기요, 난 현실 감각 없는 사람이 아니에요. 난 낙관론자라고요.”

“농담이에요.”

“음. 말하기 좀 그런데요. 당신은 내가 본 사람들과는 너무 다르게 항상 진지하고 무표정한 얼굴을 할 수 있잖아요. 그러니까 어디쯤 있는 거죠?”

야들리는 머리를 뒤로 기대고 반짝이는 금성을 지켜보았다. “난 금성에 대해서 한 번도 생각해 본 적이 없어요. 결코 보지 못할 거라고 생각했으니까 추측하는 게 의미가 없었어요. 난 내가 제어할 수 있는 것들만 생각해요.”

리버는 웃었다. “언니, 우리가 제어할 수 있는 건 아무것도 없어요.” 그녀는 깊이 숨을 들이마셨다. 그리고 두 사람 다 잠시 아무 말 없이 앉아 있었다. 야들리는 와인을 한 모금 더 마셨다. 속이 따뜻해졌다.

“가끔 그가 그리운가요?” 리버가 물었다.

"누구? 에디?"

"네."

"아뇨."

"제스, 그냥 우리끼리잖아요. 그가 그리워요?"

야들리는 머뭇거렸다. 그녀는 방어막을 풀고 마음을 여는 것이 익숙하지 않았다. 그런 것은 그녀가 편안하지 않은 어떤 일이었다. 그러나 리버에게는 무장을 해제시키는 뭔가가 있었다. 그녀는 야들리가 마음을 열고 싶어지는, 그런 유형의 사람이었다. 그 이유를 그녀는 실상 댈 수가 없었다. "아마도 가끔은. 그가 어떤 사람인지 내가 알게 되기 전의 그라는 사람이."

"그의 어떤 게 그리워요?"

야들리는 무릎을 끌어올렸다. "그는 항상 나를 웃게 해 줬어요. 내가 만난 그 어떤 사람보다 더. 우리가 어디 있든, 한 달에 200달러짜리 아파트에서 배를 곯고 있든, 5,000달러짜리 그의 그림을 보고 있든, 그는 항상 나를 웃게 했어요."

그녀는 손에 든 잔과 그 잔에 부딪쳐 부드럽고 희미하게 빛나는 별빛을 내려다보았다.

"잠자리에서 그는 어땠어요?"

"윽, 앤지."

리버는 웃었다. "난 당신들이 옷을 다 입고 섹스를 하는 게 그려져요. 오직 선교의 사명과 번식을 위해서만요. 맞아요?"

"앤지, 그만해요." 그녀는 붉어진 뺨으로 말했다.

"왜요? 그가 당신처럼 꽉 막힌 사람이면 어떻게 다른 식으로 되겠어요?"

야들리는 잠시 말이 없었다. "내가 항상 이렇지는 않았어요. 그의 앞… 앞에 있는 나를 당신은 알아보지도 못했을 거예요.”

“그래요, 음, 이런 얘기를 꺼내서 미안해요. 난 그냥 농담이었어요. 우리 다른 얘기해요.”

“아뇨, 괜찮아요. 단지… 난 누구에게도 이런 얘기를 한 적이 없었거든요. 심리 치료사한테도 말이에요.”

“음, 당연히 그럴 것 같았어요. 그 바가지 쓴 얘기 좀 해 봐요. 한 시간에 150달러 내고 누군가 당신을 빤히 보면서 ‘자, 그렇게 했더니 기분이 어땠어요?’ 하고 묻는 그런 거 말이에요. 그건 말도 안 되는 소리죠.”

“당신은 그런 데 가 본 적 없어요?”

“오래전에 갔었죠.”

“무엇 때문에?”

“십 대 때 겪었던 어떤 일을 치유해야 했거든요. 모두들 치료받으면 좋아진다고 생각하더군요. 나는 더 나빠졌다고 생각했어요. 심리 치료사는 계속해서 내게 용서하라고, 용서하고 떨쳐 버리라고 하더군요. 난 이런 식이었죠. “당신이 용서해. 이런 빌어먹을 일을 겪고 당신이 어떻게 떨쳐 버리는지 한번 보자고.” 그건 다 말도 안 되는 소리였어요. 자신들은 절대로 따르지 않을 조언을 주는 사람들이라고요.” 그녀는 숨을 길게 내뱉었다. “미안해요.”

“미안할 거 전혀 없어요. 내겐 그래도 도움이 되는걸요. 아무 말이나 할 수 있고 평가받지 않아도 되는 누군가가 있다는 게 말이에요.”

“그래서 친구가 있는 거잖아요.” 리버는 마치 폐에 신선한 공기를 채우려는 듯 깊이 숨을 들이마셨다. 그러고는 말했다. “음, 이제… 좀 더 중요한 얘기를 할게요. 인터넷에서 에디의 사진을 봤어요. 진짜 끝내주던데요. 젊은 시절의 말론 브랜도가 떠올랐어요.”

"그래서 그 사람한테 '어둠의 카사노바'라는 이름이 붙은 거예요. 몇몇 기자들은 제임스 딘이 나이 들면 그와 비슷할 거라고 했죠."

"젠장, 있잖아요, 그렇게 생긴 남자라면 난 반쯤 연쇄 살인범이라고 해도 견딜 거예요."

오랜 침묵이 흘렀다.

"미안해요, 형편없는 농담이었어요." 리버가 말했다. "말했잖아요, 내가 가끔은 머리보다 말이 먼저 나간다고요."

"괜찮아요. 누군가와 이런 얘기를 하는 게 익숙하지 않은데, 웃으며 그 얘기를 하는 게 어색하다는 건 **분명하네요.**"

"그걸 웃어넘겨야 해요, 친구야. 웃어넘기지 못하면 당신이 부서지게 돼요. 둘 중 하나를 선택해야 하죠."

야들리는 와인을 한 모금 마시고 화제를 바꾸었다. 그들은 옛날 남자친구들에 대해, 고등학교 시절에 대해, 그리고 자신들을 괴롭혔던 여자아이들이 어떤 애들이었는지 얘기했다. 그런 다음 그들은 페이스북에서 자신들이 고등학교 때 싫어했던 여자아이들을 찾아보고 그들이 지금 뭘 하는지, 결혼을 두 번 했는지 세 번 했는지 보면서 30분 정도 시간을 보냈다.

야들리가 잘 자라고 인사를 하고 전화를 끊었을 때는 해가 거의 다 뜬 뒤였다. 그녀는 에디 칼… 사건이 있은 후 전화로 누군가와 수다를, 진짜 수다를 떨어본 적이 없었다. 신이 나기도 했지만 동시에 두려운 느낌도 들었다. 그녀가 마음을 준 사람들은 그녀에게 상처를 주게 마련이었던 것이다.

21

아침에 야들리는 커피 한 잔과 물 한 병을 다 마셨다. 그녀는 두통이 나서 진통제를 먹고 청바지로 옷을 갈아입었다. 오늘은 운전하고 싶지 않았다. 그래서 그녀는 우버 택시를 호출하고서 도로 옆에서 기다렸다.

도시는 태양에 펄펄 끓고 있었다. 휴대폰으로 온도를 확인했더니 43도였다.

사무실이 동굴같이 느껴졌다. 그래서 그녀는 거기 있는 대신 택시를 또 불러서 공원으로 갔다. 공원에는 놀이터 근처에 야외 테이블들이 놓여 있어서 그녀는 거기 앉아서 아이들 노는 모습을 지켜보았다. 부모들은 담소를 나누며 옆에 서 있었다.

휴대폰이 울렸다. 보스턴 번호였다.

"다니엘, 잘 지내셨어요?" 그녀가 전화를 받으며 말했다.

그녀는 하버드 대학 정신 의학과 교수이자 FBI 자문위원인 다니엘 사트 박사에게 『밤의 사물들』에 관해 그가 캐낼 수 있는 것이 있는지 요청을 넣어 둔 상태였다.

"잘 지내고 있어요. 오늘은 감기 기운이 좀 있어서 강의를 쉬고 있답니다. 당신이 말한 그 의문의 남자를 탐구하는 중이지요. 대단히 흥미로운 사건이에요."

"박사님이 파르나 리버 가족이 아닐 경우에는 그렇죠."

"물론이죠. 제가 사과하지요. 경솔하게 굴 생각은 없었답니다."

"아뇨, 괜찮습니다. 그냥 제가 지금 두통이 좀 있어서요. 게다가 잠을 제대로 못 잤거든요. 어떤 걸 알아내셨나요?"

그는 한숨을 내쉬었다. 그러고는 처방전 없이 살 수 있는 어떤 약의 셀로판 포장지 소리 같은 것이 들렸다. "이곳 미술사학과에서 20세기 아프리카 미술을 전공하는 동료와 얘기를 나눴어요. 실제로 사프롱을 한 번 만난 적도 있답니다. 어쨌건, 사프롱은 생물학자였거나 아니면 최소한 수단의 카르툼 대학 생물학 학위 소유자였던 것 같아요. 사프롱은 인류의 진화에 집착했습니다. 그는 인간은 본래 선하지만, 진화로 인해 도덕을 저버리는 능력이 생겼다고 믿었어요. 그것은 인간이 자신의 사사로운 이익이 풍전등화가 되는 절체절명의 상황에서 해야 할 일을 할 수 있도록 하기 위한 것이었어요. 그러나 사프롱은 진화로 인해 프로이트가 상상할 수 있었던 것보다 훨씬 더 파괴적인 어떤 일 또한 생겼다고 믿었습니다. 도덕성이 사라진 것을 감추게 되었다는 거죠."

그녀는 어린 여자아이 하나가 놀이터에서 뛰어나가는 것을 보았다. 아이 엄마가 뒤쫓아 가서 아이가 주차장으로 들어가기 직전에 그 애를 붙잡는 모습을 지켜보았다.

"그게 무슨 뜻인가요?" 야들리가 말했다.

"사프롱은 인간이 저지르는 모든 사악한 행위는 이런 진화적 적응 때문이고 도덕성이 사라진 것을 우리가 깨닫지 못하게 된 때문이라고 생각했습니다. 보기에는 착한 사람들이 전시에 강간과 살인을 저지르면서도 죄책감을 느끼지 않을 수 있는 것이고, 아니면 교도소의 간수들이 살인과 고문을 하면서도 여전히 자신들을 도덕적인 사람으로 믿을 수 있는 이유가 바로 그런 것이죠. 진화는 우리에게 자신을 스스로 속일 수 있는 능력을 주었어요. 『밤의 사물들』은 그런 것에 대한 사프롱의 탐험입니다. 네 개의 그림들은 전부 도덕성이 사라졌지만, 그것을 알지 못하는 사람의 피해자들입니다. 그들은 자신들이 예술을 창조한다고 생각하죠. 제 동료는 살아 있는 사람들을 상대로 이 그림들을 재현하는 사람이라면 그가 누구든지 화가는 아니라고 생각합니다. 제가 짐작하기로는 경찰은 그렇다고 믿는 것 같더군요. 하지만 이자는 인류의 진화에 집착하는 누군가입니다. 아마도 인류학자이거나 일종의 생물학자일지도 모릅니다. 의사일지도요. 그 그림들은 생물학에 관한 것이지 예술이 아니에요."

"의사요?"

"네. 사프롱은 원래 의료계로 가고 싶어 했어요. 의사라기보다는 인간의 몸과 마음을 연구하는 사람이 되고 싶어 했죠."

야들리는 잠시 생각해 보았다. "박사님의 그 동료분과 얘기를 나누고 싶은데요."

"그녀의 전화번호를 문자 메시지로 알려줄게요."

"이렇게 도와주셔서 감사합니다, 다니엘. 고마워요."

"별말씀을. 볼드윈 요원이 요청했던 유형 분석을 당신에게도 보내겠습니다. 일이 어떻게 진척되는지 계속 알려주고 또 다른 뭔가가 있으면 알려주세요."

"그럴게요. 고마워요."

"아, 근데 제시카?"

"네?"

"괜찮다면, 한 가지가 더 있어요. 그냥 내 의견이에요. 나라면 이런 유형의 범죄자는 자기가 한 일을 자랑스럽게 여기고 인정받기를 원할 거라는 쪽에 돈을 걸 겁니다. 당신이 그자를 끌어내기 위한 전술로 그자를 이런 식으로 인정해주지 않는다면 그로 인해 그자는 뭔가 극단적인 일을 벌일 수도 있다는 말입니다."

"극단적이라고요?"

"당신은 이 사건의 검사, 여성 검사이고, 두 명의 피해자도 모두 여성입니다. 그자는 당신을 자기 일에 끌어들이는 것을 일종의 성취로 생각할지도 모릅니다. 부디 조심하세요."

오싹한 냉기가 등줄기를 타고 흘렀다. "그럴게요."

22

사무실에 있으니 폐소 공포가 밀려와서 야들리는 일에 집중할 수가 없었다. 그녀는 책상 앞에 앉아서 벽을 응시하며 사트 박사가 했던 말을 생각했다.

의사.

건물 관리인 한 사람이 사무실 옆으로 지나갔다가 되돌아와서는 문에 걸린 이름을 확인했다.

"야들리 씨? 명판을 교체하러 왔습니다. 지금 여의치 않으시면 나중에 다시 올 수도 있습니다."

"아뇨, 괜찮아요. 어서 하세요."

그녀는 그가 문에서 그녀의 이름을 떼어내고 잭스의 이름을 다는 것을 지켜보았다. 그는 명판을 가져와서 그녀에게 건넸다.

"이걸 보관하고 싶어 하는 분들이 종종 계시더군요."

야들리는 명판을 받아서 한동안 물끄러미 쳐다보았다. 그런 다음 휴지통에 버리고 가방을 집어 들었다. 얘기를 해 봐야 할 사람이 있었다.

레드우드 지방 병원은 리버가 사는 곳에서 멀지 않은 작은 병원이었다. 이곳이 지금 연계 병원인지는 기억나지 않지만 야들리는 전에 한 번 이곳에 온 적이 있었다. 아마도, 그녀가 병원으로 면회하러 가야 했던 수많은 피해자 중 한 명을 보러 왔을 것이었다. 때때로 그녀는 꿈속에서 소독약 냄새를 맡곤 했다.

응급실은 번잡하지 않았다. 수납처에 직원이 앉아 있고 그들 뒤에 경찰이 있었다.

"안녕하세요, 재커리 박사를 좀 만나고 싶은데요. 친구입니다."

"카페테리아에 뭘 좀 드시러 가셨어요. 복도를 따라가다 오른쪽으로 가시면 돼요."

카페테리아는 병원의 두 동을 연결하는 통로에 있었고 두 동 사이의 정원이 바라보이는 곳이었다. 직원과 간호사, 그리고 의사 몇 명이 안에 있었다. 그녀는 재커리가 구석 자리에 혼자 앉아 있는 것을 보았다.

그는 그녀를 보고는 깜짝 놀란 모양이었다. "제시카?" 그는 일어나서 그녀를 맞이했다. "여긴 어쩐 일이에요?"

"우리 피해자 중 몇 명이 여기 와 있거든요." 그녀가 말했다. "짐작하시겠지만, 제가 좋아하는 곳은 아니죠."

그는 고개를 끄덕이고는 먹고 있는 닭고기와 으깬 감자를 내려다보았다. "네, 그런 환자를 많이 봅니다. 같은 여자들을 보고 또 보고하지요. 구타당하고 화상 입고, 묶여 있던…. 심지어 그들이 경찰에 협조하는 때에도 실제로 일을 하는 경찰은 아무도 없는 것 같아요."

"앉아도 될까요?"

"물론이죠."

그녀는 앉아서 다리를 꼬고 최대한 친근하게 웃어 보였다. "우리는 할 수 있는 최선을 다하려고 애쓰고 있어요. 하지만 계속 예산이 삭감되고 있답니다. 대다수 시에서는 예산의 가장 큰 부분이 경찰에 배정되기 때문에 비용을 줄여야 할 경우 경찰 예산을 삭감하죠. 그리고 검찰 예산도요. 연방 차원에서도 마찬가지랍니다. FBI가 예산을 줄이면 연방 검찰도 벗어나지는 못하는 거죠."

그는 음식을 한 입 베어 물었다. "제가 평가를 하는 건 아닙니다. 정말 아니에요. 전 단지 동일한 피해자를 보고 또 보고 하는 일이 없었으면 하는 거예요."

그녀는 고개를 끄덕였다. "말이 나왔으니 하는 말인데, 앤지는 어떻게 지내나요?"

그는 잠깐 음식을 씹고는 냅킨으로 입을 닦았다. "그녀는 기가 세죠. 모든 걸 속으로 계속 억누르고 있어서 가끔은 판단이 어렵답니다."

"두 사람은 어떻게 만났나요, 이런 걸 물어봐도 된다면요?"

"그녀가 손에 입은 상처를 치료하려고 병원에 왔어요. 채소를 자르다가 칼이 미끄러져 손바닥에 박혔던 거예요." 그는 의자 뒤로 몸을 기대고 음식을 씹으면서 빙그레 웃었다. "첫눈에 반했던 것 같아요. 다음 날 저녁 식사를 하면서 세 시간 동안 얘기를 나누던 생각이 나네요. 두 달 뒤에 우리 집으로 들어왔답니다."

"첫눈에 반한 사랑이라. 요즘은 드문 일인데요."

그는 고개를 끄덕였다. "그녀는 제가 사귀었던 다른 여자들과는 너무나 달랐기 때문에 저로서도 이상한 일이었어요. 굉장히 영적인 여자죠. 과학을 별로 믿지 않아요."

야들리는 그가 한 입을 더 베어 먹는 모습을 지켜보았다. "요즘 들어 그런 분위기가 강해지고 있는 것 같아요." 그녀가 말했다. "과학에 대한 믿음을 상실하는 것 말이에요. 진화론이 특히 공격받고 있지요."

그는 어깨를 으쓱했다. "제 생각엔 『종의 기원』이 발간된 이래 계속 그랬던 것 같은데요. 그래서 다윈이 원래는 그 책을 사후에 출판

하려고 기다렸던 거고요. 그는 사람들이 어떤 반응을 보일지 알았던 거죠. 우리가 우주의 중심이라는 개념에 도전하는 관념은 그 무엇이건 사람들의 마음을 불안하게 하거든요. 그래서 그에 반대하며 싸우게 되는 거고요."

"우리가 이런 얘기를 하다니 재미있네요. 왜냐하면 며칠 전에 진화의 심리학과 관련된 재미있는 이론을 들었거든요. 진화로 인해 우리에게는 우리의 뇌가 자신을 보호해야 한다고 믿게 되는 상황에서 도덕을 저버리는 능력이 생겼다는 거예요. 그런데 진화는 또한 우리에게 우리의 도덕성이 사라질 때 그것을 감추는 능력도 주었다는 거고요. 이런 설명에 대해 당신은 어떻게 생각하나요?"

그는 냅킨을 접시 위에 놓은 뒤 접시를 밀어 치웠다. "재미있는 이론이군요. 그렇지만 저는 아직은 그 진화의 심리학을 그다지 높이 평가하지는 않으렵니다. 그건 아직 유아기에 머물고 있는 이론인걸요." 그는 시간을 확인했다. "이렇게 만나서 반가웠어요. 그런데 저는 가봐야겠어요."

"그럼요. 제가 붙잡아 둬서 죄송하네요."

"아니에요. 즐거웠습니다. 앤지에게 인사 전할게요."

그녀는 그가 종이 접시를 쓰레기통에 버리고 복도로 나가 응급실로 돌아가는 모습을 지켜보았다. 그는 모퉁이를 돌기 전에 그녀를 한 번 돌아봤다.

그날 오후 집으로 가면서 야들리의 머리는 다른 모든 것을 밀어내고 한 가지만을 계속 생각하고 있었다. 사인 말이다. 세상에서 가장 명석한 몇몇 병리학자들로 구성된 클라크 카운티 검시국에서 어떻게 캐시 파르를 죽음에 이르게 한 장기 부전의 원인을 규명하지 못했던 것일까?

그녀가 집에 도착했을 때 타라는 인턴 일에서 막 돌아온 참이었다. 그녀는 교과서를 앞에 펼쳐 놓고 식탁에 앉아 있었다. 하지만 뭔가를 하고 있지는 않았다. 그저 허공만 응시하고 있을 뿐이었다. 야들리는 딸이 몇 시간째 생각에 빠져 있을 수 있다는 것을 알고 있었다. 그리고 그녀는 대학교 때 들었던 이야기가 생각났다. 소크라테스가 젊었을 때 한 번은 전투를 치르는 와중에 생각에 빠졌다고 했다. 그는 주변에 온통 시신이 난무하는 가운데서 미동도 하지 않고 생각에 잠겨 서 있었다는 것이다.

야들리가 가까이 다가가자 타라는 천천히 눈을 깜박였다.

"조금 전까지 어디 빠져 있었던 거니?" 야들리가 구두를 벗어 던지며 물었다.

"어떤 문제를 곰곰이 생각하고 있었어요. 일은 어땠어요?"

야들리는 어깨를 으쓱하고 저녁을 준비하려고 냉장고로 갔다. "항상 똑같지 뭐." 그녀는 잠시 말을 멈췄다. 그런 다음 냉장고를 닫고 타라를 쳐다봤다. 언제나 맹렬하게 지성이 불타고 있는 그 두 눈을. 야들리는 타라에게로 가서 옆에 앉았다. "타라, 고급 화학에 대해 잘 알지, 안 그래?"

타라는 어깨를 으쓱했다. "네, 하지만 물리 화학에 관한 것만 알아요. 한동안 재미있게 생각했던 거니까요."

"만일 내가 누군가를 죽이고 싶은데 검시관이 사인을 알지 못하도록 숨기고 싶다면 제일 좋은 방법은 뭐라고 생각하니?"

타라는 씩 웃었다. "십 대 딸한테 그런 해괴한 질문을 하다니요."

야들리는 딸의 교과서 제목을 봤다. "『리만 가설과 디리쉴레 L 연속 함수 추론』이라… 네가 그런 것에 직관이 있을지도 모른다고 생각하는 게 대단한 비약이라는 생각은 안 드는데."

타라는 의자 뒤에 등을 기대고 잠시 생각했다. "어떤 종류든 물리적 증거를 남길 수 있는 건 당연히 아닐 테니까 유일한 방법은 독이죠. 유출물을 분석한 법의 독물학자가 있을 거잖아요?"

"여러 명 있지."

"그럼 주기율표에 있는 특정 종류의 물질을 테스트하고, 그런 다음 의심스러운 종류의 특정 분자를 검사해야죠. 비소라든지 벨라도나 같은 것 말이에요. 하지만 그런 건 모두 검출이 되거든요. 검출될 만큼 유효한 수준으로 유출되지 않는 걸로 내가 생각할 수 있는 유일한 건 리신이에요."

"리신?"

타라는 고개를 끄덕였다. "리신 중독을 확인하기 위한 검사는 정말 특수한 거예요. 액체 상태로는 검사조차도 불가능하거든요. 리신이 있는지를 확인하려면 DNA PCR 검사를 해야 해요. 리신은 아주 희귀해서 독물학자들은 그걸 검사할 생각도 못 할 거예요. 그리고 생각을 한다 해도 충분한 양의 분자가 거기 없다면 얻어내지 못할 수도 있고요."

야들리는 전에 독살을 여러 번 다룬 적이 있었고, 독을 이용해서 살인을 하고 싶다면 섭취는 최고의 방법이 아니라는 연구를 조금 접한 적도 있었다. 미량의 독이 위나 장에서 발견될 것이기 때문이었다. 주입이 더 깨끗하고 잘 검출도 되지 않는다. 주입을 한다면 최적의 인체 부위는 검시에서 드러날 가능성이 가장 적은 혀와 눈이다.

그녀는 딸에게 입을 맞추고 휴대폰을 꺼냈다. 그런 다음 서둘러 서재로 가서 몇 군데 전화를 했다.

23

볼드윈은 샤워를 끝내고 옷을 입었다. 늦었기는 했지만, 그는 마침내 스칼렛에게 빚지고 있던 전화를 걸었다. 예상했던 대로 통화는 엉망으로 치달았다. 그는 그녀에게 자신이 아버지가 될 자질이 없는 온갖 이유를 설명하려고 애썼다. 그의 직업, 자라면서 귀감을 삼을 만한 훌륭한 사람이 거의 없었다는 점, 자주 고독을 느끼고 싶어지는 그의 기질 등등을 말이다. 올바른 일을 하고 있다고 자신을 설득하고 그녀에게 낙태 비용을 주겠다고 제안하면서조차 그는 자기 말이 얼마나 진부하게 들렸던지 움찔하고 말았다. 그녀가 그에게 소리를 지르고 전화를 끊은 것이 놀랍지 않았다. 그는 일이 그냥 원래대로 돌아갔으면 하고 바랐다. 그러고 나서 어떤 일이 일어나기를 바란다는 것이 얼마나 어린애 같은 건지를 생각했다. 그의 어머니는 언젠가 그에게 "소원이 말이라면 거지도 타게 될 거다."라고 말했었다. 그는 당시에는 그 말을 이해하지 못했지만, 소원에 조금이라도 힘이 있다면 아무도 굶어 죽지 않을 것이라는 뜻으로 하신 말임을 이제는 알게 되었다.

그는 거울에 비친 자기 모습을 쳐다보고는 거실에서 나갔다. '처형인' 파일들이 테이블 위에 흩어지고 바닥에 널브러져 있었다. 그는 하모니의 사진을 꺼내서 잠깐 쳐다보고는 주방으로 가서 스카치테이프를 가져왔다. 그러고는 다시 욕실로 가서 그 사진을 거울에 테이프로 붙였다. 욕실에 들어갈 때마다 그 사진을 볼 수 있도록 오른쪽 위에 붙여 놓았다.

그는 한숨을 내쉬었다. 도대체 자신이 무슨 짓을 하고 있는지 알 수가 없었다. 그때 휴대폰이 울렸다. 야들리였다.

"응." 그가 말했다.

"리신인 것 같아, 케이슨."

"그게 누군데?"

"케이슨—"

"워워, 농담이야. 리신이 어쨌다고 생각하는 건데?"

"그자가 캐시 파르를 살해하기 위해 리신을 썼다고 생각해. 그리고 그걸로 앤지를 죽이려고 했지만 무슨 이유에선지 성공하지 못했고."

볼드윈은 돌아서서 세면대에 몸을 기댔다. "일주일 동안 독물학자가—"

"그는 리신을 검사하지는 않았을 거야. 그건 시간이 오래 걸리는 아주 특수한 검사야. 그리고 아마도 그게 사용됐다는 증거가 있어야 그 검사를 하는 것일 테고. 그들에게 전화해서 물어봐. 나는 검시관에게 전화해서 혀와 눈에 주입 부위가 있는지 확인했냐고 물어봤어."

"그들이 했을 거로 생각하지 않았던 거야?"

"그들은 하긴 했지만, 썩 잘하진 못했어. 최대한 가는 바늘을 사용하면 그 부위들을 찾아내는 게 거의 불가능하거든."

볼드윈은 지금 막 하려고 했던 한 무더기의 서류 작업을 생각하며 깊은숨을 내쉬었다. "알았어, 내가 전화를 좀 돌릴게. 그래서 콴티코 실험실에서 모든 걸 다시 하도록 할게."

"고마워, 케이슨."

그는 일순간 머뭇거렸다. "어떻게 견디고 있어? 떠날 날이 다가오고 있잖아."

"난 괜찮아. 뭐라도 알게 되면 내게 바로 좀 알려 줘."

"그럴게."

그들은 전화를 끊었다. 짧은 순간, 그는 야들리와 함께 살았다면 어땠을까 궁금해졌다. 오래전에 그럴 기회가 있었다. 지금 되돌아보니 그들이 왜 잘되지 못했는지 알 수 있었다. 그것은 그녀와는 전혀 관계없는 일이었고, 모든 것이 그와 이 직업 때문이었다. 아이와의 관계에 대한 희망을 품을 수도 있었을 텐데 그것 역시 이 직업 때문에 물거품이 되었던 것일까? 알 수 없는 일이었다. 하지만 언제나 그는 알게 될 필요가 없기를 바랐다.

그는 깊은숨을 쉬고는 콴티코의 연락원과 워싱턴의 미세 증거 분석실에 전화를 걸었다.

24

볼드윈이 야들리의 집에 나타난 것은 얼마 뒤 어느 평일 해질녘이었다. 그녀는 그를 들어오게 했다. 테이블에 앉아 과제를 하고 있는 타라를 보고 볼드윈은 "잘 있었어, 땅꼬마?"라고 했다.

"제가 좀 있으면 아저씨보다 키가 클 텐데요. 아저씨를 땅꼬마로 불러도 되죠?"

"절대 안 돼. 난 널 체포할 거야."

그녀는 보고 있던 등식에서 눈을 들지 않은 채 빙그레 웃었다. "어쩌다 보니 제가 연방 검찰에 연줄이 있는데요, 그 사람이 그러는 걸 그냥 보고 있지 않을걸요."

야들리가 말했다. "여기 바깥으로 와."

그녀는 볼드윈을 발코니로 나오게 했다. 횃불을 붙인 기둥 두 개가 테이블을 비추고 있었다. 테이블은 서류로 뒤덮여 있었다.

"당신이 보내준 캐시의 휴대폰 기록을 샅샅이 훑어봤어. 알 수 없는 번호로 건 통화들이 있어서 통신사에 조회했어. 그건 재커리의 휴대폰 번호였어. 이것 좀 봐." 그녀는 그에게 인쇄물을 내밀었다. 전화번호 하나에 볼펜으로 원이 그려져 있었다. "이게 그의 휴대폰 통화 기록에 나온 캐시 파르의 개인 휴대폰 번호야. 그들은 서로 전화를 주고받았어."

"농담하는 거야?"

그녀는 고개를 내저었다. "4월 13일은 그녀가 죽은 날이야. 그 전날 세 번의 통화가 있어. 그는 그달에만 최소한 여섯 번 그녀에게 전화를 했어. 앤지는 그가 바람을 피우고 있다는 생각이 든다고 내게 말했어. 하지만 상대가 누군지는 말하지 않았어. 난 마이클 재커리가 캐시 파르와 내연 관계였다고 생각해."

"음." 그는 테이블 앞에 앉으며 말했다.

"그걸로 끝?"

그는 다문 입술 사이로 숨을 내뱉었다. "터커에 대한 심층 신원 조사를 했어. 그의 할아버지는 이곳에 건물을 하나 소유하고 있었어. 태평양 전쟁이 끝나고 돌아와서 헐값에 주워 올린 거였지. 터커는 아버지가 죽은 뒤 그와 함께 살았어. 그곳이 어딘지 알아맞혀 봐."

야들리의 심장이 쿵 하고 내려앉았다. "크림슨 레이크 로드군."

그가 고개를 끄덕였다. "터커의 엄마는 그가 아직 어렸을 때 행방불명됐어. 아동 보호 센터에서는 그녀가 동부 해안 어딘가에서 약물 과다 복용으로 사망했을 것으로 생각해. 아버지는 뇌졸중으로 사망했어. 터커는 여덟 살 때부터 할아버지 손에 자랐지. 그 할아버지인 마빈 파르의 이력을 찾아봤어. 그의 기록에는 없는 게 없었어. 성폭력, 가중 처벌 가능한 폭행, 강도, 빈집털이, 절도, 마약…. 중범죄 목록의 집대성 같더군. 게다가 지금 말하는 건 60년대와 70년대에 해당한다는 걸 염두에 둬야 해. 그때는 과학수사라는 게 사실상 존재하지 않았지. 그러니까 그가 하나를 자백했다면 아마도 그는 발각되어 체포되지 않은 열 개의 범죄는 더 저질렀을 거야. 터커가 이런 작자의 손에 길러지면서 어떤 일을 겪었을지 상상이 안 돼."

야들리는 엄지손톱을 깨물었다. "난 모르겠어. 그냥 그는 아니라는 느낌이 들 뿐이야."

"다니엘이 작성한 유형 분석 봤어?"

"나한테 보내줬는데 아직 보지는 못했어."

볼드윈은 그의 휴대폰에 그 문서를 불러와서 그녀에게 건네주었다.

사트의 유형 분석은, 그의 명성에 걸맞게, 엄청나게 세세한 내용을 담고 있었으며 현장 요원들에게 보내는 경고가 첨부되어 있었다. 유형 분석은 기술이지 과학은 아님을 유념하고 용의자를 추적할 때 열린 태도를 유지하라는 것이었다.

그는 '크림슨 레이크의 처형인'은 대학 교육을 받은, 혹은 최소한 지능이 평균 이상인 40대의 기혼 남자로서 어쩌면 아이들도 있을 가능성이 크다고 적었다. 사트는 그자가 이전에 다른 살인들을 저질렀지만 중단하고 있었을 것이라고, 그것은 아마도 살인과 무관한 어떤 범죄로 수감 중이었거나, 아니면 아이들을 기르는 데 집중하고 싶어서였을 것이라고 추론했다. 이런 것은 연쇄 살인범들에게 공통적인 그 무엇일 경우가 아주 많은데 대부분의 경찰은 이를 깨닫지 못하고 있다.

정말 위험한 범법자들, 야들리를 잠들지 못하게 했던 이들은 인내심이 많은 자들이었다. 십 년간 살인을 하지 않고도 견딜 수 있는 자들, 그러다가 자신들에게 아주 유리한 상황이 오면 다시 시작하는 그런 자들이었다. 그것은 살인이 그들을 압도하는 어떤 욕구여서 실행하지 않고는 어쩔 도리가 없었던 것은 아니라는 의미였기 때문에 그녀는 경악스러웠다. 살인은 그들이 하기로 선택한 즐거운 그 무엇이었고 그들은 완벽한 상황이 되었을 때 그저 일격에 나서는 것일 뿐이었다. 그들은 아주 드문 유형의 살인자이고 또한 가장 잡기 어려운 자들이었다.

유형 분석의 나머지 내용은 야들리가 예상했던 일반적인 추측이었다. 백인이고 폭력 및 알코올과 관련된 유아기의 정신적 외상이 있는 사람이라는 것이었다. 야들리는 그 부분은 그냥 훑어보기만 했다.

사트가 적어 놓은 것 중에 그녀의 눈을 사로잡은 것은 그가 일전에 그녀에게 말했던 내용이었다. 그는 그 '처형인'이 의료계의 훈련을 받았다고 믿었다. 의사든지 의사의 보조인, 혹은 간호사일 수 있다는 것이다.

"다니엘은 이 작자가 최소한 대학을 졸업했을 것이라고, 그런데 아마도 의학적 교육을 받았을 것이라고 해." 야들리가 휴대폰을 돌려주자 볼드윈이 말했다. "터커는 5학년 때 초등학교를 중퇴해서 거의무지한 쪽에 가까워. 미술사를 공부했을 그런 유형의 남자가 아니라는 거지. 나는 그가 어디선가 우연히 사프롱의 그림들을 접하고 그 그림들에 빠져들었을 수도 있다고 추측해. 그렇지만 그는 심폐소생술조차도 배웠을 성싶지 않아. 의학적 지식은 말할 것도 없고 말이야."

"리신에 관한 조사는 어느 정도 진행됐어?"

"검사하는 데 시간이 좀 걸려. 하지만 그 친구들 말이 성공 가능성이 높대."

"검시관은 안젤라 리버에게서 주입 부위를 찾기엔 이미 늦었다고 말했어. 몇 시간 내에 주입 탐지기로 훑어 내리지 않는 한 찾을 수가 없대."

"파르의 경우는 어때? 그녀는 죽었으니까 구멍이 메워지지 않았을거야. 시신을 발굴해서 볼 수 있을까?"

"이미 늦었다고 했어. 부패가 많이 진행돼서 주입 부위 확인이 불가능해."

볼드윈은 고개를 내저었다. "터커가 이렇게 머리가 좋을 리가 없어. 재커리라면 훨씬 더 말이 되지."

"아니면 그들이 협업했을 수도 있어. 재커리는 앤지를 죽일 수 있는 리신의 양이 얼만지 정확히 알 거야. 그러니까 그자는 그가 아니었을 거야. 그들이 협업하고 있었다면 과학적으로 무지한 누군가가, 이를테면 터커 말이야, 실수를 저지른 거지."

"그럴지도. 기이한 조합 같기는 하지만 말이야."

"두 사람이 짝을 이뤄서 살인을 하는 연쇄 살인범들은 항상 머리가 좋고 지배력을 행사하는 리더가 있고 수동적이고 머리가 좀 떨어지는 추종자가 있어. 항상 그래." 그녀는 말을 잠깐 멈추었다. "주드 챈스는 내게 그들이 두 사람일지도 모른다고 누군가 추측했다고 했어. 내가 처음 생각했던 것처럼 황당한 말은 아닐 것 같아."

"글쎄, 그들이 협업했다고 치자고. 그들은 먼저 캐시 파르를 살해했는데, 이건 설명이 되는 것 같아. 재커리는 불륜을 저지르고 있고 그 일이 세상에 드러나는 걸 원치 않아. 그건 그의 경력과 관계 등등을 무너뜨릴 수 있으니까 말이지. 그래서 그들은 그녀를 첫 번째 피해자로 고른 거지. 하지만 그런 다음 안젤라가 두 번째야. 재커리는 그녀와 동거하는 남자친구가 경찰이 주시할 첫 번째 인물이 될 것이라는 걸 알 만큼 똑똑해. 그는 의사이고 두 피해자 모두에게서 장기 부전을 야기하는 약물이 사용된 사건이라면 특히 더 그렇지."

"그래서 누군가와 협업하는 게 현명한 거지. 그는 자신과 터커 사이에 어떤 연계점도 없도록 만들기만 하면 돼."

볼드윈은 고개를 끄덕였다. "좋아, 그들은 파르를 제거해. 그리고 터커가 앤지를 처치한다고 해. 일종의 '당신은 내 여자를, 나는 당신 여자를 죽인다.'는 식인 거지. 그런데 하모니는 왜? 터커는 머리가 팽팽 돌아가는 놈은 아니야. 그렇지만 자기 아내와 딸이 살해당한다면 우리가 주시하게 될 유일한 사람이 자신이라는 건 알아야 했을 거야."

야들리는 왔다 갔다 하기 시작했다. "그들의 집에 대한 수색 영장이 필요해."

"이봐, 영장은 당신 쪽에서 할 일이잖아. 내가 뭘 해야 하는지 말해 줘. 그러면 그걸 할 테니까."

"캐시 파르가 죽기 전날 재커리가 그녀에게 세 차례 전화를 했고 두 번째 피해자가 그의 여자친구라는 사실은 훌륭하긴 하지만 상당한 이유가 될 만큼은 아닐 거야. 그리고 난 우리가 손에 든 패를 보이기 전에 확실히 해 두기를 원해. 변호인은 전화 통화를 설명하기 위해 불륜을 인정할 것이고, 터커가 그 불륜을 알게 되었다면 그가 가장 유력한 용의자라고 말할 거야. 재커리에 대한 수색 영장을 받으려면 더 많은 게 필요해."

그는 자리에서 일어났다. "내가 찾아내 볼게." 그는 잠시 움직이지 않았다. "당신과 안젤라는 서로 친구가 된 걸로 아는데 말이야. 재커리가 수사 대상이라는 말을 해서는 안 된다는 걸 당신은 알겠지, 그렇지?"

"물론이지. 나한테 더 많은 걸 좀 찾아와 줘, 케이슨."

"있으면 알려줄게." 그는 양손을 주머니에 넣고 저 멀리 산을 바라보았다. "당신한테 뭐라도 필요하면, 대화 상대라든가 뭐 그런 거라도 말이야, 내가 항상 여기 있다는 걸 알잖아, 그렇지?"

"알아. 고마워. 하지만 난 괜찮아."

그는 고개를 끄덕였다. "뭐든지 찾게 되면 그 즉시 알려줄게. 아, 아동 보호 센터에서 우리가 조회한 것에 답을 보냈어. 하모니가 감옥에 보낸 그 남자는 여전히 수감 중이고 앞으로도 2년간은 석방되지 않을 거야. 재커리와 터커가 지금으로서는 우리에게 가장 가능성이 큰 패야."

그가 떠난 후 야들리는 목제 난간에 기대어 멀리 사막을 내다보았다. 어둠이 빠르게 내리고 있었다. 하지만 그날 밤은 별이 보이지 않을 것 같았다.

불안이 그녀를 잠식해 왔다. 그녀가 이토록 불안한 이유는 재커리가 알지 못하게 그의 생활을 파고들 방법은 하나밖에 없었기 때문이었다. 그리고 그녀는 그런 생각을 하는 자신이 싫었다.

25

야들리는 리버에게 문자 메시지로 타라가 친구들을 데리고 수영하러 가도 되겠냐고 물었다. 그녀는 재커리에 대한 증거를 찾을 기회를 어떤 식으로 이용하게 될지 아직은 몰랐다. 아마도 타라를 데리러 그곳에 일찍 도착해서 리버의 시선을 다른 데로 돌릴 것이다. 그리고⋯ 뭔가를 알아낼지도 모른다. 리버에게 처음으로 거짓말을 한 것이었다.

정오가 막 지났을 때 타라가 그녀에게 전화를 했다. 그리고 "앤지는 나갔어요."라고 말했다.

"뭐라고?"

"엄마가 기다리던 일이잖아요, 아닌가요? 그러니까, 엄마가 저한테 친구들을 데리고 가서 수영하라고 했잖아요. 그래서 저는 그들의 집과 관계된 무슨 일이 있다는 걸 알았어요. 그게 아니면 엄마가 우리 집에 남자를 데리고 온다는 건데, 그럴 것 같지는 않으니까요."

야들리는 한순간 잠자코 있었다. 딸을 보면 그녀의 눈에는 자신들이 살던 아파트 주위를 뛰어다니면서 건조기나 세탁기에 장난감을 끼워 넣고는 무슨 일이 일어나는지 보려고 하던 어린 타라의 모습이 보였다. 그녀는 어린 숙녀인 타라에게 사람들의 마음속을 꿰뚫는 레이저 광선 같은 초자연적인 통찰력이 있다는 것을 가끔 잊곤 했다.

"금방 갈게, 사랑하는 우리 딸." 전화를 끊기 전에 야들리가 했던 말은 이게 다였다.

⌘⌘⌘⌘⌘

야들리가 리버의 집에 모습을 보인 것은 오후 1시 부근이었다. 뒤뜰에서 웃음소리가 들려왔다. 그녀는 저택을 가로질러 갔다. 수영장 안에 타라와 스테이시, 그리고 다른 두 명의 여자아이들이 보였다. 어디 있는지 보이지 않는 스피커에서 음악이 흘러나오고 접이식 의자에는 음식과 음료가 놓여 있었다.

"어서 와요, 엄마. 들어와요. 물이 좋아요."

"난 괜찮아, 고맙다. 그냥 너희한테 필요한 게 있는지 알고 싶어서 온 거야."

"그 말은 우리가 여기를 망쳐 놓거나 남자아이들을 잔뜩 오라고 하려던 건지 알고 싶다는 거죠?" 타라가 장난쳤다.

야들리는 뒤쪽으로 가서 집 안으로 들어갔다. 그리고 유리문을 밀어 닫았다. 그녀는 손목시계로 시간을 확인했다. 리버가 나간 지 45분이 지났다. 그리고 야들리는 그녀가 언제 돌아올지 전혀 알 수 없었다. 가슴이 답답하게 조여드는 불편한 느낌에 야들리는 잠시 눈을 감았다. 그녀는 이렇게 하고 싶지 않았다. 그러나 한편으로는 어쨌거나 이렇게 했을 것임을 그녀는 알고 있었다.

그녀는 침실에서 시작했다.

부부용 침실은 우아하게 장식되어 있었고 햇빛이 들어오는 지금은 더욱 우아해 보였다. 검정 프레임의 침대에 하얀 실크 깔개가 깔려 있었다.

그녀는 드레스룸으로 들어갔다. 옷은 주로 재커리의 것이었다. 리버는 공간의 1/8 정도를 쓰고 있었다. 야들리는 손으로 그녀의 옷들을 만져 살핀 뒤 하나씩 뒤로 보냈다. 그녀는 재커리의 옷도 그렇게 했다. 그런 다음 서랍장을 훑었다.

침실에는 아무것도 없다는 것을 확인한 후 그녀는 복도를 따라 내려가 재커리의 서재로 갔다. 원목 마루 위에는 세련된 러그가 깔려 있고 벽 전체에 밤나무로 만든 책장이 있었다. 책장 앞에는 골동품 지구본이 놓여 있었다. 솔 내음이 풍겼다.

그녀는 그의 책들을 쭉 훑어보았다. 과학과 의학 관련 서적들과 몇몇 학술 자료집, 그리고 소량의 정신 의학 서적들 말고는 아무것도 없었다. 그 책들 중에 제목이 『정신적 외상 치료 연습』인 책이 한 권 있었다. 야들리는 그 책을 펼쳤다. 책의 절반 정도가 여성이 연필로 쓴 것으로 보이는 글씨들로 채워져 있었다. 한 페이지에는 책의 독자에게 치유 대상인 충격적인 사건을 겪는 동안 자신의 감각이 받아들인 것을 짧게 묘사하라는 문항이 있었다.

어둠이 있었다. 내가 무엇보다 더 어둠을 기억하는 것은 그런 어둠을 전에는 한 번도 경험해보지 못했기 때문이다. 너무나 어두워서 내가 깨어 있는지 잠들어 있는지 알지 못했던 것 같다. 어떤 소리를 들었을 테지만 그 소리가 내 마음속에서 들린 것이 아니라고 확신할 수 없었다. 지금도 나는 잠에서 깰 때 그 어둠이 생각난다. 한심하기 짝이 없는 아이 같다는 기분이 들지만 지금도 나는 밤새도록 불을 켜 놓아야만 한다. 어둠 속에서 잠이 깰 수는 없다. 그러면 숨을 쉴 수가 없기 때문이다. 누군가 바다 밑에서 잠이 깨면 그런 느낌이 들 것 같다.

야들리는 책을 덮었다. 리버가 살면서 겪은 가장 충격적인 사건에 대한 그녀의 가장 내밀한 생각을 읽었다는 무거운 죄책감이 온몸을 타고 내려왔다.

리버는 납치 때문에 충격을 받지 않았다는 듯이 용감한 척했었다. 야들리는 리버가 고통을 나눌 만큼 자신을 신뢰할 수 있다고 생각하지 않았다는 것이 슬펐다. 아마 언젠가 그녀가 자신과 그 고통을 나눌 날이 올지도 모른다. 야들리는 그렇게 희망했다. 그러나 재커리가 야들리가 생각했던 그자인 것으로 밝혀진다면 그런 일은 결코 없게 될 것이었다. 그가 그 '처형인'이고 터커를 이용해 그녀를 납치하고 살해하려 했다면 리버는 회복될 수 없는, 완전한 상흔을 입게 될 것이었다. 야들리는 그녀가 받게 될 느낌이 어떤 것인지를 그 누구보다 더 잘 알았다.

그녀는 그 책을 다시 제자리에 돌려놓고 재커리의 책상을 뒤졌다.

잠겨진 서랍도 없었고 사무용품들 말고는 아무것도 없었다. 컴퓨터에는 비밀번호가 걸려 있었다. 그녀는 손가락으로 지구본을 살짝 돌린 다음 그 방을 나섰다.

욕실들과 손님용 침실에는 흥미로운 것이 전혀 없었다. 그녀가 막 차고로 가려고 하는데 수영장으로 나가는 미닫이 유리문이 열렸다. 그리고 타라가 외치는 소리가 들렸다. "엄마?"

야들리는 딸을 맞으러 나갔다. "무슨 일이야, 아가?"

"뭘 하고 계세요?"

"그냥 돌아다니고 있단다."

"허. 그래요, 뭐, 전 화장실 좀 써야 해요."

"복도를 따라 내려가면 저쪽에 있단다."

그녀는 딸이 원목 마룻바닥에 젖은 발자국을 남기고 걸어가는 것을 지켜보았다. 야들리는 휴지를 몇 장 가져다가 그 자국들을 닦았다. 그녀는 타라가 다시 수영장으로 갈 때까지 기다렸다가 주방 밖으로 나갔다. 그녀는 집의 다른 쪽으로 가서 차고로 가는 문일 것으로 짐작되는 문으로 갔다. 다른 문 두 개를 열어보고 난 뒤에야 차고 문을 찾아낼 수 있었다.

차고 안에는 파란색 링컨 승용차와 오토바이가 있었다. 그녀는 불을 켰다. 차고는 깨끗했고 잘 정돈되어 있었다. 공구들은 전부 크기별로 밑에서 위로 정리되어 선반에 들어가 있었다. 콘크리트 바닥에는 기름 자국 하나 없었다. 차고 안쪽으로 사무용 공간이 있었다. 그곳에는 창이 있어 밖의 차들이 보였다. 야들리는 계단을 몇 개 내려가서 차고를 가로질러 갔다. 방 전체를 빙 두르고 있는 책상이 하나 있고 컴퓨터 한 대와 프린터 두 대가 있었다. 재커리의 서재와 달리 이 사무실은 지저분하고 어수선했다.

그녀는 몇몇 서류를 들춰 보았다. 대부분이 청구서였고 재커리가 베를린에서 구매하려고 하는 자동차에 관련된 서신이 몇 개 있었다. 희귀한 BMW 차종이었다. 야들리는 그녀 뒤쪽으로 문이 있는 것을 보았다. 손잡이를 돌려봤지만, 문은 잠겨 있었다. 그녀는 차고 문 제어 장치를 찾아냈다. 문이 밀려 올라가면서 내는 쇳소리가 그녀를 불안하게 만들었다. 재커리가 갑자기 집으로 오는 모습이 그려졌다.

야들리가 햇빛 속으로 한 걸음 내디뎠을 때 바깥에는 이웃 사람들이라곤 전혀 없었다. 그녀는 차고를 한 바퀴 돌아보았다. 그때까지 그녀는 차고가 실제로 얼마나 큰지를 알아차리지 못했었다. 차 네 대는 거뜬히 들어가고도 남을 크기였다.

바깥쪽에는 작은 창문만 하나 있을 뿐이었다. 그녀는 안을 들여다보기 위해 뒤꿈치를 들고 서 있어야 했다.

잠긴 문 너머의 방은 일종의 작업실이었다. 리클라이너 소파와 한쪽에 놓인 텔레비전, 그리고 텔레비전 맞은편 리클라이너 소파 앞에 놓인 커피 테이블만이 예외적이었는데 테이블 위에는 빈 맥주병들이 흩어져 있었다. 그녀는 방 전체를 눈으로 훑다가 작업대 근처에 검은 천으로 덮어 놓은 어떤 물체를 주시했다.

야들리는 집 안으로 다시 들어갔다. 그녀는 주방에서 비싼 것으로 보이는 아시아 풍 그릇 하나를 발견했다. 그 안에는 열쇠들이 들어 있었다. 그녀는 그 열쇠들을 뒤졌다. 열쇠들은 거의 다 사용 흔적이 없는 깨끗한 금속이었다. 여분의 열쇠들이다. 그녀는 그릇을 가지고 다시 차고의 사무실로 갔다.

여섯 번의 시도 끝에 다른 것들과 달리 황동으로 만든 열쇠 하나에 문의 잠금장치가 풀렸다. 그녀는 타라가 집 안으로 다시 들어오지 않았다는 것을 확인하기 위해 귀를 기울이며 몇 초간 기다렸다. 그런 다음 그 문을 열었다.

작업실은 먼지와 공구들로 가득했다. 창문이 있었음에도 공기는 전혀 순환되지 않았고 문의 경첩은 스프링으로 되어 있어 자동으로 닫혔다. 오래 묵은 땀 냄새 같은 퀴퀴한 냄새가 났다. 그녀는 문 근처에 있는 전기 스위치를 찰칵 눌렀다.

작업대에는 톱밥이 흩어져 있었고 그 옆 선반에는 여러 점의 목공 작품들이 일렬로 놓여 있었다. 향로들과 대나무로 조각한 지팡이 같은 것들이었다.

야들리는 작업대를 비켜 갔다. 그녀가 창문으로 봤던 천은 거의 담요처럼 두꺼웠는데 커다란 사각형의 어떤 물체 위에 덮여 있었다. 그녀는 그 천을 벗겼다.

사프롱의 그림들 중 하나였다.

26

야들리가 접이식 의자에 누워 아이들을 지켜보고 있을 때 리버가 집에 돌아왔다. 그녀는 들고 온 쇼핑백 두 개를 내려놓고는 신발을 벗어 던지고 옆에 누웠다.

야들리는 리버를 보면서 차고에 있던 사프롱의 그림을 생각했다. 연작 중 두 번째로, 리버가 그 그림의 일부가 되어 거의 죽을 뻔했던 작품이었다. 그 그림 뒤에 다른 세 개가 있었다. 그림들은 두꺼운 캔버스에 그린 빼어난 모작으로 특별히 주문 제작했어야 할 것 같은 느낌을 주었다.

"세일 기간에 쇼핑몰은 정말 싫어." 리버가 말했다. "중년 주부들의 정글 같다니까요. 먹지 않으면 먹힌다."

"뭐 괜찮은 것 좀 건졌어요?"

"블라우스 몇 개요. 아, 당신한테 줄 것도 있어요." 그녀는 쇼핑백 중 하나를 뒤졌다. 무지개와 곰 인형이 그려진 파란색 작은 티셔츠가 쑥 나왔다.

"'케어 베어 인형'이네요?" 야들리가 말했다.

"당신이 팬이었을 것 같아서요. 어릴 때 '케어 베어'를 안 좋아한 사람이 누가 있겠어요?"

야들리는 티셔츠를 받아서 들어 보았다. 가슴에 빨간 하트가 있는 곰 인형이었다.

" '마음씨 고운이'예요." 리버가 말했다. "보니까 당신이 떠올랐어요."

야들리는 막 장난감을 받은 아이처럼 크게 웃었다. 다음 순간 차고에 있던 그림들과 자신이 이제 곧 해야 할 일이 생각나자 그 웃음은 서서히 사라져갔다.

"마음에 들어요. 고마워요."

리버는 선글라스를 쓰고 편안하게 깊은숨을 내뱉으며 다시 누웠다.

그녀는 "타라와 친구들이 노는 소리를 들으니 참 좋네요. 뭐랄까… 모르겠어요. 그냥 저 아이들이 가진 에너지는 내가 항상 원했던 어떤 거거든요." 그녀는 조금 뜸을 들였다. "난 아이를 가질 수 없어요."

야들리는 아무 말 없이 그녀를 지켜보았다. 리버는 그녀에게 눈길을 주었다가 다시 거두었다.

"몰랐어요."

"당신이 어찌 알겠어요?"

리버는 한동안 타라를 보고 있었다. "자궁경관에 상처를 너무 심하게 입어서 임신 상태를 유지할 수가 없어요."

"상처?"

리버는 오랫동안 말이 없었다. "어렸을 때…."

"굳이 말 안 해도 돼요. 미안해요, 앤지. 무슨 말을 해야 할지조차 모르겠네요."

"뭐, 괜찮아요. 어쩌겠어요? 난 살아남았는걸요. 맞죠? 나를 학대한 인간에게서 살아남았고 '크림슨 레이크의 처형인'에게서 살아남았어요. 이렇게 말할 수 있는 사람이 얼마나 되겠어요? 하지만 내 목숨이 아홉 개라고 해도 이제 얼마나 남았는지는 모르겠어요." 그녀는 조금 뜸을 들이다가 덧붙여 말했다. "당신은 그냥 저주받은 사람들이 있다고 생각하겠죠? 그냥 태어날 때부터 고통받기만 하도록 되어 있는 사람들?"

야들리는 그녀의 손을 잡았다. "아니에요."

그녀는 미소 지으며 야들리의 손을 더 꽉 움켜잡았다. "그 말이 사실이면 좋겠네요."

◦◦◦◦◦◦◦

리버의 집을 나온 후 야들리는 볼드윈에게 전화하기로 마음먹었다.

그녀는 통화음이 울리다가 음성 메시지로 넘어가는 동안 햄버거 가게 바깥에 차를 대고 앉아 있었다. 오늘 아무것도 먹은 게 없다는 사실이 생각나서 그녀는 안으로 들어갔다.

그곳은 1950년대 햄버거 가게처럼 꾸며져 있었고 메뉴는 햄버거와 감자튀김, 그리고 밀크쉐이크가 다였다. 스피커에서는 프랭키 밸리가 부른 노래가 흘러나왔다. 야들리는 주문을 하고 자리에 앉았다.

그녀가 음식을 반쯤 먹었을 때 볼드윈에게서 전화가 왔다.

"케이슨, 당신이 해 줘야 할 일이 있어."

"말해."

"나를 신뢰해?"

"물론이지." 그는 진지한 어투로 말했다. "그 누구보다 더."

"그럼 나를 위해 이 일을 해 줘. 그리고 묻지 말아 줘. 왜 이렇게 해야 하는지, 왜 그곳에 뭔가 있다고 생각하는지 묻지 마. 그럴 수 있어?"

"그래."

"리버의 집에 부속된 땅, 그들의 쓰레기통, 차고, 그리고 재커리의 차에 대한 수색 영장을 발부해 줘. 영장 청구서에 들어갈 내용은 내가 이메일로 보내줄게."

"다른 건?"

"없어."

"제시카, 이건 내가 걱정해야 할 어떤 일이야?"

"질문 금지, 기억해?"

그는 숨을 내쉬었다. "알았어. 지금 바로 발부받을게."

"고마워."

그녀는 전화를 끊고 음식을 물끄러미 쳐다보았다. 먹을 것을 생각하자 갑자기 속이 메스꺼웠다. 그녀는 FBI와 지역 경찰이 수색 영장을 들고 도착했을 때 리버가 어떤 얼굴일지 그려 보았다. 그녀가 야들리에게 제일 먼저 묻게 될 말은 그 사실을 알고 있었냐는 것이었다.

그녀는 음식을 옆으로 치우고 자리를 떴다.

27

다음날 야들리는 사무실에서 잭스에게 인계 중이던 파일들을 검토하면서 시간을 보냈다. 그는 그날 일부 시간을 그녀의 사무실에 앉아서 보냈는데 그가 인수할 사건을 그녀가 요약해 주는 동안 책상에 발을 올리고 있었다.

"내가 책을 쓴 거 알아요?" 그녀가 구석에 쌓인 박스들 중 하나에서 파일을 찾고 있을 때 그가 말했다.

"몰랐어요."

"『사법제도 내 암흑의 핵심』이라는 책이에요. 폭도들과 카르텔, 그리고 다른 몇몇 조직 폭력배와 맞서 싸운 얘기랍니다. 책 홍보 여행도 하고 온갖 걸 다 했죠. 꼭 읽어 보셔야 해요."

"와이오밍에서 폭도들에 맞서 싸웠다고, 정말?"

그는 미소를 지었다. "군데군데 과장하는 건 괜찮거든요. 사람들은 그런 걸 기대한다고요."

그녀는 그를 정면으로 쳐다봤다. "카일, 우리는 이 사건들에 집중해야 해요. 난 이번 주에 진행 중인 재판이 있어요. 그렇지만 다음 달이면 당신이 그걸 맡아서 해야 할 거예요."

그는 어깨를 으쓱했다. "난 압박을 받으면 일이 더 잘돼요."

"나는 많은 시간을 들여서 이걸 준비했어요. 내 통찰력을 이용할 수 있다는 생각이 들지 않아요?"

그는 다시 어깨를 으쓱하며 창문 밖을 내다보았다. "처음 하는 일도 아닌데요."

그녀는 한숨을 내쉬고 책상 모서리에 앉았다. 그녀는 팔짱을 끼고 그를 노려보았다. "이 사건들 중 어떤 것이라도 내가 생각하는 걸 소홀히 하면 안 돼요."

"솔직히 말할까요? 난 당신이 그 사건들에 대해 어떻게 생각하든 전혀 신경 쓰지 않아요."

"왜죠?"

"우리는 그냥 다른 식으로 일할 뿐이에요."

"그건 말이 안 돼. 남자답게 굴고 솔직해져요. 배짱을 좀 가지란 말이에요."

그는 킬킬 웃었다. "아, 난 배짱은 두둑하답니다."

"그럼 말해 봐요."

"여자들이 기소하는 특정한 방식이 있는데, 난 거기 동의하지 않는다는 거예요."

"그 방식이 뭔데요?"

그는 의자 뒤로 몸을 기대고서 사탕을 꺼냈다. 그 사탕은 그가 포장을 벗겨 막 입에 넣었던 것이었다. "난 이런 걸로 해고당하지도, 고소당하지도 않을 거예요."

"우리끼리 하는 얘기잖아요. 당신은 방금 배짱이 있다고 했죠, 기억해요?"

그는 빙긋 웃었다. "좋아요, 뭐, 난 단지 당신들은 너무 감정적이라고 생각해요. 그게 다예요. 그런데 사람들을 체포할 수 있는 권력이 생기면 침착하고 냉정해야 한단 말이죠. 난 여자들은 그렇게 행동하는 게 좀 더 어려운 경우가 많다고 생각하는 것뿐이에요."

야들리는 눈살을 찌푸렸다. 하지만 그 이상으로는 반응할 수 없었다.

"내 물건들을 옮기기 시작하고 싶은데요."

그녀는 고개를 끄덕였다. "오늘 중으로 여기서 모든 걸 다 치울게요."

그는 일어나서 사탕을 빨면서 그녀를 쳐다봤다. "이런 식으로 끝내는 건 좋지 않을 것 같군요. 우리 집에서 저녁을 먹으면서 이 얘기를 다시 해 보는 게 어때요? 내가 해산물 수프 요리를 할 줄 아는데 아마—"

"부츠 때문에 책상에 흠집 생기지 않도록 조심해요. 비싼 거니까." 그녀는 밖으로 나가면서 말했다. 악취가 진동하는 도랑 같은 역겨움이 몸속으로 흘러내렸다.

"어디 가는 거죠? 난 당신이 이 사건들을 전부 검토하고 싶은 줄 알았는데요."

"판사와 면담이 있어요. 그건 나중에 끝내도록 해요."

볼드윈은 어제 리버가 있는 곳에 대한 수색 영장을 받아내지 못했다. 영장을 발부할 판사가 없었던 것이었다. 그리고 오늘 그는 다른 사건 때문에 바빴다. 그래서 그녀는 그에게 영장을 자신에게 보내게 했다. 그녀는 몇 군데를 수정한 다음 오늘 아침에 출력한 상태였다.

토마스 너퍼 판사는 지긋한 연세에 은퇴를 앞두고 있었다. 야들리가 아는 한 그는 이 지역 연방 법원에서 선고를 가장 가혹하게 내리는 판사였다. 그는 초범에게 10년에서 15년을 선고하는 것이 예사였고 다른 판사들이라면 20년을 선고할 사건들에 대해 종신형을 내리는 것도 서슴지 않는 사람이었다. 그는 또한 증거가 빈약해도 수색 영장을 발부할 가능성이 가장 큰 사람이었다.

그가 왜 그런지에 관해서는 소문이 분분했다. 어떤 변호사들은 그가 열여덟 살 때 여자친구가 납치되어 결국 발견되지 않았다고 했다. 다른 이들은 그의 아버지가 아주 엄격한 사람이어서 그에게 머리 위로 책을 들고 까치발로 서 있도록 하는 벌을 주었다고 했다. 그리고 또 다른 이들은 그가 관대한 판결을 내렸던 피고인이 집으로 가서 자신의 전 가족을 몰살했고, 그래서 너퍼는 자기 자신을 절대 용서하지 않았다고도 했다.

야들리는 그저 그를 거물이 되고 싶은 소인배로 생각했을 뿐이었다.

대부분의 변호사들은 너퍼의 선고를 조용히 받아들였지만 그녀는 그의 거미줄을 빠져 나갔던 사람을 한 사람 알고 있었다. 개인 사무소를 운영하던 젊은 변호사 딜런 애스터였다. 그는 의도적으로 너퍼에게 고함을 지르고, 생각할 수 있는 온갖 모욕을 다 주었고 심지어 그의 부분 가발을 조롱하기도 했다. 애스터는 모욕죄로 하룻밤 구금되었지만, 그로 인해 이후 모든 사건에서 이해 충돌이 성립되었다. 이제는 너퍼가 애스터의 사건이라면 무엇이든 공정할 수 없다고 추정되었기 때문이었다.

딜런 애스터는 다시는 너퍼 앞에 설 필요가 없게 된 것이다.

다른 변호사들은 아무도 그가 한 일을 이해하지 못했다. 그들은 모두 애스터가 성질을 부린 것은 고압적인 판사에 대해 그냥 유치하게 대응한 것으로 생각했지만, 야들리는 자기 생각이 맞았다는 것을 알았다. 구금되는 와중에 애스터가 그녀에게 윙크를 했기 때문이었다.

너퍼는 집무실에 앉아 있었다. 그의 컴퓨터 옆에는 탄산수 한 컵이 놓여 있었다. 소화제가 컵 옆에 있었다. 그는 해바라기 씨를 봉투에서 꺼내 먹으면서 껍질을 같은 봉투에 도로 뱉어냈다.

"판사님, 저와 약속이 있으신 걸로 압니다. 들어가도 될까요?"

그는 그녀를 흘깃 보았다. 그러더니 다시 컴퓨터 화면으로 눈을 돌렸다. "무슨 일이죠?"

"수색 영장에 서명해 주셔야 하는데요."

그는 그녀가 지금 이사를 도와 달라고 부탁하기라도 한 것처럼 한숨을 쉬고는 말했다. "앉으세요."

그녀는 그의 맞은편에 앉아서 서류 가방에서 수색 영장을 꺼내 그에게 건넸다. 그는 돋보기안경을 끼고 영장을 훑어보았다. 영장을 읽어 내려가는 대로 그의 입술이 움직였다.

"이건 빈약해요, 야들리 씨."

"저희는 가택을 수색하겠다거나 핏자국을 찾겠다는 게 아닙니다. 그의 직장을 수색하겠다는 것도 아닙니다. 쓰레기통과 집 주변, 차고, 그리고 그의 차가 대상입니다. 제가 느끼기에는 그 정도는 최소한의 침해입니다, 판사님. 첫 번째 피해자가 그의 애인이고 두 번째 피해자는 그의 여자친구라는 점을 고려하면 상당한 이유가 성립된다고 생각합니다."

"왜 쓰레기통인가요? 증거가 그의 집 내부가 아니라 거기서 발견될 것이라고 예상하는 이유가 뭐죠?"

"파르 씨 부인은 재커리의 집에 들어가지는 않았을 것 같지만 그의 차는 탔습니다. 게다가 두 번째 피해자가 그 집에 거주하고 있는 까닭에 증거 발견이 어려운 상황입니다."

너퍼는 영장을 응시하며 잠깐 생각했다. 야들리는 가슴이 두근거렸고 속이 메슥거리기 시작했다.

"판사님, 직설적으로 말씀드리기보다는 스칼리아 대법관의 말씀을 인용할까 합니다. 상당한 이유가 무엇인지는 아무도 모른다고요. 그 말은 드러나 있는 모든 것을 우리에게 가장 유리한 방향으로 보고, 이 남자가 혐의를 받는 범죄를 저질렀을 가능성이 조금이라도 있는지 물어보라는 뜻이라고 저는 생각합니다. 우리의 범인 유형 분석 역시도 살인자를 의료계 종사자로 추정합니다. 마이클 재커리가 딱 그렇죠."

너퍼는 서명을 한 다음 수색 영장을 돌려주었다. "집 바깥의 쓰레기통, 차고, 그리고 차고 안과 그 땅에 있는 일체의 차가 해당 사항이오. 다른 건 아무것도 안 됩니다."

"물론이죠. 감사합니다."

그는 다시 컴퓨터를 향해 돌아앉았다. 복도에서 그녀는 벽에 몸을 기대섰다. 경찰이 리버의 집에 나타나서 그녀가 사랑했던 남자가 그녀를 죽이려 했던 바로 그 범인이라고 할 때 리버가 보일 반응만이 그녀가 생각할 수 있는 전부였다.

28

그로브 스프링스 중학교는 주택가 한가운데 있는 평평한 건물이었다. 주택의 수는 줄어드는 중이었고 학교는 난간에 녹이 슬고 연두색 페인트칠에는 금이 쩍쩍 나 있었다.

볼드윈이 왔을 때는 학교의 일과가 막 시작되려는 참이었는데, 아이들은 주위를 돌아다니거나 벤치에 앉아 수다를 떨고, 그게 아니면 한 블록 위에 있는 편의점으로 가고 있었다. 그는 안으로 들어가서 행정실을 찾았다. 베이지색 원피스를 입은 여성이 컴퓨터 앞에 앉아서 그를 쳐다보지도 않고 말했다. "어떻게 오셨나요?"

"아, 저는 특별 요원 케이슨 볼드윈이라고 합니다. FBI에서 나왔습니다. 라일리 교장 선생님을 뵙고 싶은데요."

"잠깐만요."

그는 팔짱을 끼고 사무실을 한 바퀴 둘러보았다. 벽에는 장기 자랑 대회, 농구 경기, 그리고 연극부의 『말괄량이 길들이기』 공연 공고가 붙은 게시판이 있었다. 어린 남자아이 하나가 그가 있는 근처의 벤치에 고개를 떨구고 앉아 있었다.

"넌 무슨 일로 온 거야?" 볼드윈이 물었다.

아이는 그를 쳐다보았다. "감자로 폭죽을 만들었어요."

볼드윈은 휘파람을 불었다. "그걸 터트렸어?"

아이는 고개를 끄덕였다. 얼굴에는 두려운 표정이 감돌았다.

"저런, 나라면 그런 짓은 다시는 안 할 거야. 그렇지만 벌 받는 건 다 지나갈 일이야. 좋은 점은 여자아이들이 너를 반역자로 생각할 거라는 거지." 볼드윈은 이렇게 말하며 윙크했다. 그 말에 아이는 빙그레 웃었다.

작은 키에 통통한 남자가 털실로 짠 조끼를 입고 사무실에서 나왔다. 그는 눈썹을 치켜올리며 말했다. "테드 라일리입니다."

그들은 악수를 했다. "케이슨 볼드윈입니다. 하모니 파르 실종 사건을 조사하는 FBI 요원입니다. 잠깐 시간을 내주시겠습니까?"

"그럼요. 뒤쪽으로 오세요."

라일리의 사무실에는 가구나 집기가 별로 없었지만, 안락해 보이는 파란색 소파가 벽에 붙어 있고 그 옆 테이블에는 향로가 놓여 있었다. 두 사람은 자리에 앉았다.

"처음 그 얘기를 들었을 때 저는 믿을 수가 없었습니다." 라일리가 말했다. "애초에 학대를 당했고 그다음엔 엄마가, 그리고 이번에 이런 일이 생기다니요. 수호천사가 그 가족에게 적대적인 무슨 일을 벌인 게 분명해요. 혹시 종교가 있으시다면 기분 나쁘게 생각지는 마십시오."

"전 무교입니다. 학대라고 하신 건 그 엄마의 남자친구들이 저지른 일 말씀이지요, 그렇습니까?"

그는 고개를 끄덕였다. "하모니가 온몸에 멍이 들어서 학교에 온 걸 보고 제가 직접 아동 보호 센터에 전화했습니다. 시커먼 멍이 야구공만했습니다. 하모니는 몇 주 동안 위탁 가정으로 보내졌지요. 하지만 센터에서는 그다음에 그 애를 다시 엄마에게 돌려보냈습니다." 그는 고개를 내저었다. "하모니는 제게 돌아가고 싶지 않다고 했어요. 그 애를 맡았던 가족은 아이에게 정말 잘해 주었어요. 하지만 그 애 엄마는 아이가 돌아오기를 원했습니다."

"아버지는 어땠나요?"

"뭘 말입니까?"

"그의 이력을 아십니까?"

그는 배 위에 팔짱을 끼고 고개를 끄덕였다. "압니다. 그가 그 애한테 뭔가를 했냐고 물으시는 건가요? 솔직히 말씀드리면, 제가 그 애와 얘기를 나눈 건 잠깐이었고 아주 적은 내용이 오갔습니다. 마거릿 선생과 얘기해 보시는 게 좋겠습니다. 그녀는 하모니의 역사 선생이었습니다. 두 사람은 가까운 사이였어요. 그 선생이 제게 이 모든 문제를 알려줬던 겁니다."

마거릿 디모풀러스는 볼드윈이 교사를 생각하면 떠오르는 모습 그 자체였다. 자그마하고, 안경을 쓰고, 치마를 입고, 손에는 사인펜을 든 모습 말이다. 마거릿이 하모니와 그런 사이라는 것은 아니지만, 그녀는 그의 초등학교 선생과 닮은 모습이었다. 그 선생은 볼드윈에게 관심을 가지고 그가 도시락을 가져오지 않은 날이면 그에게 점심을 갖다 주거나 겨울에는 외투를 갖다주기도 했다. 그의 어머니와 그 남자친구는 자신들에게 쓸데없는 물건이라 생각되는 것들은 사지 않았기 때문이었다.

"교장 선생님이 제게 선생님이 하모니와 사이가 좋았다고 하시더군요." 그가 말했다.

"저는 그러려고 했어요." 그녀는 그렇게 말하며 안경을 벗고 한숨을 쉬었다. "하모니가 겪은 온갖 일을 생각해 보면 그 애는 놀라울 정도로 다정다감한 아이였어요. 애들이 그 애 같은 일들을 겪게 되면 분노하고 억울해 하는 경우가 있건만, 그 애는 사랑이 넘쳤어요. 그리고 똑똑했고요. 제대로 된 가정 환경에서 자라기만 했으면 그 애는 많은 일을 해낼 수 있었을 겁니다."

"그 애가 선생님께 자신을 따라다니거나 찾아온 사람이 있다고 말한 적이 있나요? 그 애를 불안하게 만든 사람이 있다든지요?"

그녀는 고개를 저었다. "아뇨, 최근에는 없었어요."

"최근에는?"

"그 애 엄마의 남자친구가 한 명 있었어요. 물론, 아빠가 출옥하기 전의 일이지요. 그런데 그 사람이 가끔 학교에 와서 그 애를 데려가려고 했어요. 그 애는 그 사람의 차에 타지 않으려고 했고요. 한 번은 그 사람이 그 애 팔을 꽉 붙잡고 차로 끌고 가는 걸 제가 봤어요. 제가 달려갔을 때 그는 이미 가버리고 없었답니다."

볼드윈은 휴대폰을 꺼내서 메모장을 열었다. "혹시 그의 이름이 기억나십니까?"

"아뇨, 죄송해요. 하모니에게 한 번 그 얘기를 꺼냈더니 그 사람에 관해 말하지 않으려고 했어요. 그런데 아빠가 석방되자 그 애 엄마는 그 사람을 차버렸어요."

"그 애 아빠는 어땠나요? 그 애가 아빠에 관해 어떤 말이라도 한 적이 있나요?"

"제 생각에 그 애는 아빠를 무서워했어요. 그 애가 직접적으로 그렇다고 말을 한 적은 없어요. 아마도 그 얘기가 그의 귀에 들어갈 거로 생각했기 때문인 것 같아요. 그렇지만 전 알 수 있었어요." 그녀는 민트 사탕을 몇 개 꺼내서 입에 넣었다. "볼드윈 요원, 그 애가 자기 부모를 증오했다는 것을 아셔야 해요. 한 번은 그 애가 제 사무실에서 주저앉으며 부모가 죽었으면 좋겠다고 한 적도 있어요. 자기 부모는 이 세상에서 최악인 사람들이라고요. 그 애 아버지가 그 애의 실종에 관여되었다고 해도 전 조금도 놀라지 않을 거지만 그 애가 가출했다고 해도 마찬가지로 놀라지 않을 거예요. 그 애는 두 번인가 가출을 시도했지만 멀리 가지는 못했어요. 저는 길거리에서 살게 되면 집에서 사는 것보다 힘들 거라고 말했죠. 그랬더니," 마거릿은 책상을 내려다보았다. 그녀의 눈에 불현듯 깊은 슬픔이 차올랐다. "그랬더니 그 애는 자기 집에서 사는 것보다 더 나쁜 일은 아무것도 없다고 하더군요." 그녀는 눈물을 닦아내고 안경을 다시 썼다. "제가 뭔가를 좀 더 많이 해야 했던 거예요. 그 애를 제가 입양하려고 한다든지, 뭐라도 말이죠. 잘 모르겠어요."

볼드윈은 자신의 휴대폰을 흘깃 보았다. 야들리의 문자 메시지였다. 판사가 마이클 재커리의 소유물에 대한 수색 영장에 서명했으므로 준비가 되었다고 말하기 위해서였을 것이다. "선생님이 할 수 있었던 일은 없습니다. 가족도 아니고 그럴 위치에 있지도 않으셨으니까요. 아동 보호 센터에 전화해서 그 집에서 그 애를 나오게 해 주려고 노력하신 것이 선생님으로선 최선이셨습니다."

그녀는 천천히 고개를 저었다. "저는 그저 그 애에게 제가 필요하면 여기 있다는 것만 분명히 해 주었을 뿐 더 많은 걸 물어보지 않았어요. 그래도 그 남자친구에 대해서는 아마 확인해 봤던 것 같아요. 기억나는 것 한 가지는 아빠가 집에 오기 때문에 엄마가 그 남자친구를 차 버리자 그가 정말 화를 냈다고 하모니가 말했던 거예요. 그가 그 애의 엄마를 다치게 했다면 그 애한테도 그랬을 것 같아요."

29

수색 영장은 아침에 제일 첫 일정으로 집행될 것이었다. 야들리는 사무실에서 늦게까지 일을 끝마치고 집으로 갔다. 내일은 또한 그녀가 공식적으로 퇴임하는 날이었다. 그녀는 이 사건이 종결될 때까지 계약직 직원으로 전환되는 서류를 받을 것이었다. 리우는 그녀에게 그녀가 사용할 여분의 사무실은 없지만, 회의실이 비어 있으면 그곳을 사용하면 된다고 통보했다.

야들리는 집으로 가는 대신 바로 헬스 센터로 갔다. 그녀는 30분 동안 무거운 샌드백을 치고, 그 후 30분 동안 트랙을 돌며 달리기를 했다. 롤렉스 시계를 찬 어떤 나이 든 남자가 근력 운동 기구를 들면서 그녀에게 보스 요트를 타 본 적이 있냐며 추근거렸다.

그녀가 집에 왔을 때 타라는 자고 있었다. 야들리는 침대 끄트머리에 앉아 딸의 모습을 하릴없이 지켜보았다. 타라는 아무리 나이를 먹어도 잠들어 있으면 언제나 어린아이로 보였다. 야들리는 딸의 종아리를 살며시 어루만졌다. 그러고는 샤워하기 위해 일어섰다.

그녀는 물이 차가워질 때까지 샤워장에 머무르고 있다가 가운을 입고 와인을 한 잔 들고 침실로 가서 텔레비전을 켰다. 그녀가 채널을 이리저리 돌리고 있을 때 휴대폰 진동음이 울렸다. 리버였다. 야들리는 전화를 받지 않을 생각을 했으나 받아야 한다는 것을 알았다.

"안녕, 앤지."

그녀는 킬킬 웃었다. "인사가 훨씬 좋아졌네요."

"무슨 일 있어요?"

"지금 텔레비전에서 『델마와 루이스』*를 하고 있어요. 보고 있으니까 당신 생각이 났어요."

야들리는 빙그레 웃었다. "난 그 두 사람 중 누구와도 비슷하지 않은데요."

"그렇죠, 당신은 수수께끼에 싸여 있는 사람이에요."

"그건 아니죠. 난 그저 내일이면 공식적으로 직장이 없어지는, 삶에 지친 중년 여인일 뿐이에요."

"정말이에요?"

"사직서를 낸 건 6주도 넘었어요. 이제 슬그머니 시간이 다 됐네요. 지금 난 이 크림슨 레이크 로드 사건을 마무리하고 있는데 그러고 나면 검사 일은 끝이에요."

"그렇군요. 당신이 퇴직을 원하는 거예요?"

"원하고 아니고는 아무 상관도 없어요. 때가 된 거죠." 야들리는 머뭇거렸다. "앤지, 내일 당신이랑 아침을 같이 먹고 싶은데요. 논의해야 할 아주 중요한 문제가 있어요."

"으음." 그녀가 말했다. 음식을 입에 넣고 씹는 것 같은 소리가 들렸다. 그녀는 야들리가 "그건 좋다는 말이에요?"라고 할 때까지 다시 입을 열지 않았다.

---

* 리들리 스콧 감독이 1991년에 만든 여성 로드 무비. 친구인 두 여성이 여행을 떠났다가 겪게 되는 사건으로 인해 경찰의 추적을 받는 이야기를 담은 이 영화는 여성주의 영화의 상징이 되었다.

크림슨 레이크 로드

"아, 미안해요. 내 말을 기다리고 있는 줄 몰랐어요. 그럼요, 당연히 당신이랑 아침을 먹을 거예요. 어디서 먹을까요?"

"7시에 에그 앤 베이글에서 봐요."

"좀 이르지 않아요? 9시는 어때요?"

"7시여야 해요."

"그렇게 말하니, 그러죠, 뭐. 운전하고 가면서 커피나 잔뜩 마실래요." 그녀는 뭔가를 한 입 더 베어 물고 씹었다. "퇴직하면 뭘 할 거예요? '그냥 쉬면서 내가 좋아하는 일을 추구하려고 해요.' 이런 말은 다 알고 있어요. 잔인한 농담이지만, 계속 그렇게 할 수 있는 상황이 되면 좋아하는 일이 싫어하는 일로 바뀐대요."

"아뇨, 난 그런 건 전혀 하지 않을 거예요. 그냥 작은 사무실을 하나 열어서 들어오는 아무 일이나 할 것 같아요. 60년 전에 작은 동네 변호사들이 일했던 방식으로 말이죠."

"지겨울 것 같은데요. 당신이 지금 다루는 일은 광기 어린 사건들이 잖아요. 사람들의 어두운 면을 한번 봐요. 그런 사건 대신 이혼 소송을 하느라 성이 난 사람들을 챙기는 일을 왜 하려고 해요?"

"지금으로선 지겹다는 게 정말 멋진 말로 들리는걸요."

야들리의 귀에 바삭바삭하는 소리와 뭔가를 더 씹는 소리가 들렸다.

"뭘 먹고 있는 거예요?"

"할라페뇨 돼지 껍데기요. 뭐든 잔소리는 사양할게요." 또 씹는 소리가 났다. "만일 이 세상 아무 곳이나 이사 갈 수 있다면 당신은 어디로 갈 거예요?"

야들리는 텔레비전의 소리를 낮추고 뒤쪽 벽에 머리를 기댔다. "모르겠어요. 별로 가 본 데가 없거든요. 매사추세츠주 마사 포도원에 한 번 갔었는데 정말 좋더군요."

"거기 예쁘죠. 비수기에는 정말 조용하답니다."

"당신은 어때요? 어디로 갈 거예요?"

"아, 그건 너무 쉽네요. 벨리즈에 산 페드로라는 곳이 있어요. 작은 마을인데 아무 일도 일어나지 않는 곳이죠. 해변 바로 앞에 호텔이 있는데 그곳의 바 주인은 세상에서 제일 맛있는 칵테일을 만들어요. 돼지고기 샌드위치도 최고예요. 보는 앞에서 바로 돼지고기를 구워 줘요. 물은 또 얼마나 파랗던지 이 세상이라는 걸 믿을 수 없을걸요. 그리고 해안에는 에메랄드빛 바위들이 햇빛을 받아 반짝거리고요. 얼마나 눈부신지 눈을 뜰 수 없을 정도예요…" 잠시 말이 멎었다. "있잖아요, 아무한테도 그곳 얘기를 한 적이 없답니다. 재커리한테도요. 그는 거창한 은퇴 계획이 있거든요. 플로리다에, 아니면 다른 어떤 지옥 같은 곳에 콘도를 하나 얻어서 온종일 낚시를 하겠대요."

"당신들 두 사람 사이는 좀 어떤가요?"

"그냥 잘 지내고 있어요. 어떤 날은 그가 내 인생의 사랑이어서 절대로 그를 떠날 수 없을 거라는 생각이 들다가, 다른 날은 그가 바람을 피우고 있고 나는 그와 아무것도 함께 하고 싶지 않다는 생각이 들어요. 모르겠어요, 어떻게 될지 봐야죠. 확실하게 알아볼 생각을 하고 있기는 해요. 어쩌면 사설탐정을 고용할지도 모르고…. 괜찮다면 이 얘기는 진짜 하고 싶지 않네요."

"괜찮고 말고요."

"근데 궁금하네요. 당신이 직접 만나서 내게 말해야 하는 그 중요한 일은 뭘까요?"

"전화로 말할 수 있는 일이 아니에요."

"아 젠장, 그러면 너무 흥미진진하잖아요. 무슨 얘기일지 생각하느라 이제 밤에 잠은 다 잤네요."

야들리는 텔레비전을 끄고 전기스탠드를 켰다. 그리고 이불 위에 누웠다. 작은 발코니의 열린 문과 창으로 달빛이 쏟아져 들어왔다.

"난 외국에 한 번도 가 본 적이 없다는 거 알아요?" 야들리가 말했다. "당신은 여행에 관해 말했죠. 여행으로 당신이 어떻게 변했는지, 세상을 본다는 게 얼마나 경이로운지…. 난 세상의 경이를 느껴본 적이 없어요. 난 족쇄가 채워져 있는 느낌이에요. 이 도시가 그런지도 모르죠. 이 도시가 나를 놔 주지 않을 것 같은 느낌이 들어요."

"맞아요. 라스베이거스는 그럴 수 있어요. 이곳은 우리 안에 내재해 있는 최악의 모습을 보이게 만드는 도시 같아요. 안 그래요? 여기서는 자신에게 집중하는 게 힘들어요. 그래서 내가 계속 당신한테 요가 하러 오라고 하는 거예요. 그런 뭣 같은 느낌을 떨쳐내고 심하게 집착하지 않는 법을 배워야 해요. 요가 스튜디오에서 당신을 보면 정말 좋겠어요."

야들리는 생각했다. '**내일이 지나면 당신은 나를 다시는 보고 싶지 않을지도 몰라요.**'

"잠을 좀 자야겠어요. 내일 아침에 봐요." 야들리가 말했다.

"그래요. 사랑해요. 아, 이런, 미안. 이상한 소리를 하려던 건 아니었어요. 그냥 절로 나온 거예요. 내일 봐요."

야들리는 전화를 끊고 천장을 응시하다가 마침내 깊은 잠에 빠져들었다.

30

야들리는 타라를 깨웠다. 타라가 눈을 비비며 말했다. "몇 시예요?"

"6시 조금 지났어. 수업이 있잖아."

타라는 눈을 다시 감았다. "이건 대학원이에요, 엄마. 초등학교가 아니라고요. 늦어도 돼요."

야들리는 딸의 앞머리를 가볍게 쓸어 어루만지고는 이마에 입을 맞추었다. "그 말이 맞는 것 같네. 넌 엄마한테 좀 너그러워져야 해. 네가 어른이 되어가는 데 대한 안내서 같은 게 없단 말이야."

그녀는 검은 스커트에 흰 블라우스를 입고, 집을 나오면서 알람을 켜 두었다.

에그 앤 베이글은 특별 메뉴인 맥주 오믈렛으로 유명한, 한창 뜨고 있는 카페였다. 맥주 오믈렛은 맥주에 튀겨 낸 엄청나게 큰 오믈렛 요리였다. 안으로 들어가자 알코올 타는 냄새가 풍겨 왔다.

리버는 손등에 턱을 괸 채 거리가 내다보이는 작은 테이블에 앉아 있었다. 그녀는 주변 세상이 어찌 돌아가는지 전혀 관심이 없는 것처럼 무념무상에 빠진 듯한 태도로 오고 가는 차량과 지나가는 사람들을 바라보고 있었다. 한 장면이나 다른 장면이나 다를 게 없다는 듯.

"여기 와 봤어요?" 야들리는 자리에 앉으며 물었다.

"아뇨. 여기 좋은데요. 누군가의 부엌 같은 느낌이 들어요."

"할머니 세 분이 주인이에요."

"와, 그분들은 멋지게 성공했네요. 내가 들어올 때부터 줄이 있더군요." 그녀는 커피를 한 모금 마셨다. "나한테 말하고 싶은 그렇게 중요한 일이 뭐예요?"

"앤지… 오늘 어떤 일이 일어날 텐데 당신에게는 충격일 거예요. 옛날에 내게 일어났던 그런 일이죠. 그런데 난 그때 아무도 도와줄 사람이 없었어요. 임신 중이었고 혼자였죠. 몸을 의탁할 친척도, 돈도 없었어요. 내 인생에서 제일 힘들었던 시간이었어요. 난 당신이 같은 일을 겪지 않도록 하고 싶은 거예요."

리버는 눈썹을 찌푸렸다. "무슨 얘기를 하는 거예요?" 그녀는 야들리가 여태 들어보지 못했던 심각한 어투로 말했다.

"몇 분 내로, 어떤 일이—"

리버의 휴대폰이 울렸다. 야들리는 잠자코 있었다. 리버는 발신자를 보고는 테이블에서 휴대폰을 집어 들었다.

"재커리?"

수화기 너머로 재커리의 목소리가 들렸다. 제정신이 아닌 것 같았고 거의 고함을 지르고 있었다. 리버의 눈이 야들리에게 와서 멈췄다. 그 눈은 혼란스러움으로 가득 차 있다가 분노로 바뀌어 갔다.

"바로 갈게." 그녀는 그렇게 말하고 전화를 끊었다.

두 사람은 잠깐 말없이 앉아 있었다. 두 사람 사이의 간극을 카페의 소음이 메우고 있었다.

"FBI와 보안관실에서 지금 우리 집을 수색하고 있대요. 재커리는 자신이 체포될지도 모른다고 했어요. 그 얘기를 하려고 나를 여기로 부른 거예요, 제시카?"

야들리는 그녀의 눈을 마주칠 수가 없어서 아래를 내려다보고 고개를 끄덕였다.

"경찰이 내 남자친구를 체포하는 동안 나를 잡아 두려고 여기 오라고 한 거군요?"

"아뇨, 그건 아니에요. 내가 왜—"

"이런 빌어먹을," 그녀는 손바닥으로 테이블을 내리치며 말했다. "이 모든 것, 나를 찾아온 것, 나와 얘기를 나눈 것, 나와 시간을 보낸 것… 이러는 내내 당신은 그에 대한 증거를 모으고 있었던 거예요?"

야들리는 고개를 내저었지만, 여전히 그녀를 쳐다볼 수 없었다. "내가 하고 있었던 일은 그런 게 **전혀** 아니에요."

그녀는 야들리의 얼굴에 대고 삿대질을 했다. "그럼 경찰이 우리 집에 와 있는 동안 내가 왜 여기 있는 건데? 나를 집에서 나와 있게 하는 대신 왜 어젯밤에 얘기해 주지 않았던 건데?"

야들리는 그녀의 손을 잡으려고 손을 내밀다가 다시 거두어들였다. "앤지, 난 당신이 그런 상황을 겪지 않도록 하고 싶었어요. 당신을 생각해서 그런 것뿐이에요."

"개소리!" 그녀는 일어섰다. "난 당신에게 어느 누구에게도 말하지 않았던 것들을 얘기해 줬어. 그런데 당신은 그것들을 이용해서 나를 치려고 기다리고 있었던 거였어, 안 그래? 당신은 도대체 어떤 사람인 거야?"

"그건 오해—"

"꺼져버려. 난 다시는 당신을 보고 싶지 않아."

31

야들리는 이제 사무실이 없었다. 그래서 그녀는 집으로 갔다. 그녀는 발코니의 접이식 의자에 앉아서 매분 매초 불안하게 휴대폰을 확인했다. 리버를 만났던 장면이 계속해서 떠오르고 있었다. 무거운 우울감이 목을 짓눌렀다.

11시쯤 새로운 소식이 왔다. 볼드윈과 개릿 형사가 클라크 카운티 보안관실의 보안관보 여섯 명과 함께 영장을 집행했다는 것이었다. 그들은 차고에서 사프롱의 그림들과 흰 붕대 한 묶음을 발견했고 순수 리신이 들어 있는 약병 몇 개도 함께 찾아냈다. 볼드윈은 증거 분석팀에게 캐시 파르와 리버에게서 발견된 붕대와 대조 작업을 하게 했다.

리신 때문에 이제는 국토 안보부가 사건에 개입하게 되었다. 야들리가 대면해야 할 또 다른 관료주의의 단면이었다. 미국 검찰은 911 사건 수사 이후 국토 안보부와 불편한 관계에 놓여 있었다. CIA와 국토 안보부, 그리고 다른 요원들이 고문을 가한 것을 두고 많은 검사가 옷을 벗었지만, 오바마의 집권 이후 불편한 휴전 상태가 유지되고 있었다.

볼드윈은 그녀에게 문자 메시지를 보냈다. '재커리는 체포됐어. 그는 지금 파출소에 있어. 잠깐 봐.'

야들리는 일어나서 서둘러 문밖으로 나갔다.

❧❧❧

마이클 재커리 박사는 보안관실 산하 파출소에 수감되어 있었다. 라스베이거스 내 다른 경찰서의 1/4 크기인 그곳은 유치장에 수감해야 할 취객이 있는데 보안관보들이 경찰차에 태워서 멀리 이동하고 싶지 않을 때 주로 이용하는 곳이었다. 볼드윈은 세심하게 그 장소를 선택한 것이었고 야들리로서는 흡족한 선택이었다. 옛 친구와 점심을 먹듯이 볼드윈이 재커리와 대화를 나눌 수 있는 다소 작고 조용한 어떤 곳, 그다지 위협적으로 여겨지지 않는 어떤 곳이 필요했던 것이다.

국토 안보부에서 몇 시간 정도는 알지 못할 어떤 곳 말이다.

파출소는 흉하게 생긴 회색 벽돌 건물로 널찍한 계단이 이중 유리문까지 이어져 있었다. 두 개의 문에 보안관실 마크가 찍혀 있고 그 밑으로 **청렴, 충성, 금휼,** 세 단어가 선명히 아로새겨져 있었다.

그녀는 접수처에서 신분을 밝히고 2호실로 향했다.

볼드윈은 형사 한 명과 함께 취조실 바깥에 서 있었는데 야들리는 그를 알아보았다 루카스 개릿이었다. '처형인' 사건에 배정된 보안관실 형사반장이다. 그가 고갯짓으로 야들리를 가리키자 볼드윈은 그녀 쪽을 보았다.

"이미 그와 얘기한 거야?" 그녀가 말했다.

"아니." 볼드윈이 한쪽에서만 볼 수 있는 창문을 통해 재커리를 보며 말했다. "땀 좀 빼라고 내버려 두는 중이야. 안젤라한테는 말했어?"

"했어. 그녀는 기분이 많이 상했어. 그녀는 내가 재커리에 대한 증거를 모으기 위해 자기와 친분을 맺었다고 생각해."

"그런 거야?"

그녀는 그 물음에 놀라고 화가 났다. 그녀는 팔짱을 끼고 유리를 향해 몸을 돌렸다. 재커리는 회색 테이블 앞에 앉아 있었다. 그는 불안해 보였고 안절부절못하고 있었다. 장판이 깔린 바닥을 발로 정신없이 두들기고 있었다.

"미안해." 볼드윈이 말했다. "당신이 그러지 않았을 거라는 건 알아."

"나는 여기 밖에서 보고 있을게." 그녀는 그의 사과를 무시하며 말했다.

볼드윈과 개릿이 안으로 들어갔다. 야들리는 몇 걸음 물러서서 벽에 몸을 기대고 그들을 지켜보았다.

"도대체 무슨 일이 벌어지고 있는 거죠?" 재커리가 말했다. "지금, 이 순간 무슨 일이 일어나고 있는 건지 알고 싶군요. 아무도 내게 어떤 말도 해주지 않았어요."

"그건 미안합니다." 볼드윈이 말했다. "재커리라고 부르는 게 좋겠죠? 마이클이 아니라요?"

개릿은 볼드윈이 자리에 앉는 동안 방을 왔다 갔다 했다. 그는 가지고 온 누런 서류 봉투에서 커다란 컬러 사진을 꺼냈다. 사프롱의 그림들을 스냅 사진으로 촬영한 것이었다.

"이걸 알아보시겠습니까?"

"네," 재커리가 그들을 보며 말했다. "내가 안다는 걸 당신들은 뻔히 알고 있잖소. 앤지에 대해 말해 주면서 그 그림들을 설명했던 사람들이 당신들이었으니까."

"우리가 이 그림들을 어디서 찾았는지 아십니까?"

"내가 그걸 어떻게 알겠소?"

"정말요? 자기 작품을 몰라본다고요, 어?"

"내 작품이라뇨? 무슨 얘기를 하는 거요?"

"이것들은 훌륭한 모작입니다. 제가 궁금한 건 당신이 이걸 직접 그렸냐는 건데요."

재커리는 볼드윈과 개릿을 번갈아 보았다. "저는 당신들이 무슨 말을 하는지 모르겠군요. 그리고 나는 왜 체포된 거죠? 무슨 일인데요?"

"우리는 이 그림들을 당신 차고에서 발견했습니다, 재커리."

"뭐라고요?" 그는 사진들을 내려다보았다. "당신들 정신 나갔어요? 내 차고에 이런 것들은 없었어요. 내가 왜 이 그림들을 갖고 있겠어요? 앤지가 이것들을 본다면 어떨지 알아요?"

볼드윈은 그를 가만히 보았다. "재커리, 내 말 잘 들어요. 난 당신을 도우려고 애쓰고 있소. 난 이 일이 우리 손을 떠나는 걸 원치 않습니다. 우리가 이 일을 처리했으면 합니다. 나와 당신 둘이서 말이죠. 당신이 내게 모든 걸 다 말하고 진솔한 태도로 임하면 나도 그럴 겁니다. 내가 하는 말은 연방 검찰과 지방 검사장에게 상당한 무게감으로 다가갑니다. 나는 이런 일을 수없이 봐 왔어요. 그래서 하는 말입니다. 당신이 지금 우리에게 더 많이 협조하면 할수록 우리는 당신에게 좋은 방향으로 일을 진행할 수 있습니다."

개릿이 맞장구쳤다. "볼드윈 요원과 내가 논의하고 있던 것 중 하나가 이 건을 연방 법원으로 가지 않게 하고 지방 차원에서 다루도록 하자는 것입니다. 당신은 연방 법원이 아니라 주 법원 관할이 될 가능성이 큽니다. 나를 믿어요. 일이 제대로 되면 당신은 20년 안에 가석방으로 나오게 될 수도 있습니다."

재커리는 갑자기 눈이 휘둥그레져서 다시 그들을 번갈아 바라보았다. "이런 빌어먹을," 그는 숨을 들이켰다. "당신들은 **내가** 그 여자를 죽였다고 생각… 생각하는 겁니까?"

볼드윈이 앞으로 몸을 기울였다. "당신이 안 그랬다고 말하는 겁니까?"

"절대 아닙니다. 난 안 했어요."

볼드윈은 한숨을 내쉬었다. "재커리, 우리가 당신 차고에서 발견한 붕대 한 묶음이 앤지와 캐시 파르에게서 발견된 것과 일치했어요. 그 붕대들은 다 같은 묶음에서 나온 것이었어요. 당신은 그걸 잘 감춰 뒀더군요. 내가 갖다 주죠. 사실 당신은 그걸 태웠어야 했어요. 게다가 리신이 든 약병들은 왜 보관한 거죠? 얼마든지 쉽게 더 구할 수 있는데 말입니다."

"뭐라고요? 리신이요? 도대체 무슨 말들을 하는 거야!"

볼드윈은 테이블 위에 손가락을 깍지 꼈다. "이것 봐요, 재커리. 우리는 아주 좋은 사이잖아요. 서로 쓸데없는 소리는 하지 맙시다. 당신은 캐시와 부적절한 관계를 맺고 있었죠. 그녀의 남편이 알게 된다면 난리가 나겠죠. 안 그래요? 내 말은, 난 당신이 그녀를 죽여야만 했던 이유를 안다는 겁니다. 그런데 앤지는 왜죠? 모르겠어요, 당신이 어떤 이유에서건 이 그림들을 현실로 만들어야 했다면 동거하는 여자친구 말고 다른 누군가를 고르거나, 아니면 최소한 그녀에게 보험이라도 들든지 했을 것 같은데 말이죠. 하지만 보험 같은 건 없더군요. 그렇다면 대체 왜 그런 거죠?"

재커리의 입술이 떨리기 시작했다. 벌어지고 있는 상황이 실제라는 것에 그는 충격을 받은 것이었다. 야들리는 유리창 앞으로 한 걸음 다가서서 그의 얼굴을 응시하며 그가 무슨 생각을 하는지 단서가 될 만한 어떤 미묘한 느낌이라도 읽어 보려 했다.

"난 아무도 죽이지 않았소."

"재커리―"

"아니! '재커리'라고 부르지 마. 난 아무도 죽이지 않았다고, 빌어먹을!" 재커리는 주먹으로 테이블을 내리쳤다. 그는 일어나서 고함을 질렀다. "난 아무도 안 죽였어!"

개릿의 손이 무기 쪽으로 움직였다. 그러자 볼드윈은 고개를 흔들었다. 개릿은 손을 옆으로 천천히 내렸지만, 여전히 총 가까이 두고 있었다.

"재커리, 자리에 앉도록 하죠."

"이건 헛소리야! 난 그런 짓을 하지 않았다고."

"그럼 그걸 밝혀 보죠. 그렇지만 우선 자리에 앉아서 고함은 멈춰 줬으면 해요."

재커리는 고개를 내저으며 자리에 앉았다. "난 이게 착오라는 걸 압니다. 당신을 돕겠소. 당신들이 어떻게 엉뚱한 사람을 체포하는지를 다룬 다큐멘터리를 다 봤어요. 당신들은 머릿속에 어떤 생각이 들어오면 그걸 떨쳐 버리지 못해요. 당신들은 사람들의 인생을 망치고 내 인생도 망치려 하고 있소."

"당신의 인생을 망치려 하는 사람은 아무도 없습니다. 난 당신을 도우려 하고 있어요."

재커리는 몸을 앞으로 기울였다. "난. 아무도. 죽이지. 않았어." 그는 개릿을 한 번 본 다음 다시 볼드윈을 보았다. "변호사를 불러 줘."

"그럴 필요는 없습니다. 우리끼리, 그냥 당신과 내가 대화를 하면 훨씬 쉬울 겁니다."

야들리가 문을 열었다. "재커리 씨는 변호사를 요청했어요. 이 면담은 끝났습니다."

개릿은 고개를 내저었지만 어떻게 하냐는 듯 볼드윈을 쳐다봤다. 볼드윈은 입술을 살짝 구겼지만 일어나서 어쨌건 방에서 나갔다.

복도로 나가자 개릿은 야들리를 똑바로 쳐다보며 말했다. "연방 검찰청에 변호사가 있는지는 몰랐네요."

"이봐," 볼드윈이 말했다. "그 말이 맞아. 우리가 뭘 얻어 내더라도 나중에 다 기각될 거야."

개릿은 이 사이로 뭔가를 뱉어내더니 말했다. "난 집에 가겠어, 케이슨. 무슨 일 있으면 전화해."

야들리는 벽에 등을 기대고 서서 유리창으로 재커리의 모습을 지켜보았다.

"나한테 밖에서 얘기 좀 하자고 하지 그랬어." 볼드윈이 말했다. "개릿 앞에서 내가 무슨 일을 하는지도 모르는 사람처럼 보이게 만들 필요는 없었잖아. 그건 좀 모욕적이었어."

"난 당신을 모욕하지 않았어, 케이슨. 수사와 기소는 신중하게 이루어져야 하는 거잖아."

그는 깊은숨을 내쉬며 재커리를 보았다. 그는 손가락을 마주 비비면서 이제 미친 듯이 발을 구르고 있었다. "그의 변호사를 불러야 할 것 같군."

32

"딜런!"

딜런 애스터는 가슴에 묵직한 것이 올려진 느낌이 들었다. 그것 때문에 숨이 막혀서 그는 숨을 내뱉었다. 그는 어릴 때 엄청나게 뚱뚱한 세인트버나드 개를 키웠는데, 녀석은 어쩌다 한 번씩 아침에 그의 가슴 위에 앉아 있곤 했었다. 그러면 마치 바위가 짓누르는 느낌이 들었었는데 지금 드는 느낌이 그런 것이었다.

"딜런!"

그는 눈을 떴고 릴리 리치가 위에 있는 것이 보였다. 그는 사무실의 소파에 누워 있었다. 넥타이와 양복 재킷은 의자 위에 걸쳐져 있었지만, 양복바지와 정장 양말은 벗지 않은 상태였다.

"8시야." 그녀가 말했다.

"이런 젠장."

그는 튀듯이 일어나서 셔츠의 단추를 끼웠다. 그의 책상 뒤쪽에는 작은 세면대가 있었다. 바로 이 세면대 때문에 그는 사무실 임대료를 한 달에 50달러씩 더 내고 있었다. 그는 구강 청결제로 입을 헹구고 갈색의 짧은 머리를 빗질했고 셔츠 깃을 세워서 목 아래쪽에 난 상처를 최대한 가려 보았다. 그런 다음 구두를 걸치고 문으로 달려갔다.

"지금 있는 게 뭐지?" 그는 달려 나가면서 말했다. 리치는 가방을 부여안고 그에게 합류했다.

"주택 지구에서 열리는 신청 심리. 지금은 쿡의 법정에 있어야 하고 프레스콧의 법정은 8시 30분이야."

그는 엘리베이터로 뛰어갔다. 리치가 그의 뒤를 서둘러 따라갔다. 그는 휴대폰을 꺼내서 아침에 봤던 고객 명단을 확인했다. 쿡 판사의 법정은 헨리 스미스 밀러이고 프레스콧의 법정은 이브 레이철 로드리게스이다. 그런 다음 시내 반대쪽에 있는 시 법원에서 볼 세 명의 고객이 또 있었다.

애스터 앤 리치 법률 사무소는 클라크 카운티 지방 법원의 길 건너편에 있는 빌트모어 빌딩에서 방 두 개를 쓰고 있었다. 그는 길 건너편으로 돌진하다가 거의 택시에 치일 뻔했다. 리치가 뒤에서 소리쳤다. "이브한테 돈 받아!"

"그럴 거야."

클라크 카운티 지방 법원은 레고 조각들을 억지로 이어 붙인 것 같은 형형색색의 부분들로 이루어진 사각형 건물이었다. 애스터는 법원 계단을 서둘러 뛰어올라 금속 탐지기로 갔다.

"프랭크, 내가 지금 엄청 바빠."

"어쩔 수가 없어요. 아시잖아요." 건장한 법정 경위가 말했다.

애스터는 초조하게 차례를 기다렸다. 어떤 사람이 신발을 벗는 문제를 두고 법정 경위와 말다툼을 시작했다. 애스터는 프랭크가 그들에게 레이저 건을 쏴서 줄을 움직이게 해 주기를 바랄 지경이었다.

그가 마침내 줄을 통과해서 내달리자 프랭크가 그에게 일진이 좋기를 바란다고 인사했다. 그는 엘리베이터를 향해 달려가며 뒤도 돌아보지 않고 같은 말을 소리쳐 돌려주었다.

쿡 판사는 이미 판사석에 나와 있었다. 그는 8시에 재판을 시작하면서 변호사들은 10분 일찍 와 있기를 바랐다. 그는 애스터가 방청객들 사이를 서둘러 통과해서 피고석과 검사석 뒤에 있는 방청석의 다른 변호사들 틈에 앉는 것을 노려보았다.

월요일 아침의 출석 확인 일정표는 형사 법정 사건 일정표 중 가장 빽빽했다. 애스터는 법정을 메우고 있는 이백 명은 그중 절반일 것이라고 추측했다. 변호사 열 명이 차례를 기다리며 서로를 예의주시하고 있었다. 주의가 태만한 누군가가 있어 중간에 끼어들 수 있는지 살피는 것이었다. 애스터는 마지막 순서였기 때문에 휴대폰을 꺼내서 사건 파일을 띄웠다.

밀러의 사건은 간단한 차량 절도 건이었다. 그는 자기 동네에서 차량을 깨고 들어가 돈이 되는 것을 다 훔쳤다. 애스터는 이브 로드리게스와는 달리 그에게는 체납 세금이 없는 것을 확인했다.

"애스터 씨," 쿡 판사가 말했다. "오늘 함께 해주셔서 감사합니다."

"아, 감사합니다, 존경하는 재판장님."

"당신은 이곳을 당신의 법정으로 여겨서 언제든 내키는 때 오면 되니까, 지금 당신 사건을 다루도록 하지요."

"존경하는 재판장님, 여기 계신 분들 중 제가 맨 마지막입니다."

"아닙니다, 아니에요. 그렇게 합시다. 당신은 분명 당신의 법정에서 자기가 하고 싶은 대로 할 수 있다고 믿고 있소. 그러니까 당신이 진행하도록 하죠, 됐나요? 누가 당신 의뢰인입니까?"

애스터는 다른 변호사들에게 눈길을 주었다. 그들은 눈으로 그에게 독을 쏘고 있었다. 그는 『풀 메탈 자켓』*의 한 장면이 떠올랐다.

---

* 1987년에 나온 스탠리 큐브릭 감독의 영화. 베트남 전쟁의 참상을 다룬 풍자적인 사회극이다.

훈련병 한 사람이 벌인 일 때문에 대원 전체가 벌을 받게 되자 동료 훈련병들이 그를 구타하는 장면이었다.

"으음, 헨리 밀러입니다, 존경하는 재판장님."

"밀러 씨, 앞으로 나오세요."

애스터는 헨리와 함께 발언대에 섰다. 판사는 파일을 꺼내고는 말했다. "오늘 우리가 할 일은 뭐죠, 애스터 씨?"

"상당한 이유에 근거한 증거 배제 신청 기일을 정하면 됩니다." 애스터는 판사가 그의 말을 알아들었는지 파악하고 다음으로 넘어가려 하고 있었다.

"네, 지당하군요." 쿡이 말했다. "제가 지금 그 사건을 기각해도 될까요? 여긴 당신의 법정이니 당신은 어떻게 하고 싶은지 부디 말해 주세요."

애스터의 불편함은 분노로 바뀌어 갔다. 그는 몇 분 늦었던 것이고 그의 앞 순서인 변호사들이 줄지어 있었다. 그는 진행에 아무런 영향도 주지 않았다. 쿡은 자신이 그럴 수 있다는 이유로 자신의 권력을 행사하고 있는 것이었다. 자신들이 할 수 있다는 이유로 다른 이들을 괴롭히는 사람만큼 애스터의 신경을 건드리는 것은 거의 없었다.

"네, 존경하는 재판장님, 지금 이 사건을 기각해 주셨으면 좋겠습니다. 그러면 아주 훌륭하겠군요, 감사합니다. 아울러, 검찰에게 밀러 씨의 주차 요금을 내라고 해 주실 수 있을까요? 저기는 말도 안 되게 비싸거든요."

쿡의 눈이 휘둥그레졌다. 그는 분노에 차서 애스터를 째려보았다.

애스터는 꼼짝도 하지 않았다. 법정 모독죄 심리를 열면 30분은 걸릴 것이었다. 그는 쿡이 일정이 끝나고 그 일을 하고 싶지 않을 게 분명하다는 것을 알았다. 어찌 되었건, 그는 그렇게 희망했다.

판사는 입술을 실룩거리며 말했다. "4주면 충분할까요, 고프 씨?"

검사가 일어나서 말했다. "좋습니다, 존경하는 재판장님."

"6월 26일 오후 3시입니다. 다시 한번 늦으면 법정 모독죄를 적용할 거요, 변호사. 알겠소?"

"확실히 알겠습니다."

법정을 나오자 애스터는 헨리에게 질문할 게 있으면 자신에게 전화하라고, 하지만 다음 심리가 열리기 전에 그의 증언을 검토하기 위해 자신이 연락할 것이라고 했다. 그런 다음 프레스콧 판사의 법정으로 내달렸다. 그는 지각한 것에 대해 판사와 또다시 한 판 할 것을 충분히 예상하고 있었다. 그러고도 오늘 그에게는 아직 세 건의 심리가 더 남아 있었다.

33

야들리는 잭스가 연방 검찰청 복도에 서서 법률 보조원 한 명에게 추근거리고 있는 것을 보았다. 그 여성은 팔짱을 끼고 있었는데 잭스가 볼 수 있도록 결혼반지를 낀 왼손을 위로 올려두었다.

"카일," 야들리가 끼어들었다. "얘기 좀 할 수 있을까요?"

그는 그녀를 보지도 않고 "조금 있다가요."라고 말했다.

"지금 좀 봐요. 난 여기 오래 있지 않을 거예요."

그는 그녀 쪽으로 눈길을 돌리며 인상을 찌푸렸다. 그녀는 그것이 불만을 표출하는 그의 방식이라고 파악했다. 그녀는 그런 태도는 고치라고, 변호인이 배심원단 앞에서 그의 화를 돋우기 위해 이용하기 딱 좋은 태도라고 말해 줄 마음은 들지 않았다.

"알았어요." 그는 무시하는 태도를 겨우 감추면서 말했다. 그녀는 그를 따라 자신의 옛 사무실로 향했다. 그는 자리에 앉아서 카우보이 부츠를 매끈한 표면에 탁하고 소리 나게 부딪치면서 책상에 발을 올렸다. "자? 무슨 말을 하고 싶은 거죠?"

"대배심에 가는 게 언제죠?"

"내일 아침에요."

"난 아직은 아니라고 생각해요."

"왜죠? 그의 유죄 증거를 확보했는데요."

"재판 관할권 문제가 있어요. 이 사건을 연방 법원에 계속 유지할 수 있는 방법을 파악해야 해요."

"흉악 성범죄 과정에서 일어난 사건일 경우 우리가 살인 사건을 접수할 수 있어요. 캐시 파르의 체내에서 정액이 발견됐고 멍과 찢어진 상처가 있었죠."

"성폭행 검사를 실시한 법의 간호사는 결과에 대한 결론이 나지 않았다고 했고, 그는 합의하에 그녀와 관계를 맺고 있었어요. 그녀는 또 기혼인데 터커는 자신들이 그날 성관계를 했는지 기억을 못 해요. 나는 단지 시간을 좀 갖고 이 사건을 다루자고 얘기하는 거예요. 우리가 이 사건을 연방 법원에 계속 유지하려면 무모하게 덤비기 전에 충분한 근거를 갖도록 해야 한다는 걸 명심해요. 그리고 우리는 그들이 어떻게 만난 건지 몰라요. 만일 그들이 데이트 앱을 통해 만난 거라면 우리는 상거래 조항에 따라서 이걸 연방 사건으로 유지할 탄탄한 근거를 가진 셈이 될 거예요. 리신에 대해서도 마찬가지예요. 그는 외국에 주문해야 했을 테고 그렇다면 우리는 연방 사건으로 남아야 한다고 주장할 수 있어요. 하지만 조금 속도를 늦추고 확실히 밝혀내자는 거예요. 그렇지 않으면 이 사건을 지방 검찰청에 넘겨야 할 거예요."

잭스는 그녀를 비웃었다. "어쩌란 건지. 대배심은 뭐든 기소해요. 그리고 난 내 검사 경력에서 제일 큰 사건을 별 볼 일 없는 농사꾼인 지방 검사장한테 넘기지는 않을 거요."

"카일," 그녀는 아이에게 말하는 것처럼 한숨을 쉬며 말했다. "내가 관할권 문제를 우선 해결하도록 해 줘요. 우리는 언제나 지방 검찰이 그를 불기소하게 할 수 있고, 그러면 나중에 여기로 갖고 오면 돼요."

"문제가 있으면 우리가 그냥 나중에 수정할 수 있잖아요."

"네바다주에서는 살인 사건 기소장은 수정할 수 없어요. 대배심을 다시 한번 거쳐야 해요. 지금 그들에게 가서 그들이 기소를 거부하면 새로운 증거가 없는 이상 같은 기소 건은 가져갈 수 없어요. 대배심이 불기소 결정을 내리면 우리는 실패할지 몰라요."

그는 어깨를 으쓱했다. "난 모릅니다. 연구실에 앉은 머리 좋은 분들이나 그런 걸 파악하라고 해요. 난 살인 사건을 진행시킬 테니까요."

그녀는 숨을 들이마시고 그의 맞은편에 앉았다. "카일, 내 말 좀 들어요. 당신이 여기서 두각을 나타내고 싶은 건 알아요. 그리고 이 사건은 관심이 쇄도하는 큰 건이죠. 하지만 신중해야 해요. 이건 텔레비전을 훔치거나 동네 친구들하고 대마초를 거래하는, 그런 어떤 인간이 아니란 말이에요. 마이클 재커리가 내연녀를 죽이고 여자친구를 죽이려고 했다면 그는 극히 위험한 인물이에요. 그가 풀려나는 위험을 감수해서는 안 돼요."

"가르쳐 주셔서 감사합니다만 내가 말했죠, 난 수많은 재판을 해봤다고요. 아주 많이요. 난 와이오밍주를 누비고 다녔던 폭주족을 기소한 걸로 뜬 사람이에요. 우리 집에 강도가 든 적이 두 번 있었고 내 차가 불에 타기도 했죠. 폭주족 몇이 도로에서 우리 엄마를 치고 뺑소니친 일도 있어요. 그래서 어땠을 것 같아요? 난 여전히 이 자리에 있어요. 난 쉽게 겁먹는 사람이 아니에요. 단지 내가 젊다는 이유로 내가 무슨 일을 하는지 모를 것이라는 건 말이 안 돼요. 재커리 같은 나쁜 놈은 치는 거죠. 계속 치고 또 치면 피고는 어찌할 바를 모르고 우리의 제안을 받아들이게 되는 겁니다. 난 그런 걸 수백 번 했어요."

"연쇄 살인범을 기소한 적 있어요?"

"살인은 살인인걸요."

"둘은 같지 않아요."

그는 한숨을 쉬었다. "됐어요. 할 말은 하셨잖아요. 다 하신 거죠?"

그녀는 고개를 내저었다. 더는 참을 수가 없었다. "넌 거만한 애송이야. 그래서 사람들을 죽게 만들 거야."

야들리는 그의 사무실에서 뛰쳐나와서 마음을 가라앉히기 위해 화장실로 갔다. 그녀는 눈을 감고 깊은숨을 몇 번 쉬면서 유리컵에 물을 따르는 소리를 내며 냇물이 흘러가는 숲을 머릿속에 그렸다. 그녀는 평정을 잃는 경우가 거의 없었고, 그렇게 되는 것이 싫었다. 화는 다른 모든 사람을 불시에 덮치는 것이기에 모든 감정 중에서 가장 위험한 것이었다. 그런데 이 사건은 왜? 왜 이 사건에서는 다른 사건들에서는 그렇지 않던 화가 부글부글 끓어 올랐던 것일까? 유일한 답은 안젤라 리버였다. 재커리가 석방되면 그들의 실수에 대한 대가를 치르게 될 사람이 그녀가 될 위험 때문이었다.

야들리는 화장실에서 나와 리우의 사무실로 갔다. 그는 통화 중이라며 손가락 하나를 세워 들었다. 그녀는 그의 맞은편에 앉아서 통화가 끝나기를 기다렸다.

"신나는 소식이군, 그렇지?" 전화를 끊고 나서 그가 말했다. "자네가 '처형인' 사건에서 아주 수고했어, 제시카. 어디 있게 되든 다른 데서 일하기 위한 추천서가 필요하면 주저하지 말고 나를 추천인으로 써넣게."

"부장님, 이 사건의 기소는 부장님이 맡으셔야 합니다. 카일이 하도록 내버려 두시면 안 돼요."

그는 잠시 그녀를 가만히 쳐다봤다. "왜 안 되지?"

"이 사건이 이곳에서 그가 맡는 첫 사건이 되어서는 안 돼요. 그는 준비가 덜 됐어요."

잭스가 문에서 말했다. "이봐요, 나한테 할 말이 있으면 내게 직접 해요."

"난 이미 그랬다고 생각하는데." 그녀는 고개를 돌리지 않고 말했다. "저는 도움이 필요치 않습니다, 부장님."

리우는 그를 쳐다본 다음 다시 야들리를 보았다. "우리는 앞으로 나갈 전략을 의논했네. 내가 저 친구를 감독할 걸세. 자네는 염려하지 않아도 돼. 잘 처리될 테니까 말이야."

"이런 사건에서 제 말을 귀담아듣지 않으신 적이 한 번 있으셨죠, 부장님. 그래서 살인자가 거의 석방될 뻔했고요. 어느 시점에서 부장님은 저를 믿으셔야 할 겁니다."

"내가 저 친구를 감독할 거라고 말했네."

"그럼 감독하세요. 이 사건에 대한 연방 관할권이 추호도 의심 없이 확정될 때까지 이 사건을 지방 검사장에게 넘기라고 그에게 말하세요."

"그게 사실인가?" 리우가 책상 옆으로 다가온 잭스에게 말했다. "재판 관할권 문제가 있어?"

"아무런 문제도 없을 겁니다. 그의 첫 번째 피해자에게서 정액이 발견되었고 찢어진 상처와 멍도 있습니다. 그들이 데이트 앱을 통해 만났을 거라는 데 돈을 걸겠습니다. 두 사람 다 프로필이 있어요. 우리는 그들의 이력을 조사하기만 하면 됩니다. 대배심이 이 사건을 연방 관할로 두라는 결론을 내리기에 충분합니다. 누가 그의 변호를 맡을지 모르겠지만 누가 되더라도 그 변호인이 압박을 느끼도록 하려면 지금 그를 기소해야 합니다."

리우는 야들리 쪽으로 고개를 돌렸다. 그녀의 표정은 **'당신은 그 정도면 됐나요?'**라고 말하고 있었다.

야들리는 일어났다. "좋아요. 하고 싶은 대로 해요. 더는 제 문제가 아니니까요."

34

오후가 되자 애스터의 법정 출석은 모두 끝이 났다. 리치가 그에게 그녀의 일 역시 끝났다고 문자 메시지를 보냈다. 그들은 멕시코 패스트푸드 음식점에서 만났다. 그는 넥타이를 느슨하게 풀고 탄산음료를 꿀꺽꿀꺽 마셨다.

"이브한테 돈 받았어?" 리치가 토르티야 칩을 먹으면서 물었다.

"꼭 그런 건 아니고."

"그게 무슨 말이야?

"돈은 갖고 오셨어. 그런데 받을 수가 없었어. 장을 볼 돈이었거든."

"딜런, 그건 항상 그들이 장 볼 돈이거나 월세 낼 돈이거나 아기 우윳값이거나 그래. 그 사람들은 신용카드사, 의사, 자동차 보험사, 아니면 그 누구한테라도 항상 똑같은 말을 한다고."

"연세가 많은 분이잖아. 그 돈을 받을 수가 없었어. 조만간 전액을 다 지급하겠다고 했어."

리치는 고개를 내둘렀다. "아니, 그러지 않을걸."

"상관없어, 우린 괜찮아. 관선 변호사 계약이 곧 6개월 더 갱신될 거고, 그럼 우린 된 거지."

"그런 다음엔 어떡하고? 난 6개월마다 갱신될지 아닐지 모르는 이 계약에 의지해서 궤양을 달고 살아가는 데 질렸어."

"이봐, 법률구조공단을 그만둘 때 우리 둘 다 얼마간은 주머니가 가벼울 거라고, 그리고 지쳐 떨어져서는 안 된다고 생각했잖아. 손익분기점을 넘는 데는 최소한 3년은 걸려. 우리 서로 이해했잖아. 기억나?"

그녀는 한숨을 쉬었다. "난 그냥 근근이 살아가는 게 진력이 날 뿐이야."

"걱정은 내가 할게. 우리 둘 다 그럴 필요는 없어. 게다가, 당신은 곧 제이크와 결혼할 테니까 걱정은 이미 끝난 셈이야. 그는 부자잖아."

"그는 분명 최고의 남편감이야. 하지만 나한테는 이미 아이처럼 행동해서 돌봐줘야 하는 성인이 한 명 있어. 지금 나로서는 두 사람은 버겁단 말이야."

"다른 한 사람은 누군데?" 그가 진솔하게 물었다. 그녀가 대답하지 않자 그는 "아."라고 했다. 그리고 탄산음료를 한 모금 더 마셨다. "사업 걱정은 내가 할게, 릴. 모든 게 다 잘될 거야. 약속해."

"이건 내 사업이기도 해, 딜런. 나는 고등학교 토론 팀에 있을 때부터 내 개인 법률 회사를 꿈꿔 왔어. 이 일이 잘되지 않으면 난 뭘 해야 할지 모르겠어. 다른 사람 밑에서 일하고 싶지는 않단 말이야. 그리고 하고 싶다고 해도, 믿거나 말거나지만, 대형 법무 법인의 훌륭하신 분들이 전과가 있는 서른다섯 살짜리 여자 경력자를 선뜻 고용하겠다고 나서지는 않겠지."

"이봐, 그 자식은 병으로 머리를 맞아도 싼 놈이었어. 당신 잘못이 아니라고. 그리고 당신은 어떤 회사로도 가지 않아도 돼. 내가 약속하지. 시간을 좀 갖고 기다려. 우리는 정말 멋지게 해낼 거고 명성을 얻을 거야. 명성이 퍼지려면 시간이 걸리는 법이야."

"내가 열 받는 데는 또 다른 이유도 있어. 당신은 저 멍청한 인간들보다 열 배는 훌륭한 변호사인데 TV에 나오고 엄청난 수임료를 챙기는 건 저들이란 말이지. 그럴 자격이 있는 건 당신이지 저들이 아니라고."

그는 킬킬 웃었다. "난 비좁은 이동식 주택에서 엄마와 여동생 틈에 끼여서 자랐어. 지금 있는 곳에 내가 존재한다는 사실에, 그리고 지금 버는 돈을 내가 번다는 사실에 나는 매일 아침 하느님께 감사하고 있어. 난 집도 있고, 옷도 있고, 먹을 것도 충분해. 그리고 매월 말에는 돈도 생겨. 난 축복받은 거야."

"으악, 당신 정말 착하네. 왜 항상 사업에서 성공하게 되는 건 나쁜 인간들일까?"

리치의 휴대폰이 진동했다. 그녀는 발신자를 확인하고는 전화를 받았다. "여보세요?"

애스터는 그녀가 통화를 하는 동안 칸막이에 등을 기대고 탄산음료를 더 마셨다. 그는 어릴 때 편의점에 가서 탄산음료를 하나하나 조금씩 섞어 자신이 롱아일랜드 아이스티라고 부르던 혼합 음료를 만들던 기억이 났다. 엄마가 그걸 제일 좋아한다고 말하는 걸 들었기 때문이었다. 열한 살 때는 이 세상에서 그게 제일 대단했는데 스물여덟 살이 된 지금은 왜 토할 것 같은 느낌이 드는지 그는 의아했다.

"우리가 곧 갈게." 리치가 말했다.

"누구였어?"

"구치소에 있는 빌리. 방금 누가 끌려왔는지 당신은 절대 짐작 못할 거야."

"누군데?"

"'크림슨 레이크의 처형인.'"

"뭐라고?"

"알아, 말도 안 되지? 다른 사람이 낚아채기 전에 먼저 가자."

리치가 트럭을 몰고 속력을 내 시내로 향하는 동안 애스터는 창밖을 내다보고 있었다. 이렇게 언론의 관심을 많이 받는 사건은 지역적, 전국적, 그리고 어쩌면 국제적으로도 지속적 보도가 보장되는 건이었다. 그것은 변호인 인터뷰와 신문 기사, 강연, 그리고 어쩌면 향후 책 저술까지도 의미하는 것이었다. 상대적으로 규모가 작은 법무 법인들과 개인 법률 사무소에서는 교도소 직원들에게 '처형인' 같은 사람이 들어오면 알려달라고 돈을 찔러주었다.

"우리가 이걸 무료로 해야 한다고 확신해?" 리치는 속력을 올려 황색 신호를 통과하면서 말했다.

"그래."

"그는 돈이 있을 거야. 의사거든."

"그가 우리와 계약하도록 만들어야 해. 돈은 상관없어. 그런데 속도 좀 줄여. 부자가 되기 전에 죽는 건 싫단 말이야."

"이런 사건은 어마어마하게 할 일이 많을 거야, 딜런. 그는 재판이 끝나면 잊힐 수도 있고, 그러면 새로운 일이 전혀 안 들어올 수도 있어."

"아니면 그 사람 덕분에 유명해져서 투 체인즈 같은 사람이 우리를 상임 변호사로 둘지도 모르지." 그는 그녀를 힐끗 봤다. "유명한 래퍼야."

"누군지 나도 알아, 이 친구야."

"그는 트럭과 말을 노래하지는 않거든. 그래서 당신이 아는지 몰랐네."

"이봐, 컨트리 음악은 미국에서 제일 인기 있는 음악이라고. 그걸 듣지 않는 당신이 별난 놈이지."

클라크 카운티 구치소는 유리와 철로 된 현대식 건물로서 감옥이라기보다는 유행의 첨단을 걷는 사무용 빌딩처럼 보였다. 건물을 그렇게 지은 것은 이웃 주민들이 자신들의 동네 한가운데 감옥이 있는 것에 대해 느끼는 불안감을 해소하기 위해서였다. 건물이 감옥같이 보이지 않았기 때문에 사람들이 그것이 감옥임을 잊게 되면 시간이 지나면서 걱정과 불안은 옅어질 것이었다. 내부의 흰색 복도를 보면서 애스터는 그곳이 소독 처리된 병원 같다는 느낌을 받았다.

그들은 바로 옆 주차장에 차를 대고 서둘러 그곳으로 갔다. 감옥 내부에 들어가자마자 책상 뒤쪽에 있는 교도관들을 쭉 훑어봤더니 대열 맨 끝에 포동포동하고 낯익은 빌리의 얼굴이 보였다.

"빌리," 애스터가 말했다. "누구라도 그를, ― 이름이 뭐랬지, 릴? ― 보러 온 사람이 있나?"

"마이클 재커리."

"그를 보러 온 사람이 있어?"

"당신들이 처음이야."

"좋았어!"

빌리는 그의 옆에서 면회객을 응대하고 있던 교도관을 힐끗 봤다. "200달러." 그가 소리 죽여 말했다.

"뭐? 보통 50이잖아."

"이자는 거물이야. 그를 인터뷰하려는 기자들을 거의 한 무더기나 체포해야 할 뻔했단 말이지. 그는 TV를 도배하게 될 거야."

애스터는 창구를 톡톡 치면서 가만히 그를 응시했다. "100."

"200." 그는 다시 한번 옆에 있는 교도관을 힐끗 봤다. "서둘러야 할걸. 스티븐 스미스가 그를 면담하려고 오고 있다는 말을 들었거든.

그는 큰 광고판만 최소한 다섯 개는 장악하고 있어. 그가 '크림슨 레이크의 처형인'을 변호하게 되면 얼마나 많은 광고판을 장악하게 될지 생각해 봐."

"좋아, 마음대로 해. 200. 하지만 바로 들어가게 해 줘."

보안 검색을 받고 금속 탐지기를 통과한 후 리치와 애스터는 면회객 명찰을 받았다. 그들은 5층 C블록으로 안내되었다. 자타가 위험하다고 공인하는 범죄자들이 있는 곳이었다.

셔츠 깃 사이로 문신이 살짝 보이는 덩치 큰 교도관이 그들을 뒤쪽에 있는 그의 감방으로 안내했다. 감방 문을 밀어 열자 끼익 소리가 났다. 회색 빗장 아래위가 녹으로 얼룩져 있었다. 마이클 재커리는 간이침대에 앉아 있었다.

애스터가 C블록에서 면회했던 마지막 고객은 180kg의 조직 폭력배였다. 그는 형이 자기 아내와 자고 있는 것을 보고는 형의 두개골을 박살 낸 혐의를 받던 사람이었다. 마이클 재커리는 아직도 엄마가 차를 태워 출근시켜 주는 샌님 회계사처럼 보였다. 그 모습에 애스터의 얼굴에는 미소가 떠올랐다. 배심원단이 이 작자를 잔인한 사이코패스라고 생각할 리 없을 것이기 때문이었다.

"여기 당신 변호사가 왔소." 교도관이 말했다.

"내 변호사?"

리치가 말했다. "교도관님, 감사합니다. 끝나면 부르겠습니다."

애스터가 감방 안으로 발을 내딛자 리치는 빗장에 기대섰다. 세면대가 그의 눈에 들어왔다. 재커리의 모든 개인용품이 일렬로 깔끔하게 정리되어 있었다. 또한 그의 여분 옷은 정확히 개켜져서 간이침대 맨 끝에 놓여 있었다. 강박 장애가 있는 고객은 다루기가 힘들 수 있었다. 재판이라는 것은 대부분 직관에 의한 선택과 변화무쌍한 상황이 난무하는 엉성한 일이기 때문이었다. 행동과 감정 제어에 문제가 있는 사람이 잘 처리해 낼 수 있는 일이 아니었다.

"재커리 박사, 저는 딜런 애스터라고 합니다. 그리고 이쪽은 릴리 리치입니다. 저희는 형사 사건 전문 변호사입니다. 당신을 변호하려고 여기 왔습니다."

"무슨 말인지 모르겠군요. 나는 이미 변호사가 있습니다. 찰스 더프만입니다."

"그래요? 그는 어디 있나요? 장담컨대, 당신은 그에게 전화했을 테고 그는 가능할 때 오겠다고 했겠죠. 그렇죠? 당신은 상임 변호사를 두고 있는, 그런 유형으로 보이는데요. 아마도 병원을 통해 알게 된 엄청나게 비싼, 말도 안 되는 사기꾼 같은 법무 보험에 코가 꿰인 거겠죠?"

그는 두 사람을 차례로 번갈아 쳐다봤다. "그렇소."

"만약 당신이 이웃집 사람과 땅 문제로 분쟁한다든지 사업 계획을 세워 줄 사람이 필요하다면, 뭐 좋아요, 법무 보험을 이용하세요. 그러면 아마 그렇게 일을 망치지는 않을 겁니다. 최악의 경우가 생긴다면 그건 그 일을 다시 해 줄 진짜 법무 법인을 고용해야 하는 것일 테죠. 그러나 재커리 박사, 형사법은 완전히 다른 겁니다. 그런 작자들은 형사법에는 젬병이죠. 돈을 받고 뉴스 인터뷰를 할 수 있으니 맡기야 하겠지만 무슨 일을 할지 알지 못할 겁니다. 더프만 씨를 만난 적은 없지만, 그가 이 세계에 대해 아무것도 모른다는 건 제가 장담하죠."

애스터는 이제 완전히 그를 향해 돌아서서 그의 시선을 받아냈다.

"저는 어떤 검사가 증거를 감추는지, 어떤 검사가 원칙주의자인지 압니다. 어떤 경찰이 썩었는지, 어떤 경찰이 일 중독인지, 그리고 또 어떤 경찰이 아무도 보지 않을 때 용의자와 한번 자 보려고 하는지 압니다. 어떤 판사가 판사석에서 조는지, 어떤 판사가 우리가 하는 한 마디 한마디를 귀담아듣는지, 또 어떤 판사가 판사석에 있는 건 오로지 어떤 정치인의 조카이기 때문인지, 다 압니다. 네바다는 사형 선고가 있는 주예요. 그건 아시죠?"

그의 눈이 조금 더 커졌고, 애스터는 그의 숨이 가빠진 것을 알 수 있었다.

"음, 아뇨. 아니, 몰랐습니다."

"그게 참, 당신은 사형 선고를 목전에 둘 수도 있습니다. 여기 오는 길에 당신 사건에 대한 것들을 읽었어요. 당신은 한 여성을 살해하고 동거 중인 여자친구를 살해하려 한 혐의를 받고 있고, 열네 살 된 여자아이를 납치한 잠재적 용의자입니다. 제가 경험한 바로는 이건 사형 선고 건이에요. 당신은 찰스 더프만을 믿으면 안 됩니다. 그는 대형 교통사고 건 같은 걸로 머리를 싸맸을 사람이에요. 그는 이 사건에 필요한 일을 하지 않을 겁니다. 형사반장이 부적절한 관계를 맺고 있는지 알아보기 위해 그의 주위를 일주일씩 따라다닌다거나, 캐시 파르의 집 근처를 어슬렁거리던 사람을 본 적이 있는지 알아보려고 그녀의 집 잔디 깎는 사람과 얘기를 해 본다거나 하지 않을 거란 말이죠. 더프만은 그런 일을 하지 않을 테지만 우리는 합니다. 그것도 완전히 무료로 해드릴 겁니다."

"그 모든 걸 무료로 해 줄 거란 말이오? 도대체 왜 그렇게 하는 거죠?"

"우리는 서로 전적인 신뢰와 정직 속에 일을 진행해야 하니까 솔직히 말씀드리겠습니다. 저는 당신 사건이 불러일으킬 대중적 파급력 때문에 이 일을 하려는 겁니다. 재판이 진행되는 동안 모든 방송국과 잡지에서 이 사건을 말할 거예요. 당신은 유명해질 것이고 — 아니, 악명을 떨치는 거겠지만요 — 당신의 변호사는 많은 주목을 받게 될 겁니다. 그러면 새로운 고객도 많아지겠죠."

재커리는 킬킬거렸다. "그러니까 유명해지기 위해서 나를 변호할 거다, 흠? 그건 조금 빈약하지 않소?"

"더프만 씨가 당신을 변호하려는 이유보다 그게 더 형편없는 건가요?"

재커리는 아무 말도 하지 않았다.

애스터는 간이침대 위 그의 옆에 앉았다. "저는 제 일에 탁월한 사람입니다. 제가 명성을 얻을 유일한 방법은 제가 이겨서 당신이 법정에서 걸어 나오는 것이죠. 전 세계가 지켜보는 가운데 제가 진다면 고객이 제 사무실에서 사라지는 정도가 아니겠죠. 우리의 동기는 아주 잘 맞아떨어집니다."

리치가 맞장구쳤다. "재커리 박사, 딜런은 제가 본 최고의 공판 전문 변호사예요. 우리는 관선 변호사실을 함께 그만둔 사이죠. 우리가 거기 있을 때 그가 뭘로 유명했는지 아세요? 재판에서 한 번도 지지 않은 거랍니다. 그리고 이건 검사가 재판에서 한 번도 지지 않았다고 말하는 것과는 달라요. 왜냐하면 그들은 어떤 사건을 재판에 올리고 어떤 사건을 거래해야 하는지 선택할 수 있거든요. 많은 사설 변호사들은 열악한 소송의 경우, 유죄를 인정하고 선처를 구하거나 고객이 자신들이 말하는 대로 하지 않으면 사임해 버릴 거예요. 하지만 우리 같은 관선 변호사는 배정된 사건은 모두 맡아야 하고 그 사건들 대부분의 재판을 책임져야 했어요. 고객이 요구하면 우리는 사임할 수가 없기 때문이죠. 우리는 최악의 사건들, 승산이 제일 없는 사건들의 재판을 담당해야 했는데 딜런은 한 번도 진 적이 없었어요. 단 한 번도 말이에요."

애스터는 무릎에 팔꿈치를 괴고 몸을 앞으로 숙였다. "저는 이 소송을 이길 수 있습니다."

재커리는 리치를 쳐다보고, 그다음 애스터를 봤다. 그는 고개를 끄덕였다. "좋습니다… 좋아요."

35

애스터는 재커리에게서 변호사 선임 계약의 서명을 받은 후 빌리를 통해 인쇄했다. 그런 다음 그는 빌리에게 구치소 전자 파일에 메모를 기재하여 자신이 변호사가 되었으므로 다른 어떤 변호사도 그를 방문할 수 없다는 사실을 확실히 해두도록 했다.

사무실로 돌아와서 리치는 법원 소송 일정표를 꺼냈다. 그들은 재커리의 사건이 연방 법원으로 간다는 것을 알게 되었다. 연방 대배심은 한 달에 두 번 화요일 아침에 소집된다. 내일이었다.

연방 대배심은 미국 역사상 가장 전문적인 배심원단에 가까웠다. 변호사는 법정에 들어갈 수 없었다. 정부는 사건이 기소되어야 하는 증거를 제출하고 원한다면 증인을 부를 수 있었다. 검사 외에는 누구도 그 증인들에게 질문할 수 없었기에 이를 두고 뉴욕 항소 법원장을 지낸 솔 와클러는 대배심은 햄샌드위치라도 기소할 것이라고 했던 유명한 말이 있을 정도다.

애스터는 항상 변호사가 대배심 법정에 들어갈 수 없는 규정을 피해 보고 싶었다. 그런데 이 사건이 완벽한 기회를 제공했다.

리치는 FBI와 검찰을 괴롭힐 증거를 찾으며 그와 함께 몇 시간을 사무실에 머물러 있었다. 검찰과 경찰은 아직은 증거를 제출할 의무가 없었지만, 가끔 과거에 가까이 지냈던 접수처 직원이나 서기와 애기를 나누다 보면 경찰이나 FBI의 보고서를 입수할 수도 있었다.

그녀가 나가자 애스터는 문을 잠그고 다시 구치소로 향했다.

그가 도착했을 때는 저녁 시간이었지만 C블록의 수감자들은 식사를 자신들의 감방에서 해야 했다. 애스터를 호위해 가던 교도관이 변호인 접견실을 원하냐고 물었다. 그는 거절했다. 그가 파악한 바로는 신뢰가 아직 쌓여가는 중일 때는, 최소한 처음에는, 고객의 감방에 같이 앉아 있을 때 그들이 마음의 문을 여는 경우가 더 많았다.

그는 재커리의 감방 바닥에 놓인 식판을 내려다보았다. 축축한 샌드위치, 감자튀김, 그리고 당근이 있었다.

"저녁밥 먹는 데 방해해서 미안하군요."

그는 '저녁밥'이라고 말하고 나서는, '저녁 식사'라고 해야 한다고 메모를 했다. 그는 열두 살 때까지 웨스트버지니아에서 자랐는데 그 후 고질적으로 뿌리내린 사투리를 고치느라 인생의 나머지 시간을 보낸 것만 같은 느낌이 들곤 했다. 법정에서 그는 웨스트버지니아 사투리가 무심코 나오지 않도록 의식적으로 노력해야 했다.

"괜찮습니다." 재커리가 말했다. "어쨌거나 이런 음식은 먹을 수가 없으니까요. 저기, 보니까 당신은 그 상처를 가리려고 옷깃을 계속 세우고 있던데요. 실력 있는 성형외과 의사라면 그건 없앨 수 있습니다. 깊이가 엄청난 건 아니니까요. 그나저나 무슨 일로 그렇게 된 거죠?"

"그다지 착하지 않은 경찰을 만난 적이 있었답니다. 하지만 저는 당신 얘기를 하려고 여기 온 겁니다." 애스터는 그의 옆에 앉았다. 그는 연습장을 들고 주머니에서 볼펜을 꺼내며 말했다. "내일 대배심이 있습니다. 그게 뭔지 아십니까?"

"잘 모릅니다."

"열여섯 명에서 스물세 명 사이의 배심원들이 검찰이 제출한 증거를 보고 당신을 기소하기 충분한지 결정하는 겁니다. 배심원 교육을 받은 사람들은 18개월 동안 소집될 때마다 배심원을 하게 됩니다. 따라서 그들은 일을 빨리 처리하는 법을 알지요. 그리고 그들은 거의 대부분 혐의를 인정하고 기소하는 쪽을 택합니다. 하지만 항상 그런 건 아니랍니다."

"내가 무슨 말이든지 해야 하나요?"

애스터는 고개를 저었다. "아뇨, 당신은 거기 있을 필요도 없습니다. 그렇지만 당신이 거기 나가서 증언을 하기로 한다면 검사만 당신에게 질문할 수 있습니다. 그 법정에는 변호사가 들어가서 질문할 수가 없게 되어 있습니다. 하지만 저는 그걸 피해 갈 겁니다."

"어떻게요?"

"그건 제가 알아서 할게요. 어쨌건, 저한테는 이 사건에 대한 보고서가 없습니다. 하지만 『라스베이거스 선』지에 아주 자세한 기사가 하나 있었어요. 언론의 관심 때문에 그들이 이 사건까지 마수를 뻗친 걸로 생각됩니다. 연방 정부는 원한다고 해서 아무 살인 사건이나 골라갈 수가 없습니다. 연방 법원에 상정되는 살인 사건에는 필수 조건이 있어요. 연방 공무원이나 판사가 피해자라든가, 뭐 그와 비슷한 것들이죠. 사건을 연방 법원에 귀속시키는 방법은 아주 다양하지만, 그들이 여기서 밀고 나가는 건 성폭행 요소입니다. 캐시 파르의 체내에서 정액이 발견되었고 질과 허벅지에 멍이 들어 있었어요. 하지만 정액은 DNA 대조가 불가능할 정도로 상태가 좋지 않기 때문에 그들은 살인이 일어나는 동안 성폭행이 행해졌다고, 정액을 당신의 것으로 추정해 달라고 대배심에 요청하고 있는 것입니다."

"추정이라고요?"

애스터는 고개를 끄덕였다. "대배심은 추정만 해도 됩니다. 제 생각에 검찰이 하려는 건 언론을 통해 배심원 후보들을 오염시킬 수 있도록 사건을 서둘러 기소하는 것입니다. 그들은 기자회견을 열고 당신이 기소된 수많은 혐의들을 나열할 겁니다. 결국 당신의 배심원단에 오를 배심원들이 그걸 보게 되길 희망하는 것이고, 그렇게 해서 제가 일찌감치 당신의 형량 조절에 나서도록 압력을 넣는 거지요." 그는 볼펜을 찰칵찰칵 눌렀다. "자 그럼, 제가 질문을 하기 전에 우선 제 말을 귀담아들으시길 바랍니다. 당신이 이 일을 저질렀는지 내게 말하지 마세요. 당신이 유죄이건 무죄이건 법은 상관하지 않습니다. 그건 저도 마찬가지예요. 제 일은 검찰의 소송을 시험대에 올려서 당신이 받아야 할 헌법적 보호를 그들이 따르고 있는지 확인하는 것입니다. 제 일은 할 수 있다면 당신을 구하는 것이죠, 박사. 그러니까 당신이 그 일을 저질렀다면, 저는 알고 싶지 않습니다."

"만일 내가 했다고 하면, 당신이 나를 법정에 세워 내가 하지 않았다고 말하도록 할 수 없기 때문에요?" 재커리는 고개를 내저었다. "빌어먹을 사법제도로군요. 그래서 이런 일이 생기는 거죠. 무고한 사람들이 끌려가고 죄지은 사람들이 자유의 몸이 되는 일 말이오."

"검찰은 당신의 차고에서 붕대와 리신을 찾아냈고 당신에게는 탄탄한 알리바이가 없습니다. 그러니까 분노는 접어 두시는 게 좋습니다, 박사. 저는 사실에 충실하기를 원할 뿐입니다. 됐나요?"

"그래요, 좋소."

"그럼 첫 번째 질문은, 어떤 기적이 생겨서 그들이 만약 캐시 파르의 체내에서 발견된 정액을 다시 검사할 수 있다면, 그게 당신의 것과 일치할까요?

"절대 아니요."

"부적절한 관계를 맺고 있었던 게 아닌가요?"

"아뇨. 난 백만 년이 흘러도 앤지를 배신하지 않을 거요. 난 그녀를 사랑해요."

"아내와 여자친구 몰래 바람을 피우는 남자들 대부분은 그들을 사랑한답니다, 박사."

재커리는 완전히 몸을 돌려서 애스터의 눈을 응시했다. "당신한테 맹세코, 난 캐시 파르를 알지 못했습니다."

애스터는 고개를 끄덕였다. "당신 여자친구는 그녀를 알았나요?"

"아뇨. 아니, 난 그렇다고 생각하지 않소."

"그녀는 요가 스튜디오를 갖고 있지요? 캐시 파르가 어느 땐가 그녀의 제자였던 건 아닌지 그녀가 다시 확인해 봤나요?"

"모르겠소. 그랬다고는 생각하지 않습니다."

"당신은 캐시 파르가 누군지 모른다고 했습니다만 한 번이라도 만난 적이 없나요? 그녀와 어울렸냐는 얘기가 아니라 그녀가 있던 파티에 갔다든지, 아니면 당신 일하는 곳에 그녀가 온 적이 있다든지, 뭐 그런 건요?"

그는 고개를 흔들었다. "아뇨. 난 살면서 그 여자를 한 번도 본 적이 없습니다."

애스터는 몇 가지를 메모했다. "여자친구나 과거의 다른 어떤 사람에게 가정 폭력을 행사한 혐의를 받은 적은요?"

"아뇨, 한 번도."

"전혀 없어요? 경찰을 부른 적도?"

"그게, 음, 예전에 한 번 부른 적은 있었습니다. 대학 다닐 때 사귄 옛날 여자친구가 말이죠. 내가 술에 취해서 물건을 던졌어요. 하지만 그녀의 몸에 손을 대지는 않았습니다."

"봐요, 우리가 서로 솔직해야 한다고 제가 했던 말은 이런 걸 두고 한 겁니다. 자, 제가 경찰을 부른 건에 대해 추가 질문을 하지 않았다면 당신은 그 얘기를 하지 않았을 거잖아요. 그렇죠? 당신이 그걸 제게 숨긴다면 제가 그 얘기를 처음 듣게 되는 곳이 어딘지 알아요? 법정이에요. 그건 저를 무장 해제시키는 거예요. 전 그 일에 대해 제대로 설명을 못 할 것이고 그러면 당신만 다치게 된단 말입니다. 알아들어요?"

그는 천천히 고개를 끄덕였다. "네."

"그래요, 좋아요. 이제 알리바이로 넘어가죠. 캐시 파르가 납치됐던 4월 13일에 당신은 어디 있었습니까?"

"출장 중이었습니다. 의료용 접착제의 발전에 관한 세미나에 갔습니다."

"의료용 접착제요?"

"네. 우리가 지금 사용하는 접착제나 실보다 열 배 더 효과적인 신제품이 출시를 앞두고 있습니다. 급격한 과다 출혈이 일어난 전쟁터의 병사들이나 차 사고 피해자들에게 사용하면 놀라울 만한, 그런 제품이죠."

"뭐, 사람마다 관심사가 다르니까요, 그럼요. 그 접착제가 당신 집에 있나요?"

"아뇨, 그건 아직 출시되지도 않았습니다. 갖고 싶어도 구하지 못하는 거예요."

애스터는 뭔가를 적고는 말했다. "파르는 자정 무렵 납치됐고 다음 날 아침 9시에 집을 보여줄 준비를 하려고 그 집에 들른 부동산 중개인이 그녀의 사체를 발견했습니다. 그 시간 동안 당신은 정확히 어디 있었나요?"

"내가 묵었던 샌디에이고 에어비앤비에 있었을 겁니다. 아무 데도 나가지 않았어요. 학회에 갔다가 자러 갔고, 다음 날 비행기를 탔어요. 내게는 에어비앤비에 묵은 기록이 있습니다. 내 휴대폰을 갖고 오면 당신에게 보여줄 수 있습니다."

"그곳에서 당신과 말을 나눈 사람이 있다면, 제가 누구에게 전화하면 될까요?"

"음… 그게, 아무도 없습니다."

"학회 기간은 어떻게 되나요?"

"단 하루예요. 6시간 정도."

"학회에 온 다른 사람들은 얼마나 되나요?"

"모르겠어요. 백 명, 백오십 명쯤."

"당신은 하루 동안 백오십 명의 사람들과 학회에 있었는데, 거기서 당신을 본 누군가가, 제가 얘기해 볼 수 있는 누군가가 단 한 명도 없단 말인가요?"

"난 그 사람들의 이름을 몰랐어요." 그는 소리를 질렀다. "당신이 그 사람들 앞에 나를 보여주면 그들은 아마도 나를 기억하겠지만 그들 중 내가 아는 사람은 없단 말이오."

애스터는 고개를 끄덕이며 뭔가를 적었다. "학회 명칭과 연락처가 필요합니다. 저는 그곳에 있었던 사람들의 이름을 입수해서 당신 사진을 돌릴 거예요. 캐시 파르가 납치됐던 날 밤에 그곳에서 당신을 본 사람 한두 명만 찾을 수 있으면 그걸로 기소는 무너집니다."

재커리의 얼굴은 그 생각에 반짝 빛이 들어온 듯했다. "앤지가 그 모든 정보를 당신한테 줄 수 있어요."

"앤지 얘기가 나왔으니 말인데요. 그녀는 쇼핑몰이 문을 닫은 후 밖으로 나오다가 머리 뒤쪽을 가격당했고, 깨어 보니 크림슨 레이크 로드의 통나무집이었다고 말했습니다. 그게… 5월 13일이군요. 5월 13일 10시경에 당신은 어디 있었나요?"

"집에서 자고 있었소. 24시간 근무를 막 마치고 난 뒤였어요."

"그걸 확인해 줄 사람은요?"

"내가 집에 있었다는 것 말이오? 있을 것 같지 않군요. 없어요."

"크림슨 레이크 로드는 어떤가요? 그곳과 무슨 연관이 있나요?"

"아뇨. 아무것도 없습니다. 나는 이 모든 일이 있을 때까지 그게 장소라는 것도 몰랐어요."

애스터는 잠시 그를 쳐다봤다. "당신은 제 시선을 외면했어요. 저한테 말하지 않은 게 뭐죠?"

"아무것도 없소."

"박사, 이쪽 분야에서 제 주된 기술은 사람의 마음을 읽는 겁니다. 당신은 뭔가를 말하지 않고 있어요. 그게 뭐죠?"

"아무것도 없어요. 난 당신한테 솔직하게 대하고 있소. 내게 왜 이런 일이 일어났는지 모르겠어요."

애스터는 조금 더 많은 내용을 적었다.

"저기, 이 사건이 지금 어떤 것 같습니까?" 재커리가 물었다. "당신은 이길 수 있다고 했소. 확실한가요?"

"그들이 당신 집에서 발견한 것에 대한 정보가 저한테 전부 있는 게 아니어서 100% 확실하다고 말은 못 하겠지만, 재판에서 질 것 같았으면 이 일에 뛰어들지 않았습니다. 모든 기록을 입수하면 다시 와서 당신과 함께 그 자료들을 다 살펴볼 겁니다. 그러면 이 일이 어떻게 되어갈지 더 분명한 그림을 당신에게 그려줄 수 있습니다. 우선은, 당신이 서명을 하나 해 줘야 합니다." 애스터는 서류 가방에서 문서를 하나 꺼냈다.

"이게 뭡니까?"

"당신은 방금 제 의사에 반해서 저를 법정에 소환했습니다, 박사."

36

짐을 싸는 일은 반드시 해야 하는데도 야들리가 가장 하고 싶지 않은 일이었다. 타라는 나가고 없었고, 그녀는 인터넷을 너무 많이 해서 잠이 오지 않았다. 그러니까 지금이야말로 짐을 쌀 완벽한 시간인 셈이었다. 그녀는 억지로 운동복으로 갈아입고 음악을 틀어놓고 침실에서부터 일을 시작했다.

그녀는 원체 물건을 쟁여 두는 사람이 아니었기에 무엇이든 바로 사용하지 않는 것이 생기면 보통 1, 2주일 이내에 기부하곤 했다. 그래서인지 짐 싸기는 생각만큼 힘들지 않게 이루어졌다. 남겨 놓을 것을 제외하고 나니 침실은 한 시간 만에 정리가 끝났다.

슬슬 부엌 짐을 쌀 준비를 하면서, 그녀는 차고에서 상자를 몇 개 가져오려고 타라의 방 옆을 지나가다가 그 방 앞에 멈춰 섰다. 싸 놓은 게 아무것도 없었다. 그 방은 여느 때와 완전히 똑같은 모습이었다. 서글픔이 밀려왔다. 딸은 자신들이 실제로 이사 가지는 않을 것이라는 희망을 품고 있는 건 아닐까 하는 생각이 들었던 것이다. 정말 즐겁게 함께 시간을 보낼 수 있는 사람들, 다정하게 대해주는 사람들이 딸에게 생긴 지금에 와서 엄마는 그들로부터 딸을 떼어놓고 있는 셈이었다.

야들리는 타라의 침대에 앉아서 한숨을 쉬며 딸이 방에 걸어 놓은 그림들을 쳐다보았다. 타라가 직접 그린 그림들과 함께 알베르트 아인슈타인이 혀를 쑥 내밀고 있는 포스터, 그리고 몸 안에 나선형 은하계가 빙빙 돌아가고 있는 어떤 여인의 그림이었다.

그녀는 양손을 머리 뒤에 받치고 딸의 침대에 누워서 얼마 동안 천장을 바라보고 있었다. 그 나이 때 자신의 침대가 떠올랐다. 어머니의 아파트 바닥에 놓여 있던 매트리스 하나. 그 아파트의 공과금은 모두 야들리의 몫이었다. 타라가 지금 하는 모든 것 — 새 옷을 사러 가고, 파티에 참석하고, 수영장에서 한가롭게 며칠씩 노는 그런 것들 — 은 야들리가 하나도 할 수 없었던 것이었다. 열세 살 때부터 열여덟 살 때까지 그녀의 삶은 진이 빠지도록 힘겨운 일과 학교, 그리고 중간중간 새우잠을 자던 몇 시간이 전부였다. 그렇게 해서야 겨우 자신과 어머니를 먹여 살릴 수가 있었다. 죽음에 이르도록 서서히 술에 먹혀 가던 그 어머니를.

야들리는 깊은숨을 내쉬며 일어나 앉았다. 방을 나가려고 하는데 침대 옆 탁자의 서랍이 열려 있는 것이 눈에 띄었다. 그녀는 서랍을 밀어 닫으려 했다. 그런데 안쪽에 손으로 뭔가를 써 놓은 종이 한 장이 언뜻 보였다.

왠지 알지도 못하면서, 야들리는 흘러내리는 역겨움에 몸이 서늘했다. 마치 얼음같이 차디찬 바람이 막 방 안으로 불어오기라고 한 것 같았다.

그녀는 그 종이를 꺼냈다. 에디 칼이 딸에게 보낸 편지였다.

타라,
너의 면회를 손꼽아 기다리고 있다. 네가 오는 날이면 너로서는
상상도 안 될 황량함에 한 줄기 색이 감돈다. 확실한 죽음을 기다리

고 있다는 점은 별개로 치더라도, 내가 낸 항소가 나를 인간이라기보다는 하나의 건수로 취급하는 관료주의의 그물을 통과하는 동안 삶과 죽음이 불분명한 연옥에서 기다리고 있으니, 너도 상상할 수 있듯이, 나는 조금 우울해져 있었단다. 너는 사는 동안 장미꽃을 몇 번이나 더 보게 될까? 정해진 횟수가 있단다. 모든 것에 정해진 횟수는 있듯이. 너는 남자아이와 몇 번이나 키스하게 될까? 몇 번이나 일몰을 보게 될까, 몇 번이나 웃을까, 몇 번이나 숨을 쉬게 될까? … 너에겐 남겨진 횟수가 정해져 있단다. 그런데도 그 모든 게 영원하게 느껴지지, 그렇지 않니? 우리가 진 빚을 받으러 죽음이 언젠가 우리의 문을 두드리는 날이 오지 않을 것처럼 말이다.

'언젠가는 끝이 온다.' 생을 통틀어 제일 중요한 교훈인 이 말을 절대 잊지 말아라.

사랑을 담아,

너의 아버지가.

야들리는 토하고 싶어졌다. 그녀는 서랍을 구석구석 뒤졌다. 그랬더니 거의 2년 전까지 거슬러 올라가는 편지가 최소한 십여 장은 되었다. 타라가 알게 될까 봐 너무나 두려웠던 이 세상 단 한 명의 남자와 그 애는 2년 동안 연락하고 지냈던 것이다.

분노가 속에서 부글부글 끓어올랐다. 딸이 속인 것도 그렇지만 자신을 배반했다는 것이 더한 일이었다. 타라가 그들의 교신을 야들리에게 숨겼다는 사실은 그것이 그녀에게 어떻게 작용할지를 알고 있었다는 말인데, 그럼에도 불구하고 타라는 그렇게 했던 것이다.

그녀는 어떻게 해야 할지 머릿속이 복잡하여 족히 10분은 방 안을 왔다 갔다 했다. 얼마나 엄지손톱을 물어뜯었던지 손톱에서 피

크림슨 레이크 로드

가 났다. 그녀는 욕실로 가서 소독약을 바르고 그 위에 액체 반창고를 발랐다.

그런 다음 그녀는 타라의 방으로 다시 가서 방이 어질러져 보이지 않도록 할 수 있는 대로 모든 것을 제자리에 정돈했다. 정돈을 끝낸 후 그녀는 딸의 방에서 나왔다.

❧❧❧❧❧

타라는 밤 11시쯤에 앞문으로 들어왔다. 집 안으로 들어오면서 그녀는 엄마에게 미소를 보냈다.

"어라. 뭐 하시느라 아직 안 주무세요?" 그녀가 말했다.

"잠을 잘 수가 없었어. 너는 어디 있다 오는 거니?"

"스테이시 집에서 공부했어요."

"스테이시가 불편해하지 않아?"

타라는 신발을 벗고 백팩을 바닥에 툭 떨구었다. "걔가 왜 불편해요?"

"너는 그 애의 교수들이 들어본 적도 없었을 것 같은 주제들을 공부하고 있잖아. 네 옆에 있으면 그 애는 자신감을 잃을지도 몰라. 누군가가 자신감을 잃어버리는 걸 아무렇지도 않게 생각하면 안 돼. 그로 인해 그들은 보통 때는 하지 않을 일을 할 수도 있어."

두 사람은 서로의 눈을 마주 보았다. 타라의 서늘하게 파란 눈이 마치 멀리 있는 한 마리 쥐의 움직임을 분석하는 매라도 된 것처럼 그녀의 눈에 고정되어 있었다.

"정말로 하려는 말이 뭐예요?"

"그게 무슨 말이니?"

"저를 좀 믿어 줘요, 엄마. 우리 무슨 얘기를 하는 거죠? 그냥 털어놓고 말해 봐요."

야들리는 딸을 지켜봤다. 야들리가 가진 대단히 훌륭한 자질, 그녀가 검사로서 그렇게 성공할 수 있었던 자질 중 하나는 사람들의 마음을 읽는 능력이었다. 그들 자신도 정확히 알지 못했던 진정한 내적 동기를 정확하고 빠르게 추측하는 능력 말이다.

그녀가 살면서 정확히 읽을 수 없었던 사람은 딱 세 사람이었다. 그 중 하나가 타라였다. 나머지 두 사람은 그녀가 죽기를 바랐다. 그 일은 딸을 생각할 때 그녀가 생각하고 싶지 않은 그 무엇이었다.

"아무것도 아니란다, 우리 귀염둥이. 좀 피곤할 뿐이야."

타라는 고개를 끄덕였다. "알았어요. 그럼, 전 자러 잘게요. 안녕히 주무세요."

"잘 자라."

그녀는 타라가 자신의 침실로 가는 것을 지켜보았다. 소름 끼치도록 두려운 마음이 밀려들어 속이 울렁거렸다. 편지는 아무것도 아니었다. 칼은 딸에게 그를 위해 뭔가를 하도록 하고 있었다. 어떻게든 자기에게 이익이 되지 않는다면 그는 타라와 편지를 주고받지 않을 것이다. 이제 야들리는 그 일이 무엇인지를 밝혀내기 위해 딸을 미행해야만 할 것이었다.

37

네바다 지구 연방 지방법원은 으레 그렇고 그런 여느 법원들보다 훨씬 더 현대적인 외관의 건물이었다. 야들리는 항상 건국의 아버지들이 종사했던 숭고한 직종이 법이라고 믿어 왔다. 법원을 생각하면 그녀는 코린트식 기둥과 목제 난간, 창 없는 방에 놓인 삐걱거리는 낡은 의자들이 떠올랐다.

대배심 법정은 2층에 있었다. 연방 법원에서 정리로 일했던 법정 경위 한 사람이 문 바깥쪽에 서 있었다.

"오늘 기분이 어떠신가요, 야들리 씨?"

"좋아요, 피터. 물어봐 주니 고맙네요."

그는 그녀가 안으로 들어갈 때 그녀를 위해 문을 잡아 주었다. 대배심이 진행되는 동안에는 일반인은 아무도 좌석에 들어갈 수 없었지만, 이곳의 모든 사람이 그녀를 알고 있었기에 그녀가 방청석에 자리 잡는 것을 그들이 막을 것이라고 그녀는 생각하지 않았다. 그들 대부분은 그녀가 그만둔다는 것을 아직 알지 못할 것이었다.

그녀는 가능한 한 모든 사람에게서 제일 떨어진, 맨 뒤에 앉았다.

배심원석에는 열여덟 명이 앉아 있었다. 연방 대배심 절차에 필요한 최소 인원은 열여섯 명이었다.

연방의 중범죄 사건은 전부 대배심부터 시작되는데, 그것은 완전히 일방적인 절차였다. 증거법은 적용되지 않았고 검찰은 해당 사건에 관계된 것이라면 무엇이든 원하는 대로 제출할 수 있었다. 대부분의 대배심 절차에는 판사가 없지만, 세간의 이목이 쏠린 살인이나 테러 사건 같은 경우 가끔 순조로운 진행을 보장하기 위해 자리에 앉아 있기도 했다.

오늘은 맥레인이라는 나이 지긋한 남자 판사가 있었다. 그는 그녀에게 살짝 미소를 지으며 고개를 끄덕였다.

카일 잭스가 검사석에 앉아 있었다. 그의 뒤에는 두 명의 다른 검사가 순서를 기다리며 앉아 있었다. 잭스의 사탕이 맥레인 판사의 눈에 띄었다.

"잭스 씨, 제 법정에서 사탕 같은 건 먹지 않으면 고맙겠군요."

"그러죠." 잭스는 테이블 옆 휴지통에 사탕을 던져 넣으며 말했다.

"오늘 우리가 상정할 문제는 무엇인가요, 검사?"

"정부는 미합중국 대 마이클 제이콥 재커리 건을 상정하려 합니다."

"좋습니다. 재커리 씨를 여기 나오게 하지요. 데리고 나오십시오, 경위."

재커리는 상하가 하나로 붙은 흰색 옷을 입고 족쇄에 묶여 들어왔다. 법정 경위가 그를 피고인석에 앉게 했다. 그때 문이 열리더니 법정 경위가 안젤라 리버를 들어오게 했다. 그녀는 재커리와 눈인사를 나누었다. 그러느라고 그녀는 가던 길을 잠깐 멈췄다. 그녀의 눈에서는 금방이라도 눈물이 터질 것만 같았다. 그는 그녀가 측은한 듯한 표정이었고 그녀를 쳐다보지 못하겠다는 듯 눈을 아래로 떨구었다. 그러더니 그녀를 향해 고개를 들고 조용히 입으로 말했다. '난 하지 않았어.'

리버가 야들리를 본 것은 그때였다. 그녀는 법정 뒤쪽 그녀 옆으로 왔다. 두 사람 다 처음에는 아무 말도 하지 않았다. 마지막 만났던 때를 생각해 보면 야들리는 리버가 어떤 반응을 보일지 확실히 알 수가 없었다. 그러나 그녀는 화를 내는 대신 그녀 옆에 예사롭게 앉더니 손을 내밀었다. 야들리는 그 손을 잡고 꼭 쥐었다.

"잭스 씨, 첫 번째 증인."

"정부는 루카스 개릿 형사를 증언대로 부르겠습니다."

법정 경위가 개릿을 데려오기 위해 증인 대기실로 갔다. 개릿은 선서를 한 다음 증인석에 자리를 잡았다.

"형사, 이 사건에서 피고인, 마이클 재커리를 어떻게 만나게 됐는지 말씀해 주시죠"

개릿은 캐시 파르의 죽음에 대해 처음 알게 된 것에서부터 어떤 증거를 발견했고 FBI가 어떻게 개입하게 됐는지에 이르기까지 과정을 구체적으로 설명했다. 그는 사건의 개요와 증거를 간단명료하게 서술한 다음 잭스가 가장 중요한 질문을 할 여지를 남겨뒀다.

"그래서 범인이 누구라고 믿습니까, 형사?"

"피고인, 마이클 재커리입니다."

잭스는 사진 한 장을 개릿에게 보여주고 말했다. "이게 뭡니까, 형사?"

"모텔에서 재커리 씨와 캐시 파르가 함께 차에서 나오는 사진입니다. 우리는 그 사진을 연방 검찰청에서, 제시카 야들리 검사에게서 입수했습니다. 야들리 검사는 그 사진을 주드 챈스라는 기자에게서 입수했고요."

"챈스 씨는 어떻게 이 사진을 갖게 되었죠?"

"그는 익명의 정보원에게 돈을 내고 받았다고 진술했습니다."

"그렇다면 누군가 재커리 씨와 파르 씨 부인을 미행했던 겁니까?"

"네, 그럴 수 있습니다. 누군가 어떤 이유에서든 사설탐정을 고용해서 사진을 찍었을 수 있습니다. 하지만 모텔 주인이나 관리인이 찍었을 가능성 또한 있습니다. 추잡한 작은 모텔들은 왔다가 금방 나가는 커플들이 있으면 성관계를 하러 온 것으로 추정하고 사진을 찍는 경우가 가끔 있습니다. 그런 자들은 그 커플이 기혼이거나 창녀를 데리고 온 사람일 경우 양측에 협박을 시도하죠. 돈을 내지 않으면 그들의 회사로 사진을 보내겠다고 하겠죠. 모텔 주인이나 직원이 사진을 찍었는데 뉴스에 나온 파르 씨 부인을 보고 사진을 팔려고 챈스 씨에게 연락했을 수도 있습니다."

"그럼 그들이 부적절한 관계를 맺고 있었나요?"

"그렇습니다. 그게 우리가 할 수 있는 가장 그럴 법한 추측입니다."

잭스는 다음으로 재커리의 알리바이에 있는 허점을 파고들었다. 그 부분이 변호사가 극복해야 할 힘든 과제가 될 것이라는 점이 야들리에게는 분명했다. 대규모 학회장에서 그를 기억하는 사람이 아무도 없다는 것은 좀 설득력이 없었던 것이다.

캐시 파르의 납치 상황을 묘사하느라 30분을 보낸 뒤 잭스는 배심원단에게 눈길을 보냈다. 그런 다음 양손을 주머니에 꽂고 발언대 옆으로 한 걸음 나섰다. "피고인이 동거 중인 여자친구가 안젤라 리버죠. 맞습니까?"

"네."

"그녀에게 무슨 일이 있었는지 말씀해 주시죠."

"파르 씨 부인의 죽음이 있은 지 한 달 뒤인 5월 13일에 우리는 크림슨 레이크 로드 612번지에 수상한 움직임이 있다는 신고를 받았습니다. 파르 씨 부인의 사체가 발견된 현장에서 멀지 않은 곳이었죠. 이웃 주민 한 사람이 2년째 사람이 살지 않고 있던 어떤 집의 바깥에 차가 한 대 서 있는 것을 봤습니다. 어떤 사람의 형상이, 우리는 남자라고 추정합니다만, 차량의 트렁크에서 누군가를 끌어냈습니다. 그 이웃은 그런 다음 그들이 통나무집 안으로 들어갔다고 했습니다. 좀 더 큰 형상이 더 작은 형상의 팔을 난폭하게 끌고서 말이죠. 좀 있다가 그들 중 한 사람만이 걸어 나왔습니다. 그 이웃은 전에는 그 차를 본 적이 없었고 너무 어두웠기 때문에 그 형상을 식별할 수 없었습니다."

"그 사람이 차는 식별할 수 있었나요?"

"아뇨, 검정, 아니면 짙은 청색 승용차라는 것밖에는요. 크림슨 레이크 로드에는 가로등이 거의 없습니다."

"재커리 씨가 모는 차는 뭡니까?"

"짙은 청색 링컨 콘티넨털입니다."

"그럼 그 이웃이 119에 연락한 뒤 무슨 일이 일어났습니까?"

"우리에게 신고를 알리는 긴급 공문이 왔습니다. 보통은 순찰 담당 보안관보가 조사차 출동합니다. 그러나 FBI가 파르 씨 부인의 죽음에 관심을 두고 있었습니다. 케이슨 볼드윈 특별 요원은 그녀의 죽음이 이제 막 살인 주기에 들어간 연쇄 살인범의 소행이라고 믿었습니다."

"주기가 뭐죠, 형사?"

"주기는 살인자가 환상에 빠져들고, 그런 다음 실제로 살인을 하고, 이후 냉각기로 들어가고, 그다음 다른 피해자를 찾아서 다음 주기를 시작하는 기간입니다. 그래서 볼드윈 요원은 크림슨 레이크 로드에서 수상한 움직임이 있으면 어떤 것이든 그에게 직접 연락해 달라고 요청한 바 있었습니다."

"그래서 어떻게 됐습니까?"

"저와 제복을 입은 다른 보안관보 세 사람이 한 시간 뒤 그 장소에서 볼드윈 요원을 만났습니다. 우리는 리버 양이 파르 씨 부인과 정확히 똑같이, 짧은 검정 원피스를 입고 머리에는 피에 젖은 붕대가 감긴 채 테이블 위에 있는 것을 발견했습니다."

잭스는 두 범죄 현장의 사진과 피가 흩어진 사진들, 과학수사대가 만든 스케치와 두 현장에서 촬영한 영상이 담긴 DVD를 배심원단에게 건넸다. 그는 개릿에게 리버가 아직 살아 있다는 것을 그들이 발견한 후 어떤 일이 일어났는지, 그들이 어떻게 리신을 발견했는지, 국토 안보부가 그들에게 이후 어떤 설명을 했는지를 진술하도록 했다. 마지막으로, 잭스는 사프롱의 그림 사진을 꺼내 그것들을 배심원단에게 건넸다.

야들리는 개릿을 높이 사야 했다. 그 그림에 대한, 그리고 살인자가 그것을 어떻게 모방했는지 발견하게 된 경위에 대한 그의 증언은 간단명료했다. 그는 실제보다 더 유능하게 보이기 위해 배심원단이 이해하지 못할지도 모르는 법률 용어나 수사 용어를 구사하여 그들에게 영향력을 행사하려 하지 않았다. 그는 정보를 빠르게 전달했고, 그래서 배심원단은 지루해하지 않는 듯했다.

심리는 네 시간을 넘어가고 있었다. 배심원단의 집중력이 흐트러지고 있는 것이 누가 봐도 명백했을 때 잭스가 말했다. "감사합니다, 개릿 형사. 현재로서는 제 질문은 이게 다입니다."

재커리는 마치 그를 믿어 달라고 비는 듯, 호소하는 표정으로 리버 쪽으로 몸을 돌렸다. 결국 법정 경위가 말했다. "정면을 보시오."

"잭스 씨, 다음 증인." 판사가 말했다.

"클라크 카운티 검시관실의 매튜 캐리 박사를 부르겠습니다."

잭스는 캐리 박사를 통해 더 많은 서류와 사진, 두 범죄 현장의 영상, 그리고 섬뜩한 부검 사진을 소개했다. 대배심 절차에서는 경찰 책임자만 — 이 사건에서는 개릿 — 나오는 것이 관례였으므로 그는 볼드윈을 증인으로 부르는 대신 그가 쓴 진술서를 소개했고, 그런 다음 물러났다.

짧은 휴정 이후 맥레인이 말했다. "재커리 씨, 당신은 이제 증거나 증인을 제출하거나, 원한다면 스스로 증언할 기회가 있습니다. 자신에게 불리한 발언은 하지 않아도 되며, 꼭 증언해야 하는 것은 아니라는 점을 이해하시기 바랍니다. 그러나, 하는 쪽을 선택한다면 당신이 여기서 말하는 것은 무엇이든 차후의 재판 과정에서 당신에게 불리하게 이용될 수도 있습니다. 이 점 이해하십니까?"

"이해합니다. 네."

"이 점을 염두에 둘 때, 증언하기를 바라나요?"

"아닙니다, 존경하는 재판장님."

"제출하고 싶은 증거나 부르고 싶은 증인이 있습니까?"

"음, 네, 존경하는 재판장님. 증인 한 사람입니다. 딜런 애스터 씨."

잭스 뒤에 있던 검사들 중 한 명이 몸을 앞으로 기울여서 그의 귀에 대고 귓속말을 했다. 틀림없이 그에게 딜런 애스터가 변호사라는 말을 했을 것이었다. 잭스는 벌떡 일어섰다.

"존경하는 재판장님, 저희는 애스터 씨가 대배심 법정에 들어오는 것 자체에도 이의를 제기합니다. 제가 이해하는 한 그는 재커리 씨의 변호인입니다."

"재커리 씨, 그가 당신 변호인입니까?"

"네, 존경하는 재판장님. 그러나 그런 이유로 제가 그를 부른 것은 아닙니다. 저는 그를 인격 증인으로 소환했습니다."

야들리는 미소를 지었고 애스터가 이제 무슨 일을 해내려는 것인지를 즉시 알아차렸다.

'똑똑한 친구야.' 그녀는 생각했다.

잭스는 킬킬 웃었다. "판사님, 황당한 말입니다. 그는 재커리 씨의 인격에 대해 증언할 방도가 없습니다. 피고인이 체포된 지 이틀이 채 되지 않았습니다. 따라서 그들이 어릴 때 친구가 아닌 한 애스터 씨는 피고인의 인격에 관해 아무것도 아는 게 없습니다."

"피터, 애스터 씨가 여기 있나?"

법정 경위가 말했다. "네, 존경하는 재판장님. 그는 증인 대기실에 있습니다. 그리고 재커리 씨가 서명한 소환장을 가지고 있는 것 같습니다."

"좋습니다. 그럼, 그를 여기로 데리고 와서 일이 어찌 되는지 봅시다."

38

볼드윈은 클라크 카운티 보안관실에 대한 관할권이 없었다. 인기 있는 영화나 TV 드라마에서는 FBI가 찾아와서 사건을 접수하는 장면을 즐겨 보여주지만, 사실 사건은 해당 관할 구역의 소관이며 그 사건에 관여하고 싶은 외부의 경찰 기관은 관할권을 가진 기관과 협업을 해야 했다. 그렇지 않으면 독단으로 자체 수사를 수행해야만 하는데 그런 경우 단서가 쌓이는 동안 범죄자가 틈새로 빠져나가면 일을 날려 버리는 수가 많았다.

볼드윈이 들어왔을 때 크리스틴 리스는 라스베이거스 경찰청 실종자 전담반 내 자신의 칸막이 자리에 앉아 있었다. 그녀는 컴퓨터에서 고개를 들고 키득거렸다.

"브래드 피트가 우리 동네에 있는 줄은 몰랐네. 맡을 배역을 연구하는 중이야? 이왕 말이 나온 김에, 당신이 한 번도 보지 못했을 이 도시를 내가 개인 관광 시켜 줄게."

볼드윈은 그녀의 맞은편에 앉으며 빙그레 웃었다. 그는 그녀의 뒤에 걸린 명사수 상장들에 눈길을 주었다. 전에 왔을 때보다 몇 개가 더 늘어난 게 보였다.

"저건 해군 사격상이지?"

"그래. 여성 최초 수상. 소총과 권총 부문."

"장난 아닌데?"

그녀는 의자 뒤에 등을 기댔다. "해병대잖아, 이 친구야. 어떤 돈 많은 남자의 석유를 지키느라 저 사막에서 거의 죽을 뻔했는데 저 정도는 받을 만하지." 그녀는 잠시 무표정하게 그를 바라보았다. 그 뒤 서서히 그녀의 얼굴에 미소가 떠올랐다. 볼드윈은 사람들 대부분이 예의상 하는 말과는 달리 그녀가 정말 그를 보고 싶었다는 느낌을 받았다. "그건 됐고요, 오늘은 날씨도 화창한데 내 앞에 잘생긴 남자가 있군그래. 제가 뭘 해드릴까요, 볼드윈 요원?"

"내가 자체 조사하고 있는 사건이 하나 있는데, 당신이 담당 형사더라고."

"자체 조사?"

그는 고개를 끄덕였다. "우리 지부장 보좌는 나한테 사무 업무를 맡겨서 행동과학 부서와 폭력 범죄에서 손을 떼게 만들려고 해. 내가 하루 대부분의 시간을 이 사건 하나를 추적하느라 보내고 있었다는 걸 알면 그는 아마 까무러칠 거야."

"무슨 사건인데?"

"하모니 파르. 그 애는 '크림슨 레이크의 처형인' 사건에 연루돼 있어."

리스는 고개를 끄덕였다. "알고 있어. 나무 위 집에서 사라졌지. 그나저나 고맙네. 그 애의 휴대폰과 다른 것들을 그 뒤쪽에서 찾아내는 데 그렇게 시간이 오래 걸릴 줄 누가 알았겠어."

"그런 얘긴 안 해도 돼. 난 그냥 … 할 수 있는 모든 조치가 다 취해지고 있는 건지 알아야 해."

"그 말은 내가 그 사건을 망치고 있는지, 그리고 당신이 더 잘할 수 있는지 알고 싶다는 뜻인가?"

그들은 서로에게 미소를 보냈다.

"우리는 쓸데없는 소리나 하기에는 너무 오래 서로 잘 아는 사이잖아, 케이슨."

"난 당신을 전적으로 신뢰해. 내가 이렇게 말할 수 있는 사람은 아마 다섯 명 남짓일 거야. 그런데 이 사건은… 나를 불편하게 해. 어떻게 해야 이 느낌을 털어버릴 수 있을지 모르겠어. 당신이 셜록 홈스일 수도 있다는 생각이 들어. 그래서 이 의자에 앉아서 당신에게 이 사건이 어떻게 되어가고 있는지 계속 물어보려고."

"음," 그녀는 알겠다는 듯 말했다. "잘 안 풀리는 일이 있지. 청소년 범죄를 다뤄본 적이 없다가 갑자기 아동성애자 집단이나 인신매매 조직 사건을 떠안게 된 형사들에게서 그런 걸 자주 봐. 그들은 이 세상에 그런 악마가 실제로 존재한다는 것을 알아차리지 못하지."

"어떤 악마?"

"제일 순진무구한 사람을 찾아 재미로 갈기갈기 찢어 버리는 악마 말이야. 성경에 나오잖아, 케이슨. 소돔과 고모라. 전에 한 번도 아동 살인 사건을 다룬 적이 없지?"

"한 번 있었어. 그때도 별로 잘 되진 못했어."

그녀는 한숨을 쉬었다. "내 조언? 당신이 가진 걸 나한테 주고 이 사건에 대해서는 관심을 끄지. 당신은 이미 할 만큼 했어. 당신 덕분에 우리는 그 애가 언제 어디서 납치됐는지 알게 됐잖아. 시작은 좋아. 이 사건은 그냥 내가 처리할게."

볼드윈은 고개를 끄덕이며 그녀의 책상에서 먼지를 쓸어냈다.

"그렇지만 그러지 않을 거지?"

그는 고개를 저었다. "물론."

그녀는 미소를 지었다. "그럴 거라고 생각 안 했어. 좋아, 진행 상황을 내가 계속 보고할게. 지금은 개뿔도 아는 게 없어. 하지만 뭐라도 생기면 바로 알려줄게."

그는 그녀를 빤히 쳐다봤다.

"약속해."

그가 고개를 끄덕였다. "그래 주면 고맙지." 그는 깊은숨을 쉬며 칸막이 자리 주위를 둘러보고는 근처에 아무도 없다는 것을 확인했다. "꿈에 그 애가 보여. 몇 번, 그것도 아주 짧게 보였을 뿐인데 아침에도 그 모습이 사라지지 않을 정도로 생생해."

"뭐가 보이는데?"

"아무것도, 사실, 폭력적인 건 아무것도 없어. 그 애는 그냥 똑바로 누워 있어. 하늘을 바라보고 거의 얼어붙어 있는 것 같아. 눈이, 꼭 … 텅 빈 것 같아. 인형의 눈 말이야. 그러고는 사라져 가는 거야."

리스는 몸을 앞으로 숙여 책상에 팔꿈치를 댔다. "케이슨, 내 말 잘 들어. 아이들을 상대하는 건 어른들을 상대하는 것과는 달라. 당신한테 맞지 않는 일이니 그냥 손을 뗄 거라고 말해도 부끄러울 일은 아니야. 특히 당신이 어떤 돌대가리 지부장 보좌한테 해고당하기 직전이라면 더 그렇지."

그는 피식 웃었다. "그는 진짜 재수 없는 인간이기는 해. 자기는 투명 비닐을 좋아하는데 자기 휴지통에 검정 비닐을 씌워 놓았다고 어떤 청소 직원한테 고래고래 소리를 지르는 걸 내가 목격한 거 알아? 조곤조곤 설명하거나 훈계를 하는 게 아니라 얼굴이 완전히 벌게져서 소리를 지르는 바람에 사무실에 있는 사람은 죄다 들을 정도였어. 그다음에는 그가 다른 요원한테 자기는 사람들이 자기를 종잡을 수 없는 사람이라고 믿도록 일을 처리하는 걸 좋아한다고 말하는 걸 들었지."

"우아."

그는 고개를 끄덕였다. "내가 사무실에 마지막까지 남아 있거든. 그래서 매일 밤 그의 볼펜을 싹 다 가져와 버려. 그가 책상에 앉아서 막 사용했던 것이건 서랍 속에 넣어 둔 새 박스건 상관없이 다 가져오는 거야. 그는 미치려고 하지."

그녀는 킬킬 웃었다. "조심해, 잔 다르크. 너무 심하게 반항하지는 마."

그는 어깨를 으쓱했다. "인생이란 게 그런 사소한 일로 보상받는 거지 뭐."

한순간 그들은 만면에 웃음을 띠고 서로를 바라보았고, 볼드윈은 그녀가 진정으로 좋은 친구라는 것을 깨달았다. 그저 자기가 말할 차례를 기다리다가 그의 SNS에 대해 한마디씩 하곤 하는 그런 사람이 아니라, 그가 정말 필요로 할 때 그를 위해 있어 줄 그런 사람 말이다. 그리고 그는 자기 인생에서 그런 사람이 얼마나 적었던지 깨달았다.

그는 깊이 숨을 들이마시고는 자리에서 일어났다. "내 걱정해 줘서 고마워. 하지만 난 그 애를 찾아야 해, 크리스틴. 이 작자가 계획했을 것으로 생각되는 짓을 그 애에게 한다면… 내가 그걸 막을 수 없다면 난 이 배지를 다시는 달지 못할 것 같아."

그녀는 무거운 시선으로 그를 쳐다보더니 말했다. "당신을 돕기 위해 내가 할 수 있는 건 뭐든지 할게."

그녀는 일어나서 그를 끌어안았고, 그는 자리에서 나와 별다른 말 없이 그곳을 떠났다.

39

야들리는 애스터가 대배심 법정으로 들어오는 것을 지켜보았다. 그는 매끈한 회색 양복에 파란색 넥타이를 매고 있었다. 깨끗하게 면도를 한, 소년 같은 얼굴이었다.

"애스터 씨, 다시 보게 돼서 반갑군요."

"저도 그렇습니다, 존경하는 재판장님."

"자, 제가 아는바, 당신은 재커리 씨의 변호인입니다. 맞습니까?"

"네."

"그리고 또 그를 위해 증언을 하려고 시도하는 중이죠?"

"네, 판사님. 저는 변호사로서의 저의 역량 때문이 아니라 증인으로서 소환된 것입니다."

잭스는 고개를 내저었다. "그건 말도 안 됩니다. 연방 대배심 절차는 변호사를 허용하지 않습니다, 존경하는 재판장님. 법령과 판례법으로 확실하게 규정되어 있는 것입니다. 피고인은 보통의 경우 법정에 있지도 못합니다."

맥레인이 말했다. "잭스 씨, 내 법정에서는 어떤 것이 말이 되는지 안 되는지 내가 결정하는 게 어떻겠소?" 그는 애스터 쪽으로 다시 몸을 돌렸다. "당신은 무엇에 대해 증언할 생각이죠?"

"정확히는 모릅니다. 재커리 박사가 제가 그를 알게 된 기간 동안 그의 인격에 대해 말해주기를 원한다고 믿고 있습니다."

"그게 얼마 동안이죠?"

"어제부터입니다."

잭스는 조롱하듯 키득거렸다.

"그렇지만," 애스터가 말했다. "저희 어머니는 항상 제가 금방 친구를 사귄다고 말씀하셨답니다."

배심원단에서 웃음소리가 새어 나왔다.

"존경하는 재판장님, 이런 문제는 아예 다루지도 않았어야 합니다." 잭스가 말했다.

"판사님, 이 얘기를 하면서 저는 어떤 식으로든 변호사로서 변호를 하는 것이 아닙니다. 저는 단지 재커리 박사가 그 자신을 위해서 증언하기를 원하는 사람은 누구나 소환할 권리가 있다는 사실을 지적할 뿐입니다. 저는 그 소환을 받아들였고 증언하기 위해 여기 있는 것입니다. 잭스 씨가 대배심에서 피고 측 증인이 증언하지 못하도록 막는 법령을 적시하지 못하는 한, 저는 뭐가 문제인지 모르겠습니다."

맥레인은 법정 경위가 그에게 건넨 서류를 검토했다. "잭스 씨, 이것은 적법한 소환장인 것 같습니다. 대리인이기 때문에 생기는 이해충돌 때문에 적법한 피고 측 증인이 대배심 절차에서 증언하지 못한다는 특정 법령이 있습니까?"

"당장 떠오르는 것은 없습니다, 존경하는 재판장님. 하지만 그 정신은 이 절차에 변호사가 나올 수 없도록 하는 것임이 분명합니다."

"글쎄요, 나는 정신을 심판하려고 여기 있는 것이 아니라 법을 판단하려고 있습니다, 잭스 씨. 그러므로 당신이 이 증인의 증언을 막을 수 있다는 특정 법령, 행정 규칙, 아니면 판례법을 내게 꼭 집어줄 수 없다면, 나는 증언을 허락하겠습니다."

잭스는 뒤돌아서 다른 두 명의 검사들과 소곤소곤 말하기 시작했다. 애스터는 판사 앞에 가만히 서 있었다. 그는 야들리를 발견하고는 윙크를 해서 그녀를 웃음 짓게 했다.

"그가 법적인 주장을 하지 않고 인격 증언에만 국한한다면 괜찮을 것 같습니다." 이렇게 말하는 잭스의 목소리에는 화가 묻어나고 있었다.

"좋습니다. 그럼, 애스터 씨, 증언대로 와서 선서하십시오."

애스터는 증인석에 앉아서 선서하자마자 종이컵에 물을 부어서 한 모금 마셨다. 그는 배심원단을 보고 미소를 지었다. 양 볼에 보조개가 생겼다. 몇몇 배심원은 미소로 화답했다.

대배심 절차에서 피고인은 어떤 증인에게도 질문할 수 없게 되어 있었다. 따라서 잭스는 재커리의 변호사에게 재커리를 대신하여 그의 인격에 관해 질문해야 하는 곤란한 입장에 놓이게 되었다. 잭스는 당황한 기색이었고 점점 화를 내고 있었다.

"애스터 씨, 피고인의 인격에 관해 무슨 말을 하고 싶었습니까?"

"음… 모르겠네요. 말씀드린 것처럼 저는 그를 별로 오래 알지 못했습니다. 솔직히 말하면 저는 이곳에 불려 온 것조차 놀라웠습니다. 1111조에서 시작되는 미국 연방 법전 제18편을 보시면 연방 범죄가 될 수 있는 살인이 전부 열거되어 있습니다. 캐시 파르가 살해된 것은 거기에 해당하지 않습니다. 따라서 저는 솔직히 이 건이 연방 법원에 있다는 것에 좀 놀랐습니다. 관할권이 없는—"

"이의 있습니다!" 잭스가 소리쳤다. "그는 법적인 주장을 하고 있습니다, 존경하는 재판장님."

"이봐요, 당신이 질문을 했습니다. 저는 그냥 거기에 답하는 겁니다."

"애스터 씨," 맥레인이 말했다. "이 사건과 연관된 인격 증언에만 충실하세요."

"물론입니다, 존경하는 재판장님. 미국 연방 법전 제18편 1111조를 언급한 것에 대해 사과드립니다."

야들리는 미소 짓지 않을 수가 없었다.

잭스는 한 손을 검사석 테이블에 얹고 자신에게 수줍은 듯 살짝 웃음을 띠고 있는 애스터를 응시했다. 그 웃음은 잭스의 화를 더 돋울 뿐이었다.

"더 덧붙여서 말할 관련된 내용이 실제로 있기나 한 겁니까?"

"그는 훌륭한 친구 같고 저는 그를 믿습니다. 저는 그가 그 여자를 살해했다고 생각하지 않습니다."

"그게 답니까?"

"당신이 신은 카우보이 부츠도 멋있네요."

잭스는 역겨움이 가득한 표정으로 그를 노려보았다.

애스터가 말했다. "이제 물러가도 되겠습니까, 존경하는 재판장님?"

"그러세요."

애스터는 법정에서 나갔다.

그러자 맥레인이 말했다. "재커리 씨, 출석을 희망하는 다른 증인이 있습니까?"

"아니요, 존경하는 재판장님."

"잭스 씨, 이 건을 대배심 평의에 넘기기 전에 하실 말씀이 더 있습니까?"

"없습니다, 판사님."

"좋습니다, 그럼 평의 시간 동안 휴정합니다."

리버는 야들리 가까이 몸을 기울이며 말했다. "무슨 말이에요?"

"증거가 다 제출되고 나면 대배심원들이 함께 모여서 기소 여부를 결정하는 거예요."

"그가 무고하다고 하는 건 하나도 보지 못했어요. 그들은 그를 기소하겠죠, 아닌가요?"

"아닐 것 같아요. 금방 돌아올게요."

그녀는 일어나서 복도로 나갔다. 애스터는 벽에 기대서서 피터와 잡담을 나누고 있었다. 야들리는 그에게 가서 그의 팔을 잡고 그를 복도로 데리고 나갔다.

"내가 본 것 중 최고였어요." 그녀가 말했다. "물론, 당신이 나를 상대로 시도했다면 난 당신 입에서 한마디도 나오지 않게 했을 거예요. 그런 다음 당신에 대한 제재를 요청했을 거고요."

그는 어깨를 으쓱했다. "당신이 검사라고 했다면 난 아마 시도도 안 했을지 몰라요."

그들은 맞은편 건물과 그 사이로 차들이 바쁘게 다니는 도로가 내다보이는 창문 옆에 멈춰 섰다.

"당신은 이 사건에 대해 얼마나 알고 있어요?" 야들리가 물었다.

"『선』지를 읽은 게 다예요. 당신네 검찰에서 뭐라도 넘겨줄 사람을 찾을 수가 없었거든요."

"난 이제 검사가 아니에요. 어제 관뒀어요. 음, 퇴직한 거죠."

"장난 아니에요? 난 들은 바가 없는데요. 이런 젠장, 제시카, 당신이 그리울 거예요. 당신은 내가 검찰에서 얘기를 나눌 합리적인 누군가가 필요할 때 언제나 찾던 사람이에요."

"당신은 잘 해낼 거예요."

법정 문이 열리더니 법정 경위가 나왔다. 그는 두 사람을 보았고 애스터가 말했다. "벌써 기소가 됐어요?"

"아뇨, 아직 결정이 안 났습니다. 그렇기는 하지만, 그들이 판사님께 뭔가를 요청했습니다."

"뭘요?"

"1111조에서 시작하는 미국 연방 법전 제18편 사본을 볼 수 있냐고요."

40

야들리는 탄산음료 자판기로 가서 다이어트 콜라 두 개를 뽑아서 법정으로 갖고 들어갔다. 리버는 같은 자리에 앉아 있었다. 그녀는 화나거나 혼란스러워 보이지는 않았고… 좀 피곤해 보였다. 피곤해서 더는 아무것도 생각하고 싶지 않은 것처럼.

야들리는 그녀에게 캔 음료를 건네고 옆자리에 앉았다. 그녀는 법정의 다른 쪽에 있던 법정 경위에게 들리지 않도록, 그래서 그가 음료를 바깥으로 들고 나가 달라고 요구하지 않도록 조용히 캔을 땄다. 야들리는 한 모금 마셨지만 리버는 캔을 양손 안에서 돌리기만 했다.

"얼마나 오래 걸릴까요?"

"그렇게 오래 걸리지 않아요." 야들리가 말했다. "대배심은 유죄냐 무죄냐를 결정하는 게 아니거든요. 그래서 기본은 언제나 기소하는 쪽이에요. 지금쯤이면 결론에 달했을 거예요."

"기소되고 나면 재커리는 어떻게 되죠?"

"그는 기소 인정 여부 심리를 받게 될 것이고, 그때는 그의 변호사가 이 사건의 증거를 모을 거예요. 당신은 그를 만날 수 있고 질문을 하고 답변을 들을 수 있어요. 그런데 당신도 피해자 중 한 사람이기 때문에 조금 확실하지 않은 면이 있네요. 이 과정에서 당신은 변호사를 써야 할지도 몰라요."

"내가 그에 대해 증언해야 하나요?"

"네. 당신들은 결혼한 사이가 아니기 때문에 배우자 특권이 없어요. 증언이 당신에게 극히 고통스러운 과정이 되리라는 걸 보여줄 수 있다면 안 할 수도 있어요. 하지만 솔직히 말해, 피해갈 수 있다고 해도 그러겠어요?"

리버는 눈을 들어 재커리가 법정으로 인도되어 피고인석에 다시 앉는 것을 지켜보았다.

"내가 어떻게 그걸 할 수가 있겠어요, 제스? 내가 어떻게 거기 일어서서 언젠가 결혼할 거로 생각했던 남자에 대해 반대 증언을 할 수 있겠어요?"

야들리는 그녀의 손을 잡았다. "나도 에디의 재판에서 그에 대해 반대 증언을 해야 할지 몰랐어요. 당신보다는 준비할 시간이 더 많았지만, 그 일로 인해 오랫동안 황폐해졌어요."

"당신은 어떻게 했어요?"

"나는 어린 딸을 생각했어요. 그 아이에게 어떤 걸 보여주고 싶은지 선택해야 했죠. 아버지가 괴물이라고 해도 내가 그에게 신의를 지키는 걸 보여주고 싶은가, 그래서 가족을 배신하지 않고 싶은가? 아니면 그 아이에게 정의는 누구에게나 적용된다는 것을 보여주고 싶은가? 나는 증언하는 쪽을 택했어요. 그건 내가 살면서 겪은 제일 고통스러운 일 중 하나였어요. 하지만 그렇게 하지 않았다면 지금 후회했을 것이라는 걸 난 알아요."

리버는 고개를 흔들었다. 눈에서 눈물이 반짝였다. 그녀는 눈을 감고 깊은숨을 들이마셨다. "이런 일이 일어났다는 게 믿기지 않아요. 난 계속 잠에서 깨어날 거라고 생각해요. 그런데 아닌 거예요."

"앤지—"

"전원 기립하십시오." 법정 경위 중 한 명이 말했다. "네바다 지구 연방 지방법원이 속개됩니다."

맥레인이 자리에 앉았다. 잭스는 두 명의 다른 검사들과 함께 이미 착석해 있었다. 그러나 애스터는 방에 들어오지 못했다. 재커리는 공포에 질린 표정이었다. 테이블 밑에 있는 그의 손이 떨리는 것이 그녀의 눈에 들어왔다.

"대배심이 평결을 내린 것으로 압니다만?"

배심원 대표가 일어나서 말했다. "그렇습니다, 존경하는 재판장님."

"그래서 어떤 의견입니까?"

"조항 1에서 14에 대해 우리는 기소를 인정하지 않습니다. 조항 15에서 22에 대해 우리는 기소를 인정합니다. 조항 23에서 24에 대해 우리는 기소를 인정하지 않습니다."

야들리는 방청석에 자신과 리버 말고 다른 사람들이 있었다면 충격 속에 수군거리는 소리가 들렸을 것임을 의심치 않았다. 조항 1에서 14는 살인, 살인 미수, 납치, 그리고 연관 혐의였다. 배심원단은 제일 심각한 혐의에 대해 재커리를 기소하지 않았고 대신 몇 안 되는 덜한 혐의로 그를 기소했다.

잭스가 일어나서 말했다. "존경하는 재판장님, 이것은 애스터 씨가 이 절차에서 저지른 조작의 직접적 결과입니다. 저는 다른 배심원단을 소집하고 애스터 씨를 증언에서 배제해 주시라고 요청하겠습니다."

"검사, 내가 당신에게 애스터 씨의 증언을 금할 수 있는 법령이나 행정 규칙, 판례법이 있는지 물었을 때 당신은 당장 떠오르는 것은 없다고 했습니다. 그리고 평의 시간 동안 당신에게는 찾아볼 수 있는 시간이 있었지만 그러지 않은 것 같군요."

"저희가 이제 찾을 수는 있습니다만 그것이 문제가 아닙니다, 존경하는 재판장님. 그가 이 배심원단을 오염시켰기 때문입니다. 저는 배심원단에게 왜 그 조항들에 대해 기소를 인정하지 않았는지 그 이유를 묻고 싶습니다."

"배심원 평의가 우리가 없는 곳에서 열리는 데는 이유가 있습니다, 잭스 씨. 그리고 변호인의 비밀 유지 특권에 이어 평의 과정의 비밀 엄수는 우리 사법제도의 대표적 특징입니다. 나는 이 배심원들에게 그들이 인정한 결과의 동기를 묻는 것은 허락하지 않겠습니다. 자, 법정 경위, 배심원 대표에게 기소장에 서명하게 하여 서기에게 주겠습니까? 이상입니다." 그는 재커리 쪽을 보았다. "재커리 씨, 7월 2일 하디 판사의 구속 적부심 때 다시 오겠습니까? 나는 지금은 보석을 불허합니다만, 애스터 씨를 법원에 등재된 당신의 변호사로 기록할 것이고 그가 그것을 하디 판사에게 보낼 것입니다."

"감사합니다."

"좋습니다. 다음 건으로 넘어가죠."

잭스는 복도에서 통화 중이었다. 보나 마나 리우일 것이다. 언론은, 특히 법원마다 한 부대씩 연락원을 거느리고 있는 주드 챈스는 배심원단이 살인과 납치 혐의 기소를 거부했다는 것을 금방 알게 될 것이고, 그러면 그것은 한 시간 안에 모든 지역 뉴스에 나오게 될 것이다.

잭스는 전화를 끊고 그녀에게 말했다. "우리는 항소해야 한다고 생각해요."

"무슨 항소?"

"그건 개소리였어요."

"대배심이 어떤 혐의를 기소하지 않은 것에 대해 항소할 수는 없어요, 카일. 이런 일이 일어날 거라고 내가 경고했잖아요."

"그럼, 우리는 그냥 이걸 각하하고, 그런 다음 그를 재기소할 거예요."

"새로운 증거가 없는 한 그렇게 할 수 없어요. 거기서 중범죄 몇 개를 취해서 수감을 요구해볼 수는 있어요. 지금은 그렇게 유지해서 나가요."

"그래서 뭐 어쩌라고요?" 그가 으르렁거리듯 말했다. "저 개자식이 살인 혐의를 벗도록 내버려 두라고요?"

"나한테 소리 높이지 말아요."

그는 고개를 내저으며 투덜거렸다. "그런 개소리를."

야들리는 그에게 한 걸음 가까이 다가서서 그가 그녀의 눈을 똑바로 보게 만들었다. "그건 개소리가 아냐. 저 배심원단은 자기 할 일을 한 거야. 이건 당신과 리우 부장의 불찰이지 그들의 잘못이 아니라고. 그와는 별개로, 나는 아직도 연방 관할권에 대해 확신하지 못하고 있어. 애스터는 판사 앞에 서는 순간 그 정도 근거로는 이런 혐의조차 다 박살 내 버릴 거야."

애스터가 복도 모퉁이에서 나타났고 잭스는 그를 보았다.

"당신이 한 짓은 비열한 수작이야. 내가 그 일을 잊을 거로 생각하지 마. 이 사건이 종결되면 당신을 변호사 협회에 신고할 거야. 그리고 우리 검찰청 모두에게 내가 이 얘기를 하리라는 걸 명심하는 게 좋을 거야. 우리하고 앞으로 좋은 일이 있을지 어디 두고 봐."

애스터는 그저 빙긋 웃으며 말했다. "신경 안정제나 드시지, 꼬마 빌리. 이렇게 스트레스받으면 좋을 게 없지." 그는 야들리를 보았다. "같이 나가죠."

그들이 잭스에게서 멀어져서 엘리베이터까지 오자 야들리가 말했다. "당신은 이 사건을 카운티가 맡을 걸 알잖아요. 그렇죠?"

그는 어깨를 으쓱했다. "그러려고 계획하고 있었던 거죠. 그래도 카운티는 연방이 아니니까요. 그들과는 해볼 수 있는 부분이 있죠."

"당신은 뭘 찾고 있는 건데요?"

"그건 이 사건이 얼마나 확고하냐에 따라 다르죠. 하지만 『라스베이거스 선』에서 말한 것처럼 탄탄하다면, 나는 그에게 우발적 살인을 받아들이라고 할 거예요."

"검찰이 우발적 살인을 적용해줄 가능성은 없어요."

"그거야 모르는 거죠."

재커리가 우발적 살인을 받아들인다고 생각하자 그녀는 신경이 곤두섰다. 어쩌면 5년 만에 나올 수도 있을 것이다. 그가 석방되면 앤지에게 무슨 일이 생길까? 그는 시작한 일을 끝내려 할까?

바깥에 나오자 애스터는 선글라스를 쓰며 말했다. "점심 먹을래요?"

"오늘은 안 되네요. 다음에 괜찮죠?"

"그럼요. 그리고 점심 먹자고 한 건 빈말 아닙니다. 당신이 반대쪽으로 넘어올 생각이라니까 릴리와 내 사무실로 온다면 대환영이에요."

"생각해 볼게요."

그녀는 그가 길을 건너는 것을 지켜봤다. 일이 이렇게 된 것을 생각하자 짜증이 밀려왔다. 그녀는 리우와 잭스에게 일이 정확히 어떻게 될 것인지 말했었다. 그런데 그들은 그 말을 건성으로 들었던 것이다. 재커리가 좀 능력 없는 변호사를 만났더라면 그는 기소되었을 것이다. 하지만 애스터는 그들의 허를 찔렀다. 그가 카운티 검사들 역시 압도할 가능성이 컸다. 이렇게 수많은 언론의 관심을 받는 대형 사건에서 승소하는 것은 애스터의 인생이 바뀌게 될 것을 의미했다. 그는 이제 다시는 고객을 찾아 헤매지 않아도 될 것이었다. 따라서 그는 자신이 가진 마지막 땀 한 방울까지 이 소송에 다 쏟아부을 것이고 임의로 지명된 검사는 그런 열정의 반의반도 없을 것이었다. 때때로 소송은 어느 쪽이 더 간절히 승리를 원하느냐의 문제일 뿐이기도 했다.

볼드윈이 전화했을 때 야들리는 집에서 소파에 앉아 TV를 보고 있었다.

"그게 사실이야?" 그가 말했다.

"그래."

"그래서 이제 어떻게 할 거래?"

"주 검찰청이나 카운티 지방 검사장이 그를 기소하겠지. 이 사건은 무시하기엔 너무 큰 건이니까. 이건 이미 연방 검찰에게는 악몽이 된 홍보야. 그렇지만 연방 정부가 하지 못했던 유죄를 받아낼 수 있다면 그들은 이 사건을 분명 호재로 보겠지."

그는 숨을 내쉬었다. "어떻게 이런 일이 일어났지?"

"그들은 엉성했고 재커리의 변호사는 그렇지 않았어."

다른 전화가 걸려 왔다는 신호음이 울렸다. 그녀가 알지 못하는 발신 번호였다.

"잠깐만," 그녀는 그 전화를 받았다. "제시카입니다."

"제시카, 브리 존슨이에요."

야들리는 그 이름을 기억해 내느라 잠시 있었다. 그러나 곧 몇 번의 사건에서 협업했던 클라크 카운티 검사의 이름이라는 것이 기억났다.

"로이 리우 부장에게서 당신 번호를 받았는데 괜찮았으면 좋겠네요. 그는 당신이 개의치 않을 거라고 했어요."

"그럼요. 어쩐 일이세요?"

"저기, '크림슨 레이크의 처형인' 사건이 지금 어떻게 됐는지 당신은 분명 알 거라고 생각해요."

"네, 알아요."

"음, 네이선이 화가 났어요. 내 짐작으로는 검찰 총장이 리우에게 전화해서 고함을 질렀나 봐요. 리우는 네바다주 검찰청장에게 전화해서 또 그랬고, 그는 또 카운티 검찰에 전화해서 네이선에게 고함을 지르고… 모르겠어요. 온종일 소리를 지르고 삿대질이 오갔어요. 기소 실패가 온갖 뉴스 채널을 도배한 것 같더군요."

"어땠을지 그림이 그려지네요."

"아무튼, 검찰은 이 연방 소송을 통째로 각하하고 여기서 우리가 공소장을 쓰도록 할 것 같아요. 당신네는 정말 운이 나쁜 사건을 맡은 거예요. 그건 그렇고, 네이선과 내가 당신 집에 지금 잠깐 들러도 될까 망설이고 있거든요? 시간은 별로 오래 걸리지 않을 거예요."

"무슨 일로요?"

"직접 만나 얘기하는 게 제일 좋죠."

그녀는 야들리에게 사무실로 와 달라고 부탁할 수도 있었지만 그렇게 하지 않고 그녀의 집에 와도 되냐고 물었다. 편안한 장소. 야들리가 기꺼이 호의를 베풀기 좋은 어떤 곳 말이다.

야들리는 그녀에게 주소를 주고 조금 이따 보자고 했다.

전화를 끊고 그녀는 TV를 끄고 소파에 누워 천장을 응시했다. 그녀가 마지막으로 확인했을 때 기온은 41.7도였다. 한 줄기 땀이 흘러내려 목을 간지럽혔다.

그녀가 요가 바지와 탱크톱을 입고 과일 스무디를 만들어서 주방에서 천천히 한 모금씩 마시고 있을 때 문에서 노크 소리가 났다. 그녀가 나가자 브리 존슨과 클라크 카운티 지방 검사장인 네이선 살스가 거기 서 있었다. 야들리는 그들을 안으로 들어와 소파에 앉게 했다. 그녀는 2인용 의자에 걸터앉았다.

살스는 불과 몇 년 전에 지방 검사장 자리에 올랐다. 재선에 나섰던 당시의 지방 검사장이 선거 자금법 위반 혐의로 기소되었을 때였다.

살스는 당적 없는 무소속으로서 말하는 데 꾸밈이 없고 집 뒤뜰에는 가축을 길렀기에, 야들리는 그가 양복을 입고 TV에 나와 정의를 논하기보다는 농장에서 일해야 할 사람 같은 인상을 항상 받았었다.

"집이 멋진데요."

"고마워요. 하지만, 곧 이사한답니다. 산타 보니타로요."

"리우가 말해줬어요. 솔직히 저는 당신이 퇴직한다고 해서 놀랐어요. 당신은 항상 검찰에 뼈를 묻을 사람이라는 강한 느낌을 줬거든요."

"새로운 어떤 일이 필요한 것 같아요."

브리는 고개를 끄덕이고 집 안의 장식을 둘러보았다. 그림은 하나도 걸려 있지 않았지만, 동양적인 포스터 몇 점과 장식용 향로가 있었다. "우리가 왜 여기 왔는지 아마 짐작할 거예요."

"짚이는 건 있어요."

살스가 말했다. "제시카, 요점을 바로 말할게요. 시간 낭비하고 싶지 않으니까요. 난 당신이 이 사건의 특별 검사로 우리 사무실에 온다면 최상일 것이라고 생각해요."

야들리는 그 요청을 내심 바라고 있었다. 그들에게 그것은 서로 좋은 일이었다. 그녀가 그 소송에서 이긴다면, 지방 검찰이 공을 차지하게 될 것이다. 그녀가 진다면, 연방 검찰이 공판을 망친 것이지 자신들의 잘못은 아니라고 말할 것이다.

"내가 왜 그 일을 하고 싶을 거로 생각하는 거죠, 네이선?"

"당신이 이 사건에 신경을 쓰고 있다고 생각하기 때문이죠. 그리고 리우가 당신에게 기소를 맡기지 않았다고 생각하는데, 아닌가요?"

"왜 그렇게 생각해요?"

그는 몸을 숙여 무릎에 팔꿈치를 꽸다. "난 리우를 오랫동안 알고 지냈어요. 그의 사고방식을 알죠."

"내가 이 사건에 신경을 쓴 거든 아니든, 그게 내가 기소를 맡고 싶은 이유는 아니에요. 브리가 훌륭하게 일을 해낼 거고요."

"그럴 거라는 건 압니다만 난 특히 이 사건만은 당신이 훨씬 잘할 거라고 생각합니다."

야들리는 양손을 무릎 위에 포갰다. "이건 정말 무슨 일일까요? 우리는 매번 전화로 대화해 왔어요. 그런데 갑자기 당신이 바로 우리 집으로 오다니요? 왜 이렇게 열심히 이 일에 매진하는 거죠?"

그는 어깨를 으쓱했다. "나는 단지 그 훌륭한 의사가 유죄 판결을 받기를 바라는 겁니다. 그리고 그렇게 하는 데 당신이 제일 적임자라고 생각하고요."

"그리고 물론, 내가 패소하면 당신은 뉴스에 나와서 나는 연방 검사이지 주 검사가 아닌데 이 사건에 덤벼들어 일을 망쳐 놨다고 할 테죠?"

그는 소리 내어 숨을 내쉬고는 소파 깊숙이 등을 기댄 채 넥타이를 배 위에 똑바로 폈다. "우리는 리우, 그리고 검찰 총장과 얘기를 나눴소. 그는 연방 검찰청에서 이 사건에 간단히라도 관여하기를 원합니다. 그래서 그들이 허투루 시간을 보낸 것처럼 보이지 않도록 말입니다. 설령 막 퇴임했다 해도 연방 검사가 기소 과정에서 일정한 역할을 해서 유죄를 얻게 되면 그들은 할 일을 다했다고, 자신들은 범죄자를 항상 잡아넣는다고, 아니면 뭐라도 떠벌리고 싶은 대로 말할 수 있겠죠."

"그러면 당신은 뭘 얻게 되죠?"

그는 목청을 가다듬었다. "이건 대중적 관심이 매우 높은 사건이고, 많은 상류층 사람들이 사태의 전개 때문에 불편해하고 있습니다. 유죄가 선고되면 다음 선거 때 나는 확실한 지지를 담보하게 되는 거죠."

그녀는 피식 웃었다. "검찰청장이 당신에게 이 소송에서 이기면 당신을 지지하겠다고 말했군요, 네? 나는 그 이상을 당신한테 줘야 할 거라고 생각했는데요. 아마도 그는 어쨌거나 당신을 지지할 테니까요."

그는 고개를 저었다. "그럴지도, 아닐지도 모르죠. 네바다주 검찰청장이 지방 검사장으로 나를 지지한다면 대승을 거두겠죠. 그는 영향력이 아주 큰 사람이에요. 가볍게 생각할 게 아니죠."

"나한테는 기소라는 게 점수를 내고말고 하는 문제가 아니에요, 네이선."

"음, 나는 거짓말을 할 수도 있었어요. 브리는 일이 넘쳐서 이걸 맡을 수가 없다든가, 아니면 뭐 다른 허튼소리라도 말이죠. 그러지 않았잖아요. 거기다, 우리는 모두 당신이 최고의 검사라는 걸 알고 있어요."

야들리는 미닫이 유리문을 열고 발코니 너머를 바라보며 여러 가지를 생각했다. "생각해 봐야겠어요."

"그래요, 못 한다는 것보다는 낫군요. 하지만 너무 오래 생각하지는 말아요. 우리가 그에 대해 소송을 제기할 거라는 기자회견을 할 때 당신이 나와 줬으면 합니다. 내일이에요."

"그때까지 알려줄게요."

크림슨 레이크 로드

41

　연방 검찰청 접수 담당자가 애스터에게 그를 위해 준비된 자료는 없다고 하자, 그는 법률 보조원 한 사람에게 얘기를 했지만 똑같은 말을 들었다. 그러자 그는 카일 잭스가 그에게 가능한 모든 자료를 주라고 했다고 거짓말을 했다. 사진과 동영상, 스케치, 분석 연구서, 실험 보고서 사본이 모두 올 때까지 좀 기다려야 하기는 했지만, 결국 그는 형사 보고서와 FBI 보고서, 그리고 소설책만큼 두꺼운 한 묶음의 서류들을 가지고 떠났다.

　사무실에 돌아와서 그는 사본을 만들어 한 세트를 리치의 책상 위에 두었다. 그런 다음 자기 자리에 앉아서 읽어 내려갔다.

　처음 읽었을 때, 사건은 확고해 보였다. 볼드윈과 개릿은 설득력 있는 보고서를 쓸 줄 알았고 그들이 재커리에 대해 구성한 사건은 탄탄한 수색 영장과 — 집이 아니라 차고 수색에만 국한한 것은 극히 신중한 것이었다 — 탄탄한 증거 위에 기초해 있었다. 리신과 주사기, 붕대만으로도 변호사로서는 극복하기 힘든, 막강한 장애가 될 것이었다. 그림 사본은 말할 것도 없었다. 한 가지 진짜 실수는 소장 제출이었다. 연방 관할권이 불분명하기 때문에 지금 시점에서 소송은 주 법원에 제출되었어야 했다. 그래서 그는 카일 잭스가 지금 얼마나 화가 나 있을지를 생각하니 절로 웃음이 떠올랐다.

그러나 두 번째 읽자, 주요 결함들이 보이기 시작했다. 애스터는 사인펜을 꺼내서 재커리를 방어하는 데 조금이라도 관련이 있는 것은 무엇이든 다 강조 표시를 했다. 살인 사건의 배심 재판에서 승소하기 위한 방법은 딱 두 가지였다. 피해자를 당해도 싼 괴물로 만들어 버리든지, 아니면 다른 누군가를 지목하든지.

조금 뒤에 그가 남겨 놓고 간 보고서 한 다발을 들고 리치가 들어왔다. 그녀는 그의 소파에 주저앉으며 말했다. "흥미롭게 읽었어."

"볼드윈의 보고서는 훌륭해. 개릿도 나쁘지는 않아. 하지만 그는 너무 많은 구체적인 사실들을 건너뛰었어. 내 생각에 그는 태만해."

"그는 '레스토랑'의 철자를 네 번이나 잘못 쓰기도 했어. 왠지 모르겠지만 그게 신경에 많이 거슬렸어."

"당신 전공이 영문학이어서 그래. 그래서 첫인상은?"

"유죄."

"진짜?"

그녀는 소파 등받이에 머리를 기댄 채 천장을 바라보았다. "당신 생각은 달라?"

"모르겠어. 우선, 그는 지적으로 뛰어난 사람이야. 자기가 바람을 피우고 있던 여자와 자기 여자친구를 죽인다면 자신이 경찰의 용의자 목록 맨 위에 오른다는 걸 당연히 알았어야지."

"변호사, 의사, 교수 — 이런 사람들이 여느 사람과 마찬가지로 자기 아내와 여자친구를 죽인다고, 딜런."

"알아. 하지만 내 눈에 그는 충동적인 사람으로 보이지 않았어. 구치소 감방에서 그가 쓰는 세면대 봤어? 칫솔, 비누, 그리고 치약이 전부 일렬로 가지런하게 세워져 있고 옷은 깔끔하게 개켜져 있었어. 그는 강박 장애가 있는 것 같아. 그런데 그녀가 쇼핑몰에서 걸어 나오고 있을 때 머리를 가격하는 건 엉성하기 짝이 없지."

"리신은 엉성하지 않아. 추적이 거의 불가능한 눈이나 혀에 독을 주입하는 것, **사후에** 그들을 씻기고 머리와 손톱을 정리하는 건? 그런 게 내게는 철저하고 꼼꼼한 의사의 짓이라고 외치고 있는데."

"아니면 그렇게 보이기를 원하는 어떤 자거나."

그녀는 피식 웃었다. "딜런, 이것 봐. 오랜 경험으로 우리는 사람들이 이런 식으로 일을 꾸미지는 않는다는 걸 알잖아."

"어떤 사람들은 그럴지도 몰라. 그리고 우리는 전에 한 번도 이런 사건은 다룬 적이 없잖아? 아님, 일을 너무 잘 꾸며서 자신들이 무고하다고 말하면 변호사조차도 믿게 만드는 사람들은? 그런 걸 생각해보라는 말이야. 질병 관리 예방 센터의 독물학자들과 국토 안보부는 '처형인'이 정량을 잘못 맞춰서 안젤라 리버에게 너무 적은 양의 리신을 투여했다고 했어, 그렇지? 자, 체중에 따라 독극물의 양이 달라야 한다는 걸 아는 사람이 있다면, 그건 의사야. 그리고 리버의 체중을 알고 캐시 파르에게 주입한 것보다 많은 양을 주입해야 한다는 걸 아는 사람은 그녀의 남자친구일 거라고."

"당신은 자기 입으로 그가 강박 장애가 있는 것 같다고 했어. 모든 주사기는 같은 사이즈였고 같은 양의 액체가 들어 있었어. 맨 끝까지 채워져 있었지. 어쩌면 그는 서로 다른 사이즈의 주사기들이 굴러다니는 게 싫었던 건 아닐까?"

"그럼 두 개를 사용하면 되지."

"사용된 곳이 많으면 많을수록 추적 가능성은 커진다고. 그가 뭘 사용했는지 수사관들이 모르는 시간이 길어질수록 빠져나갈 수 있는 확률이 높고."

"내 얘기는 제일 단순한 설명이 언제나 최고라는 거야. 여기서 내가 생각하는 제일 단순한 설명은 의사라면 이처럼 멍청한 실수는 하지 않았을 것이라는 거고."

그녀는 소파에 완전히 드러누워 한쪽 팔을 이마에 얹었다. "좋아, 당신 말이 맞고 재커리가 덫에 걸렸다고 가정해 보자. 이 사람은 그가 캐시 파르와 성관계를 한다는 걸 알 만큼 그와 가까운 사이여야 해. 이게 첫 번째야. 캐시 파르의 직장을 알고 그녀를 휴식 시간에 잡아챌 때까지 거기서 기다려야 했을 거야. 그런 다음 그가 안젤라 리버와 동거 중이라는 것 역시 알고서 그녀 주변에서 맴돌다가 그녀를 잡아챌 적절한 때를 기다려야 했을 거야. 또한 재커리와 안젤라만 열쇠가 어디 있는지 아는 차고 안의 잠겨진 방에 들어갈 수 있어야 하고, 게다가 재커리와 안젤라가 알지 못하게 몰래 들어가야만 해. 그리고 만일 하모니가 가출한 것이 아니라 이자가 그 애를 데려갔다면, 그는 그 애 또한 미행하다가 낚아챘어야 하고. 난 이건 믿지 않아. 특히 잠겨진 방에 침입해서 그림을 남겨둔 건 더 그래. 누군가의 눈에 띄었을 거야."

"어쩌면 안젤라와 재커리가 오랫동안 그 방에 들어가지 않았을지도 모르잖아? 또 어쩌면 쉽게 눈에 띄지 않고 누군가 들어갈 수 있는 다른 방법이 있을지도?"

"좋아, 다시, 당신 말이 맞는다고 쳐. 동기는 뭐지?"

"캐시와 자기 여자친구를 죽일 만한 의사의 동기는 뭐지? 그는 두 사람 중 어느 쪽에도 생명 보험을 들지 않았어. 그가 정말 캐시와 살고 싶었으면 그녀가 아니라 남편을 죽였을 거야. 그는 안젤라와 사귄 지 몇 달밖에 되지 않았어. 그녀를 겨우 알 만한 시간이야. 도대체 그들을 왜 죽이지?"

그녀는 어깨를 으쓱했다. "모르지. 어쩌면 그냥 살인을 즐기는 건지도."

"그건 헛소리야."

"드물기는 하지만 사이코패스가 실제로 있다고, 딜런. 재커리는 누군가를 죽인다는 건 어떤 걸까 알고 싶었을지도."

"만일 그게 다였다면 그는 자기 애인과 여자친구를 선택하지는 않았을 거야. 모르는 사람을 골랐겠지. 그와 연관될 수가 없는 어떤 사람 말이야."

"그렇다면 당신의 이론은 뭐야?"

"남편."

"터커 파르?"

그는 고개를 끄덕였다. "그의 납치 사건 유죄와 삭제된 이전 사건 봤어? 그리고 자기 딸이 실종된 걸 알아차리고 나서 그의 반응은 기본적으로, '젠장, 이럴 수가.' 비슷하더라고. 개릿은 보고서에 그가 조사받을 때 심하게 동요하는 기색이 아니었다고 썼어. 당신이 아는 사람 중에 아내가 이미 살해된 후 딸이 실종된 것을 알았는데 정신이 나가지 않을 아빠가 몇이나 될까? 그러니까 정부의 주장을 믿기 위해서는, 박사가 캐시를 죽이고, 여자친구를 죽이려 시도하고, 그런 다음 터커의 딸 역시도 납치했다는 것을 믿어야 해. 뭔가 이유가 있어서 만인에 대해 복수하려고? 말이 안 되는 거지. 검찰은 그가 왜 이 모든 짓을 했는지 배심원단에게 제대로 설명할 수 없어."

그녀가 말했다. "하지만 터커가 불륜을 알게 되어 아내를 죽이고 복수하기 위해 재커리의 여자친구를 죽이려고 했던 거라… 뭐 좋아, 이건 조금 더 마음에 드네. 딸은 왜지?"

그는 고개를 흔들었다. "그건 파악을 못 하겠어. 그렇지만 이유를 불문하고, 나는 그 애가 무사할 거라고는 생각하지 않아."

42

타라는 어떤 젊은 공학도가 로레트의 정리를 화이트보드에 쭉 써 내려가며 상온 핵융합에 그 정리가 어떻게 적용되는지 설명해서 자기 에게 좋은 인상을 주려 하는 것을 지켜보았다. 그녀는 화이트보드에 눈길을 주기보다는 그를 관찰하고 있었다. 그의 얼굴을 읽고 그의 손 이 움직이는 방향, 그의 발의 위치, 그리고 그의 자세에 주목했다. 인 턴을 하는 곳에서 만난, 같은 과정에 있는 남자들 대다수는 너무 복 잡해서 그녀가 이해하기 어려울 거로 생각하는 것들을 그녀에게 설 명해 줘야 한다고 느끼는데, 그녀는 자기가 이 과정에 수석 입학한 것 에 대해 그들은 어떤 생각을 하는지 의문이었다.

그녀는 그가 마칠 때까지 예의 바르게 기다렸다. 그랬더니 그가 말 했다. "자, 이제 우리의 문제가 디랙 방정식에 있다는 걸 알 수 있겠지."

타라는 화이트보드로 걸어가서 그의 손에서 보드 펜을 빼냈다. 그 녀는 방정식의 여러 부분을 손으로 쓱쓱 지우고는 틀린 곳을 바로잡 은 뒤 펜을 돌려주며 말했다. "디랙은 문제가 아니야. 네가 문제지."

그녀는 밖으로 나와서 사물함에서 자기 물건들을 꺼냈다. 무례하 게 굴기는 싫었지만, 기초적인 무언가를 거들먹거리며 가르치려 드는 남자들에게 처음부터 자신만만한 태도를 보이면 그들은 두 번 다시 그러지 않는다는 것을 그녀는 알게 되었다.

그녀는 몇 분 동안 차 안에 앉아서 석양을 바라보았다. 구름이 진한 주홍빛으로 타오르는 것만 같았다.

그녀는 거기 있는 어떤 남자보다 이 실험실을 더 잘 이끌어갈 수 있고 분과 전체를 이끌어갈 수도 있었다. 그러나 그들은 그녀가 할 수 있다는 것을 증명할 기회조차 주지 않을 것이었다. 최근까지도 그녀는 그것이 고의라는 것을 깨닫지 못했다. 그들은 여성이 자신들을 이기는 것을 원치 않았다. 심지어 그로 인해 회사가 경쟁 회사보다 몇 년, 어쩌면 몇십 년을 앞서가게 된다고 해도 그랬다.

이제야 그녀는 자신의 어머니가 직장에서 그 지위에 오르기까지 얼마나 인내하고 얼마나 열심히 일했을지 그 가치를 알게 되었다.

손해 보는 건 자기들이지, 그녀는 생각했다.

그녀는 차의 계기판에서 시간을 확인했다. 약속 시간이 20분 남았다.

그는 어떤 외딴 곳 — 프리몬트 대로에 있는 창고 — 에서 만나자고 했다.

그녀는 차 번호판이나 차량 종류를 아무도 보지 못하도록 길 위쪽에 차를 주차했다. 그런 다음 머리를 쓸어내리고 단단하게 가발을 썼다. 그리고 야구 캡을 썼다. 미리 사두었던 제일 품질 좋은 가짜 문신 도구가 있어서 그녀는 몇 분 동안 목 밑에 호랑이 문신과 양쪽 팔목에 아랍 문자를 그려 넣었다. 초록색 콘택트렌즈를 낀 다음 사이드미러에 비친 자기 모습을 쳐다보고 그녀는 창고 안으로 들어갔다.

건물은 어두웠고 기름 냄새와 젖은 골판지 냄새가 났다. 그녀는 한쪽 끝에서 다른 쪽 끝까지 쓱 훑으면서 내부에 사람이 몇 명 있는지, 나가는 곳은 어딘지를 주시했다. 남자 몇 명이 그녀를 힐끗 보았는데, 낯선 사람이 자신들 속으로 들어온 것에 대한 호기심이라기보다는 욕정을 풍기는 눈빛이라는 것을 알 수 있었다.

청색 양복을 입고 검은 턱수염이 무성한 어떤 남자가 방에서 나와서 고갯짓을 했다. 그녀는 그에게 다가갔다. 그가 문 옆에 서자 그녀는 안을 들여다보았다. 대머리 남자가 토사물 같은, 그게 아니면 눅눅한 시리얼을 연상시키는 무늬의 실크 셔츠를 입고 책상에 앉아서 코카인을 흡입하고 있었다. 타라는 경호원을 흘깃 보고는 안으로 들어갔다.

"자리에 앉을까, 아님, 어떻게?" 책상에 앉은 남자가 말했다.

타라는 책상 앞에 놓인 의자들 중 하나에 앉았다. 가로 바실리는 코카인을 한 번 더 흡입한 다음 빨대와 거울을 셔츠 주머니에 넣고 코를 닦은 뒤 의자에 등을 기댔다.

"몇 살이지?" 그가 말했다.

"그게 뭐가 중요해요?"

그는 어깨를 으쓱했다. "그냥 말을 좀 나누는 거야." 그는 소리 나게 숨을 내쉬었다. "그러니까, 넌 어떤 사람 밑에서 일하는 누군가의 밑에서 일하고 있다, 이거지, 어? 그런데 이런 일에 왜 너 같은 어린 여자애를 고용한 거지?"

"난 체포된다 해도 가벼운 처벌을 받으니까요."

"그래도 괜찮다는 거야?"

"그걸로 나한테 돈을 주는 거니까요."

그는 능글맞게 웃었다. "영리한 여자애군그래. 내 몸값은 수백만 달러야. 내가 얼마나 살다 나왔는지 알아? 4년이야. 자, 말해 봐. 남은 인생을 부자로 살 수 있으면 4년은 버릴 수 있어? 이게 바로 매일 아침 하기 싫은 일을 하러 차를 몰고 가는 사람들이 이해하지 못하는 거지. 모든 것은 너의 시간과 바꾸는 문제야. 그런데 사람들은 대부분 그걸 몰라. 그게 이 일의 전부야. 교환 가치를 계산하는 것 말이야."

"강의해 줘서 감사해요. 그런데 돈이 있는 거예요, 아니에요? 난 이런 뭣 같은 곳에서 나가고 싶은데요."

그는 킬킬거렸다. "조그만 게 배짱이 두둑하군."

"있어요, 없어요? 난 이러고 있을 시간이 없어요."

"왜? 놀이터로 돌아가야 해서?"

그녀는 나가려고 일어섰다. 그러자 그가 손을 들었다. "앉아." 그들은 일순간 서로를 응시했다. 그가 조용히 말했다. "너무 걱정하지 마. 자리에 앉아."

타라는 앉았다. 그녀는 심장이 쿵쾅거려서 진정하기 위해 의식적으로 노력해야만 했다. 그에게 어떤 두려움도 내보일 수는 없었다. 이자는 연민을 보일 유형의 남자가 아니었다. 그녀에게 약한 구석이 조금이라도 있는지 관찰 중이었던 것이다.

바실리가 문 옆에 선 경호원에게 눈짓으로 뭔가를 알리자 조금 뒤 그 경호원이 운동용 가방을 들고 들어왔다. 바실리가 가방을 열자 고무줄로 단단히 묶인 100달러 지폐 뭉치들이 보였다.

"2백만 달러야. 물론 나의 전문가가 그 그림들이 실제로 그의 작품이라는 걸 확인해 준다는 가정하에."

"그의 작품이에요." 타라는 앞에 놓인 현금에서 눈을 떼지 못하고 말했다. 그녀의 어머니가 법정에서 고군분투하며 평생 벌게 될 것보다 많은 돈이었다.

"내가 고용한 감정사가 몇 주 안에 여기 올 거야. 그때 그림들을 가져와. 그럼 돈을 받게 될 거야." 그는 잠깐 말을 멈추고 손톱을 내려다보았다. "네가 누구 밑에서 일하는지 진짜로 알고 싶군. 내가 거래하는 사람이 누군지 알고 싶은 거지."

타라는 고개를 저었다. "그들은 그런 식으로 일하지 않아요." 그녀는 자리에서 일어섰다. "감정사가 오면 나한테 문자 메시지 보내요."

"어린 아가씨," 그녀가 나가려고 몸을 돌리자 그가 말했다. "난 네가 누군지 몰라. 그리고 너도 나를 모르지. 하지만 네가 알아야 할 건, 만약 네가 조금이라도—"

"협박은 넣어 두시죠. 난 쉽게 겁먹지 않아요. 그리고 내가 당신을 엿 먹이려고 했다면 벌써 했어요. 나무에 빛바랜 선이 있는 것으로 봐서 당신은 문에서 문패를 뗐겠죠. 그리고 구석에 있는 저 신발은 사이즈가 250 아니면 260이겠네요. 당신이 신고 있는 신발은 280 아니면 290이에요. 이건 당신 사무실이 아니에요. 그 말은 당신은 여기서 일하지 않는다는 것이고, 당신이 진짜로 일하는 장소를 내게 알리고 싶지 않다는 거죠. 그러니까 저 돈 가방은 이 창고에 그대로 있지 않을 거예요. 내가 좀 더 교활하다면 당신이 나갈 때까지 밖에서 좀 기다렸다가 당신들 두 사람의 뒷머리를 총으로 쏜 다음 돈을 가져가겠죠. 식은 죽 먹기예요. 하지만 다음에도 당신과 거래해야 할지 모르니까 우리 둘 다 서로를 잘 대하는 게 최선인 거예요. 동의해요?"

그의 눈이 조금 실눈이 되는가 싶더니 그가 웃음을 터트렸다. 그는 손가락으로 그녀를 가리켰다. "마음에 드네. 너 때문에 기분이 좋아졌어. 계속 그런 식으로 해. 그러면 우리는 아무 문제도 없을 거야."

타라는 고개를 끄덕이고 돌아서서 나왔다. 문 앞에서 그는 경호원을 힐끗 보았다. 왼팔 밑으로 총집에 꽂힌 권총이 보였다. 그의 눈을 똑바로 보았지만, 그녀는 그 눈에서 아무것도 볼 수 없었다. 감정이 없는 눈이었다. 바실리가 그에게 그녀를 죽이라고 하면 1초도 망설이지 않을 것임을 분명히 알 수 있었다.

그녀는 나오기 전에 한 번 뒤돌아봤다. 바실리가 그녀에게 미소를 지으며 윙크했다.

크림슨 레이크 로드

43

야들리는 타라가 집에 도착하기 전에 미리 저녁을 만들어 두었다. 타라는 마침내 집에 들어와서 문 옆에 백팩을 떨구고는 바로 냉장고로 갔다. 그녀는 사과주스 병을 열고 반병을 단숨에 들이켰다.

"엄마는 이 교수가 어땠는지 믿지 못할 거예요." 타라가 손등으로 입술을 훔치며 말했다.

"저녁 해뒀으니까 아무것도 먹지 마. 그 사람들이 어쨌는데?"

"그는, 있잖아요, 나한테 엄청나게 추근대는 거예요. 그래서, 재러드라는 다른 대학원생이 있는데요, 그가 '음, 마이크, 이건 좀 불편해요.' 이런 식으로 말하니까, 그 교수는 '난 그냥 농담하는 거야.' 이런 식이었죠. 하지만 그건 헛소리예요. 그가 나를 훑어보는 걸 내가 그대로 다 봤으니까요. 소름 끼치는 작자예요. 전 그 사람 수업을 취소할 거예요. 그렇지만 이런 걸 벗어날 수는 없을 것 같은 생각이 들어요. 맞죠? 결국에 더 나쁜 사람을 만날 수도 있겠죠."

"그럴지도 모르지. 그런데 그 말을 들으니, 내가 그 사람과 얘기를 좀 해야 할 것 같네."

"아뇨, 그러지 마세요. 제가 잘 처리했어요. 엄마가 이런 사람들한테 뭐라고 하면 그들은 다른 식으로 빠져나갈 거예요."

그녀는 엄마에게 다가가서 어깨에 머리를 기댔다. 야들리는 머리를 딸의 머리에 맞대고 눈을 감았다. 타라는 아직도 아이 때와 똑같은 냄새가 났다. 아니, 어쩌면 그건 야들리의 마음속에 있는 냄새였던 것인지도 몰랐다. 그렇다면 타라는 그녀에게 항상 그런 냄새로 남을 것인지, 그녀는 궁금했다.

"괜찮아요, 엄마?"

"난 괜찮아."

"표정이 슬퍼 보여요."

"슬프지 않아. 아련한 향수 같은 거겠지, 아마도. 살면서 모든 게 훨씬 단순해 보이던 때가 있었단다. 그런 때로 돌아가는 게 과연 가능할까, 생각하고 있었던 것뿐이야."

"그게 우리가 이사하는 이유예요? 그렇게 되면 더 단순해질 거로 생각해서요?"

누군가 문을 두드렸다. 타라는 주스를 주방 조리대에 놓고 문으로 갔다. 여성의 목소리가 들렸다. 그리고 몇 초 뒤에 리버가 주방에 서 있었다.

"안녕," 그녀가 말했다. "불쑥 들러서 미안해요. 얘기 좀 할 수 있어요?"

"그럼요. 타라, 이것 좀 몇 분간 저어 줄래?"

야들리는 리버를 발코니로 데리고 나갔다. 리버는 자리에 앉지 않았다. 그 대신, 사막이 내다보이는 난간으로 갔다. 별들이 나오기 시작하고 있었다. 바람이 강하게 불어서 모래가 높이 일었다. 난간에 서 있으면 얼굴을 때릴 정도였지만 가끔씩 야들리에게 그것은 기분 좋은 느낌이었다.

"구치소에 가서 그를 보고 왔어요." 리버가 말했다.

"왜요?"

"솔직히… 난 모르겠어요. 그냥 그가 아니라고 말하는 걸 듣고 싶었나 봐요. 내가 그를 믿는지 알고 싶어서요."

"그리고?"

리버는 어깨를 으쓱했다. "모르겠어요. 내가 어떤 감정을 느꼈는지 모르겠어요. 그가 내게 진실을 말하고 있는 건지, 아니면 거짓말을 하는 건지 모르겠어요…. 더는 아무것도 모르겠어요." 그녀는 숨을 깊이 들이쉬었다. 그녀의 시선은 눈앞에 흩어져 있는 붉은 바위들과 모래에 고정되어 있었다. "그는 몰골이 형편없었어요. 창백하고 피곤에 지친 모습이요. 눈 밑에는 다크서클이 진짜 그득했어요. 어젯밤에 한숨도 못 잤다고 하더라고요."

"그런 충격은 사라져 갈 거예요. 구치소는 교도소가 아니에요. 그다지 폭력적이지 않다는 거죠. 그는 괜찮아질 거예요."

그녀는 무거운 한숨을 쉬었다. "내가 그를 믿고 있는지 모르겠어요, 제스."

"증거는 분명 그를 가리키고 있어요."

"당신은 그걸 믿나요? 그가 그 여자를 죽이고 나를 죽이려고 했다는 걸?"

"나한테 사건은 개연성의 문제예요. 그가 사프롱의 그 그림들을 갖고 있었다는 것이 그 개연성인데, 살인에 사용된 바로 그 붕대를 갖고 있었다는 것으로 그 개연성은 증폭되고 리신이 가득 든 주사기로 또 증폭되고, 그가 두 명의 피해자와 애정 관계에 있었다는 사실에 의해 또 증폭되었어요. 그리고 우연히도 두 번 다 그에게 탄탄한 알리바이가 없다는 사실로 또 증폭되었죠."

긴 침묵이 이어졌다.

"그 여자애는요?" 리버가 물었다.

"오늘 실종자 전담반에 다시 전화해 봤어요. 그랬더니 아무것도 없다고 하더군요. 그들이 할 수 있는 최선의 추측은 재커리가 그 애를 데려가서…."

리버가 몸을 돌렸다. "그 애를 죽였다고요?"

야들리는 고개를 끄덕였다. "나는 재커리가 그 애의 아버지인 터커 파르와 협업하고 있었다는 생각도 하고 있어요. 그게 제일 그럴싸한 설명이에요.

리버는 다시 사막을 향해 돌아섰다. "그는 나올까요?"

야들리는 머뭇거렸다. 그녀에게 거짓말을 하는 건 옳지 않을 것이다. "아마도. 그의 변호사는 최고의 실력자 중 한 사람이고, 이겨야 하는 아주 강한 동기가 있어요. 그렇지만 증거가 탄탄해요. 그래서 그는 살인을 하고 당신을 납치했다고 할 만한 다른 누군가를 찾아내야 할 거예요. 제일 확실한 선택은 터커 파르죠. 그는 납치 전과가 있고 당신과 자기 아내를 죽일 만한 동기가 있어요."

"그게 통할까요?"

"당연히, 배심원들의 마음속에 합리적인 의심을 불어넣을 정도는 되죠. 그런데 그가 한 명의 지지만 얻으면 불일치 배심이 되는 거예요. 그러면 우리는 이 사건의 소송을 다시 해야 할 거예요. 두세 명이 그를 지지하면 지방 검사장은 언론에 이 일이 오르내리지 않도록 극히 관대한 거래를 제안할 거예요. 그러니까, 맞아요. 그는 다시 나올 수 있어요."

리버는 고개를 떨구었다. 그리고 조용히 말했다. "만약 그가 다시 나를 죽이려고 하면요?"

야들리는 그녀 옆으로 가서 섰다. "내가 그렇게 하도록 내버려 두지 않을 거예요."

44

기자회견장은 동물원이었다. 로이 리우, 주 검찰청장, 라스베이거스 경찰청장, 그리고 카운티 보안관이 모두 거기 있었고, 연단의 끝에서 네이선 살스가 마이크를 앞에 놓고 준비한 발표문을 읽었다. 카일 잭스는 근처에 서서 카메라를 향해 가슴을 한껏 내밀고 있었다.

야들리는 살스의 제안을 받아들였다. 리버가 위험에 처했고, 어린 여자아이가 실종된 상태였다. 그녀와 볼드윈 말고는 아무도 관심을 쏟지 않는 것 같았다. 살스는 그녀에게 기자회견에 참석해 달라고 요청했지만 야들리는 카메라 앵글을 피해 구석 자리에 앉아 있었다.

질의응답 시간이 되었을 때 제일 먼저 손을 든 기자는 주드 챈스였다.

"하모니 파르의 소재에 대한 정보가 있습니까? 만일 아니라면 그 정보를 주는 조건으로 재커리 박사와 협상할 의향은 있나요?"

"이 사건 피고인과 현재 진행 중인 논의 사항에 대해서는 언급할 수가 없습니다." 살스가 말했다. "그 문제에 관해서라면 그와 그의 변호인과 얘기해 보시죠."

"그러나 지방 검찰청 검사들은 하모니 실종 사건에서 그 애의 아버지를 피고인만큼이나 유력한 용의자로 믿는다고 하더군요."

"어떤 검사들이 그렇게 말했습니까?"

"그건 제가 말씀드릴 수 없다는 걸 아시잖아요, 네이선. 하지만 저는 지방 검찰청 제일선 검사들이 하는 말을 그냥 전달하고 있는 것입니다."

"보십시오, 저는 이 일에 대한 사람들의 불안감을 이해하고 그들이 왜 파르 씨를 용의자로 믿는지도 압니다. 하지만 그는 용의자일 뿐이었습니다. 우리가 가진 이 사건의 증거는 재커리 박사의 소유지에서 발견되었고 그곳에 접근이 가능한 사람은 피해자였던 그의 여자친구를 제외하면 아무도 없었습니다. 더 구체적인 사항은, 그런 게 있다면 말이죠, 예비 심리에서 밝혀질 것이고 파르 씨가 더 이상 왜 유력한 용의자가 아니냐는 질문에 대한 답변은 그때 나올 것입니다."

그곳에 있던 사람 중 그것이 거짓임을 알아챈 사람이 있는지 야들리는 알지 못했다. 터커 파르는 유력한 용의자**였다.** 그러나 야들리는 그들이 협업했다고 믿었고, 다가올 몇 주 안에 배심원단 앞에 사건의 종합적인 양상을 보여주어야 할 것이었다. 그리고 터커 역시 기소할 수 있을 만큼 충분한 증거를 찾아내야 할 것이었다.

챈스가 "하모니 파르에 대한 수색을 적극적으로 하고 있기는 합니까, 아니면 그 아이가 이 시점에서 이미 사망한 것으로 추정하는 겁니까?"라고 추가 질문을 했을 때 살스는 누군가에게 전화를 걸기 시작했다.

"그건 실종자 전담반에서 맡아서 현재 진행하는 수사로서—"

"정치적인 헛소리는 그만하죠, 네이선. 그 아이가 살아 있습니까, 아닙니까?"

살스는 얼굴에 살짝 홍조를 띠면서 목청을 가다듬고 물을 한 모금 마셔야 했다. 아마도 그렇게 함으로써 그는 챈스에게 즉시 욕을 퍼부으며 폭발하지 않을 수 있었을 것이다.

"하모니 파르가 살아 있는지 아닌지 우리는 모릅니다. 재커리 씨는 변호사를 선임한 이후 우리에게 한마디도 하지 않았습니다. 제 생각에 그것은 모두—"

"이 사건이 연방 차원에서 기소되지 않는 것은 누구의 과오였습니까? 대배심의 어떤 배심원이 제게 정부가 준비를 제대로 하지 않고 철저히 조사하지 않은 채 소송을 진행하려 했다는 정보를 주었습니다. 연쇄 살인은 당신들이 최우선으로 노력을 쏟아붓는 일인 걸로 아는데, 아닌가요? 지방 검찰청에서도 이 사건을 마찬가지로 처리할 것이라고 예상할 수 있습니까?"

살스는 턱 근육에 선이 생길 정도로 이를 앙다물었다. 로이 리우가 한 발짝 앞으로 나와서 말했다. "거기엔 내가 제일 답을 잘 할 수 있을 것 같군요. 대배심에서는 오해로 인해 일이 삐끗해지는 경우가 가끔 있습니다. 이게 정확히 과학은 아니니까요. 우리는 사람을 상대하는 것이고, 사람을 상대하다 보면 실수를 해결해야 하게 되는 법입니다."

챈스가 말했다. "그러니까, 살인과 납치로 기소되지 않은 것은 당신들이 아니라 대배심의 실수였다고 말하는 건가요?"

살스가 끼어들었다. "지금으로서는 우리의 주된 초점은 이 남자가 남은 생을 철창 속에서 보내서 다른 사람을 다치게 할 수 없도록 만드는 것입니다. 이번에 우리가 받을 질문은 여기서 끝내겠습니다. 와 주셔서 감사합니다."

몇몇 기자들이 소리치며 질문했지만, 그 무리는 이미 연단을 떠나고 있었다. 야들리는 사람들이 다 나갈 때까지 기다렸다가 챈스에게로 갔다. "내 생각에 당신은 올해 지방 검사장 크리스마스 파티에 초대받지 못할 것 같군요."

그는 키득거렸다. "젠장, 내가 불길에 휩싸여 있어도 저들은 길 건

너에서 나를 거들떠보지도 않을 거예요. 당신은 별로 말을 하지 않더군요. 이건 비공개로 하는 말인데, 당신은 정말 재커리가 그 작자라고 생각해요?"

"그래요. 적어도 그들 중 하나예요."

"흠. 그리고 다른 하나는 터커 파르라고 생각하는 것 같군요? 당신의 논리를 듣고 싶네요. 특히 요전에 우리가 범인이 두 사람이라고 추정했던 늙은 조니를 조롱했던 걸 고려하면 말이죠. 내가 그 괴짜한테 맥주 한 잔 사야 될 것 같은데요."

"내가 말하는 건 다 비공개 조건부예요. 재커리의 변호사는 모든 것을 터커 파르의 책임으로 떠넘길 거예요. 그리고 우리가 해야 할 마지막 일은 터커가 이 모든 일에 관련됐다고 생각한다는 보고서를 내가 작성하는 거고요."

"뭐, 어찌 됐건, 당신은 기도하고 비타민을 먹어야 할 거예요. 나는 이 사건이 당신들을 한 방 먹일 거라고 생각하거든요."

45

아침에 집을 나와서 클라크 카운티 지방 검찰청으로 차를 운전해 가자니 야들리는 기분이 이상했다. 유리와 강철로 된 현대적인 건물에 야자나무가 줄지어 서 있었다. 야들리는 보안 경비원에게 신분 확인 절차를 밟았다.

3층에 있는 지방 검찰청에서는 온갖 소리가 난무하고 있었다. 전화 벨 소리, 얘기하고 웃는 사람들 소리, 어디쯤에선지 들리는 TV 뉴스 소리. 적막한 연방 검찰청과는 정반대되는 모습이었다.

"안녕하세요," 야들리가 접수처 직원에게 말했다. "제시카 야들리입니다. 브리 검사와 약속이 있어요."

"잠깐만요."

브리가 금세 밖으로 나왔다. 그들은 악수를 했고, 브리가 그녀를 금속 탐지기가 없는 뒤쪽 직원 출입구로 이끌었다. 널찍한 공간의 한 층 전체는 가장자리에 사무실들이 있고 가운데에 칸막이로 된 작은 공간들이 모여 있었다.

"우리는 바로 위층도 쓰고 있어요." 걸어가면서 브리가 말했다. "대부분은 항소 팀과 민사 담당 친구들이에요. 그 사람들을 만날 일은 별로 없을 거예요. 네이선의 사무실이 거기 있지만 그는 사무실에 있는 일이 없어요. 필요한 게 있으면 웬디에게 — 그녀가 사무실 관리

자예요 — 말하거나, 아님, 그냥 나한테 말해요. 당신 자리는 바로 여기예요."

그녀는 몸짓으로 작은 사무실 안쪽을 가리켰다. 거리를 향해 커다란 창이 나 있는 곳이었다. 책상은 L자 모양으로 큼직했고 컴퓨터와 모니터가 설치되어 있었다. 사무실 안에는 의자와 책상 위의 선반 몇 개 말고는 아무것도 없었다. 벽에 나 있는 구멍들이 눈에 띄었다. 전에 이 사무실을 쓰던 사람이 물건을 걸었던 흔적이었다.

"사람을 시켜 모든 파일을 당신한테 가져다주도록 할게요. 그리고 우리 서버에 당신 계정이 비밀번호와 함께 설정돼 있어요. 그 변호사를 전에 만난 적이 있어요? 딜런 애스터?"

"있어요."

"그는 영리한 사람이에요. 신중하고요. 그에게는 사람을 무장 해제시키는 특유의 귀여운 매력이 있어요. 그렇지만 난 검사들이 방어막을 내렸을 때 그가 여럿의 목을 치는 걸 봐 왔어요."

"조심할게요."

브리는 방긋 웃었지만 야들리는 그것이 억지웃음이라는 것을 알았다. "당신이 여기 와서 정말 좋아요. 우리 검찰청에는 여자들이 좀 더 많아야 해요."

그녀는 그 말을 남기고 자리를 떴다. 야들리는 서류 가방을 책상 위에 올려두고 자리에 앉았다. 그녀는 갖고 온 최소한의 물건만 꺼냈다. 노트북과 타라의 사진이었다. 그녀는 그 사진을 컴퓨터 옆에 놓았다.

그녀는 자리에서 일어나서 창문으로 갔다. 밑에서 움직이는 차들을 내려다보면서 그녀는 불현듯 카운티 검사로서 자신은 더 이상 FBI 같은 연방 기관에 접속하지 못한다는 사실을 깨달았다. 특정한 증거를 모으려면 보안관실, 라스베이거스 경찰청, 아니면 그녀가 실제로 아는 정말 몇 안 되는 내부 수사관을 통해야 할 것이었다. 그녀는 어떤 연방 요원이 열심히 일하고 능률적인지, 어떤 이들이 건성으로 일하는지 알게 되는 데 몇 년이 걸렸다. 어떤 이들을 신뢰할 수 있고, 어떤 이들은 그럴 수 없는지도 그랬다. 지역 검찰과 경찰에 대해서는 그 모든 것을 알게 될 시간이 없었다. 자신이 상대하는 사람이 누군지 알지 못한다는 사실에 그녀는 불안했다.

파일이 오자 그녀는 다시 자리에 앉아 삐걱대는 의자에서 그것들을 읽기 시작했다.

지방 검사장의 파일에는 훌륭한 정보가 몇 가지 있었다. 특히 개릿 형사의 보충 진술서가 그랬는데 그것은 연방 파일에는 없었던 것이었다. 하지만 그 내용 중 그녀가 이미 알지 못했던 것은 그리 많지 않았다. 경찰이 재커리와 리버의 집에서 또 한 번 수색 영장을 집행했지만, 사건과 관련이 있는 것은 하나도 찾지 못했다는 기록이 있었다. 그녀는 경찰이 리버의 집을 마구 헤집는 것을 리버가 지켜보고 있지 않았기를 바랐다.

파일들을 끝까지 훑어보고서 그녀는 그것들을 컴퓨터 위의 선반에 가지런히 쌓아두고 사무실을 나왔다.

야들리가 주 지방 법원 내부를 본 것은 아주 오래전이었다. 그곳은 정신없이 움직이는 분위기였다. 연방 법원에서는 특정 시간에 자신의 소송만 배정된 경우가 대부분이었는데, 주 법원에서는 법정 시간표가 오전과 오후로 나뉘어 전부 채워져 있었고 방청석은 사람들로 미어졌다. 변호인들은 발언대에서 필요한 사항을 판사에게 재빨리 말했고,

판사들은 날짜를 잡거나 서명 중인 서류에서 눈도 떼지 않고 '네.' 혹은 '아니요.'라고 말하는 것으로 많은 시간을 보냈다.

야들리는 검사석 뒤에 있는 의자에 자리를 잡았다. 검사석에는 두 명의 검사가 앞에 파일을 펼쳐 두고 앉아 있었다. 발언대에서 한 남자가 차량을 훔치고 경찰로부터 도주한 것에 대해 그의 변호인과 함께 유죄를 인정했다. 답변 시간은 4분도 채 걸리지 않았고, 다음 사건으로 넘어갔다.

야들리는 애스터가 미처 다 입지 못한 양복 상의를 입으면서 몇 분 늦게 급히 들어오는 것을 보았다. 그는 그녀 쪽으로 다가와서 앞에 몸을 웅크리고 앉았다.

"그는 결백해요."

"그들은 다 결백해요, 딜런. 몰랐어요?"

"그래요, 하지만 내 생각에 그는 진짜 결백해요."

"내 생각은 달라요."

"제스, 이 모든 게 다 말이 안 돼요. 그가 자기 애인을 죽이고 여자 친구를 죽이려고 한 다음 그 모든 증거를 차고에 보관한다? 그의 IQ가 50이고, 이 일을 몇 주, 아니 심지어 몇 달간 계획해 온 빌어먹을 의사가 아니라면 또 모르죠."

"어쩌면 그는 잡히고 싶었을지도 몰라요."

"제스, 아, 정말."

"당신이 양심의 가책을 조금 덜 느낄 만한 얘기를 하자면, 나는 그를 단독범으로 생각하지 않아요."

그는 얼굴을 찡그렸다. "동기가 뭐죠? 생명 보험은 없어요. 관계에 문제가 있었다거나 이 사람이 폭력성이 있다거나, 뭐 그런 징후도 없어요. 왜 그런 거죠?"

"그에게 물어봐요."

"이봐요, 이러지 말아요. 정말로, 동기가 뭐냐고요?"

"테드 번디*의 동기는 뭐였어요, 딜런? BTK**의 동기는? 그들은 생면부지의 사람들을 살해했고 돈 문제도 개입되지 않았어요. 그들은 그걸 즐겼던 거예요."

"그와 테드 번디를 비교하는 겁니까? 배심원단에게 정색을 하고 그 얘기를 한번 해봐요."

"그럼, 그건 그가 형량 조정 협상에 관심이 없다는 뜻으로 받아들이면 되나요?"

"모르겠네요. 어쩌면 우발적 살인인지도."

"그건 사양할게요. 하지만 2급 살인 종신형과 30년 뒤 가석방 정도는 선택 사항이 될 수도 있어요."

"사양합니다."

"글쎄요, 공판이 다가오는데 당신이 그걸 계속 고수하게 될지 한번 보죠."

서기가 호명했다. "사건 번호 14923A, 네바다주 대 마이클 제이컵의 송사."

애스터는 발언대 앞으로 갔고 법원 정리가 뒤쪽 구치감에서 재커리를 데리고 나왔다. 그는 상하가 하나로 붙은 흰색 옷을 입고 손목에

---

*　1970년대 수많은 어린 아이들과 여성을 납치, 성폭행, 살해한 미국의 연쇄 살인범

**　1974년부터 1991년 사이에 캔사스주에서 열 명의 사람들을 살해한 미국의 연쇄 살인범 데니스 린 레이더. BTK는 그가 스스로 붙인 별칭인 '맹목(blind), 고문(torture), 살인(kill)의 첫 글자를 딴 약칭이다.

는 두꺼운 수갑을 차고 있었다. 판사가 사건 기록을 열고 있을 때 야들리는 일어나서 배심원석으로 가서 그곳에 기대섰다. 휴대폰 진동음이 울려서 그녀는 신호를 음성 사서함으로 넘겼다.

"재커리 씨의 변호인 딜런 애스터입니다."

"정부 측의 제시카 야들리입니다."

"우리가 여기서 할 게 뭡니까, 두 분?" 판사가 서류에서 눈을 들지 않은 채 말했다.

애스터가 말했다. "기소 사유 낭독 보류와 예비 심리일 요청입니다, 존경하는 재판장님."

"다음 월요일 두 분 다 괜찮습니까?"

"좋습니다."

야들리는 그녀를 응시하고 있는 재커리를 흘깃 보았다. "그럼 됐군요. 이상입니다."

애스터는 재커리가 법원 정리에게 이끌려 나가기 전에 그에게 귓속말로 뭔가를 말했다. 재커리는 야들리 옆을 지나면서 말했다. "난 안 했어요, 제시카. 내가 아니라는 걸 당신은 알고 있어요."

법원 정리가 그에게 말하지 말라고 윽박질렀다. 야들리가 법정을 나오자 애스터가 그녀를 따라왔다.

"나는 그가 도왔다고 생각하지 않아요." 엘리베이터로 향하면서 애스터가 말했다. "내 생각에는 다른 누군가가 이 모든 걸 한 다음 그 물건들을 그의 차고에 갖다 둔 거예요."

"누가요?"

"당신들이 어쨌거나 이 건으로 체포할 뻔했던 터커 파르요."

"같은 생각이에요. 재커리가 여자친구와 애인을 제거하는 걸 돕고 싶었다면…. 만일 터커가 안젤라를 죽이려 했던 사람이라면 리신의 투여량을 잘못 알았다는 게 완벽하게 이해되는 거죠. 우리가 생각을 달리하는 지점은 난 그들이 협업했다고 생각한다는 거예요."

"그들이 각자 서로를 위해 살인을 하기로 했다고 생각한다고요? 그건 너무 나간 거예요, 제스. 어떤 배심원도 그건 믿지 않을 겁니다. 왜 그들을 그런 자세로 만들고 그 온갖 비상식적인 과정을 거친 거죠? 그냥 한밤중에 총을 쏘고 길바닥에 내버려 두면 되는데 말이에요."

야들리는 엘리베이터 안으로 걸음을 옮겼다. "내 생각은 달라요, 딜런. 나한테 더 많은 걸 보여줘요. 그러면 당신 말을 흘려듣지 않을게요. 하지만 지금으로서는 난 그냥 밀고 나갈 거예요."

그녀는 엘리베이터 문이 닫히자 크롬 벽에 비친 자기 모습을 응시했다. 자신이 틀릴 가능성, 재커리가 이 일과 아무런 관련이 없을 가능성이 무게 있게 다가왔다. 때때로 그녀는 결백의 가능성이 있는 누군가를 기소할 때면 몸이 아프곤 했다. 마치 그녀의 결의를 따라 면역 체계가 약해지는 것처럼. 하지만 여기서는 그런 느낌이 들지 않았다. 비록 마음속 저 깊은 곳에서는 계속 더 파 보라고 말하는 느낌이었지만 그녀는 일을 진척시키는 것이 정당하다고 느꼈다.

휴대폰에서 음성 메시지를 아직 확인하지 않았음을 알려주는 신호음이 울렸다. 리버였다. 야들리는 메시지를 들었다. 아드레날린이 몸속으로 흘러내렸다.

엘리베이터가 멈추자 그녀는 차를 향해 질주했다.

46

야들리는 안젤라 리버의 집 앞에 차를 급정거했다. 그녀는 차에서 뛰어내려 서둘러 정문으로 갔다. 문은 잠겨 있지 않다.

내부에 들어가니, 집은 적막하고 조용했다. 에어컨이 켜져 있지 않아서 공기가 눅눅했다. 햇빛이 통유리창으로 쏟아지고 있었다.

"앤지?"

희미한 목소리가 대답했다. "침실에 있어요."

야들리는 서둘러 그녀에게로 갔다.

리버는 엄청나게 큰 침대에 누워 있었다. 갈색 약병 몇 개가 이불 위에 흩어져 있고 빈 레드 와인 병이 침대 옆 탁자에 놓여 있었다. 야들리는 약병의 라벨을 읽었다. 항불안제, 안정제, 그리고 항우울제였다. 걱정이 되는 유일한 약은 안정제였다.

"이걸 알코올과 같이 먹었어요?"

리버의 눈은 붉었고 부풀어 올라 있었다. 사용한 휴지들이 탁자 위에 뭉쳐 있었다.

"몇 알만 먹었을 뿐이에요."

"몇 개나요?"

"그냥 몇 알요."

"일어나요. 응급실로 갈 거예요."

리버는 부드럽게 그녀의 손목을 잡았다. "아뇨, 정말 몇 알 안 돼요. 하루에 여섯 알을 먹어도 되는 약인데 겨우 몇 알 먹은 거예요. 와인은 대부분 어젯밤에 마셨어요."

야들리는 그녀를 잠깐 관찰한 다음 자리에 앉았다. "얼마나 더 약을 먹을 수 있을지 모른다고 메시지를 남겼잖아요. 난 당신이 어리석은 일을 하는 게 아닌가 생각했어요, 앤지."

"그런 생각을 했어요. 하지만 대신에 당신한테 전화한 거예요. 난 아마 겁쟁이인가 봐요. 모르겠어요. 당신을 괴롭혀서 미안해요."

"미안해하지 말아요."

리버는 눈을 감고 고개를 내저었다. "산다는 게 그냥 태풍이 하나 가면 또 하나가 오는, 엿 같은 느낌이에요. 절대로 누그러지지 않네요."

야들리는 리버의 손 위에 손을 포갰다. 그들은 그렇게 한참을 아무 말 없이 앉아 있었다.

"그게 참, 재커리가 구치소에 있을 때 적어도 여기 있는 옛날 레코드들은 내가 계속 갖고 있을 수가 있네요. 그에게 '홀 & 오츠'* 라이브 레코드는 이제 필요 없겠죠."

야들리는 빙그레 웃었다. "필요 없을 거예요."

그녀는 코를 풀고 휴지 한 장을 더 뽑은 뒤 침대에 일어나 앉았다. 그리고 머리를 뒤로 쓸어내렸다. "지금 내 꼴은 분명 쉰내가 풀풀 날 거예요."

"글쎄, 난 어떤 말도 하고 싶지 않은걸요. 그렇지만 당신 머리를 보

* 1970년대 초 데뷔하여 1980년대 음악계 정상을 차지한, 백인들의 소울이라는 블루 아이드 소울을 대표하는 남성 듀오

니까 '머펫츠'*에 나오는 동물이 떠올랐어요."

리버가 쿡쿡 웃었다. 그녀는 자리에서 일어나서 서랍장 위 거울을 보았다. "드럼을 치기 시작해야 할 것 같아요."

"직업을 바꾸기에 늦을 때란 없는 법이죠."

리버는 몸을 돌려 그녀를 마주하고는 깊은숨을 내쉬었다. "와 줘서 고마워요. 난, 으음, 친구가 전혀 없답니다."

야들리는 바닥에서 빈 약병을 집어 올려 침대 옆 탁자에 놓았다. "나도 그래요."

✧✧✧✧✧✧

5일 뒤 예비 심리가 시작되었다. 많은 변호사들은 증거가 제출되고 증언이 나오는 예비 심리를 공판의 축소판이라고 생각했다. 그러나 검사들 사이에서는 증언을 대신해서 이른바 1102 진술서라고 하는 것을 제출하여 변호사가 공판 전에 증인을 반대 신문할 기회를 주지 않는 경향이 점점 커지고 있었다.

야들리는 볼드윈과 개릿 형사, 부검시관, 안젤라 리버, 질병 관리 센터의 법의 독물학자, 리신을 논한 국토 안보부 수사관, 리버의 사건 때 처음 신고를 했던 이웃 주민, 그리고 캐시 파르의 사체를 발견했던 부동산업자에게서 받은 1102 진술서를 가져왔다. 판사가 다른 진술서에서 다루지 않은 특정한 질문을 할 경우를 대비해서 사건에 조

---

*   극작가이자 영화감독인 짐 헨슨이 개발한 인형극과 그 캐릭터들. 위에서 끈으로 조절하는 꼭두각시가 아니라 인형을 장갑처럼 끼고 손을 움직여 연기하는 것이 특징이다.

금이라도 연관이 있는 사람들에게서 받은 몇몇 진술서도 포함했다.

야들리는 판사가 나올 때까지 검사석에 앉아 있었다. 법정에는 어젯밤 청소에 사용한 레몬 향 살균제 냄새가 여전히 풍기고 있었다.

하비 W. 웨스턴 판사는 퇴임을 앞둔 연로한 판사였다. 야들리가 지방 검찰청에서 그에 관해 여러 사람에게 물어본 결과, 한 가지 일치되는 의견은 그의 태도는 유쾌하지는 않지만, 마찬가지로 불쾌하지도 않다는 것이었다. 많은 검사들은 그가 실제적인 논쟁과는 별로 상관없이 어떤 날은 변호사에게, 다른 날은 검찰에 호의를 베푸는 식으로 임의로 판결하는 경향이 있다고 말했다.

웨스턴 판사는 나지막한 앓는 소리와 함께 몸을 낮춰 자리에 앉은 뒤 말했다. "착석하십시오." 그는 컴퓨터를 켰다. "누가 첫 차례입니까?"

야들리가 전에 한 번도 본 적이 없는 젊은 남자 서기가 말했다. "네바다주 대 마이클 제이컵 재커리, 사건 번호 14923A입니다. 오늘 예비 심리가 있습니다."

변호사와 검사가 기록을 위해 자신들을 소개했고, 그런 다음 판사가 말했다. "야들리 씨, 앞으로 나오세요."

"판사석 앞으로 가도 될까요, 존경하는 재판장님?"

"그럼요."

그녀는 서기에게 가서 서류 한 묶음을 건넸다. 며칠 전에 스캔해서 애스터에게 이메일로 보낸 서류들이었다.

"주 정부는 현장 증언을 대신해서 다음의 1102 진술서들을 증거물 1호에서 8호까지로 제출하고 싶습니다."

"애스터 씨, 하실 말씀은?"

"저는 물론 이의를 제기합니다, 존경하는 재판장님."

"당연히 그러시겠죠." 그가 말했다.

"네?"

"'당연히 그러시겠죠.'라고 했습니다. 어쨌거나, 하시고 싶은 말씀을 계속하세요."

애스터는 야들리를 흘낏 보고는 말했다. "이것은 주 정부가 주장하는 상당한 이유에 대해 변호사가 이의를 제기할 유의미한 기회를 제공하는 킴볼 판결을 피해 가려는 명백한 시도입니다. 한두 개 정도라면 이해할 수 있지만… 죄송하지만, 지금 눈을 굴리셨나요, 존경하는 재판장님?"

"아뇨, 계속하세요. 이걸 끝냅시다."

애스터는 잠시 머뭇거리며 웨스턴에게 눈길을 보냈고 웨스턴은 그 눈길을 받아냈다.

"말씀드렸다시피, 킴볼 소송에서 제9 순회 항소 법원은 형사 소송에서 1102 진술서가 변호인이 상당한 이유에 대해 충분히 이의를 제기할 정당한 기회를 제공했냐는 문제를 주시했습니다. 그 결과 1102가 어떤 경우에는 완벽하게 받아들일 만하지만… 존경하는 재판장님, 이번에는 분명 눈을 굴리셨습니다."

"아닙니다. 자, 변호인은 결정을 원합니까, 아닙니까?"

"으음, 원합니다. 하지만 적절한 결정을 원합니다. 그러니까 제9 순회 항소 법원이—"

"제9 순회 항소 법원은 대마초 피우는 히피들의 향연이오. 대체 어떻게 제10 순회 항소 법원에서 결론을 못 내렸는지 모르겠소. 당신이 말씀해 보시죠, 애스터 씨. 우리 네바다주가 하와이, 그리고 캘리포니아주와 얼마나 똑같기에 우리의 법리가 유타주나 콜로라도주보다 그들과 더 같아야 한단 말이오? 내게 이 문제에 답해 줄 수 있습니까?"

애스터는 야들리를 쳐다본 뒤 어깨를 약간 으쓱했다.

"아뇨, 존경하는 재판장님, 말씀드리지 못하겠군요. 그런데 저는 현안에 대해서 말하고 싶습니다."

판사가 입속말로 뭔가 투덜거리더니 말했다. "야들리 씨, 킴볼은 당신이 맡으세요."

"킴볼 소송에서, 법원은 이것이 아주 드물게만 적용될 수 있는 독특한 상황이라고 했습니다. 본질적으로, 범인을 제대로 잡았는지 정부가 확신할 수 없었기 때문에, 다시 말해 피고인이 일란성 쌍둥이였기 때문에 정부는 증인 대면권이 침해되었다는 것을 몰랐습니다. 반면 여기서, 재커리 씨는, 순화해서 말하자면, 현장에서 붙잡혔고 쌍둥이도 아닙니다. 1102 진술서를 다루는 대다수의 판례법에 기반해 볼 때 증인 대면권은 여기서 문제가 되지 않습니다. 따라서 상당한 이유가 성립되는 것이 틀림없습니다."

"판사님, 솔직히 말해서, 이것은 검사가 말할 성질의 것이 아닙니다. 판사님이 결정하셔야 할 문제입니다."

"그렇소. 그리고 나는 이 진술서들이 현장 증언 대신 충분히 믿을 만하고 신뢰할 가치가 있다고 생각합니다. 모든 진술서를 나는 인정할—"

"존경하는 재판장님, 이건 황당한 일입니다. 판사님께서는 그 진술서들을 아직 읽지도 않으셨습니다. 그 진술서들이 충분히 믿을 만하고 신뢰할 가치가 있다는 것을 어떻게 알 수가 있습니까?"

판사의 얼굴이 굳어졌다. "나는 당신이 초등학생일 때부터 개릿 형사와 알고 지냈습니다, 애스터 씨. 또한 케이슨 볼드윈은 FBI 아카데미의 강사이자 15년 가까이 현장 요원으로 일하고 있는 듯합니다. 이들의 선서 진술서가 믿을 만하고 신뢰할 가치가 있다고 판단할 수 없다면, 내가 누구를 믿을 수 있단 말이오? 자, 다시는 내 말을 끊지 마시기 바랍니다.”

그들 두 사람은 말없이 서로를 응시했다. 애스터는 얼굴에 화를 억누르는 기색이 역력했지만, 아무 말도 하지 않았다.

웨스턴이 말했다. “나는 열여덟 개 진술서를 모두 인정하며 그것들을 읽고 피고인을 공판에 넘길 상당한 이유가 거기에 충분히 기술되어 있는지 결정하기 위해 한 시간 휴정할 것입니다. 애스터 씨, 당신이 법원에 제출하고 싶은 것이 있지 않은 이상 그렇게 하겠습니다.”

“없습니다, 존경하는 재판장님.”

“그러면 한 시간 휴정합니다.”

야들리는 재커리가 다시 구치감으로 되돌아가는 모습을 지켜봤다. 그는 계속해서 방청석을 보았지만 야들리는 리버가 오지 않았다는 것을 알고 있었다. 그녀는 앞으로 있을 그의 어떤 심리에도 오지 않을 것이었다.

“내 예비 심리를 망치려는 치졸한 짓이에요.” 애스터가 말했다.

야들리는 서류 가방을 들었다. “왜요? 우리가 붙기 전에 내가 가진 카드를 당신이 보지 못하기 때문에?”

“이봐요, 선수를 미워하지 말고 경기를 미워해요. 우리 제도에서 내가 예비 심리를 할 수 있는 데는 이유가 있어요. 그리고 그건 판사가 빠른 속도로 선서 진술서를 훑어 읽고, 그런 다음 당신에게 동의나 하라고 있는 게 아니란 말이죠. 그가 그것들을 읽기라도 한다 해도 그래요. 그는 저 뒤에서 한 시간 동안 유튜브나 보고 있을 게 틀림없어요.”

“내가 예비 심리에서 이겼을 거라는 데 의문의 여지가 있어요?”

“아뇨.”

“그럼 뭘 불평하고 있는 거죠?”

"그게 요점이 아니에요. 과정은 존중되어야 한단 말이죠, 제스."

"그건 나도 알아요. 이 법정에서 나보다 더 잘 그 점을 의식하고 있는 사람은 아무도 없어요. 그렇지만 나는 비상식적인 일이 벌어지지 않도록 할 능력이 있고, 그럼으로써 우리는 공판을 받을 수 있게 된 거예요. 어쨌든 당신이 원하는 바잖아요, 아닌가요? 배심원단 앞에 서는 것?"

"내가 말하는 건 단지," 애스터가 말했다. "당신이 페어플레이를 하면 나도 그럴 거라는 거예요. 당신은 내가 좋아하는 검사들 중 한 명이고 평판이 좋은 사람이에요. 하지만 당신이 이렇게 비열하게 굴기 시작하면 아마 나도 페어플레이는 하지 않을 거예요."

"당신은 당신 고객을 변호하기 위해 해야 할 게 있으면 뭐든지 해요, 딜런. 그런 걸 개인적인 것으로 받아들이지 않겠다고 내가 약속할게요. 하지만 나는 그가 나와서 앤지를 해칠 기회를 다시 얻을 수 없도록 법으로 가능한 방안이 있다면 뭐든지 쓸 거예요."

그들은 일순간 서로를 응시했다. 잠시 뒤 애스터는 혼란스러웠던 어떤 것을 막 이해하기라도 했다는 듯 빙긋 웃었다.

"대배심 법정 안에서 당신들 두 사람이 있는 걸 봤어요. 그건 그냥 검사와 피해자 관계가 아니었던 거로군요. 그렇죠? 당신은 끝날 때까지 계속 그녀의 손을 잡고 있었어요."

"그녀가 겁에 질려 있었으니까요."

"그들은 다 겁에 질려 있어요. 당신이 이 일을 두고 그토록 열심히 싸우는 이유가 그거로군요, 제스? 당신은 그 여자친구의 친구고, 그래서 그가 종신형을 받도록 뭐라도 하려는 거죠? 그가 유죄든 아니든 간에 말이죠?"

야들리는 그에게 한 걸음 더 가까이 다가섰다. 얼굴이 거의 맞닿을 정도였다. "난 당신을 좋아해요, 딜런. 하지만 나의 진정성에 대해 당신이 또다시 의문을 표한다면 당신은 분명 후회하게 될 거예요."

그가 킬킬 웃었다. "당신이 어떻게 하는지 보기 위해서라도 한번 그렇게 해볼 만한걸요." 그는 몇 걸음 뒤로 물러나서 말했다. "당신이 우발적 살인을 제안할 생각이라면 그건 받아들일게요."

"야들리 씨?" 서기가 그녀의 뒤에서 말했다.

"네?"

"미안합니다만 제가 여쭤본다는 걸 잊었어요. 당신과 애스터 씨는 공판 전에 몇 번이나 신청을 내실 예정이신가요? 일정표가 다 채워지기 전에 특별 일정을 맞춰 드리고 싶어서요. 물론, 판사님이 허락하실 경우에요."

"내가 낼 신청은 없어요. 하지만 하실 수 있는 만큼 최대한의 시간을 확보해 두면 좋겠다고 생각해요." 그녀는 애스터를 쳐다봤다. "애스터 씨가 사안별로 다 전투를 벌이지 않고는 이 소송을 진행할 것 같지 않네요."

웨스턴은 한 시간 뒤에 돌아와서 이 사건을 공판에 회부할 증거가 충분하다고 선언했다. 마이클 재커리는 공식적으로 기소 인정 여부 절차에 부쳐졌으며 형량 조정 협상에 들어가지 않았다. 애스터는 차고에서 증거를 찾게 된 수색 영장이 기만적이며 발부되지 않았어야 하는 것이었다며 그 위법성에 대한 신청 심리 일정을 잡아달라고 요청했다. 심리를 위해 8일간의 시간이 주어졌다. 야들리는 이의를 제기하고 시간을 더 많이 줄 것을 요청했다.

"저는 애스터 씨가 내는 모든 신청에 다 대응해야 합니다. 그가 5일을 쓸 것이므로 저에게는 답변서를 작성하고 논거를 준비할 시간이 3일 주어집니다."

"내가 무슨 말을 하겠습니까?" 웨스턴이 말했다. "살다가 된통 당하면 죽는 수밖에요. 다음 사건."

애스터가 그녀에게 몸을 기울이며 속삭였다. "멍청이한테 위협당하면 기분이 그리 좋지는 않죠. 안 그래요?"

그녀는 아무 말도 하지 않고 서류 가방을 들고 법정을 떠났다.

47

애스터와 리치는 스트립 상가 주차장에 차를 대고 트럭에서 내렸다. 대마초 판매 약국 고객을 위한 공간이 대부분이었지만 첫 번째 열 끝부분에 소매 고객에게 배정된, 아무런 표식이 없는 자리가 몇 군데 있었다.

방문객은 누구나 벨을 눌러야만 출입이 가능했다. 애스터는 유리에 대고 노크했다. 매끈한 대머리에 양복을 입은 키 큰 남자가 문으로 왔다.

"우와," 그가 문을 열면서 말했다. "양복을 이제 슈퍼마켓에서 사는 거야?"

"편안한 게 먼저라고." 애스터가 말했다.

"그래, 편안한 양반, 주변 사람들이 그 형편없는 옷을 보기 전에 얼른 들어와."

애스터가 거대한 오크 책상 맞은편 소파에 앉자 리치는 그의 옆에 앉았다. 끙 소리를 내면서 중역용 의자에 앉으며 브로디 행크스가 말했다. "이 망할 놈의 무릎. 늙어 가는 게 정말 싫군. 그나저나, 자네는 내가 투덜거리는 소리를 들으러 여기 온 게 아니지." 그는 usb 드라이브를 책상 서랍에서 꺼내서 애스터에게 툭 던졌다. "볼드윈 요원은 깨끗한 것 같아. 몇 년 전에 모르핀계 진통제 처방을 엄청 많이 받은 걸 찾아내긴 했어. 하지만 이 말을 자네는 나한테서 들은 게 아니야. 잘 못하면 그걸로 내가 면허증을 잃을 수도 있단 말이지. 건강정보 관련 법 관계자들은 그런 개떡 같은 걸 위해 사니까."

"불법이었나?"

그는 고개를 저었다. "다 의사가 처방한 거였어. 그리고 최근에는 전혀 없었고. 그것 말고는 그는 깨끗해. 하지만 루카스 개릿에 대해 얻어 낸 건 구미가 당길 거야."

"뭐지?"

"첫 번째, 내가 입수한 보고서를 보면 그는 대략 스무 개의 사건에서 아무것도 한 일이 없어. 지독히도 게으른 거지. 하지만 그의 징계 기록은 깨끗해. 그래서 좀 더 열심히 파 봐야 해." 그가 미소 지었다.

"지금 뭐 하는 거야? TV 퀴즈 프로그램 하나? 그냥 말해."

"이것 봐, 지금 그 짧은 한마디로 자네 영수증에 100달러가 추가됐어."

"미안. 제발, 슬기로운 브로디. 제발 부탁인데, 자네가 찾아낸 걸 말해주게. 그럼, 내가 앞으로 잘해줄게."

"먼저 내가 최고라고 말해."

"자네가 최고야."

"별로 진정성이 없었어."

"브로디, 야, 진짜―"

그는 웃음을 터트렸다. "알았어, 친구. 화내지 마. 자, 이거야. 개릿은 결혼한 적이 있어. 몇 년 전에 부부 사이에 문제가 많았는데, 내 추측으로는 주로는 그의 음주 때문이었어. 옛날에 그의 이웃이던 사람과 얘기해 봤는데, 그의 아내가 그 사람에게 개릿은 고기능 알코올 중독자라고 했대. 아무튼, 그 부인은 밖으로 나돌다가 다른 남자를 찾게 돼. 보디빌더야. 그래서 개릿은 반쯤 미치게 됐지. 그는 이혼을 원하지 않았으니까 말이지. 이혼 조정 심리 사본 몇 개를 넣어뒀으니까 그가 뭐라고 지껄였는지 보게 될 거야. 그는 정신이 나갔더라고. 그러다가 어느 날, 느닷없이, 그 아내의 새 아파트에 경찰이 나타나. 이건 이혼이 성립되기 전의 일이야. 경찰은 사람이 칼에 찔렸다는 신고를 받고 출동한 거였어. 그 동네 불량배 애들이 전날 밤에 칼에 찔린 일이 있었고 경찰은 그 보디빌더가 그 일을 저질렀다는 제보를 받았어. 그래서 그들은 가택 수색을 요구했어."

"그리고 뭔가를 찾았나 보군."

그는 고개를 끄덕였다. "그 칼. 그들은 그를 체포했지만, 그에겐 탄탄한 알리바이가 있었다는 게 문제지. 그는 그 시간에 캐나다에 있었거든."

"농담이겠지."

"아니. 그래서 경찰은 어쩌면 그 아내의 짓인지도 모른다고 생각하게 돼. 정말 개떡같이 웃기는 생각이지. 자식에게 열성적인 엄마가 거리로 나가서 뒷골목에서 노는 애를 칼로 찌르다니 말이야. 그래도 뭐 그렇다고 쳐. 하지만 그녀 역시 훌륭한 알리바이가 있었어. 그 아파트에는 입구가 하나밖에 없고 현관에는 CCTV가 있었어. 그녀와 아이가 9시경에 아파트로 들어가서 다음 날 아침 7시에 아이를 학교에 데려다줄 때까지 다시는 나오지 않는 것이 카메라에 찍혔던 거야. 사건이 일어난 건 자정 무렵이었고."

"경찰이 그 아파트에서 또 다른 것도 발견했어?"

그는 고개를 끄덕였다. "피 묻은 셔츠가 하나 있어. 침입 흔적은 없고."

리치가 말했다. "현관 카메라는요? 개릿이 찍혔나요?"

"보고서에는 없었어. 하지만 그가 있었다는 데 내 목을 걸겠어."

애스터는 고개를 내저었다. "그가 몰래 갖다뒀군그래. 그가 칼과 셔츠를 갖다 놓은 거야. 자네는 도대체 이걸 어떻게 찾아낸 거야?"

"이봐, 친구, 경찰의 더러운 점을 알고 싶으면 전직 경찰을 고용하면 돼. 우리한테는 연줄이 있어."

"그는 기소되기는 했어?

"아니. 그리고 이 모든 게 묻혔지. 깊숙이 묻혔어. 그 보고서가 시스템에서 삭제되었다는 말이야."

"누군가 그만큼 간절히 원한 거로군, 흠?"

"이렇게 묻힌 일들을 몇 번 본 적이 있어. 하지만 그런 건 항상 고위층에 관련된 것으로, 마약이나 매춘 혐의로 그들이 해당 부서를 곤혹스럽게 하고 싶지 않은 경우였어. 낮은 계급의 형사에게 그런 건 본 적이 없어. 그는 어딘가 연줄이 있는 거야."

애스터는 리치를 쳐다봤다. "무슨 생각이라도?"

그녀는 두 남자를 번갈아 봤다. "그의 전처를 증언대에 세워서 개릿 형사를 한 번 더 조져 봐."

48

야들리는 타라가 나간다고 했을 때 식기 세척기에 그릇을 넣는 중이었다. 야들리는 오븐 위에 걸린 시계를 봤다. 8시가 지난 시간이었다.

"어디 가는 거야?" 그녀는 그릇에서 눈을 들지 않은 채 무심히 말했다.

"오늘까지 실험실에서 끝마쳐야 할 일들이 좀 있어서요. 금방 돌아올 거예요."

야들리는 타라가 집에서 나갈 때까지 기다렸다가 신발을 걸치고 나갔다. 이렇게 하는 게 싫었지만, 그녀는 앱을 열었다. 타라와 자신의 휴대폰을 샀을 때 연방 검찰 정보통신국을 통해 설치한 앱이었다. 그 앱을 이용하면 타라의 휴대폰이 꺼져 있거나 위치 기반 서비스가 작동되지 않을 때도 이 세상 어디서든 그 휴대폰을 추적할 수 있었다.

그녀는 차에 들어가서 타라가 먼저 출발하도록 몇 분간 기다린 다음 거리로 차를 몰고 나와 지도를 따라갔다. 타라는 고속도로로 들어갔고 야들리는 그 뒤를 따라갔다. 그녀는 불안감에 휩싸였다. 만약 타라가 정말 실험실로 가고 있는 것이라면? 타라는 아버지란 존재를 느껴본 적이 없었고 기회가 없어지기 전에 그에 대해 알고 싶었을 수도 있으므로 그녀가 자기 아버지와 편지를 주고받는 것은 충분히 가능한 일이었다. 에디 칼의 항소심이 비록 오랫동안 진행되지 않고 있지만 영원히 그러지는 않을 것이고 결국에는 네바다주에서 그를 사형시킬 것이었다. 타라는 그냥 처음으로 그와 대화를 나누고 싶었던 걸까? 문제는 타라가 야들리만큼 그를 알지 못한다는 것이었다.

칼은 감상에 젖어 어떤 일을 하는 법이 결코 없는 사람이었다. 친딸이라고 해도 마찬가지다. 그가 시간을 내서 타라와 편지를 주고받고 그녀를 만났다면 무언가를 위해 그녀를 이용하고 있는 것이었다. 게다가 그에게는 사람들을 마법에 걸리게 하는 능력이 있었다. 겉으로 보이는 매력과 지성, 그리고 눈부신 외모의 조합. 거미줄의 아름다움에 파리의 무장이 해제되는 것처럼 사람들은 그의 이런 점에 무장이 해제되었다.

타라는 고속도로에서 빠져나와 저렴한 사무실과 창고들로 이루어진 라스베이거스의 산업 구역으로 가고 있었다. 그곳은 여러 보관창고 업체가 있는 지역으로서 기찻길이 한가운데를 가로질러 구역을 둘로 나눠 놓고 있었다.

도로가 번잡하지 않아서 야들리는 타라가 자신을 보게 될까 걱정이 되었다. 그래서 헤드라이트 불빛이 보이지 않을 만큼 한참 거리를 두었다. 지도에서 타라의 휴대폰은 도로 위의 파란색 점으로 나타났다. 야들리는 30초마다 한 번씩 그 점에 눈길을 보냈다.

차가 더 깊이 진입해갈수록 사무용 건물들을 제치고 공장들이 들어선 좀 더 산업적인 구역이 나타났다. 붉은 바위산 어귀까지 공장들이 쭉 들어서서 마치 다른 세상 같은, 저 먼 어느 행성에 세운 식민지 같은 느낌이 들었다

타라가 작은 사무용 건물 앞에 차를 댔다.

야들리는 라이트를 끄고 도로에 차를 세웠다. 그녀는 타라가 서둘

러서 계단을 올라 2층으로 가는 것을 지켜봤다. 지도에서 파란색 점이 움직임을 멈췄다. 주위에는 아무도 없었고 그 일대는 마치 버려진 곳 같은 느낌이었다.

야들리는 차에서 내려 계단까지 걸어가서 위로 올라갔다. 각 층에는 두 개의 사무실이 있었는데 2층 사무실에 불이 켜져 있었다. 블라인드가 내려져 있어서 그녀는 안을 볼 수가 없었다. 하지만 그녀는 문에 귀를 대고 내부에서 움직이는 소리를 들을 수 있었다. 그녀는 다시 계단을 내려와서 모퉁이 옆에서 기다렸다.

몇 분 뒤에 타라가 뭔가를 들고 계단을 내려왔다. 커다란 박스였는데, 열일곱 살의 여리여리한 여자아이가 충분히 들 수 있을 만큼 뭔가 가벼운 것이 들어 있는 모양이었다. 그녀는 그 박스들을 차 트렁크에 넣은 다음 차에 타서 차를 움직이기 시작했다. 야들리는 휴대폰을 들고서 문자 메시지를 보냈다.

❦

승용차 한 대가 그 사무용 건물에 와서 멈춘 것은 40분은 족히 지나서였다. 그동안 야들리는 차에 앉아서 음악을 들으며 다른 생각을 하려고 애쓰고 있었다. 그녀는 위가 꼬였다. 에디 칼이 자신의 꼬맹이에게 무슨 일을 하도록 한 걸까, 몸서리치는 각본이 꼬리에 꼬리를 물고 그녀의 마음속을 내달렸다.

운동복 차림의 아시아계 여성이 승용차에서 내려 다가오자 야들리는 차에서 내렸다.

"무슨 일인지 궁금하지도 않아야겠지?" 그 여성이 말했다.

"그냥 우리 둘만의 비밀로 해 준다면 정말 고맙겠어, 엘라."

"이런, 입 열면 다친다, 그 말이네?"

야들리는 그녀를 사무실로 데려갔다. 엘라는 연방 검찰청 내부 수사관으로서 야들리와 몇 년간 긴밀하게 일해 온 사이였다. 그들은 둘 다 남성 우월주의 문화가 지배하는, 남성이 압도적인 직종에 있었다. 그로 인해 그들 사이에는 서로를 돌보아야 한다는 일종의 연대감이 생겨났다. 그래서 엘라가 자신이 본 것을 아무한테도 말하지 않을 것이라고 했을 때 야들리는 그녀의 말이 정말이라는 것을 알았다.

엘라는 만능열쇠를 꺼냈고 몇 초 만에 문이 열렸다. 야들리가 막 문을 열려고 하는데 엘라가 "멈춰!"라고 했다.

그녀는 문의 맨 위를 가리켰다. 센서가 달려 있었다. 엘라는 작은 가죽 케이스를 갖고 있었다. 그녀는 소리굽쇠같이 생긴 것을 꺼내더니 그것을 센서 위로 가져갔다. 그러자 부드럽게 윙윙거리는 소음이 들렸고 엘라는 몇 초 뒤에 그것을 치웠다.

"이제 알아서 해." 엘라가 말했다. "저 안에 뭐가 있는지 나는 보지 않는 편이 나아."

"정말 고마워."

"이걸로 내가 비싼 저녁을 얻어먹을 거니까 좋은 일이지, 뭐. 그리고 만일 당신이 뭔가 뉴스에 나오는 일이 생기면, 난 여기 온 적도 없는 거야." 그녀는 빙그레 웃으며 잠깐 머뭇거렸다. "행운을 빌어, 제스. 당신이 보고 싶을 거야."

그들은 서로 끌어안았다. 그리고 야들리는 그녀가 떠날 때까지 기다렸다가 문을 열었다.

49

볼드윈은 잠들지 못했다. 그는 천장을 쳐다보며 실크 시트 위에 누워서 아까 스칼렛의 집에서 그녀를 만나 저녁을 먹던 생각을 하고 있었다. 그녀의 말이 머릿속을 떠나지 않고 맴돌았다.

"난 아이를 지킬 거야. 당신이 당신 자식의 인생에서 한 부분이 되어 주면 좋겠지만 우리와 엮이고 싶지 않다면, 뭐 괜찮아. 우린 당신 없이도 잘 지낼 거야."

"당신은 이 세상이 어떤 곳인지 아무것도 몰라, 스칼렛. 사람들이 어떤 짓을 할 수 있는지 모른다고."

"이건 당신이 선택할 문제가 아니야, 케이슨."

그녀는 일어나서 가려고 했고 그는 그녀의 손목을 잡았다.

"아이를 갖는다는 건 그 아이에게 무슨 일이 생길지 걱정하면서 매일 매 순간 벼랑 끝에 매달려 있는 것 같을 거야. 아이가 살아 있는지, 죽었는지, 어떤 미친놈의 지하실에 묶여 있는 건 아닌지 말이야."

"이거 놔." 그녀는 이렇게 말하고는 그의 옆에서 멀어졌다.

그는 항상 아버지가 된다면 너무나 기쁠 것이라고, 자신이 죽은 후에 자신의 한 부분이 삶을 이어가는 것 같은 불멸의 감정을 느낄 것이라고 생각했었다. 하지만 그런 느낌은 전혀 들지 않았다. 그가 느낀 유일한 감정은 오싹한 두려움이었다.

그는 일어나서 욕실로 갔다. 얼굴에 물을 몇 번 끼얹고는, 수면을 돕기 위해 먹곤 하던 진정성 오일을 조금 먹었다. 자신이 붙여 놓은 하모니의 사진이 눈에 들어왔다. 그는 그 사진을 한참이나 바라보았다. 그 아이는 지금 무엇을 보고 있을까, 어떤 일을 겪고 있을까, 하는 생각이 떠나지를 않았다. 독이 피부로 스며들어 점점 더 몸속 깊이 들어오는 것 같았다. 그는 거울에 비친 모습을 잠깐 쳐다보고는 옷을 입었다.

한 가지 점에서는 리스 형사가 옳았다. 아동 범죄 수사관들은 다른 수사관들 같지 않았다. 그가 아는 뛰어난 아동 범죄 담당 형사들과 연방 요원들은 뚝심이 대단했다. 그들은 자신의 감정을 개입시키지 않고 수사를 할 수 있는 사람들이었다. 그는 자신이 그럴 수 있을지 확신하지 못했다.

그가 차를 몰고 간 아파트 단지는 보건 당국이 비위생적인 생활 환경으로 분류할 만한 곳으로 보였다. 쓰레기 처리장에는 쓰레기가 넘쳐났고 보도에는 지저분한 것들이 여기저기 흩어져 있었다. 주차장에는 몇 주, 혹은 몇 달씩 움직이지 않았을 것 같은 망가진 차들이 가득했다. 단지 자체가 시 외곽에 있어서 가까운 곳에 학교도, 교회도, 쇼핑몰도 없었고 아이들이 모여들 만한 다른 어떤 곳도 없었다. 이곳의 주민 대다수는 아이들이 모이는 어떤 곳에도 가서는 안 되는 사람들이었다.

성범죄자들은 그들이 저지른 범죄의 성격에 따라, 그리고 가석방 담당관들이 그들을 사회에 얼마나 위협적인 존재로 보는가에 따라 다른 처분을 받았다. C그룹은 자택 거주와 아동 접근이 허용된 단위로서 성인을 대상으로 범죄를 저질렀고 아동 성애 성향이 없는 사람들이 이에 해당했다. B그룹은 아동 성애 성향이 있으나 화학적 거세가 이루어져 심각한 위협이 되지 않는다고 간주된 사람들이 대상이었다. A그룹은 수형 기간을 채웠으나 여전히 사회에 심각한 위협이 된다고 간주된 사람들만이 대상이었다. 이들은 아동 근처에는 거주할 수 없지만 그래도 어딘가에 거주해야만 했다. 그래서 교정 당국은 이들이 B그룹으로 이동할 수 있다는 것을 증명될 때까지 그린 리브스 아파트 같은 곳에 거주하도록 지원했다.

볼드윈은 수년 전에 이곳에 몇 번 온 적이 있었는데 지금도 전혀 변한 것이 없었다. 어디선가 시끄러운 헤비메탈 음악이 요란스럽게 들려왔고 빈 맥주 캔들이 복도에 나뒹굴고 있었다. 벽에 세워 놓은 휴지통에는 쓰레기가 넘쳐났는데 대부분은 술병과 담뱃갑, 그리고 대마초 회사들이 약품을 운반할 때 사용하는 아무 표시 없는 크림색 박스들이었다.

볼드윈은 아파트 문을 노크했다. 안경을 쓰고 모히칸식으로 머리를 짧게 깎은 마른 남자가 나왔다. 커다란 갈색 눈의 남자는 한쪽 손이 없었다. 그는 볼드윈을 보자 마른침을 삼키며 낮은 소리로 말했다. "원하는 게 뭡니까?"

"당신과 얘기 좀 하려고, 오슨."

"난 아무 짓도 안 했어요. 바른 생활을 하는 중이라고요."

"그럴 거라고 믿어. 내가 여기 온 건 당신 때문이 아니야."

"그럼 누구 일로?"

"안에서 얘기할 수 있을까?"

오슨은 주저하더니 문을 열고 그를 들어오게 했다. 볼드윈은 아파트 안으로 들어갔다. 강박증이 느껴질 정도로 깨끗했다. 청소를 막 끝냈는지 카펫에는 진공청소기의 물결 자국이 나 있고 표백제 냄새가 났다.

볼드윈은 예전에 아동 범죄와는 무관한 사건의 정보원으로 오슨을 이용했는데 믿을 만하다는 것이 입증된 바 있었다.

그는 하모니 파르의 사진을 꺼냈다. "이 여자아이를 찾고 있어. 자기 집 뒤에서 납치되었는데—"

"'처형인', 맞죠? 그래요, 그 사건에 관한 기사를 읽었어요."

그는 한 손으로 조심스럽게 사진을 받아 들고 얼마 동안 쳐다봤다. 그는 교통사고로 다른 한 손을 잃었던 까닭에 마네킹 손같이 보이는 두툼한 플라스틱 모조 손을 끼워 놓았다. 볼드윈은 그가 그 사진을 들고 있는 것이 싫었다. 사진을 다시 돌려받을 때까지 뭔가가 스멀스멀 기어가는 느낌이었다.

"미안해요. 도움이 못 되겠어요. 난 더는 그런 세계와 관계가 없어요."

"난 당신의 가석방 담당관이 아니야. 그냥 이 아이를 찾고 싶은 것뿐이라고. 당신이 불법 공유망의 포럼들에 죄다 연결되어 있다는 걸 알고 있어. 누군가 이 아이에 관한 게시물을 올렸는지 당신이 알 수 있었으면 하고 바란 거야."

"당연히 올렸겠죠. 예쁜 아이인걸요."

그는 순간적으로 화가 치솟아서 마음을 다스려야 했다. "누군가 이 아이를 데려간 일에 대해 뭔가를 게시했거나, 그와 관련된, 뉴스에는 나오지 않은 일을 아는 사람이라도 있는지, 하는 말이야."

"이제 아동 범죄 쪽에서 일하세요?"

볼드윈은 사진을 치웠다. "도울 수 있어, 없어?"

"수소문해 볼 수는 있어요. 나한테 대가로 뭘 줄 건데요?"

"이봐, 내가 당신을 구해줬잖아. 그때—"

"그래서 갚았잖아요. 그 택시 운전사를 칼로 찌른 작자에 대해 내가 준 정보 덕분에 당신이 바로 그자를 잡았으니까요. 그리고 내 이름은 뉴스에 나오지 않게 했죠. 난 거기 대해 어떤 공도 인정받지 못했고, 가석방 담당관은 내가 말해도 믿지도 않았어요."

볼드윈은 숨을 깊이 들이마셨다. "좋아. 뭐라도 찾아 줘. 그러면 내가 신세를 진 걸로 하지. 합당한 신세라면 갚을 수 있도록 최선을 다 하겠네."

오슨은 고개를 끄덕였다. "지금 난 직업이 있고 안정적인 여자친구도 있어요. 좋은 치료제를 복용 중이고요. 난 이 거지 같은 곳에서 나가야 해요, 케이슨. 내가 원하는 건 집과 개, 그리고 평범한 모든 것들이에요. 그러니까 내 심리에 와서 내가 B그룹에 적합하다고 증언해 줘요. 그러면 내가 뭘 찾아낼 수 있는지 알아볼게요."

볼드윈은 그를 잠깐 가만히 봤다. 그리고 아랫입술을 깨물었다가 풀었다. 지갑에서 명함을 꺼내며 그가 말했다. "이걸로 날 뒤통수치면 안 돼, 오슨." 그는 명함을 소파 테이블 위에 놓았다. "찾을 수 있는 모든 걸 다 찾아 줘. 그 애한테 남은 시간이 얼마나 될지 몰라."

50

야들리는 불을 켰다. 타라가 들어갔던 사무실은 널찍했다. 방이 두 개 더 있었고 화장실로 가는 긴 복도가 있었다. 하지만, 그곳은 완전히 비어 있었다. 벽에는 아무것도 걸려 있지 않았고 카펫은 깨끗했다. 첫 번째 사무실을 둘러봤을 때 카펫에는 책상이 있었던 눌린 자국조차 없었다. 그녀는 복도를 걸어가서 화장실 옆의 두 번째 사무실로 갔다. 문을 연 그녀는 조용히 숨을 들이켰다.

그림들이 벽에 줄지어 놓여 있었다. 최소한 여섯 개였다. 그녀는 어디서든 그 스타일을 알아볼 것이었다. 날카롭게 그어진 물감, 사진이라고 해도 무방할 만큼 정교한 인간의 형상들, 항상 시커멓거나 잿빛의 폭풍우가 휘몰아치는 하늘이 있었다. 한 번도 푸르거나 햇살이 내리쬐는 법이 없었다.

오른쪽 하단 구석에 있는 각진 서명을 본 순간 그녀는 이미 알고 있던 것을 확인했을 뿐이었다. 그것은 에디 칼의 그림들이었다. 전에 한 번도 본 적이 없는 것들이었다. 그가 그녀에게서 숨겨놓은 것들.

야들리는 벽에 기대 스르르 미끄러져 내렸고 그대로 주저앉아 그 것들을 응시했다. 객관적인 관찰자에게 그 그림들은 수준 높은 화가의 작품으로, 아름다워 보일 것이었다. 눈이 부실 정도로 아름다워서 한참이나 쳐다보고 있을 정도일 것이다. 어느 정도 시간이 지나면 불편한 느낌이 가만히 커지게 될 것이다. 갤러리 전시회에서 야들리는 사람들이 칼의 그림을 경외심을 갖고 응시하다가 재빨리 자리를 옮겨서는 나머지 그림들은 보지도 않는 것을 지켜봤었다. 몇몇 사람들은 오랫동안 눈을 떼지 못했고, 그런 사람들이 그 그림들을 구매하곤 했다. 그들은 칼의 작품이 영혼을 울린 사람들이었다.

딸이 그런 사람 중 하나였단 말인가?

타라가 그곳에서 가지고 나간 박스에는 그의 어떤 그림들이 들어 있었음이 틀림없었다. 하지만 왜? 무슨 이용 가능성이—

순간적으로 야들리는 정신이 번쩍 들었다. 강렬한 한순간에 그녀는 타라와 그 애의 아버지 사이의 관계 전체, 그리고 타라가 그의 그림들을 가지고 나간 이유를 알게 되었다.

야들리는 깊이 숨을 들이쉬고는 천천히 내쉬면서 점점 커져 오는 공포감을 호흡으로 가라앉히려 애썼다. 그런 다음 그녀는 일어나서 문을 잠그고 사무실을 뒤로하고 그곳을 떠났다.

51

재판이 너무 빨리 다가오는 것 같았다. 시간이 순식간에 흘러갔기에, 야들리는 지방 검찰청에서 해가 뜰 때부터 질 때까지 일했고, 잠깐 짬이 나면 산책을 하고 책상에 앉아 점심을 먹었다.

그녀는 아침이면 너무 피곤해서 일어나자마자 커피를 연거푸 석 잔을 마셨고 점심과 저녁때 또 석 잔을 마셨다. 밤에 잠들기 위해 수면제를 먹어야 했고, 그렇게 해서 다음 날이면 오히려 더 기진맥진해지는 것이었다.

그녀는 애스터가 낸 신청에서 그의 다섯 가지 변론을 다 물리쳤다. 웨스턴과 애스터는 법정에서 계속해서 싸웠지만 그럴 때마다 매번 리치가 그를 대신해서 긴장을 완화시켰다. 야들리는 가석방이 가능한 종신형을 제안했지만, 애스터는 그 제안을 거부했다.

그녀와 리버는 자주 만나 점심을 먹었고 어느 토요일에는 와인 바에서 문을 닫을 때까지 있기도 했다. 리버가 야들리는 일에서 벗어나 휴식을 취해야 한다고 우겼기 때문에, 게다가 집에 와서 그녀를 끌어내기까지 했기 때문에 겨우 간 것이었다.

야들리는 그녀에게 타라가 하고 있던 일을 발견한 얘기를 했다.

"그럼 타라가 그것들을 파는 건가요?" 리버가 물었다.

야들리는 와인 잔을 내려다보며 고개를 끄덕였다. "그는 항소심을 위해 돈이 필요해서 그 애를 이용하는 거예요. 타라가 그러는 이유는 모르겠지만, 그 애가 하려는 어떤 일을 그가 계획한 거예요."

"타라와는 아직 말을 나누지 않은 건가요?"

"그 애가 지금 나한테 사실대로 말할 거라고 생각하지 않아요. 그가 계획한 게 뭔지를 먼저 알아내야 해요." 그녀는 와인을 다 마시고 잔을 내려놓았다. "난 타라와 얘기할 때 빙빙 돌려 말하는 게 정말 싫어요. 어쩐지 내가 그 애를 배신하는 것 같은 느낌이 들거든요."

"타라를 보호하는 것 같은데요, 뭘."

야들리는 몇 초 동안 빈 잔을 내려다보았다. "더 이상 할 수 있을 거라는 자신이 없어요."

또 다른 밤에 그들은 전화로 한 시간 동안 재판과는 관계없는 대화를 나누었다. 어렸을 때 남자아이들의 관심을 얻기 위해 했던 바보 같은 일들을 말하며 간간이 웃음을 터트리기도 했다. 그러다 대화는 오랜 침묵에 빠졌고 마침내 리버가 말했다. "나 두려워요, 제스."

"알아요."

"내 마음 한편에서는 재커리가 나올 경우를 대비해서 계획을 세우자고 해요. 그냥 사라져버리자고요. 하지만 다른 편에는 그가 이런 짓을 하지는 않았을 거라는 믿음이 여전히 있는 거예요." 그녀가 잠시 말을 멈췄다. "내일 그를 보러 갈 거예요."

"난 그게 좋은 생각인지 잘 모르겠네요."

"아무래도 상관없어요. 난 그를 봐야 해요. 그가 그리워요."

야들리는 그녀와 논쟁하지 않았다. 그녀는 재커리가 유죄를 선고받으면 리버가 자신을 원망할지도 모른다는 생각이 들었다. 그와 함께 해야 했던 미래를 그리면서 야들리가 자기에게서 그 미래를 앗아갔다고 생각할지도 모른다고. 그러나 그런 것은 문제가 아니었다. 적어도 자신을 원망할 수 있도록 그녀는 살아남을 테니까 말이다.

재판이 있던 날, 야들리는 검정 정장을 입고 거울에 비친 자기 모습을 바라봤다. 눈 밑에는 다크서클이 있었고 얼굴은 창백했다. 커피 때문에 식욕이 없어져서 근근이 끼니를 때웠기에 이미 여윈 몸에서 체중이 너무 많이 빠진 상태였다.

그녀는 법원에 일찍 도착해서 별다른 검색 없이 금속 탐지기를 통과했다. 애스터는 리치와 함께 이미 변호인석에 와 있었다. 그는 양복 대신 깔끔한 바지와 캐주얼 재킷을 입음으로써 배심원단에게 약자라는 인상을 주려 하고 있었다. 야들리는 검사석 자신의 자리로 가서 개릿 형사에게 오늘 법원 가까운 곳에 있어 달라는 문자 메시지를 재확인용으로 보냈다. 그런 다음 그녀는 서류 가방에서 파일과 서류들을 꺼내어 테이블 위에 가지런히 놓았다. 증인 명단이 맨 끝에 놓여 있어서 그녀는 재빨리 그 명단을 훑어보았다.

"전원 기립하십시오." 법원 정리가 말했다. "제8 지방 법원이 개정합니다. 존경하는 하비 웨스턴 재판장님이 입장하십니다."

"착석해 주세요." 자리에 앉으면서 판사가 말했다. "양쪽 다 준비되셨습니까?" 그가 물었다.

"그렇습니다, 존경하는 재판장님." 애스터가 말했다.

"네, 판사님."

"그럼 피고인을 데리고 나온 다음 배심원 후보들을 입장시킵시다."

재커리는 바스락거리는 검정 양복에 금색 시계를 차고 나왔다. 그가 리치와 애스터 사이에 앉은 뒤 다른 법정 경위가 배심원 후보들을 데리고 들어왔다. 클라크 카운티 주민인 남녀 50명이었다. 그들은 설문지를 미리 작성하여 서신으로 발송했기에 야들리는 정돈된 파일 중 하나에서 그 사본과 자신이 작성한 메모가 적힌 종이 한 장을 집어 들었다.

설문은 '당신은 어떤 잡지를 구독하십니까? 투표에 참여하십니까? 범죄로 유죄 선고를 받은 적이 있습니까? 배심원단에 참여한 적이 있습니까?' 등의 폭넓은 내용으로 이루어져 있었다.

총 90개의 질문이 있었는데 야들리는 그중 조금이라도 유관한 질문이 있다고 생각하지 않았다. 중범죄 이력이 있는지, 이성적인 추론 능력에 영향을 미치는 정신적 질환이 있는지, 혹은 경찰이나 다른 인종, 종교에 대한 편견이 있는지 등등의 질문은 사람들에게 당혹감을 주는 것으로서, 그런 질문들 중 솔직한 답이 나올 질문은 거의 없었다. 야들리는 답변에 초점을 맞추는 대신 질문에 답변하는 그들의 몸이 표현하는 언어에 주목하고 싶었다.

배심원 후보들이 모두 참석했는지 점검하는 출석 확인이 이루어지고 나서, 웨스턴은 그들에게 이것은 살인에서부터 상해 폭행에 이르는 여러 가지 혐의에 관련된 중요한 사건이라는 것을 주지시켰고, 그 후 야들리에게 배심원 선정 심문을 하도록 했다.

야들리는 배심원 후보들이 개인적으로 형사 사법제도를 경험했던 일과 관련된 질문들을 한 다음 그들의 가족 구성원이 경험했던 일, 그리고 친구들이 경험했던 일로 넘어갔다. 그 후 그녀는 이성적인 추론 능력을 방해할 수 있는 잠재적인 편견과 정신적, 육체적 질병으로 넘어간 다음 배심원들이 조금 불편해할 수 있는 일반적인 질문으로 옮겨갔다. 그렇게 해서 그녀는 그들이 어떻게 반응하는지를 볼 수 있었다. 무엇보다 먼저, 그녀는 안절부절못하는 모습, 그녀의 시선을 외면하는 모습, 좌석에서 몸을 움직이는 모습, 그리고 팔짱을 끼는 모습을 살폈다. 그런 것은 진실성의 결여나 적대감을 나타내는 지표였다.

그녀가 심문을 다 마치고 났을 때는 저녁 6시였다. 그래서 변호인의 배심원 선정 심문은 아침에 시작됐다. 리치가 일어나서 먼저 질문을 시작했다. 그녀는 야들리가 이미 했던 분야는 다루지 않고 대신에 이 사건의 다양한 국면들을 논하면서 이들과 가벼운 농담을 하는 데 주력했다. 그것은 이의 제기를 피하기 위한 절묘한 방식이지만, 이 사건에 대한 자신들의 논리를 그들에게 서서히 주입하고 있는 것이기도 했다.

'당신이 누군가 범죄를 저질렀다고 믿지만, 당신의 믿음을 뒷받침할 만한 증거가 충분치 않다면 당신은 그 사람에게 무죄를 선고할 수 있습니까? 당신 생각에는 결백하지만 다른 배심원은 그렇게 생각하지 않는다면 그 사람은 유죄일까요? 범죄를 저지른 진범이 법망을 피해 간다는 것을 안다면 당신은 어떤 느낌이 들까요?'

리치는 몇 번 선을 넘었지만, 야들리는 이의를 제기하지 않았다. 그녀는 아직은 배심원단 앞에서 전투적인 인상을 주고 싶지 않았다.

야들리는 이것이 살인 사건 재판이라는 것을 고려할 때 그들이 너무나 빠르게 예비 심문을 마치는 것에 놀랐다. 그녀가 사형을 요구하지 않기 때문에 배심원단은 사형 폐지론자 면제 절차*를 밟을 필요가 없었다. 그렇게 하려면 최장 두세 달의 시간이 걸릴 수도 있었다.

애스터는 세 명의 배심원만을 다시 불러들여 달라고 요청해서 그들에게 질문을 했고 야들리는 한 명만 그렇게 했다. 질문의 대부분은 그들의 이력에서 볼 수 있는 편견과 관련된 것이었다. 배심원 선정 셋째 날 그들은 전체 인원에 대해 질문을 마치고 판사실에 앉아서 명단을 정리했다.

---

* 사형제가 있는 미국의 주에서 사형 선고가 가능한 재판의 배심원단에 사형 폐지론자가 선정되지 않도록 면제해 주는 절차

"4번 배심원을 이유부 기피하고 싶습니다."

"기각합니다." 웨스턴이 배심원 번호와 이름이 적힌 종이에 메모를 하며 말했다.

"판사님, 그녀의 아버지는 경찰이었습니다."

"그래서요? 그녀는 경찰이 아닙니다. 기각합니다."

"이건 말이 안 됩니다." 애스터가 말했다. "경찰의 딸이 배심원단에 있어서는 안 됩니다."

"내가 이 배심원단에 있어도 된다고 말하는 사람은 누구라도 됩니다, 애스터 씨. 그리고 말조심하세요."

그는 고개를 가로저으며 말했다. "좋습니다. 저는 무이유부 기피권 중 하나를 써서 그들을 배제하겠습니다. 다음으로 12번 배심원에 대한 이유부 기피를 신청합니다."

"기각합니다."

"그의 아버지는 음주 운전자 때문에 사망했습니다, 판사님. 그리고 그 남자는 무혐의로 풀려났습니다. 그는 앙심을 품고 있습니다. 객관적일 수가 없단 말씀입니다."

"기각합니다. 다음."

애스터는 일순간 잠자코 있었고, 두 남자는 서로를 노려보았다. "16번 배심원은 이유부 기피되어야 합니다."

"기각합니다."

"농담이시겠죠."

"내가 농담하는 걸로 보입니까?"

"그는 교도소 경비대원입니다. 이 친구들은 범죄 혐의를 받고 있다는 것만으로도 누구든 교수형 시키려고 생각하는 사람들입니다."

"당신이 질문했을 때 그는 객관적일 수 있다고 했습니다."

"물론 그는 그렇게 말했습니다. 그가 뭐라고 하겠습니까? '아뇨, 저는 감정이 앞서는 멍청이여서 제 자신을 통제할 수 없습니다.'라고 할까요?"

"당신의 신청은 기각되었습니다. 다음."

"이건 헛소리예요." 애스터가 말했다. 목소리가 높아졌다.

리치가 그의 팔뚝에 손을 얹고 말했다. "딜런—"

"도대체 뭐 하는 겁니까, 하비?" 그는 거의 고함을 질렀다. "또 술 마셨나요?"

"이봐! 여기서 감히 소리를 지르다니. 난 고함 지르는 건 용인하지 않을 거야!" 그가 소리쳤다. "이건 내 법정이야. 그리고 나는 무엇이건 할 수 있어. 내가 필요하다고 생각하는—"

"지금 고함 지르는 건 당신이에요." 애스터가 말했다.

"나는 판사라고, 이런 빌어먹을! 우리가 판사가 되는 이유는 사람들에게 고함을 지를 수 있기 때문이야. 자, 이건 다음 5일을 준비하는 말투가 아니야. 이렇게 하면 당신은 정말 힘든 시간을 보내게 될 거야."

리치가 말했다. "좋습니다, 판사님. 그냥 넘어가지요."

야들리는 두 사람을 이유부 기피 신청했고, 그녀 역시도 기각당했으나 이의를 제기하지는 않았다. 웨스턴은 특별히 기분이 안 좋아 보였기에 그녀는 그가 이 재판을 가능한 한 빨리 해치우고 싶은 것이라고 추측했다. 아마도 그는 자신이 조합해 낸 배심원단이라면 심사숙고하는 시간을 가지기보다는 빠르게 평결에 도달할 걸로 생각한 것일까?

오후 늦게 그들은 논쟁 끝에 열두 명의 배심원과 네 명의 예비군에 대한 합의에 도달했다. 웨스턴은 그날은 휴정할 것이며 아침에 모두 진술부터 시작할 것이라고 말했다.

52

야들리는 아침을 먹지 못했다. 그 대신 법원 건너편 카페에 앉아서 개릿 형사의 보고서를 한 번 더 찬찬히 읽었다. 모두 진술 후 나올 첫 번째 증인이 그였다. 타라에게서 '힘내세요!'라는 문자 메시지가 왔다. 빙그레 웃음이 나왔지만 동시에 아릿한 슬픔이 밀려왔다. 앞으로 8일 동안 그녀는 딸을 거의 보지 못할 것이었다. 더 나쁜 것은, 그녀가 타라를 세밀하게 지켜볼 수 없을 것이라는 점이었다.

그녀는 법원에 일찍 가서 검사석에 앉았다. 그리고 배심원단 가까운 곳에 이젤을 두고 그 위에 놓아달라고 부탁한 캐시 파르의 커다란 사진을 법원 정리가 설치하는 것을 지켜봤다. 캐시와 하모니, 그리고 터커가 워터파크에서 함께 찍은 것이었다. 그녀가 찾을 수 있었던 사진 중 세 사람이 모두 웃고 있는 사진은 그것이 유일했다.

배심원단과 변호사, 검사가 모두 자리에 앉았을 때 웨스턴이 나왔다. 그는 목청을 가다듬은 다음 배심원단에게 재판 중에 검사와 변호사가 말하는 것은 증거가 아니라 증거에 대한 그들의 견해일 뿐이라고, 그들의 진술이 어느 정도 적절하다고 여길지는 배심원단이 정할 문제라고 말했다.

"야들리 씨, 시작하세요."

야들리가 일어났다. 피곤이 물결치듯 밀려와서 몸이 늘어지는 것 같았지만 그녀는 재판의 아드레날린으로 기운이 나기를 바라고 있었다.

그녀는 재커리 쪽을 흘깃 보고는 배심원단에게 다가갔다. 너무 가깝거나 너무 멀리 서지 않으려고 조심하면서.

"제가 검사가 되기 전의 일인데요, 어느 날 밤 편의점을 턴 어떤 남자가 뉴스에 나왔던 기억이 납니다. 그가 점원의 얼굴에 총을 들이대고 계산대에서 현금을 낚아채서 편의점에서 뛰어나가는 것을 본 증인이 두 명 있었습니다. 또한 그 장면을 담은 CCTV 영상도 있었습니다. 뉴스 앵커는 그가 재판에 회부되었다고 했습니다. 그때 저는 '저 사람을 누가 무죄 방면할 수 있겠어? 증거가 넘쳐나는데.'라고 생각했던 것을 기억합니다.

두 달 뒤에, 저는 우연히 그 후 그 일이 어떻게 진행되었는지 알게 되었습니다. 그 남자는 무죄가 되었더군요. 제가 봤던 어떤 케이블 TV 뉴스 프로그램에서 누군가가 말하더군요. 우리나라 사법제도는 코미디라고요. O. J. 심프슨의 판결이 있은 지 몇 년밖에 지나지 않았을 때 이 일이 일어났기에, 사람들은 하나같이 우리의 제도가 제대로 기능하지 않는다고 생각하며 신경이 곤두서 있었습니다. 저는 항상 우리나라 사법제도를 신뢰하고 있었기에 사람들에게 그것을 변호해야 했던 것을 기억하고 있습니다. 하지만 제가 계속해서 듣게 되었던 한 단어는 '코미디'였습니다. 우리나라 사법제도는 **코미디**였습니다. 그리고 그 단어가 저를 떠나지 않았던 것 같습니다."

그녀는 양손을 가지런히 몸 앞에 두고 배심원단을 둘러봤다.

"저는 이 재판을 준비하면서 그 단어를 생각했습니다. 여기 증거가 넘쳐납니다. 그 편의점 강도 사건에서 그랬던 것처럼 말이죠. 여러분은 여러 명의 경관과 법의학자들, 형사들, 그리고 연방 요원들에게서 이 사건의 세세한 사항들을 듣게 될 것입니다. 그리고 그 세세한 사항은 끔찍합니다."

그녀는 돌아서서 재커리를 쳐다보고는 캐시 파르의 사진을 향해 걸어갔다.

"피고인 마이클 재커리는 여기서 두 시간이 걸리지 않는 크림슨 레이크 로드에 있는 통나무집에서 캐시 파르라는 이 아름다운 여성을 살해했습니다. 남편과 딸이 있고 앞날이 창창한 한 여인을 말입니다. 피고인은 캐시와 부적절한 관계를 맺고 있었습니다. 우리는 그 관계가 어떻게, 왜 시작되었는지 — 드물게 있는 일이니까요 — 모르지만, 그런 관계였던 것입니다. 그리고 어느 지점에선가 관계가 틀어졌습니다. 너무 심하게 틀어진 나머지 피고인은 캐시 파르가 죽어야 한다고 결정했죠. 아마도 그녀가 그와 동거 중인 여자친구인 안젤라 리버에게 말을 하려 했기 때문인지도 모릅니다. 아니면 그녀는 관계를 정리하고 싶었는데 그가 그렇지 않아서인지도요…." 그녀는 잠깐 말을 멈췄다. "그것도 아니면 어쩌면 그는 그냥 그녀를 죽이고 싶었는지도 모릅니다." 그녀는 숨을 들이쉬고는 양손으로 뒷짐을 졌다. "진실은, 그가 왜 그녀를 죽였는지 우리는 아마도 절대 모르리라는 것입니다. 결국, 그게 중요한 문제가 아니라는 거죠. 제가 살인 전담 형사들에게서 종종 들었던 말처럼, 죽은 건 여전히 죽은 겁니다."

야들리는 캐시 파르의 사진을 치우고 그 자리에 다른 것을 올려놓았다. 그것은 사프롱의 첫 번째 그림이었다. 그런 다음 그녀는 캐시 파르의 범죄 현장 사진들이 가지런히 놓인 화이트보드를 돌려 잘 보이도록 했다.

"이것은 1964년에 사프롱이라는 화가가 그린 그림입니다. 여러분은 이 그림과 캐시 파르 죽음의 현장이 동일하다는 것을 보실 수 있습니다. 캐시 파르의 사체는 이 그림을 모방한 자세로 놓여 있었습니다. 그녀는 직장에서 휴식 시간에 납치되어 리신 주사를 맞고 테이블에 묶였습니다. 그는 이마를 칼로 그어 얼굴로 피가 흘러내리게 한 다음 붕대를 감고 그림 속에 있는 것과 똑같은 짧은 검정 원피스를 입혔습니다. 그런 다음 그녀는 의자에 앉았고 산업용 강도를 지닌 의료용 본드를 사용하여 살아 있는 듯한 모습으로 연출됐습니다. 그녀는 양팔과 허벅지, 등이 의자에 완전히 접착된 채 그곳에서 사망했습니다. 완전한 어둠 속에서 홀로, 두려움에 떨면서 말입니다.

한 달 뒤에 한 주민이 크림슨 레이크 로드의 다른 통나무집에서 수상한 움직임이 있다는 신고를 했습니다. 클라크 카운티 보안관실과 FBI 요원이 급히 현장으로 달려갔습니다." 그녀는 잠시 말을 멈췄다. "목격한 장면에 그들은 충격을 받았습니다."

"재커리 씨의 여자친구인 안젤라 리버가 테이블 위에 누워 있었습니다." 야들리는 이젤로 가서 사프롱의 그림을 내려놓고 연작 중 두 번째 그림을 올렸다. 그리고 그 옆에 볼드윈이 리버를 발견했을 때 그녀의 모습을 그린 확대 스케치를 놓았다.

"살아 있는 인간, 안젤라 리버에게 재현된 두 번째 그림입니다. 하지만, 이번에는 재커리 씨가 실수를 했습니다. 안젤라는 살아남았습니다. 그녀는 고통에 처했고 주입된 리신 때문에 죽음에 이를 뻔했지만 재커리 씨가 주입량을 잘못 계산하는 바람에 사투 끝에 살아남을 수 있었습니다.

재커리 씨의 소유지에 대한 수색 영장이 집행되었습니다. 이것들이 경찰과 요원이 발견한 것입니다." 그녀는 검사석에서 투명한 비닐백을 여러 개 집어 들었다. 그런 다음 한 번에 하나씩 증거물을 보이면서 그것의 의미를 설명했고 배심원단이 가까이에서 자세히 살펴볼 수 있도록 했다. 그녀는 재커리에게 알리바이가 없다는 점, 그리고 그에게 어떻게 두 범죄를 저지를 완벽한 기회가 있었는지를 설명했다. 그녀는 여러 차례 재커리에게 눈길을 주었는데, 그가 증오에 찬 눈빛으로 그녀를 노려보는 것이 보였다.

그녀는 한 시간 동안 증거물을 다 보이고 난 뒤 배심원단에게 다가가서 그들 한 사람 한 사람과 눈을 맞추었다.

"변호인은 될 수 있는 한 증거가 아닌 다른 어떤 것으로 이 재판을 끌어가려고 할 것입니다. 그들은 캐시 파르의 남편인 터커 파르를 언급할 것입니다. 그는 과거에 납치 사건으로 유죄를 받은 전과가 있는데, 변호인은 틀림없이 이를 여러 차례 거론할 것입니다. 그의 몸에는 문신이 많습니다. 그는 육체노동을 하고 있고 배움이 짧습니다. 변호인은 여러분께 그가 살인자처럼 **보인다**고 말할 것입니다.

그들은 캐시 파르의 불륜, 검찰, 혹은 경찰의 편견에 대해 언급하려 할 것이며… 이 사건에 대해 한 가지만 빼고 모든 것을 활용할 것입니다. 그 한 가지는 증거입니다. 그들은 여러분께 재커리 씨가 성공한 의사라고 말할 겁니다. 그가 부유한 상류층 출신 엘리트이며 부유한 엘리트는 이와 같은 범죄를 저지르지 않는다고요." 그녀는 배심원단에게 한 걸음 다가섰다. "모든 증거가 재커리 씨의 차고 안에서 발견된 것은 아무 일도 아닙니다. 두 번의 밤 모두 그에게 알리바이가 없는 것은 아무 일도 아닙니다. 샤프롱의 그림들이 그의 소유물에서 발견된 것은 아무 일도 아닙니다. 변호인은 여러분께 이 모든 것이 아무 일 아니라고 할 것입니다. 왜냐하면 다른 누군가가 마이클 재커리보다 더 살인자처럼 **보이기** 때문이죠."

배심원 중 한 명이 믿지 못하겠다는 듯 고개를 내저었다.

야들리는 양손으로 뒷짐을 졌다.

"저는 오늘 아침에 그 편의점 강도를 생각하고 있었습니다. 제 딸은 한 번씩 제게 저의 직업과 사법제도에 대해 묻곤 합니다. 그래서 저는 그 애가 제게 '**엄마는 사법제도가 무너진 걸 본 적이 있나요?**'라고 묻는 장면을 그려봤습니다. 그러면 저는 이렇게 말할 겁니다. '**모든 증거가 피고인의 소유물에서 발견되었고, 그의 알리바이를 입증할 수 있는 단 한 명의 증인도 없었고, 범죄 현장과 동일한 그림들을 그가 소유하고 있었고, 피해자가 그의 애인과 여자친구였던 사건이 하나 있었는데… 배심원단이 그를 무죄라고 했단다. 왜냐하면 다른 누군가가 그 피고인보다 더 살인자처럼 보였기 때문이야. 그날 그 두 피해자에게 사법제도는 무너진 것이란다.**' 신사 숙녀 여러분, 그런 일이 일어난다면, 그렇다면 그 케이블 뉴스에 나온 사람들의 말이 옳았던 겁니다. 우리나라의 사법제도가 코미디인 거죠. 그런 일이 생기도록 내버려 두지 마십시오. 변호인이 이 사건에 대해 증거가 아닌 다른 것을 논하도록 내버려 두지 마십시오. 마이클 재커리는 캐시 파르를 살해하고 안젤라 리버를 살해하려 했습니다. 그가 그 일에 대한 처벌을 면하도록 하지 마십시오."

야들리는 자리에 앉았다. 몇몇 배심원이 그녀를 계속 쳐다보고 있다가 눈길을 돌렸다. 웨스턴이 말했다. "애스터 씨."

53

애스터가 일어나서 배심원단 앞에 섰다. 그는 한순간 그들을 둘러보고는 말했다. "야들리 씨 말이 맞습니다." 그는 증거물 비닐 백을 검사석에서 집어 들었다. "이 모든 물건이 마이클 재커리의 차고에서 발견되었습니다. 그는 파르 씨 부인이 살해되던 날 밤에 학회에 참가했는데 그곳에서 그를 보았다고 기억하는 사람은 아무도 없는 듯합니다. 여자친구가 납치되었을 때 그는 집에서 자고 있었고 그것을 확인해 줄 사람은 아무도 없습니다. 그러니까 재판으로 골머리 썩을 이유가 있을까요? 그냥 경찰 보고서를 읽고 그를 감옥에 처넣읍시다. 뭣하러 배심원단을 데려와서 모두의 시간을 허비하는 걸까요? 제대로된 알리바이가 없다면 이 모든 건 그냥 신경 쓰지 맙시다." 그는 법정으로 팔을 한 바퀴 쭉 돌리며 말했다. "저는 이런 식으로 생각하는 수많은 경찰을 압니다. 그래서 염병할, 그들이 옳은 걸까요? 증거가 명백할 때는 그냥 가둬 버립시다."

그는 배심원 한 사람 한 사람의 눈을 응시했다.

"우리는 왜 그렇게 하지 않는 걸까요? 왜냐하면 가끔은, 보이는 것에 우리가 속기 때문입니다. 가끔, **가끔은** 말이죠, 모든 것이 한 방향을 가리키는 것처럼 보일 때 사실은 다른 방향인 경우가 있습니다. 네, 저 물건들이 그의 차고에서 발견되었는데, 그는 여러분께 그것들이 어떻게 거기 있었는지 모르겠다고 말할 것입니다. 황당하네요. 그렇죠? 야들리 씨가 말한 것 그대로입니다. 자, 여러분 스스로에게 물어보세요. 그는 왜 자기 여자친구가 보게 될지도 모른다는 걸 알면서 저 물건들을 그의 차고에 보관할 정도로 어리석은 걸까요? 재커리 박사는 스탠퍼드 의대를 나온 명망 높은 응급실 내과 의사입니다. 그가 과연 캐시 파르보다 체중이 1/3이상 더 나가는 안젤라 리버에게 캐시 파르의 치사량보다 더 많은 양의 리신이 필요하다는 것을 모를 정도로 우매할까요? 애인을 살해하고 한 달 뒤에 여자친구를 살해할 정도로 우매할까요? 자신이 경찰의 제1 용의자가 되리라는 것을 그가 몰랐을까요? 그는 정말 너무나 멍청해서 그럴듯한 알리바이도 만들어 놓지 않은 걸까요?"

애스터는 옆으로 한 발짝 옮겨가서 재커리 근처에 있는 변호인석 테이블에 한 손을 얹었다.

"이제 동기에 대해 말해 봅시다. 재커리 씨의 동기는 정확히 무엇입니까? 검찰 측이 이 문제에 대해 한마디라도 하는 걸 들으셨습니까? '저기요, 우리는 결코 알지 못할 것입니다.'가 그들이 말한 전부입니다. 음, 이건 제대로 된 게 아니지요. 우리의 사법제도가 정립된 이유는 정확히 이런 겁니다. 한 사람의 목숨을 앗아가려면 그 전에 그가 한 일을 증명해야 한다고 정부에 말하라는 것 말입니다. **입증을 하십시오.** 여러분은 어깨를 으쓱하면서 **'글쎄요, 우리는 알 수 없습니다. 그러니까 어찌 되었건 그의 유죄를 인정하세요.'**라고 말해서는 안 됩니다. 동기가 무엇입니까? 없다는 것이 진실입니다. 검찰 측은 재커리 박사가 왜 이런 짓을 했는지 여러분에게 말해 줄 실낱같은 증거도 제시하지 않을 것입니다."

애스터는 변호인석 앞에서 왔다 갔다 했다. "야들리 씨의 딸은 자신이 한 질문에 대해 다른 답을 들을 수도 있습니다. '그래, 우리 사법 제도가 무너진 때가 언제인지 내가 말해줄게. 그건 배심원단이 합리적인 의심을 넘어선다는 것이 무엇을 뜻하는지 고려조차 하지 않았을 때, 증거가 모순된다는 것을 전혀 고려하지 않았을 때, 동기가 무엇인지 묻지 않았을 때, 그리고 무고한 사람을 믿지 않았을 때란다. 사법제도는 그날 무너진 것이고, 그래서 한 사람이 목숨을 빼앗긴 것인데 그것은 검찰이 배심원단에게 그렇게 하라고 했기 때문이야.'"

애스터는 잠시 침묵하며 배심원들을 응시했다.

"하지만 이런 식이 될 필요는 없죠. 제 말씀은, 여러분이 저쪽 평의실로 돌아가서 **'이걸로 충분히 훌륭해.'**라고 할 수도 있다는 뜻입니다. 그의 차고에서 충분한 증거를 찾았습니다. 물론, 말도 안 되고 동기도 없지만, 그 물건들이 차고에 있었습니다. 충분합니다. 여러분은 그렇게 할 수도 있을 것입니다.

아니면, 여러분은 그곳에 돌아가서 **합리적인 의심을 넘어선다는 것**이 무엇을 뜻하는지를 정말로 숙고하고, 자신의 감정은 접어두고 증거를 공정하게 바라보겠다고 한 그 선서를 정말 진지하게 받아들일 수도 있을 것입니다. 우리 건국의 아버지들이 왜 우리 자신으로부터 우리를 보호한다고 하지 않고 우리의 정부로부터 우리를 보호한다는 헌법을 만들었는지 진실로 생각해 보십시오. 그러나 만약 여러분이 그곳으로 돌아가서 **'뭐야 제기랄, 충분히 훌륭해. 그를 가두고 열쇠를 밖으로 던져 버려.'** 이렇게 말한다면, 좋습니다. 그럼 야들리 씨가 옳은 거죠···. 이 사법제도는 코미디인 겁니다."

애스터는 자리에 앉았다. 웨스턴이 의자에 등을 기대고 말했다. "야들리 씨, 첫 번째 증인."

54

야들리는 개릿에게 선서를 하게 했다. 그는 새로 다림질한 양복을 입고, 허리 밑 총집에 총을 차고 있었다. 목에는 배지가 걸려 있었다. 야들리는 그가 선서를 한 후 잠깐 종이컵으로 물을 마실 시간을 주었다.

"안녕하세요, 형사?"

"네, 감사합니다."

"좋습니다. 자, 괜찮다면, 저는 먼저 증인의 적격성을 살펴보고 싶습니다. 기록을 위해 이름의 철자를 알려 주시고 증인의 이력을 좀 말씀해 주십시오."

개릿은 그녀가 요청한 대로 하면서 배심원단을 쳐다봤다. 법정에 많이 서 본 증인의 표시였다. 그는 그들에게 군대와 경찰 시절에 대해, 그리고 보안관실의 살인 전담 형사로 진급한 것에 대해 말했다. 마약 단속국과 FBI에서 받은 훈련과 자신이 다른 형사들을 훈련한 것도 설명했다. 야들리는 또 여가 시간에 그는 무엇을 하는 걸 좋아하는지 물어서 배심원단이 그에 대해 알 기회를 주었다. 그녀는 배심원단의 관심이 계속해서 집중될 수 있도록 도입부의 질문을 15분에 한정했다.

"해당 사건에 대해 우리에게 말해주세요, 형사."

그는 캐시 파르 사건의 최초 신고 전화를 설명하고 자신이 어떻게 현장에 파견되었고 무엇을 발견했는지 말했다. 그런 다음 그는 안젤라 리버에게 일어난 일을 설명했다. 야들리는 리버가 법정에 있는지 보기 위해 뒤를 한 번 보았으나 그녀는 없었다.

"형사, 이 범죄들을 마이클 재커리가 아닌 다른 사람과 연관시킬 어떤 증거를 발견하셨나요?"

"아뇨, 못 했습니다."

"다른 요주의 인물은 있습니까?"

"있었습니다. 터커 파르 씨가 잠깐 요주의 인물이었죠. 그의 아내에 이어 그의 딸이—"

"이의 있습니다." 애스터가 일어나며 말했다. "가까이 모여도 될까요?"

"네."

야들리가 판사석에 기대자 애스터도 똑같이 했다. 판사가 버튼을 눌러 법정 스피커를 껐다. 그러자 애스터가 말했다. "존경하는 재판장님, 저는 파르 씨 딸의 실종을 언급하는 모든 발언에 대해 이의를 제기합니다. 그것은 증명력이 있기보다는 선입견을 보여주는 것이 명확하며 이 사건과 아무런 관계가 없습니다."

"그건 말이 안 돼요." 야들리가 말했다. "누가 파르 씨 부인을 살해했건 간에 그 사람이 하모니 파르 역시 데려간 것이 분명합니다. 배심원단은 이를 들어야 합니다."

"그것이 사실임을 증명할 어떤 증거를 제출하실 겁니까?" 애스터가 말했다.

"우리는 그 애가 유괴된 나무 위 집에 관한 터커 파르의 증언을 제출할 것이고 볼드윈 요원의 증언도 있습니다. 그리고 그들이 발견한 것도요."

"다른 말로 하자면, 하나도 없습니다, 판사님. 그 아이는 가출했을 수도 있는데, 휴대폰이 남겨져 있다는 것 말고는 이를 반박할 아무런 증거가 없습니다. 배심원단은 아동이 관계되어 있다는 사실만으로도 제 고객에 대해 선입견을 품을 것이며 이는 정확히 야들리 씨가 기대하는 것입니다."

웨스턴은 잠시 고민했다. "개소리 같은 냄새가 나는군요, 야들리 씨."

"판사님, 실종은 이 사건의 일부분입니다. 그 아이가 엄마가 살해된 직후에 우연히 사라졌다는 것은 있을 수 없는 일입니다. 배심원단에게 증명력이란 그들이 일련의 사건에 대해 완전한 그림을 얻을 수 있게 된다는 것입니다."

"아니면 그 아이는 가출한 겁니다." 애스터가 말했다. "그러면 그건 이 사건 어떤 것과도 관계가 없습니다."

웨스턴은 고개를 내저었다. "이건 마음에 들지 않는군요. 난 이게 피고인이 파르 씨 부인을 살해하고 리버 씨를 살해하려고 했느냐, 아니냐 하는 문제에 어떤 것을 보태준다고 생각하지 않습니다. 나는 규칙 403에 따라 하모니 파르나 그 아이의 유괴에 대한 언급을 일체 배제하겠습니다."

"존경하는 재판장님—"

"이게 나의 결정입니다. 돌아가십시오."

야들리는 자신의 반응을 드러내지 않으려고 하면서 연단으로 돌아갔다. "개릿 형사, 당신은 이 사건의 증거를 실제로 발견한 사람이었습니다. 맞습니까?"

"우리가 마이클 재커리의 소재지에 대한 수색 영장을 집행했을 때

주된 수색 주체가 볼드윈 특별 요원과 저였으니까, 네, 그렇습니다. 제가 차고 측면에 있는 방의 의자 밑에 테이프로 붙여 놓은 물건들을 발견했습니다."

야들리는 그가 말을 할 때 의자와 그림들, 그리고 증거물이 들어 있던 박스가 있는 그 장소의 사진들을 소개했다.

"증인과 볼드윈 요원이 그를 체포했을 때 피고인은 어떤 반응을 보였습니까?"

"그는 싸울 듯한 태도였습니다. 우리와 언쟁을 계속했고, 어떤 지점에서는 저를 밀치고 도망치려고도 했습니다. 그래서 제가 그를 벽에 붙여 세우고 양쪽 손목에 수갑을 채워야만 했습니다. 그런 다음 우리는 조사를 위해 그를 가까운 경찰서로 이송했지만 그는 답변에 응하지 않았습니다. 그는 극히 신경과민이었고 안절부절못하면서 계속 주변을 돌아봤습니다. 정말 불안한 사람이 보이는 강박적인 태도로 발로는 바닥을 계속 탁탁 두드렸고요. 볼드윈 요원이 그와 몇 마디를 나눴는데, 그건 그가 논할 것으로 생각합니다. 그 조사를 마지막으로 저는 이 사건에 더는 관여하지 않았습니다."

"감사합니다, 형사. 더는 질문 없습니다."

애스터가 일어나서 연단을 향해 몸을 기울였다. 그는 개릿을 잠시 주시하더니 말했다. "증인은 제 고객이 신경과민이었다고 했습니다. 맞습니까?"

"네, 그는 무척 신경이 과민한 상태였습니다."

"이 사건 이전에 그를 만난 적이 있습니까, 형사?"

"아뇨, 없습니다."

"전화 통화를 한 적은 있습니까?"

"아뇨."

"이 사건 이전에 그가 나오는 영상을 본 적이 있습니까?"

"아뇨, 없습니다."

"그러면 증인은 재커리 박사의 신경과민이나 불안의 일반적인 수준이 그날 어느 정도였는지 말할 수 없을 것입니다, 그렇지 않습니까?"

"무슨 말씀이신지 모르겠군요."

"증인이 그가 신경과민이었다고 했던 때 그는 완전히 정상적으로 행동하고 있었을 수 있지만 증인은 알지 못했을 것입니다, 아닌가요?"

"글쎄요, 저는 어떤 사람이 신경과민이라는 건 알 수 있습니다. 우리는 속임수를 탐지하는 훈련을 받습니다. 그리고 신경과민은 우리가 찾는 단서들 중 하나입니다."

"사람마다 불안과 신경과민의 수준이 다 다릅니다, 안 그렇습니까?"

그는 잠깐 생각했다. "네, 그렇죠."

"그렇다면 다시, 증인은 어느 특정한 날 재커리 박사의 전반적 신경과민 상태가 어떤 것인지 모릅니다, 아닌가요?"

"모를 것 같군요."

"그러니까 증인은 특정한 그 날 그가 보통 수준으로 신경이 곤두선 건지 아닌지 말할 수 없는 겁니다. 맞나요?"

그는 야들리를 흘깃 보았다. "그럴 것 같습니다. 하지만—"

"감사합니다, 형사. 저는 증인이 배심원단 앞에서 얼버무리려 하지 않고 정직하게 대답해 준다면 고맙겠군요."

"저는 그러지 않았—"

"증인은 그가 전투적이었다고 했습니다. 맞습니까?"

개릿은 애스터가 자기의 말을 끊은 것에 대해 야들리가 뭔가를 해주기를 기대하는 것처럼 다시 한번 그녀를 흘깃 보았다. "네."

"증인은 그를 살인과 납치 혐의로 체포한 것입니다. 그렇죠?"

"네, 그랬습니다."

"전에 살인 혐의로 체포된 적이 있습니까?"

"당연히 없습니다."

"그렇게 되면 상당히 정신적 외상을 입게 될 것이라는 데 동의하십니까?"

"잘 모르겠습니다."

"다시 말씀드리는데, 얼버무리지 말아 주세요, 형사. 살인 혐의로 체포되면 정신적 외상을 입게 될까요? 누군가에게 충격이 될까요?"

그는 배심원단을 흘깃 보았다. 야들리는 개릿이 이를 부인하는 것은 바보 같은 짓이라고 생각했다. 그에 대한 신뢰가 없어질 수 있을 것이었다. 그가 너무 오래도록 대답하지 못하는 듯해서 그녀는 자리에서 일어났다.

"이의 있습니다, 존경하는 재판장님. 이것은 본 사건과 무관한 질문입니다."

"기각합니다."

"형사," 애스터가 말했다. "정신적 외상을 입겠죠? 직장에서 끌어내어지고, 경찰이 집을 쑥대밭으로 만들고, 그런 다음 사형을 집행하는 네바다주에서 체포된다면 말입니다. 정신적 외상을 입을 겁니다. 그렇습니까, 아닙니까?"

개릿은 또다시 배심원단을 흘깃 보았다. "네, 그럴 겁니다."

"사람들은 정신적 외상을 입으면 완벽하게 합리적으로 행동하지 않습니다. 그렇지 않나요?"

"네, 그럴 것으로 생각됩니다."

"신경이 과민해지고 불안하게 행동하지요. 그렇죠?"

"그럴 것 같습니다."

"그리고 무고한 사람이 살인 혐의로 체포된다면 그건 더욱 큰 정신적 외상이 될 텐데요. 그런 사람이 합리적이고 냉정하게 행동하리라고 예상하지는 않으시겠죠?"

"모르겠습니다."

"만일 무고한 사람이 자신이 저지르지 않은 살인 혐의로 체포된다면 그의 신경이 과민해질 것이라고 예상하시겠죠? 극히 과민해질 수도요?"

"그건 제가 말하지 못하겠습니다. 제가 말씀드린 것처럼, 저는 한 번도 살인 혐의로 체포된 적이 없으니까요."

"흠. 네, 좋습니다. 그 문제는 나중에 다시 보죠."

야들리는 애스터를 잠깐 쳐다보고는 개릿에게로 몸을 돌렸다. 애스터는 일부러 그의 평정심을 무너뜨리려 하고 있었는데, 그녀는 그 살인에 관한 언급이 마음에 걸렸다. 경관을 증인으로 세울 때 그들의 이력을 확인하는 것은 검사들이 보통 하는 일이 아니었다. 하지만 만일에 대비해서 그녀는 개릿의 이력을 조회했는데 그의 기록은 깨끗했다.

"이제 증인이 그 의자 밑에서 발견한 증거에 대해 말해 봅시다. 증인은 그 증거를 실제로 찾아낸 사람이었죠?"

"맞습니다."

"그리고 증인은 볼드윈 요원, 그리고 제가 알기로 세 명의 다른 보안관보들과 함께 차고 전체를 수색하던 중이었고요. 맞습니까?"

"맞습니다."

"하지만 그 의자 밑에서 박스를 꺼내서 테이프를 벗겨낸 사람은 증인이었지요?"

"제가 했습니다."

"그리고 그걸 볼드윈 요원에게 보여줬습니다."

"그랬습니다. 네."

"증인이 찾아내기 전에 볼드윈 요원과 다른 보안관보들은 거기 대해 알지 못했죠. 맞습니까?"

"맞습니다."

"증인이 손에 넣기 전까지 그들은 그걸 보지 못했죠?"

"맞습니다, 제가 그걸 처음 발견했습니다."

"형사, 당신은 전에 어떤 사건에서 증거를 조작한 적이 있습니까?"

"당연히 없습니다. 그건 어리석은 질문입니다, 변호사."

웨스턴이 말했다. "그건 내가 판단하게 해 주세요, 형사."

"죄송합니다, 존경하는 재판장님. 이건 그냥… 이 변호사들이 쓰레기 같은 자기 고객을 구해내려고 훌륭한 경찰을 공격하면 가끔은 신물이 나게 됩니다."

애스터는 그의 발언을 무시하면서 말했다. "그래서 증인은 한 번도 증거를 조작한 적이 없습니까?"

"없습니다, 변호사."

"누군가를 칼로 찌른 적은요?"

야들리는 그 질문이 너무 황당해서 웃음을 터트릴 뻔했다. 때때로 변호사들은 '당신은 헤로인을 복용한 적이 있나요?' 같은, 터무니없는 질문을 만들어내서 배심원들의 마음에 어떤 이미지를 심으려 하는 경우가 있었다. 그 변호사에게 경관이 헤로인을 복용했다는 근거가 전혀 없을 수도 있지만 배심원단은 변호사가 왜 그런 질문을 하는지 의아하게 될 것이었다.

개릿 역시 웃음이 터지거나, 아니면 화를 냈어야 했다. 그는 둘 중 어느 쪽도 아니었다. 그는 얼굴이 벌게져서 애스터를 노려봤다. 두 사람 사이에 그녀가 알지 못한 무언가가 오갔다. 그녀는 얼른 일어나서 말했다. "이의 있습니다. 이 연이은 질문은 사건과 무관하며 도발적인 것입니다. 저는 법원에서 애스터 씨에게 사건과 관련된 질문으로 넘어갈 것을 지시해 주시기를 요청합니다."

"이 형사가 누군가를 살해하려 한 적이 있고 증거를 조작한 적이 있는지 아닌지는 사건과 지극히 밀접한 관련이 있습니다, 존경하는 재판장님. 그가 재커리 박사에게 불리한 주요 증거를 발견한 것으로 알려진 사람임을 고려하면 말입니다."

"그런 질문을 할 만한 근거가 있습니까, 변호인?"

"있습니다. 단지 제가 조금 임의대로 할 부분이 있는 것뿐입니다."

"조금만입니다, 애스터 씨. 그 이상은 안 됩니다."

그는 고개를 끄덕이고는 개릿을 향해 돌아섰다. "누군가를 칼로 찌른 적이 있습니까, 형사?"

"아뇨." 그가 단호하게 말했다. 그의 시선은 애스터에게서 떠나지 않았다.

"누군가를 칼로 찌른 혐의를 받거나 그 범죄에 대한 혐의를 다른 누군가에게 씌우려고 한 적은요?"

"없습니다." 그는 분노한 눈으로 말했다.

애스터는 그를 잠깐 지켜봤는데, 야들리는 그가 뭔가를 논하고 있다는 것을 알 수 있었다.

"지금으로서는 더 이상 질문 없습니다, 존경하는 재판장님."

"좋습니다. 야들리 씨, 재신문하실 건?"

"없습니다."

"그럼 나가셔도 됩니다, 개릿 형사."

애스터가 말했다. "존경하는 재판장님, 반박 증인을 불러 주실 것을 요청합니다."

"누굽니까?"

"킴벌리 앨리가 그분의 현재 이름입니다. 예전에는 킴벌리 개릿이었습니다."

야들리가 일어섰다. "재판장님 앞으로 모이게 해 주십시오."

웨스턴이 고개를 끄덕였고 두 사람은 그의 앞으로 갔다. 야들리가 말했다. "저는 이 증인이 이 사건에 덧붙일 만한 어떤 자료를 갖고 있지 않다면 이분에 대해 이의를 제기합니다."

웨스턴이 말했다. "나는 정보를 캐내려는 신문은 싫어합니다, 애스터 씨."

"저는 정보를 캐내는 게 아닙니다, 판사님. 개릿은 증인석에서 일어나서 자신은 한 번도 누군가를 칼로 찌른 혐의를 받은 적도, 증거를 조작한 혐의를 받은 적도 없다고 했습니다. 두 가지 다 사실이 아닙니다."

"그건 말도 안 됩니다." 야들리가 말했다.

"그렇다면 그녀가 증언하도록 동의한다고 해서 잃을 것이 없을 텐데요."

야들리는 한순간 그의 시선을 맞받았고 그가 허세를 부리는 것이 아니라는 판단이 들었다. 뭔가가 있는 것이다. "그녀가 증언대에 서기 전에 제가 먼저 그녀를 면담하고 싶습니다."

"그건 증인에 대한 반박이 이루어지는 방식이 아닙니다, 존경하는 재판장님. 증거 규정에 따르면 누군가 증언대에서 거짓말을 하면 상대편은 반박 증인을 부를 수 있고 상대편 대리인에게 통보하지 않아도 됨이 명백합니다. 상대편은 자신들의 증인이 거짓말을 하리라는 것을 알았어야 하는 것이고, 대비할 시간을 가져서는 안 된다는 것이 법률적 추정입니다."

웨스턴은 한숨을 내쉬었다. "헛소리는 안 하는 게 좋을 거요, 변호인. 헛소리를 들으며 담배도 못 피우고 여기 앉아서 손을 떨고 있고 싶지는 않단 말이오."

"헛소리 아닙니다."

"그럼, 그녀가 증언하도록 허락하겠소. 하지만 어느 지점에서든 내가 그 증언이 헛소리라고 느낀다면 신문을 중지시킬 거요."

야들리가 말했다. "존경하는 재판장님, 저는 이 증인을 면담하기 위해 짧은 휴정을 요청할 자격이 있습니다. 저희는 상호 증거 개시 자료 요청서를 제출했는데 애스터 씨는 킴벌리 앨리 씨에 관해 한마디도 언급하지 않았습니다. 그가 조금 전에 막 그녀에 대해 알게 된 것이 아닌 이상 저는 그녀가 반박 증인일 수 있다는 통지를 받았어야 합니다. 개릿 형사의 증언 직전에라도 말입니다."

애스터가 말했다. "제가 반박 증인에 대해 통지를 해야 한다고 되어 있는 법령이나 증거 규칙이 하나라도 있다면 야들리 씨가 제게 말해줬으면 좋겠군요. 이건 개똥 같은 주장인데, 그 이유는 야들리 씨가 그 형사의 이력을 충분히 파헤치지 않았기 때문이고 지금—"

"상호 증거 개시 자료는 반박 증인이 있다면 다 특별히 요청되는 것입니다. 당신은 고의로 그것을 제게 주지 않았습니다. 그렇게 해서 당신이 할 수 있는 건—"

"두 사람 다 진정하세요." 웨스턴은 길게 숨을 내쉬며 생각을 했다. "아뇨, 이건 그냥 넘어갑시다. 요청을 기각합니다, 야들리 씨. 그가 거짓말을 하고 있다면 당신이 알았어야 합니다."

"존경하는 재판장님—"

"요청은 기각합니다. 내가 당신을 여기 애스터 씨처럼 내 개똥 명단에 올리지 않게 해 주시죠."

애스터가 말했다. "마음이 아픕니다, 판사님. 저는 우리가 친구라고 생각했는데 말이죠."

웨스턴은 인상을 쓰며 말했다. "어서 그 여자를 증언대에 세우세요. 그래야 휴정을 할 수 있으니까요."

야들리는 검사석으로 돌아갔다. 그녀는 개릿에게 그녀 뒤 다른 검사들에게 할당된 좌석에 앉으라는 몸짓을 했다. 그가 그렇게 하자 그녀는 귓속말을 나눌 수 있도록 뒤로 몸을 기댔다.

"저 사람이 무슨 얘기를 할 거죠, 루카스?"

"좋은 건 없죠. 하지만 다 허튼소리예요. 저는 모든 것을 소명했습니다. 심지어 감사과에 공식적으로 사안이 올라가지도 않았습니다."

"뭘 소명했다는 거예요?"

"전처의 남자친구가 그들 집 주변에 사는 깡패를 칼로 찔렀고, 그 칼을 숨겼어요. 그들은 그걸 제가 했다는 말도 안 되는 소리를 만들어냈죠. 제가 자기들의 아파트에 침입해서 그 칼을 몰래 갖다 뒀다고요. 그건 그녀가 양육권을 독차지하기 위해 거하게 벌인 한 판 쇼였습니다."

야들리는 그를 빤히 쳐다봤다. 그가 속임수의 단서를 탐지하는 훈련을 받은 것과 마찬가지로 그녀도 그랬다. 비록 그녀가 받은 훈련은 대학원의 행동과학 클리닉에서였지만 말이다. 그는 침착하고 편안해 보였고 그녀의 질문에 길게 대답했다. 정직함의 신호였다. 그러나 그는 또한 애스터가 그 일을 끄집어냈을 때 격분했다. 무고하게 비난당할 때 화를 내는 것은 정상적인 반응이지만 격분은 그렇지 않다. 이혼과 아이의 양육권이 결부되어 있었다는 사실 때문에 모든 것이 복잡했다. 그의 속내를 읽는 것은 너무 어려웠다.

"그 일과 조금이라도 관련이 있었나요, 루카스? 그랬으면, 지금이 나한테 말할 시간이에요. 왜냐하면 법원 기록에 오르는 순간 공적 정보가 될 테니까요."

그는 애스터 쪽을 보았다. 그의 입술에 비웃음이 떠올랐다. "멍청한 새끼. 맹세하는데, 우리가 법정에 있지 않았다면 난—"

"이것 봐요, 저 사람 때문에 속 끓이는 건 내가 할게요. 당신은 자기 걱정을 해요. 저 사람이 말하게 될 모든 걸 나한테 말해요."

법정 문이 열리고 법원 정리가 빨간 원피스를 입은 매력적인 여성을 데리고 들어왔다. 개릿은 그녀를 보면서 눈이 휘둥그레졌고 그의 시선은 법정 안을 통해 증인석으로 가는 그녀를 따라갔다. 그녀는 증인석에서 선서를 했다.

"존경하는 재판장님," 야들리는 일어서며 말했다. "개릿 형사와 상의하기 위해 잠시 휴정을 요청하겠습니다."

"기각합니다."

"그러면 5분간 화장실에 갈 시간을 부탁드리겠습니다."

"기각합니다. 난 바보가 아니오, 야들리 씨."

"우리가 이 증언에 들어가기 전에 배심원들 중에 화장실에 가야 할 분들이 있을지도 모릅니다."

웨스턴은 몸을 돌려 배심원단을 보았다. "화장실에 가야 하는 분?"

야들리는 누군가 손을 들기를 바랐지만 아무도 그러지 않았다.

"휴정은 기각합니다." 웨스턴이 말했다. "시작하세요, 애스터 씨."

애스터는 증인을 향해 한 걸음 다가서긴 했지만, 배심원단 근처에 자리 잡았다. 그래서 킴벌리 앨리가 그를 봤을 때 그녀는 배심원단에게 얼굴을 향하고 직접 그들에게 말하는 형국이 되었다.

"기록을 위해 성함을 말씀하시고 철자를 알려 주십시오."

"음, 킴벌리, 보통 쓰는 철자고요, 미쉘 앨리, A-L-L-E-Y 입니다."

"앨리 씨 부인, 루카스 개릿 형사를 아십니까?"

"압니다, 네."

"어떻게 아시죠?"

"우리는 결혼했던 사이입니다."

"언제죠?"

"음, 2011년에 결혼했고 4년 전에 이혼했습니다."

"두 분은 무슨 일로 헤어지신 겁니까?"

야들리가 말했다. "이의 있습니다, 존경하는 재판장님."

"인정합니다. 이 사건에 관계된 사실만 다루십시오, 애스터 씨."

그는 양손을 주머니에 넣고 킴벌리 앨리를 지켜봤다. "이 사건이 어떤 건지 아십니까, 앨리 씨 부인?"

"네."

"증인은 법정에 있지 않았지만, 증인의 남편이 누군가를 칼로 찌른 적이 절대 없고 그런 혐의로 수사를 받은 적도 결코 없었다고 방금 증언했습니다."

"그는 분명 그렇게 말했겠죠."

"그게 사실입니까?"

"아뇨, 아닙니다."

법정 안의 몇몇 사람들에게서 웅성거리는 소리가 들렸다. 야들리는 뒤를 돌아보았다. 최소한 여섯 명의 사람들이 있었는데 모두 평상복에 기자증은 달고 있지 않았다. 그녀는 그들 대부분이 웨스턴의 언론 접근 금지를 피해 보려는 기자들과 블로그 운영자들임을 확신했다. 주드 챈스가 보이지 않는 것이 놀라웠다.

"무슨 뜻인지 말씀해 주십시오." 배심원단이 방금 들은 말을 충분히 소화할 수 있도록 족히 10초는 기다리고 나서 애스터가 말했다.

"루카스와 저는… 힘겨운 관계였습니다. 초기에는 정말 좋았지만, 형사가 되고 난 후 그는 술을 많이 마시기 시작했습니다. 그건—"

"이의 있습니다." 야들리가 말했다. "존경하는 재판장님, 이 말 중 어떤 것도 사건과 관계가 없습니다."

"기각합니다."

애스터는 킴벌리에게 고개를 끄덕였다. "계속하세요, 앨리 씨 부인."

"저는 그가 형사가 되고 난 후 술을 과하게 마시기 시작했다는 말을 막 하려던 거었어요." 그녀는 개릿을 흘깃 보았다. 그런 다음 다시 애스터에게로 눈길을 돌렸다. "경찰 중에는 그 일이 체질에 맞지 않는 사람들이 좀 있습니다. 많은 경찰들은 형사를 좋아하지 않습니다. 그들이 영광을 독차지하고 신문에 얼굴이 나고 다큐멘터리에 인터뷰하는 등등을 하기 때문이죠. 그리고 많은 형사들은 제복을 입은 경관을 좋아하지 않습니다. 그들은 규칙적인 일과가 있고 정시에 출퇴근하기 때문에요. 그들은 두 개의 다른 세계입니다. 그래서 루카스가 형사가 되었을 때 그는 그런 사건들에 묻혀 살아야만 했고 친구가 다 없어졌습니다. 친구들과 더는 어울려 다니지 못했어요. 그것 때문에 스트레스를 많이 받았죠. 어쨌거나, 저는 그렇게 해서 음주가 시작되었다고 생각합니다. 그리고 음, 1년쯤 뒤에는 통제 불능이 되었습니다."

"어떻게 통제 불능이 되었나요?"

그녀는 아랫입술을 윗입술 아래 집어넣으면서 법정의 창문들 너머로 시선을 보냈다. 야들리는 그녀의 눈에 눈물이 맺히기 시작했다고 생각했다.

"그는, 음, 어느 날 밤에 저를 마구 때렸습니다."

야들리는 튀듯이 일어났다. "판사님 앞으로 모이게 해 주십시오."

"불허합니다."

"재판장님, 제가 모이게 해 달라고 요청드렸습니다."

"그리고 나는 불허한다고 말했습니다." 그는 킴벌리를 쳐다봤다. "말씀하세요, 앨리 씨 부인. 계속하세요."

야들리는 자리에 앉았다. 그녀는 애스터를 휙 쳐다봤다. 그는 그녀에게 윙크를 했다.

"무슨 말이죠? 그가 증인을 마구 때리다뇨?" 애스터가 말했다. 그는 그녀에게 부부 싸움의 구체적인 정황을 끌어내는 질문을 부드럽게 해 나갔다. 싸움의 와중에 술 취한 개릿이 그녀를 샤워실로 밀어 넣은 다음 얼굴에 계속해서 주먹질을 한 것이었다. 애스터는 그녀에게 그 후 그녀는 무엇을 했는지에 대해, 그리고 병원으로 이송된 상황에 관해 물었다. 그들의 아들이 어떻게 그녀와 함께 응급실로 가야했는지, 그리고 아버지가 체포되어 그들의 유일한 수입원인 직장을 잃지 않게 하려고 의사에게 거짓말을 해야 했는지 물었다.

야들리는 배심원단의 얼굴에 나타난 연민의 표정을 볼 수 있었다. 개릿은 앞으로 몸을 기울여 그녀에게 귓속말로 말했다. "저건 헛소리예요. 이의를 제기해요."

"하려고 했어요." 그녀는 소곤거리며 말했다. "나한테 얘기하지 않은 다른 건요?"

"없습니다. 이건 모두 조작된 거예요. 나를 저기 다시 세우면 모든 걸 설명할 수 있습니다."

"그건 그때 가서 봐요."

킴벌리는 울기 시작했다. 애스터는 그녀가 진정할 때까지 오래 기다린 다음 말했다. "그가 당신을 때린 건 그때가 유일했습니까?"

그녀는 고개를 저었다. "저는 경찰에 신고하거나 그런 건 전혀 하지 않았어요. 제 말과 그의 말이 다르면 경찰은 아무것도 하지 않았을 거예요. 그래서 그냥 접어 뒀어요. 저는 또 그를 사랑하기도 했고 우리 사이에는 아들도 있어요. 저는 직업에서 오는 스트레스가 줄어들거나 술 마시는 걸 줄이면 그가 변할 것이라고 생각했는데… 모르겠어요. 그런 상황이 되면 무슨 생각을 해야 할지 모르게 됩니다. 그를 사랑하면서 동시에 증오하는 거예요."

야들리는 얼마나 많은 시간을 자신이 잠 못 들고 침대에 누워 똑같은 생각을 했었던가 하는 생각이 들자 역겨움에 치가 떨렸다.

"그가 변했습니까?"

"아뇨." 킴벌리가 말했다. "그게… 일상적으로 반복되지는 않았어요. 하지만 그에게 도움이 필요하다는 걸 제가 알기 충분할 정도로 일어나곤 했습니다. 제가 치료하게 해주려고 하자 그는 마약 중독자들과 함께 치료를 받으니 죽어 버리겠다고 했어요. 바로 그 순간 저는 그를 떠나기로 결심했습니다."

"그게 언제였나요?"

"4년 전입니다. 4월쯤이었고요. 토요일이었다고 기억합니다. 그는 친구 몇 명과 낚시를 하러 갔고, 저는 몇 가지 물건들을 챙겨 짐을 싸서 아들과 함께 집을 나왔습니다."

"그러자 어떤 일이 벌어졌나요?"

"그는 화를 냈습니다. 엄청나게 고함을 질렀어요. 어느 월요일 아침에 그는 제 직장에 왔습니다. 기물을 부수고 고함을 질렀고, 저를 보호하려 하던 제 상사에게 난폭하게 굴었어요. 얼마나 술을 많이 마셨는지 열 걸음 떨어진 곳에서도 알코올 냄새를 맡을 수 있을 정도였습니다."

그녀는 개릿을 흘깃 보고는 재빨리 시선을 돌렸다.

"그 월요일 이후에도 그런 일이 계속됐습니까?" 애스터가 물었다.

"네. 점점 더 심해졌습니다. 저는, 그 뭐라고 하죠, 접근 금지 명령을 받아내려고 했지만 제 변호사가 이혼이 확정되기 전까지는 그게 좋은 생각이 아니라고 했습니다. 우리는 양육권 얘기도 해야 하고 재산 분할 문제도 논의해야 했기 때문에 그렇게 하면 일이 복잡해질 것이라고요."

"당시에 또 다른 일도 있었습니까, 앨리 씨 부인?"

그녀는 깊이 숨을 들이마시고는 천천히 내쉬었다. "이제 제가 돈을 벌어야 하게 됐죠. 저는 적은 월급을 받으며 상근으로 일하고 있었는데, 그러면서 학업을 마치려고 대학을 다시 다니고 있었습니다. 그래서 우리는 좋은 동네에 살지 못했어요. 몇몇 십 대 아이들이 구석진 곳에서 마약을 팔았습니다. 작은 편의점이 하나 있었는데 그곳에서 그 아이들이 어울려 노는 것을 볼 수 있었죠. 사람들이 그 아이들에게 돈을 주면 그들은 무언가를 주는 겁니다. 그건 무섭다기보다는 심란한 일이었는데, 때로는 싸움도 벌어지곤 했습니다. 그러던 어느 날―6월이었어요, 그해 6월 10일이라고 말하고 싶네요―경찰이 우리 집에 왔습니다. 제가 직장에서 막 돌아왔을 때였는데, 저는 지쳐 있어서 그들에게 나는 아무것도 모른다고 말하려고 했어요. 그들이 분명 어떤 싸움에 관해 물으러 왔다고 생각했거든요. 하지만 그때 그들은 제게 당시 제 남자친구였고 지금은 남편인 네이선 앨리가 어떤 사람을 칼로 찔렀다는 겁니다. 그 구석에서 마약을 팔던 남자아이들 중 한 명을요."

"그가 그랬습니까?"

"절대로 아닙니다. 그는 그 일이 일어났을 때 몬트리올에 출장 가 있었습니다. 그는 건강기능식품 대리점을 하고 있는데 엑스포에 갔던 거예요. 저는 경찰에게 그가 그곳에서 찍은 수많은 사진들이 있는 인스타그램을 보여줬지만, 그들은 신경도 쓰지 않았어요. 경찰은 아파트를 수색한다고 했고, 제가 할 수 있는 일은 아무것도 없었습니다."

"수색 결과는 어땠습니까?"

"그들은 칼을 찾아냈습니다. 군용 칼 같은 거였어요. 접이식으로 된 그런 종류요. 그들은 티셔츠에 싸여 있는 그 칼을 찾아냈는데, 피가 묻어 있었습니다."

"증인의 칼인가요?"

"아뇨. 한 번도 본 적이 없는 거였어요."

"네이선 것이었나요?"

"아뇨. 경찰 말로는 네이선이 그 남자애를 찔렀다고 했어요. 그리고 그를 체포했는데 그 후 경사인지 누군가가 그와 함께 몬트리올에 있었던 사람들을 통해 사실을 확인하게 된 거죠. 그다음에 그들은 범인이 저라고 생각했어요. 제 아파트에 있는 영상을 보기 전까지 말입니다. 우리 집 현관문 위에 있는 CCTV는 근처에 움직임이 있으면 녹화되기 시작하는데, 거기 제가 나와 있었습니다. 칼로 찌른 그 사건이 있던 날 밤에 저와 아들이 집으로 들어가서 아침까지 나오지 않는 게 녹화되었던 거죠. 하지만 다음 날 그 카메라에는 다른 어떤 게 포착됐어요."

"뭐였죠?"

"이의 있습니다. 전문증거입니다. 증인이 이 영상에 대해 논하려면 우리가 봐야 합니다."

애스터는 검사석에 DVD를 내려놓고는 말했다. "서기에게 다가가도 될까요, 존경하는 재판장님?"

"그러세요."

그는 서기에게 DVD를 건넸다. 배심원단 반대편 벽으로 스크린이 내려왔고 법원 정리가 조명을 껐다. 서기가 DVD를 넣자 스크린에 영상이 나왔다.

킴벌리와 통통한 어린 남자아이가 아파트를 나가는 장면이 나오자 법정 전체가 완전히 몰입해서 그 영상을 지켜봤다. 영상이 사라졌다. 카메라가 다시 작동했을 때는 한낮이어서 영상은 더 밝아져 있었다. 그리고 루카스 개릿이 현관에 있었다. 그는 주위를 몇 차례 둘러보면서 급히 문으로 갔다. 그는 손에 뭔가를 들고 있었고 한동안 잠금장치를 만지작거렸다. 그러더니 문이 열렸고 그가 안으로 들어갔다.

"우리는 방금 뭘 본 거죠?" 애스터가 물었다.

"루카스가 제 아파트에 침입하는 장면입니다. 카메라는 정말 보이지 않게 숨겨져 있었어요. 그는 거기 카메라가 있는지 몰랐습니다."

"이제 15분 앞으로 영상을 돌려보겠습니다."

영상이 사라졌다. 그리고 애스터가 빨리 감기를 해서 14분 30초 앞으로 영상을 돌리자 화면이 다시 살아났다. 개릿이 아파트에서 나와서 급히 차로 간 다음 멀리 사라졌다.

"증인은 이 영상을 경찰에게 보여주셨나요?"

"그렇습니다."

"어떻게 됐습니까?"

"그들은 저와 네이선에 대한 수사를 즉시 중단했고 더 이상 우리를 괴롭히지 않겠다고 했습니다." 그녀는 이제 개릿을 쳐다봤다. "그들은 루카스를 심문할 것이라고 했습니다. 저는 다시는 그들에게서 어떤 얘기도 듣지 못했습니다."

"증인은 루카스가 증인의 남자친구가 체포되도록 해서 양육권 다툼에서 증인에게 나쁜 이미지를 주려고 그 아이를 칼로 찌르고 그 칼을 숨겨뒀다고 생각하십니까?"

"이의 있습니다. 추측일 뿐입니다."

"인정합니다."

애스터가 말했다. "감사합니다, 앨리 씨 부인. 이상입니다."

야들리는 그대로 앉아서 그녀를 지켜봤다. 그녀는 연약해 보였다. 그리고 이렇게 수년의 시간이 흐른 후에도 여전히 겁에 질려 있는 것 같았다. 거칠게 반대 신문을 할 경우 배심원단이 등을 돌릴 수도 있었다. 게다가 야들리는 검사로서 증언대에 선 피해자들을 낱낱이 후벼 파는 성범죄와 가정 폭력 사건을 맡은 적이 없었다. 그녀는 킴벌리를 노려보고 있던 개릿에게로 몸을 돌리고 낮게 말했다. "저게 사실인가요?"

"아뇨. 죽어도 아닙니다. 사실이 아니에요."

"나한테 거짓말을 하는군요."

그는 얼굴을 찡그리며 고개를 내저었다. "이것 봐요, 난 당신들 두 사람 누구한테도 이런 거지 같은 대접을 받을 이유가 없어요. 저 멍청한 자식이 유죄를 받게 하는 건 당신 혼자 해요."

그는 일어나서 법정을 뛰쳐나갔다. 야들리는 턱 근육을 풀어 맞물린 이를 느슨하게 하는 것 말고는 다른 어떤 반응도 보이지 않았다. 그녀는 일어섰다.

"이 증인에게는 질문하지 않겠습니다, 존경하는 재판장님."

55

하늘은 짙은 잿빛이었다. 볼드윈은 차의 후드 위에 누워서 근처 나무에서 새들이 지저귀는 소리와 한 번씩 후두두 날갯짓하는 소리를 듣고 있었다. 몇 년 전에 젊은 엄마가 유모차를 끌고 공원을 거닐다 살해된 사건이 떠올랐다. 이 일을 너무 오래 하고 있으면 어디서든 귀신들이 찾아오는 것만 같았다.

몇 분 뒤 크리스틴 리스 형사가 파란색 쉐보레를 세웠다. 그녀는 빨간 셔츠에 검정 바지를 입고서 차에서 내렸다. 어깨에 멘 매끈한 권총집 속에 총이 있었다. 그녀는 정장 재킷을 입으며 말했다. "또 일하면서 겨우 눈 붙이는 거야?"

"잘 수 있을 때 자야지." 볼드윈은 일어나 앉으며 목 스트레칭을 했다. "그래서 이자가 누구라는 거야?"

"이름은 레너드고 하모니 파르에 대한 정보가 있다고만 했어. 그와 말을 나눈 직후에 당신한테 전화한 거야."

"알아. 그리고 그건 정말 고맙게 생각해. 그러는 경찰은 별로 없을 거야."

"제기랄, 그건 당신들 남자들이 '누가 제일 큰 놈을 잡나?' 대회를 하니까 그런 거지. 그래서 여자들만 경찰서장과 보안관이 돼야 한다고. 우리는 그냥 일만 잘되도록 하고 싶거든."

크림슨 레이크 로드

"당신들이 일을 다 하면 누가 커피를 타고 도넛을 주지?"

그녀는 그의 팔을 주먹으로 한 대 쳤다. "한 방 쏘기 전에 그만해."

그는 차에서 내려오며 킬킬 웃었다. "당신이랑 어울려 다니던 시절이 그립네."

"나도 그래. 도대체 그동안 어디 있었던 거야?"

그들은 주차장을 가로질러 넓은 놀이터 근처 수풀 속으로 들어갔다. 나무들 사이로 시멘트 길이 나 있었다.

"내가 말한 그 지부장 보좌 말이야. 그가 나를 하루 열두 시간씩 위조 수표 사용자들, 그리고 그 비슷한 짓거리를 하는 자들을 수사하게 하고 있다니까. 시간을 거기 다 쓰고 있어."

"정말이야?"

"정말이야. 사실 짬을 내서 여기 온 거야."

"젠장. 나 참, 엿 같네."

그는 어깨를 으쓱했다. "그래, 뭐 어쩌겠어. 어쩌면 내가 다른 일을 찾을 시간이 돼 가는 거겠지. 나는 항상 바를 운영하고 싶었어. 당신 생각에는 내가 그 일을 잘할 것 같아?"

"그런 모습으로 있으면 팁은 많이 받을 것 같군."

그는 빙그레 웃으며 양손을 주머니에 넣고 그녀와 함께 공원을 거닐었다.

"그럼 이자에 관해 당신은 전혀 아는 게 없는 거로군, 흠?"

"없어."

"그를 먼저 불러서 좀 더 알아보는 대신 여기로 바로 달려온 건 좀 이상하네."

"이 사건 파일은 봤어? 우린 아무것도 없어. 언론에서 사건을 처음 보도했을 때는 정보를 주겠다며 이상한 사람들과 착한 사마리아 사람들이 전화를 했었지만, 그마저도 며칠 만에 끊어졌지. 이제는 아무도 신경 안 써. 그 애는 반나절 뉴스였고, 이제 그 뉴스는 끝났어. 내가 앞으로 몇 주 안에 뭔가를 찾아내지 못하면 미결 사건으로 넘어가게 될 거야. 그러면 하모니 파르는 완전히 사라지는 거지. 경찰에서는 아무도 그 건을 다시 보지 않을 테니까 말이야."

그는 고개를 끄덕였다. FBI에서도 사정은 거의 같았다. 사건이 일정 기간 미제로 있으면 그 파일은 닫혀서 묻히고 누구도 다시는 생각하지 않게 되었다. 남겨진 가족들을 제외하면 말이다.

그가 말했다. "전에 성범죄자들 사이에서 내가 이용했던 정보원을 만났어. 하모니에 관한 정보를 내게 주면 그의 거취 결정 심리에서 내가 증언해 주기로 협상을 했어."

"그가 뭐라도 찾았어?"

"아니. 그는 모든 곳을 다 봤지만 정말 아무것도 없었다고 했어. 눈곱만큼도. 그 어둠의 세계에서는 똑같은 미친놈들이 역겨운 말들을 해대고 있었지만, 그 사람들이 그 뉴스를 보고 알 수 있는 건 하나도 없었어. 그 애를 데려간 게 누구든지 그쪽 세계 사람은 아닐 것 같고, 그자는 몸을 사린 채 아주 잘 위험을 피하고 있는 거야."

그녀는 공터에서 걸음을 멈췄다. 앞에는 공원 화장실이 있었고 오른쪽으로는 다른 놀이터가, 왼쪽에는 실제 경기장 크기의 축구장이 있었다. 그들의 뒤에는 벤치와 테이블을 갖춘 지붕이 덮인 임시 건물이 있었다.

"그는 여기서 우리를 만나겠다고 했어."

그들은 놀이터 근처의 벤치에 앉았다.

"이런 거지 같은 일에 신물 난 적 없어?" 볼드윈이 말했다.

"으-음. 어떤 경찰이 안 그렇겠어?"

"그럼 왜 그만두지 않는 거야? 할 수 있는 다른 일들도 있잖아, 안 그래?"

그녀는 어깨를 으쓱했다. "우리 아버지는 나름대로 큰 사업을 하고 계셔. 보트와 사륜구동차 같은 레저 차량을 판매하시지. 아버지 밑에 가서 일할 수도 있기는 해. 하지만 난 내가 다른 일을 하는 게 그냥 눈에 그려지지 않아. 어쩌면 그냥 난 실종 아동 사진들을 인스타그램에서 보고 싶지 않은 걸지도 몰라. 그리고 다른 어떤 일을 할 수도 있었는데 그러지 못하고 얼간이 부자들한테 제트 스키나 팔고 있다고 생각하겠지."

그는 빙긋 웃었다. "한 번씩 나는 가게에 서서 얼간이들한테 제트 스키를 팔 수만 있다면 연봉 삭감은 기분 좋게 받아들일 것 같기도 해."

"한 번씩이지," 그녀가 그를 쳐다보며 말했다. "매일은 분명 아닐 거야." 그녀는 주머니에서 니코틴 껌을 꺼내 한 조각 씹었다. "어떻게 당신을 사무직에 앉힌 거지? 당신은 뼛속들이 살인 수사관인데 말이야."

"지부장 보좌인 데이나 영은 그런 건 죄다 헛소리라고 생각해. 행동 과학에 부여된 관심 같은 건 있어서는 안 되는 일이고, 우리한테는 일반 살인 수사과만 있어야 했던 거라고 말이야. 그는 폭력배의 살인과 성범죄 살인의 차이를 몰라. 살인은 살인이라는 거지."

"제길. 그 사람한테 나와서 내가 하는 일을 일주일간 해 보라고 해. 목이 올가미에 묶인 채 배수구에 처박힌 애들을 찾아내고 그런 다음 나한테 와서 똑같은 말을 한번 해 보라고 말이야."

그는 고개를 끄덕이고는 바람에 흔들리는 나무들을 바라보았다. "농담이 아니야, 크리스틴. 난 할 만큼 다 했다고 생각해. 이 사건이 끝나면 그걸로 마지막이라고 생각해."

"글쎄," 그의 팔을 자기 팔에 끼우며 그녀가 말했다. "무슨 일이 일어나든, 당신은 넘어져도 바로 일어설 거야. 항상 그러잖아."

어떤 남자가 놀이터를 통과해서 다가왔다. 그는 흰색 긴소매 셔츠에 색깔 빠지고 찢어진 청바지를 입고 있었다. 햇볕에 검게 탄 얼굴의 그는 신경이 곤두섰는지 마치 누군가 자신을 공격할지도 모른다고 생각하는 것처럼 끊임없이 뒤를 돌아봤다.

그는 양손을 주머니에 꽂고 그들 앞에 와서 섰다. "당신이 리스 형사인가요?"

"그래요."

"이 사람은 누구죠? 혼자 오라고 했잖아요."

"그따위 얘기는 집어치우고 당신이 아는 걸 우리한테 말하기나 해요. 곧 비가 올 텐데, 난 여기 바깥에 있고 싶지 않아요."

볼드윈은 그 남자가 주머니에서 손을 뺄 때 그의 손이 떨리고 동작이 안절부절못하는 것을 포착했다. 눈동자가 커다란 그는 말라비틀어져 있었다. 추측해야 한다면, 볼드윈은 이 사람이 마약 중독자라고 말할 것이었다. 파이프로 흡입했을 때 생기는 검은색 침착이 이에 없는 것으로 보아 아마도 코로 흡입할 것이었다.

"200달러 주시죠. 선불로."

"200 뭐라고요? 달러?"

그는 고개를 끄덕였다.

"여기서 꺼져." 그녀가 말했다. "돈 달라는 말은 한마디도 안 했잖아."

"당신한테 그 여자애의 목숨값은 얼만데요? 200은 적은 액수 같은데요."

볼드윈이 말했다. "그 애의 실종에 관해 당신이 알고 있는 게 뭐죠?"

"어디 있는지 알아요."

볼드윈과 리스는 빠르게 시선을 주고받았고, 볼드윈이 말했다. "그 애는 살아 있나?"

그는 고개를 끄덕였다. "그 애랑 말을 하거나 그런 건 전혀 아니에요. 누군가 그 애를 내가 아는 장소로 데려오는 걸 딱 본 거죠. 그 애 사진을 본 적이 있었어요. 그 애가 맞는 건 알아요. 내가 제대로 봤으니까요."

리스가 말했다. "우리는 당신을 바로 체포해서 공무 방해 혐의로 기소할 수 있어. 그러면 당신은 말할 준비가 될 때까지 감방에 앉아 있으면 돼."

"아니야," 볼드윈이 지갑을 꺼내며 말했다. "나한테 117달러가 있어. 일이 잘 풀리면 나머지를 주겠다고 약속하지."

남자는 작은 소리로 뭔가를 중얼거렸다. "그래, 좋아요. 돈을 줘요."

볼드윈은 돈을 건넨 다음 휴대폰을 꺼내서 녹음 앱을 열었다. 그는 시작 버튼을 누르고 휴대폰을 벤치 위 자기 다리 옆에 놓았다.

"녹음은 안 돼요." 남자가 말했다.

"잊어버리면 다시 들어야 할지도 몰라서 그래."

"아뇨, 녹음은 안 돼요. 원한다면 받아 적어요. 하지만 당신한테 내 성은 알려주지 않을 것이고 녹음도 하지 않을 거예요."

리스가 말했다. "이봐, 내 말 들어, 이 마약쟁이―"

"아니, 됐어, 크리스틴." 볼드윈은 녹음을 끄고 필기 앱을 켜서 남자에게 보여주었다. "녹음하지 않을게. 그냥 여기에다 받아 적는 거야."

그는 고개를 끄덕이고는 불안한 듯 주위를 다시 둘러보았다.

리스가 말했다. "그래서? 말을 시작해."

"나는 헨리스라는 술집에 있었어요. 어디 있는지 알아요?"

"아니." 볼드윈이 말했다.

"42번 길과 메인 길이 만나는 곳에 있어요. 그 여자애 실종 이야기가 다 나오고 난 다음 날 거기 갔죠. 주차장에서 어떤 사람과 같이 있는 그 여자애를 내가 봤어요. 그 술집은 스물한 살 미만은 이용할 수 없어요. 그래서 그 사람이 안에 들어가서 음식을 갖고 나왔고, 그렇게 떠났어요."

"그가 안으로 들어갔을 때 그 애는 어디 있었어?" 리스가 물었다.

"차 안에요. 빨간색 차였어요. 좀 작은 차였고요. 그 애는 조수석에 앉아서 기다렸고 그가 안으로 들어갔어요."

"주변에 다른 사람들도 있었어?"

그는 고개를 끄덕였다. "다섯 명은 넘는 사람들이 밖에서 담배를 피우고 있었어요. 그 애는 차에서 내려서 휴대폰으로 통화하면서 주위를 걸어 다니기도 했어요."

리스는 팔짱을 꼈고 볼드윈이 생각하던 말을 했다. "그 애가 휴대폰을 갖고 있었다고, 어?"

"네. 그 애는 걸으면서 누군가에게 계속 말을 했어요. 그런 다음 그 남자가 스티로폼 박스 두 개를 갖고 나와서 차에 탔고, 그렇게 떠났어요."

볼드윈이 말했다. "그 남자를 알아보겠어?"

그는 고개를 저었다. "한 번도 본 적이 없는 사람이에요. 백인이고, 내 키에, 파드리스 야구 캡을 쓰고 있었어요."

리스가 말했다. "내가 체포하기 전에 이 사람 돈을 돌려줘."

"뭐라고요? 왜요?"

"그 애는 휴대폰이 없었어. 우리가 그 애 휴대폰을 찾아냈어."

"그럼 자기 게 아니었나 보죠. 나는 그 애가 휴대폰으로 통화 중이었다고 말한 거예요. 그리고 그 애는 납치되거나 뭐 그런 걸로는 보이지 않았어요. 도와달라고 소리를 지를 수도 있었는데, 그러면 열 사람은 달려왔을 거예요. 그 애는 전혀 그렇게 하지 않았어요. 그 애가 거기 있었던 건 자기가 원했기 때문인 거죠."

"음-음." 리스는 그를 아래위로 훑어보며 말했다.

볼드윈이 뭔가 메모를 한 다음 말했다. "차 종류는 뭐였지? 보통 승용차였어, 아님, 해치백? 문은 네 개, 아님 두 개?"

"빨간색 문 두 개였어요. 해치백인 것 같아요."

"내가 여러 가지 차 사진을 보여주면 그 차를 알아볼 수 있겠어?"

그는 고개를 끄덕이며 담배에 불을 붙였다.

"그 애는 어떤 옷을 입고 있었어?"

"줄무늬 셔츠와 짧은 바지 같은 거요. 내 바로 옆에 오기도 했어요. 그 애는 통화를 하려고 나와서 내 바로 옆으로 지나갔어요. 나는 벽에 기대서 있었고, 그 애는 지금 나와 당신 거리만큼 가깝게 내 옆으로 왔어요. 그건 그 애였어요. 전날 밤에 그 애 사진을 봤으니까요."

"전화로 무슨 얘기를 하는지 조금이라도 들은 게 있어?"

그는 고개를 저었다. "하지만, 그 애는 웃고 있었어요. 곤란한 상황에 있는 것 같은 모습이 아니었다고요."

"신고 전화를 할 때까지 왜 그렇게 오래 걸렸지?"

"그렇지 않아요. 한참 전에 메시지를 남겼는데 아무도 내게 전화하지 않았어요."

볼드윈은 리스를 흘깃 봤으나 더는 묻지 않았다. "자네 전화번호가 필요해. 그리고 자네가 본 그 남자의 얼굴을 알 수 있도록 우리가 자네를 몽타주 화가에게 데려가야겠어."

"아뇨, 그건 안 돼요. 난 납작 엎드려서 지내고 다른 사람들의 일에는 관여 안 해요. 그게 내가 돈을 버는 방식이에요."

"자네한테 연락할 수가 없으면 내가 자네한테 주기로 한 100달러를 어떻게 줄 수 있겠어?"

남자는 잠시 생각하더니 말했다. "좋아요. 하지만 난 경찰서에는 가고 싶지 않아요. 델 타코나 맥도날드, 아니면 뭐 다른 어디서든 만나면 돼요."

"좋아."

"내 이름은 레너드예요."

"난 케이슨이야."

레너드는 자기 전화번호를 줄줄 말하고는 왔던 길로 다시 공원에서 나갔다.

리스가 말했다. "좀 헛소리 같았어. 당신이 돈을 줬다니, 믿을 수가 없군."

"그는 지독한 마약 중독자야. 당신이 아는 마약 중독자들 중에 자발적으로 경찰에 전화해서 범죄를 신고하는 사람이 얼마나 될까?"

"그는 돈 때문에 그렇게 한 거야."

"그래, 그래도 어쨌건 그는 그렇게 했어. 우리가 그를 어떤 혐의로 체포하면 200달러는 보석금도 안 되는 돈이야. 게다가 그는 우리에게 이름과 전화번호를 줬어. 나는 그가 성자라고 말하는 게 아니야. 하지만 적어도 그가 말한 내용을 끝까지 조사해 보기는 하자고."

"당신한테 시간이 있는 건 확실해? 골드만 삭스에서 자금 횡령한 인간을 추적해야 하는 것 아니야?"

"골드만 삭스는 내가 아니어도 살아남을 수 있어. 하모니는 그렇지 못할 거야. 또한, 그가 그 애를 데려간 자일 수도 있어."

그녀는 고개를 끄덕이며 레너드가 걸어간 방향에서 눈을 뗐다. "지금은 내가 그를 따라가서 감시할게. 어쩌면 오늘이 우리에겐 행운의 날일지도 모르지."

56

킴벌리 앨리의 증언은 악재였다. 그러나 야들리는 재판이 끝나기 전에 개릿을 다시 증언대에 세워서 직접 설명하게 한 다음, 험악한 이혼 소송 기간에 의심스러운 행동을 했다고 해서 그것이 그가 아무런 이유도 없이 무고한 사람에게 죄를 뒤집어씌웠다는 의미는 아니라고 주장할 생각을 했다. 그녀로서는 계속 밀고 나가는 것 외에 달리 선택의 여지가 없었다.

야들리는 병리학자를 다음 증인으로 소환했다. 매튜 캐리 박사는 명석하고 침착했다. 그녀가 볼 때 그는 설득력 있는 증인이었다. 잭스가 대배심 앞에 그를 증인으로 세웠을 때와 마찬가지로 그는 훌륭하게 증언했다.

야들리가 몇 시간 정도만 증인 신문을 하고 나자 웨스턴은 저녁 휴정을 선언했다. 그녀는 배심원들이 나가자 서류 가방을 들었다. 나가려고 돌아섰을 때 법정 뒤쪽에 리버가 앉아 있는 게 보였다.

"저녁 먹으러 가요." 야들리는 눈물에 얼룩진 화장을 손으로 문지른 자국이 뺨에 남아 있는 그녀를 보며 말했다.

리버가 고개를 끄덕였다. "네, 그래요."

법원에는 자체 식당이 있었다. 주방장 복장을 한 남성이 혼자서 운영하는 곳이었다. 야들리와 리버는 샐러드와 수프를 주문하고 거리가 내다보이는 창가 테이블에 앉았다. 그곳에는 몇 안 되는 사람들이 있을 뿐이었는데 대부분이 검사와 판사들이었다.

"잘 견디고 있는 거예요?" 야들리가 물었다.

"아뇨."

야들리는 마른침을 삼키며 잠시 기다렸다. "앤지, 형사 한 사람이 학회장과 비행기에서 찾을 수 있는 사람들을 한 사람 한 사람 추적했어요. 재커리는 샌디에이고 왕복 항공권을 끊었지만, 학회 참석자 명부에는 서명하지 않았어요. 그리고 학회에서 나눠 준 패키지도 갖고 오지 않았어요. 그가 거기 있었다고 말해줄 수 있는 조직자나 참석자는 한 명도 찾지 못했어요. 내 생각에 그는 의심을 사지 않으려고 비행기로 날아간 다음 렌터카로 돌아왔을 거예요." 그녀는 잠깐 말을 멈췄다. "그가 가지 않았다는 걸 알았죠. 아니에요?"

리버는 손가락 사이에 냅킨을 쥐고 천천히 귀퉁이를 찢었다. "이건 그가 한 짓이 아니에요."

"앤지―"

"나는 그 사람을 알아요. 그는 이런 짓을 하지 **않았어요**."

야들리는 한숨을 내쉬었다. "그럼 누구죠, 앤지? 그가 하지 않은 일로 그를 유죄 선고받게 만들려고 이렇게 온갖 노력을 다할 사람이 누굴까요?"

"모르겠어요. 만약 그가 결백하다고 생각한다면, 당신이라면 그걸 증명하기 위해 다음으로 뭘 하겠어요?"

"나라면 재커리가 이 일로 유죄가 되면 이익을 볼 사람을 찾으려고 할 거예요."

리버는 고개를 끄덕였다. "그럼 그렇게 해요. 부탁할 권리가 내게 없다는 건 알지만, 제발, 나를 위해서… 그렇게 해 주겠어요?" 그녀는 손을 뻗어 야들리의 손을 잡았다. "난 그를 잃고 싶지 않아요. 그가 이 일을 저지르지 않았다면… 무슨 말이냐면 그게, 그러니까 그가 유죄를 받는다면 그보다 더 비극적인 일은 생각조차 할 수 없다는 거예요."

야들리는 리버의 손을 내려다보았다. "내가 조사해 볼게요. 하지만 만일 아무것도 없다면, 내가 아무것도 찾아내지 못한다면—"

"알아요… 알고 있어요."

57

야들리는 그 후 며칠간 잠을 푹 자지 못했다. 그래서 그녀는 법정이 개시되기 전에 더블 에스프레소를 마셨다. 애스터와 리치는 변호인석에서 서로 농담을 주고받고 있었다. 야들리는 뒤를 돌아보았으나 리버의 모습은 보이지 않았다. 그녀는 어제도 오지 않았었다.

웨스턴이 나왔고, 배심원단이 자리에 앉자 그는 한 손으로 하품을 가리고서 말했다. "야들리 씨, 다음 증인."

"정부는 케이슨 볼드윈 특별 요원을 증언대로 부르겠습니다."

볼드윈은 검정 양복을 입었는데 며칠 동안 면도를 하지 않았는지 조금 꾀죄죄한 모습이었다. 그는 선서를 하고 증인석에 앉아서 배심원단에서 수줍은 미소를 보냈다. 야들리는 그의 이름과 직책을 물었고 그의 적격성을 나열했다. 그녀는 그의 해군 경력과 샌프란시스코 경찰청 근무 이력을 말할 때만 잠깐 속도를 늦춰 말을 했다. 다 끝내고 나서 그녀는 말했다. "이 사건에 대해 증인이 기억하는 건 뭔가요?"

그들은 서로 박자를 맞출 수 있을 만큼 많은 일을 함께해 왔다. 야들리가 포괄적이고 개방적인 질문을 하면 볼드윈은 배심원단과 긴밀한 유대감을 조성할 수 있도록 말을 풀어나갈 것이었다.

"우선, 제가 이 사건에 대해 처음 들은 것은 보안관실에 있는 한 동료를 통해서입니다. 그는 파르 씨 부인이 특정한 자세를 취하고 어떤 의례를 행하듯이 살해되어 있었다고 말했습니다. 그 말을 듣고 처음 든 생각은 밀교의 주술 살인이 아닌가 하는 것이었습니다."

"어째서요?"

"주술적 살인에는 — 예를 들어, 악령 살인 같은 — 많은 의례적 요소가 개입됩니다. 그냥 단순한 살인이 아니라 특정한 방식으로 이루어지는 살인이지요. 그래서 벽이나 바닥, 혹은 피해자들의 몸 자체에 그려 놓은 상징들이 발견됩니다. 날카로운 도구로 피해자들의 피부를 도려내는 경우가 많고요. 또한 다 타버린 양초나 인형들, 그들이 신성하다고 생각하는 어떤 문서에서 나온 종잇조각 등도 보게 됩니다. 의례에는 상징이 필요하고, 그래서 그 상징을 보여주는 수많은 증거가 나오는 거죠. 현장을 전혀 청소하지 않는 경우가 대부분입니다. 현장 그 자체가 그들이 보내고 싶은 메시지니까요. 그래서 현장에 대한 묘사를 전해 듣고 저는 처음에는 캐시 파르 살인이 밀교의 주술 살인이라고 생각했던 겁니다. 그리고 주술 살인은 한 사람에게서 끝나지 않습니다."

"왜 그렇죠?"

"그들은 자신들이 더 높은 목적을 수행하고 있다고 믿기 때문이죠. 그들은 광신도들이며, 20년간의 제 경찰 경험으로 볼 때 죽음이나 감금이야말로 광기가 멈춰질 수 있는 유일한 수단입니다."

"그렇다면 캐시 파르 살인의 구체적인 정황을 알게 된 후 증인은 뭘 했습니까?"

"저는 담당 형사인 루카스 개릿에게 전화해서 크림슨 레이크 로드에서 수상한 움직임이 있다는 신고가 들어오면 제게 알려달라고 요청했습니다. 파르 씨 부인의 살인에 선택된 통나무집은 폐가였고 그 지역에는 그런 통나무집과 주택들이 많습니다. 그곳은 도로에서 벗어나 있고 자체 경찰력도 없기 때문에 가까운 경찰서에서 그곳에 도착하려면 시간이 좀 걸립니다. 개릿 형사와 저는 살인자, 혹은 살인자들이 다음 피해자를 유기하기 위해 다시 올지도 모른다는 데 생각을 같이했습니다. 발견될 가능성이 현저히 낮기 때문이죠. 그래서 우리는 그곳을 좀 더 밀착 감시하는 것이 최선이라고 생각했습니다. 그렇게 해서 파르 씨 부인이 발견된 지 한 달 정도만에 안젤라 리버에 관한 신고를 받은 것입니다."

"리버 씨는 무슨 일을 당했나요?"

볼드윈은 차가 한 대 세워져 있고 어떤 남자가 다른 사람을 통나무집 중 한 곳으로 끌고 들어가는 것을 본 이웃 주민의 신고에 관해 설명했다. "제가 급히 개릿 형사를 만나러 갔더니 그는 그곳에 세 명의 보안관보와 함께 있었습니다. 우리 다섯 명이 그 통나무집으로 갔습니다. 차는 보이지 않았지만, 뒷문으로 들어가고 거기서 나온 선명한 신발 자국이 흙에 나 있는 것이 보였습니다. 우리는 통나무집 내부에 또 다른 피해자가 있을지 모른다는 우려가 들어서 영장을 기다릴 시간이 없었습니다. 개릿 형사의 차 트렁크에 문 부수는 작은 망치가 있어서 그가 그걸 꺼내 왔습니다."

야들리는 주방을 확대한 사진을 배심원단 가까이 놓고 그에게 그곳에서 아직 살아 있던 리버를 발견했던 상황은 물론 병원에서 그녀를 그가 처음 조사했던 내용을 설명하도록 했다.

"이 사건의 피고인인 마이클 재커리를 증인이 처음 만난 것은 언제였나요?"

"다음 날 밤 그들의 집에서였습니다."

"그에 대해 어떤 인상을 받았나요?"

"이의 있습니다." 애스터가 말했다. "증인은 심리학자가 아닙니다."

야들리는 웨스턴 판사를 향해 돌아섰다. "증인은 베테랑 경찰입니다, 존경하는 재판장님. 저는 그가 우리에게 일반적인 인상을 말해 줄 권리가 있다고 생각합니다."

"기각합니다. 계속 대답하세요."

볼드윈이 말했다. "그는 굉장히 신경이 곤두서 보였습니다. 그가 한 답변들 중 몇몇은 상식적이지 않았고, 그는 말을 더듬지 않거나 주위를 돌아보지 않고는 우리의 질문에 대답하는 것이 힘들어 보였습니다. 안절부절못하면서 자리에서 몸을 계속 움직였죠. 그는 대답이 막혔을 때 두 번 화장실에 다녀오겠다고 했습니다. 제 경험으로 보면, 그런 것들은 속임수의 신호입니다."

"그가 증인을 기만하려 하고 있다고 생각한 이유는 뭔가요?"

"저는 예전에 아내나 여자친구가 습격당한 남편이나 남자친구와 얘기를 나누어야 했을 때 이런 상황을 겪어 봤습니다. 제 경험으로는 남편이나 남자친구는 가해자를 잡기 위해 우리가 뭘 하고 있는지에 관한 질문으로 우리를 융단 폭격하는 경우가 보통입니다. 그들은 가해자가 특정되지 않은 채 여전히 바깥에 있다면 자신들의 아내나 여자친구가 안전을 느낄 수 없다는 것을 압니다. 그래서 그 가해자를 체포하기 위해 어떤 일이 진행되는지 알고 싶은 것이죠. 재커리 씨에게서는 그런 게 전혀 없었습니다. 그는 거의 아무것도 묻지 않았습니다. 제 의견으로는 우리가 자신을 용의자로 보고 있다는 것을 그가 알았다고 생각합니다. 그는 또한 우리의 전문가와 제가 나중에 작성한 범인 유형 분석과도 맞아떨어집니다."

"그게 어떤 겁니까?"

"음, 하버드 의과 대학 정신 의학과 교수이자 이 사건 같은 특수 사건에서 FBI에 조력하고 있는 다니엘 사트 박사가 우리가 만든 범인 유형 분석에 관해 더 자세하게 증언할 것으로 알고 있습니다만, 핵심을 말하자면 범인 유형 분석이란 우리가 쫓고 있는 범인에게 해당할 수 있는 일련의 특징들을 범죄 현장과 피해자들로부터 추론하여 규정한 것입니다. 이 사건에서, 우리는 우리가 찾고 있는 사람이 재커리 씨 연령의, 의학적 훈련을 받은 백인 남성이라고 추정했습니다. 캐리 박사가 증언한 것처럼 부검 과정에서 독극물 주입 지점을 찾기가 가장 어려운 인체 부위가 눈과 코인데요, 이런 것은 일반적으로 알려지지 않기 때문에 우리의 가해자가 일정한 의학적 훈련을 받았을 것으로 추론하는 것이 합리적입니다. 우리는 주입 지점을 전혀 찾아내지 못했으니까요. 또한 그자가 강박 장애가 있고 정돈과 통제에 과도하게 집착하는 성향일 것이라고 규정했습니다. 저는 재커리 씨를 처음 방문하고 작성한 첫 보고서에 그의 집이 티끌 하나 없이 깨끗하고 모든 것이 완벽하게 정리되어 있다고 썼습니다. 실제로, 제가 녹음기를 놓기 위해 소파 테이블 위에 있던 컵 받침을 옮겼더니 재커리 씨는 우리가 말하는 도중에 그것을 도로 제자리에 놓았습니다."

"그러면 증인은 이 모든 것을 바로 알아챘습니까?"

그는 고개를 끄덕였다. "그랬습니다. 여성이 피해자인 사건에서는, 불행하게도, 열의 일고여덟이 남편이나 남자친구가 범인입니다. 그래서 저는 재커리 씨를 첫 만남에서 유심히 관찰하고 기억이 아직 생생하던 그날 밤에 보고서를 작성했던 것입니다."

야들리는 배심원단을 흘깃 보았다. 그리고 그들 모두가 주의를 기울여 경청하고 있다는 것을 알았다. 볼드윈의 부드러운 목소리와 잘생긴 외모가 그들의 주의를 붙잡는데 한몫 거들고 있었다.

"볼드윈 요원, 우리에게 수색 영장과 증인이 차고에서 발견한 것에 관해 말해 주십시오."

볼드윈은 영장이 필요했던 이유와 수색이 어떻게 실시되었는지 상세히 설명하기 시작했다. 야들리는 개럿이 거즈와 주사기를 찾아냈을 때 볼드윈과 다른 경관들이 그의 바로 옆에 있었다는 말을 볼드윈이 하도록 만들 수 있었고, 이것으로 앞서 애스터가 암시했던 바가 근거 없는 것임이 배심원단에게 설득력 있게 다가가기를 희망했다.

"더 덧붙이고 싶은 말씀이 있을까요, 볼드윈 요원?"

이것은 전부터 수년에 걸쳐 그들이 효과를 보곤 했던 질문이었다. 볼드윈이 배심원단에게 하고 싶은 말이 있는데 야들리가 놓친 것이 있다면 그는 그녀의 말에 끼어드는 대신 마지막에 추가로 말을 하곤 했던 것이다.

그는 잠시 머뭇거렸고, 그녀는 그가 하모니 파르에 대해 뭔가를 말해야 하는지 마는지 고심하는 것으로 추측했다. 야들리는 이미 그에게 웨스턴이 그 아이에 대한 언급을 다 배제했다고 경고한 바 있었다. 그 일은 거론되도록 허락되었어야 하는 견실한 증거였기에 그는 그녀의 좌절감에 공감하고 있었다.

"아뇨," 그가 마침내 말했다. "더할 말은 없습니다."

"감사합니다. 이 증인에게는 이상입니다, 존경하는 재판장님."

"애스터 씨, 당신 차례입니다."

애스터는 발언대로 가지 않았고 메모도 들고 있지 않았다. 그는 법정 한가운데로 가서 볼드윈과 배심원단의 중간에 섰다. 그는 침묵을 지키면서 한참 동안 볼드윈에게 눈을 두고 있다가 마침내 말했다. "증인은 이 사건에서 범인 유형 분석을 했다고 말했습니다. 맞습니까, 볼드윈 요원?"

"그랬습니다. 네."

"범인 유형 분석이 뭔가요?"

"말씀드린 것처럼, 범인이 남기고 간 범행 현장의 국면들에 기초하여 그의 다양한 행동적 특징을 규정하려고 하는 분석 체계입니다."

"그러니까 증인은 범죄 그 자체에 기초해서 범인이 어떤 사람인가를 추측한다는 건가요?"

"그보다는 좀 더 복합적입니다. 우리는 유형 분석을 작성하기 전에 서로 다른 복잡한 단계를 거칩니다. 범죄 평가 단계, 동기, 범죄 현장의 역동성, 피해자에 관련된 특징 등등… 하지만 종합적으로, 범죄 자체에 기초하여 범인이 어떤 사람인가를 규정하려 하는 것으로 설명할 수도 있다고 봅니다, 그렇습니다."

애스터는 변호인석에서 서류 뭉치를 집어 올리더니 그것을 볼드윈에게 건넸다. "증인은 FBI가 파르 씨 부인의 살인범이자 리버 씨의 살인 미수범에 대해 만든 유형 분석을 읽어 주실 수 있겠습니까?"

"제가 믿기로는 사트 박사가—" 볼드윈이 말을 시작했다.

"사트 박사는 분명 이 유형 분석을 만드는 데 자신이 관여한 바를 설명할 수 있을 것입니다. 지금 제가 관심 있는 것은 증인이 참여한 부분으로서, 증인은 이 범행을 누구의 소행이라고 생각하는지입니다."

"글쎄요, 이건 제가 누구의 소행이라고 생각하냐는 문제가 아닙니다. 이것은 범인에게 해당할 수 있는 어떤 특징들의 개연성 문제입니다."

"물론이죠, 그 부분을 그냥 읽어 주세요. 부탁입니다, 볼드윈 요원."

"범인은 서른다섯 살에서 마흔 살 사이의 백인 남성일 것이다. 그는 고등 교육을 받았을 가능성이 크며 사실상 간호사나 의사로서 의학적 훈련을 받은 사람일 것이다. 그는 미혼일 가능성이 크며 지속적인 관계 유지에 어려움을 겪고 있을 것이다.

두 범죄 현장 모두에서 관찰된 질서 정연함에 기초해 볼 때 그는 강박적 행동 친연성이 있을 것이다. 인격 장애와 그에 동반하는 강박 장애 진단을 받았다 해도 놀랍지 않을 것이다. 그는 부모에게서 버림받은 과거가 있을 가능성이 크며, 그로 인해 인간관계가 불안정한 삶을 살아왔을 것이다. 버림받은 두려운 기억에서 비롯된 그의 자아상은 내면 깊숙이 자리한 열등감으로부터 자신의 의식 세계를 보호하려는 방향으로 끊임없이 이동해 갈 것이다. 그는 또한 자기 파괴적인 행동을 한 과거력이 있을 것 같지만 경찰이 개입하는 선까지 간 경우는 드물 것이다. 내면의 불안감 때문에 그의 성격은 격정적일 수 있지만 그의 지적 능력은 경찰과 접촉하지 않을 정도의 절제력으로 이어졌을 것이다." 볼드윈은 읽기를 멈추고 페이지를 넘겼다. "이게 제가 작성한 부분입니다. 그다음은 사트 박사가 범죄의 심리학적 측면을 좀 더 구체적으로 분석한 결과 하나하나의 추측을 끌어낸 부분입니다."

"그건 읽지 않아도 됩니다, 감사합니다." 애스터는 발언대로 가서 한 팔로 기대섰다. "빌어먹을 정도로 세세했습니다, 볼드윈 요원. 경의를 표합니다."

"감사합니다." 그는 불쾌한 느낌을 주지 않으려고 노력하며 말했다.

"이제 저는 증인이 다른 문서를 읽어줬으면 합니다."

그는 변호인석에서 어떤 문서를 집어서 사본 하나를 검사석에 놓은 다음 볼드윈에게 다가갔다. 야들리는 그 문서를 들어 올렸다. 그것은 볼드윈이 맡았던 예전 사건의 범인 유형 분석이었다.

"제가 방금 증인께 전해준 건 무엇입니까, 볼드윈 요원?"

"제가 예전 사건 때 만든 유형 분석 같군요."

"네, 그리고 전 거기 맨 위 페이지부터 시작하고 싶군요. 제목은 레오 에스터 놀런입니다. 이 사람은 누구죠?"

볼드윈은 머뭇머뭇했다. "우리가 3년 전에 체포했던, 네바다주 헨더슨 교외에서 일어난 살인 사건의 용의자였습니다."

"강조 표시된 문장에서부터 시작해서 그 유형 분석을 읽어 주세요."

볼드윈은 잠시 말이 없었다. 그의 눈은 애스터의 눈에 고정되어 있었다. 그러더니 그가 읽기 시작했다. "모리스 드라이브의 단층 주택에서 혼자 살던 마흔세 살의 아프리카계 미국 여성이 새벽 2시 41분에 발견되었다. 그녀는 구타당했고 38구경 권총으로 한 번 총상을 입었다. 그녀의 약혼반지가 없어진바 범인이 가져간 것으로 추정되었다. 그녀의 손목은 집에 있던 강력 접착테이프로 묶여 있었다. 자상과 깨문 자국들을 포함하여 사후에 생긴 상처가 여러 군데 있었다."

볼드윈은 읽기를 중단하고 말했다. "저는 다음으로 범인 유형 분석 생성, 그리고 검시관 보고서와 피해자의 약력, 사망일의 행적 등 6단계에 걸쳐 일을 하기 시작합니다."

"그건 읽을 필요 없습니다. 바로 핵심으로 들어갑시다. 증인이 쓴 그 유형 분석을 읽어 주세요."

볼드윈은 다음 한 페이지를 넘겼다. "고위험 지역에서 범죄가 일어나면 수사는 낯선 자를 쫓는 방향으로 이루어질 수 있는데, 실제 가해자는 지역을 잘 아는 사람일 가능성이 크다. 인근 지역 거주자이거나 같은 거리에 사는 사람일 수 있다. 범행이 평일 대낮에 일어난 것을 보면 그는 시간제로 일하고 있거나 실업자일 것이다. 문제의 남성은 피해자와 같은 인종인 아프리카계 미국인으로서 마흔 살에서 마흔다섯 살가량 되는, 피해자와 비슷한 연령일 것이다. 그는 평균적 지능의 소유자일 것이며 만일 일을 한다면 비숙련 노동자일 것이다. 범행이 12시 이전에 일어난 만큼 마약이나 알코올의 영향이 작용하지는 않았을 것이다.

가해자는 성적인 경험이 없을 것이며 — 비록 범죄 현장에서 여성에 대한 그의 혐오감이 명백히 보이기는 하지만 — 여성 앞에서 숫기가 없는 사람일 것이다. 그는 방대한 양의 외설물, 특히 폭력적인 외설물을 소지하고 있을 것이다. 상처들이 전부 사후에 가해졌다는 사실은 그가 산 사람과 교류할 능력이 떨어질 것이라는 추측을 가능케한다. 갑자기 공격을 가했다는 것은 분열과 혼란을 특징적으로 보여주는바, 가해자는 정신 질환 병력이 있을 것이다. 인근 지역에 살거나 그 지역과 일대에 친척이 있는 모든 아프리카계 미국인 남성들부터 조사를 시작해야 한다."

"훌륭합니다, 볼드윈 요원, 감사합니다. 이제 부록에 있는 놀런 씨의 체포에 관해 읽어 주세요."

볼드윈은 야들리에게 눈길을 주었다. 그녀는 일어나서 말했다. "이의 있습니다, 존경하는 재판장님. 이것은 본 사건의 어떤 것과도 관련이 없습니다."

"제가 다음 질문을 하면 이것이 왜 관련이 있는지 분명해질 것입니다, 존경하는 재판장님."

"기각합니다. 계속하세요, 볼드윈 요원."

볼드윈은 읽어 나갔다. "피해자 사망 9일 후, 용의자가 밝혀졌다. 그는 피해자의 집에서 북쪽으로 다섯 번째 집에 살고 있었고 중증 정신질환 병력이 있는 정신과 환자로 밝혀졌고 부모와 함께 거주 중이었다. 그는 마흔한 살의 아프리카계 미국인으로 지역 고등학교에서 청소원으로 일했다. 미혼으로 짧은 기간 불안정한 관계를 맺어 온 이력이 있다. 그의 IQ는 90으로 평가된다. 그는 자살을 시도한 적이 있으며 그의 전자기기에서는 방대한 양의 외설물이 발견되었다."

"거기서 멈춰 주세요, 볼드윈 요원. 그러니까 놀런은 증인의 유형 분석에 완벽하게 맞아떨어지는군요. 안 그런가요?"

그는 숨을 크게 내쉬었다. 얼굴은 굳어져 있었다. "네, 그렇습니다."

"그리고 증인은 그의 자백을 받았지요?"

"네, 그랬습니다."

"그리고 그는 뒤에 일급 살인죄로 유죄를 선고받고 투옥되었고요?"

"그렇습니다."

"그는 지금 어디 있나요?"

애스터의 눈을 바라보는 볼드윈의 시선은 한치도 흔들리지 않았다. "제가 마지막으로 들었을 때 그는 로제타 파크에서 관리인 일을 다시 하며 살고 있었습니다."

"그가 바깥세상으로 **나왔다고요?**" 애스터가 깜짝 놀라는 시늉을 하며 말했다.

"그렇습니다."

"사실 그가 출소한 것은 로키 마운틴 진상규명 센터에서 FBI 실험실들과는 별개로 DNA 분석을 한 결과 정액이 놀런 씨와 일치한다던 분석에서 열두 개의 서로 다른 오류가 발견되었기 때문입니다."

"그건 실험실 기술자 한 사람의 실수였습니다만, 네, 맞습니다."

"실험실 기술자 한 명이 망쳐버린 사건이 얼마나 됩니까?"

"그건 잘 모르겠습니다."

"100건? 200건?"

"그렇게 많지는 않을 겁니다. 그녀가 실수했다는 것이 빨리 판명되어서 고용된 지 두 달쯤 뒤에 해고되었습니다."

"그래서 다른 누군가가 결국 살인범으로 유죄를 받았죠. 맞습니까?"

볼드윈은 머뭇거렸다. "네."

"피해자와 약혼 상태였던 남자인 브루스 후퍼 씨였죠. 맞습니까?"

"맞습니다."

"후퍼 씨는 사회학 학위 소지자였습니다. 그렇죠?"

"그렇습니다."

"백인이었고요?"

"네."

"그는 정신 질환이 있다고 알려진 바도 없었고 시 정부에서 정규직 직원으로 직무 수행을 아주 잘하고 있었습니다. 맞습니까?"

"맞습니다."

"그리고 그가 붙잡힌 것은 친구에게 피해자를 죽인 일을 떠벌였기 때문이고, 그래서 그 친구가 경찰에 연락했기 때문입니다. 그렇죠?"

"네."

"그래서 후퍼가 결국 자백을 했고요. 네?"

"그랬습니다."

"그리고 놀런은 풀려났죠?"

"네."

"놀런은 결백했죠?"

"그랬습니다. 네."

애스터는 거의 증인석에 닿을 만큼 볼드윈에게 가까이 다가갔다. 볼드윈에게는 이것이 분명 민감한 주제였기에 애스터는 일부러 그를 약 올리려고 하는 것 같았다. "증인은 무고한 사람을 감옥에서 평생 썩게 했습니다."

"그런 게 아닙니—"

"그 사건에서 증인은 자백을 받았습니다. 마이클 재커리가 이 범죄에 대해 자백이라도 했습니까?"

볼드윈은 야들리를 흘깃 보았다. "아뇨. 그러지 않았습니다."

"증인은 그때 살인자가 깨문 자국을 확보했습니다. 이 사건에서 깨문 자국이 있습니까?"

"아뇨."

"증인은 DNA를 확보했습니다. 재커리 박사의 DNA가 두 범죄 현장에 있었습니까?"

"아뇨. 두 현장에서 그의 DNA는 발견되지 않았습니다."

"그렇지만 그는 범인 유형 분석에 맞아떨어지는군요?"

"네."

"놀런 역시 그 유형 분석에 맞아떨어졌습니다. 그렇죠?"

볼드윈은 머뭇거렸다. "네, 그랬습니다."

"볼드윈 요원, 증인은 이 사건에서 재커리 박사에 대해 당시 놀런에 대한 증거보다 설득력 있는 증거를 갖고 있지 않습니다. 맞습니까?"

볼드윈은 입 안에서 혀를 한 바퀴 돌렸다. "그렇게 말씀하실 수 있을 것 같군요."

"그렇다면 그는 결백할지도 모릅니다. 그리고 증인은 거기 대해 모르고요. 아닙니까? 그가 범인 유형 분석에 맞아떨어지기 때문에?"

"유형 분석은 그런 식으로 작동하는 것이 아닙니다. 변호사는 마치 그것이—"

"무고한 사람이 바로 저기 앉아 있어도 되는 겁니까, 볼드윈 요원?" 애스터는 재커리를 가리키며 힘주어 말했다. "그는 결백할 수 있는데 증인은 그가 증인의 유형 분석에 맞기 때문에 그걸 모른다는 겁니까?"

"아뇨, 그런 것이 아닙—"

"증인은 놀런에 대해 증언할 때 그의 유죄를 확신했죠?"

볼드윈은 숨을 내쉬었다. "네."

"100퍼센트 확신했습니까?"

"네."

"그렇다면, 예전에 증거를 몰래 심어 둔 적이 있는 어떤 형사가 찾아낸 주사기 몇 개와 붕대 한 묶음이 전부라는 걸 고려할 때, 증인은 어떻게 재커리 박사가 이 범죄들을 저질렀다고 확신하는 거죠?"

"이의 있습니다." 야들리가 말했다.

"철회합니다." 애스터는 볼드윈에게서 한 발짝 물러서서 발언대에 몸을 기댔다. 야들리는 배심원단을 쳐다봤지만 그들의 얼굴을 봐서는, 애스터가 사이비 과학에 지나치게 매달리는 연방 요원, 그리고 무슨 이유에선지, 마이클 재커리에 대해 뭔가를 조작한 형사라는 그림을 얼마나 성공적으로 그려 냈는지 알 수가 없었다.

"볼드윈 요원, 증인은 놀런이 살인범이라는 것을 100퍼센트 확신했습니다. 증인이 이 사건에 확률을 적용한다면 재커리 박사는 몇 퍼센트나 범인일까요?"

"그렇게 숫자를 댈 수는 없습니다."

"당연히 하실 수 있죠. 해 보세요. 90? 80? 5?"

두 사람은 서로를 노려보았다. 볼드윈이 숨을 내쉬며 말했다. "저는 그가 이 범죄들을 저질렀다고 100퍼센트 확신합니다."

"100이군요! 와. 증인이 무고한 한 남자를 유죄로 만들었을 때와 정확히 똑같은 확신이네요. 자 그럼, 저는 증인이 더 많은 무고한 사람들의 삶을 무너뜨리기 전에 공공의 안녕을 위해 우리가 어느 시점에서는 110퍼센트까지 수치를 올릴 수 있기를 바랍니다."

"이의 있습니다."

"철회합니다. 더 이상 질문 없습니다."

웨스턴은 개인적인 이유를 대며 오후 늦게 그날의 재판을 끝냈고 아침에 재판을 속개하겠다고 했다. 애스터는 야들리에게로 건너와서 말했다. "우리는 우발적 살인은 아직 받을 수 있습니다."

"그런다고 별로 달라질 것 같지 않군요, 딜런."

"지금 농담하는 겁니까? 저 배심원단은 당신네 형사를 증거 심는 기계라고 생각하고, 볼드윈의 유형 분석 역시 경솔하고 태평한 소리라고 생각한다고요. 그럼 제가 터커 파르를 저기 세워서 그가 열네 살짜리 여자애를 어떻게 납치해서 강간하려고 했는지 캐기 시작할 때까지 그냥 기다리든지요."

"그건 그렇게 간단명료하지 않아요."

"그건 문제가 아니죠. 문제는요, 그게 합리적인 의심을 가질 만큼은 명백하냐는 겁니다. 정말 그런 위험을 감수하려는 건가요? 재커리는 바로 방면될 수도 있어요."

야들리는 서류 가방의 끈을 어깨에 멨다. "생각해 보죠."

58

야들리는 법원을 나섰으나 사무실에 가고 싶지는 않았다. 그곳에서는 누구나 친절하게 대해 주었지만, 자신은 명백히 외부인이었다. 한 사건을 위해 거기 있는, 그런 다음에는 가게 될 사람인 것이다. 그녀에게 점심을 먹으러 나가자거나 카드 게임을 하러, 혹은 같이 어울리러 나가자는 말을 하는 사람은 아무도 없었거니와 때로 그녀가 모퉁이를 돌아 나타나면 하던 대화가 뚝 끊어지기도 했다.

집에 와서 그녀는 급히 간단한 저녁을 만들어 식탁에 차렸다. 타라는 7시가 조금 넘어 집에 와서 백팩 끈을 벗어 바닥에 털썩 내려놓았다. "아 진짜, 저 지쳐 죽을 것 같아요."

야들리는 딸아이에게 아버지 얘기와 그 그림들을 어떻게 했냐는 말을 어떤 식으로 꺼낼지 궁리하면서 딸을 지켜봤다. 그러다 그 생각을 접으며 말했다. "일하는 게 힘들었어?"

타라는 감자튀김을 하나 집어서 입에 톡 던져 넣고는 식탁에 앉았다. "우리가 지금 질병 진단에 도움을 줄 알고리즘을 연구하고 있잖아요? 그런데 재러드는 뭐랄까, 사람들은 기계한테 진단받고 싶지 않기 때문에 이걸 싫어할 거래요."

"그렇게 복잡한 걸 연구하고 있는 거야?"

"그럼요, 제가 마무리 부분을 돕고 있죠. 뭐 좀 지겹고 재미없는 일이에요. 하지만 이 지겨운 일이 아주 많은 건 빌어먹을 윗사람 중에 자기가 뭘 원하는지 아는 사람이 하나도 없기 때문이에요. 그들 중 몇 몇은 의료계를 뒤흔들려고 하고, 몇몇은 그냥 다른 상품을 베껴서 돈을 벌고 싶어 하죠."

야들리는 딸아이의 눈이 반짝이고 얼굴이 달아오르는 모습을 관찰했다. 이런 열정은 젊을 때만 느끼는 어떤 것이 아닐까 싶었다. 그녀 역시도 그런 걸 느꼈던 때가 있었을까? 사진작가로 막 발돋움하던 때, 아니면 검사 일을 처음 시작했을 때도 그랬을까? 이사를 해서 새로 시작한다면 그런 느낌을 다시 가질 수도 있지 않을까, 하는 생각이 들었다.

결국 그녀는 에디 칼에 대해 한마디도 하지 못했다. 그들은 같이 저녁을 먹고 일 얘기가 아닌 얘기들을 나누었다. 그러고서 야들리는 저녁 식사 후에 소파에 누웠고 타라는 샤워를 했다. 볼드윈이 잠깐 얘기하러 와도 되냐고 묻는 문자 메시지를 보내왔다. 조금 뒤 그가 왔는데 아직도 양복을 입은 채였다. 그는 수입 맥주 두 병을 손에 들고 와서 한 병을 그녀에게 건넸다.

"저녁을 방해한 죄로."

그들은 발코니로 나갔다.

"괜찮은 거야?" 그녀가 말했다. "지쳐 보이네."

그들은 접이식 의자에 앉았다. 볼드윈은 맥주를 따서 한 모금 마셨다. "잠을 별로 못 잤어. 증언이 별로였어, 그렇지?"

"괜찮았어."

"그 놀런 사건은… 그건 그냥 최악의 쓰레기 같은 일이었어. 실험실이 일을 망쳤고, 내가 망쳤고, 치의학자와 검사가 망쳤지. 그런데 우연찮게도 그가 유형 분석에 딱 맞았던 거야." 그는 고개를 내저었다. "수많은 경우에 훌륭한 도구로 제 몫을 톡톡히 했는데, 딱 하나 안 좋은 사례를 끄집어내서 그걸 무슨 마법같이 보이게 만들어 버리네."

"너무 걱정하지 마. 재신문에서 내가 그걸로 범인을 검거했던 수많은 사례를 거론할 테니까 당신은 배심원단에게 거기 대해 하고 싶은 대로 말하면 돼. 준비만 좀 잘하도록 해."

그는 한숨을 내쉬었다. "지부장 보좌도 그게 허튼소리라고 생각하거든. 그는 나더러 서류 더미를 훑어보는 것밖에 할 게 없는 사건들에 매진하라고 했어. 그걸로 하루가 다 가는 거야. 거기 비하면 한 시간 동안 법정에서 좀 당하는 게 그리 나쁘진 않아."

"이 사건에 불일치 배심이 나와서 한 번 더 그런 증언을 해야 하면 아마 생각이 달라질걸."

"그래, 그럴지도 모르지."

"하고 싶은 말이 뭐였어, 케이슨? 사소한 일이면 전화로 말할 수 있었을 텐데."

"사소한 게 아니야. 하모니 실종에 관해서 당신이 알아야 할 일이 좀 있어."

"뭔데?"

"크리스틴 리스가 하모니 파르를 봤다는 남자의 전화를 받았어. 그는 언론에 나온 사진을 보고 그 애를 알아봤대. 그래서 그녀가 약속을 잡고 내게 전화했어. 우리가 만났더니 그 친구가 말하길, 그 애가 어떤 술집에서 어떤 사람의 차 조수석에 있는 걸 봤다는 거야. 그는 그 애가 차에서 내려서 전화 통화를 하면서 웃었다고 했어. 곤란을 겪고 있는 모습이 전혀 아니었대."

"그 사람은 믿을 만해?"

볼드윈은 맥주를 벌컥벌컥 한참이나 마시고는 고개를 저었다. "그는 마약쟁이야. 몸에서 거의 약 냄새를 맡을 수 있을 정도야. 아마 직접 만들기도 할 것 같아, 불쌍한 자식. 리스가 그의 감시 팀을 꾸렸어. 그는 플로렌스 대로 근처에 살고 있어. 마약 복용으로 8개월 전에 출옥했고. 하지만 당신이 알아야 하는 내용은 여기부터야. 그는 하모니가 공식적으로 실종된 다음 날 점심때쯤 그 애를 봤다고 해. 마이클 재커리는 병원에 있었고 터커 파르는 직장에 있었지. 그 두 사람 모두 그걸 확인해 줄 수 있는 사람들이 있어. 그러니까 만약 이 작자의 말이 맞는다면 두 사람 중 누구도 그 애를 데려가지 않은 거지. 그럼 그들이 각자 다른 누구와 협업하고 있거나, 그게 아니라면 그 실종 사건은 캐시와 안젤라 사건과는 전혀 무관한 거야."

"그 사람은 왜 나서게 된 거지?"

"200달러가 필요했던 거야. 그가 그 말을 했을 때 리스의 얼굴을 당신이 봤어야 하는데 말이야. 내가 보는 앞에서 그의 급소에 전기 총을 쏘지 않을까 생각했다니까."

"통화할 때는 그가 돈을 달라는 말을 하지 않았던 거야?"

볼드윈은 고개를 저으며 맥주를 한 모금 마셨다. "그건 그렇고, 목걸이에 있던 혈흔은 하모니의 것으로 밝혀졌어. 그 애가 가출해서 그냥 몸을 숨겼다거나 뭐 그런 것도 충분히 가능성이 있기는 해. 하지만 한 번도 벗지 않는다는 목걸이 위의 혈흔, 그리고 나무 위 집에 남겨 놓은 휴대폰이 있는 거지. 당신이 아는 십 대 아이들 중에 휴대폰 없이 살 수 있는 애가 몇 명이나 되겠어? 게다가 터커는 옷이나 신발 중에 없어진 것이 있다고 생각하지 않았어. 그러니까 그 애는 나가기 전에 아무것도 챙기지 않았던 거지. 믿을 수 없는 일이야. 이 작자가 우리한테 솔직히 털어놓고 있다고 생각하지는 않아. 그 애는 가출한 게 아니야."

야들리는 저 멀리 어두운 사막으로 눈을 돌리고 한 줄기 가느다란 선처럼 달이 하늘에 떠오르는 모습을 지켜봤다. "혹시 그 애가 이 와중에 어떤 낯선 사람에게 납치됐을 가능성은?"

"거의 없지."

"사실상 불가능하겠지. 그 애가 정말 가출한 게 아니라 납치되었다면, 그건 같은 사람의 짓이어야 해. 우리는 그 애의 엄마를 죽이고 앤지를 죽이려 했던 사람이 누구든 간에 그 사람이 그 애를 데려갔다고 추정해야만 해."

"그래서 당신은 어떻게 하고 싶어?"

그녀는 두개골에서 올라오는 듯한 두통을 완화해 보려고 관자놀이를 문질렀다. "난 당신이 더 이상 이런 일은 하지 않는다고 생각했는데?"

그는 그녀에게 손을 내저었다. "법정에 출석하느라 하루 꼬박 월차를 썼어. 내 자유 시간인데 말이야. 망할 놈의 데이나 영."

"그랬군, 정말 고마워. 루카스 개릿은 내 전화에 답하지 않고 있어. 그래서 이제 더는 그가 도와줄 거로 생각되지 않아."

"그는 왜 당신 전화에 응답 전화를 하지 않는 건데?"

"얘기하자면 길어." 그녀가 맥주병을 따서 한 모금 마시면서 말했다. "하모니를 봤다는 그 남자와 내가 얘기를 좀 하고 싶은데."

"그는 우리가 감시하는 중이야. 일단 일이 어떻게 되는지 한번 보자고."

그녀는 맥주병의 매끈한 라벨을 엄지손가락으로 쓸어 만졌다. "만일 내가 틀렸다면 말이야, 케이슨, 그래서 재커리가 내가 생각하는 그 범인이 아니라면, 그런데 그가 유죄를 받는다면 나 자신을 용서할 수 없을 거야. 그가 한 짓이 아닌데 나 때문에 그가 감옥에서 하루하루를 보낸다면 말이야. 난 일이 어떻게 끝나는지 보면서 기다리고 있을 수가 없어. 그 사람을 만나야겠어."

그는 그녀를 가만히 보면서 잠시 생각하다가 어깨를 으쓱했다. "원래는 스칼렛과 늦게 저녁을 먹기로 했었어. 그녀에게 문자 메시지를 보내서 다음으로 미루자고 할게."

59

그날 밤 좀 늦은 시간에 타라는 청바지와 헐렁한 후드 티셔츠를 입고 야구 캡을 썼다. 그녀는 옷장에서 문신 도구를 꺼내 들고 욕실로 가서 천천히 피부에 그 염색제를 발랐다. 그녀는 직관적인 기억력으로 이전에 문신을 그렸던 지점과 모양을 완벽하고 정확하게 되살렸다.

가로 바실리는 그녀의 아버지가 말해 준 일급 미술품 거래상이었다. 그녀가 좀 조사해 본 바로는 그는 미술품 외에 마약 거래로도 명성이 자자했다. 마약 단속국에 의해 밀매 혐의로 체포된 적이 있었으나 그가 마약을 국내로 밀반입한 방식을 그들이 밝혀내지 못했기 때문에 불기소 처리되었다. 타라는 거의 바로 알아차렸다. 미술품이었던 것이다. 그림들 밑에 숨겨 왔을 공산이 컸다.

그녀가 에디 칼에게 그들이 서로 어떻게 알게 되었냐고 물었을 때 그는 그저 빙그레 웃으면서 그런 건 중요하지 않다고 했다.

타라는 거울에 비친 자기 모습을 쳐다봤다. 아는 사람이라 하더라도 이런 모습의 그녀를 알아보기는 어려울 것이었다. 마치 낯선 사람이 자신을 쳐다보고 있는 것 같은 이상한 느낌이었다. 그녀의 가슴은 요동치고 있었다. 그녀는 그것이 두려움인지, 흥분인지 알 수가 없었다.

올드 스트립이라 불리는 곳 근처에 있는 외진 아파트가 약속 장소였다. 올드 스트립은 라스베이거스의 지저분한 구역으로 지금은 쇠락한 술집들과 스트립쇼 클럽들, 그리고 타투 가게들이 들어서 있어서 술 취한 관광객들이 영원히 기억에 남을 밤을 만들기 위해 몰려들곤 하는 곳이었다.

아파트 단지에는 세 개의 동이 있었는데 불은 거의 켜져 있지 않았다. 타라는 두 블록 떨어진 곳에 차를 대고 걸어서 그곳으로 갔다. 밤공기는 따뜻했다. 젊은 남자들이 차 한 대에 가득 타고서 차를 빵빵거리며 저질스러운 무슨 말인가를 크게 외쳤지만, 그녀는 자기 모습이 어떤지는 차치하고, 자신이 여성인지 남성인지조차 과연 그들이 알 수 있을지 의문스러웠다. 그냥 희롱을 위한 희롱이었다.

그녀는 몇 분 동안 단지 앞에 서 있었다. 세 번째 동에 검정 SUV 차량이 주차해 있었지만, 주위에 사람은 아무도 없었다. 그녀는 양손을 주머니에 찔러 넣고 고개를 계속 숙인 채 최대한 무심하게 걸어갔다. 출입구에서 남자 둘이 담배를 피우고 있었다. 그들은 그녀를 보더니 말을 중단했다. 그녀는 그들을 흘깃 보고는 그들로부터 멀어져서 세 번째 동으로 계속 걸어갔다.

그녀는 3층까지 계단을 올라갔다. 첫 번째 아파트에는 사람이 없었지만, 그다음 집에는 불이 들어와 있었다.

그녀가 노크하자 앞에 있는 집에서 경호원이 나왔다. 그는 그녀보다 훌쩍 큰 키에 덩치가 출입구 크기만했다. 그는 옆으로 한 발짝 비키며 히죽 웃었다. 타라는 그 아파트로 들어갔다.

거실과 주방 전체에 책상과 의자, 딱 두 가지가 있을 뿐이었다. 바실리가 의자에 앉아 검은 담배 같은 것을 피우고 있었다. 그는 그녀를 보지도 않고 피우던 것을 책상 위에 내려놓고 안경을 꼈다. 그는 의자 안쪽으로 등을 기대며 그녀를 위아래로 훑어보고는 말했다. "그림을 가져왔나?"

"아뇨."

"그림이 없는데 어떻게 우리 감정사에게 정확하게 평가를 하라는 거지?"

"내가 그를 그림 있는 곳으로 데려갈 거예요. 그는 필요한 시간만큼 그림을 볼 수 있어요."

그는 한숨을 쉬고는 그녀를 잠시 관찰했다. "그림은 네가 두 블록 북쪽에 주차해 둔 그 차 안에 있지, 그렇지?"

타라는 대답하지 않았다.

바실리가 킬킬거렸다. "꼬마 아가씨, 나는 네가 태어나기 전부터 이 일을 해 왔어. 너는 진짜 네가 알지도 못하는 세계 속에 들어와 있는 거야. 애당초 넌 어떻게 나한테 오는 걸 알게 된 거지?"

그녀는 아무 말도 하지 않았다.

"흠. 그건 상관없다고 치지." 그는 담배를 다시 집어 들었다. "여기서 어떤 일이 생길 거냐면…."

두 명의 다른 남자들이 침실에서 나왔다. 둘 다 키가 컸고 그중 한 명은 팔뚝 위에서부터 아래까지 문신이 있었다. 팔꿈치에는 거미줄 문신이 있었다. 타라가 그들을 보고 있을 때 그녀 뒤에서 문 닫히는 소리가 들렸다. 경호원이 그들을 안에 가두고 문을 잠근 것이었다.

바실리는 나오는 담배 연기를 빨아들인 다음 코로 나오게 했다. "자, 내가 경고를 해야겠는데, 너는 아마 이 부분이 마음에 들지 않을 거야."

60

재활 보호 시설은 노숙자들을 위한 야영지로 쓰였던 공원 옆의 특징 없는 벽돌 건물이었다. 흐릿한 텐트 형체들이 어두운 잔디밭 여기저기 되는 대로 흩어져 있었다.

"여기 이렇게 텐트들이 많이 있었는지 기억이 안 나네." 야들리가 말했다.

"지난 몇 년 동안 노숙자들이 좀 늘어났지." 볼드윈이 주차를 하면서 말했다. "이 사람들이 라스베이거스로 오는 이유를 모르겠어. 개떡같이 덥고 공공 서비스도 엉망인데 말이야."

건물 정면에는 고전적인 그리스 스타일의 남성 조각상이 있었다. 조각상은 코가 사라지고 없었으며 나머지 부분들은 그라피티로 덮여 있었다.

현관에 비밀번호를 넣는 문이 없었기 때문에 그들은 그냥 안으로 들어갔다. 복도에서는 곰팡내가 났고 전등불이 희미하게 비치고 있었다. 더러운 바닥에는 얇고 붉은 카펫이 깔려 있었다.

볼드윈이 A8호를 노크했다. 야들리는 팔짱을 끼고 반대쪽 벽에 기대섰다. 그가 다시 노크를 했다. 이번에는 좀 더 세게 두드렸다. 잠금장치가 미끄러지는 소리가 나더니 문이 열렸다. 안색이 파리한, 깡마른 남자가 문 앞에 나타났다. 볼드윈을 보더니 그는 눈이 휘둥그레졌다.

"빌어먹을, 당신 여기서 뭐 하는 거야?"

"진정해, 레너드. 얘기를 좀 하려는 것뿐이야."

"난 얘기하고 싶지 않아. 나는 빠지겠다고 말했잖아, 제기랄. 그러니까 그냥 지옥으로 꺼져버려."

레너드가 문을 닫으려 하자 볼드윈은 발을 문 안쪽에 놓았다. 그런 다음 지갑에서 20달러 지폐를 다섯 개 꺼냈다. 레너드는 돈을 쳐다본 다음 볼드윈을 보았다. 그는 돈을 받고는 그들을 안으로 들어오게 했다.

횅한 아파트에는 등나무 가구 하나만 덩그러니 놓여 있었다. 벽에 책상이 하나 붙어 있었지만, 책이나 종이는 놓여 있지 않았다. 책상 위에는 대마초 몇 개와 저울, 그리고 파이프가 흩어져 있었다.

"그래서요?" 레너드가 말했다. "도대체 당신이 원하는 게 뭐요?"

"레너드, 나는 제시카 야들리라고 해요. 지방 검찰청에서 나왔어요. 나는 지금 하모니 파르 실종 사건을 지원하고 있어요."

그는 불안한 듯 주위를 둘러보며 계속해서 발을 움직였다. 그는 그녀의 눈을 보지 않으려고 했다. "난 내가 아는 모든 걸 이미 이 사람한테 말했어요. 더 알고 싶으면 이 사람과 얘기해요."

그녀는 최대한 따스하게 미소를 지었다. "볼드윈 요원, 이 친구와 내가 단둘이서 얘기해도 될까?"

"아니, 안 돼." 볼드윈이 놀라며 말했다. "난 당신을 이 사람과 둘이 있게 하지는 못해."

"괜찮아." 그녀가 말했다. "레너드는 위협적이지 않아. 난 알 수 있어. 제발."

볼드윈은 두 사람을 번갈아 보았다. "복도에 있을게."

문이 닫히자 야들리는 몇 안 되는 장식을 쳐다보며 무심히 거실을 돌아다녔다. 이기 팝*의 포스터 하나가 그녀의 관심을 사로잡았다. 콘서트장에서 직접 찍힌 모습이었다.

"내가 그를 나가게 한 건 그가 경찰이기 때문이에요. 그는 경찰이죠. 난 아니에요."

"그게 무슨 상관이에요?"

"볼드윈 요원이 내게 당신을 만난 얘기를 해 줬어요."

"네, 그래서요?"

"당신이 형사에게 전화로 만나자고 했는데 돈에 대해서는 미리 한마디도 하지 않았다는 게 나로서는 이상하게 여겨졌어요."

그는 어깨를 으쓱했다. "직접 만나서 요구하면 들어줄 거로 생각했으니까요."

"하지만, 중요한 건 그들의 수중에 돈이 있는지 없는지 당신은 몰랐다는 거죠. 아니에요? 아니면, 그들이 당신을 체포하지 않으리라는 건요? 왜 도박을 하죠? 비밀 정보원이 우리 사무실에 전화를 할 때면 언제나 그들이 처음 묻는 건 돈이에요. 정보가 훌륭하면 우리가 돈을 지급한다는 걸 알기 때문이죠. 그들은 어떤 걸 제시하기 전에 그 부분을 아주 세세히 확인해요." 그녀는 그를 향해 한 걸음 다가섰다. "당신이 그 점을 개의치 않았다는 게 이상하단 말이죠."

"그래서 어쩌라고요?"

그녀는 다시 한 걸음 더 다가서서 그와 눈을 마주치려고 고개를 내렸다가 다시 똑바로 들었다. 그렇게 두 사람은 얼굴을 서로 마주했다.

---

* 미국의 록 가수로서 최초의 펑크 록 그룹인 스투지스의 보컬로 활동하다가 그룹 해체 이후 솔로 활동을 했다. 거칠고 자유분방한 라이브 무대로 유명했다.

"내 생각에는 누군가 당신에게 전화를 하라고 시켰을 것 같은데, 아닌가요?"

"아니야."

"레너드, 이건 당신이 흥미를 보일 종류의 문제가 아니에요. 나를 믿어요. 당신이 나를 돕지 않는다면 내가 당신에게 해 줄 수 있는 모든 걸 다 말해 줄 필요가 없죠. 난 우리가 몇 주간, 몇 달은 아니더라고 말이죠, 당신을 감시하리라는 것쯤은 알 만큼 당신이 똑똑하다고 생각해요. 당신이 하는 모든 일, 당신이 사는 모든 것, 당신이 나가는 모든 곳, 직장을 오가는 모든 시간을 누군가 지켜볼 거예요. 당신이 조금만 법규를 위반하면 우리는 당신을 덮칠 것이고, 그러면 당신은 가석방 위반으로 마약 거래 때문에 선고받은 20년의 나머지 기간을 다 채워야 할 수도 있어요."

그는 마른침을 삼키고는 또다시 발을 이리저리 옮겼다. "지금 나가 줬으면 좋겠어."

"아니, 하지만 다음으로 제안할 게 하나 있어. 지금 내 수중에 100달러가 있어. 이 100달러를 줄 테니 당신더러 신고해서 그 얘기를 하라고 한 사람이 누구인지, 왜 그랬는지 나한테 얘기해. 그게 아니면 내게 또다시 나가달라고 하든지. 그러면 난 복도로 나가서 볼드윈 요원에게 당신이 하모니 파르를 납치한 걸로 생각된다고 말하겠어."

"뭐라고! 무슨 헛소리야. 난 아무 짓도 안 했어."

"그렇다면 그걸 증명해. 누가 그 신고 전화를 하라고 했어?"

그녀는 한 박자 기다렸고, 그들 사이에는 침묵이 흘렀다. 그는 그녀의 눈을 보려 하지 않았지만, 별안간 그의 태도가 달라졌다. 어깨가 앞으로 축 처지면서 그는 가슴을 제대로 펴지 못했다.

"그건, 음, 어떤 남자였어요."

"누구?"

"누군지는 몰라요." 그가 우물우물 말했다. "어느 날 밤에 그 사람이 술집에 들어왔어요. 헨리스 말이에요. 500달러를 벌고 싶냐고 묻더군요."

"뭘 해서?"

"경찰에 전화해서 내가 실종된 어떤 여자애와 같이 있는 남자를 봤다고 말하라고 했어요. 나는 그런 일에 개입하고 싶지 않다고 했어요." 그는 그녀를 흘깃 보더니 등나무 소파에 앉아서 바닥을 내려다봤다. "그랬더니 1,000달러를 주겠다고 했어요."

"그래서 어떻게 했어?"

"나는 휴대폰을 들고 밖으로 나가서 그 형사에게 문자 메시지를 남겼어요. 그는 그 형사가 답할 때까지 계속해야 한다고 말했어요. 그리고 다음 날 다시 왔어요. 그는 내가 사는 곳을 알고 있었어요. 어떻게 아는 건지는 몰라요. 어쨌거나 그가 노크를 했고 전화를 하게 했어요. 그 형사가 만나고 싶다고 했을 때 난 싫다고 말했지만, 그는 내게 그렇게 해야 한다고 말했어요." 그는 마른침을 삼켰다. "그때까지 그는 내게 친절하게 대했는데 더는 친절한 태도가 아니었어요. 그가 나를 해칠 수도 있다는 생각이 들었어요." 그는 숨을 깊이 들이마셨다. "그래서 난 전화를 했고 그런 다음 그들을 만나서 그가 말하라고 한 내용을 말했어요. 그 200달러는, 나도 몰라요, 그냥 조금 더 벌려고 했던 거였어요."

야들리는 다음으로 뭘 할지 생각했다. 그녀가 그에게 용의자들의 사진을 보여준다면 용의자 식별 대열을 만들지 않고 한 것이기에 오염된 식별이 될 수 있었다. 그러나 기다릴 수도 없었다. 하모니 파르가 아직도 저기 저 어딘가에 있는 상황이고 야들리는 '처형인'이 그 애를 얼마나 오래 살려둘지 알 수가 없었다.

그녀는 휴대폰을 꺼내서 마이클 재커리의 사진을 띄웠다.

"이 사람을 전에 본 적이 있어?"

"아뇨."

그녀는 터커 파르의 사진을 띄웠다. "이 사람이 당신과 얘기를 나눈 사람이야?"

"아뇨."

"확실해?"

"분명해요. 그는 백인이었지만 이 사람은 아니에요."

야들리는 잠시 생각했다. "그가 운전한 차가 뭔지 봤어?"

"아뇨. 자기 이름이 돈이라고 했어요. 그게 다예요."

"어떤 다른 말을 한 건 없어?"

"없어요."

"그런데 당신은 아무것도 묻지 않았고?"

그는 팔짱을 꼈다. "아는 게 없을수록 더 낫다고 생각했죠. 1,000 달러면 나한테는 두 달 치 월세예요."

그녀는 그를 향해 살짝 실눈을 하고 고개를 끄덕였다. "그 여자애는 열네 살이고 실종된 지 몇 주째야."

"그건 몰랐어요."

"알고 싶지 않았던 거지." 야들리는 그 포스터에 다시 한번 눈길을 주었다. "여기 있어. 오늘 밤에 내가 몽타주 화가를 데리고 올 거야."

그녀는 복도로 가서 볼드윈에게 있었던 일을 말했다.

"젠장," 그가 말했다. "그럼 재커리는 우리가 알지 못하는 누군가와 협업하거나 진실을 말하고 있는 거네. 그리고 그는 이 모든 일과 아무런 관계가 없었던 거고." 그는 고개를 내저었다. "이게 무슨 개떡 같은 일이람. 잭스와 리우가 끼어들지 않고 처음부터 우리에게 이 일을 하게 했으면—"

"지금도 우리가 여전히 옳을 수도 있어. 그건 모르는 거지." 그녀는 복도를 서성거리면서 엄지손톱을 깨물었다. "그건 사프롱이야. 그 그림들은 그냥 아무렇게나 고른 게 아니었다고. 뭔가 의미하는 게 있는데 우리가 그걸 모르는 거야. 그걸 파악할 수 있다면, 우리는 그자를 찾게 될 거야."

"그럴지도 모르지. 아니면 그자는 어쩌면 우리가 그 그림들이 뭔가를 의미한다고 생각할 걸 알았기 때문에 정확히 그 이유로 그 그림들을 선택했을지도 몰라."

그녀는 계속 왔다 갔다 했다. "내일 당신이 다시 증언하게 돼 있어. 난 당신을 거기 세울 수가 없어."

"당신은 할 수 있어. 변호사에게 이걸 그냥 공개해야 해."

그녀는 고개를 내저었다. "애스터는 우리를 박살 낼 거야. 그리고 재커리가 당사자 중 한 명이라 해도 그는 걸어 나오게 될 거야. 재판을 연기해야 해."

"어떻게?"

"내가 궁리를 좀 해 볼게. 몽타주 화가를 여기로 데려올 수 있겠어?"

"찾으려면 몇 시간은 걸릴 것 같지만, 그래, 한 사람은 물색할 수 있을 거야."

"법원이 어떻게 되는지 알게 되는 대로 알려줄게." 그녀는 이렇게 말하고 떠나려고 돌아섰다.

"당신은 차가 없잖아."

"우버 택시를 부를 거야."

그녀가 그 건물을 나서고 있을 때 휴대폰이 울렸다. 주드 챈스였다.

"여보세요," 그녀가 말했다. "지금은 좀 바빠서요. 내가 다시 전화해도 될까요?"

"나한테 보고할 빚이 있잖아요, J."

"재판을 쭉 보고 있었던 것 아니에요? 수많은 기자들이 기자가 아닌 척하면서 법정에 있던데요."

"아뇨, 난 그런 건 하지 못해요. 웨스턴이 내 얼굴을 잘 알기도 하고요. 그래서 진행 상황에 대한 정보가 필요한 거예요. 이틀 내에 『트리뷴』지에 기사를 하나 팔려고 해요."

그녀는 길게 숨을 내쉬며 보도에 섰다. "당분간 비공개인데요?"

"좋아요… 당분간은."

"목격자가 있을지도 몰라요. 지금 내가 말할 수 있는 건 이게 다예요."

"'처형인'을 본 목격자?"

"내가 말할 건 그게 다예요. 좀 더 알게 되면 당신한테 제일 먼저 알려줄게요. 약속하죠."

"흠. 엄청난데요. 뭐, 좋아요. 당신을 믿죠. 이걸로 날 골탕 먹이지는 말아요, J."

"안 그래요."

"그럼, 언제든지 전화해요. 난 올빼미니까."

야들리는 집에 가서 차를 쓰려고 우버 택시를 불렀다. 그런 다음 딜런 애스터에게 전화했다.

"여보세요?"

"저기, 나 제시카예요. 우리 얘기를 좀 해야 해요."

61

네 명의 남자가 꼼짝도 하지 않고 서서 그녀를 응시하고 있었다. 타라는 자신에게 꽂힌 그들의 눈빛을 느낄 수 있었다. 그녀는 한 사람에게서 다른 사람에게로 눈길을 옮겼다. 그녀 뒤에 있던 한 사람이 한 발짝 다가섰다. 그녀의 양손이 천천히 주머니로 갔고 그녀는 움직이지 않았다.

"열쇠를 넘겨." 바실리가 말했다.

"돈은 여기 있어요?"

그는 그녀 뒤에 선 경호원에게 눈길을 주었다. "여기서 무슨 일이 일어나고 있는지 네가 모르는 것 같구나. 나한테 열쇠를 주면 너를 보내 줄 수도 있어. 그렇지 않으면 여기 내 부하들에게 널 한 바퀴 돌린 다음 네 머리에 총알이 박히게 해 주지. 아직 결정을 한 건 아니야. 네가 지금 얼마나 잘 협조하냐에 따라 결정을 하게 되겠지."

타라는 그에게서 눈을 떼지 않았다. "당신은 계속 팔을 긁고 있죠. 가려운가요?"

"뭐라고?"

"팔 말이에요. 내가 여기 온 이후 당신은 네 번 팔을 긁었어요. 당신 부하들 중 한 명은 계속 목을 긁고 있고, 다른 한 명은 손가락을 긁고 있네요. 내 뒤에 있는 사람 역시 어딘가를 긁고 있을 게 분명해요. 아마 지금쯤이면요.”

바실리는 아무 말도 하지 않고 실눈을 뜨고 그녀를 보았다.

“바트라코톡신이라고 들어 본 적 있어요? 놀라운 독이죠. ‘필로바테스 테리빌리스’라는 개구리 종에서 나온 거예요. 컬럼비아 서부에 사는 어떤 원주민 부족은 개구리를 불 옆에 두고 땀을 흘리게 한 다음 자기들의 화살에 그 독을 묻혀요. 그 화살을 맞으면 사냥감은 거의 즉사하죠. 독에는 치사량이라고 하는 숫자 값이 있어요. 이 독은 세상에서 치사량 숫자 값이 제일 적은 것들 중 하나예요. 2마이크로그램으로도 성인 한 사람을 죽일 수 있죠. 가는소금 두 점 정도로 말이에요.”

그녀 뒤에 있던 남자가 앞으로 한 걸음 다가서자 타라는 재빨리 옆으로 옮겼다. 그녀는 벽 가까이 물러서면서 말을 계속했다.

“바트라코톡신이 진짜 재미있는 건 스프레이로 만들어서 표면에 뿌릴 수 있다는 거예요. 반감기는 수십 시간이고요. 그러니까 누군가 그걸, 말하자면, 문손잡이나 사무실 의자 팔걸이에 뿌리게 되면 순간적으로 스치기만 해도 피부에 독이 흡수되게 되어 있어요. 우리의 근육과 신경에 있는 나트륨 이온 통로는 닫히지 않기 때문에 제일 먼저 가려움이 시작되죠. 가려움 다음에는 경련이 오고, 그다음은 마비가 와요. 실제로, 그건 아주 느리게 진행돼요. 당신들의 발에서 시작해서 점점 올라가는 거예요. 그래서 거기 앉아서 기다리기만 하면 그게 몸으로 기어 올라오는 걸 느끼게 돼요.”

바실리의 눈은 이제 휘둥그레져 있었고 다른 남자들도 마찬가지였다. 그들은 그를 쳐다보며 어떻게 해야 할지 파악하려고 하고 있었다. 남자들 중 한 명이 팔을 긁었고 다른 사람은 목을 긁었다. 덩치가 큰 경호원이 앞으로 성큼 한 걸음 내디뎌 그녀를 잡으려 했다. 타라가 재빨리 말했다. "나한테 해독제가 있어요."

남자들은 얼어붙었다.

"난 돈을 원해요. 당신은 그림들과 해독제를 얻을 수 있고, 그럼 우리는 각자 즐겁게 제 갈 길을 가게 될 거예요."

"거짓말이야."

"그럴 수도 있죠. 내가 진실을 말하는 것일 수도 있어요. 그러면 당신에게 남은" — 그녀는 휴대폰을 꺼내 시간을 확인했다 — "살아 있을 시간은 1시간 정도예요. 숨쉬기는 이미 조금 힘들어지고 있을 것이고, 지금부터 20분 뒤에는 심한 경련 단계로 들어갈 거예요. 그다음에는 발부터 마비가 와서 몸으로 올라오게 돼요. 폐까지 마비되면 당신들은 질식사하게 될 거예요. 그때가 되면 당신은 아무것도 할 수 있는 게 없어요. 해독제는 독에 노출된 처음 몇 시간 이내에 먹어야 하고 그렇지 않으면 아무 소용도 없어요."

남자들은 서로를 쳐다봤다. 그녀는 바로 그때 기다리던 그 무엇, 진짜 두려움의 최초의 징후를 보았다. 바실리나 경호원이 아니라 다른 두 남자 중 한 명에게서였다. 그는 땀을 흘리고 있었는데 마치 얼마나 땀을 흘릴 수 있는지 실험이라도 하는 듯 끊임없이 땀을 흘렸다.

그는 서서히 두려움에 잠식되어 갔고, 머지않아 공황 상태에 빠지게 될 것이었다.

"돈은 어디 있어요?" 그녀가 말했다.

"넌 단돈 한 푼도 받지 못할 거야."

"그럼 당신들은 전부 죽을 거예요."

바실리는 허리띠에 꽂아 뒀던 권총을 꺼내 책상 위에 놓았다. "우리가 죽으면, 너도 우리와 함께 죽어."

그가 경호원에게 고갯짓을 하자 경호원이 타라를 붙잡으려고 그녀를 향해 움직였다. 그녀는 후드 셔츠 밑으로 손을 넣어 은색 금속 용기를 꺼내 밑으로 들고서 경호원이 조금 더 가까이 오기를 기다렸다.

누군가 문을 두드렸고 그들은 모두 얼어붙었다.

62

애스터는 시 외곽에 있는 평범한 단층집에 살고 있었다. 야들리가 차로 지나치기만 했던 작은 동네였다. 그녀는 앞 잔디에 장난감들이 나와 있는 것을 보았으나, 그에게 아이들이 있었는지 기억나지 않았다. 현관문은 열려 있었지만, 망으로 된 문이 잠겨 있었다. 그는 소파에 앉아 있다가 그녀에게로 나와서 그 문을 열어 주었다.

"찾아오는 데 어렵지 않았나요?"

"몇 번 길을 잘못 들었어요. 구글 지도에 나와 있지 않더군요."

"지자체에 편입되지 않은 땅이어서 여기로 답사하러 나오지 않으니까요. 마실 것 좀 줄까요?"

"아니, 괜찮아요. 고마워요."

집은 작고 깨끗했다. 벽난로 선반 위에 그림이 몇 개 있는 것이 보였는데 그중 하나는 하얀 접시 위에 물감으로 칠해진 아이의 손바닥이었다.

"당신에게 아이들이 있는 줄은 몰랐어요."

"제 아이가 아니에요. 여동생 아이랍니다. 여동생과 어머니가 여기 같이 살고 있어요."

그녀는 작은 탁자 위에 놓인 사진에 눈길을 보냈다. 애스터가 젊은 여성과 좀 더 나이 든 여성과 함께 찍은 사진이었다. "모든 게 전혀 예상 밖이네요. 내가 볼 때 당신은 대도시에서 나고 자란 사람 같거든요."

그는 원래 앉아 있던 소파에 앉았고 그녀는 2인용 의자에 앉았다. 소파 테이블 위의 잡지들은 죄다 법률과 관련된 것들이었다.

"어머니가 매우 편찮으십니다. 오랫동안 병을 앓으셨죠. 그래서 엄마와 마키에게 제가 돌볼 수 있도록 우리 집으로 들어오라고 했어요." 그는 텔레비전을 껐다. "늦은 시간인데요, 제스. 해야 할 말이 뭔가요?"

그녀는 절벽에서 뛰어내릴 용기를 내기라도 하듯이 재빨리 숨을 내뱉었다. "재판을 연기해야겠어요."

"연기한다고요? 거의 다 끝나가고 있는데요."

"휴정이 필요해요. 며칠이면 될지도 몰라요."

"뭐라고요? 당신의 주요 경찰 증인을 내가 반대 신문하는 중이잖아요. 절대 안 돼요."

그녀는 앞으로 몸을 굽혀 무릎에 팔꿈치를 괴었다. "그 여자애, 하모니 파르 말이에요. 그 애에 대한 단서가 생겼어요. 우리는 그 애가 어디 있는지 알기 직전이에요. 이 모든 걸 내가 빨리 진척시키지 못하면 단서를 잃게 될 거예요."

"어떤 단서죠?"

"어떤 남자가 그 애를 봤다고 주장했어요. 볼드윈 요원과 내가 이 남자를 직접 만났더니 그는 누군가 자기에게 경찰에 신고 전화를 해서 그렇게 말하라고 돈을 줬다고 자백했어요. 그가 진실을 말하는 거라면, 그에게 돈을 준 사람이 누구든 그 사람이 하모니 파르를 납치한 것이고, 지금 그는 그 애가 자의로 가출했다고 우리가 믿기를 바란다는 게 우리의 생각이에요."

애스터는 이제 몸을 앞으로 기울였다. 얼굴에는 흥분하는 기색이 역력했다. "그럼 그가 캐시 파르를 죽이고 안젤라 리버를 죽이려고 했던 그 사람이군요."

"모르겠어요. 어쩌면 그들은 협력했을지도 모르고 우연의 일치일지도 모르죠. 아니면 마이클 재커리의 잘못이 아닐지도 모르고요. 나는 모르겠어요. 하지만 내가 분명히 아는 건 이 단서를 끝까지 추적하기 전까지는 답을 얻지 못할 것이라는 점이에요."

그는 잠시 생각하더니 맥주를 집어 들고 벌컥벌컥 마셨다. "3일?"

"그러면 충분할 것으로 생각해요."

"당신이 수사하는 동안 박사는 내보내 줍시다."

"그럴 수 없다는 걸 알잖아요."

"그럼, 이건 어때요? 내가 3일 뒤에 재판을 계속하는 것에 동의하지만, 만일 그걸 넘기면 당신이 보석에 동의해야 하는 거죠. 싫으면 그만두고요. 당신이 동의하지 않으면, 나는 내일 제일 먼저 하모니 파르 납치에 관해 볼드윈을 반대 신문할 것이고, 그런 다음 문제의 그 남자를 소환해서 방금 당신이 내게 한 얘기를 배심원단에게 하게 할 겁니다."

그녀는 고개를 끄덕였다. "좋아요, 동의하죠. 3일이에요."

문 앞에서 그녀가 뒤돌아보며 말했다. "그런데 말이죠, 당신 정말 끝내주는 변호사예요."

"당신도 마찬가지죠. 그렇다고, 당신의 행운을 빌지는 않겠지만요."

그녀는 빙그레 웃었다. "이하 동문이에요."

그녀는 차로 걸어가면서 타라에게 집에 곧 간다는 문자 메시지를 보냈다. 그녀는 아까 우버에서 내렸을 때 집 안으로는 들어가지도 못했던 것이다.

하지만 진입로에 들어섰을 때 집 안의 모든 불이 다 꺼져 있는 것을 보고 그녀는 깜짝 놀랐다.

전화를 걸었지만 타라는 답이 없었다. 야들리는 타라가 스테이시의 집에 있기를 기대하면서 위치 추적 앱을 열었다. 그러나 깜박거리는 파란 점이 보여준 것은 타라의 휴대폰이 올드 스트립에 있다는 것이었다. 한때 라스베이거스의 문화 중심지였던 그곳은 유명인들이 찾아와서 카지노에 등장하고 각종 레스토랑에서 음식을 먹는 모습을 보이곤 하던 장소였다. 그렇게 하는 대가로 그들은 돈을 받거나 마약을 제공받았다. 할리우드의 모든 것 — 현란함과 화려함, 그리고 돈 — 이 다 있지만 그보다 조금 더 어두운 구석이 있는 곳이었다. 다른 어떤 곳보다 조금 더 모든 것이 허용된 곳이랄까. 그래서 뉴 스트립이 된 곳으로 옮겨오는 대기업들에 밀려 그 지역의 상권이 천천히 죽어간 것에 주민들 모두 큰 충격을 받았었다.

인생이 다 그렇듯이, 주기는 순환되는 것이라고 야들리는 생각했다. 올드 스트립은 이제 진짜 파티족들이 가는 장소로서 명성을 다시 얻어가는 중이었다. 그들은 경찰이 건드리지 않는 곳에서 하고 싶은 모든 것을 다 하기를 원하는 사람들이다.

그녀는 지도를 확대해 보았고, 그 아파트 단지를 알아본 순간 호흡을 가다듬었다. 레드 록 다운스였다. 그곳은 일주일에 몇 번씩 경찰에 신고가 들어오고 경찰이 주민들 대부분의 이름을 아는, 그런 종류의 장소였다. 그녀가 그 단지에서 일어난 사건을 기소한 것만 해도 20건은 될 것이었다.

타라가 그곳에 갈 합당한 이유가 전혀 없었다.

그녀는 진입로를 다시 빠져나와 속력을 높여 도로를 달려갔다.

63

타라는 문에서 눈을 떼지 않았고 그 남자들도 마찬가지였다. 남자들이 좀 더 많았더라면 그녀는 정말 큰일을 당했을 것임을 알았다. 책상 위에 놓인 권총까지의 거리는 열 걸음 정도였다. 그녀가 권총을 향해 달려가고 바실리가 다른 쪽으로 주의를 돌린다면 그가 총을 잡기 전에 그녀가 손에 넣을 수 있을지도 몰랐다. 그럴지도 몰랐다. 그렇지 않으면 그가 그녀에게 총알을 날리게 될 것이다. 그렇기는 하지만 그녀는 다른 남자들의 얼굴을 보고 그들이 그녀의 말이 허풍인지 아닌지 확실히 알기 전까지는 자신을 죽이지 않을 것임을 알 수 있었다.

또다시 노크 소리가 들렸다.

아무도 움직이지 않았다. 마침내, 바실리가 키 큰 경호원에게 고개를 끄덕였고, 그가 문을 열었다. 그는 겨우 틈만 있을 정도로 문을 열었지만 타라는 충분히 밖을 볼 수 있었다. 아파트 문 옆 외등의 어둑어둑한 불빛 속에 서 있는 사람은 그녀의 어머니였다.

이런 망할, 안 돼. 그녀는 생각했다.

야들리의 눈이 그녀에게 와서 멎었다. 사람들이 알아차릴 만한 어떤 움직임도 없었지만, 타라는 야들리의 호흡이 빨라진 것을 알 수 있었다.

"저 애는 내 딸이야. 옆으로 비켜."

경호원이 어떻게 해야 할지 모르는 사이 바실리가 말했다. "들여보내."

경호원은 문을 열고 옆으로 한 걸음 물러섰다. 야들리는 안으로 들어와서 타라를 보았다. "너 괜찮아?" 그녀가 물었다.

"괜찮아요." 타라가 바실리에게 눈길을 주며 말했다.

야들리는 방 한가운데 섰다. 그러자 어떤 소리가 들렸다. 타라는 처음에 그 소리가 뭔지 알지 못했다. 상황에 너무나 어울리지 않는 소리였기 때문이었다. 그것은 웃음소리였다.

바실리가 머리를 뒤로 기대고 너무 심하게 웃음을 터트리는 바람에 그의 모습은 만화에 나오는 것처럼 손으로 배를 잡고 있는 꼴이었다. 웃음이 멎었을 때 그는 다리를 꼰 채 배 위에 양손을 포개 놓고 있었다.

"닮았다는 걸 알았어야 했는데." 그가 타라를 빤히 보며 말했다. 그는 이번에는 타라의 엄마 쪽으로 시선을 돌리고는 말했다. "당신은 여전히 아름답군, 제시카. 내 생각에 내가 마지막으로 당신을 본 게 우리 갤러리에 에디와 함께 왔을 때였던 것 같은데. 그때 그는 요세미티를 그린 그림 한 점을 내게 사달라고 했었지."

"그 그림은 기억나." 그녀가 침착하게 말했다. "내가 싫어했지."

"나도 그래. 너무 어두웠어. 하늘은 잿빛이고 강은 거의 검은색이었지. 나무들은 비틀려서 무시무시해 보였고…" 그는 담배를 피워 다시 한번 연기를 뿜었다. "그는 자기 그림의 그런 면을 절대 몰랐지. 화가가 자기 작품에서 보는 게 있고 나머지 세상 사람들이 보는 게 있다는 게 희한하지 않아? 그는 각각의 그림마다 자기 존재를 온전히 쏟아 부었지만 그게 뭔지는 전혀 보지 못했던 거야."

야들리는 타라를 흘깃 보았다. "저 애 아버지가 저 애를 어떤 상황에 몰아넣었건 간에, 이제 그건 끝났어. 내 딸을 데리고 나갈게."

바실리는 타라에게로 눈을 돌려 그녀를 쭉 훑어봤다. "에디의 딸이라… 놀랍군. 그 그림들이 있는 곳을 네게 말해 준 사람이 그 친구로군그래."

타라는 아무 말도 하지 않았다.

그는 한숨을 쉬더니 다시 그녀의 어머니를 향했다. "여기 문제가 있어, 제시카. 당신 딸이 우리에게 독극물을 쓴 것 같아."

야들리는 타라를 쳐다봤다. "이 애가 어떻게 했다고?"

바실리는 어깨를 으쓱했다. "저 애 말로는 뭔가를 살포했대…. 그게 뭐라고 했지? 몰라, 무슨 독약을 문손잡이와 내 책상에 뿌렸대. 솔직히 말해서 피부에 그런 느낌이 와. 저 애는 우리에게 곧 마비가 시작될 거라고 하면서 자기한테 해독제가 있다고 해."

야들리는 딸의 얼굴을 똑바로 보았다. "그게 사실이야?"

어머니의 얼굴에 나타난 충격과 공포의 표정이 타라의 마음을 후벼팠다. 그녀는 엄마가 그렇게 실망하는 표정을 한 번도 본 적이 없었다. 타라는 마른침을 삼키고 밑을 내려다봤다.

"타라… 그게 사실이냐고?"

"아뇨."

"이 사람들한테 무슨 짓이라도 한 거야?"

그녀는 고개를 끄덕였다. "조금 일찍 와서 여기저기 '뮤큐나 퓨리언' 액을 뿌렸어요."

"그게 뭐야?"

"그건… 그건 심한 가려움을 유발하는 일종의 콩과 식물이에요."

바실리가 또다시 웃음을 터트렸다. "가려움증 유발 분말이라고? 그 분말로 내게서 2백만 달러를 등쳐 먹으려고 했어?" 그는 다시 크게 웃었다.

야들리는 바실리를 쳐다보며 말했다. "애를 데리고 나갈게. 이 일은 절대 없었던 것으로 하지."

바실리는 옅은 안개처럼 깔린 회색 담배 연기 사이로 그녀를 주시하고는 실눈을 떴다. "난 여전히 그 그림들이 필요해."

"나하고는 상관없는 일이야. 난 이제 더는 대학생 사진작가가 아니야, 바실리. 난 지방 검찰청 검사야. 나를 막으려고 하면 난 당신을 체포할 거야. 알겠어?"

그는 그녀를 잠시 보다가 고개를 끄덕였다. 야들리가 말했다. "가자, 타라."

그들은 그 아파트에서 나왔다. 야들리는 침착하고 무심한 듯 보였지만 타라는 자신들이 밖으로 나올 때까지 그녀의 어머니가 그 남자들에게 등을 보이지 않을 것임을 알아차렸다. 그들이 계단을 내려오자마자 어머니는 서둘러 차로 걸어갔고 타라는 뒤를 따라갔다.

"도대체 넌 무슨 생각을 하고 있었던 거야?" 야들리는 거의 고함을 질렀다. 타라가 기억하는 한 어머니가 그녀에게 목소리를 높인 적은 한 번도 없었다.

타라를 계속 눈을 아래로 내리고 아무 말도 하지 않았다.

"네가 이렇게 어리석다니 믿을 수가 없구나." 야들리는 크게 숨을 내쉬며 뒤돌아서 그 아파트 단지를 쳐다봤다. "아무 말도 하지 않을 거니? 나한테 빈정거릴 말이 없어?"

"네." 그녀는 조용히 말했다.

"당장 차에 타."

"제 차를 운전해 왔어요. 저 아래 있어요."

"그럼 바로 차로 가서 곧장 집으로 가. 바로 가. 집으로."

그녀는 고개를 끄덕였다. "그렇게요."

타라는 차를 향해 걸어갔다. 그녀는 엄마가 차에 시동을 걸고 도로로 진입해서 자신을 기다리는 것을 보았다. 타라는 차에 타서 길가에서 차를 빼냈다. 엄마는 교차로를 향해 속력을 높였고 타라는 그녀를 한 블록쯤 따라가다가 둘 사이에 다른 차들이 들어오도록 했다. 엄마가 자기를 보기 어렵다는 것이 확실해지자 그녀는 옆길로 우회전했고 그런 다음 레드 록 다운스로 되돌아갔다.

그녀는 건물 앞에 차를 세우고 3층으로 올라갔다. 문을 열었다. 그 남자들은 모두 거기 그대로 있었다. 그들은 피부를 긁으면서 흥분해서 말하는 중이었다. 그녀가 후드 셔츠 주머니에서 작은 약병 몇 개를 끄집어내자 그들은 그녀를 가만히 쳐다봤다. 그녀는 아무 말도 못하고 거기 서 있는 남자들 근처의 카펫 바닥에 그 약병들을 던졌다.

"그건 가려움증 유발 분말이 아니에요." 그녀가 차분하게 말했다. "다 마셔서 죽지 않도록 해요."

그녀는 뒤돌아서 서둘러 차로 돌아왔다.

64

타라가 진입로로 들어와 차를 세웠을 때 야들리는 현관 앞에 앉아 있었다. 딸이 그녀에게로 와서 앉았다. 그들은 한참 동안 말없이 있었다. 타라는 양손을 후드 셔츠 주머니에 쑤셔 넣었다. 그렇게 하니 훨씬 더 어려 보였다. 야들리는 그 모습에 딸이 아직 어린아이라는 생각이 들었다.

"그와 편지를 주고받은 지 얼마나 된 거야?"

타라는 한동안 말이 없었다. "일 년 반쯤이요. 하지만 6개월 전쯤에 첫 그림을 판 게 다예요. 돈은 은행 계좌에 넣었어요. 그 돈에는 손도 대지 않았어요."

"그림이 몇 개나 있었어?"

"그냥 몇 개예요. 그다지 많은 돈은 안 될 거예요 하지만 그는 바실리라는 이 남자가 비중 있는 미술품 거래상이고 자기 작품에 돈을 많이 줄 거라고 했어요. 그가 제시한 금액은 에디의 그림 세 점에 2백만 달러였어요."

야들리는 고개를 내저었다. "도대체 너는 어떻게 이런 걸 좋은 생각이라고 생각한 거니, 타라?"

그녀는 마른침을 삼키며 눈길을 돌렸다. "엄마를 위해서 그렇게 한 거예요."

"나를 위해서?"

그녀는 고개를 끄덕였다. "제 생각에 엄마는 행복한 것 같지 않아요, 엄마. 우리가 이사를 가는 것도, 엄마가 일을 그만두는 것도 그래서죠. 엄마는 하던 일에 진력이 나서 그만둔다고 생각하지만, 엄마는 그냥 행복하지 않은 거예요. 그리고 왜 그런지 모르는 거고요. 엄마는 어딘가 다른 곳으로 가면 상황이 나아질 거로 생각하지만 그렇지 않을 거예요. 전 엄마가 적어도 더 이상 돈 걱정이라도 할 필요가 없으면 도움이 될 거라고 생각했어요."

야들리는 손을 뻗어서 딸의 무릎에 손을 얹었다. "타라, 나를 행복하게 하는 건 너란다. 너한테 무슨 일이 생기면 어떻게 되겠어? 그건 생각해 봤어? 넌 나를 보호하고 싶겠지. 근데 너를 잃게 된다면 내가 어떻게 될 것 같아? 특히 그런 식으로라면 말이야. 네 아버지 때문에 어떤 더러운 아파트에서 총에 맞아서."

"그는 나한테 쉬운 일이라고, 아무 일도 일어나지 않을 거라고 했어요."

야들리는 속에서 분노가 솟구쳐서 피부를 태우는 것만 같았다. 그래서 그녀는 잠시 눈을 감고 계속 호흡을 해야만 했다.

"타라, 나를 봐…. 그 인간이 네게 무슨 말을 하든 그건 다 거짓말이야. 그가 너를 도우려고, 혹은 나를 도우려고 한다고 네가 생각하는 모든 건 오직 그 자신에게만 도움이 될 뿐이야. 다른 아무런 이유가 없다면, 그는 그저 즐기기 위해 우리를 이용할 거야. 그를 믿느니 차라리 뱀을 믿는 게 나아. 무슨 말인지 알겠어?"

그녀는 고개를 끄덕였다. "이제는 알아요." 그녀는 단호하게 말했다. 야들리는 딸이 뭔가를 숨기고 있다는, 자신에게 말하고 싶지 않은 뭔가가 있다는 인상을 받았지만 지금 그 문제로 딸을 압박하지는 않을 것이었다.

타라가 말했다. "그러니까, 엄마는 제 휴대폰에 추적 장치 같은 걸 달았군요, 네? 그랬을 거로 생각했어요."

"미안하다. 너를 보호하기 위한 것일 뿐이었어."

그녀는 어깨를 으쓱했다. "지금은 제가 화낼 처지가 아닌 것 같아요. 그렇죠?"

야들리는 한숨을 쉬며 거리를 창백한 빛으로 감싸고 있는 달을 올려다보았다. 그녀는 딸의 손을 잡고 일어났다. "가자."

"어디로요?"

"태워 버려야지."

불쏘시개가 그림들을 에워쌌다. 그들은 집 뒤쪽 먼 사막 속으로 가 있었다. 야들리는 누군가 가던 길을 멈추고 나와 보는 일이 없도록 주변에 차가 한 대도 없는 것을 확인하기 위해 주위를 둘러봤다. 산들바람이 불어오고 있어서 몇 번 라이터의 불꽃이 바람에 꺼졌다. 불꽃이 고정되자 그녀는 라이터 액으로 적셔 놓은 그림의 젖은 부분에 라이터를 갖다 댔다. 무더기 전체에 불이 붙어 잠시 서서히 번져가더니 화염으로 타올랐다.

야들리는 불길에서 떨어져 서서 눈도 깜박이지 않고 불꽃을 응시했다. 얼굴과 손에 열기가 느껴졌다. 타라가 그녀 옆에 서서 말했다. "제가 살면서 제일 자랑스러웠던 순간이 언젠지 아세요?"

야들리는 딸을 쳐다봤으나 아무 말도 하지 않았다.

"라스베이거스 대학에 전액 장학금을 받고 들어갔을 때였어요. 수

학과 박사 과정에 최연소 합격자로 말이에요. 물론 엄마와 그 기분을 함께 하고 싶었죠. 하지만… **아버지가 이걸 알 수 있으면 얼마나 좋을까,** 계속 생각이 나더라고요. 합격 통지서를 개봉했을 때 아버지가 거기 있으면 좋겠다는 생각이 계속 들었어요." 그녀는 어머니를 쳐다봤다. "제 인생 최고의 순간에 이 세상에서 나를 전혀 신경 쓰지 않을 그 사람이 거기 있었으면 좋겠다는 생각밖에는 할 수가 없는 거예요. 엄마는 제가 왜 그랬다고 생각해요?"

야들리는 딸의 손을 잡았다. 그녀는 딸에게 해 줄 답이 없었다. 그래서 그들 두 사람은 다시 불을 향해 돌아서서 에디 칼의 남은 그림들을 집어삼키는 불길을 지켜보았다.

당신 작품은 죽었어, 야들리는 생각했다. 그리고 **당신도 곧 지옥으로 따라가길 바라.**

65

타라가 자러 들어간 뒤 야들리는 볼드윈에게 문자 메시지를 보냈다. 그는 몽타주 화가를 찾는 데 어려움이 있다고 답하고서 내일 아침이나 되어야 레너드에게 누군가를 보내게 될 것 같다고 했다.

야들리는 잠을 자기 위해 메를로 와인 한 잔을 마시고 침대에 누웠다.

휴대폰 진동음에 그녀가 깬 것은 새벽 5시가 막 지난 시간이었다. 그녀는 잠이 든 기억이 없었지만 꿈을 꾸었다는 것을 알았다. 무슨 꿈인지는 기억할 수가 없었다. 그녀는 아직도 옷을 그대로 입은 상태였다.

"네?" 그녀는 여전히 잠에서 깨어나지 못한 목소리로 말했다.

"제스," 볼드윈이 조용히 말했다. "주소를 문자 메시지로 보낼게. 여기 왔으면 좋겠어."

"무슨 일인데?"

"레너드. 나는 몽타주 화가를 찾으러 나갔었어. 돌아왔을 때는 그가 없었어. 하지만 우리가 그의 휴대폰을 탐지해서 지금 그를 발견했어."

"어디서?"

"크림슨 레이크 로드의 통나무집에서."

66

야들리는 통나무집을 응시하며 거리 한가운데 서 있었다. 어슴푸레한 새벽어둠 속에서 경찰 순찰차의 파랑과 빨강 불빛이 빙글빙글 돌며 깜박거리고 있었다. 검시관이 보낸 사람들이 막 도착했고 과학 수사대원들이 통나무집 주변을 종종걸음치고 있었다. 한 번씩 플래시 카메라의 밝은 불빛이 터지곤 했다.

볼드윈이 몸을 수그려 노란색 접근 금지 테이프 밑을 통과해서 그녀에게 다가왔다. 그 역시 한마디 말도 없이 통나무집 쪽으로 몸을 돌렸다. 그들 두 사람 모두 침묵하며 서 있었다. 기나긴 시간이 지나는 것만 같았다.

"틀림없어?" 그녀가 마침내 말했다.

그는 고개를 끄덕였다. "그래. 그는 세 번째 그림을 완벽하게 복제했어. 경찰이 그를 데리고 나가기 전에 들어가 볼래?"

"아니." 그녀는 몇몇 과학수사대원들이 낚시 도구 상자처럼 보이는 물건을 들고 통나무집 안으로 들어가는 것을 지켜봤다. "케이슨, 내가 레너드를 만난 얘기를 한 건 딱 두 사람밖에 없어."

"누구지?"

"딜런 애스터와 주드 챈스. 그런데 주드는 내가 재활 보호 시설에서 나가고 있을 때 전화를 해서 사건의 진행 상황을 알려 달라고 했어. 내가 떠나고 있었던 바로 **그때** 전화를 했다고. 마치 지켜보고 있었기라도 한 듯이 말이야."

볼드윈은 통나무집에서 눈을 떼지 않았다. "내가 그를 찾아가 볼게."

그녀는 눈에서 눈물이 흐르고 나서야 자신이 눈도 깜박이지 않고 통나무집을 응시하고 있었다는 것을 깨달았다. "나 집에 갈게, 케이슨."

"제스—"

"난 괜찮아. 딜런은 이미 재판 연기에 동의했어. 나한테는 3일이 있는 거야." 그녀는 검시관이 보낸 사람들이 들것을 들고 들어가는 것을 지켜봤다. "어쩌면 며칠 더 생길지도 모르고." 집으로 차를 타고 오면서 야들리는 오랜 시간 느끼지 않았던 고통을 느꼈다. 상실감과 육체적 고통 사이의 그 무엇. 쓰러져서 다시 일어설 힘이 없는 것처럼 몸이 느끼게 만드는 그 무엇이었다.

그 남자는 자신 때문에 죽었다. 자신이 그와 말을 나누었기 때문에 죽은 것이다.

두통이 편두통으로 변해서 없어지지 않았다. 그녀는 24시간 문을 여는 약국에 들러 진통제와 주스를 샀다. 그리고 차 안에 앉아서 진통제를 네 알 먹었다. 세 번째 그림의 이미지가 마음을 어지럽히고 있었다. 그녀는 검은 형상의 자리에 있는 레너드를, 피로 미끈거리는 그의 장기와 천장에 매달린 그의 모습을 보았다.

자신은 이 사건을 엉망으로 만들었고 누구에게도 도움이 되지 못했다. 자신이 이 사건을 기소했어야 하는 어떤 이유도 없었다. 계획했던 때 퇴직했더라면 좋았을 것이었다.

마이클 재커리는 아마도 풀려날 것이고, 그가 누구와 협업했는지,

왜 그랬는지, 아니면 그가 이 모든 것에서 정말 결백한지도 여전히 전혀 분명치 않았다. 사건을 인수한 검사가 누구든 그는 뒤늦게나마 새로운 용의자를 찾아내려 애써야겠지만, 재커리의 소송은 종결될 것이다. 배심원이 선서한 순간 일사부재리의 원칙이 적용되었기에 동일한 범죄에 대해 그를 다시 기소할 수는 없었다. 만일 그가 '크림슨 레이크의 처형인'이거나 그중 한 명이라면, 그는 이제 처벌을 모면하게 된 것이다.

야들리는 길가에 차를 세워야 했다. 그녀는 관자놀이를 문질렀다. 편두통 때문에 두개골이 깨질 것만 같았다. 근처의 키 큰 광고판에서 **'이 밤이 영원히 끝나지 않기를, 귀여운 그대여.'**라는 문구를 띄운 비싼 보드카 광고가 흘러나왔다.

그녀는 몇 번 숨을 깊이 들이쉬고는 차량 사이로 다시 차를 운전해 들어갔다.

67

집에 도착하자 검은색 벤츠 한 대가 집 앞 보도 옆에 주차해 있는 것이 보였다. 그녀는 진입로로 들어가서 차에서 내렸다. 리버가 현관 계단에 앉아 있었다. 야들리는 그녀 옆에 앉았다.

"이렇게 이른 시간에 그냥 들러서 미안해요. 당신이 법정에 가기 전에 만나고 싶었어요."

"그런 건 괜찮아요."

야들리는 하늘을 올려다보았다. 이제 하늘은 시커먼 잿빛 구름에 덮여 있었다. 저 멀리 사막 위로 비가 내리는 것이 보였다. "재판은 내가 연기시켰어요."

"왜요?"

"하모니 파르를 봤다고 주장하는 남자를 찾았는데, 나중에 그는 우리에게 지어낸 말이라고 했어요. 누군가 그 아이가 가출한 것처럼 보이게 하려고 돈을 지불하고 그런 신고를 하게 한 거였어요. 경찰이 그 애가 가출했다고 정말로 믿는다면 더는 사건을 면밀하게 들여다보지 않을 테니까요." 그녀는 잠깐 말을 멈췄다. "그 남자는 방금 크림슨 레이크 로드의 통나무집에서 죽은 채 발견됐어요. 천장에 매달려서요."

긴 침묵이 흘렀다.

"정말 맘이 안 좋네요, 제스."

야들리는 고개를 끄덕였다. 그녀는 리버가 무슨 말을 할지 궁금했었다. 그녀를 죽이려 했던 사람이 재커리가 아닐 가능성이 커졌다는 것에 기분이 고무된다면 말이다. 하지만 오히려 그녀는 야들리를 위로하려고 했다.

"재커리에 대한 소송은 아마도 각하되는 것으로 끝날 거예요." 야들리가 말했다. "그가 누군가와 협업하지 않았다는 게 확실하지는 않아요. 하지만 이 일이 대중에 알려지고 나면 그들이 어떻게 일을 진척시킬 수 있을지 난 모르겠어요."

"그들이라뇨?"

"난 이제 더는 이 사건의 담당 검사가 아닐 거예요."

리버는 고개를 끄덕였지만, 한동안 말이 없었다. "당신은 뭘 할 거예요?" 그녀가 마침내 물었다.

"모르겠어요. 하지만 그곳으로 돌아가지는 않을 거예요. 이 지긋지긋한 직업은 이제 그만이에요."

"그 남자와 그 아이 일로 자신을 책망하는 건가요?"

"이건 처음부터 내 사건이었으니까요."

"아뇨, 그렇지 않아요. 이건 **그자의** 사건이었죠. 그게 누구든, 하모니와 그 애의 엄마를 죽인 사람, 그리고 나를 죽이려고 했던 사람이요. 이건 언제나 그자의 사건이었어요. 그자가 일을 좌지우지한 거지, 당신이 아니에요."

야들리는 고개를 내저었다. "내가 뭔가를 달리 할 수도 있었을 거예요."

"어떤 거요?"

"모르겠어요." 그녀는 리버를 쳐다보며 짤막하게 말했다. 그녀는 다시 고개를 돌리고 거리를 내다보았다. "모르겠네요."

"모른다면 그건 할 수 있는 모든 걸 당신은 다했다는 뜻이에요. 더이상 뭘 어떻게 할 수 있었겠어요? 당신은 할 수 있는 걸 다해야 하고, 그런 다음 나머지는 하늘의 뜻에 맡기는 거예요."

야들리는 차가운 냉기가 가슴을 때리는 것을 느꼈다. 너무 강렬해서 숨이 막힐 정도였다. 한 가지 깨달음이 다른 모든 생각을 압도했다. 그녀는 할 수 있는 모든 것을 다하지 않았던 것이다.

그녀가 하기를 거부했던 일, 생각조차 하지 않으려 했던 한 가지 일이 있었다. 그것을 하고 나서야 그녀는 할 수 있는 모든 것을 다했다고 말할 수 있을 터인데, 아직은 아니었던 것이다.

"어디 좀 가 봐야겠어요." 야들리가 말했다. "뭐 하나만 좀 해 줄래요? 내가 돌아올 때까지 여기서 타라와 함께 있어 주겠어요? 타라는 분명 자고 있을 거예요. 하지만 당신이 여기 있으면 훨씬 마음이 놓일 거예요."

"물론이에요. 어디로 가려고요?"

"정말 보고 싶지 않은 어떤 사람을 만나야 해서요."

68

야들리는 교도소장 소피 글레드힐에게 전화를 했다. 필요한 것을 설명했더니 소장은 알았다고 했지만, 그 말은 "정말 괜찮겠어? 지난번에 어땠는지 기억하잖아? 당신은 나한테 그와 함께 그 방에 있는 게 관 속에 갇혀 있는 것 같았다고 말했었어."라고 말한 뒤에야 겨우 나온 것이었다.

"알아요. 하지만 해야만 하는걸요."

야들리는 글레드힐에게서 면회 준비가 다 됐다는 문자 메시지를 받을 때까지 로우 데저트 플레이스 교도소 주차장에 앉아 있었다.

접수처에서 부소장이 그녀를 기다리고 있었다. 그래도 면회객 명단에 서명을 하고 금속 탐지기를 통과해야 하는 것은 마찬가지였다. 그런 후 그녀는 여러 개의 철문을 통과한 뒤 강철 기둥으로 된 미닫이문을 통과했다. 머리를 짧게 민 키 작은 경비대원이 그녀를 사형수 사동으로 가는 복도로 인도했다.

그들이 그녀에게 준비한 방은 변호인 접견실이었다. 지난번에 마지막으로 이 특별실에 왔을 때 그녀는 타라가 자기 아버지를 처음으로 만나는 것을 지켜봤었다.

"그를 데리고 오겠습니다."

"고마워요."

야들리는 철제 의자에 앉아서 가만히 기다렸다. 구석에 있는 시계 초침이 똑딱거리는 소리만이 그 방에서 들리는 유일한 소리였다. 너무나 조용했기 때문에 그 소리가 신경에 거슬렸다. 교도소는 항상 시끌벅적했다. 고함 소리, 웃음소리, 그리고 때로는 비명 소리로 가득 찬 곳이 교도소였던 것이다.

두꺼운 유리 장벽을 가로지르면서 강철 문이 열리고 에디 칼이 들어왔다. 야들리는 몸을 떨지 않으려고 안간힘을 써야 했다. 마치 몸이 그 자리에서 얼어붙어서 원한다고 해도 움직일 수가 없을 것만 같았다.

그는 자리에 앉아서 그 깊고 파란 눈으로 그녀를 쳐다봤다. 그 눈이 너무나 타라의 눈과 닮아서 그녀는 외면했다가 마음의 준비를 하고 다시 봐야만 했다.

"당신을 다시 보게 될 줄은 몰랐어." 그가 부드럽게 말했다.

야들리는 경비대원을 보았다. "잠시만 비켜 있어 주겠어요?"

"물론입니다. 제가 필요하면 소리를 지르세요."

야들리는 경비대원이 나갈 때까지 기다렸다가 다시 칼을 쳐다봤다. 그는 목덜미와 관자놀이에 새치가 좀 더 많아진 것 같기는 했지만 2년 전과 똑같아 보였다.

그녀는 그에게 소리를 지르고, 물건을 던지고, 경비대원을 다시 들어오라고 하고, 그의 마음을 상하게 할 아무 말이라도 하고 싶었다…. 그러나 그럴 수가 없었다. 그녀에게는 그의 도움이 필요했고, 그래서 그가 타라에게 무슨 짓을 했건 나중으로 미루고 기다려야만 할 것이었다.

야들리는 화를 속으로 삼키고 억지로 무덤덤한 표정을 짓고 있었다. "당신의 처형이 기약 없이 미뤄지고 있는 걸 축하해야겠지."

그는 살짝 어깨를 으쓱했다. "마음이 무른 여러 사람 덕에 계류 상태인 소송들이 있지. 그리고 새 주지사가 사형제를 반대하고 있고. 하지만 그냥 미뤄지는 것일 뿐 언젠가는 하게 되겠지. 당신은 아름다워 보이는군."

그 말이 그녀의 마음을 뒤집어 놓았지만, 그녀는 아무런 반응도 보이지 않았다.

"여기서 뭘 하는 거지, 제시카? 당신 집에 나의 팬이 더 이상 살고 있다고 생각하지는 않는데, 안 그래?"

그녀는 미처 대비하지 못했던 공포와 역겨움에 휩싸였지만, 최대한 침착해 보이려고 손가락을 깍지 껴서 무릎 위에 놓았다. 그녀는 긴장을 풀려고 깊이 숨을 들이쉬고는 말했다. "당신의 도움이 필요해."

그이 입술에 미소가 번져갔다. 그는 그녀를 빨아들이듯 천천히 눈을 깜박였다.

"나를 보러 올 정도면 굉장히 간절한 게로군."

"그래."

"내가 도와주면 대가로 뭘 해줄 거지?"

"아무것도. 영치금을 좀 넣어주는 것 말고는 없어."

그는 킬킬 웃었다. "그건 별로 마음에 들지 않는걸."

"나를 돕든지, 아니면 돕지 않든지 둘 중 하나겠지, 에디. 난 당신에게 애원하지는 않을 거야."

그는 깊이 숨을 들이쉬고는 의자에서 자세를 바꿨다. 그 바람에 쇠사슬이 쟁그랑거렸는데 그녀는 방울뱀이 생각났다.

"다른 누군가였으면 거절했을 거야. 하지만 당신을 보는 건 기운이 솟구치는 일이지. 내 감방 벽에는 당신을 그린 그림들이 걸려 있어. 또 한 번 와서 보면 어떨까?"

"싫어."

그는 말없이 그녀를 지켜봤다. "우리 딸은 어떻게 지내?"

야들리는 조금이라도 몸을 움직여야 했기에 마른침을 삼켰지만, 눈을 돌리거나 그의 말을 되받아치지는 않았다. 그는 그녀가 얼마나 알고 있는지를 떠보고 있었다. "그 애는 라스베이거스 대학에서 로봇 공학을 공부하고 있어. 졸업 후에 취직하려고 생각 중인 회사에서 지금 일하고 있기도 해. 그 회사에서 제일 어린 엔지니어가 될 거야."

그는 머리를 살짝 옆으로 기울였다. "그 애가 당신의 심경을 거스르는 행동을 보이지는 않았어?"

"그게 무슨 말이야?"

"만일 나한테 있는 게 혹시 유전된다면, 지금쯤 그 애는 당신이 나한테서 인지했던 특성들을 보였을 테니까 말이지."

"그 애는 하나도 당신 같지 않아, 에디. 아니, 그 애는 멀쩡해. 아주 행복하고. 그게 아니어도, 당신이 망쳐 놓은 그 애의 인생을 생각해 보면 최소한 그런 사람치고는 행복해."

"내 기억에, 당신과 나는 서로 뜻이 맞아서 결혼했잖아. 그 애를 고통스럽게 만든 책임은 우리 두 사람 모두에게 있는 것 아닌가? 내가 어떤 사람인지 몰랐으니까 어쩌면 당신 책임이 좀 더 클지도 모르지."

그는 빙긋 웃었다. 끔찍한 웃음이었다.

"필요한 게 뭐지?" 그가 말했다.

"사프롱 기억해? 『밤의 사물들』?"

"그래."

"당신은 오랫동안 그 그림들에 집착했었어. 다른 얘기를 전혀 하지 않을 정도였지. 왜인지는 나한테 절대 말하지 않았어."

"그 그림들이 내 신경을 건드렸어. 다른 사람의 그림을 보고 그랬던 경우는 드물긴 하지만 간간이 있는 일이었어. 카라바지오의 그림들 중 몇몇을 봤을 때도 같은 반응을 보였었지."

그녀는 고개를 끄덕였다. "그랬던 생각이 나네. 하지만 사프롱 같지는 않았어."

"그래, 그렇지는 않았어." 그는 살짝 앞으로 몸을 숙였다. "크림슨 레이크 로드 살인 사건에 관한 거지, 그렇지? 사건 전체에 관해 『선』지에 실린 아주 흥미로운 기사를 읽었거든."

"내가 아는 기자가 쓴 기사야. 정확한 기사였지."

"그래, 분명 그랬을 거야. 그는 훌륭한 작가더군. 설명이 상세했어. 그에게는 그 살인자의 동기를 이해하게 해 주는 통찰력이 있어."

"그는 항상 그런 기사를 써."

"분명… 그에 대해 말하는 당신 목소리에는 뭔가가 있어. 그와 자는 사이야?"

"당신은 나한테 그런 질문을 할 권리가 없어."

"하지만 당신은 원할 때마다 여기 와서 나한테 도움을 청할 권리가 있고?"

그녀는 입을 다물었고 그들은 서로를 지켜봤다. "이건 실수였어." 그녀는 자리에서 일어섰다.

"당신은 당신이 쫓는 그 살인자가 왜 사프롱의 그 그림들에서 영감을 얻는지 알고 싶은 거지, 안 그래?"

그녀는 그를 잠시 보고 있다가 다시 자리에 앉았다. "그래."

"그 그림들이 뭘 의미한다고 생각해? 사프롱이 왜 그 그림들을 그렸을까?"

"내가 신뢰하는 정신 의학과 교수에게 물었더니, 그는 20세기 미술에 해박한 전문가에게 자문했어. 그 전문가는 그 그림들이 도덕성과 우리의 의식에 관한 것이라고 했어. 우리가 진화하면서 어떻게 도덕성을 저버리는 능력을 갖추게 되었는지, 그리고 그렇게 되고 있다는 것을 인지하지도 못하게 되었는지 보여주는 거라고 말이야. 사프롱은 생물학을 전공했어. 그래서 그의 그림들의 주제가 진화론적 사고를 반영했을 것이라는 게 말이 돼."

그는 빙그레 웃었다. "대단히 시적이네. 완전히 개소리지만 시적이긴 해."

"당신은 그 그림들이 뭘 의미한다고 생각해?"

"그건 진화론적 심리학에 관한 게 아니야. 그보다 훨씬 더 단순한 거지. 훨씬 더 원초적이고. 그의 그림 속 희생자들을 보면 어떤 느낌이 들어?"

"난… 그들이 가여워."

"왜?"

"죽기 전에 고통을 겪었잖아."

"그럼 어떤 유형의 인간이 그들을 고통스럽게 했을까?"

"사디스트겠지."

그는 고개를 저었다. "사프롱이 사디스트였거나 어떤 일탈적인 성애자 유형에 속했다는 어떤 증거도 없어. 사디스트가 아닌데 사람을 죽일 때 고통스럽게 만들고 싶은 사람은 누굴까?"

그녀는 여러 가능성을 생각하며 눈썹을 찌푸렸다. "모르겠어. 분노에 찬 사람?"

"분노가 사람을 왜 그렇게 이끌지?"

"그들은 불안정하니까. 그리고 언제 분노가 차오를지 자기 자신을 아는 직관이 없으니까."

"아니, 사프롱은 자신이 무슨 일을 하는지 정확히 알고 있었어. 그 그림들은 완성하는 데 6년 이상 걸렸어. 어떤 분노가 있으면 사람이 그 분노를 표현하기 위해 6년씩이나 그림을 그리고 싶어질까? 어떤 종류의 화가 그렇게 오래 지속될 수 있지?"

야들리는 갑자기 숨이 차서 거의 숨이 막힐 것 같았다. 그리고 몸이 떨렸다. "복수…."

칼은 눈도 깜박이지 않고 그녀를 지켜보며 말이 없었다.

야들리의 가슴이 요동쳤다. "그는 그들에게 복수하고 있는 거야. 그리고 그건 크림슨 레이크 로드와 관련된 일이고."

칼은 마치 그녀의 냄새를 맡으려고 하는 것처럼 몸을 좀 더 앞으로 기울였다. 눈으로 그녀의 눈을 가만히 들여다보면서 그의 입술에는 웃음이 번져갔다.

그녀는 그곳을 떠나고 싶었다. 다른 말 하지 않고 도망치고 싶었다. 그러나 어떻게든 억지로 말을 하지 않을 수가 없었다. "사프롱은 누구에게 복수하고 있었던 거야?"

"네 명의 아내, 네 번의 이혼, 네 개의 그림. 인생에서 그는 더 강한 여자들에게 지배당한 겁쟁이었어. 하지만 그림에서 그는 그 여자들을 지배하는 신이었지. 그는 그들에게 하고 싶었던 것은 뭐든지 할 수가 있었던 거야."

야들리는 그의 시리도록 파란 눈을 들여다봤다. 갑자기 그 눈이 죽은 것 같다는 생각이 들었다. 시체의 눈이었다. "도와줘서 고마워, 에디."

"나한테 고마워할 필요 없어. 당신을 보는 게 내게는 충분한 보상이니까." 그는 미소를 지으며 말했다.

그녀는 그의 말을 무시하고 말했다. "당신 계좌에 영치금을 좀 넣을게."

"고마워. 이 안에서는 도넛이 얼마나 비싼지, 당신은 믿지 못할 거야."

그녀는 일어났다. 그리고 돌아섰다가 갑자기 멈추더니 그를 다시 쳐다봤다. "그 그림들이 복수를 말하고 있다면 당신은 왜 그것들에 집착했던 거야? 당신은 누구에게 복수하고 있었던 거지?"

그는 가만히 웃고 있다가 말했다. "꿈에서 만나, 제스."

69

애스터와 리치는 웨스턴의 집무실 소파에, 야들리는 안락한 가죽
의자들 중 하나에 앉아 있었다.

야들리는 초조하고 불안했다. 사형수 사동의 냄새 — 케케묵은 콘
크리트, 땀, 그리고 먼지 냄새 — 가 아직 그녀에게 남아서 없어지지
않을 것만 같았다.

"우발적 살인에 대해서 생각해 보셨나요?" 애스터가 말했다.

"난 그보다는 더 잘할 것 같은데요." 야들리가 말했다.

"왜죠? 무슨 일이 있는 건데요?"

"어젯밤에 크림슨 레이크 로드에서 또 다른 살인이 일어났어요. 몇
가지만 확인되면, 재커리가 개입되어 있다는 더 많은 증거를 찾지 못
하는 한 저는 그에 대한 소송을 각하할 거예요."

문이 열리고 웨스턴이 서둘러 들어왔다. "미안해요, 미안합니다.
이놈의 과민성 대장 증후군 때문에요. 아침부터 혼쭐이 나네요." 그
는 판사복이 놓여 있는 선반으로 갔다. 옷을 걸친 다음 그는 책상에
앉더니 서랍에서 제산제를 꺼내고 책상 밑 소형 냉장고에서 물을 한
병 꺼냈다.

"당신이 낸 신청은 받았습니다, 야들리 씨. 그런데 솔직히 별로 허
락할 마음이 들지 않습니다."

"필요한 일입니다, 존경하는 재판장님. 게다가 단 3일입니다. 저희는 금요일에 중단한 바로 그 지점에서 다시 재판을 시작할 겁니다. 그게 아니면 향후 며칠간 제가 찾아낸 것에 따라 이 소송을 각하할 겁니다."

"당신이 이 소송을 제기하기 전에 철저히 수사하지 않은 것 때문에 배심원단이 3일 동안 격리되어 있어야 한다는 건 공평하지 않아요."

"저는 배심원단 격리를 요청하지는 않겠습니다. 이 일로 누구에게도 더 힘든 짐을 지게 하고 싶지는 않습니다. 하지만 제가 해야 할 일이 있습니다."

웨스턴은 애스터를 쳐다봤다. "그러면 당신은 여기에 동의하나요?"

애스터는 어깨를 으쓱했다. "순리를 따라야겠죠."

웨스턴이 길게 숨을 내쉬었다. "좋습니다. 3일입니다. 재판은 금요일 아침 8시에 재개됩니다. 그렇지 않으면 그때 각하 신청이 있을 것으로 기대합니다. 한 시간도 더는 안 됩니다, 야들리 씨."

"알겠습니다. 감사합니다."

애스터가 말했다. "점심 먹으면서 얘기 좀 해야겠습니다."

"그럴 수가 없네요. 먼저 가야 할 곳이 있어요."

"어딘데요?"

그녀가 기억하는 한 프루트 하이츠로 가는 데는 그리 오랜 시간이 걸리지 않았다. 하지만 기온이 43도가 넘었다. 그 동네로 접어들었을 무렵 그녀의 블라우스는 땀에 절어 몸에 붙어 있었다. 그녀는 먼저 식당 화장실로 가서 매무새를 가다듬은 다음 차가운 물을 주문하고 몇 분간 생각에 잠겨 있었다. 볼드윈은 다른 소송의 증언을 마친 다음 오후에 이곳에서 그녀를 만날 것이었다. 그는 주드 챈스에게 연락해 보았지만 그를 찾지 못했다. 야들리는 챈스에게 목격자가 있다고 말했는데, 그로부터 몇 시간 뒤 그 목격자가 죽었다. 그 생각이 그녀의 마음속에 계속해서 맴돌았다. 그가 그런 짓을 했다는 생각은 황당한 것이었다. 그러나 그가 **누군가에게** 상황이 위태롭다는 것을 알릴 수는 있었을까? 그는 '처형인'이 누군지 알고 있었던 것일까? 그랬을 가능성이 그녀의 가슴을 무겁게 짓누르고 있었다. 그녀는 챈스를 좋아했고 이 일이 그와 관련되어 있다는 것을 믿고 싶지 않은 게 사실이었다.

야들리가 경찰서에 도착했을 때 윌슨 서장은 책상에 앉아 참치 샌드위치와 커피를 먹고 있었다. 그녀를 보자 그는 샌드위치를 한 입 더 베어 먹고 나서 내려놓았다.

"늦었네요." 그가 입 안 음식을 잔뜩 넣은 채 말했다.

"죄송해요. 시간이 좀 필요했어요."

그는 누런 서류 봉투를 꺼내서 책상 위에 툭 던졌다. "당시 우리가 갖고 있던 존스 가족의 이웃과 친구들 전부의 이름입니다. 팩스로 보내드릴 수도 있었는데요."

그녀는 봉투를 손에 들고 열었다. 이름은 일곱 명이 다였다. "이 사람들이 아직 여기 있다면 오늘 제가 만나야 해서요."

"그 사람들이 죽지 않고 이사도 하지 않은 사람들이에요. 여전히 이 부근에 삽니다. 처음 세 사람은 직장에 다닙니다. 거기 제가 주소를 적어 놓았습니다. 나머지 사람들은 은퇴했어요."

야들리는 서류를 쭉 훑어보았다. 그녀가 정말로 원했던 것은 수 엘렌의 동생인 보비 존스의 사진이었다. 터커 파르가 자기 누나를 납치하고 그 죄를 모면하는 것을 보았던 그 남자아이. 터커 파르와 그의 가족에 대해 복수할 동기가 있는 사람이 있다면, 그것은 보비 존스였다.

"보비 존스의 사진은 찾으셨나요?"

그는 고개를 저었다. "그 애들의 아버지가 죽었을 때 아마 다 버렸을 것이고 그 애는 위탁 가정으로 가게 됐죠."

"그가 어디 있을지 혹시 모르시나요? 저는 정말 그와 얘기를 하고 싶은데요."

"알 수가 없네요. 당신과 얘기를 한 후 여러 군데 전화해 봤습니다. 그런데 그가 세 번째 위탁 가정에서 가출한 후 아동 가족부에서 그의 자취는 완전히 사라졌더군요. 그의 이름으로 된 범죄 기록이나 신용카드도 없고, 뭐 그 비슷한 것도 하나도 없습니다. 살아 있다고 하더라도, 사람들이 찾기를 그가 원한다는 생각은 들지 않습니다. 어쨌거나, 당신은 왜 그렇게 절실하게 그를 찾는 거죠?"

그녀는 일어났다. "정말 감사드립니다, 서장님. 고마워요."

그는 커피를 다시 한 모금 마시며 어깨를 으쓱했다. "대체 뭔지, 뭐 내 알 바는 아니오만."

❦

명단에 처음 나온 사람은 레지널드 페레즈라는 남자였다. 그는 수엘렌 존스 아버지의 친구였다. 윌슨 서장의 메모에는 그들이 군 복무를 함께한 것으로 적혀 있었다. 그는 트럭 물류창고에서 일했다. 야들리가 들어갔을 때 사무실에는 두 명의 남자가 있었다. 한 사람은 더러운 작업복을 입었고 다른 한 사람은 와이셔츠와 청바지를 입고 있었다. 그들은 하던 말을 멈추고 그녀를 쳐다봤다.

"레지널드 페레즈 씨를 찾고 있는데요."

작업복을 입은 남자가 말했다. "내가 그 사람이오."

"저는 제시카 야들리라고 합니다. 클라크 카운티 지방 검찰청 검사입니다. 따로 얘기를 좀 나눌 수 있을까요?"

다른 남자가 내일 끝내야 할 어떤 일을 말하고서 사무실에서 나갔다. 야들리는 카운터로 천천히 걸어갔다. 그들 뒤의 벽에는 벌거벗은 여자들의 사진을 담은 달력이 걸려 있었는데 이번 달의 여자는 키 큰 금발이었다. 사진 속 여자의 가슴 언저리는 기름때 묻은 손가락 자국들로 얼룩져 있었다.

"제가 여기 온 건 수 엘렌 존스의 일 때문입니다."

그는 순간적으로 놀란 표정이었으나 조금 있다 카운터 뒤쪽에 앉았다. "한참 만에 듣는 이름이군요." 그가 말했다. 그는 주머니에 있는 깡통에서 씹는담배를 꺼내 아랫입술과 잇몸 사이에 한 자밤 넣었다. "그 애에 관해서 뭐 말이오?"

"그 아이에 관련된 현재의 어떤 사건에서 제가 추적하고 있는 일이 좀 있습니다. 당신은 그 가족과 가까운 사이였다고 들었는데요."

그는 고개를 끄덕였다. "그렇소. 그 애 아빠가 아주 옛날부터 나와 친한 친구였소. 금요일마다 그 집에서 포커를 치곤 했었죠. 수 엘렌이 우리한테 음식과 마실 것을 갖다주곤 해서 우리가 한 번씩 용돈을 줬습니다. 그 애 아빠 말로는 그 애는 절대로 그 돈을 쓰지 않았다더군요. 착한 애였어요."

"그 애의 실종에 대해 터커 파르는 유죄를 전혀 인정받지 않았습니다. 당신은 그가 그 일에 책임이 있다고 믿나요?"

"그럼요, 망할. 난 그렇게 믿습니다. 나는 알고 있소. 그렇다는 걸 모두가 알아요. 수 엘렌의 남동생인 보비가 그 전 과정을 다 봤어요.

그게 터커였다는 건 만인이 다 알고 있었는데 아무도 어떻게 할 수가 없었어요. 그는 카운터 위에 있는 컵에 침을 뱉었다. "그놈이 죽었기를 바라는데."

"아뇨, 아니에요. 그는 죽지 않았어요. 하지만 그의 딸이 실종됐어요. 그 애는 수 엘렌의 그때 나이와 같은 나이예요."

그는 고개를 끄덕였다. "흠, 그 애는 안됐군요. 하지만 그걸로 그놈이 크게 상심하면 좋겠어요." 그는 또다시 침을 뱉었다. "당신이 여기 온 진짜 이유는 뭐죠? 그 빌어먹을 일은 아주 오래전 일이잖소."

"저는 보비 존스를 찾고 있어요. 윌슨 서장에게는 그 애의 사진이 전혀 없었고, 그 가족의 사진들은 그 애 아버지가 죽었을 때 모두 버린 것 같더군요. 보비는 위탁 보호 체계로 들어갔는데 열여섯 살 때 가출했다는 게 우리가 아는 마지막 소식이에요."

"그게 참, 가여운 녀석이에요. 처음엔 엄마가 암으로 죽고, 그다음에는 누나를 잃었죠. 그리고 두 달 뒤에는 아빠가 갑자기 죽었고요. 그 애는 그냥 어린아이였잖아요. 그 애 인생이 그렇게 되어서는 안 되는 건데 말이에요." 페레즈는 잠시 생각에 잠겼다. "내가 그 애를 도울 수 있었으면 좋았을 텐데. 그냥 여유가 없었답니다. 당시에 집에 아이들이 다섯이었으니까요. 나는 여력이 없었어요."

"제가 이 명단을 받았는데요," 야들리는 윌슨이 그녀에게 준 폴더를 꺼내며 말했다. "이 사람들이 어쩌면 보비에 관해 뭔가 알지도 모른다고 들었어요. 당신 생각에 제가 얘기해 봐야 할 사람이 있을까요?"

그는 고개를 저었다. "아뇨, 그들을 아는 사람들은 별로 남아 있지 않아요. 하지만, 나라면 이 사람과 얘기해 볼 겁니다." 그는 그 이름들 중 하나를 가리키며 말했다. "게일요. 그녀는 보비와 수 엘렌의 아빠가 일하러 간 날이면 그 애들을 돌보곤 했어요."

"이 사람이 아직 이 동네에 있나요?

그는 고개를 끄덕였다. "연세가 많아서 바깥출입은 전혀 안 하십니다. 거기 그 주소가 맞아요."

"당신한테는 보비의 사진이 없나요?"

그는 고개를 저었다. "네. 있었다고 해도 그런 걸 보관하지는 않을 겁니다. 나쁜 기억인걸요."

"현재의 보비 사진을 본다면 알아보시겠어요?"

"어떻게 알겠소? 오래전이고, 나로선 잊고 싶은 인생의 한 부분인데 말이오."

게일 로즈의 집은 하늘색 주택이었는데, 빨간 덧문과 갈색 판자 지붕 때문에 집 전체가 얼기설기 쪽을 이어 붙인 패치워크처럼 보였다. 철조망 울타리는 녹이 슬었고 대문은 경첩 하나로만 매달려 있었다.

비가 가볍게 내리기 시작했다. 사막 폭풍이 왔다가 사라지는 속도는 야들리로서는 결코 익숙해질 수가 없을 것 같은 무엇이었다. 순간적으로 몰려와서 한 번씩 홍수나 산사태로 사람들의 목숨을 앗아갔고, 그런 다음 또 그만큼 재빨리 사라져 버리는 것이었다.

자연은 한번씩 우리에게 누가 주인인지를 보여주고 싶은 거야.

에디 칼은 언젠가 한 번 그녀에게 이렇게 말했었다.

그녀는 문을 두드렸다. 한참 있다가 누군가가 문 앞으로 나왔다. 꽃무늬가 그려진 헐렁한 원피스를 입고 뒤로는 바퀴 위에 산소 탱크를 달고 있는 여성이었다. 그 탱크에서 나온 투명한 튜브가 그녀의 콧구

멍에 삽입되어 있었다. 눈은 심하게 충혈되어 있었다.

"게일 씨세요?"

"네."

"저는 제시카 야들리라고 합니다. 지방 검찰청 검사입니다. 저는, 음, 그러니까, 좀 이상하게 들릴 것 같지만, 저는 수 엘렌 존스와 그 아이의 실종에 관한 정보를 찾고 있답니다. 그 아이와 그 애의 남동생, 보비를 기억하시나요?"

게일은 그녀를 잠깐 보더니 말했다. "들어와요."

집에는 물건들이 마구 쌓여 있어서 야들리는 한 무더기의 옛날 잡지들과 넘치는 종이 박스들을 건너뛰며 발을 옮겨야 했다. 접시들이 부엌으로 가는 대신 바닥에 겹겹이 높은 층을 이루고 있었다. 집에서는 근육통에 바르는 연고와 담배 냄새가 났다.

게일은 옛날 쇼 프로그램이 나오고 있는 텔레비전의 소리를 죽이고 천천히 소파에 앉았다. 양쪽 무릎 여러 군데에 길게 난 수술 자국이 눈에 들어왔다. 야들리는 소파의 다른 쪽 끝에 앉았다.

"그걸 왜 지금 조사하는 거죠?"

"저는 보비를 찾으려 하는 중이랍니다."

"왜요?"

"크림슨 레이크 로드라는 북쪽 지역에서 범죄를 저지른 어떤 사람을 찾고 있는데요. 보비가 그와 관련된 정보를 알지도 모른다고 생각하고 있습니다."

"터커는 만나 봤어요?"

"네, 만났어요."

"흠," 그녀는 경멸스럽다는 듯 고개를 내저으며 말했다. "그 사람은 전혀 마음에 들지 않았어요. 차가운 느낌의 사람이었어요. 그냥 뭔가 이상했죠."

"그를 잘 아셨나요?"

"잘 안 건 아니지만, 알기는 했죠. 바로 길 건너에 살았으니까요."

"길 건너편이요?"

"맞아요. 그리고 존스 가족이 저 아래 모퉁이에 살았고. 우리는 모두 서로서로 알았어요."

"윌슨 서장이 말해준 바로는 수 엘렌은 학교 버스를 기다리다가 납치된 걸로 생각된대요. 그게 이 거리에서였나요?"

"네, 하지만 그 정류장은 없어진 지 오래예요. 학교도 없어졌고요."

"보비와 수 엘렌은 잘 아셨나요?"

그녀는 고개를 끄덕였다. "내가 낮 동안 그 애들을 돌봤어요. 착한 아이들이었죠. 수 엘렌은 특히 더 그랬어요. 보비는 아이들을 괴롭혔지만, 그 애 잘못은 아니었어요. 그 애들의 아빠는 정말 지독한 술주정뱅이였고 보비는 그의 나쁜 점을 배운 거죠."

야들리는 소파 등받이에 팔을 얹었다. "게일, 저는 보비와 정말로 얘기를 하고 싶답니다. 제가 그를 어떻게 찾을 수 있을지 생각나시는 게 있을까요? 아동 보호 센터 명단에는 그가 마지막으로 함께 지냈던 위탁 부모가 사망한 것으로 나와요. 그래서 제가 얘기해 볼 수 있는 사람이 전혀 없는 상황이에요."

"정확히 무슨 일이 벌어지고 있는 건가요?"

"어린 여자아이가 실종되었어요. 터커의 딸이요. 그 애는 열네 살이에요. 수 엘렌이 실종됐을 때 나이죠. 터커의 아내는 4월에 살해당했어요. 터커와 모종의 연관 관계에 있는, 누군지 모르는 사람이 여러 다른 사람을 해쳤어요. 이 문제에 관해 제가 보비와 얘기를 해야 해요."

게일은 깊은숨을 쉬었다. 폐 속에 액체가 있는 것처럼 거친 숨소리가 났다. "내가 도울 수 있으면 좋을 텐데. 하지만 보비는 정부의 돌봄 서비스로 들어갔고 그 후 무슨 일이 있었는지 나는 모른답니다." 그녀는 몇 번 더 숨을 들이쉬었다. "내가 마지막으로 그 애들을 생각이라도 한 건 아주 오래전에 어떤 기자가 와서 그 애들에 관해 물었을 때였어요."

야들리는 마치 롤러코스터를 탄 것처럼 심장이 쿵 하고 떨어졌다. 그녀는 주드 챈스의 사진을 휴대폰에 띄웠다. "이 사람이 그 기자였나요?"

게일은 소파 테이블에서 안경을 집어 들고 사진을 쳐다봤다. "그럴지도 몰라요. 나는 기억력이 예전 같지 않답니다."

야들리는 아릿한 절망감을 느꼈다. 거의 다 된 것 같았지만 계속 놓치고 있는 것이었다. "그렇군요, 더는 시간을 뺏지 않을게요. 말씀해 주셔서 감사합니다."

"아니에요."

야들리는 일어나서 게일이 소파에서 일어나는 것을 도왔다. 그녀는 야들리를 배웅하러 나오겠다고 고집을 부렸던 것이다. 야들리가 문 앞에서 말했다. "혹시 보비 사진 있으세요? 서장한테는 없더군요."

"그래, 그래요. 할로윈 때 그 애들 둘을 찍은 사진이 하나 있어요. 잠깐 있어 봐요, 가지고 올 테니."

그녀는 잠시 사라졌다. 야들리 뒤쪽에서 빗방울이 땅을 부드럽게 두드리고 있었다.

"여기 있어요." 게일이 돌아와서 말했다.

야들리는 사진을 받았다. 할로윈 복장을 한 두 아이가 서로 팔짱을 끼고 있었다. 남자아이와 여자아이였다. 그들은 함박웃음을 짓고 있었는데, 남자아이의 목과 팔에는 시퍼런 멍 자국들이 있었다.

그 사진을 본 바로 그 순간, 그녀에게는 맥박 뛰는 소리 말고는 아무 소리도 들리지 않았고, 사진이 손가락에서 미끄러져서 거의 놓칠 뻔했다. 의식적으로 마음을 다잡지 않으면 무릎이 무너져 내릴 것 같았다.

"이 사진을 제가 가져도 될까요?" 그녀는 거의 들릴 듯 말 듯 말했다.

"그렇게 해요."

야들리는 빗속을 달려 차로 가면서 휴대폰을 귀에 갖다 붙이고 볼드윈에게 전화를 했다.

그녀가 차 문을 열었을 때 머리 뒤쪽으로 엄청난 통증이 강타했고, 그리고 곧 입과 코에 뭔가가 감겼다. 너무나 세게 감겨서 그녀는 숨을 쉴 수가 없었다.

야들리는 가방 속으로 한 손을 넣어 호신용 스프레이를 찾으려 애쓰면서 다른 손은 머리 위로 뻗어 자신을 습격한 자의 눈이나 얼굴을 할퀴어 보려고 있는 힘을 다해 싸웠다.

그자가 그녀를 난폭하게 차 안으로 밀어 넣으면서 그녀의 가방은 땅에 떨어졌다. 화학물질에 그녀의 목과 코가 타들어 갔다. 그리고는 세상이 캄캄해졌다.

70

볼드윈이 프루트 하이츠에 도착한 것은 오후 1시가 좀 못 되어서였다. 그는 편의점 앞에 차를 대고 차 안에서 야들리와 만나기로 한 약속 시간을 기다렸다. 눈을 비비자 전에는 미처 알아채지 못했던 근육의 피로가 갑자기 몰려왔다. 그는 지난밤에 제대로 잠을 자지 못했다. 2시에 깨어나서 현관에 앉았고, 해가 뜰 때까지 커피를 마셨다. 수년간 해 본 적이 없던 일이었다.

그가 프루트 하이츠 경찰서에 전화를 하자 접수 담당자가 받아서 윌슨 서장은 호출을 받고 나갔다고 말했다. 볼드윈은 이름과 전화번호를 남기고 전화를 기다리겠다고 했다. 그런 다음 그는 의자 등받이를 뒤로 넘기고 눈을 감았다. 차 앞 유리에 떨어지는 빗소리를 들으며 그는 잠이 들었다.

휴대폰 진동음이 볼드윈을 깨웠다. 그는 처음에는 깜짝 놀랐고, 주위를 돌아보면서도 자신이 어디에 있는지 깨닫지 못했다. 조금 있다가, 모든 감각이 정상적으로 돌아오자, 그는 전화를 받으며 창문을 열어 환기했다.

"케이슨입니다."

"볼드윈 요원? 빌리 윌슨입니다."

"아 네. 전화해 주셔서 감사합니다, 서장님."

"별말씀을요. 사실, 당신과 연락이 닿아서 다행입니다. 게일 로즈가 우리에게 신고 전화를 했어요. 그녀는 오늘 좀 아까 어떤 검사가 찾아와서 보비 존스에 관해 물었다고 했습니다. 조금 전에 나가봤더니 차에 사람이 아무도 없고 가방이 땅에 떨어져 있었답니다. 제가 야들리 씨에게 오늘 일찍이 게일의 주소를 줬어요. 그건 그녀의 차와 가방입니다."

볼드윈은 가슴이 철렁 내려앉았다. "주소가 어딥니까?"

그 집은 주변의 집들과는 달리 알록달록한 색깔로 되어 있어 이상해 보였다. 볼드윈이 주차를 하고 차에서 내렸을 때 윌슨 서장은 통화 중이었다. 틀림없는 야들리의 SUV 차량이었다. 그는 문을 열려고 가다가 멈춰 섰다. 서장이 경찰 순찰차 트렁크 위에 라텍스 장갑 박스를 엎어 놓았기에 볼드윈은 한 쌍을 꺼내서 급히 손에 꼈다. 그는 운전석 문을 열고 수색을 시작했다.

윌슨은 통화를 마치고서 말했다. "차가 여기 있은 지 최소한 세 시간은 되었습니다. 가방에서 없어진 물건은 없는 것 같습니다. 지갑, 현금, 그리고 신용카드가 두 개 있습니다."

"게일이 뭐라도 봤습니까?"

"아뇨. 그녀는 문 앞에서 잘 가라고 인사했고 그런 다음 조금 있다가 우편물을 가지러 나온 겁니다. 그때 차와 가방을 봤고요. 그녀 말로는 야들리 씨에게 보비 존스의 옛날 사진을 보여줬더니 야들리 씨가 자기가 가져도 되겠냐고 물었고, 그런 다음 급히 떠났답니다."

볼드윈은 양손으로 의자 밑을 훑었다. "이쪽으로 사람들을 몇 명 오게 해서 이웃 주민들을 탐문하고 뭔가 본 사람이 있는지 알아봐야 합니다."

"여기는 저와 제 부하 경관밖에는 없습니다."

"제가 라스베이거스 경찰청에 전화해서 경관 몇 명을 요청하겠습니다. 보안관실에 전화 좀 해주실 수 있나요?"

"물론입니다." 윌슨은 얼굴에서 빗물을 닦아냈다. "그녀는 어쩌면 그냥 주변을 좀 돌아다니고 있을 수도 있잖아요." 그가 희망을 내비치며 말했다. "제가 그녀에게 존스 가족을 알던 사람들의 주소록을 줬습니다. 그 주소들은 서로 별로 멀지 않은 곳들이에요."

볼드윈은 그를 돌아봤다. "가방을 땅에 놓고 빗속에서 걸어 다닌다고요?"

윌슨은 땅을 내려다보았다. "음, 전화하겠습니다."

볼드윈은 차량을 다 수색하고 나서 뒤로 물러서서 차를 바라봤다. 그는 양손을 허리춤에 얹고서 인근을 둘러보았다.

도대체 어디 있는 거야, 제스?

71

그녀는 얼굴 전체가 불타는 것만 같았다.

눈을 뜨려고 했지만, 눈꺼풀이 움직이지 않았다. 그리고 서서히, 욱신거리는 통증이 시작됐다. 통증은 머리 뒤에서 시작돼서 사방으로 퍼져갔다. 쿵쾅쿵쾅 머리를 치는 듯한 두통에 그녀는 완전히 정신이 들었고 마침내 겨우겨우 눈을 뜰 수 있었다.

희미한 불빛에 눈이 익숙해질 때까지 그녀는 실눈을 뜨고 있었다. 화학물질을 묻힌 천 조각에 눌렸던 입과 코 부위의 피부는 불에 타고 있는 것 같았다. 그녀는 손가락으로 본능적으로 피부를 문지르다가 얼굴에 묻은 것이 무엇이건 손가락을 따라 옮겨갈 것임을 깨달았다.

천장의 노출 단열재와 양쪽 벽을 쭉 가로지른 목제 기둥이 그녀의 눈에 들어왔다. 환풍구도 마찬가지로 노출되어 있었다. 그녀는 지하실에 있었던 것이다.

어떤 소리가 그녀의 촉각을 사로잡았다. 숨죽인 말소리였다. 그녀는 짧은 순간 자신이 재갈 물려 있는 것인지도 모른다고, 자신이 말을 하려 했던 것이고 들은 것은 자기 자신의 목소리였을지도 모른다고 생각했다. 고개를 돌렸더니 옆의 바퀴 달린 철제 들것에 한 남자가 묶여 있는 것이 보였다.

터커 파르는 알몸이었다. 두꺼운 가죽끈이 그의 팔과 다리를 들것에 묶어 놓았고 강력 접착테이프가 그의 머리를 여러 번 감고 입을 완전히 덮고 있었다. 그녀를 바라보며 그는 눈을 크게 떴다. 그는 묶인 것을 풀려고 몸부림치면서 뭔가를 말하려고 했다.

"당신이 깨어나서 기쁘군요." 어떤 목소리가 말했다. "난 당신이 이걸 보기를 바랐어요."

주드 챈스가 방의 구석진 곳에서 한 걸음 앞으로 나왔다. 그때까지 그는 거기 의자에 앉아 있었던 것이었다. 그는 들것 옆으로 가서 그 위에 손을 얹고서 터커를 지켜봤다. 그는 트레이닝복을 입고 그 위에 푸줏간에서 쓰는 앞치마를 두르고 있었다.

"이러지 말아요." 야들리가 말했다.

"아, 다 끝났어요. 모든 게 여기 있고 준비는 다 됐어요. 안 그래, 터커?"

터커는 비명을 질렀다. 하지만 접착테이프 때문에 그 소리는 억눌린 신음으로 새어 나올 뿐이었다. 챈스는 마치 그를 위로하기라도 하는 듯 한 손을 터커의 어깨에 올리고는 수술용 칼을 근육 속으로 찔러 넣었다. 그는 비명을 지르며 속박에서 벗어나려 몸부림쳤다.

"이건 아무것도 아니야, 친구. 알아, 당신은 시작하려니까 신이 난다는 걸 말이야. 우린 곧 시작할 거야. 걱정하지 마."

야들리는 일어나 앉았다. 그녀는 간이침대 위에 있었다. 몸을 바로 세우니까 머리가 빙글빙글 돌았다. 그래서 그녀는 쓰러지지 않으려고 손으로 벽을 짚어야 했다. 그녀는 얼마 동안 눈을 감고 있은 다음에야 다시 눈을 뜰 수 있었다.

"이런다고 달라지진 않아요, 주드. 당신이 무슨 이유로 이런 짓을 하든, 이렇게 해서 원하는 걸 얻지는 못해요."

챈스는 잠시 그녀를 빤히 보더니 빙긋 웃었다. "지금도 나는 당신과 내가 멋진 사이가 되었을 거라고 생각해요. 상상해 보니, 당신을 잘 알게 되면 아주 재미있을 것 같더군요." 그는 길게 숨을 내뱉었다. "나는 괴물이 아니에요. 당신의 전남편 같지 않단 말이오."

"하모니는 죽었나요?"

그는 터커에게 강한 눈빛을 보냈다. "모르죠. 터커, 당신 생각은 어때? 어쩌면 나는 그 애가 죽어가는 모습을 당신이 보도록 하고 싶은지도 몰라. 하지만 금방일 거야. 게다가 그 애는 의식이 없을 테고. 당신이 수 엘렌과 다른 애들에게 했던 짓보다야 훨씬 자비롭지 않아?"

"주드, 이런 식은 안 돼요. 그가 당신에게 어떤 짓을 했다고 생각하든, 이런다고 당신이 평화를 얻지는 못할 거예요."

"평화라고? 그건 무슨 농담 같은 건가요? 당신은 그가 그 가족에게 평화를 줬다고 생각해요?" 그는 거의 고함치듯 말했다. 그는 터커를 내려다보았다. "보비 존스는 자기 누나가 바로 눈앞에서 납치되는 것을 봤어. 그리고 다음에는 아버지가 술에 찌들어 죽는 것을 지켜봤어. 이 더러운 인간 때문에."

그는 터커의 뺨을 세게 후려쳤다. 터커는 다시 몸부림쳤다.

"당신은 그를 찾았군요. 그렇죠?"

그는 돌아서 그녀를 봤다. "그래, 내가 찾았어요. 이 이야기가 훌륭한 기삿거리라고 생각했죠. 그래서 보비를 추적해 갔던 거예요. 나는 그를 샌프란시스코의 쪽방촌에서 찾아냈어요. 그는 자기 이름도 근근이 기억할 정도로 마약에 찌들어 있었어요. 난 몇 주 동안 그와 함께 지내며 그가 살아온 이야기를 듣고 그에 대해 알게 됐죠. 그런데 내가 진짜 그를 도울 수 있다고 생각했던 바로 그때 그는 자살하고 말았어요. 나한테 작별 인사를 남기고서 말이에요." 챈스는 고개를 내저었다. "이 개 같은 새끼가 어린 여자애들에게 무슨 짓을 했는지 알아요? 그 애들이 죽기 전에 어떤 일을 겪었는지 알고 싶어요, J?"

"이런 식은 아니에요. FBI를 이리로 오게 할게요. 저 사람은 대가를 치를 거예요."

"어떻게요? 뭐로요? 저자가 누군가를 해쳤다는 어떤 증거가 있는데요?"

야들리는 호신용 스프레이가 들어 있는 가방을 찾으려고 방을 휙 둘러봤지만, 가방은 보이지 않았다. 머리가 또다시 쿵쾅거리기 시작했고 목으로 구토가 올라왔다. 그녀는 앞으로 몸을 숙여 양손으로 머리를 감싸야만 했다. 눈이 너무 무겁게 느껴져서 계속 뜨고 있는 게 가능할지 알 수가 없었다. 마치 수면제에 저항하고 있는 것만 같았다.

"왜 이렇게 하는 거죠? 당신이 보비를 찾을 수 있었다면, 증거도 당연히 찾을 수 있었을—"

"그러려고 했죠. 이 새끼가, 믿거나 말거나, 뒷정리를 아주 잘했더라고요. 추측해 보자면, 시신들을 크림슨 호수에 던졌을 가능성이 가장 큽니다. 무거운 것을 매달거나, 아니면 먼저 산 처리를 한 다음에요. 아무도 그 호수 밑으로 뛰어들지는 않을 것이고 설사 그렇게 한다 해도 호수가 너무 커서 전체를 다 수색하는 건 불가능하죠. 운이 좋으면 아마도 유골 한두 개쯤 건지겠죠. 하지만 그걸 어떻게 이 자식과 연결하겠어요, 응? 못 하죠. 내가 뭔가를 하지 않는다면 이자는 그짓을 계속할 겁니다."

"저 사람 때문에 살인을 하는 건 당신 몫이 아니에요."

그는 키득거렸다. "어느 순간에, J, 선택을 해야 하는 거랍니다. 이자가 그 가족들에게 겪게 한 일은…. 내가 듣게 된 사연들은 꼬리를 물고 계속됐어요. 죽은 자식들의 사진을 보면서 겨우겨우 버틸 수 있었던 가족들을 보며… 난 결심했죠. 더는 방관자로 남아 있을 수 없다고요. 난 뭔가를 해야 했어요.”

“그래서 당신이 저 사람의 아내를 죽였나요? 그게 어떻게 정의인가요? 그녀가 그런 일을 당할 만한 무슨 일을 했단 말인가요?”

“아주 많이 했죠. 내 말을 믿어요.”

“그럼 재커리는 남은 생을 거의 감옥에서 보낼 만한 무슨 짓을 했는데요?”

챈스는 시계를 보며 시간을 확인했다. “조금 서둘러야 할 것 같군요, J. 그렇지 않다면 분명 당신을 이해시키려고 했을 거예요. 정말이지 난 당신이 이 모든 일에서 내 입장을 알게 되리라고 생각해요.”

챈스는 지하실을 가로질러 나무 문으로 가더니 문을 열었다. 그는 안으로 손을 뻗어 커다란 캔버스에 그려진 그림 한 점을 꺼냈다. 그는 그 그림을 가지고 와서 받침대에 세운 다음, 그림이 터커에게 분명히 보이도록 방향을 조정했다. 그런 다음 그는 공구함을 가져와서 예리한 칼 몇 자루와 큰 식칼들, 그리고 골 절단기를 들것 옆 땅바닥에 놓았다. 터커는 골 절단기를 보더니 또다시 몸부림쳤다. 오줌이 빗줄기처럼 들것을 타고 흘러내렸다.

“하하! 오줌을 쌌네.” 챈스는 터커의 머리를 붙잡고 그에게로 몸을 숙였다. “수 엘렌도 공포에 떨며 오줌을 쌌지?”

터커는 울기 시작했다.

챈스는 터커의 가슴에 얹어놓은 양손 손등에 턱을 괴었다. 그는 남자가 울며 몸부림치는 것을 지켜보며 웃음 지었다. “내가 이 순간을 얼마나 오래도록 기다렸는지 알아, 터커? 바로 이 순간을 내가 얼마나 자주 머릿속에 그렸는지? 내가 네 놈의 시체 사진을 보내 어린 딸들이 이제야 마침내 안식을 취할 수 있다는 것을 알리면 얼마나 많은 가족들이 기쁨에 겨울지?”

"하모니는 살아 있는 거예요, 주드?"

"아마도." 그는 그녀를 보지 않고 말했다.

"그 애는 이 모든 일에 무고하잖아요. 그 애는 풀어 줘야 해요."

"그 애는 무고하지 않아요." 그가 터커에게서 눈을 떼지 않고 말했다.

"무고해요. 그 애는 수 엘렌만큼이나 저 사람에게 희생된 애예요. 당신은 저 사람이 그 여자아이들에게 했던 짓을 그 애에게 하는 거라고요. 당신이 어떻게 더 나은 사람이죠?"

챈스는 한 손에 칼을 들고 그녀에게로 달려들었다. 그가 그녀의 얼굴에 칼을 들이밀자 그녀는 본능적으로 뒤로 펄쩍 뛰어 벽에 부딪히고 말았다. 칼끝이 그녀의 목에 닿았다. 그가 조금 더 힘을 주자 뜨뜻하게 피가 흐르는 느낌이 들었다.

"나는 저놈과 **전혀** 똑같지 **않아**." 그가 으르렁거렸다. "전혀."

그녀는 마른침을 삼켰다. "당신은 나를 겁 주고 있어요, 주드. 그 칼을 내려 줘요." 그는 움직이지 않았다. "주드, 그 칼을 내려 줘요." 그녀가 침착하게 말했다.

그는 칼을 내리고 그녀로부터 몇 걸음 물러섰다. "나도 여동생이 있었어, 아이비라고." 그가 기억 속으로 걸어 들어가는 듯 먼 곳을 보았다. "그 애는 어느 날 학교로 걸어가다가 실종됐어. 똑같은 상황이었어. 휙. 마치 땅이 그 애를 산 채로 집어삼키기라도 했다는 듯 말이야." 그는 칼로 터커를 가리켰다. "이놈 같은 새끼가 그 애의 목숨을 앗아간 거야. 거기 정의가 어디 있어? 우리 부모님은 돌아가셨어. 그 애는 아이를 낳을 기회조차 없었지. 내가 죽은 후에 누가 그 애를 기억해 줄까? 누가 그 애를 위해 울어 줄까, J?" 그의 얼굴에 굳은 결의가 나타났다. 터커를 보며 그는 턱 근육을 움직였다. "난 아이비를 위해 아무것도 해 줄 수가 없어. 하지만 이자가 그 부모들에게서 앗아간 그 여자아이들 모두를 위해서 할 수 있는 일이 있지."

"주드," 그녀가 침착하게 말했다. "제발 하모니를 풀어 줘요. 그 애는 당신이 하려고 하는 일을 당할 아무런 이유가 없어요."

그는 그녀의 말이 전혀 들리지 않는다는 듯이 미소를 지었다. "당신이 여기서 이걸 보게 돼서 기분이 좋아요. 정말 그래요. 난 내가 이 일을 즐기게 될 유일한 사람일 것으로 생각했거든요. 그런데 당신이 여기 있으니 정말 성공적인 거죠." 그는 터커를 노려보며 큰 소리로 숨을 내쉬었다. "좋아. 이 쓰레기야, 시작해 볼까, 어쩔까?"

야들리는 네 번째 그림을 쳐다봤다. 그 연작 중 가장 폭력적인 그림이었다. 이 그림에는 원피스도, 붕대도 없었다. 단지 벌거벗은 형상이 똑바로 누워 있고, 그의 몸에서 빼낸 장기들이 지형도의 산처럼 그의 몸에 점점이 불룩 솟아 있었다. 형상의 눈과 입은 두꺼운 가죽인지 끈인지로 꿰매어 닫혀 있었다. 양손은 잘려서 없어지고 상처가 봉합되어 있었다.

챈스는 지하실을 한 바퀴 둘러봤다. "쓰레기봉투를 잊었네. 너무 흥분했었군. 곧 돌아올 테니 아무 데도 가지 마."

그는 널찍한 나무 문을 통해 지하실에서 나갔다. 그리고 야들리의 귀에 잠금장치가 탁하고 걸리는 소리가 들렸다. 그녀는 곧바로 일어서다가 거의 쓰러질 뻔했다. 그녀는 눈을 감고 마른침을 삼켰고 — 비록 목 안을 사포로 긁는 것만 같았지만 — 뒤의 벽에 기대어 몸을 일으켜 세웠다. 똑바로 서자 머리가 또다시 빙그르르 돌았다. 그래서 그녀는 손으로 벽을 짚어 몸을 지탱했다. 터커는 다시 몸부림치며 크게 뜬 젖은 눈으로 그녀를 바라보고 있었다. 자신을 남겨두고 떠나지 말아 달라고 애원하는 눈빛이었다.

그녀는 멀리 있는 벽에 난 창문을 향해 걸어갔다. 창문은 작았지만, 몸을 끼워 넣을 수 있을 만큼의 너비는 되었다. 그녀는 주드가 앉아 있던 의자를 창문으로 가져왔고 그 위에 올라섰다. 그녀는 창문을 끝까지 열었다. 그녀가 몸을 막 끌어올리려는데 계단을 내려오는 발소리가 들렸다.

그녀는 재빨리 의자에서 뛰어내려 주드가 그림을 가져왔던 문으로 달려갔다. 그것은 벽장이었다. 그녀는 안으로 들어가서 조용히 문을 닫았다.

지하실 문이 열렸다. 챈스가 무엇인가 말하는 소리가 들리더니 중간에 끊겼다. 그러더니 그가 껄껄 웃었다.

"당신은 몰랐겠지만, 여긴 별로 숨을 곳이 없어, J."

그의 장화 소리가 맨땅에 울려 퍼졌다. 그녀는 그가 창문 옆에 섰다는 것을 알 수 있었다.

"빌어먹을!"

그가 지하실 문으로 다시 달려가는 소리가 들렸고 그런 다음 계단으로 내달리는 소리가 들렸다. 그녀는 벽장 문을 열고 서둘러 터커가 있는 곳으로 갔다. 그를 풀어 줄 시간이 없었다. 그녀는 챈스가 놓아둔 도구들 중에서 칼을 하나 움켜쥐고 계단으로 달려갔다.

72

볼드윈은 게일 로즈의 현관에서 라스베이거스에 요청한 과학수사대가 오기를 기다렸다. 짧지만 긴 시간이었다. 그는 현관에서 내려가 그들을 SUV 차량으로 데리고 갔다. 도로 아래에는 라스베이거스 경찰 제복을 입은 경관 몇 명이 집마다 돌아다니고 있었다. 윌슨 서장은 게일의 집 안에서 그녀가 사진을 찾는 것을 돕고 있었다. '처형인'이 누구든, 야들리는 그가 더는 평안을 느낄 수 없을 만큼 그를 찾는 데 근접했던 것이었다. 그는 분명 그녀를 미행해서 그녀가 자신을 알아차릴 것임을 알았을 것이고, 그것은 볼드윈 역시 알아차릴 만한 어떤 사람일 수 있다는 뜻이었다.

그는 주드 챈스의 집 바깥에 경관들을 배치해 놓았고 그와 그의 차에 대해 전국 지명 수배를 내렸으며 터커 파르에 대해서도 똑같이 했다. 그가 챈스에 대해 확보한 것은 우연 ─ 레너드는 우연히도 야들리가 챈스에게 목격자가 있다고 말한 후에 죽었다 ─ 이 전부였지만 우연이라고 해서 아무것도 아닌 것은 아니었다.

서장이 집에서 나왔다. 볼드윈은 현관에서 그를 만났다. "뭐 있나요?"

"그녀에게는 사진이 딱 한 장 있었기에 이제는 아무것도 없네요. 이게 그 애의 짓이라고 생각하는 건 아니지요? 보비 존스?"

그는 고개를 저었다. "샌프란시스코에서 그의 사망 증명서를 찾았습니다. 자살이었어요."

"그럼 누가?"

볼드윈은 현관 난간에 손을 얹고 과학수사대원들이 SUV 차량의 문손잡이 주변에 가루를 뿌리는 것을 지켜봤다. "모르겠어요. 하지만 외부인은 아닙니다. 그녀를 데려간 남자는 처음부터 이 사건에 개입된 사람이에요."

더는 기다릴 수가 없었다. 그는 윌슨 서장에게 다른 곳을 점검하러 가겠다고 했다. '처형인'이 이제 야들리를 이 사건의 일부로 생각한다면 그가 그녀를 데려갈 곳은 딱 한 군데밖에 없다고 볼드윈은 생각했다.

교통량이 많지 않아서 볼드윈은 해가 지고 있을 때 크림슨 레이크 로드에 도착했다. 그가 계산해본 바로는 그곳에는 적어도 100개의 통나무집과 호숫가 주택들이 있었다. 하나하나를 수색하려면 며칠은 걸릴 것이었다.

그는 자신이 정확히 무엇을 찾고 있는지 불확실한 상태로 천천히 동네를 운전해 갔다. '처형인'은 바로 그의 앞에서 도로를 건너갈 수도 있을 것이고, 그렇다고 해도 볼드윈은 알지 못할 것이었다. 그렇지만, 뭐라도 나타나기를 바라는 편이 엉덩이를 깔고 앉아서 아무것도 하지 않는 것보다는 나았다.

그는 생각을 좀 하려고 차를 갓길에 대고 손가락으로 핸들을 두드렸다. 여기 있는 집들을 하나하나 적시에 수색하는 것은 불가능하겠지만, 그는 '처형인'이 분명 알고 있을 집들부터 시작할 수 있을 것이었다. 캐시 파르와 안젤라 리버가 발견된 통나무집이 두 곳이었고, 터커 파르의 할아버지가 살던 옛집이 다른 한 곳이었다.

볼드윈은 첫 번째 주소를 GPS에 넣고 차를 몰기 시작했다.

73

야들리는 칼을 꽉 움켜잡았다. 그녀는 맨발이었기에 발걸음 소리는 조용했다. 카펫이 깔린 계단은 왼쪽으로 굽어져 올라가고 있었다. 그녀는 중간쯤에서 걸음을 멈추고 위층을 유심히 살폈다.

집은 비어 있었다. 가구도, 장식물도 없었다. 카펫과 벽, 그리고 거미줄이 다였다. 자신이 있는 곳은 크림슨 레이크 로드의 어떤 집 안이 틀림없을 것이었다.

계단 꼭대기에 이르자 그녀는 잠시 동작을 멈추고 귀를 기울였다. 바깥에서 부글거리는 물소리 외에는 아무 소리도 들리지 않았다. 이 통나무집은 호숫가에 있는 것이다.

주방에서 바깥으로 미닫이 유리문이 나 있었다. 바깥은 지금 어두웠다. 그래서 그녀는 프루트 하이츠에서부터 지금까지 몇 시간이나 흐른 건지 궁금했다. 유리 바깥에는 잡목들이 있었고 그 너머로 물이 보였다.

야들리는 장판 바닥을 가로질러 가다가 미닫이 유리문까지 와서는 다시 멈춰 서서 귀를 기울였다. 차에 시동 걸리는 소리는 들리지 않았다. 그것은 챈스가 걸어서 자신을 찾고 있다는 뜻이었다. 그를 보게 된다면 그보다 빨리 뛸 수 있을까? 알 수 없었다. 통나무집들과 주택들은 대부분 버려진 집들이었다. 근처에는 그녀가 달려가서 전화를 사용할 수 있도록 부탁할 만한 사람이 전혀 없을지도 모른다.

그녀는 할 수 있는 한 천천히 문의 걸쇠를 풀고 소리가 나지 않도록 한 번에 조금씩 조금씩 문을 밀어 열었다. 문이 무언가에 걸렸다. 문과 벽 사이에 손가락 넓이의 나무 조각이 끼어서 문이 완전히 열리지 못하도록 막고 있는 것이 보였다. 그녀는 몸을 구부려 그 나무를 빼내어 바닥에 놓았다. 그런 다음 밀어서 문을 열었다.

이곳에는 비가 내리지 않았고 밤공기는 따뜻했다. 야들리는 뒤쪽 테라스로 한 발짝 나가서 거리를 내려다보았다. 불이 켜져 있는 집은 단 두 곳이었는데 두 곳 모두 도로 맨 끝에 있었다. 그녀는 도로로 뛰어나갔다. 맨발이 땅에 부딪히면서 아팠다. 도로는 자갈투성이에 포장이 쩍쩍 갈라져 있었다.

뒤쪽에서 소리가 났다. 뒤를 돌아보니 챈스가 두 개의 통나무집 사이에서 달려 나오고 있는 것이 보였다. 그는 도로를 쳐다보고는 그녀를 발견했다.

그녀는 양팔에 불끈 힘을 주었다. 마치 황산이 흘러내리기라도 하는 것처럼 다리가 불탔다. 그녀는 이제 전속력으로 달리고 있었다. 챈스는 무엇인가 고함을 지르고 있었다. 야들리는 무슨 말인지 알려고 하지 않았다.

그녀는 시야에 들어온 도로 끝의 집 불빛 외에는 아무것도 보지 않았다. 그녀는 어두운 바다에서 표류할 때 눈앞에 막 나타난 어떤 배의 불빛을 보듯이 그 불빛에 모든 것을 집중했다.

챈스는 거의 그녀 가까이에 와 있었다.

그녀는 첫 통나무집으로 달려가서 문을 열려 했으나, 문은 잠겨 있었다. 그녀는 다음 집을 향해 달려가려고 돌아섰다. 챈스가 그녀 바로 뒤에 나타났다.

야들리는 현관 오른쪽으로 뛰어올라 통나무집 뒤쪽으로 내달렸다. 울타리는 없었고, 그녀는 뒤뜰을 가로질러 뛰었다. 뒤뜰은 온통 진흙이었다. 한 바퀴를 빙 둘러서 그녀는 도로로 다시 나왔다. 이제 챈스의 숨소리를 들을 수 있을 정도였다.

끝없이 달릴 수는 없는데, 사람들이 가까운 곳 어디쯤 있을지 전혀 알 수가 없었다. 그녀는 이쪽으로 오는 차를 발견할지도 모른다고 고대하면서 도로를 향해 속력을 높였다.

다리에 힘이 풀리고 있었고 가슴은 불길에 휩싸인 것만 같았다. 챈스 역시 그녀의 뒤에서 숨을 헐떡이고 있었다. 두 사람 중 누가 먼저 포기할지 알 수 없었다.

그때 그녀는 타라를 떠올렸다. 타라가 에디 칼, 그리고 주드 챈스 같은 사람들은 살아 있는데 엄마는 없는, 그런 세상에서 어른이 되는 생각을 했다. 여기서 자신이 죽는다면 타라는 외로움을 못 이기고 에디 칼을 찾을 것임이 불을 보듯 뻔했다. 그가 어떤 인간이라 할지라도, 그는 여전히 그 애의 아버지인 것이다. 그런 일이 일어나게 내버려 둘 수는 없었다. 타라를 위해 그녀는 살아야 했다.

도로에 몇 개 없는 가로등 하나의 아래에서 야들리는 달리기를 멈추고 챈스를 마주하려고 돌아섰다. 바람이 불어왔다. 그녀의 얼굴과 목에서는 땀이 흘러내렸고 가슴은 펄떡펄떡 뛰었다. 그녀는 칼을 들어 올렸다. 챈스는 얼굴을 찌푸리며 그녀를 향해 바로 돌진했다. 야들리는 칼을 더 꽉 움켜쥐고 마음을 다잡았다.

모퉁이를 도는 자동차 엔진 소리가 나더니 끼익 타이어 멈추는 소리가 들렸다.

볼드윈의 검정 무스탕이 챈스의 둔부를 들이받았다. 챈스는 날아올라 공중에서 한 바퀴를 돈 뒤 바닥으로 곤두박질쳤다. 볼드윈이 총을 든 채 차에서 튀어나왔다.

"양손이 보이도록 해. 지금!"

챈스는 일어나려고 꿈틀거렸다. 그는 무릎으로 몸을 세우며 신음을 했고 바닥으로 피를 뱉어냈다. 그의 뺨과 이마로 피가 흘러내렸다. 그는 가만히 앉아서 거친 숨을 내쉬며 볼드윈을 보다가 야들리에게로 눈을 돌렸다.

"터커는 죽어야 해." 챈스가 숨을 몰아쉬며 말했다.

야들리는 대답하지 않았다.

"당신은 그자가 죽어야 한다는 걸 알아요. 내가 하도록 해 줘요. 내가 하도록 해 주고 그 후에 나한테 뭐든 하고 싶은 대로 해요. 난 어떻게 돼도 상관없어요. 깨끗이 자백하죠. 하지만 그는 죽어야 해요."

볼드윈이 말했다. "미안해요, 주드. 하지만 그런 일은 오늘 없을 겁니다."

챈스는 몇 번 깊은숨을 쉬더니 몸을 양손을 향해 굽혔다. "당신에겐 여동생이 있나요, 볼드윈 요원? 나는 있었어요. 만일 그가 수 엘렌에게 한 짓을 당신 여동생에게 했다면, 아니면 어떤 미친 개자식이 내 여동생한테 한 짓을 했다면요? 당신이라면 그런 자들을 어떻게 하겠어요?"

볼드윈은 고개를 저었다. "내가 그에게 무엇을 한다 한들, 그의 딸은 건드리지 않았을 겁니다. 자, 이제 선택을 해요. 살고 싶어요, 아니에요? 살고 싶다면 땅에 엎드려서 양손을 옆으로 뻗으세요."

그들은 잠시 서로를 지켜봤다. 그리고 이윽고 챈스가 엎드렸다.

"왼쪽을 봐요, 주드."

그는 하라는 대로 했다. 볼드윈은 무릎으로 주드의 등을 누르고 그의 양팔을 뒤로 끌어당겼다. 그는 총을 권총집에 꽂은 다음 그를 수갑 채웠다.

"그놈은 죽어야 해요, 제시카." 챈스가 소리쳤다. "그놈은 죽어야 한다고요! 그놈이 빠져나가지 못하게 해 줘요. 그럴 수는 없다고! 그놈은 계속 그 짓을 할 거예요. 내가 옳다는 걸 당신은 알잖아요. 그놈은 죽어야 해!"

74

야들리는 응급 의료 요원들에게 상태를 검사받았지만, 병원으로 가는 것은 거절했다. 그렇기는 해도 숨 쉴 때마다 폐에서 불이 나는 것 같았다. 그녀는 챈스가 자신에게 클로로포름을 사용했을 것으로 추측했으나 의료 요원들은 그녀에게 염소도 똑같은 효과를 줄 수 있다고, 다만 그런 경우 폐에 화상을 입을 수도 있으며 호흡기 치료를 받아야 한다고 했다.

볼드윈이 그녀에게로 다가왔다. "우리가 병원에 데려다줄게."

"난 괜찮아. 그냥 집에 가고 싶어."

"알아, 미안하지만 그래도 당신은 병원에 가게 될 거야. 당신을 체포해서라도 난 그렇게 해야 해."

그녀는 주드 챈스를 태운 경찰 순찰차를 쳐다봤다. 그는 꼼짝도 하지 않고 그들을 바라보고 있었다. 경관 한 사람이 운전석에 들어갔고, 차가 출발했다. 터커는 이미 앰뷸런스로 인근 병원에 실려 간 상태였다. 볼드윈은 그의 진술을 받기 위해 보안관보 몇 사람이 병원으로 갈 것이라고 했다.

"그 통나무집은 터커의 할아버지 집이었어."

야들리는 고개를 끄덕였다. "그럴 거로 생각했어."

"왜 여기라고 생각해? 크림슨 레이크 로드와 터커의 할아버지 집?"

야들리는 숨을 쉬기 위해서라도 잠시 틈을 두어야 했다. 말을 하면 공기를 흡입하는 것이 더 힘들었다. "터커는 이 집을 여자아이들의 감옥으로 이용하고 시신을 호수에 버렸어."

볼드윈은 숨을 깊이 들이쉬었다. "그럼, 여기서 그를 죽이는 건 인과응보였군그래. 챈스를 비난은 못 하겠다고 말해야겠네. 그가 한 말을 확인해 봤더니 사실이었어. 아이비 챈스는 열두 살 때 실종돼서 끝내 발견되지 못했어. 누군가 여동생에게 같은 짓을 한다면… 난 모르겠어. 사람은 막상 일이 닥치지 않으면 어찌할지 모르는 거야. 그러나 누구라도 복수를 모색하겠지. 그 악행을 실제로 저지른 작자에 대해서가 아닐지라도 말이야." 그는 그녀 옆의 앰뷸런스 범퍼 위에 앉았다. "한 가지는 그의 말이 맞아. 이건 공평하지 않아. 캐시와 수 엘렌 존스가 죽었는데 터커가 살게 된다는 건 공평하지 않아. 그런데도 인생이란 게 딱 그런 거야, 안 그래? 공평한 것과는 거리가 멀지."

야들리는 통나무집을 응시했다. "아니, 그렇지 않아." 그녀는 그를 쳐다봤다. "가봐야겠어."

"어디로?"

"당신 차 좀 빌릴 수 있을까?"

"뭐라고? 무슨 말을 하는 거야? 우리는 병원으로 갈 거야."

그녀는 그의 시선을 그대로 받아내며 나직이 말했다. "먼저 내가 봐야 할 사람이 있어, 케이슨. 제발."

"누군데?"

그녀는 손을 내밀었다. "제발."

그는 몇 초간 움직이지 않다가 중얼거렸다. "망할." 그리고 그녀의 손에 차 열쇠를 떨구었다. "난 보안관보 차를 얻어 타고 내 사무실로 갈게. 그렇지만 어디로 가는지는 내게 말해줘야 해."

"아니, 하지만 끝나면 전화할게."

<hr>

야들리는 리버의 집에서 조금 떨어진 거리 위쪽에 차를 세웠다. 그녀는 아직도 가벼운 두통을 느끼고 있었지만, 운전을 못 할 정도는 아니었다. 그녀의 입 주변 피부는 화상을 입어 밝은 분홍색이 된 상태였다. 기침이 점점 심해져서 그치지 않을 것 같았다. 병원에 가야 할 것이지만 아직은 아니었다.

야들리는 집 앞으로 갔다. 불은 켜져 있지 않았다. 차고 창문 틈으로 들여다보니 재커리의 차 한 대만 보였다.

그녀는 현관문과 창문들을 살피다가 뒷문 옆의 창문이 열려 있는 것을 발견했다. 그녀는 그 창문을 올렸다. 경보음은 울리지 않았다. 창문은 그녀가 쉽게 안으로 들어갈 수 있을 정도로 넓었다.

집은 조용했고 정적이 흘렀다.

야들리는 거실을 확인한 다음 침실로 갔다. 옷들이 바닥과 침대에 흩어져 있었다. 누군가 서둘러 짐을 싼 것이었다.

그녀는 눈을 감고 문틀에 몸을 기댔다. 그런 다음 휴대폰을 꺼내서 볼드윈의 번호를 눌렀다.

"당신한테 막 전화하려던 참이었어." 그가 말했다.

그녀는 두개골 밑에서 번져오는 통증을 완화해 보려고 목뒤를 문질렀다. "챈스를 벌써 조사한 거야?"

"먼저 뜸을 좀 들이고 있어. 어디 있는 거야?"

그녀는 그의 질문을 무시했다. "난 우리 집에 가 있을 거야. 차를 가져가고 싶으면 그렇게 하고, 아니면 내일 내가 당신한테 갖다줄 수 있어."

"지금 어디 있는지 정말로 말 안 할 거야?"

그녀는 리버의 침대로 눈길을 보냈다. "말할 게 없어. 그냥 뭘 좀 확인하고 싶었던 거야. 난 지금 집으로 가, 케이슨. 형사들에게 내가 아침에 목격자 진술서를 줄 수 있다고 말해줘."

"알았어." 그가 혼란스러워하며 말했다. "내가 들를게. 이봐, 음, 당신 괜찮아, 제시카? 그러니까 내 말은, 이게 큰—"

"난 괜찮아. 그냥 좀 쉬어야 할 뿐이야. 다시 말하지만, 고마워."

"그래, 알겠어. 몇 시간 뒤에 내가 갈 테니까 병원으로 가자."

"잘 자."

그녀는 전화를 끊었다. 그러고 나자 서 있을 힘이 없다는 것을 알게 되었다. 그녀는 문에 기대앉아서 무릎을 가슴으로 끌어 올렸다. 그리고 팔로 다리를 감싸 안았다. 벽장 문은 열려 있었고 짐 몇 개가 바닥에 나와 있었다. 침실 탁자 위에 리버의 팔찌 몇 개가 놓여 있었다. 손목시계는 침대 옆에 떨어져 있었다.

몇 분 뒤 야들리는 일어나서 그 집을 나왔다.

75

그녀가 집에 왔을 때 집 안은 캄캄했다. 타라는 자고 있었다.

야들리는 타라에게 모든 걸 말하지는 않으리라 마음먹었다. 타라 혼자서도 충분히 다 알아내겠지만, 온라인에 나오지 않을 세세한 것들이 있을 터인데 야들리는 그 내용을 알려주지 않을 것이었다. 엄마가 어두운 지하실에서 의식을 잃은 모습을 타라가 머릿속으로 상상할 필요는 없었다.

에디 칼도 마찬가지로 소식을 듣게 될 것이었다. 그녀는 그와 나누었던 대화, 그리고 그가 주드 챈스의 기사를 어떻게 칭찬했는지 복기해 봤다.

그는 자신이 다루는 사안을 잘 알고 있어.

그녀는 그 말이 폭력을 시각적으로 잘 그려내어 그의 흥미를 돋웠던 기사에 대한 칭찬이었을 뿐이었을까, 아니면 그는 어떤 식으로든 챈스가 범인이었다는 걸 꿰뚫어 보았던 것일까, 의문스러웠다.

야들리는 샤워 아래 서서 앞에 있는 타일에 머리를 기댔다. 눈을 감자 그 자리에서 그대로 잠이 들 수도 있을 것 같았다. 샤워실에서 나와서 그녀는 가운을 입고 얼굴에 알로에 젤을 발랐다. 그래도 따가운 통증은 줄어들지 않았다. 증기로 인해 거울이 뿌옇다. 손으로 거울을 닦아내니 희미한 자신의 모습이 드러났다. 두 손을 세면대에 대고 그녀는 거기 서서 뜨거운 열기에 얼굴을 내맡기고 있었다.

욕실 밖으로 나왔을 때 그녀는 펄쩍 뛰며 헉하고 숨을 내뱉었다.

타라가 깜짝 놀라 비명을 내지르며 손에 들고 있던 물병을 떨어뜨렸다.

"아 깜짝이야! 엄마 때문에 간 떨어질 뻔했잖아요."

야들리는 마치 물리적으로 가슴을 진정시키려 하는 것처럼 손을 가슴에 얹고 깊은숨을 몇 차례 쉬었다. "미안해, 우리 강아지."

"왜 이렇게 늦게 들어오셨어요?"

그녀는 숨을 길게 내쉬었다. "내일 얘기해 줄게. 오늘 밤에는 발코니에 앉아서 취할 때까지 와인을 마실 거야."

"제가 옆에 있을까요?"

"아니야, 그럼 안 되지. 가서 자렴."

"전 화장실 좀 가려고요."

야들리는 딸의 옆을 지나쳤고 타라는 화장실로 들어갔다. 복도에서 그녀는 뒤를 돌아보며 말했다. "타라?"

"네?"

"사랑해."

타라는 미소를 지었다. "네, 알아요, 엄마. 저도 사랑해요."

야들리는 찬장에서 와인 한 병을 꺼내고 냉장고에서 차가운 와인잔을 꺼냈다. 그녀는 발코니에 앉아 접이식 의자 깊숙이 몸을 맡겼다. 쿠션은 푹신했지만 만족할 만큼 푹신하지 않다고 생각되었다. 그녀는 더 푹신한 쿠션을 살 것이었다. 그 쿠션들을 주문할 곳은….

그만.

그녀의 마음은 생각들 사이의 빈 곳을 헤매고 있었다. 그렇게 하면 안젤라 리버가 갑자기 떠나 버린 이유, 자신이 이미 진실을 알고 있는 그 문제를 생각하지 않아도 될 것이었다.

어떤 선택을 할지, 그녀의 마음속에서는 한동안 다툼이 일었다. 그녀는 숨을 깊이 들이마셨다. 내릴 수 있는 유일한 결정은 자신이 할 수는 없을 결정이라는 것을 알았다. 그래서 결정을 내리는 대신 그녀는 안으로 들어가서 동전을 하나 가지고 다시 발코니로 갔다. 접이식 의자에 앉아서 집 뒤에 있는 모래 언덕과 협곡들을 바라보며 그녀는 동전을 위로 던진 다음 받았다. 손을 폈다. 앞면이었다.

그녀는 동전을 다시 던졌다. 이번에도 역시 앞면이었다. 무거운 한숨을 내쉬고 그녀는 옆에 있는 탁자 위에 동전을 놓았다.

야들리는 휴대폰을 들고 연방 검찰청 범죄인 송환과에 전화를 걸어 음성 메시지를 남겼다.

76

볼드윈은 주드 챈스가 의료 처치를 받고 나서 면회가 가능해지자 루카스 개릿과 함께 그를 조사하러 병원으로 갔다. 이것은 볼드윈의 사건이 아니라 개릿의 사건이었기에 지부장 보좌인 영에게 내세울 구실이 있어야 하기도 했지만, '크림슨 레이크의 처형인'을 체포하는 데 FBI가 일조한 것으로 보이면 역풍을 막는 것 이상의 효과가 있을 것으로 판단했던 것이었다.

카일 잭스가 입에 사탕을 물고 병원 바깥에 서 있었다.

"뼈다귀라도 핥아 먹으려고 왔어요, 카일?"

그는 인상을 썼다. "조사가 잘 진행되는지 확인하고 싶어서요. 내가 이 작자의 유죄를 밝히게 될 텐데 당신네들 중 누가 그에게 미란다 고지를 제대로 하지 않는다든지 하는 식으로 미숙한 실수를 하도록 할 수는 없지요."

"걱정하지 말아요. 다 끝내고 나면 당신이 공을 차지할 수 있도록 알려줄 테니까."

그들은 잭스를 병원 앞에 남겨두고 안으로 들어갔다.

올라가는 엘리베이터에 타서 볼드윈은 비상 정지 버튼을 눌렀다. 삐 소리가 크게 울리기 시작했다. 개릿이 말했다. "대체 지금 뭐 하는 거야?"

"그게 사실이야?"

"뭐가 말이야?"

볼드윈은 팔짱을 끼고 엘리베이터 벽에 등을 기댔다. "나한테 헛소리하지 마, 개릿. 우리는 너무 오래 알고 지냈잖아. 당신이 그 불쌍한 새끼를 칼로 찌르고 그녀의 남편에게 뒤집어씌우려고 한 거야?"

개릿의 얼굴이 시뻘게졌다. "아니, 내가 한 짓이 아니야. 그녀와 그 멍청한 놈이 내가 아들의 양육권을 갖지 못하게 하려고 그런 일을 꾸민 거라고."

"그들이 어떤 불량배 애를 칼로 찌르고 당신에게 죄를 뒤집어씌우려고 그 칼과 티셔츠를 보관했다고, 흠?"

개릿은 입을 앙다물고 그를 정면으로 마주 봤다. "그들이 뭘 했는지, 왜 그랬는지 난 몰라. 하지만 내가 사람을 칼로 찌르지 않았다는 건 알아."

"왜 그녀의 아파트에 침입한 거지?"

"난 그를 살펴보고 있었던 거야. 어떤 작자가 당신 아들과 함께 살려고 들어왔어. 그래서 그 작자에 대해 알고 싶었던 거라고. 그년이 어떤 인간을 집에 데리고 온 건지 알지 못했으니까. 그의 배경을 다 조사했지만 별로 많은 게 나오지 않았어. 그래서 거기 뭐가 있는지 찾아본 거야."

볼드윈은 그에게 한 발짝 다가섰다. 두 사람의 얼굴이 거의 맞붙었다. "맹세하지, 루카스. 만일 당신이 거짓말을 하고 있다는 걸 알게 되면 내 손으로 당신을 잡아넣을 거야."

"이게 뭐야, 뒤로 물러나. 잠깐이라도 나를 협박할 수 있다고는 생각하지 마, 이 친구야. 자네가 여드름을 짜고 있을 때 나는 경찰 배지를 달고 있었단 말이야."

볼드윈은 그의 시선을 조금 더 받아내고 있다가 비상 버튼을 다시 눌러 엘리베이터를 움직이게 했다.

엘리베이터 문이 열렸고 그가 내렸다. "이 일부터 끝내고 보지."

개릿은 챈스의 병실 밖에 배치되어 있던 경관에게 고개를 끄덕이고는 문을 열었다.

주드 챈스는 담배를 손에 쥐고 병상에 누워 있었다. 담뱃불은 붙이지 않은 상태였다. 대신에 그는 담배로 허벅지를 탁탁 두드렸다. 손목과 발목은 수갑이 채워져 침대 철제 난간에 매여 있었다. 그의 눈은 움직이지 않고 벽의 한 지점을 응시하고 있었다.

볼드윈은 개릿을 따라 방으로 들어갔다. 그들을 보자 챈스의 입술에 서서히 미소가 번져갔다. 그가 담배를 들어 올리며 말했다. "불 있습니까?"

"담배까지 피우는 거요?" 개릿이 말했다.

"아뇨, 사실 담배는 안 피웁니다. 이제부터 인생의 대부분을 감방에 앉아 있게 생겼으니 시작해 볼까 하는 거죠."

볼드윈이 말했다. "그러니까 당신은 영어의 몸이 되리라는 걸 아는 거요?"

"당연히 알지요. 당신들한테 유죄 판결에 필요한 모든 게 다 있으니까. 다른 건 몰라도, 최소한 레너드의 죽음에 관한 건 말이오. 그건 멍청한 짓이었소. 내가 너무 빨리 달려들었지. 하지만 이봐요, 우리는 신사협정을 맺은 건데 그가 내 뒤통수를 친 거죠. 게다가 그가 나에 관해 얼마나 알고 있는지 나는 몰랐으니까. 내 차가 떠나는 걸 봤을 수도 있고. 그렇게 내버려 둘 수는 없었단 말이오."

"왜 그에게 신고하라고 했죠?"

"당신이 말해 봐요." 그가 빙그레 웃으며 말했다

"하모니가 가출한 것으로 우리가 생각하길 원한 거지. 하지만 왜? 그 애가 죽었다면 그게 무슨 문제가 되죠?"

그는 담배를 입에 물었다. "젠장, 당신은 정말 아무것도 모르는군요?"

"그 애가 아직 어딘가에 살아 있는 거요, 주드? 그렇다면 어딘지 내게 말해요. 그러면 내가 맹세코 당신이 그 대가를 얻게 해줄 거예요. 연방 검찰청과 지방 검사장에게 지금 바로 전화해서 문서화해 줄 거요. 당신이 사형을 면하도록 말이오. 하지만 우리가 살아 있는 그 애를 발견할 경우에만 그렇소."

그는 똑바로 누워서 천장을 응시했다. "난 사형 선고를 받지는 않을 거요, 볼드윈 요원. 터커가 죄를 모면했던 그 모든 빌어먹을 일들이 드러나면 말이오. 그들은 내게 종신형을 선고할 거예요. 어쩌면 가석방이 되는 종신형까지도 가능할지 모르죠. 언론에 이 모든 일이 드러나지 않도록 하기 위해서라면 말이죠."

볼드윈과 개릿이 서로 시선을 주고받은 후 볼드윈이 말했다. "왜 이 사건이죠, 주드? 당신은 분명 다른 실종 사건들도 다뤘을 텐데 말이오. 수 엘렌 사건의 어떤 점 때문에 당신이 선을 넘게 된 거죠? 그게 단지 당신 여동생 때문이었을 수는 없단 말이죠."

그의 얼굴에서 미소가 사라졌다. "그놈이 그 애들에게 한 짓을 알게 된 거였소. 그는 가학적 성애자였소. 그에겐 고통이 필요했던 거고, 그래서 그 여자애들을 당신과 내가 상상조차 할 수 없는 지옥으로 밀어 넣었던 거요. 거기서 내 여동생 모습이 계속 보였단 말이오…. 당신들이 아무것도 하지 않았기 때문에 난 내가 뭔가를 해야 한다는 걸 알았소."

"수 엘렌이 어떻게 됐는지 당신이 알기라도 했단 말이오?"

그는 허공으로 시선을 흩뿌리며 고개를 끄덕였다. "그놈은 그 애를 크림슨 레이크에 있는 자기 할아버지의 통나무집에 몇 달 동안 가둬 뒀소. 터커가 그 애들을 가둬 둔 건 보통은 몇 주 정도였는데, 그 애에게는 뭔가… 다른 애들보다 그가 더 좋아할 만한 뭔가가 있었던 거요."

개릿이 말했다. "그 애가 어떻게 죽었는지 알아냈소?"

"어떻게가 도대체 뭐가 중요하죠? 죽은 건 죽은 거요. 안젤라에 대해서도 같은 말을 할 수가 없는 게 진짜 유감이네요, 됐나요?"

"거기선 무슨 일이 생긴 거요?"

"있죠, 당신이 어떤 상황에 딱 처해서 심장이 막 쿵쾅거리고 있으면 세세한 어떤 게 생각이 안 나는 거요. 그 주사기들은 완전히 채워져 있었소. 미식축구 선수라도 보내 버릴 수 있을 정도로. 안젤라 리버가 살아남을 수 있다고 누가 알았겠소? 사람마다 신진대사가 다른 것 같더군요. 그녀도 죽는 걸 봤으면 좋았을 텐데 말이오."

"왜? 그녀가 당신한테 무슨 짓이라도 한 거요?"

"그녀가 문제가 아니었소. 마이클 재커리였지. 그에게 고통을 주려고 했죠. 크림슨 레이크에서 터커의 옆집에 누가 살았는지 짐작하겠소? 펠릭스 재커리와 애나 재커리였소. 마이클 재커리는 열일곱 살이었는데 수 엘렌이 거기 있는 걸 봤고 그 애가 그 집에 갇혀 있는 것도 알았소. 그런데 형편없는 짓을 했지. 그는 터커 파르가 어떤 인간인지 정확히 알고 있소. 그들은 친구였고 그래서 그가 그놈을 수년 동안 보호해 준 거요. 그 훌륭한 의사는 그런 대접을 받을 만했소. 그가 세 번째 그림이 돼야 했는데, 제기랄. 하지만 난 그를 감옥에서 썩게 하는 것도 아주 괜찮다고 생각했소. 게다가 그를 유죄로 만들고 나면 당신들은 나를 찾는 걸 멈추었을 테니까." 그는 고개를 내저었다. "그런데 개떡 같은 일이 생긴 거고, 맞죠?"

"그 애가 거기 있는 걸 재커리가 알고 있었다는 사실을 당신은 어떻게 안 거죠?"

"터커에게서 살아남은 여자아이가 있었소. 그 애는 한 번도 세상에 나서지 않았지만 내가 찾아냈죠. 그 애는 마지막으로 도망쳐 나오기 전에 한 번 탈출을 시도한 적이 있었다고 했소. 그런데 그 첫 탈출 시도 때 재커리가 마당에 나와 있었소. 그 애가 그에게 도와달라고 애원했더니 그가 그 애를 자기 집으로 데리고 들어가서는 경찰에 전화하겠다고 했지. 하지만 그러는 대신 그는 터커에게 전화한 거요."

"말도 안 돼."

"믿거나 말거나. 난 상관없소. 난 그냥 그 애가 말한 걸 얘기하는 거요. 그리고 그 애는 믿을 만했소. 그 병신 새끼는 무슨 일이 벌어지고 있는지 정확히 알고 있었던 거요." 그는 고개를 들어 켜져 있지도 않은 텔레비전을 봤다. "어떤 의미에서는 그가 그 짓에 동참한 거였소. 전혀 입증할 수는 없지만, 그가 그러지 않았다면 내 손에 장을 지지겠소. 제시카가 사회로 돌려보내려고 하는 인간이 그런 자라고요, 볼드윈 요원. 그 여자아이들은 전부 무덤 속에 있고 나는 감방에 있는데 그와 터커는 밖에서 파티를 하겠지. 당신은 정말로 그게 정의라고 생각해요?"

개릿은 믿지 못하겠다는 듯 고개를 내저었다. "지금 무슨 엿 같은 동정 쇼를 하는 거요? 당신은 이 모든 짓에 대해 전혀 아무렇지도 않소? 하모니는 열네 살이었다고."

"그 여자애는 일말의 고통도 느끼지 못하고 죽었소. 장담컨대, 터커는 출옥한 이후 계속 그 애를 학대하고 고문해 왔소. 내가 한 일은 자비를 베푼 거요. 아동 보호 센터에서 캐시 파르를 여덟 번 방문했다는 걸 알고 있소? 그 여자는 약쟁이들과 데이트를 하고 그자들을 집에 데리고 와서 같이 살았소. 여덟 번이라고. 그런데 당신들은 한 번도 하모니를 그 집에서 데리고 나오려고 하지 않았소. 빌어먹을, 내가 한 일은 1분밖에 걸리지 않았소. 당신들은 그 애를 몇 년 동안 고문당하도록 방치했던 거고."

"그래도 그녀가 부적절한 관계를 맺고 있었던 건 아니죠? 캐시 파르 말이오." 볼드윈이 말했다.

챈스는 담배로 다리를 탁탁 쳤다. "아니요. 그 사진은 내가 만든 거요. 터커가 재커리를 죽이길 바라면서 그렇게 했지, 하지만 그는 새가슴 중의 새가슴이었소. 재커리의 휴대폰에서 캐시에게 건 가짜 전화는 어떨까? 캐나다에 있는 회사에 500달러를 내면 할 수 있는 일이지. 너무나 쉽죠. 당신과 제시카가 그 기록을 증거로 사용하기 전에 진위를 실제로 확인하지도 않을 정도로 멍청한 상황에서는 특히 더 그렇지."

"그건 멍청함이 아니라 신뢰라는 거요. 제시카는 당신을 신뢰했소."

"그래, 뭐 좋아. 그걸로 그녀가 배우는 게 있겠죠. 안 그래요?"

볼드윈은 고개를 저었다. 그에게 남은 질문은 하나였다. "왜 사프롱이오?"

"당신 엄마가 나와 베갯머리 송사를 나눌 때 그를 좋아한다고 했거든. 그게 이유요. 그리고 내 얘기는 이게 다요. 변호사를 불러 줘요."

77

터커 파르는 간호사가 어깨의 봉합 부위를 확인하는 것을 지켜봤다. 따가웠다. 그는 손가락으로 그 부분을 쓸어내리며 지퍼를 만지는 것 같은 느낌이라고 생각했다. 그 사이코가 찌를 때 썼던 칼이 너무 예리해서 의사는 끝까지 관통하지 않은 것이 행운이라고 했다.

그가 여러 차례 통증을 호소하자 의료진은 그에게 마약성 진통제 수액을 달아 주겠다고 했다.

"조금 있다 다시 살펴보러 올게요." 간호사가 말했다.

그녀가 나가자 그는 베개 깊숙이 머리를 대고 리모컨을 들어 텔레비전을 켰다.

캐시와 하모니, 그는 생각했다.

빌어먹을.

그래, 먹여 살릴 입이 둘 줄어 든 것이다. 캐시와 결혼한 것은 그녀가 임신했기 때문에, 그리고 그가 갈 곳이 없었기 때문에 어쩔 수 없었던 일이었다. 결혼식은 하지 않았는데, 그들이 오랫동안 사실혼 관계였고 그녀가 장애인 복지 혜택을 받기 위해 뭔가를 작성하면서 두 사람을 부부로 올려놓았기 때문에 그들은 법적으로는 결혼한 사이라는 말을 들었다.

하모니… 그는 하모니가 그리울 것이다. 그 애는 감옥에 있는 그를 면회하러 온 적이 없었다. 그래서 그가 집에 왔을 때 그 애의 얼굴에 나타난 표정을 생각하자 터커는 미소가 떠올랐다.

"넌 12년 동안은 나를 잊고 있었지만, 이제는 잊지 못할 거야." 그는 자신이 집에 온 첫날 밤에 그 애가 욕실 안에서 문을 잠갔을 때 문틈으로 이렇게 말했었다.

그 애를 생각하면 유감이다. 하지만 어쨌거나 그 애는 너무 나이를 먹고 있었다. 하모니가 가끔 어울려 놀던 여자애가 있었는데… 그 애 이름이 뭐였지… 우마였군. 터커는 그 애가 집 뒤뜰에서 수영복을 입고 하모니와 함께 호스를 갖고 노는 모습을 지켜봤었다. 그 애는 다른 어디도 아니고 어깨에 주근깨가 있었다.

문이 열렸다. 그리고 다른 간호사가 들어왔다. 팔에 문신이 보여서 쳐다보고 있었더니 그녀가 말했다. "누가 진통제를 달라고 한 것 같은데요."

"그랬죠."

"팔 주세요." 그녀는 주사기와 작은 병을 꺼내며 말했다.

"수액을 줄 거라고 했는데요."

"그건 준비하는 데 시간이 좀 걸려서요. 당신은 지금 맞고 싶을 것 같은데요."

그는 킬킬거렸다. "바로 맞췄어요." 그는 길게 숨을 내쉬었다. "엿같은 날이에요. 내가 그 얘길 당신한테 해주죠."

"아, 그래요? 무슨 일이 있었는데요?"

"못 들었어요?"

그녀는 고개를 저었다. "방금 교대했거든요."

"음, 그 얘길 듣게 될 거예요. 나는 어떤 정신 나간 백인 촌놈한테 인질로 잡혀 있었거든요."

"정말이에요?"

"그럼요. 그놈을 걷어차고 나왔죠. 그놈은 내 손에 안 죽은 게 행운이죠. 아야!"

"미안해요. 당신은 혈관을 찾기가 힘드네요."

터커는 팔에서 기름진 액체의 온기를 느꼈고, 그 느낌은 서서히 어깨로 올라왔다. 그는 어지러웠지만, 진통제로 얻고 싶었던, 몸이 즉각 둥둥 떠오르는 느낌은 들지 않았다.

"충분한 양을 준 게 확실해요?"

"뭐가 문제죠? 느낌이 안 와요?"

"같은 느낌이 아니에요."

간호사는 의자를 끌어와서 병상 옆에 앉았다. "이건 재미있는 약이에요. 당신은 모든 걸 느끼고 정신이 말똥말똥해질 거예요. 그렇지만 근육들은 전혀 당신 마음대로 반응하지 않을 거예요."

"뭐라고요?"

그녀는 깊이 숨을 들이쉬고는 그의 눈동자를 들여다보았다. "내 모습이 눈에 익지 않아요, 터커? 나를 기억해요?"

"내가 기억할 만한 이유라도?"

"내가 열네 살이고 흰색과 분홍색 줄무늬가 있는 티셔츠를 입고 있었다면? 그러면 나를 알아볼까?"

"음, 이봐, 좀 이상한 느낌이 들어요. 의사를 불러야 할 것 같소."

그녀는 일어섰다. "그들은 잠시 바쁠 거야."

그는 입을 열었다. 그리고 말이 나오지 않는다는 것을 알아차렸다.

"아, 그래, 당신은 말을 할 수 없게 될 거야. 아마도 그게 최상이겠지. 내가 모든 말을 해야 하거든. 그렇게 생각하지 않아?"

간호사는 휴대폰을 꺼내서 사진을 열었다. 그것은 어떤 그림이었다. 그 남자가 지하실에 세워 두었던 것과 똑같은 그림이었다.

터커는 싸우려고, 그녀를 붙잡으려고, 침상에서 뛰어 내리려고, 비명을 지르려고 했다…. 그러나 그의 몸은 아무것도 하지 못했다.

"당신은 나를 그 지하실에 몇 달 동안 가둬 놓았어. 다른 여자아이들도 그렇게 오래 가뒀어? 나는 매일매일 당신이 그랬을까 궁금했어. 당신이 결국은 나를 죽일 것이라는 걸 나는 알았어. 그리고 아마도 그게 가장 끔찍한 일일 거로 생각했지. 당신이 돌아오면 나는 생각하곤 했어. **'오늘이 그날이다. 오늘 나는 죽을 거야.'"** 그녀는 숨을 내쉬고 세면대로 갔다. 그리고 수술복 주머니에서 어떤 도구들을 꺼냈다. 수술용 칼, 가죽끈, 그리고 주머니칼 크기의 바늘이었다.

"난 당신의 장기를 꺼낼 거야, 터커. 하나씩 하나씩. 당신은 일이 다 진행되는 동안 살아 있을 거야. 왜냐하면 내가 마지막까지 심장은 꺼내지 않을 테니까 말이야. 난 당신 입을 꿰맬 거야. 하지만 눈은 남겨 둘 거야. 당신이 보기를 원하거든. 내가 이 일을 하는 걸 보기를. 그런 다음, 당신의 심장을 꺼내기 전에 당신 눈을 꿰맬 거야. 하지만 내가 당신 심장을 꺼내는 순간 당신의 뇌는 6분간 살아 있게 되지. 6분 동안 난 당신이 그 모든 여자아이들이 겪었던 고통과 공포를 다 겪게 할 거야. 게다가 내가 그렇게 하는 동안 당신은 비명을 지를 수도, 움직일 수도 없을 거야. 이보다 더 끔찍하게 죽는 건 상상할 수가 없네, 당신은 어때?"

그는 다시 한번 비명을 질러 보려고 했으나 아무 일도 일어나지 않았다. 눈을 깜박일 수가 없었기 때문에 그의 눈은 화끈거렸다. 숨을 쉴 때 가슴이 올라갔다 내려왔다 하는 것, 그리고 혈관으로 흘러가는 피만이 유일한 움직임이었다. 그는 자신의 몸이 이렇다는 것을 한 번도 의식한 적이 없었다. 심장 소리가 그렇게 클 수 있다는 것을 한 번

크림슨 레이크 로드

도 의식한 적이 없었다.

　간호사가 수술용 칼을 들어 올렸다. "준비됐어? 좋아 좋아. 자, 시작해 보자."

78

볼드윈이 영의 전화를 받은 것은 새벽 5시쯤이었다. 그는 개릿에게 전화했고, 그에게서 무슨 일이 벌어졌는지를 들었다.

"케이슨, 일이 고약해." 그가 수화기에 대고 말했다. "이런 건 한 번도 본 적이 없어."

그는 서둘러 바지와 재킷을 걸쳤다. 병원은 그의 집에서 한 시간 거리였다.

제복을 입은 보안관보 여러 명이 응급실 입구에 진을 치고 있었다. 개릿은 로비에 나와 있었다. 그는 한마디 말도 없이 볼드윈을 병실로 데리고 갔다.

과학수사대원들이 이미 와 있었는데, 그는 그중 한 사람이 카메라를 들고나오는 것을 보았다. 그 요원은 마치 금방이라도 토할 것처럼 창백해 보였고 진땀을 흘리고 있었다. 볼드윈은 그의 옆을 지나쳐서 방으로 들어갔고, 그대로 얼어붙었다.

사방이 피였다. 바닥과 벽, 심지어 천장까지도. 터커 파르의 시신이 침대에 누워 있었다. 그것은 한때 인간이었던 무엇의 괴기스러운 캐리커처였다. 그의 장기들은 세면대 옆 카운터에 가지런히 놓여 있었다. 그의 눈과 입은 두꺼운 가죽끈으로 꿰매어져 닫혀 있었다. 피부는 대부분 제거되었고 몸통이 열려 갈비뼈가 넓게 퍼져 있었다.

네 번째 그림이었다.

"놈은 연작을 다 끝낸 것 같군그래." 개릿이 말했다. "내가 챈스를 조져서 그와 함께하는 자가 누군지 밝히러 가겠어."

볼드윈은 말을 할 수도, 시신에서 눈을 뗄 수도 없었다. 그것은 현실이 아니라 핼러윈 유령의 집에 있는 어떤 물건 같아 보였다. 플라스틱과 고무, 그리고 페인트로 만든.

"그럴 필요 없어. 누가 이렇게 한 건지 알 것 같아."

"누구지?"

볼드윈은 야들리와 했던 마지막 대화, 그녀가 어디로 가는지 말하지 않았던 것, 그리고 그녀가 왜 그렇게 서둘러 그곳으로 가야 했는지를 돌이켜 생각했다. 야들리는 리버가 떠나기 전에 그녀를 잡을 수 있기를 바랐던 것이다.

그는 고개를 내저었다. "이제는 소용없어." 여전히 시신에 눈을 고정한 채 그가 말했다. "그녀는 가고 없어."

볼드윈은 연방 건물 근처 공원에 차를 대고 앉아서 하모니의 사진을 들었다. 그 애는 웃고 있었다. 그는 여러 번 그 애가 무슨 생각을 하고 있을지 궁금했었다. 그 미소가 진짜인지, 아니면 나중에 터커가 있는 집으로 가야 한다는 것을 알기에, 그리고 자신에게는 진정한 집이 있을 수 없다는 것을 알기 때문에 거짓 미소를 짓고 있는 것인지 궁금했던 것이다.

지부장 보좌인 영이 보도 옆을 달려서 공원을 한 바퀴 도는 모습이 보였다. 그래서 그는 사진을 조수석에 내려놓고 차에서 나왔다. 영은 처음에는 그를 보지 못했다가 나중에 그를 발견하고는 놀라서 다시 한번 쳐다봤다. 그는 조깅을 중단했다. 입고 있던 파란색 트레이닝복의 목과 겨드랑이가 둥근 원 모양으로 젖어 있었다. 그는 양손을 허리에 대면서 거친 숨을 내쉬었다.

"무슨 일 있나?" 영이 말했다.

볼드윈은 양손을 주머니에 넣고 저 멀리 놀이터에서 아이들 몇 명이 놀이기구를 타고 노는 모습을 바라봤다. "저는 아동 범죄를 맡고 싶습니다."

"뭐라고?"

"저를 행동과학부에서 부서 이동시켜 주십시오. 그렇지만 옛 같은 임무는 더는 안 합니다. 아동 범죄를 원합니다."

영은 잠시 그를 관찰했다. "도대체 뭣 때문에? 그 부서에 가고 싶은 사람은 아무도 없다고. 있어야 하니까 있는 거지. 그건 승진하기 전에 시간을 때우는 형편없는 일이란 말이야."

"그래요, 뭐. 저한테는 이유가 있습니다."

영은 땅에 침을 뱉었다. "그 일을 잘할 자신이 있어? 그건 자네가 생각하는 그런 일이 아니라고. 자네는 기가 빨릴 거야."

볼드윈은 땅을 내려다보다가 다시 멀리 아이들 쪽을 돌아봤다. "전 이미 그런걸요."

영은 숨을 몇 차례 더 쉬고는 말했다. "정말 그렇다면, 그렇게 하게."

"더 이상 서류 작업은 없는 겁니다?"

그는 고개를 저었다. "그래, 하지만 자네가 이 일을 자청했다는 건 기억하게, 볼드윈 요원. 흔히 하는 말로, 말이 씨가 된다는 걸 명심해."

볼드윈이 그 집에 왔을 때는 오후였다. 그는 노크를 하고 기다렸다. 그녀가 집에 있다는 것을 알았다. 그녀의 차가 진입로에 있었고 차의 문은 잠겨 있지 않았다. 그가 그러지 말라고 여러 차례 부탁했던 일이었다. 사람은 큰일을 당해 봐야 교훈을 얻는 법이었다.

그때 막 크리스틴 리스에게서 문자 메시지가 왔다. 내용은 간결했다. '사건 종료. 맥주 한 잔 당기네… 아님, 저녁이라도?'

볼드윈은 빙그레 웃었지만, 답을 보내기도 전에 문 잠금장치 풀리는 소리가 들렸다.

문이 열렸고 스칼렛이 거기 서 있었다. 두 사람 다 말이 없었다.

한참이나 있다가 볼드윈이 말했다. "안녕."

그녀는 머뭇거렸다. "안녕."

그는 천천히 손을 내밀어 그녀의 배에 손을 갖다 댔다. 그는 손가락으로 그녀의 배를 어루만지며 안에 있는 아이를 그려봤다…. 자신의 아이다.

"내가 어떤 아빠가 될지 난 모르겠어. 그리고 우리가 이걸 함께 해야 하는지, 아닌지도 모르겠어…. 하지만 해 보고 싶어. 내 아이를 위해서 노력해 보고 싶어."

스칼렛은 그를 잠시 지켜보더니 문을 열어 주었다. 안으로 들어선 그의 뒤로 그녀가 문을 닫았다.

79

타라는 난생처음으로 드레스를 입었다. 그녀는 고급 레스토랑이나 부유층의 사교 파티에 한 번도 가 본 적이 없었기에 드레스를 입을 일이 없었다. 드레스는 마치 핼러윈 복장처럼 낯설고 그만큼 또 불편한 느낌을 주었다.

그녀는 백미러에 비친 자신을 응시하다가 실제보다 훨씬 나이 들어 보이는 모습을 연출할 수 있다는 것에 놀랐다. 아니면 이제 자신은 계속 그런 모습이었던 것일까? 그녀는 스트레스가 시간만큼이나 사람을 나이 들게 할 수 있는 건 아닐까 생각해봤다.

그녀는 냅킨으로 입가의 립스틱을 조금 닦아내고는 차에서 내렸다.

교도소는 오늘따라 고요했다. 면회객 대기실에서 기다리는 사람이 한 명밖에 없었고, 접수창구의 경비대원은 이제 타라를 알고 있었다. 그는 그녀에게 인사를 하며 신분증을 검사하지 않고 면회객 명단에 서명하게 해주었다. 그는 대다수 다른 경비대원들보다 더 어리고 잘생겼으며 머리 색이 새까맸다. **예단,** 그의 명찰에 적힌 이름이었다. 그가 그녀에게 새로 개봉한 신나는 영화 얘기를 하면서 같이 보러 가자고 했다. 그녀는 생각해 보겠다고 해 주었다.

철제 의자가 오늘은 따뜻했다. 자신이 들어오기 전에 누군가 거기 앉아 있었던 게 아닌가 하는 생각이 들었다. 그러나 누군가 나가는 것을 보지는 못했었다.

그녀의 아버지가 들어와서 자리에 앉았다. 경비대원은 방에서 나갔다. 유리와 플라스틱으로 된 칸막이는 깨끗하게 닦여 있어서 그녀는 아버지의 모습을 선명하게 볼 수 있었다. 그의 눈빛, 입가의 주름, 그리고 반짝이는 머리카락이 보였다. 그의 턱선은 마치 화가가 너무도 정교하게 그린 것처럼 각이 져 있었다. 그녀에게 미소를 지을 때 그의 뺨은 다른 사람들처럼 뭉치는 것이 아니라 각각의 부분이 나머지 부분들과 정확히 비례하여 각을 만들며 움직이는 것 같았다.

그는 천천히 눈을 깜박이다가 눈꺼풀을 눈 바로 위까지 내렸다. "친애하는 내 친구 바실리는 어땠어?"

"사실, 그 사람은 건강이 별로 좋지 않아 보였어요. 조금 성질을 내니까 얼굴이 완전히 시뻘게지더라고요. 내 생각에 그는 고혈압이 있을 거예요."

"스트레스가 많은 직업이지."

그녀는 고개를 끄덕이며 그를 조용히 지켜봤다. "그가 나를 죽이려 할 거라는 걸 분명히 알고 있었나요, 아니면 그럴지도 모른다고 추측했을 뿐인가요?"

"내가 알았다면 왜 너를 거기로 보냈겠니?"

그녀는 코로 숨을 내쉬었다. "그는 내 실험용 쥐였어요. 내가 박살내 버려야 하는 대상 말이에요. 당신은 내가 그를 죽여서 우리가 같다는 것을 보여주고 싶었던 거죠."

"그렇게 했어?"

"아뇨." 그녀는 팔짱을 꼈다. "그는 거기 다른 세 사람을 데리고 있었는데 그들은 순해 보이지 않았어요. 만일 내가 아니라 오히려 그가 나를 죽였으면요?"

"난 그가 그러지 않으리라는 걸 알고 있었어."

"그걸 당신이 알 수는 없었죠."

그는 빙긋 웃었다. "알고 있었어."

그녀는 말없이 그를 지켜보면서, 엄마는 그를 보면서 무엇을 본 것일까 궁금했다. 그의 아름다움이었을까, 아니면 지금 자신의 눈앞에 있는 뒤틀린 정신병자였을까? 꽃으로 위장한 잡초 한 포기, 그러나 이제 그 꽃은 시들어 죽은 것이다.

"난 당신이 돈을 원한다고 생각했어요." 그녀가 말했다. "변호사를 고용하기 위해서 필요한 거라고요. 그래서 나하고 돈을 나눌 거라고요. 그런데 당신은 돈에는 전혀 관심이 없었던 거예요. 내가 그를 죽이는 것만이 당신의 관심사였죠. 당신은 오로지 죽음만 생각하는 건가요?"

"죽음과 사랑이지. 그 밖에 또 뭐가 있어?"

"사랑이라니," 그녀는 코웃음 쳤다. "당신이 사랑에 대해서 뭘 알아요?"

"네가 상상이라도 할 수 있었던 것보다 훨씬 더 많이 알지, 내 작은 공주님."

방에는 칸막이를 사이에 두고 그녀가 있는 쪽에만 유리창이 하나 있었다. 완벽한 정사각형 창이었다. 그곳으로 햇살이 들어왔지만, 그 한 줄기 햇살은 아버지 쪽까지는 미치지 않는 것 같았다. 마치 그 어디든 그가 있는 곳은 한층 더 어둡다는 것을 보여주는 듯이.

"거기 서서 그들이 나를 죽이려 한다는 것을 알았을 때 난 뭔가를 깨달았어요. 그건 깨닫고 난 다음에는 더 일찍 깨닫지 못했다는 걸 믿을 수 없는, 그런 것 중 하나죠. 내내 알고 있었어야 했던 어떤 것처럼 말이에요. 등잔 밑이 어두운 것처럼 너무나 확연해서 못 보는 그런 어떤 것이요."

그는 뒤로 몸을 기대고서 고개를 살짝 갸웃했다. 마치 기이한 어떤 것을 쳐다보는 동물 같았다. "그래서 너는 뭘 깨달았어?"

그녀는 그의 눈을 들여다보았다. 차갑고 텅 빈 눈이었다. "당신은 언젠가 여기서 나오게 될 거예요. 나는 그게 언젠지, 어떻게인지 모르지만 그렇게 될 거예요⋯ 그리고 당신은 그렇게 될 걸 **알고 있어요.** 당신에게는 인간이라고 할 수 없을 정도의 인내력이 있고, 기회가 오는 순간 당신은 자기가 가진 모든 것을 동원해 그 기회를 잡고 성공하겠죠. 그리고 그다음에 당신은 엄마를 죽이려고 할 거예요."

그의 입술에 웃음이 다시 떠올랐으나 그는 아무 말도 하지 않았다.

"그러니까, 나는 당신에게 알리고 싶었던 거예요, 아빠. 나도 인간이라고 할 수 없을 정도로 인내력이 강하다고요. 난 바깥에서 당신이 나오기를 기다릴 거예요⋯ 그리고 내가 먼저 당신을 죽일 거예요."

칼은 앞으로 펄쩍 뛰었다. 그의 쇠사슬이 철제 의자와 바닥에 부딪혀 쨍그랑거렸다. 그의 입술에서 으르렁거리는 소리가 났고 그는 맹수가 사냥감을 향해 막 덤벼들려고 할 때처럼 이를 다 드러냈다.

그는 타라의 얼굴에서 겨우 한 뼘 거리에 있을 만큼 칸막이에 거의 다 닿아 있었다. 그녀는 움직이지 않았다. 헉하지도, 심지어 움찔하지도 않았다. 누군가 그녀의 맥박을 잰다면 맥박이 전혀 빨라지지 않았음을 알게 되리라는 것을 그녀는 알고 있었다. 그녀는 더는 그가 두렵지 않았다.

침착한 그녀를 보고는 그가 웃음을 터트렸다.

"내 작은 공주님, 난 네가 그러려고 할 거라는 걸 의심하지 않는다. 그러나 하려 하는 것은 하는 게 아니란다."

이제 빙그레 웃는 쪽은 그녀였다. "보면 알게 되겠죠. 안 그래요?"

그는 다시 뒤로 몸을 기댔다. 얼굴에는 무심한 미소가 다시 떠올랐다. "그렇겠지."

타라는 일어나서 그 방을 나왔다.

교도소에서 나오는 길에 그녀는 안내 데스크에 들러서 종이쪽지에 이름과 전화번호를, 진짜 이름과 전화번호를 썼다. 그리고 그 쪽지를 에단에게 밀어 넣었다. 그의 얼굴에 미소가 떠오르면서 보조개가 생겨났다. 그녀는 그 보조개가 사랑스럽다고 생각했다.

"토요일 7시에 데리러 와요." 그녀가 말했다. "그리고 늦지 말아요. 여자를 기다리게 하는 건 예의가 아니니까."

그녀는 그의 손을 가볍게 만지고는 교도소를 떠났다. 다시는 이 안을 볼 일이 없을 것임을 그녀는 알고 있었다 — 어떤 입장에서건 말이다.

80

작은 해변이 사파이어 빛 바다를 향해 나 있었다. 황금빛 모래는 부드러웠다. 폭폭 발이 빠지면 비단 밭으로 미끄러져 들어가는 느낌이 드는 그런 모래였다. 돌돌 말려드는 물결이 바닷가에 부드럽게 부딪혀 깨지면서 파도가 부서지는 곳에서 노는 아이들의 발목을 거품으로 감쌌다.

야들리는 챙 넓은 밀짚모자를 쓰고 시원한 원피스 차림으로 서서 아이들을 바라보고 있었다. 몇몇은 동네 아이들이고 다른 몇몇은 관광객의 아이들이었다. 검은 래브라도 개 한 마리가 물속으로 들어갔다 나왔다 하면서 아이들이 파도 속으로 헤엄쳐 들어갈 때까지 그들을 쫓아다녔다. 야들리는 여태껏 이렇게 평화로운 해변은 본 적이 없었다.

그녀는 언젠가는 타라를 벨리즈로 데려와야겠다고 생각했다.

바는 해변 바로 앞에 있었다. 대나무와 초가지붕으로 지어진 그 바의 의자들은 모래에 놓여 있었다. 야들리는 그곳에 앉아 있는 몇 안 되는 사람들을 쭉 훑어봤다. 짙은 콧수염에 햇볕에 검게 그을린 덩치 큰 바텐더가 믹서기로 음료를 만들고 있었다.

강한 바람이 야들리의 모자챙을 들썩이게 했다. 그녀는 모자를 벗고 바를 향해 걸어갔다. 빨간 수영복을 입고 속이 비치는 검정 가운을 허리에 두른 어떤 여자가 의자에 앉아 있었다. 발밑에는 커다란 가방이 있었다. 그녀는 이제 피부를 검게 선탠했는데, 어찌 된 셈인지 문신은 더욱더 선명해져 있었다. 십 대 여자아이가 수영복을 입고 선글라스를 낀 채 그녀 옆에 서 있었다.

야들리는 그 여자의 옆에 있는 의자에 앉아서 사진을 꺼냈다. 그녀는 그 사진을 두 사람 사이의 카운터에 놓았다.

수 엘렌 존스는 자신과 남동생이 핼러윈 복장을 하고 있는 그 사진을 쳐다봤다. 그녀는 요정이고 그는 유령이었다. 요정 복장은 민소매여서 오른쪽 어깨에 커다랗고 어두운 자줏빛 자국이 드러나 보였다.

"이게 내 모반인가요?" 그녀가 말했다.

"그래요. 그게 없었더라도 난 이 애가 당신이라는 걸 알았을 테지만요. 당신 얼굴은 그때나 지금이나 별로 변하지 않았어요."

수 엘렌이 그녀를 쳐다봤다. "여기 온 지 얼마나 됐어요?"

"얼마 되지 않았어요. 산 페드로에는 해변 바로 앞에 있는 호텔이 딱 하나뿐이니까요. 연방 검찰청 범죄인 송환과에서 미국 여권을 가진 독신 여성이 체크인할 경우 바로 통보하라는 요청을 해 뒀어요. 검찰이 며칠 전에 나를 파견한 거랍니다. 내가 그들에게 당신은 변장했을 텐데 그런 당신을 알아볼 수 있는 유일한 사람이 나라고 했거든요."

바텐더가 과일 향이 나는 붉은 음료를 키 큰 유리잔에 담아서 그녀 앞에 내놓았다. "Gracias(고마워요)." 수 엘렌이 말했다. 바텐더가 야들리에게 눈썹을 올려 보이자 그녀는 "같은 걸로 부탁합니다."라고 말했다.

"하모니," 수 엘렌이 말했다. "호텔 방으로 돌아가서 우리 짐을 싸렴."

그 어린 여자아이가 야들리를 쳐다봤다. "전 여기 있을래요."

"안 돼, 애야. 가서 짐을 정리해. 알겠지? 난 괜찮을 거니까 걱정하지 마. 넌 바로 돌아가."

그 아이는 야들리를 노려보면서 잠시 아무 말도 하지 않다가 말했다. "알았어요."

야들리는 아이가 걸어가는 것을 지켜봤다. "예쁘네요."

"그렇죠."

"저 애는 괜찮아요?"

수 엘렌은 어깨를 으쓱했다. "저 애의 아버지가 저 애한테 어떤 일을 겪게 했는지 당신은 몰라요. 저 애는 그가 죽을 때 거기 있고 싶어 했지만 내가 못 하게 했죠. 저 애 머릿속에 그런 일이 남아 있으면 안 되니까요."

"저 애의 엄마는 어떻게 된 거죠?"

"캐시도 마찬가지로 못된 인간이었죠. 그녀는 자기 남자친구들 중한 명이 하모니를 때리는 걸 방에 들어오다 우연히 보게 됐어요. 하모니는 도와달라고 외쳤는데 캐시는 돌아서서 문을 닫아 버렸어요." 그녀는 음료를 마시면서 고개를 내저었다. "저 애는 자신을 돌봐줘야 할 모든 사람에게 학대당했던 거예요. 나는 거기에 하나를 더 보태지는 않으려고 했어요. 하지만 저 애는 우리가 터커를 어떻게 하려는지 알고 나서 어떤 말을 했는데, 난 그 말을 결코 잊지 못할 거예요."

"뭐라고 했는데요?"

"제가 도울게요." 그녀는 뒤로 돌아서 하모니가 걸어가는 것을 보았다. 그녀는 음료를 들어 한 모금 마시고는 내려놓았다. "당신이 이곳을 기억할 줄은 몰랐어요."

"그날 밤 눈을 감고 이곳을 그려 보려고 했기 때문에 기억하고 있는 거예요. 당신이 말했던 파란 크리스털처럼 투명한 물과 해안에 줄지어 선 에메랄드빛 바위들을 말이죠." 야들리는 파도를 바라봤다. "그래도 여기처럼 놀라운 모습을 그리지는 못했어요."

수 엘렌은 이제 그녀를 가만히 보았다. "당신한테 거짓말해서 미안해요."

"미안한 게 그것뿐인가요?"

"네."

"무고한 남자가 당신 때문에 죽었어요. 레너드는 이 일과는 아무런 상관이 없었어요."

그녀는 음료에서 빨대를 들어 올려 빨대가 햇빛에 반짝거리는 모습을 지켜봤다. "터커는 묶어 놓고 칼로 긋는 걸 좋아해요. 다리에서부터 목까지요. 하모니는 등과 허벅지에 온통 상처투성이랍니다. 그 애는 내게 그가 왜 그렇게 자기를 칼로 베었던 거냐고 물었어요. 난 그 애에게 비명을 듣는 게 좋아서 그랬다고 말했죠." 그녀는 미소 지었다. "음, 어쨌거나, 그는 비명을 듣는 게 **좋았던** 거예요." 그녀는 야들리를 흘깃 보고는 다시 음료 쪽으로 시선을 돌렸다. "주드가 당신을 해치려 한 건 미안해요. 내가 알았더라면—"

"그만해요. 내가 그를 거의 발견할 상황이 되면 나한테 어떤 일이 일어날지 당신은 정확히 알고 있었잖아요."

"아뇨, 전혀요. 난 **절대** 그가 당신을 다치게 내버려 두지는 않았을 거예요. 맹세해요."

음료가 와서 야들리는 한 모금을 마셨다. 너무 차갑고 달콤해서 이가 시렸다. "터커가 당신을 가둔 곳은 크림슨 레이크 로드에 있는 그의 할아버지 집이었죠?"

수 엘렌은 얼굴빛이 변하더니 허공을 응시했다. "그 할아버지는 항상 술이 떡이 되어 있어서 무슨 일이 벌어지는지 몰랐어요. 아니, 알았다고 해도 그는 절대 말리지 않았을 거예요. 터커는 장소를 마련해 뒀죠. 당신이 있었던 그 지하실 말이에요. 나를 데려간 첫날, 그는 날 거기 집어넣었어요. 나는 몸부림치며 나가려고 기를 썼어요. 그 뒤 내 눈에 들어온 건 문 근처 벽에 나 있던 긁은 자국들이었어요. 그가 집어넣은 다른 여자아이들이 뭐라도 붙잡아 보려고 애썼던 자국들이었죠."

"얼마나 많은 애들이 거기 있었던 거예요?"

그녀는 어깨를 으쓱했지만, 시선은 움직이지 않았다. "모르죠."

"당신은 어떻게 도망쳤어요?"

"석 달이 지나자 그는 나를 믿기 시작했어요. 그는 때때로 내가 뒤뜰에 나가도록 해 주었죠. 그는 어느 날 가게에 가서 물건을 사 오라고 시킬 만큼 나를 믿었어요. 난 달아났죠. 집까지 쉬지 않고 달렸어요. 하지만 그곳은 이제 더는 내 집이 아니었어요. 아버지를 찾았더니 문을 열고 나온 남자가 내게 아버지는 죽었고 사람들이 보비를 데려갔다고 하더군요. 난 경찰에 가고 싶지 않았어요. 터커가 나를 다시 찾아낼 거라는 생각만 들었죠. 그래서 달렸어요. 더는 달리지 못할 때까지 달렸죠. 어떻게 라스베이거스까지 오게 된 건지 기억도 안 나요. 어떤 가족이 나를 태워서 거기 있는 보호소에 내려 줬어요. 난 가명을 댔어요. 그들에게는 달리 증명할 수단이 없었기에 난 그 이름을 계속 그대로 썼죠. 그래야 터커가 나를 찾으러 와도 안전할 거로 생각했던 거예요. 안젤라 리버. 우리 엄마 이름이 안젤라였거든요."

"주드는 당신을 언제 찾아낸 거죠?"

"그는 보비를 먼저 찾아냈어요. 주드에게는 실종된 어린 여동생이 있었어요, 아이비라고. 당신은 아마 알고 있겠죠. 그는 그 여동생 일에 오랫동안 매달려 있었어요. 그가 범죄 전문 기자가 된 것도 그래서예요. 그는 연락망이 충분히 생기고, 정보를 캐낼 장소를 충분히 찾아낼 수 있으면 언젠가는 그 애가 어떻게 됐는지 알게 될 기회가 있을 거로 생각했던 것 같아요. 내 사건을 접했을 때 그는 거기에도 집착하게 됐어요. 내 사진을 봤는데 아이비와 아주 많이 닮았던 거죠." 그녀는 잠시 말을 멈췄다. "보비는 사실 자살한 게 아니에요. 마약이 그 애를 죽인 거죠. 다른 일들도 있었고요. 하지만… **정말로** 그 애를 죽인 건 터커예요. 마약보다는 터커가 그 애를 죽였어요. 그 애는 주드와 점점 가까워졌었기에 그 애가 죽고 나서 주드는 터커가 했던 일을 증명하고 싶었어요. 하지만 그러는 대신 나를 찾아낸 거죠."

"어떻게요?"

"내가 보비를 찾던 중에 우연히 만나게 된 거예요. 내가 그에게 전화해서 수많은 질문을 했어요. 나를 누구라고 소개했는지 기억도 안 나지만, 우리는 만나게 됐고… 모르겠어요. 그를 신뢰하게 된 뭔가가 있었고 그도 나를 신뢰하게 된 뭔가가 있었죠. 우리는 사랑에 빠졌고 서로의 곁을 떠나지 않았어요. 어쨌든, 지금까지도요."

수 엘렌은 회상에 젖어 한참 동안 말이 없었다. "우리가 터커에 대해 많은 얘기를 나누었다고는 생각하지 않아요. 어느 날 주드가 집에 와서 그를 찾았다고 말하기 전까지는 말이에요. 그가 수감 중이고 당분간은 나오지 않을 것이라고 했죠. 그는 내게 전면에 나서서 그를 고소하고 싶냐고 물었는데… 난 아니라고 했어요. 감옥에서 그가 아무리 오래 있는다 해도 그가 한 짓을 보상할 수는 없다고요. 그랬더니 그는 우리가 그를 죽여야 한다고 했어요. 그만큼 그는 나를 사랑했던 거예요. 그는 그렇게 해야 내가 어느 정도 매듭을 지을 수 있을 거로 생각했고, 그래서 나를 위해 기꺼이 사람을 죽이려고 했어요."

그녀는 말을 멈추고 팔꿈치를 카운터에 얹었다. 허공을 헤매던 그녀의 시선이 양손에 머물렀다. 그녀는 손가락을 쭉 폈다가 다시 접었다.

"당신은 그자가 나한테 어떤 짓을 했는지 몰라요, 제시카. 겪어보지 않는 한 당신은 이해하지 못해요. 그는 나를 장난감처럼 갖고 놀다가 버렸어요. 사람이 아닌 어떤 물건인 것처럼요. 마지막에는 나도 내가 인간이라는 게 믿어지지 않았어요. 내가 사람이라는 걸 다시 알게 될 때까지 **너무** 오랜 시간이 걸렸어요. 모르겠어요. 아마 지금도 나는 여전히 믿지 못하는지도요."

"주드는 마이클 재커리의 부모가 터커의 할아버지 옆집에 살았다고 했어요. 우리가 조사했더니 그건 거짓말이었어요. 그가 이 사건과 조금이라도 관계가 있는 건가요?"

그녀는 고개를 저었다. "아뇨. 재커리는 단지 편의상 필요했던 것뿐이에요. 주드는 경찰이 죄를 물을 누군가가 필요하다고, 그렇지 않으면 우리가 붙잡힐 것이라고 나를 설득했어요. 그는 당신을 알고 지낸 뒤부터 당신네가 어떤 식으로 일하는지 알게 된 거예요. 그는 당신이 누군가를 체포하면 유죄를 받아내라는 압력이 워낙 거세지기 때문에 다른 누군가를 찾는 데 신경 쓰지 못할 거라고 했어요."

그녀는 다시 음료를 마셨다.

"그에게는 미안해요. 재커리는 나쁜 사람은 아니에요. 난 당신이 결국은 문제를 해결하게 될 것이고, 그러면 그는 혐의를 벗을 것으로 판단했어요. 필요악이었던 거죠. 수사가 어떻게 진행되는지, 당신이 우리를 발견할 만큼 어느 정도 가까이 와 있는지를 내가 알아야 했고, 그래서 내 남자친구가 '처형인'이고 나는 일을 모면한 사람이 된다면 완벽했던 거예요. 모든 게 딱 맞아떨어지는 거죠."

야들리는 그 래브라도 개가 물에서 나와서 바 근처에서 몸을 터는 것을 지켜봤다. 그녀의 맨발에 물이 몇 방울 떨어졌다.

"그 그림들을 사용하겠다는 생각을 한 지는 얼마나 오래된 거죠?"

"기억도 안 나요. 그 그림들이 그냥 거기 항상 있었던 것 같았죠. 내가 당신에게 대학원에 다녔다고 얘기한 거 기억나요? 신화학 수업 시간에 그 그림들을 공부했어요. 교수가 우리에게 그 그림들이 무엇을 뜻하는지는 아무도 모른다고 말하던 게 생각나요. 하지만 난 바로 알았어요. 복수였죠. 그리고 그 그림들이 몇 주 동안 나를 떠나지 않았어요. 머릿속에서 지워버릴 수가 없더라고요. 그 그림들 하나하나에서 터커가 계속 보였죠. 그를 그림 속에 넣어서 그려 보면 볼수록 더 행복해졌어요. 그를 죽이는 생각을 할 때만 고통이 사라지는 것 같았죠. 그때 난 알았어요. 그게 나와 주드의 공상이 아니라는 것을요. 어느 날 우리가 진짜로 그렇게 하리라는 것을요. 그리고 기다린다는 건 기분이 좋더군요. 어쩌다 보니 난 행동하는 것보다 그걸 기대하는 게 더 좋다는 것을, 그리고 추억하는 것보다 당연히 더 좋다는 것을 알았죠. 난 가능하다면 더 오래오래 그 기대가 계속되기를 바랐어요." 그녀는 야들리는 쳐다봤다. "난 못된 사람이 아니에요."

야들리는 그녀를 봤지만 아무 말도 하지 않았다.

그녀는 고개를 끄덕이더니 시선을 돌렸다. "레너드 말이죠. 알아요. 하지만 그건 주드였지 내가 아니었어요. 그는 당신이 하모니의 실종을 계속 조사하는 걸 원치 않았죠. 그래서 레너드에게 돈을 주고 그 이야기를 만들어낸 거예요. 난 그에게 레너드가 그를 알아볼 리가 없다고, 그냥 내버려 두라고 했지만, 누구도 주드에게 뭘 하라고 하지 못해요. 항상 거친 남자였죠. 그래도 그는 괴물이 아니에요. 그는 자신이 그렇게 하는 건 나를 위해서라고, 우리를 위해서라고 생각했어요. 그런데 그 후 우리가 함께 만들려고 했던 삶은 끝나 버린 거죠."

그녀는 잠시 말을 멈추고 멀리 물을 바라봤다. "나는 다른 누가 다치는 건 원하지 않았어요."

"당신은요? 당신은 리신 때문에 죽을 수도 있었어요. 이게 죽을 만큼 가치 있는 일이었어요?"

"네, 그랬어요. 그리고 난 내가 죽지 않으리라는 걸 알고 있었어요. 우리는 리신을 잘 희석했으니까요. 경찰이 캐시 파르 때와 리신의 양이 똑같았다고 생각한 유일한 이유는 주드가 똑같은 빈 주사기를 양쪽 집에 남겨뒀기 때문이었죠. 내가 오랫동안 조사한 결과, 실험실에서 간을 조금 잘라내지 않는 한 인체에 주입된 정확한 양을 밝혀내지 못한다는 걸 알아냈거든요. 그리고 그들이 내게 그렇게 하지 않을 것임은 분명했죠."

그녀는 깊은숨을 내쉬었고, 그들은 파도가 찰랑거리는 해변에 말없이 앉아 있었다.

야들리는 음료를 한 모금 마시고는 그녀를 쳐다보지 않고 물었다. "그 지옥의 천사랑 사막에서 마약 거래를 했다는 이야기는 사실이에요? 당신은 정말 아이를 갖지 못하나요? 당신이 내게 한 어떤 말이 사실인 거죠?"

그녀는 오랫동안 대답하지 않았다. "당신이 우리 집에 온 그날, 내가 자살할 거라고 당신이 생각했던 그날, 난 정말 그러려고 생각했어요. 더는 상황을 견딜 수가 없었기 때문에 난 와인을 마시고 그 약들을 먹었던 거예요. 그자가 내게 했던 짓은 거의 20년 전에 일어난 일이에요. 그런데 눈을 감으면 나는 아직도 그의 지하실에 있는 것만 같아요. 마구 뒤엉켜 풀리지 않는 부서진 파편 덩어리가 나 같다고요. 그냥 내가 죽어서 그 일을 끝내면 나을 것 같다고 생각했어요. 그래서 당신한테 전화하면서 내가 바랐던 건… 모르겠어요. 어쩌면 당신이 기운을 내라고 해 주길 바란 건지도요. 당신은 주드를 제외하면 내 인생에서 나를 생각해 준 유일한 사람이에요. 그 눈물은 진짜였고, 고통도 진짜였어요. 그리고 당신은 내가 그걸 헤쳐 나오도록 도와줬고… 우리 사이는 진짜였어요."

몇 차례 파도 소리가 크게 들릴 정도로 그들 사이에는 침묵이 흘렀다.

"경찰이 여기 와 있나요?" 수 엘렌이 물었다.

"그들은 내가 당신을 확인했다는 문자 메시지를 기다리고 있어요. FBI가 당신에 대한 송환 명령서를 갖고 있답니다."

"당신은 그들이 나를 데려가도록 하면 안 돼요. 난 새장에서 살지는 않을 거예요. 터커가 나를 새장에 넣었죠. 난 **절대로** 돌아가지 않을 거예요."

"내가 어떻게 해야 하죠? 당신은 내게 어떤 선택을 하라고 하는 거죠?"

"그런 건 없어요. 나한테는 총이 있어요. 총을 쏴서라도 도망칠 거예요."

"당신은 5초도 버티지 못할 거예요. 여기 어떤 해안에서 그냥 죽어 버리면 터커에게서 살아남은 게 무슨 의미가 있겠어요?"

수 엘렌은 멀리 물을 내다보며 한참이나 아무 말도 하지 않았다. "난 당신이 퇴직해야 한다고 생각하지 않아요. 그런 작은 동네로 가는 게 당신한테 도움이 되지는 않을 거란 말이죠. 난 오랜 시간 도망쳤지만, 당신은 어떤 것에서도 도망치면 안 돼요, 제시카. 그게 당신을 계속 따라다니게 된다고요."

야들리는 그녀를 살펴봤다. 바람이 점점 세지면서 머리카락이 그녀의 얼굴을 휘감고 있었다. 그녀의 밝은 눈과 알록달록한 문신이 햇빛 속에서 춤을 추는 것 같았다. "난 집 매매를 취소했어요. 카운티의 특수 피해자 담당 검사가 되어 달라는 지방 검사장의 제안을 받아들였거든요. 그곳에서는 혹시 일이 잘못되지 않을까 전전긍긍하지 않고 어떤 사건이든 내가 선택하게 될 거예요."

그녀는 고개를 끄덕였다. "잘됐네요. 당신이 도망가지 않아서 기분 좋아요. 정말로요." 그녀는 눈을 감고 음료를 한 번 더 마신 다음 유리잔을 내려놓았다. "나를 보내줘요."

"그럴 수는 없어요." 야들리는 절망적으로 말했다.

수 엘렌은 그녀를 쳐다보고는 나직이 말했다. "제시카, 당신은 나를 보내줘야 해요."

"제발 나한테 그런 걸 하라고 부탁하지 말아요."

"그가 나한테 무슨 짓을 했는지 듣고 싶어요? 매일 밤 그가 돌아오는 발소리를 들으며 어떤 일이 곧 벌어질지 아는 게 어떤 느낌인지? 그에게 '제발, 제발 다시는 안 돼요, 제발.'이라고 빌고… 그가 웃는 걸 보는 게? 그는 내가 빌면 웃음을 터트렸죠." 눈물이 그녀의 뺨을 타고 흘러내렸지만, 그녀의 입술에는 미소가 떠올랐다. "그는 마지막에는 웃지 않았어요."

"난 당신을 그냥 보내줄 수는 없어요. 당신은 총을 두고 나와 같이 가야 해요. 경찰은 총을 보면 당신을 죽일 거예요."

"그런 일은 일어나지 않을 거예요. 당신은 선택을 해야 해요. 난 일어나서 걸어갈 거예요. 당신은 나를 보내주든지, 아니면 경찰에게 오라고 하든지 해요. 그리고 만일 그들이 오면 나는 죽을 거예요."

"안 돼요. 이러지 말아요. 여기서 죽지 말아요. 제발."

그녀는 일어섰다.

"당신과 내가 다른 상황에서 만났더라면 좋았을 텐데, 제시카. 영혼의 동반자를 매일 만나지는 못하잖아요?"

"그러지 말—"

수 엘렌은 두 손으로 제시카의 얼굴을 감싸고 그녀의 입술에 부드럽게 입을 맞추었다. "아름다운 친구. 당신은 자기가 아는 것보다 훨씬 더 강한 사람이에요. 그 산산조각 난 가슴을 당신은 언젠가는 치유하게 될 거예요."

그녀는 움직이기 시작했다. 그리고 야들리는 자신의 손이 그녀의 손에서 미끄러지도록 내버려 두었다.

"영혼의 동반자가 아니죠." 야들리가 말했다. 수 엘렌은 돌아서서 그녀를 보았다. "영혼의 동반자가 아니라… 영혼의 쌍둥이예요."

수 엘렌은 미소를 짓더니 다시 돌아섰다.

야들리는 그녀가 해변을 떠나 거리의 군중 속으로 걸어 들어가는 것을 지켜봤다. 그녀는 딱 한 번 뒤돌아봤을 뿐이었다. 그러고는 사라졌다.

야들리는 감정이 북받쳐서 목이 메었다. 그래서 마른침을 삼키며 그 느낌을 억눌러야 했다. 그녀는 눈을 감고 소금기 어린 바다 내음을 한껏 들이마시며 깊이 숨을 들이쉬었다.

그녀는 휴대폰을 꺼내서 문자 메시지를 보냈다. '여기 없음. 오늘 밤에 다시 찾아볼 예정임.'

그런 다음 그녀는 물속에서 노는 아이들을 다시 지켜봤다. 그녀는 입술에 미소를 머금고, 앞에 온 래브라도의 귀 뒤를 어루만져 주었다. 해안에는 파도가 한가롭게 찰랑거리고 바다는 해를 안은 채 황금빛으로 밝게 물들고 있었다. 그녀는 알았다, 그녀의 기억 속에 이 순간은 언제나 이렇게 남을 것임을.

크림슨 레이크 로드

옮긴이 최호정

서울대학교 미학과와 한국외국어대학교 통번역대학원 한노과를 졸업하고 뉴욕주립대학교 빙엄턴에서 번역학 박사과정을 수료했다. 옮긴 책으로는『반투 스티브 비코』,『도스또예프스키와 함께 한 나날들』,『무엇을 할 것인가』,『킬러스 와이프』,『리슐리외 호텔 살인』 등이 있다.

ㅋ 림슨 레이크 로드
  ⓒ 2022 키멜리움

초판 펴낸 날 2022년 7월 11일

지은이 빅터 메토스 Victor Methos
옮긴이 최호정
디자인 형태와내용사이
편집 이경희
펴낸이 김찬휘
펴낸곳 키멜리움
주소 04025 서울 마포구 월드컵로3길 39 합정빌딩 3층
전화 02) 544-9294
팩스 070) 7614-2454
전자우편 cimeliumbooks@gmail.com
등록 2021년 4월 23일 (제2019-000016호)
ISBN 979-11-975509-9-7